方彦富　主编

LIANGAN WENXUE
YU WENHUA LUNJI

# 两岸文学与文化论集

刘小新　朱立立　著

江苏大学出版社
JIANGSU UNIVERSITY PRESS
镇 江

**图书在版编目(CIP)数据**

两岸文学与文化论集 / 刘小新,朱立立著. —镇江：
江苏大学出版社,2013.12
ISBN 978-7-81130-642-2

Ⅰ.①两… Ⅱ.①刘… ②朱… Ⅲ.①海峡两岸－当
代文学－文学研究－文集 Ⅳ.①I206.7－53

中国版本图书馆 CIP 数据核字(2013)第 299381 号

**两岸文学与文化论集**

丛书策划/芮月英

丛书主编/方彦富

著　　者/刘小新　朱立立

责任编辑/林　卉

出版发行/江苏大学出版社

地　　址/江苏省镇江市梦溪园巷 30 号(邮编：212003)

电　　话/0511-84446464(传真)

网　　址/http://press.ujs.edu.cn

排　　版/镇江文苑制版印刷有限责任公司

印　　刷/丹阳市兴华印刷厂

经　　销/江苏省新华书店

开　　本/890 mm×1 240 mm　1/32

印　　张/12.25

字　　数/360 千字

版　　次/2013 年 12 月第 1 版　2013 年 12 月第 1 次印刷

书　　号/ISBN 978-7-81130-642-2

定　　价/40.00 元

如有印装质量问题请与本社营销部联系(电话:0511-84440882)

# 目　录

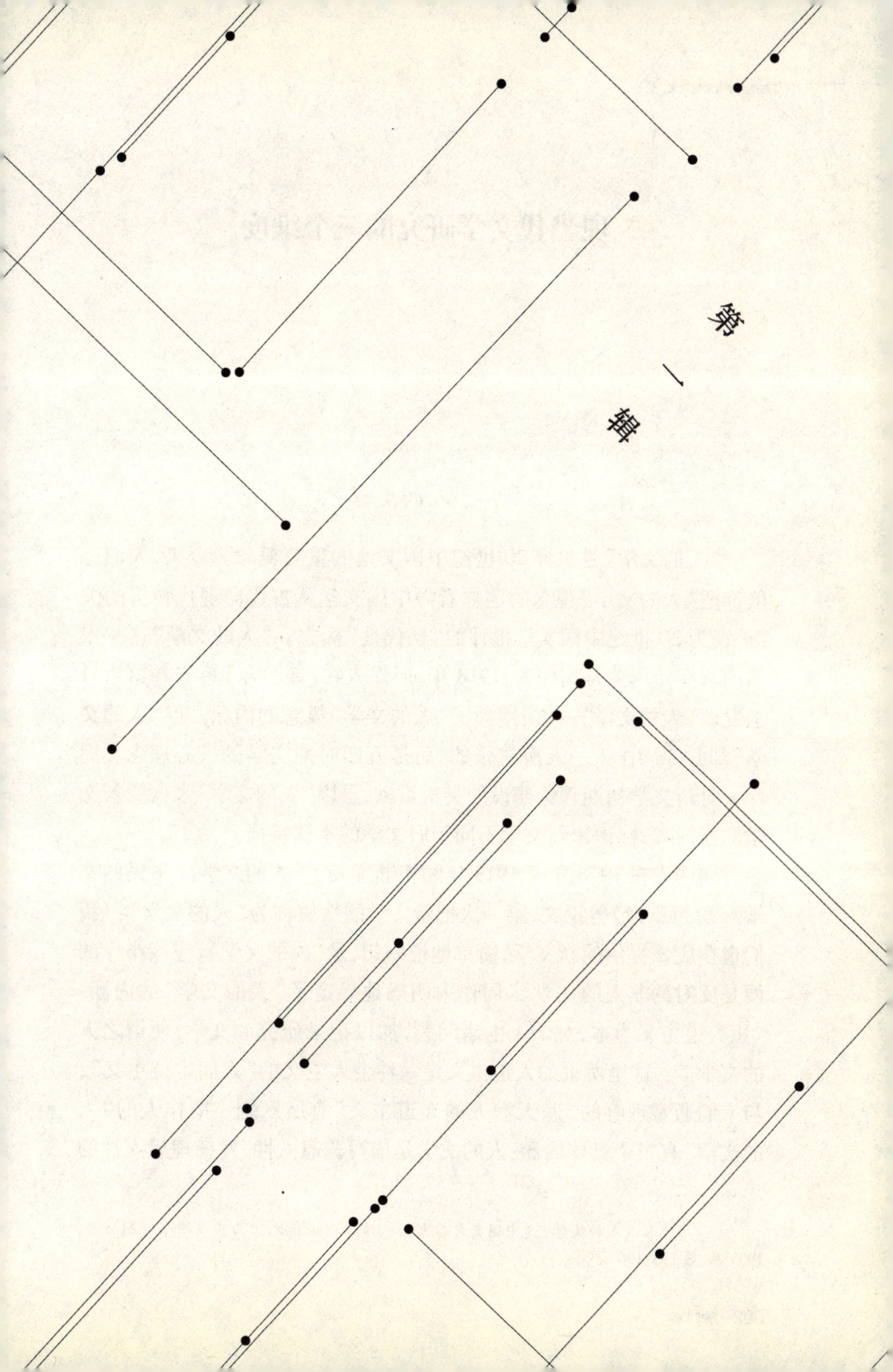

第一章

# 现当代文学研究的三个维度

## 一、人的文学

"人的文学"是贯穿 20 世纪中国文论的重要概念。今天,人们一般都把"人的文学"观念的建立看做中国文学从古代向现代转折的关键,视为 20 世纪中国文学批评的"现代性"标志。"人的文学"这一术语的首次使用者是周作人,1918 年,周作人在《新青年》第五卷第六号上发表《人的文学》一文,阐释了"人的文学"概念的内涵。但"人的文学"却并非周作人一人所主张的,而是五四时期文学的核心理念。周作人对新文学初期理论建设的突出贡献,是以"人的文学"来概括新文学的新内容,标识出新文学不同于旧文学的本质特征。

周作人在 1918 年至 1919 年间相继发表了《人的文学》《平民的文学》《思想革命》等论文,第一次把新文学的性质称为"人的文学":"我们现在应该提倡的新文学,简单地说一句,是'人的文学',应该排斥的便是反对的非人的文学。"周作人明确地界定了"人的文学"的内涵:"用人道主义为本,对于人生诸问题,加以记录研究的文学,便谓之人的文学。"①这里所说的人道主义是一种个人主义的"人间本位主义",与人们通常理解的"悲天悯人的人道主义"有所区别。周作人的"人的文学"有三个具体内涵:人的文学是描写普遍人性、发扬理想人性的

---

① 周作人:《人的文学》,《中国新文学大系·建设理论集》,上海良友图书印刷公司,1935 年,第 193、196 页。

文学。在他看来,理想的人性是灵肉合一的。新文学的根本目标就是促成人性的健全发展;人的文学是张扬个人权力与个性的文学,"我说的人道主义,是从个人做起。要讲人道,爱人类,便须先使自己有人的资格,占得人的位置。"①

人的文学以个人为本位,以个人价值为首要价值。周作人从四个方面阐释"个性的文学"的具体内涵:"(1) 创作不宜完全没煞(抹杀)自己去模仿别人;(2) 个性的表现是自然的;(3) 个性是个人唯一的所有,而又与人类有根本上的共通点;(4) 个性就是在可以保存范围内的国粹,有个性的新文学便是这国民所有的真的国粹的文学。"②他认为人的文学是平民的文学:"第一,平民文学应以普通的文体,记普通的思想与事实;第二,平民文学应以真挚的文体,记真挚的思想与事实。"③"平民的文学"可以看做"人的文学"的具体化。概括而言,周作人的"人的文学"是个人的、个性的,也是人性的、人类的。尽管这些观点还有些抽象,但对五四文学产生了重大的影响。正如胡适在《中国新文学大系·建设理论集》的导言中所说:"《新青年》(五卷六号)发表周作人先生的《人的文学》。这是当时关于改革文学内容的一篇最重要的宣言。""这是一篇最平实伟大的宣言。周先生把我们那个时代所要提倡的种种文学内容,都包括在一个中心观念里,这个观念他叫做'人的文学'。"④

的确,"人的文学"观念并非周作人所独有,而是五四文学的时代主题。早在1907年,鲁迅就已经提出文艺具有"致人性之全"的功能。⑤ 1908年他又在《文化偏至论》提出"立人"的思想:"张大个人之人格,又人生之第一义""是故将生存两间,角逐列国是务,其首在立

---

① 周作人:《人的文学》,《新青年》第5卷第6号,1918年11月。
② 周作人:《谈龙集》,开明书店,1927年,第253页。
③ 周作人:《平民的文学》,《中国新文学大系·建设理论集》,上海良友图书印刷公司,1935年,第211页。
④ 胡适:《中国新文学大系·建设理论集》,上海良友图书印刷公司,1935年,第20-21页。
⑤ 鲁迅:《科学史教篇》,《鲁迅全集》第1卷,人民文学出版社,1998年,第35页。

人，人立而后凡事举；若其道术，乃必尊个性而张精神。"①《摩罗诗力说》则呼唤一种"立意在反抗，指归在动作"善美刚健的摩罗个性。当然，周氏兄弟的人学思想是有所区别的。周作人的人的文学"是人类的，也是个人的；却不是种族的、国家的、乡土及家族的"。② 而鲁迅的"立人"一开始就与民族国家和人民的命运紧密相连，在个体与家国之间既存在融合的一面，有时也存在某种冲突。二十年代后期到三十年代，自由主义文学人性论与革命文学阶级论的分野在这里已略露端倪。

在周作人那里，人的文学是一种普遍人性的文学，没有阶级的分别，只有人的文学与非人的文学之分野。这种思想在梁实秋的古典主义文论中得到更偏执的发展，他一再强调："文学发于人性，基于人性，亦止于人性。"③"文学就是表现这最基本的人性的艺术。"④"人性是永久的，普遍的，固定的，没有时间、空间的限制与区别。"（《书评两种·玛丽玛丽》）梁实秋用白璧德的以理制情的古典主义批判五四文学的自我表现，以普遍永恒的人性论对抗"左翼"文学的阶级论，引发了一场人性论与阶级论的论争。鲁迅在《文学与出汗》中指出："类人猿，类猿人，原人，古人，今人，未来的人……如果生物真会进化，人性就不能永久不变。不说类猿人，就是原人的脾气，我们大约就很难猜得着的，则我们的脾气，恐怕未来的人也未必会明白。要写永久不变的人性，实在难哪。"⑤《"硬译"与"文学的阶级性"》说得更明确：文学只有通过人，才能表现人性，但"一用人，而且还在阶级社会里，即断不能免掉所属的阶级性"。因此梁实秋的人性论是"矛盾而空虚的"⑥当

---

① 鲁迅：《文化偏至论》，《鲁迅全集》第 1 卷，人民文学出版社，1998 年，第 54、57 页。

② 周作人：《新文学的要求》，《中国新文学大系·文学论争集》，上海良友图书印刷公司，1935 年，第 142 页。

③ 梁实秋：《文学的纪律》，《梁实秋自选集》，（台湾）黎明文化事业股份有限公司，1975 年，第 39 页。

④ 梁实秋：《文学是有阶级性的吗？》，《梁实秋自选集》，（台湾）黎明文化事业股份有限公司，1975 年，第 95 页。

⑤ 鲁迅：《文学与出汗》，《鲁迅全集》第 3 卷，人民文学出版社，1998 年，第 557 页。

⑥ 鲁迅："硬译"与"文学的阶级性"》，《鲁迅全集》第 4 卷，人民文学出版社，1998 年，第 203 页。

然,鲁迅并不赞同那种唯阶级论的文学观。在《文学的阶级性》中,鲁迅表达了这种看法:"在我自己,是以为若据性格感情等,都受'支配于经济'之说,则这些就一定都带有阶级性。但是'都带',而非'只有'。"①然而,革命文学论争中的确存在鲁迅所说的"将个性,共同的人性,个人主义即利己主义混为一谈"的另一种极端。"左翼"文论大都从阶级、政治的社会范畴理解人性,而林语堂、李健吾、朱光潜、沈从文等人则从个性、性灵、自由、美学的角度诠释人性。但阶级、政治的文学取代了"人的文学"和人性的文学,成为主导话语。1942 年,毛泽东发表著名的《在延安文艺座谈会上的讲话》,批评了某些作家关于"人性论"和"人类之爱"这种具有抽象人道主义色彩的言论。他指出:"有没有人性这种东西? 当然有的。但是只有具体的人性,没有抽象的人性。在阶级社会里就只有带阶级性的人性,而没有什么超阶级的人性。"②人性被泾渭分明地划分为无产阶级人性、资产阶级人性以及小资产阶级人性。

　　文学阶级性的发现本来是五四"人的文学"的具体化,是对人性复杂性认识的深化。然而,当文学的阶级性发展为唯阶级论时,当人性、个性、自我被完全排斥时,"人的文学"也就被彻底否定了,文学变成了政治的工具。很长一段时间里,人情、人性和人道主义一直是批评与创作中讳莫如深的命题。杨朔甚至怕写情感,怕一写情感就陷入资产阶级的泥淖中。难怪巴人如此感慨:"我们当前文艺作品中缺乏人情味,那就是说,缺乏人人所能共同感应的东西,即缺乏出于人类本性的人道主义。"③巴人是在 1957 年"双百"背景下发出这种感慨的。巴人认为,按照马克思的观点,阶级性是人性的自我异化,因此,阶级斗争也就是人性解放的斗争。而且人性与人情是文学引人入胜的审美因素,是不可或缺的。这种观点一出笼就被批评为"十足的人性论"。可

---

① 鲁迅:《文学的阶级性》,《鲁迅全集》第 4 卷,人民文学出版社,1998 年,第 127 页。

② 毛泽东:《在延安文艺座谈会上的讲话》,《毛泽东选集》第 3 卷,人民出版社,1991 年,第 870 页。

③ 巴人:《论人情》,《新港》,1957 年第 1 期。

见，"人性论"在当时还是一个有问题的词语，是属于资产阶级的概念。1957 年 2 月，钱谷融发表了《论"文学是人学"》，提出著名的人学主张："不仅要把人当做文学描写的中心，而且要把怎样描写人、对待人当做评论作家作品的标准"，"作家对人的看法，作家的美学理想和人道主义精神，就是作家的世界观中起决定作用的部分"，"我们应该用力去揭穿资产阶级所作所为的反人道主义性质，用力保卫真正的人道主义"。① 尽管钱谷融援引高尔基的论述，巴人则援引马克思《1844 年经济学哲学手稿》和《神圣家族》中的观点，努力使人学话语合法化，但在 1960 年还是遭到了狂风暴雨般的批判。"巴人这个'人'，拆穿了就是资产阶级个人主义之'人'，资产阶级人性之'人'"。② 直到 20 世纪 80 年代，"人的文学"概念才重新焕发了青春。在这个意义上，许多人把新时期文学看做五四文学的回归。与其说人学话语是在思想解放运动的语境里复活的，不如说"人的文学"思潮是思想启蒙运动的一个重要组成部分。"伤痕文学"、"反思文学"对"文革"的人性劫难和反人道主义进行了大规模的揭示和反思，人性、人道主义越来越成为文学创作的核心命题。戴厚英在《人啊，人》的后记中直接提出马克思主义是一种人道主义的观点。这些现象不能不引起批评界的关注。王蒙的《"人性"断想》、刘锡成的《谈新时期文学中的人道主义问题》、何西来的《人的重新发现》等一大批文章都从人性、人道主义出发评价新时期文学。尽管在 80 年代初，人们对如此汹涌的人道主义思潮还有些忧虑，一些批评提醒人们注意人道主义文学的"错误"倾向：如把人的自然本能等同于人性；把人性与社会革命相对立；无差别的人性论取代具体的人性；个人主义和唯我主义的极端化等等③，但作为思想启蒙重要观念的"人的文学"概念还是成为当时批评的主导话语。理论界的思考为人性批评提供了丰富的思想资源，如朱光潜《关于人性、人道主义、人情味和共同美》(1979 年)，钱谷融《〈论"文学是人

---

① 钱谷融：《论"文学是人学"》，《文艺月报》，1957 年 5 月号。
② 姚文元：《批判巴人的"人性论"》，《文艺报》，1960 年第 2 期。
③ 刘建军：《文学表现人性的几个问题》，《文艺报》，1982 年第 11 期。

性"〉一文的自我批判提纲》(1980年),王元化的《人性杂记》(1980年)等,人性与共同美、真实地描写人、异化和人性复归等问题得到了初步阐释。随后,人们对马克思《1844年经济学—哲学手稿》和康德主体性思想的兴趣与讨论,使马克思主义与人道主义的关系、人道主义与异化问题和文学的主体性命题得到更深入的阐释。"文学的主体性"是"人的文学"的完成形态,是"人的话语的终极形式"①"人的文学"终于获得了人们的普遍认同,这一概念的历史使命也就终结了。

## 二、20 世纪中国文学

1985年5月,陈平原、钱理群、黄子平在"中国现代文学研究座谈会"上首次提出了"20世纪中国文学"的概念。之后,《文学评论》发表了他们的《论"20世纪中国文学"》一文,《读书》连载了《20世纪中国文学三人谈》,标志着"20世纪中国文学"概念的正式出场。

20世纪80年代,现代文学研究界出现了种种打通近代、现代与当代文学史的呼声和设想。在此背景下,钱理群等人提出了"20世纪中国文学"的概念,其意"不单是为了把目前存在着的'近代文学''现代文学'和'当代文学'这样的研究格局加以打通,也不只是研究领域的扩大,而是要把20世纪中国文学作为一个不可分割的有机整体来把握"。② 显然,他们把它视为一个整合性的文学史概念,以期构建新的文学史理论模式。他们认为,20世纪中国文学是"一个由古代中国文学向现代中国文学转变、过渡并最终完成的进程,一个中国文学走向并汇入'世界文学'总体格局的进程,一个在东西方文化大撞击、大交流中,从文学方面(与政治、道德等其他方面一起)形成现代民族意识(包括审美意识)的进程,一个通过语言艺术来折射并表现古老的民族及其灵魂在新旧嬗递的大时代中获得新生并崛起的进程"。③ 在这种总体建构中国文学现代性的思路下,关于"20世纪中国文学"的基本

---

① 尹昌龙:《重返自身的文学》,广东人民出版社,1999年,第217页。
② 黄子平、陈平原、钱理群:《论"20世纪中国文学"》,《文学评论》,1985年第5期。
③ 同②。

构想涵纳了以下内容：走向"世界"的文学；以"改造民族的灵魂"为总主题的文学；以"悲凉"为基本核心的现代美感特征；由文学语言结构表现出来的现代化进程；以及与此观念相关的文学史研究的方法论问题。

自"20世纪中国文学"范畴问世，"重写文学史"的浪潮应声涌来，"中国现代文学"一词也逐渐被取而代之。命名的置换象征着文学史研究的一次重要转型，因此陈思和把20世纪中国文学史研究划分为三个阶段：一是"中国新文学史"研究时期；二是"中国现代文学史"研究时期；三是"20世纪中国文学史"研究时期；①他本人也提出了"中国新文学整体观"。数部以"20世纪中国文学"为名的文学史和文学理论批评史著作和教材纷纷出现，将"20世纪中国文学"史论范畴贯穿到文学史以及理论批评史的写作中，其间尤其值得一提的是孔繁今主编的《20世纪中国文学史》，从经济变革、政治变革、文化变革三者与20世纪中国文学的关系论证"20世纪中国文学"范畴的意义和可行性，涉及钱理群等人忽略的自由主义文学等非主流命题以及社会经济脉络，他对海派与京派的文化分析与经济生态分析等也给人耳目一新之感。② 他的长篇导论起到了深化、补充和推进"20世纪中国文学"理念的作用。

"20世纪中国文学"论对现代文学研究领域造成了不小的冲击，得到不少学者的认同，人们通常把它看做现代文学研究摆脱政治化、工具化倾向回归文学自身的一次革命，同时，这种观念也越来越多地渗透进文化思想史的丰富内涵，为现代文学史研究拓展了学术生长空间，其意义不可低估。然而，这一理念自提出时起也伴随着一些异议，随着新世纪的临近，"20世纪中国文学"这一理念越来越多地面临着质疑和批判。

质疑集中在几个层面：

首先是时间层面的问题。文学史的分期观是一个受到关注的焦

---

① 陈思和：绪论，《中国新文学整体观》，上海文艺出版社，2001年。
② 孔繁今主编：《20世纪中国文学史》，山东文艺出版社，1997年。

点，90 年代中期，王富仁率先质疑"20 世纪中国文学"论的分期观，他认为将新文学与新文化的起点前移，大大降低了五四文化与文学革命的独立意义和价值，也模糊了新旧文学的本质差别，在发表于《中国现代文学研究丛刊》1996 年第 2 期的《当前中国现代文学研究中的若干问题》一文中，他从独立知识分子阶层的形成以及语言革命两方面论证了五四文学革命作为现代文学起点的合理性。许志英也参与了讨论，主张 1917 年以前的文学理应划归古代文学。① 沿着王富仁等人的思路，进一步指出"20 世纪中国文学"论的保守性，特别是其分期观"抬高了维新派文学改良运动的意义与作用，从而也必然贬低了五四文学革命的价值。"②维新派的"民本"思想仍属于近代思想，与五四文学的以人为本的现代思想有着本质区别。韩国学者全炯俊观点与此相近，他认为 1898 年的断裂性不是根本的，改良运动具有封建的保守性与近代的进步性这二重性，而"新文学运动十年来最大的课题是与1898 年以来文学改良运动的末流斗争"，1917 年前后的文学与文化断裂才是根本性的。③ 此外，1985 年提出的"20 世纪中国文学"概念能否涵括此后 15 年的文学现象？ 这个有着清晰时间指涉的"20 世纪"的命题到了 21 世纪是否就成了一个历史性命题？ 这些时间问题都引发了人们更深入内在的质疑和思考。

其次是关于现代性层面的质疑。这种批评认为"20 世纪中国文学论"对现代性缺乏反省，全炯俊的批判最为犀利，他指出，由于知识资源以及认识的局限，"20 世纪文学"论者对现代化持有坚定的乐观而自信的立场，这种乐观导致一种进化论式的现代文学"进程"观念，在论述中国 20 世纪文学与世界文学关系时暴露出潜在的文化殖民主义意识形态，透彻于反封建脉络，而在反帝国主义及反殖民主义脉络中"问题意识却相对脆弱"。同样是针对现代性问题，吴炫的看法则

---

① 许志英：《给"当代文学"一个说法》，《文学评论》，2002 年第 3 期。

② 谭桂林：《"20 世纪中国文学"概念、性质与意义的质疑》，《海南师院学报》，1999 年第 1 期。

③ ［韩］全炯俊：《"20 世纪中国文学论"批判》，《新华文摘》，1999 年第 9 期，原载于《文艺理论研究》，1999 年第 3 期。

是：文学的现代性不同于文化的现代性，贯穿了现代性追求的"20世纪中国文学"观难以真正观察到文学如何超越文化普遍性的个体性美学特征，"悲凉"和"焦灼"也无法涵盖20世纪中国文学的总体性美感特质。

再次是关于这个理念的文学性的认定层面。全炯俊认为此论对文学之外的社会政治经济脉络关注太少，过于局限于文学性；吴炫的文章正好相反，他质疑的焦点就是"20世纪中国文学"观的"非文学性"，他认为"20世纪中国文学"观隐含着一个重大局限：用"现代性、共同性和技术性"体现的对文学的把握和描述，主要是从文化角度、思潮角度、技术和材料等角度对文学的观照，难以触及文学"穿越"这些要求，建立独特的"个体化世界"所达到的程度，这一文学观虽然突破了政治对文学的束缚，但却未能突破文化对文学的束缚，其非文学性表现在现代性、共同性和文体性三方面，提出用"文学穿越文化"的思路代替"文化政治推动文学"的思维。①

"20世纪中国文学"论试图打破文学理论、文学史和文学批评之间的割裂，它揭示出新旧文学之间伴随着深刻联系的裂变关系，具有观照百年世纪文学的整体性、开放性视野，因此，即使是这一范畴的批评者，也仍然肯定它已经带给学界深远的影响和意义；但必须指出的是，"20世纪中国文学"是一个历史性的阶段性概念，它并不能完全否定近代文学、现代文学以及当代文学等概念的有效性。当它的阶段性特征和局限日益显露、革命性价值逐渐消隐，当现代性与现代化的命题深深渗透进这个学科的内部，人们又开始怀念"现代文学"这个当初显得陈旧、落伍的说法，甚至认为应当还"20世纪中国文学"这个历史性概念的"本来面目"，重拾"中国现代文学"用语，重建中国"现代文学"的合法性。②

---

① 吴炫：《一个非文学性命题——"20世纪中国文学"观局限分析》，《中国社会科学》，2000年第5期。

② 倪文尖、罗岗：《重建中国"现代文学"的合法性》，《文艺理论研究》，1999年第1期。

### 三、民族国家文学

从文艺复兴到启蒙运动和工业革命,西方的"现代性"体现为神学世界观的衰微,人的主体性的张扬,政治、经济、文化等层面的理性化以及市民伦理与现代民族国家的形成。民族国家文学的形成与发展是文艺复兴以后西方现代性进程的一个重要部分。"现代性"同样是20世纪中国文学的基本主题。因此,民族国家话语无疑也就成为20世纪中国文论的一个核心话语。正如刘禾所言:"五四以来被称为'现代文学'的东西其实是一种民族国家文学。这一文学的产生有其复杂的历史原因。主要是由于现代文学的发展与中国进入现代民族国家的过程刚好同步,二者之间有着密切的互动关系。"刘禾明确提出了"民族国家文学"的概念,并且认为这一概念是重写文学史的一个重要范畴,是对现代文学的性质和历史语境的重新认识。当然,"民族国家文学"概念并非刘禾的发明,她的看法至少受到了詹明信的《多国资本主义时代的第三世界文学》的启发。刘禾说:"谈到现代文学和民族国家的关系,我认为有必要提一下詹明信那篇关于第三世界文学与民族寓言的文章,因为在当代西方理论论述中,它通过'民族寓言'的说法,第一次明确地、直接地指出所谓第三世界文学与民族国家之间的联系。"①

其实,詹明信和刘禾对中国现代文学的诠释有着更广泛的学术思想背景。民族国家文学概念显然与当代民族国家理论的发展有关,它甚至是当代民族国家论述的一个成果。20世纪80年代以来,西方的人文社会科学对民族国家的形成、发展、特征、体制结构、民族意识给予了充分的关注。产生了许多不同于传统政治学国家理论的崭新成果,如安东尼·吉登斯的《民族国家与暴力》、安德森的《想象的社群》以及法侬的《不幸的地球》等。法侬已经多次使用"民族国家文学"的概念。在谈到非洲反抗殖民主义的历史时,法侬指出,非洲知识分子

---

① 刘禾:《文本、批评与民族国家文学》,王晓明主编《批评空间的开创》,东方出版社,1998年,第295、298页。

经历了从追求种族化的整体的非洲文化到国家民族文化的转换历程。黑人国家民族意识的演进改变了本土知识分子的文学表现的形式、风格与主题,也创造了全新的阅读大众。法侬认为,当作家开始以自己的人民为说话对象时,"民族国家文学"就宣告正式诞生。巴塞维的《国家文学与文学系统》同样使用了国家文学的概念。晚近,人们又被全球化与民族国家的关系问题所深深吸引,在全球语境中,"民族国家文学"概念的重要性日益凸现。

在这一语境中,90 年代的中国文论也对"民族国家文学"概念产生了浓厚的兴趣。一些批评家开始用这一范畴重新思考、描述和阐释 20 世纪的中国文学。李杨在 1993 年出版的《抗争宿命之路》中,用"民族国家叙事"概念重新理解与阐释 1942 年至 1976 年的社会主义现实主义文学。"将'社会主义现实主义及其话语类型叙事、抒情、象征放置在 20 世纪中国的现代化这个特定的历史情境中进行谱系学的分析',认为'社会主义现实主义'的发生发展与中国对西方的回应——反抗有关。文学从叙事到抒情再到象征的变化,显示了意识形态的深刻变革。叙事的目的在于建立一个现代民族国家;抒情是完成了建立国家的任务之后对主体性——人民性的颂歌;而象征则根源于再造他者、继续革命这一'现代'的幻想"。[①]

李杨显然从詹明信那里获得了灵感和启发。虽然他的论述线条过于清晰而有些简单化,至少在处理阶级叙事与民族国家叙事的关系上不能让人满意,但他的讨论的确提供了一种理解中国社会主义现实主义文学的新思路。现代文学比当代前期文学显然要复杂得多,当人们尝试使用"民族国家文学"概念概括现代文学的本质和特征时,许多人都对可能产生的简单化有所顾虑。刘禾曾经断言:"五四以来被称之为'现代文学'的东西其实是一种民族国家文学。"这里的"现代文学"其实是由现代文学批评和文学史写作所建构的"现代文学"知识和观念,"而不是第三世界的文本所固有的本质"。刘禾其实并不赞同詹明信的民族寓言说,她以萧红的《生死场》的接受史为例,说明现代

---

① 李杨:《抗争宿命之路》,时代文艺出版社,1993 年,第 7 页。

文学的解释与评价"一直受着民族国家话语的宰制"。这种阅读成规产生了一些盲点,在《生死场》的批评个案中,至少忽略了小说空间与民族国家话语的交锋,忽略了女性经验的特定含义。刘禾的思考要复杂一些,的确,并非所有的文学都能纳入"民族国家文学"的框架,许多文学作品还存在其他意义层面,诸如个人、性别、阶级等等。但刘禾从《生死场》的后七章中得出的一个结论:"国家与民族的归属感很大程度上是男性的"——却过于性别化而难以令人信服。

许多年以后,在韩毓海主编的《20世纪的中国学术与社会》文学卷中,旷新年撰写的"民族国家的文学"一章已经能从容地处理民族国家叙事与个人话语、阶级话语等的关系:"西方的入侵不仅给中国最初带来民族危机,而且同时也带来了有关国家的知识与想象。它要求着民族国家主体的建构。然而,在对西方现代性本质的追溯性理解的过程中,在现代民族国家主体结构之下发现了与之同构的现代个人主体。因此,现代性意味着国家主体和个人主体的双重建构,从而产生民族解放和个人解放的双重的现代主题。""直到革命文学和阶级话语的兴起,国民性话语才被取代。然而,阶级话语又交织在民族国家话语之中。"①这种见解显然吸收了80年代以来的许多研究成果,如汪晖的《个人观念的起源与中国的现代认同》以及詹明信关于第三世界文学性质的阐释等。无疑,人们对"民族国家文学"概念的认识成熟了许多。

旷新年初步梳理了从梁启超的新小说运动到胡适的"国语的文学与文学的国语",再到毛泽东的《新民主主义论》的现代民族国家论述。这一梳理比得出某些结论、提出某些观点更重要。然而,他的梳理还是粗线条的,许多重要的细节都被忽略了。比如与梁启超相抗衡的章太炎所阐述的"国性""种性""国粹"概念,郁达夫在《艺术与国家》中的"国家与艺术势不两立"的观点等等。耿传明的《近现代文学中的民族国家想象与文化认同》在旷新年的基础上补充了这些环节:"梁启超的这种民族国家主义可以说代表着一种在现代世界生存所应

---

① 韩毓海:《20世纪的中国学术与社会·文学卷》,山东人民出版社,2000年,第60页。

具备的常识理性,它是一种务实主义的政治态度,它不为某种高超的理论、主义所吸引,而是着眼于当下的弱肉强食的生存现实。其后 20 年代的国家主义、30 年代的民族主义文学以及 40 年代的'战国策派',大致都未出梁启超的民族国家主义的范畴。他们对外倡导一种唯实政治、尚力政治,对内则强调国家至上、民族至上。他们与现代文化中的世界主义、国际主义倾向构成了或隐或显的对抗。表现于现代文学中,20 年代则有'醒狮派''大江社'等国家主义派的文学创作;30 年代则有老舍的寓言体小说《猫城记》和带有某种国民党官方背景的'民族主义派'的文学等;40 年代则有'战国策派'林同济等人的文化主张和创作。这种民族国家主义文学都是诉诸一种强烈的国家、民族情感,唤起人们的救亡意识,以增强民族的凝聚力,消弭内争,一致对外。他们对个人主义、家族主义、部落主义、阶级主义都持否定态度。它们都带有一种救亡主义的时代特征,还有浓厚的功利主义色彩。"①如此,现代文学中的"民族国家文学"概念的演变脉络变得清晰起来。这是一项有意义的工作,也是一项远未完成的工作,许多有意味的理论细节还有待进一步清理。

---

① 耿传明:《近现代文学中的民族国家想象与文化认同》,《世纪中国》,2001 年 9 月 5 日。

# 论五四文学中母性意识的复杂性

五四时期,东西方文化的撞击、新旧思想的交替、外来思潮的纷纭造成转型社会特有的文化大动荡,价值的多重性既促进了思想的自由,同时也带来了价值选择上的巨大困惑。本文立足于上述文化背景,通过对五四文学中母性意识的复杂性的剖析和考察,从一个侧面探讨五四时代知识分子的复杂情感和矛盾心态。

## 一、冰心式"恋母"现象剖析

母亲因其受难而赢得尊重由来已久,不论时间地域发生了怎样的变化,人不能改变自己产生于母体、蒙受母亲最初的关怀这种事实。我国民间"母难日"的说法也证实了人类本性中对母亲的感恩和尊敬。即便在封建制度之下,母性因为社会强加于女性的政治、经济、伦理的压迫和社会强加给母亲的"母职"的枷锁而被扭曲,但社会却扼杀不了人们扣问良心时对母亲的感激和尊重。

五四文学在一定范围内放大了这样一种美好的情感,与此同时,也难免将母爱本身的美和善的力量放大了。母爱、母性常常上升为一种理想状态。

冰心的小说《超人》中所描绘的母亲仿佛来自天堂:"星光中间,缓缓的走进一个白衣的妇女,右手撩着裙子,左手按着额前,走近了,清香随将过来;渐渐的俯下身来看着,静穆不动的看着——目光里充满了爱。"安详、慈爱、美丽的神态使人想起拉斐尔画中的圣母。有人评论冰心、陈衡哲、庐隐、石评梅、白薇、绿漪、凌叔华、陈学昭等女作家笔下的母亲形象，"实际上早已超越了现实生活中的家庭主妇本身，而成为一种凝聚着女儿柔情蜜意的'圣母'的偶像。"①可以说，对母爱的歌颂，她们（尤其是冰心）已走到了极致。恋母乃至走向母性崇拜，冰心们为自己、也为五四时期所有的青年筑了理想的殿堂。

我将五四文学中的这种现象称为"冰心式'恋母'现象"。

（一）以上帝自居、以荷花自喻

社会关怀意识贯穿于中国现代文学史始终，五四文学中的问题小说、问题剧、"为人生"的文学等都洋溢着作者介入社会的热情。即便是娴静、平和的冰心女士也是"在五四运动的震动下走上文坛"的，她要以自己的笔表现对人生的探索和对社会问题的思考，她和其他文学青年一样既充满热情又不能不坚持理性，文学承载过重的负荷也迫使作者们追求理性，这种理性又因目的性太强而失去真正的哲学高度。

因此，冰心由发现母爱进而扩展而成的"爱的哲学"，王统照式的"爱与美的理想"。其实都是太强烈、太美好的愿望所结出的并不成熟的果子。

郑振铎的一首题为《母亲》的哲理小诗如此写道："人都是自私的/成功的时候，谁也是朋友。/但只有母亲——/她是失败时的伴侣。/人的心都是藏在衣袋里的。/甜如蜜的话，可以不经意地说。/但只有母亲——她的泪，滴滴由心之深处滴出。"在鲜明的对比中突出母亲对儿女深挚而无私的爱之可贵。母亲是永远不会抛弃子女的，她永远为子女留着一个爱的港湾。因此，我们须倍加珍视母爱。这种思路尚属于比较常见的一种，五四文学中不乏这种对母爱的悉心体味。对于研究者和读者而言，也较易理解。

而冰心则不满足于仅仅沿着这条思路漫步下去，她需要一个更加辉煌的结论，一个适合于全人类的答案。作为一个女性，冰心并不擅长深刻的哲学思考。然而她不无强迫性地让自己进行抽象分析、推理，并创造出源自于母爱体验的"爱的哲学"。实际上就是将一己的童

---

① 钱虹：《属于她们的"真、善、美"世界——论五四女作家群"爱的哲学"及其艺术表现》，《中国现代文学研究丛刊》，1988 年第 1 期。

年经验扩展开来，将母爱放大成人类的博爱，创造出一个人人沐浴着母爱的理想境界。母亲形象因须与这种境界相符合，便成为普度众生的女神之化身。在这样一种视野里，母亲既拥有观音菩萨的慈眉善目，又不乏西方圣母的庄严崇高；她施予人们无私而无边的爱，她以爱消解一切矛盾，解决一切问题，拯救无数沉沦的灵魂；作家们甚至将母爱的力量无限夸大乃至于使之成为救国救民的武器。如果处在一个理性力量强大的有序的社会里，这种理想化的美梦是难以做成的，但五四时代却给予了冰心做这种梦的机会，这个时代正在呼唤爱，全方位的"爱的觉醒"是"个性觉醒"时代的必然诉求。当时的评论者就意识到，"五四"女作家创作的"主要的对象总是'爱'"，包括"母爱"与两性间的"自由恋爱"。① 我们知道："人出于内在机制而爱他的子女，丝毫不计较子女究竟能为他做点什么，这些现象，虽然并不是博爱本身，却可以用来作为一种类化。"冰心曾经从泰戈尔那里吸取博爱和人道的力量，从基督教那里吸取了她所需要的人类爱的精神，冰心作品中的母爱与博爱是互相渗透的一种混合物。"而博爱往往要冒以上帝自居的危险。"②因此，冰心式的母爱之居高临下，充满神的气息，也就不难理解了。如果母亲身上没有神性的力量，她也就不可能令人信服地充当拯救时代青年的爱的使者。

当作品中的母爱"以上帝自居"时，相对应的就是人们精神的稚嫩和心灵的柔弱。人们常在失意时想到母亲，游子则在孤寂中怀恋母亲。庐隐在"游戏人生"及"被人生游戏"的惨淡中更加珍视"母亲那颗永远爱着儿女的心"了；苏雪林在备尝出国后的孤独悲凉之后，回国所写的第一篇小说《棘心》便是献给她母亲的，她在卷首题词上说："我以我的血和泪，刻骨的疚心，永久的哀慕，写成这本书，纪念我最爱的母亲。"动荡不安的人生旅途，污浊黑暗的社会现实，处处设有陷阱，没有安全保障。马斯洛在论述人的五大需求时指出，人在满足了最基

---

① 黄人影：《当代中国女作家论》，上海光华书局，1933 年，第 4 页，参见上海影印厂 1985 年影印本。

② 罗洛梅：《爱与意志》，甘肃人民出版社，1987 年，第 420 页。

本的生存需要之后,就会产生强烈的安全需要,如果安全需求得不到满足,其他三种更高层次的需求就难以实现;而在安全需求满足后就产生了社交需求,即"归属与爱的需要"。如果我们理解了每个人在初尝人生苦痛时心中萌生的"返回子宫"的念头,那么就不必对"五四"文学中的"恋母"意向倍感惊诧了。

但不同的是,一般人的这类想法只是瞬间即逝,清醒时会感觉到自己的荒诞;在冰心那里,她却以文学的手法帮助自己得以生活在永远的神话妙境中,难以自拔。冰心的神话境界是由她那"荷叶覆盖着莲花"的童年经验世界放大而成的。将她的小说与散文进行比较,小说只不过将散文中个人体验的母爱抽象、泛化了;她在一篇十分感人的散文《南归》中这样描绘了母亲:"母亲精神似乎不好,又是微笑的圣母般的瘦白的脸。"这里我们可以清楚地看到冰心小说里圣母式母亲的原型。冰心太留恋母爱荫蔽下温暖、和平的生活了,精神的纯化使她无法自如地面对更广大的世界,心灵的柔弱使她只能一遍遍地歌唱母爱,渴求母亲曾经给予她的一片安全的天空:"母亲呵!你是荷叶,我是红莲,心中的雨点来了,谁是我在无遮拦天空下的荫蔽?"《往事·其一》以红莲自喻,是冰心对自我的认识和发现。她身上既有荷花的纯洁品性,又拥有红莲的柔弱。这种红莲性格是缺乏叛逆精神的弱小者的性格,它促使冰心长期生活在母亲的翼翅下抑制了到更广阔的天空自由飞翔的愿望和能力。迈克斯·勒纳认为:"每一个青少年都必须经历两个关键时期:一个时期是他认为有一种模式(父亲的、兄长的、老师的)作为自己的榜样,第二个时期就是他摆脱了自己的榜样,与榜样作对,再次坚持自己的人格。"[①]而冰心在接受母爱的同时已经进入了母亲的人生模式,冰心的天性、气质、性格都按照母亲的人生模式,她并没有感到不适,或者说由于情感太深,她不愿自己与母亲有任何形式的背离,最终在不知不觉中掩盖并契合了这种可能存在的背离。《南归》的结尾她虔诚而伤感地喃喃:"温静沉着者,求你在我们悠悠的生命道上,扶助我,提醒我,使我能成为像母亲那样的人!"

---

① [美]玛格丽特·米德:《代沟》,光明日报出版社,1988年,第56页。

五四运动的洪流将冰心冲上了文坛,但却没有冲去冰心对传统中"温柔敦厚"那部分的依恋。由女儿向母亲、由女儿性向母性,如此这般合乎传统规范的线性发展,正是冰心平和、顺利的人生发展过程。女儿向母亲的靠拢并趋同,既暗示了母亲所代表的传统力量强大的同化力,也意味着冰心个体精神的弱化——她一直停留在童年经验的咀嚼和回味里,并通过文学的手段来复制和放大。"以上帝自居",救世主的气派是作者急切的参与心理导致的时代现象;以红莲自喻,才是"上帝"背面那个纯真、弱小者形象的真实面目。一个柔弱的理想主义者制造出来的上帝总归是底气不足的。在此,我们看到了冰心式母爱的某种虚幻色彩。

(二) 宗教情绪与世俗情绪:纯粹中的杂色

丹麦哲学家克尔凯郭尔将生命划分为三个阶段:第一个阶段是感性的审美阶段,生命的最初特征表现为青春、激情、理想的审美式,人以美与享受为生命的第一需求,追寻美的踪迹,对于现实社会与世俗约束几乎无所顾忌;第二个阶段生命进入了伦理阶段,此阶段的特点是人的生活被理性支配,人意识到并遵从伦理规范和道德制约,将个人欲望与社会义务相结合,趋善避恶。但道德意识既不能从感性中找到坚强的支柱,又无法战胜感性缺陷,因而使人陷入巨大的痛苦中;生命的最高阶段是宗教阶段,"只有当人认识到任何时候人在精神上都绝不是自我满足和完美的,因为他是罪孽的和生来有罪的,这时具有伦理思想的个体才能找到从自己的矛盾状况中摆脱出来的出路,从而转入第三个阶段,'存在'的最高和最后阶段"。①

如果我们认可这样一种生命观,那么可以说,五四时期的冰心应处于生命的审美阶段,但年轻的她在创作中似乎在努力超越感性审美和伦理阶段,排除世俗尘埃,追求达到一种纯粹的宗教之境。

冰心与母亲的感情是极为深挚的,"三年之别,我并不曾改,我仍是三年前母亲的娇儿!"(《寄小读者·通讯二十八》)冰心的母亲是一

---

① [前苏联]Н·С·纳尔斯基:《存在主义的先驱者克尔凯郭尔》,初少华译,《世界哲学》,1983 年第 3 期。

个性情恬适、修养颇深、有着极深爱心的女性，她给予冰心的那"不附带任何条件的爱"深深地打动了同样富有极深爱心的冰心。我相信母亲回答冰心的"你到底为何爱我"时，"温柔"又"不迟疑"地说出的"不为什么——只因你是我的女儿"这句话在冰心心灵琴弦上引起的震颤有其深远的意义：母爱的纯粹和无私正好与冰心内心深处类似于天性的强烈的爱心形成完美的契合；当冰心的自我意识萌动并渐渐觉醒之时，母爱与自己生命的紧密融合使得她不由自主地感服于"它"："小朋友！当你寻见世界上有一个人，认识你，知道你，爱你，都千百倍的胜过你自己的时候，你怎能不感激，不流泪。不死心塌地地爱她，而且死心塌地地容她爱你？"（《寄小读者·通讯十》）这种"死心塌地"的极端性词汇出之于冰心之口并不多见，唯有面对母亲她才可能如此失去理智，一任感情奔涌，这真挚的恋母之情包含有浓重的"感激"之情，因为我们不能完完全全地报答母亲对于我们的那份爱，所以感恩之情越发深挚，越发刻骨铭心。发展至极端时便酿成了近乎宗教性的心理，它不是哲学家所说的经过审美与伦理两阶段之后才达到的深沉、静穆的宗教体验。但却因情感的至真、至纯、至美而在内心形成宗教化的经验，体现为宗教情绪。当冰心感受到社会的黑暗和大众的苦难和现实带来的"烦闷"和"寂寞"时，她以清纯的眼睛迷惘地搜寻着希望发现一剂救世良方。她是幸运的，在不少人茫然无所施时，她却终于找到了一个"神圣的秘密"——"只有普天下的母亲的爱，或隐或显，或出或没；不论你用斗量，用尺量，或是用心灵的度量衡来推测，我的母亲对于我，你的母亲对于你，她的母亲、他的母亲对于她和他，她们的爱是一般的长阔高深，分毫都不差减。"而且冰心惊喜地发现母亲不仅爱着自己，"她也爱了天下的儿女，她更爱了天下的母亲"，并且说出"世界便是这样建造起来的"这句"大人们以为是极高兴的话。"冰心的发现对于她个人来说是极为重要的，因为她感到自己体验中美好的母爱可以推及整个世界，那么世界无疑是一片爱的海洋了，她认为她寻着了这世界的根本，同时对人类的博爱亦使她小小的心顿时阔大开来。因此当她发觉这"秘密"时，"竟欢喜感动得伏案痛哭！"（以上均自《寄小读者·通讯十》）在这个过程中，冰心是认真而严肃的，她百说不厌地向人们、特别是向孩子们灌输着母爱的颂歌,渐渐以此推广开去的"爱的哲学"成了她的生命中最重要部分。"母亲!……除了你,谁是我永久灵魂之归宿?"(《寄小读者·通讯二十八》)归宿感的渗透说明她的心愈来愈虔诚,已将单纯的对母爱的感受演变成为新时代的母性崇拜了。"她的爱是神秘而伟大的,我对她的爱是归心低首的。"(《寄小读者·通讯七》)一遍又一遍地不倦地宣扬爱,冰心不仅仅对于母爱存着一种宗教情绪,她的潜意识层中一定蕴含着对于自己不同寻常的发现的欣赏和崇拜。否则,理智早该向她发问了。其实,随着人生经验的增长,冰心不能不在世俗的生活中感到母爱作为理想存在的虚弱性,即便在她"归心低首"地颂扬母爱,并宣称"天下的母亲爱着天下的孩子……"之时,却在小说《最后的安息》里塑造了一个遭后母虐待的可怜的农村女孩"蕙姑"的形象,享受着母爱的"我"与失去了母爱的"蕙姑"形成鲜明的对比:作者的初衷在于强调母爱于子女的重要,但若依从冰心的推论,"母亲不是我一个人的,往玄里说,也不是我们两个人的,是天下人的。"(《悟》)岂不陷入了矛盾?原来母亲并不是爱"天下人"的,否则不存在遭后母虐待的孩子。冰心在强调母爱无私的同时却又无意识地暴露了母爱的自私性,这一点是她所不愿承认的,或者说是她的"爱的哲学"不愿接受的。她感觉到现实的母爱与她的理想中的母爱之间的某种不和谐,但一颗执着于理想的心却阻止她放弃自己的"爱的哲学"。人们普遍认为《分》这篇小说之于冰心具有转折性的意义,从优雅的圈子努力探出头来环视周围的杂色世界,冰心又一次感到自己的虚弱。原来世界上的人是先天就被划分开来的,穷人和富人的孩子一生下来便注定了他们将来的人生道路,圣洁的母爱在这里只能显出它的苍白和无力。冰心的人生境界此时已不可避免地受到伦理与世俗的影响而失去了从前的纯净。冰心毕竟是冰心,理想光环的褪色为她带来了真切的痛苦并伴随着她的终生,但她是决不会让她所执着的理想毁灭干净的,就像她所体现的母性意识由于缺乏叛逆意识而归于传统;她本人也因缺乏郭沫若所高唱的"涅槃"和"更生"的精神而无法真正告别她所虚幻的理想国。

然而,一种执着于理想的宗教情绪能够战胜纷呈嘈杂的世俗情绪。这也已构成一般的人所难以企及的人生境界了。

## 二、同情性"恋母"意向考察

与冰心等人崇拜式的恋母态度相比,更多的人没有将母亲看成乌托邦中的女神,而是把她置放在受难的历史处境和真实的现实环境中,对她寄予了深刻的同情。同情是人类最珍贵的情感之一。五四时代充满了以人为本的人道主义气息,人道主义思潮在资产阶级反对封建制度的历史时期,勇敢地向封建的等级特权体制挑战。向作为封建的精神支柱的教义开火,充分显示了新兴资产阶级反封建的强烈革命精神和人道主义思想的巨大威力,因此它是资产阶级文艺复兴、思想启蒙的重要理论武器。而它体现在五四这样一个多种思潮同存的时代必然染上复杂的色彩,渗透着五四时代的内容。它实际上是指"当时文学流行于知识界的否定以君权、儒教为本位,肯定以人与人间生活为本位的文化思潮"。① 这种思潮势必影响了文学。从外国文学的译介方面看,人们对托尔斯泰、雨果等作家的作品中深刻的人道主义思想抱有浓厚兴趣;泰戈尔以爱的使者的姿态所吟唱的人类之爱的和平之歌感染了一大批五四作家;此外一些弱小民族国家争取自由解放的作品、陀思妥耶夫斯基式的对"被侮辱和被迫害"人们的真挚同情也在五四产生了强烈的反响,这个时代的文学对于人的问题表现了前所未有的敏感和热衷。

"五四"文学对于母亲强烈的同情是建之于对母亲的非人的历史处境的反拨和对母亲人格价值的尊重之基础上的,这是一种对于人的命运的同情。同时,妇女解放运动更加深了这种同情的深度。人们意识到"20世纪是被压迫阶级底解放时代亦是妇女解放时代;是妇女寻觅伊们自己的时代,亦是男子发现妇女底意义的时代"。② 如果说年轻女性可以主动参加这场女性解放运动并改变自己的命运,那些已经

---

① 叶子铭:《人本主义思潮与五四新文学》,《文学报》,1989年5月4日。
② 李大钊:《现代的女权运动》,《五四时期妇女问题文选》,生活·读书·新知三联书店,1981年,第95页。

为人之母的母亲们却不能那么轻松地投入进去,她们大多仍陷入了传统模式规定的可悲历史处境中无法自拔。她们是母亲,长期以来母亲作为一种家庭角色所形成的母性意识已经覆盖和淹没了她们作为人的全面发展。正如叶圣陶所总结的那样:"女人被人用'母''妻'两字笼罩住,就轻轻地把人格取消了。"①相比之下,妻性可以随着人们对于两性结构的重新审视而得到正确的矫正,母性则因为依照本能的光圈而显得永远合理。而且很多女人也认为:"通过母性,女人得到了完全的自我实现(Selfrealiyzation)。"②因此,对于母性的反思很难提到人们的思考日程上来,母亲们也认为一代代积淀而成的母性意识充满了天经地义的合理性。可以说,母性的原始意义上的本能在后天长期的以历史遗传而成的"伪本能"的污染下已显得浑浊不堪了。但是我们却看到,在大肆标榜反传统的五四时代,母性中的"伪本能"并没有得到理智的清醒的重新审视。

人们在提及母亲时总是那么虔诚,近似于教徒对受难圣者的敬重,即便亲身感受到母性包含了沉重的旧势力因素而成为人们追求个性解放路途中的障碍,也决不愿效法于古典文学作品中的嘲弄、戏谑,(由于时代的不同,五四时代的先驱者更多地看到了母亲作为一个人的可悲处境,因而无法轻松地向她们投以鄙视、不屑的目光),更不会像后代的文人那样潇洒自如地剖析母性的负面而不带一点心理压力。(如当代女作家残雪在小说《山上的小屋》中将母亲写成一个委琐、阴暗的窥探者的形象),五四文学中几乎没有任何不恭于母亲的迹象,"孝"的传统不仅没有被推翻反而更为深刻地保留在人们的血液里,只是母亲已不是作为父亲的附属物而受孝,而是整个儿颠倒了过来,父亲反而成了陪衬,或者受到冷漠甚至敌视。这种现象反映了整体社会结构中君权的没落趋势在家庭结构中的同构投影:即父权的没落。人们的价值取向偏离和叛逆了父权伦理规范,而倾向于个体的情感

---

① 叶圣陶:《女子人格问题》,《五四时期妇女问题文选》,生活·读书·新知三联书店,1981年,第127页。

② [法]西蒙娜·波伏娃:《第二性:女人》,湖南文艺出版社,1986年,第303页。

选择。

由于历史的原因和个人心理因素,五四文学(包括作家本人)呈献给母亲的同情给我们的感受是沉重的。

(一)黑暗中母亲的浮雕——顺命与抗争

五四时期,人们虽然痛苦、迷惘,但是有一点却是坚定不移的:即对窒息生命的封建礼教、封建宗法制进行不遗余力的抨击和批判。时代的偏激注定了他们内心的愤怒不平,他们所塑造的母亲的浮雕:顺命的神情之外,赋予了她们消极的抗争。因为她们的抗争实际上是超出人的忍受极限的自我崩溃和自我毁灭,或者生活在一个虚幻的"理想"境界里,因而暗示出对现实社会的绝望和背离。

首先,她们是一群最不幸的受迫害与受侮辱的女人。作为母亲,她们承受了更大的心理压力,她们已深入了传统并化入了传统,但她们受到了来自她们自身的巨大伤害。首先,她们是生育机器。传宗接代才能使她们的价值得以体现。关注过女子人格问题的叶圣陶在其小说《遗腹子》中揭示了这种悲剧事实。生了儿子立即被奉为功臣,没生儿子则被视为罪人,希望寄托在一次次隆起的腹中,失望产生在一回回女婴的啼哭声中。最终那位疯了的母亲仍然想着有一个"遗腹子"。作品无疑又一次感叹:母亲已毫无人格可言,她只是机器。

其次,她们尽"母职"近乎于"本性",她们没有任何怀疑力,更没有反抗力。王鲁彦有一篇描写冥婚恶俗的小说《菊英的出嫁》,母亲在给儿女办阴亲时,居然念念不忘尽其"母职",认真叮咛女儿的亡魂:"依从他,不要使他不高兴。欢欢喜喜的明年就给他生个儿子……"作者似乎要对这位虔诚而愚昧的母亲发出几句嘲笑,但是"她的心中是这样的悲苦,她从此连心肝儿的棺材也要永久看不见了。"于是,对不幸的母亲的同情淹没了一切,任何不敬的微词再也不忍说出了。如果说有嘲弄,有愤怒,那也是朝向残害人们身心的封建制度及其封建迷信风俗而发的。

再次,即便在这样黑暗的社会现实中,母性爱仍然顽强而执着地闪烁着一丝微红的亮光,纯粹、圣洁,又弥漫着说不出的悲凉和孤寂。台静农在小说《红灯》中,以近乎于诗歌的优美笔法净化了这种母爱。

一位不幸失子的母亲在梦中见到了儿子,为了满足梦里儿子的要求,老人含辛茹苦,糊了一个美丽、精致的小红灯。鬼节的夜晚,当小红灯载着母亲的心愿漂在河面上越来越远时,这小小的精灵"好像负了崇高的神秘的力量笼罩了大众",而母亲所流的血,所受的屈辱,所付出的一切努力也由之得到了最好的补偿,母亲已游离于与儿子相逢的幻想里。在此,母爱反过来净化了作者。

最后,母亲唯一的"反抗"形式是自我崩溃和自我毁灭。同样,台静农在另一篇小说《新坟》里再也不能平静地保持诗人的审美心态了,他痛心、愤怒得几乎要失去理智了。他叙说了一位连遭兵灾和失子之祸的母亲的人生惨剧。这位四太太"哭天天不灵,叫地地无应",过于剧烈的悲剧事件压垮了她,她疯狂了,在那无悲无痛的疯言狂举中是否蕴藏着一份弱者的抗议?然而就像祥林嫂承受不了失子之痛而一遍遍地诉说"我真傻,我单知道……"时一样,所赢得的不是真挚的同情,而是看客、听众的冷漠和麻木。母亲的人格尊严早已丧失殆尽。最终她自焚于儿子的坟旁,寻到了最好的归宿。"一大堆浮厝的灰烬里藏有一个小小的黑团,这便是她的尸体"。这令人触目惊心的惨境不能不唤起读者的激愤之情。

在塑造这群"黑暗中母亲的浮雕"时,我们感受到一股冰凉、阴森的鬼气。她们或者被异化为机器,或者躲避到一种虚幻神秘的宗教氛围中成为空心人,或者走向疯狂和死亡得以彻底解脱。总之,她们是作为封建制度下"非人"的代表而存在的,她们无辜而善良,但却必然承受"殉葬品"的命运。她们引领着我们参加了一次悲哀而沉重的葬礼。

**(二)温柔的锁链**

对于母亲的尊敬是一道源远流长的烙印,而母亲受难的历史更加深了人们对她的同情。母亲拥有的权威是隐蔽的,便也可能是严厉的。我国古典文学作品里,曾经出现过一些享有权威的母亲形象,自然,这是父权的剩余或转让代理。因此,类似于崔夫人、裴夫人的形象大多是封建卫道士的可憎面孔,她们身上充满了自觉的奴性和封建礼教赋予的母职本能。在某些有叛逆精神的作家笔下,她们成了被讽刺、挖苦的反面形象,可以说,她们身上的血液一直流淌在一代又一代母亲的血管中,远远没有枯竭。到了五四这样一个大力张扬个性和自由意志的时代,母爱有时会成为时代青年追求个性解放道路上的某种屏障,这是必然现象。然而,五四文学中却很少出现对于母亲的嘲弄和批判,甚至连反感、厌恶等情绪也很少流露过。人们对母亲的感激和同情已从情感上规定了人们在提及母亲的负面效应时小心翼翼、遮遮掩掩,他们更乐意摆出一副自我牺牲的姿态,心甘情愿地承受牺牲者的痛苦。但因为他们同时兼具觉醒者的身份,所以那种"觉醒了无路可走"的痛苦也就愈加深重。面对母爱和爱情之间的冲突所引起的两难心理较有代表性地反映了这种痛苦。

罗加伦的小说《是爱情还是痛苦》较早提出了母爱与爱情的相互排斥难以顾全的问题。年轻人希望得到自由的爱情,但母亲往往充当了封建传统观念的代表,她们重视门第,为儿女做主,因此在年青一代的成长过程中起了一定的消极作用。母爱与自身爱情间的矛盾冲突在所难免。而年青一代却以高度的宽容对待母亲,苦果由他们痛苦、无奈地吞下。淦女士的自传体小说《卷葹》《隔绝》《慈母》真切地述说了由此而生的切身痛苦:既热烈地渴望和追求富有现代性质的爱情,又不忍伤害深爱自己的母亲,恋母之情与现代情爱从两个方面撕裂着"我"的心。女主人公在当时的环境里显得大胆、偏激,但是她毕竟难以摆脱传统势力的束缚,尤其因为这种势力依附于母爱里,她就更难以作出选择,她只能随着心灵的分裂而企求着一条和平之路。在此,母爱不仅从情感上具有某种权威感,而且也从黑洞般的传统里吸取了足够的威力与现代意义上的"爱情"抗衡。由此我们看到:母爱俨然是一条温柔的锁链。

现代文学史上一些拥有很高文学地位的作家他们自身的不幸命运更深刻地印证了这一点。鲁迅、茅盾、郭沫若、郁达夫等人无一例外,都是包办婚姻的直接"受惠者"。尽管他们接受过欧风美雨的洗礼,内心不愿接受无爱的婚姻,但是却无人能作出彻底的抗争,而是无奈地接受了现实,按鲁迅的说法,是接受了一件"母亲赠送的礼物"。对母亲的感恩和同情使得他们缺乏抗拒的情感理由。鲁迅对母亲的爱"并非是一个儿子对母亲因血缘关系而生的孝心之爱,其中还夹杂着某种感激、愧疚、自责甚至是重负般的感情",而"封建婚姻的枷锁正是这样一位母亲亲自戴在鲁迅的身上,才使他终于丧失了反抗的勇气"。① 鲁迅曾在《随感录四十》(1919 年 1 月 15 日)中自问自答道:"爱情是什么东西? 我也不知道。"坦率、挚诚的郁达夫在致王映霞的求爱信中吐露:"我和我女人的订婚,是完全由父母做主,在我三岁的时候定下的。"在这场捉小鸡的战斗中,"母亲、祖母及女家的长者,硬硬把我捉住要我结婚,我逃得无可再逃……"以至于"糊里糊涂的结了婚"。从这近乎幼稚的解释里我们能感觉到他对母亲等人那种"包办"行为的隐隐怨气。相对而言,人们对父亲的态度要鲜明和严厉得多。在田汉的剧本《获虎之夜》中,女儿的自由恋爱遭到家长的一律反对。父亲残酷无情,完全是一个家庭暴君形象,被当做"反面角色"处理。而母亲顶多只算是父亲的配角出现,她的"温柔敦厚"使得人们忽略了她所应负的责任。当父权成为年青一代追求自由和爱情的障碍,人们立即感受到它的压迫性,因而把它置于对立面。正如哲学家让·拉克鲁瓦之杰出论证所说:"民主与过去的父权水火不容。任何形式的解放道德是摆脱父亲的解放。"②五四时代人的解放也必然包含"摆脱父亲"的内容,文学中对于"父与子"主题的大量表现,对于代沟问题的关注,都表明了新旧交替的时代特征。然而,这种革新时代同时又带来另一种集体心理逆反:对母亲的亲近和同情,大战后西方出现了"年轻人全盘摈弃了传统的价值观"的逆反式价值选择,也具有类似的特征,但那是建立在对母性、母爱的重新审视基础上的,母亲们拥有属于自己的独立价值观。五四时期的"恋母"则更多地源于情感选择,在"金银盾"的一面闪烁着感人的光彩,另一面却写着内心分裂的痛苦。

"母爱",某种程度上说,正是一条温柔的锁链。

① 吴俊:《一个"抉心自食"的人》,《华东师范大学学报》,1987 年第 5 期。
② [法]伊·巴丹特尔:《男女论》,湖南文艺出版社,1988 年,第 15 页。

## 三、结　论

母爱自人类诞生之日即已存在，但对母爱进行如此细密的感受、虔诚的赞美、教徒般的崇拜服膺，甚至由此推论出"爱的哲学"，这种文学现象在五四之前的中国文学史里还不曾有过；同时，不约而同地表达对母亲的强烈关注、爱恋和同情，却意味深长地忘却和漠视了父亲，这一文学现象更反映了五四时代独特的价值选择。我们可从以下三个方面的扼要叙述证实如下的结论："五四"文学中的母性崇拜及恋母指向是时代的必然产物。

第一，由于母爱的恒定性，使它成为最能予人安全感和依赖感的温柔之乡，处于新旧时代交替的转型期的人们，需要母爱的抚慰以摆脱沉重的孤独感和迷茫感。例如，当时苦闷中的青年读过冰心宣扬母爱的名作《超人》后，发出这样的感慨："你听到'世界上的儿子和儿子都是好朋友，我们永远牵连着啊！'的呼声么？《超人》是救我们的上帝啊！"①

第二，由于母爱中蕴含着博爱的内容，它宽厚无私而饱含善的意志。"五四"时期，人们全力否定几千年吃人历史所构成的"无爱的时代"，人道主义思潮更激发了人们对"爱"的深切呼唤。因此，母爱被重新发现，在形式上契合了遥远的古代对母性的顶礼崇拜，实质上却传达了现代人的情感需要和理性选择。

第三，五四运动中的一个重要环节即妇女解放运动，新文化的诸多传播者都曾为此而奔走、呼号，如胡适、鲁迅、周作人、李大钊、茅盾等文坛名将都撰写过大量的相关文章；胡适的《贞操问题》、鲁迅的《我之节烈观》、叶绍钧的《女子人格问题》、李达的《女子解放论》等文曾引起极大反响，妇女问题成为全社会关注的焦点之一。马克思主义的传播也加强了人们对女性给予更广泛、深挚的同情，人们在认识到女性奴化的不幸历史时必然更深刻地体察到母亲所付出的沉重代价。

---

① 潘垂统：《对于〈超人〉的批评》，范伯群《冰心研究资料》，北京出版社，1984 年，第309 页。

以上三个方面从不同侧面反映了与封建传统相背离的情绪。五四文学以其"人的文学""平民的文学"及"个性的文学"宣告了"人的觉醒"时代的到来,对封建礼教将人异化为非人的反动实质进行了尖锐的揭露,从全面意义上呼唤真正的人、真正的爱,印证了这样一个论断:"人类的每一改革,都是重申人的基本权益,以反抗那些业已不能公平地代表人权,但是仍然博得人类盲目崇敬的普遍原则。"①由此,我们才能理解五四文学中母性意识的现代性特征。而在五四这个新旧交织的时代,人们很难真正割断与传统间的脐带,在激烈的反传统的高昂呼声中人们内在的情感又可能会悄悄流回传统。因此,我们在探讨五四文学中的"母性意识"这一论题时,必然发现它也呈现出传统观念与现代意识相互交织、渗透所导致的复杂内涵,而这种复杂性也正微妙地折射了五四时期人们的思想和情感的矛盾特征。

---

① [美]桑塔耶纳:《美感》,中国社会科学出版社,1982 年,第 21 - 22 页。

# "大江会"的理论批评与文学实践

在"革命"与"改良"的斗争与论战中,20世纪美华文学史打开了第一页。从华侨华人办报宣传共和或立宪到留美学生酝酿新文学运动,20世纪美华文学的开端就与中国的文学、文化乃至政治变革都有着十分密切的互动关系。留美学生组成的文学与文化社团在中国文学的现代性转型过程中扮演了不可忽视的角色,"大江会"就是其中一个重要并富特色的文化团体。

19世纪20年代,又有一大批中国学生赴美留学。1923年8月17日,梁实秋等清华学校癸亥级全班67人,以及燕京大学毕业的许地山和冰心等都一起登上了从上海浦东港出发的"杰克逊总统号"海轮。像吴宓在归国的茫茫波涛中写下《再论新文化运动》那样,他们也以文学书写与翻译打开了留美生活的第一页。在"杰克逊总统号"船舱口出现了一份十分特殊的新文学刊物——三日一刊的墙报《海啸》。其中14篇作品后来发表在《小说月报》在第十四卷第十一号上,并由商务印书馆列入《小说月报丛刊》:梁实秋的《海啸》《海鸟》《梦》《海角底孤星》《约翰,我对不起你》(译作,C. Rossetti 著)《你说你爱》(译作),冰心的《乡愁》《惆怅》《纸船》,落华生的《海世间》《女人,我很爱你》《醍醐天女》,一樵的《别泪》《什么是爱》(译作,K. Hamsum 著)。当然,《海啸》只是旅行途中一段富有意义和趣味的文学插曲,其在美华文学史上的重要性远不及1924年成立的"大江会"。"大江会"是19世纪20年代留美学生十分重要的社团,但在中国现代文学史和海外华文文学史研究中,并未得到应有的关注。关于"大江会"的研究成果颇为少见，其中以中国近代史、革命史及闻一多研究家闻黎民的研究最为深入具体。在《闻一多与"大江会"》和《大江会述论——兼论20年代初期留美学生的国家主义活动》等文中，作者详尽地梳理了"大江会"的成立始末及主要理念。据作者的研究，1922年，闻一多和罗隆基受《清华周刊》委托，在留美清华同学中征集刊物改组意见。闻一多不仅参与执笔中西部清华同学会的《留美同学对于周刊改组计划》，而且在1921级及1922级留美同学中形成了"通信团体"，包括闻一多、罗隆基、浦薛凤、吴泽霖、何浩若、沈有乾、钱宗堡、潘光旦、时昭瀛、闻亦传、刘聪强、陈石孚、刘昭禹等人。通信交流讨论的问题主要是社会责任、国家与国学的命运、留学生的思想状况以及"清华的合作精神"等等。在"通信团体"的基础上，1923年6月罗隆基、闻一多等人计划成立"新清华学会"；7月，闻一多和芝加哥清华同学首先成立"改良清华委员会"；9月，主题为"清华大改革案"的清华留美同学会中部年会召开，决定组织"大江学会"。1924年夏天，在芝加哥大学附近的一家小旅馆内，罗隆基、何浩若、闻一多、时昭瀛、潘光旦、张心一、王化成、吴文藻以及在前往哈佛途中路过芝加哥的梁实秋等20多人，正式成立"大江会"。该会的核心思想是"国家主义"，据梁实秋的说法，在这次会上，决定创办季刊，并确立了"大江会的国家主义"的基本理念："第一，鉴于当时国家的危急的处境，不愿侈谈世界大同或国际主义的崇高理想，而宜积极提倡'国家主义'（nationalism）：就是'国家'应在政党之上，执政者应超脱个人权位与政党利益，应以国家与人民的利益为施政的理想。第二，鉴于国内军阀之专横恣肆，应厉行自由民主之体制，拥护人权。第三，鉴于国内经济落后人民贫困，主张由国家倡导从农业社会进而为工业社会，反对以阶级斗争为出发点的共产主义。"①

留美时期，"大江会"成员的理论思考和阐述包括以下几方面：首先，是对其核心理念"国家主义"内涵的阐释。在《关于新清华学会及改组董事会二事的答复》中，罗隆基指出："大江会"是一种国家主义

---

① 梁实秋：《谈闻一多》，台湾传记文学出版社，1967年，第48—49页。

者的联合，绝大多数的成员都"崇奉国家主义的'Nationalism'"。①
"大江会的国家主义"即"Nationalism"，今译为"民族国家主义"或"国族主义"。在"大江会"同仁那里，"国家主义"的主要含义即在面对帝国主义列强的侵略扩张和民族国家危亡的时刻，强调"中华民国成为独立的主权国家"。（浦薛凤）《大江会章程》和《大江会宣言》具体阐述了其"国家主义"的这一内涵："中华人民谋中华政治的自由发展，中华经济的自由抉择，及中华文化的自由演进。"大江会的使命即是"本大江的国家主义，对内实行改造运动，对外反对列强侵略"。② "促进中华人民对国家之一种自觉性"，提倡"成仁取义，死节赴难，为国牺牲之气节"，以"抗拒帝国侵略主义之残暴"，以获得中国"主权完全独立、领土完全归还，修正一切不平等条约，解除一切不平等待遇"，其理想是建立独立、平等和自由竞争的现代民族国家。这是"大江会"的基本诉求，从中可以看出"大江会"的爱国主义精神和资产阶级知识分子的自由意识。

"大江会"的"国家主义"理念深刻地影响了其成员的文学理论与实践，或者说他们的文学阐释、创作与活动即是"国家主义"理念在文艺领域的延伸与反映。用闻一多的话说，他们所追求的是一种"中华文化的国家主义"。

"大江会"中从事文艺的闻一多、余上沅、梁实秋等人留美之前都是五四新文化运动的追随者。闻一多13岁考入清华学校后，就开始了五四新剧《革命军》的编剧和演出，16岁担任学校"游艺社"副社长。1919年，"游艺社"改为"新剧社"，闻一多大力倡导从欧美输入的新剧即话剧。余上沅早期也同样认为中国旧戏已经衰落，要改变这一状况，只有学习西方的剧作和戏剧理论尤其是"作戏的原理"。而梁实秋参加了五四学生的爱国运动，深受新文化的熏陶。他在《秋室杂忆》中说："我记得仔细阅读过的有：胡适的《实验主义》《尝试集》《中国哲学史》，周作人的《欧洲文学史》《域外小说集》，王星拱的《科学方法论》，

---

① 《清华周刊》第309期，1924年4月11日。
② 《大江会章程》，《大江季刊》第1卷第2期，1925年11月15日。

潘家洵译《易卜生戏剧》,《少年中国》的丛书,《共学社》的丛书,《晨报》,等等。《新潮》《新青年》等杂志更不待言是每期必读的。"①在创造社的影响下,梁实秋和同学顾毓琇等成立"小说研究社",后在闻一多的建议下改为"清华文学社"。这一时期的梁实秋在文艺观念上完全倾向于创造社的浪漫主义。有趣的是,这些激进的文学青年留美后文化理念和文学观都发生了巨大的转变。闻一多"勒马回缰作旧诗",并且和余上沅一道成了"国剧"运动的热情鼓吹者与实践者,梁实秋则从浪漫派转向古典主义。

这种转折其实并不难理解,毕竟爱国的民族主义始终是他们思想的核心,这一核心一直未曾改变。无论是追随五四新文化还是重认中华文化传统,都是现代知识分子怀抱爱国情怀,寻找救国道路的表现。留学美国之后,他们对中国文化的认识获得了一种新的视阈和参照,加上异域环境的情感刺激,使他们走上了重新认识中华文化的道路。留美的第三年,闻一多在两首旧体诗里表达了对中国文学传统的新认识:"六载观摩傍九夷,吟成嚼舌总猜疑。唐贤读破三千纸,勒马回缰作旧诗。"(《废旧诗六年矣。复理铅椠,纪以绝句》)"艺国前途正杳茫,新陈代谢费扶将。城中戴髻高一尺,殿上垂裳有二王。求福岂堪争弃马?补牢端可救亡羊。神州不乏它山石,李杜光芒万丈长。"(《释疑》)在1924年写给梁实秋的一封信中,闻一多如是说:"纽约同人皆同意于中华文化的国家主义(CulturalNationalism)……我辈不宜恭维日本,然而在艺术上恭维日本正所以恭维他的老祖宗——中国。我决意回国研究中国画,并提倡恢复国画以推崇我国文化。"②闻一多认识到文化对于一个民族和国家的独立与复兴的重要性,文化是"国魂"、民族之魂;他还意识到中华民族面临的危机不只是政治经济上被帝国列强入侵,而且还面临着文化被征服的威胁。"文化之征服甚于他方面之征服百千倍之。杜渐防微之责,舍我辈其谁堪任之!"③因

---

① 梁实秋:《秋室杂忆》,(台湾)传记文学出版社,1985年。
② 《闻一多全集》第3卷,生活·读书·新知三联书店,1982年,第617页。
③ 同②。

此,闻一多从"大江会"政治意义上的"国家主义"发展出了一种文化民族主义即"中华文化的国家主义"。1923 年闻一多发表了评论郭沫若《女神》的两篇文章——《女神之时代精神》和《女神之地方色彩》,这是闻一多留美时期的两篇重要诗学论文。前者肯定了《女神》的时代精神:"若讲新诗,郭沫若君的诗才配称新呢,不独艺术上他的作品与旧诗词相去最远,最要紧的是他的精神完全是时代的精神——20 世纪的时代精神。"后者却尖锐地批评《女神》所代表的新诗在形式和精神上的双重欧化倾向:"现在的新诗中有的是'德谟克拉西',有的是泰果尔、亚波罗,有的是'心弦''洗礼'等洋名词。但是,我们的中国在哪里? 我们四千年的华胄在哪里? 哪里是我们的大江、黄河、昆仑、泰山、洞庭、西子? 哪里是我们的《三百篇》《楚骚》、李、杜、苏、陆?"①

《女神之时代精神》和《女神之地方色彩》的重要性在于清晰地表述了闻一多的文化和文学立场。他认为:"当恢复我们对于旧文学底信仰……东方的文化是绝对的美的,是韵雅的。东方的文化而且又是人类所有的最彻底的文化。"②同样是推崇中国文化,同样是坚持中西艺术和文化的汇通结合,但闻一多这一立场已经与梅光迪和吴宓反对白话新诗的保守主义偏至论有了很大的差异,在强调文化的中国身份和文学的中国性的同时,闻一多还认同文艺的时代性。闻一多的中国性与对"新"(即创造精神)的追求是合一的,梅光迪和吴宓在文化和文学上则是完全持守成的理念。闻一多并不像梅吴那样把新文学视为"国之衰亡"之音,而是认为反传统的新文学也是爱国的文学,只是这种爱国与闻一多的"中华文化的国家主义"有所不同:"《女神》的作者对于中国,只看到他的坏处,看不到他的好处。他并不是不爱中国,而他确是不爱中国的文化。我个人同《女神》底作者底态度不同之处是在:我爱中国固因他是我的祖国,而尤因他是有他那种可敬爱的文化的国家;《女神》之作者爱中国,只因他是他的祖国,因为是他的祖国,便有那种不能引他敬爱的文化,他还是爱他。爱祖国是情绪底事,

---

① 《闻一多全集》第 3 卷,生活·读书·新知三联书店,1982 年,第 367 页。
② 同①。

爱文化是理智的事。一般所提倡的爱国专有情绪的爱就够了；所以没有理智的爱并不足以诟病一个爱国之士。但是我们现在讨论的是另一个问题，是理智上的爱国之文化底问题。"①这里，闻一多把情绪上的爱国和理智上的爱国作了区别。在他看来，自己对国家文化的热爱是一种理智的选择，一种文化价值论立场上的理性选择，而不仅仅是某种情绪的反映。闻一多显然是从"大江会"政治意义上的"国家主义"发展出"文化的国家主义"，再从中延伸出文艺的中国性和中国身份这个重要命题，其中蕴含着反抗西方文化殖民的深刻意味。留美时期的闻一多已经初步建立了完整的文化民族主义立场，形成了以中国性为核心的文学观。

这种文化民族主义观念的产生以及强化与他们留学美国时的遭遇也有一定的关系。这方面的原因自然与郁达夫、鲁迅和吴宓等人的经验十分相似。郁的性苦闷，鲁迅经历的幻灯片事件，吴宓的剧场经验以及闻一多、梁实秋遭遇的歧视等都与国家和民族的近代命运息息相关。在《谈闻一多》中，梁实秋曾经回忆起对闻一多和他自己在民族情感上都颇有刺激的"匿名诗事件"。1924 年 3 月 25 日，科罗拉多大学校刊《虎报》(《The Colorado college Tiger》)发表了一首作者匿名的诗歌《The Sphinx》，诗的大意是："中国人的面孔活像人首狮身谜一般的怪物，整天板着脸，面部无表情，不知心里想的是一些什么事。"②在闻一多和梁实秋看来，《The Sphinx》含有某种挑衅的意味。所以两人同样以英文诗予以回应，闻一多的《另一个支那人的回答》在科罗拉多大学学生中引起了巨大反响。而梁实秋在《"支那人"的答复》(《Reply Froma "Chinef"》)中写道："在遥远的太平洋海底，/长有珊瑚树。/珊瑚通红，/可比基督身上凝结的鲜血，/而光耀又像日轮。/成波状镶在你们国王冠上的珊瑚，/挂在你们王后颈上的珊瑚，/迷眩你们的眼睛，/放射超凡的丽彩。/可是，你们人人纳闷，/不懂珊瑚在水

① 闻一多：《〈女神〉之地方色彩》，《闻一多全集》第 2 卷，湖北人民出版社，1993 年，第 121 页。
② 梁实秋：《谈闻一多》，(台湾)传记文学出版社，1967 年，第 41－42 页。

中的样子——/同样地，你们对我感到惊疑。"（梁锡华译）《The
Sphinx》的质疑显然激起了闻一多和梁实秋对自己民族国家文化进行
维护和重新认识的欲望。至少在心理方面获得了一种平衡：我们在物
质文明上落后了，但我们却有着悠久而伟大的文化传统。在异域遭受
各种歧视反而刺激了他们的文化民族主义情感，在 1922 年、1923 年两
封写给父母的信中，闻一多表达了这一情感："呜呼，我堂堂华胄，有五
千年之政教、礼俗、文学、美术，除不娴制造机械以为杀人掠财之用，我
有何者多后于彼哉，而竟为彼藐视、蹂躏，是可忍孰不可忍？"①"我乃
有国之民，我有五千年之历史与文化，我有何不若彼美人者？将谓吾
国人不能制杀人之枪炮遂不若彼之光明磊落乎？总之，彼之贱视吾国
人者一言难尽。"②梁实秋有着同样的感受，这种感受在其留美时期的
作品，如短篇小说《谜语》和《公理》中有着深刻的印痕，前者表现的是
留学生在异乡受创而精神失常，后者则抒写留学生的感时忧国情
怀——一种书生式的激愤。的确，留学为一代知识分子重新构建自我
与他者的关系提供了一个重要的契机，为重构民族文化认同和国家想
象提供了必要的历史氛围。近现代中国知识分子身上普遍都具有这
样的国族情怀，但不同的个体和社群在重构国族上所选择的道路不尽
相同甚至迥异。从留美到归国后的文学实践，闻一多始终坚持着"中
华文化的国家主义"理念。

闻一多的诗歌作品大多是这一文化理念的感性显现和情感化表
达。这在其留美时期的作品中已经定下了情感基调。如《孤雁》《太
阳吟》《忆菊》《秋色》《秋深了》等。"太阳啊——神速的金乌——太
阳！/让我骑着你每日绕行地球一周，/也便能天天望见一次家
乡！……"（《太阳吟》）这种激越的爱国情感的抒发构成了留美时期
闻一多诗歌的基本主题。对美国社会不平等现实和种族歧视的尖锐
批判是另一个重要主题，典型作品有著名的《洗衣歌》："你说洗衣的
买卖太下贱，/肯下贱的只有唐人不成！/你们的牧师他告诉我说，/耶

---

① 《闻一多全集》第 12 卷，生活·读书·新知三联书店，1982 年，第 46 页。
② 同①，第 138 页。

稣的爸爸做木匠出身,/你信不信？你信不信？……"

除了加入"大江会"以及所遭遇到的"非我族类"处境外,导致梁实秋文艺观念转折的还有另外一个十分重要的机缘。那就是他与新人文主义者白璧德的学术缘分,正是这一缘分彻底改变了其早期的浪漫主义观念。梁实秋留美的第二年即 1924 年初,还为《创造季刊》写了倡导浪漫主义解放与反抗精神的《拜伦与浪漫主义》一文。同年秋天,梁实秋转入哈佛,成了白璧德的学生,选修了白璧德主讲的"16 世纪以后之文艺批评"等课程。梁实秋如是说:"我读了他的书,上了他的课,突然感到他的见解平正通达而且切中时弊。我平夙心中蕴结的一些浪漫情操几为之一扫而空。我开始省悟,五四以来的文艺思潮应该根据历史的透视而加以重估。"①此后梁实秋的文学观念就开始从浪漫主义急速转向古典主义,逐渐成为 20 世纪中国文学中古典主义思潮的代表人物。在《关于白璧德及其思想》一文中,梁实秋谈到这一机缘,他说:"我从此了解什么叫做'历史的透视'（historical perspective）,一个作家或一部作品的价值之衡量,需要顾到他在整个历史上的地位,也还要注意到文艺之高度的严肃性。从极端的浪漫主义,我转到了多少近于古典主义的立场。"②梁实秋因而从浪漫主义的追随者转变成为反对中国现代文学浪漫倾向的尖锐批评家。

写于 1926 年的《现代中国文学之浪漫趋势》是梁实秋留美时期最重要的文论,是作者全面接受白璧德影响之后形成的古典主义文学观念的一次十分明晰的表述。在梁实秋看来,五四新文学完全是西方浪漫主义任性文学影响下的产物,新文学运动"就全部看,是'浪漫的混乱'。"③梁氏从四个方面重新评价五四新文学:"一、新文学运动根本是受外国的影响。二、新文学运动是推崇感情,轻视理性。三、新文学运动所采取的对人生的态度是印象的。四、新文学运动主张皈依自然

① 梁实秋:《影响我的几本书》,《梁实秋文学回忆录》,岳麓书社,1989 年。

② 梁实秋:《关于白璧德及其思想》,《梁实秋论文学》,台湾时报文化出版事业有限公司,1978 年,第 492 页。

③ 梁实秋:《梁实秋自选集》,台湾黎明文化事业股份有限公司,1981 年,第 11 页。

并侧重独创。"①这一概括并不是毫无理由的,梁氏所强调理性、秩序、"从正面努力""沉静的观察人生,并观察人生全体"以及在"理性指导下的独创"等,应该说对现代文学的发展也是有益的意见。但梁氏从白璧德主义出发彻底否定了新文学的革命意义,在观念上表现出了反对新文学的保守倾向。"新文学是耽于声色肉欲的文学,把文学拘锁到色相的区域以内,以激发自己和别人的冲动为能事,他们自己也许承认是感伤的,但有时实是不道德的(我的意思是说不伦理的)。他们也许承认是自然的,但有时实是卑下的","在质一方面的弊病是趋于颓废。"②对新文学的认识不能不说是有偏差的。古典主义与浪漫主义之争在西方有着漫长的历史,在两者之间作出艺术和美学上的高下之分无疑是困难的。对五四新文学的评价当然可以应用世界性的普遍的美学标准,就像吴宓所说的那样,"盖文章美术之优劣长短,本只一理,中西无异"。但这只是问题的一个方面;另一方面,评价一个时期的文艺还必须回到其发生和衍变的具体的历史场景中。五四文学的浪漫倾向和抒情主义是在一个对人的感性及美学规范过度的背景中发生的,反者道之动,因而具有其历史的合法性和解放感性建构主体性的伟大意义。这样的意义是不能仅仅从纯粹艺术或纯美学的层面予以评价的。白璧德主义不可能真正认识到这一点,因为白璧德的古典主义是建立在近代以来西方现代性发展已经十分充分的基础之上,以理性的、古典的、道德的力量制衡过度发展的主体欲望是必要的,但当时中国的状况不是现代性发展过度,而是处于现代性的启蒙阶段。因而从古典主义出发否定新文学则是与历史发展的趋势相悖离的。在这方面,梁实秋、吴宓、梅光迪对新文学的判断显然都存在某种历史的巨大落差,这也是人们把他们视为保守主义的一个根本原因。

在《现代中国文学之浪漫趋势》中,梁实秋在批评新文学的浪漫倾向的同时,第一次打出了"古典主义"的旗号,初步阐释了其古典主义文学理念的几个要点:一是古典主义者所需要的文学是"从心所欲不

---

① 梁实秋:《梁实秋自选集》,台湾黎明文化事业股份有限公司,1981 年,第 25 页。
② 同①,第 13 页。

逾矩"的文学,这种文学是守纪律的;二是古典主义凭借最高的理想达到真实的境界,倚赖理性的力量,经过现实的生活以达于理想之境界;三是古典主义表现的人性是常态的、普遍的。其表现的态度是冷静的、清晰的、有纪律的;四是文学作品应该是富有想象和情感的,理性不过一个制裁,使想象与情感不超出于常态人性的范围以外。从其对新文学浪漫趋势的批评和对古典主义的正面阐发来看,梁实秋已经充分吸收了白壁德的新人文主义思想,并融入中国现代文学批评之中。留美时期的《现代中国文学之浪漫趋势》为梁实秋回国后全面系统地建构现代中国文学批评的古典主义流派奠定了基础。

留美时期,在"大江会"成员和其他留学生合作所开展的一系列文学实践活动中,戏剧活动也是特别值得人们注意的。早在少年时期,闻一多就对戏剧充满了兴趣并已经开始了自编自演《革命军》,而且还组织了"新剧社"。留美时期他与对中西戏剧理论素有研究的余上沅等人的戏剧合作演出书写了现代美华文学史上富有特别意义的一章。1924 年 9 月,闻一多转学纽约艺术学院,与学习戏剧、舞美的留学生余上沅、熊佛西、赵太侔、张嘉铸等人相识。早年对戏剧的热情重新暴发出来,他自编自演了不少新剧,其中《牛郎织女》(洪深编剧)和《杨贵妃》(又名《此恨绵绵》,余上沅改编)在留学生及华侨中乃至在中国现代戏剧界都产生了很大的影响。1925 年春,他们发起自编自演英语剧《琵琶记》(顾毓秀编剧,梁实秋翻译),并特别邀请余上沅和赵太侔前往指导排演。3 月 28 日,由顾毓秀饰牛丞相、冰心饰丞相之女、梁实秋饰蔡中郎的《琵琶记》在美国著名的波士顿考普莱剧院上演,再次大获成功。这表明中国的经典、传奇题材、戏剧样式、写意的表演体系等都具有强大的文化生命力。这些留美学生的戏剧活动是中国现代"国剧运动"的最初尝试,也构成了现代"国剧运动"的基础。对于闻一多、梁实秋、余上沅等人而言,剧场是一种文化论述,"国剧"试验构成了一种特殊的文化表征。因而《杨贵妃》和《琵琶记》的演出即是对"中华文化的国家主义"的论述实践。

# 论《死水微澜》中蔡大嫂的个性行为特点

　　我读李劼人的长篇小说《死水微澜》,力图径直走进作品,直接与我所感兴趣的人物对话。我一眼看中了她,不,其实毋宁说是她一下子吸引了我。那一双妩媚灵活却又带着不安分的眼睛,机敏而坦然地凝视着我,似乎在说:"我还是要向前走。"

　　是的,倔强、执着、不安分,这便是她——蔡大嫂(邓幺姑)的个性,这一形象的闪光魅力和审美价值正是来源于此。

　　19 世纪末 20 世纪初中国西南偏僻的农村,人们大多沉睡不醒、麻木不仁。邓幺姑(即后来的蔡大嫂)却是少数不安于现状者之一。可以说,她远不具有后来的五四女性那种清醒而强烈的个性意识,更谈不上自觉地反抗传统、表现自我。时代、环境、文化素质诸因素决定了她的个性特征,即限于形而下的"个性行为"(包括个性冲动),而非理性范畴的"个性意识"。这是她与那些比她幸运得多的自由宣泄苦闷,探求人生真谛,追求自由、民主的知识女性们的显著区分。同时,她又鹤立于大多数顺从命运摆布、"忍性"极强的劳动妇女之上,她永远不会发出祥林嫂式的"人死后有灵魂么"的疑问。准确地说,她处于麻木与清醒的交界点上,这使得她的"个性行为"更加复杂化,而其间表现出来的张力更加强化了读者对人物"个性行为"的印象。

　　蒙昧落后、混混沌沌的乡村里,身为少女的她有着一个朦胧而美好的梦,即成都梦。成都,在她的印象里不啻于一个美丽的天堂。她把它与自己的前途紧密联系起来,"对于成都,简直认为是她将来最好归宿的地方"。这样的梦,在今天看起来平平常常,在其时其境却是凤毛麟角。究其源,他人(韩二奶奶)对成都的美化、父母对她的宠溺都起了一定作用,但最根本的原因却在于邓幺姑自身:她知道自己相貌出众,像韩二奶奶所说"有这样一个好胎子,又精灵",她对自我的这种表层认识使得她仅凭直觉也感到自己不该埋没在"这鬼地方",也决定了她的梦想只能是"嫁给城里人家"而已。至于嫁给谁,她还来不及考虑。她的第一步是要走出山沟,到一个更大的世界去。如果说一般少女的梦总是如虹似雾,笼着玫瑰般的色彩,她的梦则是一棵紧贴着现实土壤的树。韩二奶奶还来不及为她说门城里的亲事便"奄然而逝",此后有人来为城里一位老头提亲又遭父母一致拒绝,机会一次次失去,怎不让她伤心、绝望!她在韩二奶奶棺前的痛哭更是对自身命运的感伤;得知父母拒亲后一个人偷偷大哭一场同样是这个有心计的女孩面对现实发出的愤恨之音。少女之梦的幻灭将她推向痛苦和麻木,以至于她在父母做主将她嫁给天回镇的蔡傻子一事上不做任何反抗。

　　天回镇自然比不得成都,但毕竟比邓幺姑自己所身处的穷乡僻壤要强出很多,何况"蔡"人虽傻却是镇上的富户,于是,邓幺姑变成了蔡大嫂。这一变化,一方面是她被动地走出了"离开山沟"的起点,似乎是她在"无为"(无梦)状态下反而"有为"(实现了"梦"的初步)的表现;另一面,却暴露了她个性中懦弱、停滞、妥协的弱点。她只能无为而为,听天由命。当然,聪明的她深知这"天"、这"命"于她并非险恶,相反倒可以了却她的一些心愿,何乐而不为?!从这里,我们已经看出人物个性行为的起点便带着扭曲、畸形的烙印,这简直是一种于偶然的缝隙求得生长的侥幸的个性行为。与之同来的是强烈的被动性和狭隘性。

　　天回镇上的蔡大嫂以全新的面目出现,既然迈出了第一步,下面就走第二步吧。她揽起经济大权,掌管铺面生意,生了孩子,做了三年"安分守己"的妇人,小日子过得红红火火。一般女人大多会满足于这种生活,而她不能。她若真的安于现状也便失去了她存在的价值(从审美的眼光看),同时也就不是她自己了(从她个性发展的逻辑看)。

　　她那身风流妖娆的打扮,她那双不甘寂寞的眼睛似乎射出了强烈的呐喊:"我不满足!我需要爱!"对爱情的渴求构成了她心理上"具有方向的紧张力"，三年的平静掩盖着心灵的失重，也从量的层面加强了这种"紧张力"。最终，这种"力"冲破了一切障碍，她几乎是不顾一切地投入了爱河。

蔡大嫂的爱情故事基本属于潘金莲的模式，当然并不完全相同：这个版本中没有"小叔子"的警告威胁，也没有丈夫的阻挡力量，因此她无需杀夫以去掉绊脚之石。最该产生戏剧冲突的地方却静若止水，作者将她的爱情写得热烈至极，并且意外地一帆风顺，皆大欢喜。这不仅在传统道德伦理观念看来"罪大恶极"；而且也违背了读者正常的审美心理。

但我以为，对她的爱情这种浓墨重彩的描写，恰恰显示出李劼人这部长篇作品的独异风采，对人物个性的揭示因而进入更深的审美层次。同时，世俗力量及不可知的命运之潜网依然悄然四撒。人物表面的轻松快乐无异于为阅读者设置了一种审美假象。

蔡大嫂与罗歪嘴之间的炽烈爱情达到了现代心理学所谓的"高峰体验"状态。在"她"的眼里，他是男子汉的象征；而他眼里的女人唯有"她"。他们发狂地相爱着，爱之电光火石照亮的是真实奔突的人性。她"像着了魔似的"，他则不禁感叹："枉自嫖了二十年，到如今，才算真正尝着了妇人的情爱。"罗歪嘴是个四处跑滩的"袍哥儿"，玩女人却从不付出真情，可称"歪门"。而邓幺姑在毫无爱情的家庭里寂寞空虚到羡慕妓女刘三金，羡慕妓女"总也得过别一些人的情爱"。在宣扬"三从四德"的封建旧体制中，邓幺姑的所思所想无异于中了"邪道"。这一"歪"一"邪"，恰恰形成了某种性格同构，也可以说正是邓幺姑与罗歪嘴相互吸引的潜意识层的原因。如果说罗歪嘴之"歪"实在只是一种"恶"而并不值得张扬，那么蔡大嫂之"心邪"却因撞击了封建伦理道德的敏感部分和虚伪本质而显得不同寻常，这自然是她本人所无法意识到的。在邓幺姑爱的美丽光环下，罗歪嘴开始弃"歪"从"正"，比如在青羊宫赶会那一段，罗在蔡大嫂的激励下路见不平、拔刀相助，一派正气凛然；蔡大嫂则因为自己能像个女英雄那样抛头露面而洋洋得意。她的善良与稚气、泼辣与美丽以及他的"随她效应"都一览无遗，令人读后发出会心的微笑：陶醉于爱情中的人有时纯净如两个孩子。

作者煞是可爱，撒开手脚为作品中两人的爱情大开绿灯。可畏的人言因罗歪嘴的势力强大而难于杀人；头戴绿帽子的蔡傻子居然"傻得其所"，以至于让人忘却了他值得同情和怜悯的角色身份。于是，叛逆者的爱情得到了淋漓尽致的抒发，我们似乎能听到蔡大嫂胜利的欢笑声。她对爱情的大胆追求和享受正与她个性中的不安分因素相吻合，并将她的青春和生命推向辉煌的巅峰。一切冠冕堂皇、名正言顺的指责在这无所顾忌的爱情面前统统萎缩甚至遁形了。

然而作者深明以乐衬悲则更悲之理，小说中处于幸福之巅的蔡大嫂顷刻之间跌入痛苦之渊，情势的陡转仿佛向她开了个天大的玩笑。罗歪嘴因卷入教案而只身逃跑，昔日的柔情蜜意、缠绵甜美在死亡的刀尖下即刻变得苍白无力。在此，罗歪嘴与蔡大嫂的态度既有相似之处——恐惧、慌乱，同时又形成鲜明对照——罗歪嘴于惊慌之中忘不了逃命，于留恋之中又不得不割爱，而蔡大嫂却完全成了情感的俘虏，从慌乱中清醒过来的她最害怕的是罗歪嘴的离去，她情愿和心上人一道走到天涯海角，别的什么也不管。随之而来描写她与兵丁的拼死搏斗，更将一个失去了最珍贵的爱之后的女人那种歇斯底里的痛苦发泄揭示得酣畅淋漓。

从"爱的渴望与酝酿"到"爱的享受与沉陷"，再到"爱的失落与隐遁"，呈现出"伏—起—伏"的波浪形发展轨迹，在大起大落的命运拨弄与情感跌宕中，作者让女主人公在情感的极端展现自己的全部个性：她蔑视陈规陋习，执着于爱情而决不退缩，并勇于将爱与恨付诸行动。作者没有忘记在强烈的动态描绘里展示人物心态，人物在"天真烂漫"自以为完美无比的时刻突然间发现自己奔跑在一张猛然收起的巨网之中，这不能不说是她的悲剧，一个盲目前行者的悲剧。此时，读者心中充满了对失败者的同情，审美者发现了其中的悲剧因素。

但可以想象，人物自身并不会满意我们的"发现"，更不需要一丝儿"怜悯"。蔡大嫂是个不甘心成为弱者的女性，她外表柔弱、美丽，骨子里却不乏海明威式的"硬汉精神"。绝望之后，她不允许自己就此倒下去，她身上那股盲目的不安分的骚动越来越趋向于朝向命运抗争；

同时我们清醒地意识到,她的个人追求从一开始起就是畸形发展的。

而这一人物形象的不可替代性,那种只属于蔡大嫂的精神特质也正在于此。

于是,她决定嫁给她并不爱的那个因投靠洋教而走运的顾天成,这也就成了人们意料中的意外了。一般正常人是"自爱"成分高于"他爱"成分的,蔡大嫂亦不例外。她爱自己,从爱惜容颜到爱惜爱情,无不体现出真实的人性。为了爱情,她愿意勇敢地承受一切痛苦,但爱情已然变成一只窒息于蛛网的小虫。身处绝境中的蔡大嫂一不去跳河,二不去做尼姑,而是痛快地答应了顾天成的求婚。她必须向前走,必须面对可悲的现实做出行动,并且一如她追求爱情时一样令人瞠目,她再一次做出让人结舌的行动。

剖析她的这一行为,人们不难看出其中流动的个性之火。从表面看,她是看中了顾天成的钱和势,她需要挺起腰杆做"顾大奶奶",用金钱和权势筑起一堵强大的自我保护之墙。但我们却不难从她那放肆的"哈哈大笑"声中听到深层的悲哀:她难道不是在报复吗?报复一去无踪影的罗歪嘴,报复昔日那个爱得太深的自己,她这也是以软弱自欺的方式抗议这个社会。生活之网要她成为一只被束缚了手脚的可怜虫,她偏偏要舒舒服服地活个痛快!尽管与自己不爱的男人共同生活不可能真正痛快,但她已无力顾及了,她必须平衡自己一颗失重的流血的心。不知道她自己是否能意识到,她的行为已经造成了一个更可悲的后果,即她将自己如商品一样出卖了。当初她嫁给蔡傻子,是出于被动,而现在作出决定的却是她自己。这是一个自我意识正欲萌生的女性个人的极大悲剧,她无法逃脱,闯入了新的网。她一直朝着她所认为的前方走去,不幸在于她的追求自始至终都是畸形的。蔡大嫂这一形象因此超越了她这一个体,她的曲曲折折的"个性行为"之沉浮从某一侧面书写了人性挣扎的历史。

在纵观蔡大嫂爱情历史的过程中,会使人不自觉地联想到潘金莲,甚至想到梅里美笔下具有野性风姿的嘉尔曼。她们不是一些孤立的存在,她们身上流动着类似的"不安分""不稳定"甚至是"爆炸性"的性情因素,流动着骚动不安的、叛逆的个性烈火。她们有着诸多的相似之处但她们又确实只能是各自的"自己",从这一点而言,每一个"她"都具有某种"凝定性",其个性也趋于"具体化"。

蔡大嫂不同于潘金莲,她们分属于不同的时代。潘金莲处在完全的封建统治时代,她的强烈个性不可能寻到正常的正当的途径,只能扭曲、变态地发展。传统伦理观念的浓重阴影一方面刺激着她那被压抑的欲望向外奔突,另一方面又像紧箍咒一样套在她的脖子上,使她无法忘却"犯罪感",心理的极端紧张导致她最终用真正的犯罪(杀夫)将自己推向别无选择的极境,亦推入必然的悲剧结局,身后仍作为恶的化身承受数不清的切齿痛骂和唾弃。这便是那个为了一己之欲而丧失了卿卿性命的不幸女人。与她相比,蔡大嫂似乎要幸运得多。她生长在新旧交替之时代,毕竟还有机会从隙缝中伸展一下腰肢。封建势力虽依然阴魂不散,但毕竟开始趋于衰落,而国门打开后涌入的一切新思潮、新观念正在全面冲击着古老的中国。社会的剧变震荡着人心,即便小小的天回镇也能感受到隆隆炮声的余音。蔡大嫂于是过了一段春风得意的生活,即与罗歪嘴肆无忌惮地相爱。在这一过程中她不曾产生"犯罪感",甚至还故意在人前显示;她对丈夫的负疚极浅,更没有畏惧乃至要除掉他,她无须走到悬崖的边缘。她的爱情在作品中放射着美丽的人性光芒,作者在张扬这一切时也是于客观描述之中流露出褒扬和赞赏之意,《水浒传》里的潘金莲何曾有如此之荣幸呢?到蔡大嫂决定嫁给顾天成(其时,她的丈夫正在监狱中)时,只轮到目瞪口呆的老父亲惊叹:"世道不同了! 世道不同了!"

吉卜赛女郎嘉尔曼像一团炽热的烈火,又如一股迅猛的旋风,她的个性在时空的不断流动中得以自由发展,这就是流浪的种族造就的典型的流浪者的个性:自由而浪漫。没有沉重的伦理道德的十字架,她的行动勇敢而主动,且富有进攻性;空间的变幻流动使得她变化多端,具有极强的适应性和特殊的智慧。在爱情观上,她既爱了便没有任何的退缩,既不爱了就一刀两断,并无二话;她毫无依赖性,即便真心爱上一个男子,也决不会将自己"托付"于他,她只依靠自己。现实的残酷使她的情感有时冻成冰块,她能面对杀死丈夫的情人不流一滴伤心泪,她相信并欣赏强者。当她的情人成为她自由天性的障碍时,她决绝地宣告不再爱他,以致死于他的刀下。她是冰与火的统一,是自由的精灵。

相比之下,蔡大嫂的天地要狭小得多,她被凝结在一个小小的近乎封闭的乡村空间中,不可企及的"成都梦"便说明了这一点。空间的狭小、陈旧使她不可能摆脱一切心理束缚。她要面对一方了如指掌的小天地,这方小天地虽也受到新生力量的冲击,但却依然散发着腐朽的霉味儿,她的生存环境与"文明"处境决定了她不可能如嘉尔曼那样自信、那样彻底。如果说嘉尔曼高举个性主义的大旗,以热血谱写出一曲自由的颂歌,那么蔡大嫂却是在为了自身需要而狂呼一雨之余仍然不可避免地浸沉到东方文化的平和安宁气氛中。她在爱上罗歪嘴之后仍然耐心等待了三年,全然是一个"贤妻良母"。这不能不说明她的追求之谨慎、小心,甘于忍耐,缺乏主动性和豪迈色彩。而与歪嘴罗相爱后,她也像一般女性那样将自己的一切"托付"于他,她满足于两人的卿卿我我,满足于被宠爱。这其实仍然没能脱出女人依赖男人的窠臼。依赖性的爱情观和心理上的"爱情至上"局限了她个性的前行,使得她的个性如同初放的小脚,拘泥而萎缩。将自己的价值完全放在男性对她的肯定和赞扬上进行衡量,这就导致她的爱情追求陷入可悲之境,她似乎将赌注压在自己那讨人喜欢的外貌上,也就很容易理解了。

蔡大嫂不是潘金莲,也不可能是嘉尔曼,她只能是她自己:邓幺姑。至此我们已将人物形象从情感追求与个性特征层面进行了基本剖析。以此看来,蔡大嫂这一神采飞扬的女性形象已然有足够理由傲立于长期以来并不重视她的现代文学史中;而作品中众多的人物则衬托和显示了这一女性人物形象的丰满和复杂。

首先,我们可将幺姑与父母区隔为两个迥异的类型。两位老人善良、迂腐、缺乏生命力,身上却又体现出背景深远而浓厚的传统力量,自始至终,他们一直因循守旧,消极地活动着,他们的活动象征着传统桎梏的难以摆脱,也预示着传统中与时代脱节的僵化部分必将走向腐朽。而在父母这两位老人的参照之下,更能显现出幺姑的新鲜活力。与他们相比,她显得如此朝气蓬勃,充满希望,是新生力量的代表。她具有较高层次的人性追求,有着朦胧的个性意识并付诸个性行为。父母一辈与她,恰如"死水"与"微澜",她的波动不安总是使父母惊诧不已,无法捉摸。然而"微澜"毕竟归于死水,她少女时屈从父命的出嫁就是她对父母所代表的整个传统的屈服;而被打之后蔡大嫂重新依偎于父母的卵翼之下,似乎暗示着这"微澜"终究无法摆脱广袤、沉寂的"死水"。这样,人物个性的复杂就不言自明了。

她与罗歪嘴不仅是爱情实现的两个对象,他们的关系微妙而又复杂。罗歪嘴的出现唤起她爱的觉醒,罗的消失又成为她对爱情绝望的致命一击。蔡大嫂从开始的追求自己所需转而成为对罗歪嘴的依附,在她的个性体现最为充分之时又将其削弱至零,她寻求的既是真正的爱情,又是安全、享乐的摇篮。作为集真假、善恶、美丑于一身的邪气汉子罗歪嘴的爱情对象,她身上亦反射出某种相互呼应的"复杂性"。

小说中饶有意味的是她与妓女刘三金之间的关系。蔡大嫂虽为良家女子,但与刘三金却十二分地投缘。刘三金无疑是蔡大嫂实施爱的追求的一个重要引路者。妓女是黑暗社会制度的畸形产物,女主人公却由身份卑微、处境可悲却自得其乐的妓女刘三金引导走向爱情之路,这本身就颇具讽刺意义。果不其然,后来蔡大嫂与顾天成不是明目张胆地做了一笔婚姻买卖么?! 她与刘三金的关系,是作者貌似无意之中的潜伏之笔,寄意深远,深刻揭示了那个新旧交替的时代中国乡村妇女追求个体爱情幸福的困难与艰辛。

# 死亡背景之构筑

## ——评蹇先艾的小说《在贵州道上》

　　蹇先艾，这位来自贵州偏远地区的乡土文学作家，自 20 世纪 20 年代起就有意识地接受了艺术为人生的现实主义观念，在鲁迅先生忧愤深广、悲天悯人的精神引导下，悄然避开了当时汹涌澎湃的个性解放之大潮，把目光从城市青年焦灼不安的时代困惑投向乡村民众悲惨麻木的生存困境。他和许钦文、黎锦明、台静农、许杰等来自乡村的作家一样，当他们走出乡间接受过一番新思潮的洗礼之后，回首反观故土，萌生出既陌生又熟悉、既遥远又迫近的审美眼光。它既包涵与童年经验相关的割舍不断的亲近和同情，又带有超越普通乡情之上的批判自省式的理性考察。蹇先艾二三十年代的文学实践，始终致力于以深切的民族忧患感去关注贵州乡村的人文景观。他早期的作品，"简朴地写出故乡的'乡曲的哀怨'，深受鲁迅、郑振铎、王统照等老一辈作家的器重和鼓励"；[①]他的后期作品依然保持着早期的思想艺术倾向，其中的地方色彩和人道主义同情心愈加浓厚深挚。发自内心深处的悲悯与同情是那样不可抑制地渗透在对乡间恶俗的批判和对乡民愚弱习性的讽刺之中。我们从中能感受到鲁迅式的"哀其不幸，怒其不争"的忧愤。在此，我们仅以蹇先艾的一篇并不引人注目的作品《在贵州道上》为例，进行一次全身心投入的阅读实践。

　　短篇小说《在贵州道上》给人的印象首先是它贵州味儿十足的地方色彩。烟雨蒙蒙、阴郁森严的山景和无遮无饰、质朴祖浅的乡音迎

---

　　① 　严家炎：《中国现代各流派小说选》，北京大学出版社，1986 年，第 277 页。

面扑来，但当你拔开笼罩在这幅风俗画面上的那层阴沉的云雾，你的心灵便将遭受一次无可退避的撞击，底层民众朴实率真的品性、地狱般苦难的生存景观以及他们愚昧麻木的灵魂交相叠映，构成了一幅线条奔突、意象杂陈、张力丰富的深层图景。小说将沉重的思想意蕴交付给近乎平淡漠然的故事叙述者"我"，几乎让读者进入一种常态的还乡感受的阅读骗局，唯有小说结局对人物的死亡点到即止的虚写，将包容量本不单薄的整个作品旋即推入深不见底的伤感之渊薮。叙述者"我"的淡漠而轻飘的情绪陡然变得凝重甚至不能自拔，"我"忍不住慨然长叹："唉！我们所处的世界是何等残酷啊？"这句直白的激愤之语依然浸透着伤感。而作者显然也表现出对读者经受和作者同样强烈的情感体验的迫切希望，结尾过于率直、陡峭的情感流露虽然对于全篇的艺术氛围只能起到破坏作用，但却也呈现出作者和许多富有良知的中国现代作家一样固守着忧患意识和人道精神。

死亡，作为个体生命的必然终结，带有永远的宿命色彩和无法逃脱的悲剧性。因此，它被古往今来的文学家所格外关注。萨特笔下勇敢的革命者面临死亡时的恐惧窒息的沉重喘息，阿Q哆哆嗦嗦地画上死亡圆圈的姿态以及死刑围观者的喧嚣与丑陋，都是文学世界中通过死亡将生命的悲剧状态推向极致的个案。从蹇先艾作品中我们也往往会透视出幽暗、凝滞的死亡背景。

阅读蹇先艾的另一篇名作《水葬》，那个因偷盗而被沉河的农民骆毛赴死的整个过程经紧锣密鼓、浓墨重彩的渲染，"死亡"因处在即将降临却尚未来到的瞬间，死亡无论对于赴死者还是对于读者皆构成强烈的刺激，将死者与围观者在一场既惊且险的悲喜剧中保持着贯穿作品首尾的紧张。相对而言，《在贵州道上》对死亡的感受和描写就决非情绪饱满的泼墨，倒更近乎不着一笔的汁白当黑，因此小说给读者的感觉要松弛得多。第一人称"我"的使用更加缓和了气氛。"我"属于那种经受过文明熏陶的小资产阶级知识分子，但本质上并不比五四时期对人力车夫们施予同情的文人有所进步，他甚至并不具备鲁迅先生在《一件小事》等文章中透现出来的自审意识。在这里，作者选择了"我"作为观察点和叙述主角，首先就奠定了趋向平和的调子。但"我的立足点和觉悟毕竟要远远高于"我"的观照对象，故"我"对经历的事件、观察的人物的价值评判必然包蕴了作者借"我"之口所发的议论，在读者眼中，作者有时和小说的叙述者重叠交融为一体，使人难辨其异。

但我们又清楚地知道，这个"我"不仅有与作者重合的一面，"我"的另一面，只是作者安排的一个观察者而已，"我"在作品中承担的任务是"我"尚不十分明确的。正如有人在评论蹇先艾时指出他是"用西方人道主义的眼光去反观贵州内地生活"。① 而这样沉重的使命是远非那种有着如蜻蜓点水般轻飘的同情的人所能胜任的。

事实上小说自始至终企图以表面的轻松与平衡掩盖内部的紧张与波动。我们看到，叙述者"我"似乎正沉浸在一种古今文人笔下的哀愁、落寞等情绪之中，带着游子意识构想着"我"的回乡记。"我"以典型的游子式的惊奇和亲切感打量着家乡的一切：陡峭的山岭、泥泞的小路、浮沉的云雾；"我"还兴味十足地倾听着轿夫们无所顾忌的日常对话，那地地道道的方言土语、朴实憨直而又形态各异的人物性格，无不唤起"我"潜滋暗长的浓郁乡情。

作者并没有如此轻松地让我们一直沿着这种古典文人的悠闲情调漫步下去，而是适时地将处于"我"的观察中的被动者——轿夫们调动至小说的主动参与者的位置上来。相反，处于主动观察状态中的"我"则被排挤到被动境地。这样，我们就可以适时地摆脱"我"的视角对阅读构成的束缚，直接面对那一群浑身充满泥土气息的汉子们，他们毫不矫饰的袒露与"我"的隐蔽、委婉的文人心态形成强烈的对照，一时令我们手足无措。然而我们很快就会被他们所感染和触动，当我们认识了轿头胡小山之后，便会迅速将兴趣的焦点集中到作品所要突出的悲剧主角——矮墩、壮实的老赵身上。我们还会发现，与此同时，阴郁恍惚的天气山景再也唤不起"我"的诗情画意，"我"百无聊赖时的最佳消遣品恰恰也是那个老赵。微妙的人际关系将老赵身上的悲剧性暗暗传达给了读者。而身在"庐山"中的"我"不愿去深想

---

① 杜惠荣、王鸿儒：《蹇先艾评传》，贵州人民出版社，1986年，第54页。

它,老赵更是没有能力去意识到它。作品得以保持一份叙述上的从容自在。

老赵的个性在一路的对话里暴露无遗,这是个极其开朗、豪爽的劳动者,看上去又带些憨傻气和滑稽相。比如他那种袒胸露怀的暴露穿戴引人发笑,在抬轿行进过程中他那种逞能、好强,故意在泥泞处踩得啪啪作响的举动将他那粗憨、单纯的儿童化心态生动地展现出来,而他由于被克扣了一百文钱竟然哽着嗓子痛哭这一行为更把他性格中的滑稽、荒诞推向高峰,给他披上了一层喜剧角色的外衣。塞先艾在轻描淡写中运用了他所熟谙的"隐型暗示"的反衬手法,当然这也非他所独创。

在一批深受鲁迅影响的乡土文学作品中,这种手法并不少见。且不说阿Q形象蕴藏的复杂意向,是难以"表层结构"和"深层结构"所能揭示明白的。王鲁彦的笔下,底层民众被砍下的头颅如同一颗"柚子",近乎黑色幽默的笔调更加深化了作者心中的愤激与沉重;彭家煌的《活鬼》以乡间闹鬼、赶鬼等滑稽性笔触叙述一个"幼夫长妻"的陈规陋习带来的荒诞剧,而浓烈的喜剧风格背后,却又分明是悲哀和无奈,"作者有一种本领使人在悲哀时也能破涕而笑"。① 反过来说,这里的笑也只能是含泪的笑。以喜衬悲,悲喜交集,代表了乡土文学的共同审美倾向。如果追溯一下作家的创作心理机制,我们看到的必然是作家一方面清醒地意识到弊端所在,另一方面却无法从思想上、文化上驱除痛苦、矛盾的心态,即鲁迅所说的"觉醒了之后无路可走的悲哀"。相对于那些非自觉化的底层民众,他们在封建礼教的柳锁下苦苦挣扎(鲁迅《祝福》中的祥林嫂),在天灾人祸的重击下没有了生存的最基本权利(台静农《新坟》中的疯女人),在贫困的生活逼迫下染上赌习忍辱典妻(许杰《赌徒吉顺》)……然而他们受压迫一生却毫无觉悟(许钦文《鼻涕阿二》),他们在痛苦和灾难的压迫下不思反抗却一味顺从、麻木不仁(鲁迅《故乡》中的闰土)。对于这些不幸而又不争的民众而言,他们并未自觉到自身悲剧的根源也无力去追问,因此

---

① 严家炎:《论彭家煌的小说》,《中国现代文学研究丛刊》,1986 年第 3 期。

扮演真正的悲剧角色时却往往套上了一副不伦不类的喜剧面具。五四时期的乡土文学其实就是那些觉醒了的知识者在俯视并审视一般底层民众的苦难。在审察自身与那些陷于非人处境的愚昧民众之间的关系时，这些作家表现出了矛盾、复杂的心态。

这些知识者既需保持理性批判精神，正视惨淡的人生，又无法不饱含远胜于狭义的"乡情"的浓厚的同情之心。这就导致了不少乡土小说悲喜交集的复杂形态。蹇先艾与他的同仁们一样捧着一副热肠来省察他的故土乡亲，借此表达自己与一般民众之间的复杂情感。但他形诸笔端的常常是一些平实、真切的情节，是接近生活原生态的语言对白，他从不强加给简单性格的人物以复杂的内心活动，在这方面，他克服了一般文人所常常偏好的"诗意化"习惯。与台静农在《红灯》等小说中为普通劳动者设计的大量丰富而诗意化的心理幻觉描写相比，他显然更加朴素；与许杰在《赌徒吉顺》等作品中频频渲染一个底层人物的文人化了的"意识流"描写相比，他更加懂得作为一个小说家节制的"美德"。蹇先艾也不着意于主观情绪浓烈的象征意象与反讽手法；如前文所提及的王鲁彦笔下的"柚子"式的浓得化不开的意象，彭家煌那种虽然可以理解但却过于人为的杂糅悲、喜剧因素于一体的灵活笔触，都是不可能出诸蹇先艾作品的。他笔下的这个老赵决不具有阿Q那么山重水复的多重意味，老赵只是普通劳作者老赵而已。虽然得益于作者观察的地域民俗民情之偏僻与特殊，他的故事本身自然地具备某种神秘因素，但作者创作时的心态却朴实而自然。

这里所说的自然不同于沈从文所刻意追求的缥缥缈缈、充满理想色彩的再造的自然，而是一种天然去雕饰的原始意味的自然。《在贵州道上》似乎就是自然地记述了一个底层人物的并不复杂的故事。但是，作者带着理性超越精神的悲悯情怀决定了小说内涵的意蕴深度。作者自己的声音越来越急切地盖过了叙述者"我"的淡漠。现在让我们来追踪作者在自然、平实的述说中所暗示的悲剧意韵。

笔者行文开端便拉出小说结局处"老赵"之死的虚写，并果断地指出正是它将小说推入了伤感之渊。应该说，这决非虚妄、夸张之辞。虽说人物之死悬而未决，但"老赵"伙伴的泪水淋漓，以及那个一直作从容淡漠状的"我"的真情流露，都陡然间增添了一个悲剧性的尾巴。这浓烈的阴云弥漫开去，竟同文中云低雾黑雨凉风湿的自然景观浑然相融了。我们不由得回过头去看小说，喜剧与闹剧的形式于潜移默化中正滋生着悲剧的症状，试举例分析一二。

（一）由于半路上杀出个老太婆，凶巴巴地找老赵要账，老赵被扣去加班钱一百文，因此"唏唏呼呼"地哭得男子汉气全无，问他为何难受至此，老赵痛心疾首地回答道："一百文够吹一盒呢，先生啊！"因果间的失重造成了闹剧的效果。

在这里，烟十分合理地带有了象征意味。联系前文曾描述的老赵洋洋得意地自我炫耀："我吗？比你能干得多，七八盒再加上七八盒，再加上七八盒。"这就是他所谓"能干"的标志。烟似乎成了他活下去的依存。下苦力赚钱，钱来换烟，"吹烟才有气力"。有气力然后再去下苦力，如此循环往复下去，直至老朽无力，这便是老赵这群人单调贫乏、毫无转机和希望的生存状态。而他自己并没意识到自己的可悲，倒是富有同情心的"我"的妻子慨叹道："都让烟给害了啊！"吸去他血汗钱的烟，同时又是给他精神麻醉的毒品。联想一下，正是这种烟以不同方式熏木了多少人痛苦的心灵，使人们于缭绕的烟雾中获得短暂的满足和忘却，因此也更加不思改变现状了。我以为，"烟"实际上已惨惨淡淡地弥漫开去，笼罩着西南山区阴郁的天空。老赵的寻求麻木、自甘于麻木的死水一样的精神状态透示出深刻的悲剧性。

（二）老赵夫妻间的纠葛看上去热热闹闹，颇有看头，作者真实生动的描写将一些情绪化的东西都压制到深处去了。我们所看到的是这对夫妻毫无造作的大吵大闹，女的撒泼，男的撒野。然而这段精彩的吵闹却向人们揭示了一个无情的事实：国民生存之艰难和封建习俗之顽固。在老赵看来，穷人家"男人抬轿，婆娘养汉……"是很平常的事，也合情合理。这种毫无自尊的忍让态度正是那个时代（也是整个封建时代）的国民在穷困潦倒的境况中苟且偷生的态度。这是多么可悲的生存！因此，小说越写到后面，笔调越无法轻松下来，如果说暗藏在作者心底的那股愤激和悲哀在前文还能压抑、含蓄于故事情节之中，那么到后来，情感性很强的疑问和反问句便越来越频繁地出现了，以至于叙述者最后难以抑制地发出一句直露而浅白的慨叹,让潜在的浓烈情绪达到高潮便戛然而止。余下哀伤和思索,留给面对小说的读者。

阅读至此,读者的脑海中逐渐形成的再也不是一篇轻松、散淡的回乡记,而是一幅笼罩着死亡阴影的阴森凝滞的版画。死亡本身,作为生命个体的终结,也许并非最为可怕,可怕的是国民精神的沉沦死寂。因此,蹇先艾等乡土文学作者对此的虔诚努力不异于向处于20世纪初的广大中国民众敲响了警钟。

# 历史叙事、生命传奇与地志书写

## ——林那北长篇小说《我的唐山》论

进入21世纪以来,闽籍作家林那北小说创作葱茏蓬勃上升之势令人瞩目,《寻找妻子古菜花》《请你表扬》《风火墙》和《埔之上》等数量可观的精品佳作表明:作者不仅中短篇叙事技艺娴熟,在长篇小说的经营探索上也日渐可观。2011年底,她推出了一部近40万字的长篇小说《我的唐山》,被评论界认为是中国大陆首部史诗般再现"唐山过台湾"(即大陆移民到台湾开基)历史的鸿篇巨制。这部小说兼具恢弘壮阔的艺术视阈和温暖细腻的抒情笔触,纵横捭阖于虚构故事与历史地志之间,其沉郁深挚的描摹咏叹,荡气回肠的情感波澜,每每让人动容和感怀。作者深情回溯且理性观照那深邃绵渺的时光通道中风雨如晦、云诡波谲的一段历史岁月,聚焦于光绪元年(乙亥,1875)至光绪二十年(乙未,1895)晚清20余载历史时空中闽台先民跌宕起伏、动人心魄的人生传奇。

## 一、小人物与大历史

《我的唐山》这个命名似乎颇易引起误读,部分读者将"唐山"理解为中国北方曾经发生过大地震的那个同名城市。① 事实上,此处的唐山并非河北省唐山市,而是台、港、澳地区的中国人及海外华人对中华故土的一种称呼,泛指"大唐江山",简称"唐山"。这个简洁的称呼里,积淀着海外华人华裔丰富醇厚如五味陈酿的历史记忆,更镂刻着

---

① http://www.fj.xinhuanet.com/nwh/2012-02/08/content_24665173.htm。

深沉的原乡祖根情怀与民族身份认同。数百年来大陆沿海居民前往台湾开基拓垦，则谓之"唐山过台湾"，他们同样习惯于以"唐山"指代祖国大陆原乡。历史上越过海峡去台湾的移民中，以闽籍人士为众，据成书于清末的《安平杂记》记载：台湾人口中绝大部分为汉人，而汉人中，"隶漳、泉籍者十分之七八，是曰闽籍；隶嘉应、潮州籍者十分之二，是曰粤籍"。① 闽地居民祖上又多为中原移民，"晋、唐、宋时期，河洛人南下闽中，构成了闽人的主体，河洛文化也因而移植到福建，对闽文化的崛起起着莫大的作用"。② 闽台两地存在着地缘近、血缘亲、俗缘深、物缘广、情缘久等多重根脉相连的亲缘关系，而闽台文化追根寻源又可上溯至内陆中原。"唐山过台湾"的移民史及其间蕴含的闽台缘两岸情，自然值得浓墨书写，命名颇具史诗意味的《我的唐山》正是一部能深入展现这段历史的诚意之作。作品通过晚清时期闽台的一群黎庶小民辗转于海峡两岸的生命浮沉，生动地呈现了"唐山过台湾"波澜壮阔的历史场景。作者曾为纪录片《过台湾》撰写过解说词全文，对于这段丰饶、斑驳的历史下过扎实的考据功夫，对相关的历史背景有深度的了解和认知。与纪录片相比，小说《我的唐山》更全面而充分地调动了作者的艺术想象与创造力，写作过程深耕细作，犹如"蚯蚓般穿过那段历史"（《我的唐山》后记）。"史诗性的长篇小说主要不在于抒发创作主体的情感意识，也不重在抒发创作主体的欢悦或忧伤、惆怅或感慨，它的笔触所及总是关注于社会的公共生活、总是联系着影响历史进程的事件。创作思维的外向性、作品内容的客观性，是史诗性长篇小说的基本特征。"③如果我们认同这样的界定，那么《我的唐山》确实具有史诗性叙事的部分特色，它主要不是凝定于创作主体的内在情感和主观感受，而是外向性客观性地将视阈投向晚清的时代风云，以及闽台庶民百姓的生存状态；但是，它又与我们所习见的史诗性

---

① 台湾文献丛刊本《安平县杂记》，转引自杨彦杰《闽南移民与闽台区域文化》，《福建论坛》，2003 年第 3 期。
② 徐晓望：《闽文化的崛起与河洛文化南传》，《寻根》，1994 年第 1 期。
③ 胡良桂：《史诗与史诗性的长篇小说》，《文艺理论与批评》，1990 年第 2 期。

历史小说的宏大叙事存在着明显差异。谈及《我的唐山》的历史叙事，林那北这样说："历史小说可有多种写法，帝王将相是一种路数，才子佳人也是一种路数。而我写的人物却是生活在社会最底层的戏班子艺人、流亡的逃犯之类。在历史长河中，人类其实非常渺小无助，但每一个人都会有在历史中留下自己的脚印，带着各自的体温与视角……而让小人物来映衬大历史，历史因此会变得更具体可感。"①这段话朴素而明晰地表达了作者对当今历史小说写作多元性现状的认知和自我创作的明确定位，从中也可以感受到其历史意识带有感性、温情、包容的倾向。她向读者呈现的，不仅是对历史巨像景观的理性辨析与宏观思考，同时更是对历史波潮中寻常个体生命价值的凝视、亲近、理解、尊重与关注，由此叙述小人物与大历史之间相互嵌合、缠绕、映照、反衬等复杂、奇妙的种种关联，成为《我的唐山》历史叙事的重要表征。

不难看到，《我的唐山》直观展示或间接叙述了明郑至晚清的闽台大历史——尤其是与台湾岛命运攸关的大事件，如明郑王朝驱逐荷兰侵略者收复台湾的历史功勋，中法战争中马江战役的悲壮、惨烈现场，刘铭传抗法事迹及出任台湾首任巡抚后的近代化建设，黑旗军的抗法、抗日斗争，甲午战争及中日《马关条约》的签订，国号永清的"台湾民主国"的建立和覆亡，不甘为倭奴的台湾人民的英勇抗争与悲壮无奈……一部内忧外患的晚清史，构成了小说硝烟弥漫的巨大背景。郑成功、施琅、沈有容、林则徐、张佩纶、刘铭传、沈葆桢、唐景崧、刘永福、冯子材、岑毓英、丘逢甲、施世榜、吴沙等明清时期的历史人物也在小说中以各种形式登台"现身"，他们之中有些因年代久远仅留下一个高大的背影让人瞻望、遐想，如明代抗倭名将沈有容、船工阿福口中有些神化的"国姓爷"郑成功；有些则只是偶尔被提及，如在台"开山抚番"的钦差大臣、福州船政大臣沈葆桢、康熙年间到台湾彰化修建施厝圳的泉州人施世榜、被尊称为"宜兰始祖"的漳浦人吴沙等。

这些真实历史人物的有关叙述并非闲笔，他们的姓名和事迹不仅

---

① 吴海虹:《林那北新作〈我的唐山〉带我们去对岸寻亲人》，http://fujian. people. com. cn/n/2012/0221/c234782 - 16772477 - 5. html。

有助于小说历史氛围的铺陈与经营,有些也被巧妙地编织进小说情节中,与虚构人物的人生发生种种联系,成为小说人物性格的注解或情节发展的推力。比如"国姓爷"身上的血性、刚勇铸就了船工阿福这个底层小人物的侠肝义胆和爱国情怀:"番仔跑到我们家门口来欺侮人,我们气不过,所以帮朝廷,帮台湾。我们这些船户,提着脑袋在海上跑,不是为了钱,没人为了钱!"而刘铭传(刘六麻子)主政台湾,则决定了作品中夏本清与陈浩年这两个人物远赴南洋筹资回台修建铁路的生命历程。福州历史名人沈葆桢则成了小说中的人物朱墨轩的多年老友,两人交情甚厚,"如果不是沈葆桢,朱墨轩不会来安渠县任职",自然也就没有后面的故事;还有,唐景崧举荐朱墨轩为明海书院山长。岑毓英是小说中台湾儒学教授董鄂川的老友,影响了小说中陈浩月这个人物后半生的轨迹。甚至,真实历史人物和相关的场景被活现于读者眼前:如《马关条约》签订后全台一片悲愤抗议之声,衙署门前汇聚了群情沸腾的民众,小说安排衰老病弱的朱墨轩亲眼目睹丘逢甲咬破手指血书"抗倭守土"的激越场景,国难当头,朱墨轩想象中原本只是一介书生的丘逢甲却出人意料地迸发了贲张血性,发出振聋发聩的呐喊:"桑梓之地,义与存亡,誓不服倭!"这个场景的细描,与小说尾声中朱墨轩拖着病体回大陆却不幸死在船上的悲凉一幕两相呼应,给人留下了深刻印象。在此,真实历史人物与小说虚构人物的命运如此水乳交融,难以区隔。这种虚实相生、寓实于虚的写法强化了《我的唐山》历史叙事的真实感与感染力,不失为以虚构人物为主的历史文学书写的一种有效途径。当然,"这种情理之真与事实之真的统一,是中国历史典籍的普遍现象。"①只不过在艺术虚构为主体的小说创作中,小说家更应注重的是情理之真。必须指出的是,经过后现代思潮及新历史主义洗礼后的今人,或多或少会认同历史叙事也是话语建构的意识,难以相信有历史真相及其被再现还原的可能。此语境下,人们开始警惕历史话语建构中的权力渗透和交锋,然而弥漫着怀疑虚无

---

① 汪道伦:《从踵事增华到虚实相生——中国古典小说与史传文学艺术渊源探微》,《齐鲁学刊》,1985 年第 4 期。

意识的历史叙事以及纯粹娱乐化的戏说、穿越之风也得以盛行，某种程度上导致"历史已经不是我们怀念、感知久远的祖先的那种历史，历史已经成为我们消费的对象"。① 相形之下，林那北对历史和真实人生所抱持的敬畏、尊重、严谨和审慎的态度更显得难能可贵。

面对历史材料的繁复混杂和纷乱无序，作者同情并理解治史者"羽翼信史"考古求真之艰难；但是，作为小说家的林那北也敏锐地意识到一种悖论的存在，即历史学家的困局或许正是文学家的机遇所在："回首望去，有那么多的歧义和纷乱错综横陈，这些对治史者而言是不幸，对文学而言却是万幸，它无疑提供了想象的可能，也腾出了创造的空间。"（《我的唐山》后记）这里我们看到了作者挣脱历史材料的困囿，遂得以自由舞蹈的文学叙事之自觉。小说家打开想象创造之门，笔端涌出的是晚清南国那一群活泼泼的生命和他们离散飘零、悲欣交集的人生故事。陈浩年与陈浩月，一对形似神异的同胞兄弟；曲普莲和秦海庭，两个可歌可泣的传奇女子。几个主要人物曲折辗转的生命历程，构成了小说最重要的叙事线索。此外，小说还塑造了曲普圣、朱墨轩、夏本清、丁范忠、娥娘、黄有胜、曲玉堂、秦维汉、陈贵、夏禹、余一声、二声、三声、董鄂川、陈老汉、阿福、蛋亨仔等几十个形态各异、分量不等的人物群像。这些角色中有官员、商人、士绅、垦首，也有戏子、班主、流浪艺人、开药铺的医生、书生、农民、渔民、船主、船工、土匪、乞丐……几乎包括了那个时代闽台地区不同社会阶层的各色人等。作者着墨最多的还是那些在正史中难以占据主角位置的底层小民，不受正史青睐的小人物们在林那北的笔下却个性鲜明饱满、命运曲折堪叹。主人公陈浩年出身寒微，且身为不入九流的戏子和逃犯，但小说中的他容貌俊美，风姿秀逸，唱腔绝佳，恋戏成痴；他身世飘零、历尽坎坷，却始终克己修身，重承诺、守信用。陈浩月冒名顶替弟弟入狱，虽是无名小辈，却自有一股英雄豪情；他武艺高强，勇毅大度，最后在抗日保台的战斗中壮烈牺牲。即便是曲普圣这样有着同性恋倾向而被世人歧视的边缘人，也得到了叙述者充分的尊重、理解和同情，他

---

① 南帆：《想象与叙事的文学——在上海市作协的演讲》，左岸文化网。

那艰苦卓绝违背常规的爱以及最后的毅然赴死同样震撼人心……在展示每个人物各自的命运轨迹和性格逻辑的同时,小说也揭示着人性的多维、历史的面相与民族的精神。如南帆所言:"文学不一定能清楚地判断历史,但是文学力图揭示历史、社会和人性的复杂。"①《我的唐山》以追踪个体生命成长以及命运走向的方式去理解并贴近历史。相对于那些对民族国家和历史发展产生巨大影响力的大人物们(譬如帝王将相、英雄豪杰),《我的唐山》中的陈浩年、曲普莲这些活着尚属不易的小民,对"民族""国家""历史"这些宏大话语或许较难产生切身的感触,更难有高屋建瓴的理性认识;然而这些有血有肉的微末生命之悲欢苦乐,却终究是与民族国家的大历史紧紧纠缠于一体的。戏疯子陈浩年在法国人封锁海面的困顿焦虑中方才恍然——"国与家如此密不可分地相扣相关,这是陈浩年第一次遭遇到。不过草民一介,他原先以为天下万千起伏,都与自己隔山隔水,但眨眼间却如此唇亡齿寒了。"而夏本清何尝不是在马江战役突如其来地夺走儿子年轻生命后,才痛感国与家的苦难的一体性? 包括曲普莲在内的台湾百姓为了抗击日本殖民者自发的倾囊捐款,浩年、浩月和余一声等人奋不顾身以弱敌强的拼死一战,更是升斗小民痛感国家命运与个人生命紧密相连时身体力行的血性表达,如浩月所说:"如果战死,我就埋在这里了,这里是我们自己的疆土,埋下了,做鬼再扰得倭人不得安宁。"

读者或许会留意到一个细节,主人公陈浩年在逃亡途中曾经化名为"唐山",他以此为名在澎湖和台湾岛内四处流浪。这种刻意的安排当然隐含着一种强烈的主体认同:表面看似乎只是人物随意的自我命名,实际上却是一个流散他乡、隐姓埋名的漂泊者对故土绵长乡愁的本能确认。有趣的是,这个细节不仅让小说"我的中国"的宏大主题呼之欲出,同时也无意间投射了另一种小视角的柔情想象。对于澎湖女子秦海庭而言,"唐山"这两个汉字是她心中要托付终身的良人的姓名:那个从海上飘来的神秘俊秀男子,那个没办法留住却一直惦念的优雅男人。"我的唐山"不也正是这个始终被辜负的痴情女子对所爱

① 南帆:《想象与叙事的文学——在上海市作协的演讲》,左岸文化网。

之人的呼唤吗？就此小说壮阔雄浑的历史书写中，油然生出一缕女性叙事的柔婉深情。

## 二、生命传奇与地志书写

吉利恩·比尔指出："所有优秀的小说都必须带有传奇的一些特质：小说创作一个首尾连贯的幻影，它创造一个引人入胜的想象的世界，这个世界由详细的情节组成，以暗示理想的强烈程度为人们领悟；它靠作家的主观想象支撑。就最普遍和持久的层次而言，也许这样理解现实主义小说更为准确，它是传奇的变种，而不是取代了传奇。"①如果认可这一叙述，那么，倾力叙述遥远年代边陲之地小人物人生故事的《我的唐山》完全可以被称为一部具有传奇特质的小说。作者立足于厚实的现实主义根基，同时以文字与想象建构起一部充满偶然、乖戾、惊险和奇遇的生命传奇：变幻起伏的情节，引人入胜的想象，充满恩怨情仇、悲欢离合的戏剧性，以及主人公崎岖多舛、峰回路转的人生道路……都可为之印证。

"人生道路"这个有些陈旧的隐喻性修辞，在长篇小说中往往通过人物的逃亡、行走、寻找、奇遇、成长、受难等奇特独异的经验变得具体而鲜活，它是生命时间流程与人生活动空间的紧密结合。如同巴赫金所言："人在空间中的移动，人的流浪漫游……空间充满充实的生活意义，变得对主人公的命运至关重要。所以像相逢、分别、相遇、逃跑等因素在其中都具有了新的意义，比过去远为具体的意义，远为深刻的时空体意义。"②《我的唐山》中，主人公的人生之路是一个逃亡、离散、寻找、相逢、失落、磨难、牺牲与救赎等动作连续或混杂交融的饱满时空体，20余年的清末光阴和海疆边陲的两岸水土，构成了小说时空体的双维幅度。小说的传奇结构始于一个离散的起点，结于一个回归的终点。起始和收束之间，是循环往复的乖违命运和山重水复的谜样情

---

① [英]吉利恩·比尔：《传奇》，肖遥、邹孜彦译，昆仑出版社，1993年，第70页。
② [前苏联]巴赫金：《小说的时间形式和时空体形式》，《巴赫金文集》第3卷，白春仁、晓河译，河北教育出版社，1998年，第314页。

节。若让我们暂时认定这只是一场爱情的传奇,那么,曲普莲和陈浩年之间擦出爱的火花的那神秘的一瞬便可以被视为传奇的起点,而尾声里二人同船离开日据台湾回归大陆则应该是传奇结构合情合理的终局。从逃亡、离散、相逢、变故,到最终的携手同归(暗示二人结合的可能性),其间历经沧桑,完成了感人至深的爱情传奇结构。

然而,传奇叙事中最为重要的也许并非起点和终点,而是两点之间曲折而漫长的历程。历史上闽人过台湾的原因是多样的,大多是迫于生存压力而冒险闯荡天涯,《我的唐山》也交代了浩年祖父辈们作为底层边民过台湾的家族传统。但浩年和普莲过台湾的直接原因则是二人越轨恋情的暴露,与求生的现实考量相比,追求爱情(且还是违背传统伦理道德并大胆触碰权力的出格爱情)自然更有其传奇特质。一个是风靡闽南各地的舞台名伶,一个则是半百知县新娶的风姿嫣然的16岁小妾;二人的大胆约会和私奔成了新闻事件,也足以成罪。他们必须远离惹祸现场,尽快逃往海峡彼岸:此岸权力无法鞭及之地。但逃离一种既定的危险和灾难,却意味着又必将遭遇诸多未知的挑战与风险。小说张弛有度地分头叙述了两人不同的逃亡与离散经验。曾经风流婉转、柔弱俊逸的舞台优伶陈浩年渡海逃亡,途中遭遇灭顶风暴,险些葬身大海,幸而为澎湖居民秦维汉一家所救。辗转来到台湾后,又历经千辛万苦,甚至沦落为肮脏邋遢、衣不蔽体的乞丐,靠乞讨、卖艺为生。经年的流浪他乡,既是迫不得已的逃亡,也是苦心孤诣的寻找,为的是那个自己魂牵梦萦的女人,爱情为他孤寂、狼狈的逃亡生涯赋予了值得期盼的生存意义。难以理喻的情爱、伤害爱人的负疚心理,这两种动因都化为执拗的寻找。遗憾的是,误解和任性让年轻的普莲作出了错误决定:嫁给浩年的哥哥浩月,以此报复"负心人"。因此,鹿港的戏剧性相逢变得尴尬、苦涩、五味杂陈。期盼落空后的浩年变更了萍踪浪迹的方向:一是为了自己安身立命的戏艺,再就是替母亲寻找到父亲。个人爱情受到打击和阻遏,小说转而突出浩年作为戏疯子的这一面相,情感失意的浩年沉迷于戏曲艺术中,浪游的路线自鹿港至宜兰,再到台北,他创办了与闽南戏班子"茂兴堂"遥相呼应的"长兴堂",带出了一声、二声、三声等高徒,于是根在闽南的戏曲文化在台湾岛得到了传扬和光大,个体生命的意义随着时光流转、空间变幻也逐渐展开:"他是安渠人,但也是台湾人了。从光绪元年仓促东去,这么多年,那里的山水浸润而来,他从南部一直踏到北部,双脚一层层黏着那些肥得流油的泥土,而他,也早已成了岛上的一棵树,一丛根须纵横的青藤。"至此可见,《我的唐山》的传奇性其实远不止于浩年和普莲之间曲折多舛的爱情。传奇起点处的纯粹个人生命事件,到终点时已经不再那么单纯,小说终篇浩年、普莲等人回归大陆,这是因为生命寄居的美丽岛屿已被日帝铁蹄践踏,回归其实是又一次流离、动荡的开始。毕竟,他们的青春和盛年在台湾度过,那片热土留下了他们20余年悲欢离合的岁月,那里有他们祖父辈开疆辟土的足迹,那里也留下了他们活着的和已经死去的亲友,那里有他们永难忘怀的记忆。带着长兴堂戏班子到厦门演出时,陈浩年不禁感叹:"'回'这个字眼对他而言已经有了双向的意义,过台湾是回,来内陆唐山也是回。"而这种由衷的感慨也从小民的角度道出了闽台之间的血肉联系。

《我的唐山》的传奇特质还表现在人物的精心设计与细致刻画上,从中可见作者的巧妙用心,也能窥见某种人性观和价值建构倾向。如浩年和浩月这两个形似神离的兄弟,外貌酷肖而性情迥异,一个文弱纤细,一个强壮孔武,一文一武,两相辉映,这样的人物设计自然有助于故事的戏剧性生成;而在波澜起伏的戏剧性情境中,两个熠熠闪光的男儿性格便被凸现出来。陈浩年文弱清秀,却执着、重诺、守信、一诺千金。他对普莲的不懈找寻,既是补偿歉疚的赎罪之行,更是言而有信的无悔践诺;后文描写他接受邀请回厦门唱戏的章节里,浩年耿直、倔强、守信,近乎迂腐的性格又一次得到浓墨重彩的渲染。陈浩月自早年代弟弟顶罪,直至最终掩护浩年,自己与敌同归于尽,足以体现人物的手足情深和英雄本色。小说中的两个主要女性人物写得同样有声有色、可圈可点。曲普莲这个女子不仅音容形貌美丽可爱,更有超出常人的倔强、果敢、胆量和魄力,人生的每一次转折既有偶然的因素,也打上了她独异的个性烙印:幼时激烈反抗裹小脚而赢得了天足行走的自由;16岁时为救兄长毅然嫁给年过半百的朱墨轩,成为知县的小妾;爱上风姿绰约的陈浩年后即大胆赴约,准备与情人私奔以致被捕受刑;以为被浩年欺骗而断然决定嫁给浩月以为报复;浩月因刺杀朱墨轩而逃亡后,她卖掉鹿港的住房和土地,来到大稻埕做茶叶生意;海庭难产而死,她主动去抚养庭心……这个有着波斯人和女真血统的闽南女子,从一个不谙世事却敢爱敢恨的个性女孩,成长为刚强勇毅、侠义肝胆的成熟女性,是小说中散发着迷人魅力的可亲可敬的人物形象。作品里另一位女主角秦海庭也是美与善的化身,她温柔善良,善解人意,总是以灿烂的笑容去面对苦难和悲哀,不计得失地默默奉献:"秦海庭是水,那么柔那么舒缓无声地静静流着,有着与世无争的绵软与无助,内里却挟裹着一股那么汹涌的、坚定的、激越的蓬勃力量。"这两个奇女子都以自己的方式深爱着浩年,但并不相互妒恨,反而一见如故,成为知心姐妹,她们处事大气,有母性的包容和承担,她们的身上洋溢着温暖、朴实而高贵的人性力量。

细心琢磨,就会发觉作者对人性的认识也颇为理性、包容,特别是对民众生态中的复杂人性有着足够的同情和理解。《我的唐山》中的几十个人物里几乎没有一个完美的好人,也没有一个彻底的恶人,他们更多是被放在具体的境遇里来考察其行为和反应的,因此,我们才会看到人性的真实和复杂。比如曲普莲固然美丽善良、可亲可爱,但也有任性、固执等人性的弱点;浩年长相秀气、唱功好、嗓子柔亮、守信、克己、爱戏如命,可他有时又非常软弱。朱墨轩这个人物的多面性尤其值得一提:作为一个年过半百且妻妾成群的男人,利用身为知县的权力娶回令自己心动的少女,这种行为虽在封建父权时代并不罕见,但却带有明显的压迫性和丑恶性;后来朱墨轩过台湾来彰化任职时还继续利用权力打压"情敌"浩年,以至于浩年永远失去了赖以安身立命的好嗓子。不过,作者在塑造这个人物时并未完全否定他,而是充分注意到人性的多面和人格的成长。其笔下的人物总是在时空体中逐渐成长、变化,朱墨轩也不例外,他承继了祖上丰厚的家产,为官不贪财,与同僚相比,算得上执政清廉,淡泊无争,闲暇时爱读书听戏,颇有些文人雅士的风度,过台后还任职书院山长,对于中华传统文化恪守了保护与阐扬之责,心底里,采菊东篱、闲云野鹤才是他的人生理想境界;他对普莲的欲望和情爱,称得上是真心和负责,失尽颜面后恼羞成怒的打击报复也并非全然邪恶；老年的他反躬自省，昔日私仇已然化为乌有，反为曾经的罪过深感歉疚，默默资助长兴堂。正因为对这个人物的多面性和复杂人格有着丰富多维的表现，所以他得到"仇敌"的宽宥和接纳，也就显得合乎情理且令人感动。怨恨情仇漂洋过海持续经年，有朝一日终恩怨尽释，而非执意将仇恨进行到底，这样的描写显露出一种宽容大度的人性观。朱墨轩与浩年、普莲最终和解，江湖一笑泯恩仇，也是作者所赞赏的一种生命境界。即便是打开城门放日本兵进台北的黄有胜这样的负面角色，小说也并未简单化地处理。这个可以找到历史本事的触目情节，作者既通过普莲对黄有胜的辛辣讽刺（"你不怕我在茶里下了毒？"）表达了鲜明的好恶立场；也铺垫了黄有胜开城行为的心理依据，他曾焦虑地向浩年叙述原乡同安当年的清兵屠城史，也曾真实地表达对刘铭传治下台北城的留恋，最重要的是"宁为太平犬，不为乱世人"的保命哲学驱使他走出了令人不齿的那一步。对此，浩年明白自己绝不会像黄有胜那样，"做不出来"。但他也感叹："世道不是被黄有胜弄成如此险恶的，危巢之下，黄有胜只是想活下去，让自己和更多的人平安地活，活着有什么罪呢？"浩年的想法显然属于无辜的普罗大众。与前文叙述浩年对"朝廷里都是些什么人"的疑问相联系。显然，《我的唐山》里有一种常民的思维和立场，这应该是作者同情和理解的立场，也隐含着一种批评和质询的态度。与对封建体制和屠弱朝廷的批评嘲讽相对应，作者对笔下那群顽强坚韧的小民则不乏感喟、喜爱和赞佩。作品中的一干重要人物形貌性情和人生轨迹各异，却多属性情中人。给人深刻印象的是，重情、专情、痴情，这些似乎过时的古典化情感追求，却是陈浩年、曲普莲、秦海庭、曲普圣、丁范忠、娥娘等人身上饶有意味的共同之处。浩年专情于普莲以及用情于戏，海庭和普莲专情于浩年，丁范忠专情于娥娘，娥娘专情于陈贵，普圣专情于浩年……事实上，小说为我们提供了一连串重情重义（艺）而近乎于痴的人物形象。其中，浩年、浩月的母亲娥娘和丁范忠这两个长辈形象尤其令人动容。娥娘是闽南传统女性的典型，她的一生都在默默劳作、养育儿女以及孤独的等待中度过："母亲先是为了等父母兄弟，然后是她的丈夫，接着就是等两个儿子了。她生来仿佛就是为了伫立在那里等待,等一个个动荡颠簸的亲人,望眼欲穿。""母亲的一生犹如一场漫长的苦役",直到死,她始终保持着对一去不返的丈夫陈贵的忠诚。小说用饱含悲悯的精细文字来表现这个女子所承受的痛苦:"母亲脸上却已经有了暮色,岁月没有滋润她,只是将陈贵甩下的担子都撂给她,她独自行走了二十年,像一株干透的植物,单薄、枯萎、萧瑟,眼角那些放射状的皱纹,不经意就一扯一扯地抖动。"戏班班主丁范忠痴情重义,用生命来完成娥娘的两个嘱托:精心培养浩年成材,到台湾寻找陈贵,直到死。普圣对浩年的爱尽管不合世俗,却是不计得失的付出,那种此生无缘留待来世的决绝让人为之叹息。可以说,《我的唐山》的传奇性是由这些寻常小民用他们的真爱和至情至性谱写成章的。此外,小说在突出真纯情感价值的同时也彰显了部分传统道德的价值。如对信义的肯定,老子《道德经》曰:"轻诺必寡信",《论语》中将"言必信,行必果"视为"士"的必备条件之一,林那北笔下的民间艺人尽管身份卑微、不入九流,却具有传统士人重信义的操守和人格。而小说中也表达了对任侠之风的欣赏。任侠的历史渊源可上溯至墨家,《墨子·经上》曰:"任,士损己而益所为也。"①《墨子·经说上》则云:"任,为身之所恶,以成人之所急。"②《我的唐山》中的丁范忠、普圣、浩年、浩月、海庭、普莲、夏本清等人都曾为了解人之急、救人之难而不计得失乃至死不旋踵,这非常符合墨家的主张。寻找陈贵是小说的一条不可忽略的情节线索,也是浩年、浩月两兄弟的一种心结,父亲早年过台湾,两人对父亲只有遥远、陌生的印象,却一直在不懈寻找。寻父不仅是为了了却母亲的心愿,也表现出中国人传统的敬祖心态,"崇拜祖先是一个世袭观念所衍生的'慎终追远'行为的表现"。③

　　阅读《我的唐山》,让我们自然联想起台湾作家施叔青的相似题材

---

① [清]孙诒让:《墨子间诂》,《新编诸子集成》,中华书局,2001 年,第 314 页。
② 同①,第 337 页。
③ 李亦园:《近代中国家庭的变迁》,《李亦园自选集》,上海教育出版社,2002 年,第154 页。

长篇小说《行过洛津》，此作旨在"以小说为清代的台湾作传"，(《行过洛津》后记)，描写清末嘉庆年间福建七子戏艺人许情三次搭船到洛津(今鹿港)的生平遭际，从中见证洛津的 50 年兴衰变迁。对读《行过洛津》和《我的唐山》，固然二者的文字风格和审美旨趣有别，但在处理相似命题时的手法和趣味却又略有同处，如对民俗文化的细意摩挲就是两部作品的共同点。刘登翰先生曾敏锐地指出："《行过洛津》另一个让我们不能忘怀的是作者深入细腻地刻绘出一个'民俗台湾'。随同大陆移民携带而来的汉民族文化在台湾的传承，实际上沿着两条互相渗透和抵牾的渠道：一是以士人为代表的来自官方上层的精雅文化，体现在《行过洛津》中的朱士光和陈盛元身上；另一个是以俗民为代表的来自下层民间的世俗文化，它构成了整部《行过洛津》的民俗生活基础，敷展在许多民俗节日、民间信仰、戏曲、说唱和传说故事之中。民俗的形成，也是移民社会走向定居的标志之一。"①林那北的《我的唐山》留给我们同样的深刻印象：小说充满浓郁的闽台地方生活气息，处处可见对闽台地区自然环境、日常生活、文化习俗、民间风物的细致生动描摹。作者曾言："对土地与往事的好奇，这可能跟我编过地方志有关。"②编撰地方志所需要的耐心细致的观察力与作家的敏感灵慧相碰撞，流泻于笔端的就是一幕幕鲜活灵动的晚清闽台民间生活图志。因而，阅读小说的过程又仿若一次穿越时空、移步换景的晚清闽台之旅。作品有效地唤起了一种"地方感"："文学的想象与叙事广泛而有效地参与了'地方感'的编码与建构，参与了地理空间的生产。"③从这个意义上说，《我的唐山》无疑是一篇饱满、充实而又富有风致的闽台常民文化地志书写。作者之前阅读了大量的相关文献史料，在闽台历史和乡情民俗方面下足工夫，小说对闽台地区的婚丧嫁娶、四时节庆兴致勃勃地进行描画与点染，从中可以充分感受到两岸生活习

---

① 刘登翰：《施叔青：香港经验和台湾叙事——兼说世界华文创作中的"施叔青现象"》，《台湾文学集刊》，2005 年第 5 期。

② 南帆、北北：《文学不必男女有别》，《厦门文学》，2003 年第 8 期。

③ 刘小新：《文学地理学：从决定论到批判的地域主义》，《福建论坛》，2010 年第 10 期。

俗、风土人情的同根同源。如描述闽南人的婚礼习俗:"男婚女嫁得先探家风,再求庚,然后把庚帖置于神明、祖先案上卜卦,再在供桌的香炉上放置三天,三天中人畜平安,没惹是非,称得上是'三日圆',然后才能请算命先生'合婚',凭生辰八字测断双方是否适于婚嫁。秦家在澎湖已经生活几代,种种习俗却仍是与闽南一致的。"对闽南建筑的描绘:"房子仍立在村口,红砖黑瓦,墙的勒脚处刻有马踏祥云图案,檐边饰上梁山泊人物画,门外的塌寿特地修得比别人家都更宽敞更平整,这是为娥娘修的,娥娘常要站在门外眺望哩,望什么她不说,但既然她爱站,就得有一块地,让她雨天不被淋,夏天不被晒。……好多年以后,它仍然是陈厝村最漂亮的房子。"此外,像两岸中秋节都盛行的"博饼"习俗,以及梨园戏、宜兰小曲、车鼓阵、茶文化、袭用大陆名称的住宅村落、"划水仙"、清代台湾民间的"垦首"制度、乡村械斗等等,《我的唐山》不乏地志书写的田野气韵,民间文化形态的细腻展示意味着作者民间立场的自觉。

法国文论家郎松认为:"文学史是文化史的一部分,它记录了民族生活在思想感情方面漫长而丰富多彩的发展,并且记录了民族未能在行为世界中实现的苦痛或梦想。"①在《我的唐山》中,自由无羁的文学想象所勾画的瑰丽传奇,与严谨厚重的历史事件考据和文化习俗征引各显其能,而真实与虚构的相互嵌合、呼应与激荡,最终产生了真幻相依、虚实相伴的富有张力的审美效果。

---

① [美]昂利·拜尔编:《方法、批评及文学史:郎松文论选》,徐继曾译,中国社会科学出版社,1992年,第3页。

# 重新思考乡土文学论述

长期以来,"乡土文学"一直是现当代文论的重要概念。在中国现当代文学批评与研究领域,乡土文学论述占据着举足轻重的地位。20世纪90年代以后,随着中国社会与文化又一次大转型的全面展开,"乡土文学"概念的重要性逐渐衰减,其影响力早已大不如前。但乡土经验迄今仍是中国经验或中国问题至关重要的组成部分,乡土中国与现代性之间的历史张力并未随社会文化的大转型而消失,相反,日益严重的非均衡性发展形态导致了当代乡土经验的紧张、焦虑乃至断裂。现今,文学理论与批评是否需要重审乡土文学论述?是否需要重启乡土文学概念?这是一个值得思考的课题。

回顾现当代文论史,乡土文学论述留下了几笔重要的遗产。第一是审美的乡土论述。乡土是审美的对象,是生命的本源,是人类的诗意生存之所。这个论述建立在乡村与城市文化二元对立的美学框架之上。在这个二元对立框架中,乡村往往被想象成为自然的、质朴的、健康的、人性的,而城市文明则是无根的、颓废的、奢靡的、变态的、非人性的,乡村是城市异化生存的批判者。这种田园主义无疑属于人类的普遍情感,构成人类源远流长的审美乌托邦主义的一部分。从沈从文论、废名论,到张炜、张承志的大地崇拜论;从现代抒情小说传统论,到中国化的海德格尔诗意主义……审美的乡土论述可谓影响深远。第二是启蒙的乡土论述。乡土是精神启蒙的对象,文化批判的对象,乡村生活蒙昧、保守、贫穷、狭隘。这一论述显然是在"五四"国民性批判思潮中产生的,建立在蒙昧主义与现代性的二元框架之上。某种意义上说,审美的乡土论述和启蒙的乡土论述共享着一种历史逻辑。第三是革命的乡土论述。在这一论述中,农民是革命的主力军,"他们是革命中最广大最坚决的同盟军"。① 农村是革命的策源地与根据地,广袤的农村大地蕴含着巨大的革命能量。文学的乡土性或乡土气息代表着进步的美学风格、健康的文化趣味和伟大的民族传统。革命的乡土论述曾经是一种政治的美学意识形态的重要组成部分,是构成社会主义文化领导权的重要元素。

随着 20 世纪 90 年代中国社会与文化大转型进程的展开,乡土文学论述也产生了一系列微妙而且深刻的变化。简而言之,这一系列变化包括以下三大方面:首先是文学论述重心的转移,即从乡土文学到都市文学的重心转移。从现代化话语的崛起到城市化与城镇化政策的推行,城市文学逐渐代替乡土文学成为当代中国文学的主流,都市论述代替了乡土论述,逐渐发展成为当代文论的大宗产品。乡土文学论述的三大传统——审美主义、启蒙主义和革命话语——都受到了不同程度的消解。其次是从乡土论述到本土论述的隐蔽转移。正如南帆先生所言:"当全球化成为基本的语境之后,'乡土'不知不觉地转换为'本土'的象征。"②在 80 年代文化寻根热中,这一转移早已露出端倪。在全球化快速发展和后殖民理论大规模译介的深刻影响下,"本土"论述迅速崛起,取代了乡土文学论述曾经占据的理论要津,成为当代文论的核心话语。这一转移可谓意味深长:一方面表明本土化与全球化、中国与世界的对话关系越来越被文论界所重视,人们对中国人文学术以何种身份参与全球文化对话和竞争充满浓厚的兴趣,在一些理论家那里,"本土"常常扮演着抵抗西方理论入侵和文化殖民的关键角色;另一方面,"本土"往往被想象为某种同质化的概念,忽视了本土概念的历史性与内部歧义,乡土文学论述原本具有的批判性维度有可能被遮蔽乃至彻底消解。迄今,从乡土论述向本土论述转移的积

---

① 毛泽东:《在延安文艺座谈会上的讲话》,《毛泽东选集》第 3 卷,人民出版社,1991年,第 855 页。

② 南帆:《启蒙与大地崇拜:文学的乡村》,《文学评论》,2005 年第 1 期。

极意义与消极面向还远未得到深入的讨论和认真的清理。再次是从乡土文学论述到后（新）乡土文学论述的转移。在后革命的转移过程中，当代文学以独特的感性方式参与了当代社会与文化的巨幅转型，参与了当代思想史的想象与建构。在新的历史语境下，乡土叙事早已显现出新的美学特质和新的精神形态。在文论领域，"新乡土中国""新乡土社会""新乡土美学""新乡土叙事""新乡土文学""新乡土诗歌""新乡土小说"等等相关批评概念陆续登场，这表明从乡土文学论述到后（新）乡土文学论述的转移开始浮出水面。正如批评家李云雷所指出的："新世纪，中国农村已并非传统意义上的农村了，它出现了一些新的因素，也使旧的因素在新问题中得到了新的表现或组合。如果没有新的视野，不仅无法理解当前的中国农村，更无法创作出具有新意的大作品。如何叙述农村？今天的'新乡土小说'，应该在继承既往文学传统的基础上，发现农村中的新问题与新经验，并对一些"老问题"做出新的思考。"①的确，对于当代文学创作和批评而言，如何叙述新乡土？如何阐释新的乡土经验？如何阐释新的乡土文学形态？这些问题早已超出了传统乡土文学论述三大典范的阐释框架，理应成为当代文论至关重要的研究课题。乡土文学创作需要新视野、新观念和新美学，乡土文学论述同样也需要新视域、新思维和新思想。新乡土文学论述可谓呼之欲出。

那么，如何重构乡土文学论述？或如何建构一种"新乡土文学论述"呢？

首要工作即是重新认识传统，缝合断裂。重新认识传统乡土文学论述三大典范的意义与局限，是建构新乡土文学论述的基础。现今看来，传统乡土文学论述存在以下四个断裂：审美、启蒙与革命的意识形态断裂；都市与乡土的空间断裂；现实主义与现代主义的美学断裂；两岸乡土文学思潮的政治断裂。这四个断裂是传统乡土文学论述难以有效应对和阐释新乡土文学经验的根本原因。

---

① 李云雷：《我们如何叙述农村？——关于"新乡土小说"的三个问题》，《江苏社会科学》，2009 年第 1 期。

重构乡土文学论述必须跨越和缝合这四大断裂：第一，重建审美、启蒙与革命的历史关联，审美现代性、启蒙现代性、革命现代性三者之间原本存在着复杂的关联和辩证关系，并不是某种简单的对立关系。第二，超越城乡二元思考模式，建立都市与乡村的空间连接关系。城市与乡村不仅是地理概念和生态空间，对文学而言还是独特的文化空间。两者的差别逐渐被纳入传统与现代的对立之中，然而，文学中的城市与乡村隐含了多重含义，其中的复杂性及其关联远非传统与现代的二元结构所能涵盖。第三，传统乡土文学论述隐含着一种文化逻辑：乡土文学与都市文学的分野很大程度上亦即现实主义与现代主义的美学分野。这个逻辑既长期困扰着乡土文学的发展，也阻碍了乡土文学理论的发展。新乡土文学论述必须超越这一逻辑。第四，两岸乡土文学同属一体，从发生到发展与演变，两岸乡土文学都存在着紧密的思想联系和精神互动，即相互呼应，又互为镜像。一方面，鲁迅、沈从文的传统以及革命的乡土文学在台湾乡土文学史上都有着或隐或显的影响；另一方面，对于大陆乡土文学发展而言，台湾乡土文学深刻的批判性意识以及对新乡土经验的关注无疑具有参照意义。建构新乡土文学论述，必须整合两岸乡土论述资源，建立两岸连接的批判性思考框架。

其次，乡土文学论述的重构必须寻找更丰富的思想资源，发展传统马克思主义并形成系统的批判性论述，只有这样才能有效地应对和阐释日渐复杂的当代乡土现实和乡土文学经验。文化研究和后殖民理论的导入或许可以打开乡土文学论述的思想空间，王晓明的《L县见闻》和薛毅主编的《乡土中国与文化研究》等都做了十分有益的尝试。王晓明提出了农村被城市文化殖民的重要命题，他认为："'三农问题'并不仅仅是来自今日中国的经济和政治变化，它也同样是来自最近20年的文化变化。这些变化互相激励，紧紧地缠绕成一团，共同加剧了农村、农业和农民的艰难。因此，如果不能真正消除'三农问题'的那些文化上的诱因，单是在经济或制度上用力气，恐怕是很难把这个如地基塌陷一般巨大的威胁，真正逐出我们的社会的。"①的确，文化研究对于理解与阐释新乡土经验十分重要。但只有文化研究与文化批判的维度远远不足以整体地把握新乡土经验的复杂结构，文化研究必须和政治经济学批判相结合才有可能抵达乡土问题的深处，才能揭示出新乡土经验中历史、政治、经济、文化和欲望的复杂纠葛关系。

再次，建立乡土想象与再现的文化政治学。新乡土文学论述不仅要聚焦于新乡土经验，还要对诸种乡土叙事、想象与再现做批判性思考，亦即建立乡土想象与再现的文化政治学。如何叙述乡土？这显然是一个复杂的问题，它既与叙事文本的修辞美学直接相关，也与叙述者的角度和位置密切相关。任何叙述、想象与再现都是一种文化建构，都是一种意义生产行动，亦即一种文化政治行为，与社会权力结构密切关联。乡土想象与再现必然要嵌入某种权力结构和意识形态体系之中。怎样叙述乡土？如何再现乡土？谁的乡土叙事？乡土是如何被建构的？乡土空间是如何被符码化的？乡土叙事与社会再现体制又存在怎样的深层结构关系？这一系列相互关联的问题都与文化政治紧密相关，无疑是"新乡土文学论述"必须直面的问题。

---

① 王晓明：《L县见闻》，《天涯》，2004年第6期。

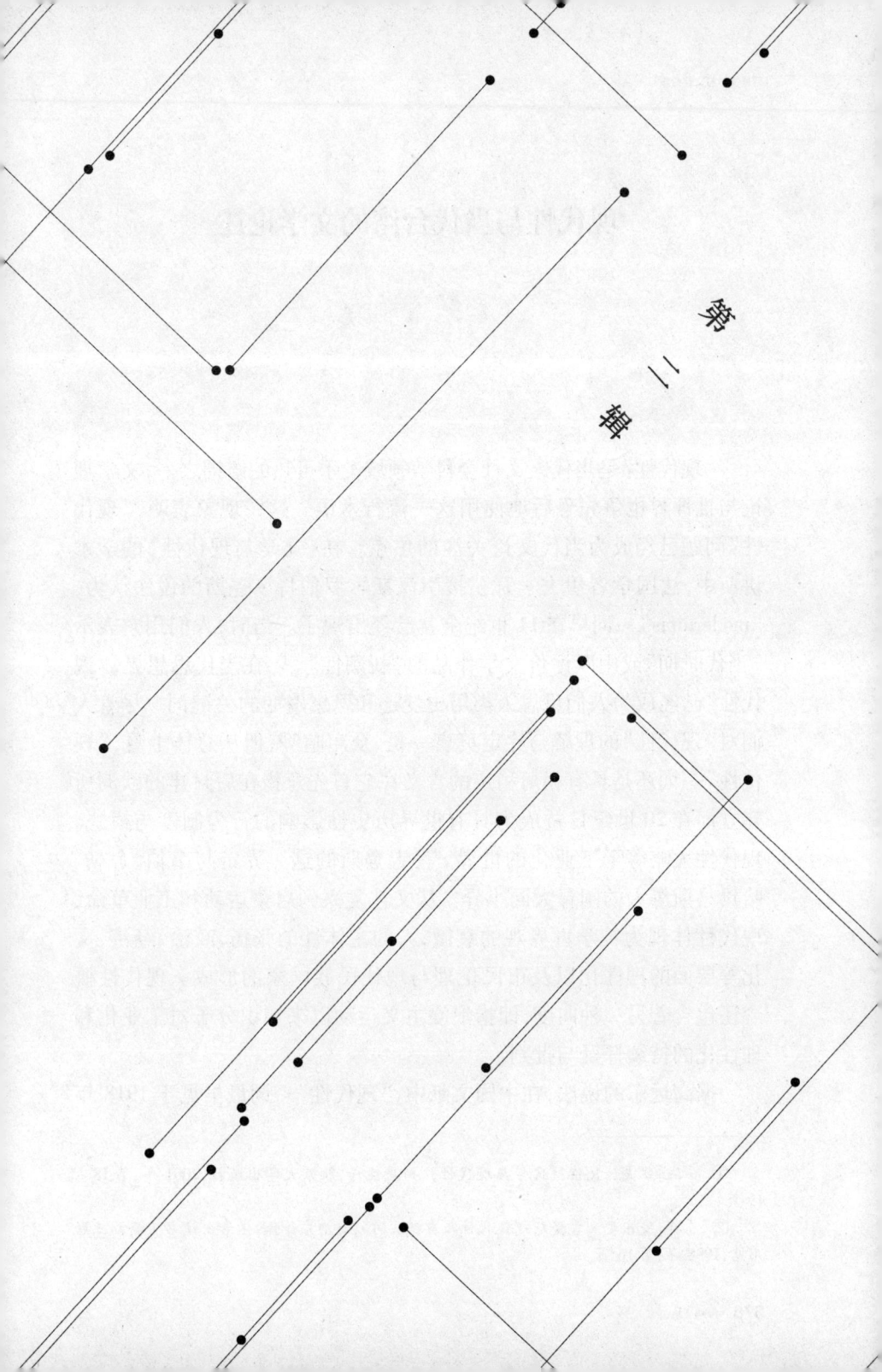

# 第二章

# 现代性与当代台湾的文学论述

　　"现代性"是当代人文社会科学领域炙手可热的语词之一,文学理论与批评界也争先恐后地使用这一流行术语。这一现象表明,"现代性"问题已经成为当代文论关注的焦点。在《文学与现代性》的学术讲演中,法国学者伊夫·瓦岱援引汉斯·罗伯特·尧斯的说法认为,"modernitas"一词早在 11 世纪末就已经出现了。当时,人们用它表示"当代时期"或用以评价文学作品的"新潮性"。① 在当代思想界,"现代性"已经成为人们反思人类历史变迁和思想嬗变的关键词。尽管人们对"现代性"的理解与界定莫衷一是、众声喧哗,但从总体上看,"现代性"一词还是具有相对稳定的含义:"它首先意指在后封建的欧洲所建立而在 20 世纪日益成为具有世界历史性影响的行为制度与模式。现代性大略等于工业化的世界。"②吉登斯的这一界定与韦伯、舍勒、哈贝马斯等人的阐释大同小异。从文艺复兴到启蒙运动和工业革命,现代性体现为神学世界观的衰微,人的主体性的张扬,政治、经济、文化等层面的理性化以及市民伦理与现代民族国家的形成。现代性概念还包含着另一种向度,即指浪漫主义运动以来知识分子对工业化和理性化的持续怀疑与批判。

　　据高远东的说法,在中国文献中,"现代性"一词最早见于 1918 年

---

　　① ［法］伊夫·瓦岱:《文学与现代性》,田庆生译,北京大学出版社,2001 年,第 18 - 19 页。

　　② ［英］安东尼·吉登斯:《现代性与自我认同》,赵旭东等译,生活·读书·新知三联书店,1998 年,第 16 页。

《新青年》第 4 卷第 1 期。周作人在其译文《陀思妥夫斯奇之小说》中首次把"modernity"译成"现代性"。20 世纪 90 年代初,"现代性"概念开始进入中国大陆的文学研究领域。1992 年,一些热衷于引入"后现代主义"理论并发明"后新时期文学"概念的"后学"论者首先启用了"现代性"这一术语。在《后新时期文学:新的文化空间》《继承于断裂:走向后新时期文学》等文中,张颐武、王宁等人尝试用西方的后现代主义理论阐释 1989 年以后与新时期文学的不同特质,他们多次提到与后现代性相对的现代性概念。这时人们并未意识到现代性概念的复杂性,直到 1994 年北京大学的"重估现代性"讨论,作为反思 20世纪中国文学以及社会文化思想现代化进程的现代性概念才逐渐浮现。1996 年以来,"现代性"概念大面积进入文学理论与批评领域,甚至成为人们描述和言说百年中国文学与思想史不可或缺的通用术语。人们为什么如此迷恋"现代性"概念,甚至到了言必称"现代性"的地步呢? 其原因在于:其一,后现代主义的刺激,正如刘小枫所说:"后现代论述的扩张一再返回现代性问题,触发了重新理解现代现象的需求。"①其二,时间之窗的影响,世纪末人们显然产生了盘点、反思 20世纪思想史的冲动,"现代性"问题满足了这种需求。更内在的原因是:八九十年代,社会、文化和思想巨幅转型,人们产生了重新理解与阐释启蒙思想与现代化设计的需求,而西方思想界的现代性论争又进一步刺激了这种反思,"现代性"问题于是凸现在中国知识界面前。

　　20 世纪 90 年代以来,大陆文论界对"现代性"概念的理解有如下几种:第一,"现代性终结论"。这种观点认为从五四文学对国民性的探讨到新时期文学的伤痕、寻根思潮,都是"民族寓言的整体话语",启蒙主义和拯救精神的现代性为文学提供了一种终极价值和梦想。然而,90 年代以后,知识分子不再是话语的中心,人们对以往的启蒙神话和知识分子自身的启蒙功能和文化身份产生了怀疑,告别现代性神话成为 90 年代的文化思潮。因此现代性已经终结了。② 这种说法显然

---

① 刘小枫:《现代性社会理论绪论》,上海三联书店,1998 年,第 3 页。
② 张颐武:《从现代性到后现代性》,广西教育出版社,1997 年,第 98、103 页。

是对西方后现代主义解构宏大叙事观点的搬用。张法、王一川和张颐武在《从现代性到中华性》中认为,中国的现代性的基本特色是中国的他者化即中心丧失后被迫以西方的现代性为参照以便重建中心的启蒙与救亡工程。在他们的设计中,中华性就成为解构现代性的构想①,这显然是以往中西文化二元冲突的当代版。第二,"现代性未完成说"。这种观点以高远东为代表。他认为:"重估现代性"的要求以现代性的尊严形象遭受嘲弄甚至亵渎的方式提出,启蒙的崇高内涵被揭示为居心叵测的权谋。然而,中国社会的现代性尚未有效地建立,启蒙的使命尚未完成。高远东并且从理性(主体神话)、启蒙设计中的知识(权力关系)、文化等级与进步的观念、交流沟通与文化归属的悖论四个方面论证现代性的未完成性。② 从用词与基本观念看,"未完成论"与"终结论"之争酷似哈贝马斯与后现代主义之争的中国版。第三,刘小枫的"关于现代性事件的知识学",即研究现代现象的现代学。所谓现代现象,"是人类有史以来在社会的政治——经济制度、知识理念体系和个体——群体心性结构及其相应的文化制度方面发生的全方位秩序转型"。刘小枫用三个术语描述"现代性":现代化题域——政治经济制度的转型;现代主义题域——知识和感受之理念体系的变调和重构;现代性题域——个体—群体心性结构及其文化制度之质态和形态变化。③ 刘小枫显然借用了齐美尔和舍勒关于现代性的论述。第四,现代性的分裂与矛盾张力说。汪晖、周宪等人持这种看法,汪晖认为:"从 19 世纪前期直至 20 世纪,现代性一直是一个分裂的概念,其主要表现是作为资本主义政治经济过程的现代性概念与现代主义前卫的美学的现代性概念的尖锐对立。"④周宪则把现代性的冲突归结为"文化的现代性与启蒙现代性"之间的对抗。⑤ 也有人把现代性的冲突表述为"审美现代性与启蒙现代性"的分裂与对抗。

---

① 张法、王一川、张颐武:《从现代性到中华性》,《文艺争鸣》,1994 年第 2 期。
② 高远东:《未完成的现代性》,《鲁迅研究月刊》,1995 年第 6、7、8 期。
③ 刘小枫:《现代性社会理论绪论》,上海三联书店,1998 年,第 3 页。
④ 汪晖:《韦伯与中国的现代性》,《汪晖自选集》,广西师范大学出版社,1997 年,第 5 页。
⑤ 周宪:《文化的现代性对抗启蒙的现代性》,《粤海风》,1998 年第 11、12 期。

这些观点来自于韦伯、卡林内斯库、鲍曼等人的现代性论述。汪晖的"反现代性的现代性"就是建立在现代性的两重性论述的基础上。①第五，革命的现代性论。陈建华从阿兰特的《论革命》受到启发，在《"革命"的现代性——中国革命话语考论》中，他尝试提出了"革命的现代性"的说法。

"现代性"概念对 20 世纪中国文学批评与研究的影响颇为深远，现在越来越多的学人启用"现代性"概念重新阐释现当代文学。受欧风美雨直接浸染的旅美学者李欧梵和王德威开风气之先。80 年代初，李欧梵为《剑桥中国近代史》撰写的中国文学部分的标题中就已经出现了"现代性"：《文学潮流：现代性探索（1895—1927）》。他运用卡林内斯库《现代性的五个面孔》的论述阐释五四文学的现代性问题：五四作家在承袭了西方美学现代性的艺术反抗情绪时，并未放弃他们对科学、理性和进步等的信念。这是中国文学现代性与西方现代性的差异。在《现代性追求：关于中国 20 世纪历史和文学意识新模式的几点反思》中，李欧梵把中国现代性的缘起追踪到晚清时间意识的变化。这启发了王德威对晚清文学的重读。他在《被压抑的现代性》一文中，描述了晚清小说被压抑的现代性的四个层面：对颓废的偏爱；对诗学与政治关系的复杂认识；与理想理性相悖的情感泛滥以及对谑仿的倾倒。其结论是："回溯晚清小说，正是回溯到现代性的谈论及欲求尚未简单化成单一的公式的时期，也是批判性地重拾想象与写作现代的潜在姿态。"②

90 年代中后期，人们越来越喜欢使用"现代性"概念来描述和谈论 20 世纪中国文学问题。1996 年，杨春时、宋剑华发表《论 20 世纪中国文学的近代性》，文中认为："20 世纪中国文学的本质特征，是完成由古典形态向现代形态的过渡、转型，它属于世界近代文学的范围；所

---

① 汪晖：《当代中国的思想状况与现代性问题》，《知识分子立场——自由主义之争与中国思想界的分化》，时代文艺出版社，2000 年。

② 王德威：《被压抑的现代性》，《批评空间的开创》，东方出版中心，1998 年，第 126、154 页。

以，它只有近代性，而不具备现代性。"①这一观点在批评界引起了一场关于 20 世纪中国文学的现代性问题的讨论。人们质疑"近代性"一说是否成立，认为近代性和现代性概念内涵模糊，无论是汉语还是外语中，近代、现代、当代并没有什么差异，所以，所谓近代性与现代性的区分这一立论前提已经可疑；而把现代性等同于现代主义，用欧美现代主义的标准来判断中国文学的现代性就更难令人信服。现代主义不可能决定 20 世纪中国现代性的性质。② 龙泉明从世界意识、先锋意识、民族意识、人性意识、创造意识五个维度出发，认为 20 世纪中国文学具有现代性，只不过这种现代性还不是完整的形态。③ 这场近代性与现代性之争引发了人们探索文学现代性的热情。而"现代性的两重性""反现代性的现代性"以及"民族国家的现代性"等命题的提出，使人们对 20 世纪中国文学的现代性问题有了更有趣的理解。以现代性的两重性，即社会现代性与审美现代性的冲突为参照，20 世纪中国文学的文化母题被归纳为：启蒙主题，民粹主义、个性主义与民族主义主题，线性进步主题与现代化主题。它们共同构成了文学现代性的悖论。④ 以现代性的两重性出发，人们进一步认识到"鸳鸯蝴蝶派""论语派""学衡派"几个文学派别的审美现代性意义；而"反现代性的现代性"以及"民族国家的现代性"为人们重新阐释革命文学和 1942 年以来的"社会主义现实主义"提供了一个崭新的视野。李杨的《抗争宿命之路》认同"'民族国家'是'社会'和'现代性'的最终表达；现代性作为一种特殊的话语技术同样也在社会经济生产标准化和一体化过程中服务于民族国家的产生"。⑤ 如此，社会主义现实主义的现代性就好理解了。陶东风则认为："从现代性反思的视野来看，中国改革开放以前的社会主义虽然是不同于西方启蒙现代性或历史现代性的

---

① 杨春时、宋剑华：《论 20 世纪中国文学的近代性》，《学术月刊》，1996 年 12 期。
② 孙絜：《现代性·近代性·现代主义》，《学术月刊》，1997 年 5 期；陈辽：《关于"20 世纪中国文学"的性质问题》，《南京社会科学》，1997 年 4 期。
③ 龙泉明：《近代性，还是现代性？》，《南方文坛》，1997 年第 2 期。
④ 伍方斐：《现代性：跨世纪中国文学展望的一个文化视角》，《文艺研究》，1998 年第 1 期。
⑤ 李杨：《抗争宿命之路》，时代文艺出版社，1993 年，第 32 页。

另一种现代性方案,但是在一些基本的思维方式或'话语型'上与西方启蒙现代性或历史现代性共享着一些基本的前提。"社会主义是一种现代性的设计与工程,在社会主义的历史与文学叙事中,在《创业史》《红旗谱》等小说以及革命样板戏中"无不笼罩着现代性的幽灵"。①

迄今,关于"现代性"与现当代文学关系的讨论中,有两个重要问题值得我们关注:第一,"现代性"概念在中国当代文学批评中的广泛使用,一方面拓展了文学研究的思想空间,在它的吸引下,20世纪中国文学各个层面的问题都聚集在了一起,得到一种整体的观照;但另一方面,"现代性"概念的过度使用乃至时尚化运用,也可能掏空这一概念的具体内涵。第二,完整的20世纪中国文学现代性论述不能不整合大陆和台港澳地区文学的历史经验,无疑,台湾文学的现代性问题构成了我们讨论20世纪中国文学现代性不可或缺的重要部分。

比较两岸文论中"现代性"概念的引入和论述的展开是一项重要而有趣的工作。朱双一曾经指出:"台湾与大陆在文学'现代性'研究上存在一定的时间差,值得注意。常有人认为进入当代以来,两岸文学思潮及相关议题的产生和讨论(如现代主义、都市文学、生态环保文学、后现代等),台湾大多先于祖国大陆。然而'现代性'议题却倒了过来,明显是台湾受到了大陆的影响和启发。这就说明了大陆和台湾的文学,在经过30年(1949—1979年)的完全隔绝之后,从1979年起出现了重新发现对方,相互交流整合的趋势,其间的影响关系不会是单向的,而必然是双向的。文学'现代性'研究,就是一个突出的例子。"②回顾台湾学术界对"现代性"概念的具体使用,我们认为大概可以划分为以下三个阶段:

20世纪60年代末至90年代初为第一阶段,台湾的社会心理学界首先对"现代性"术语产生了浓厚兴趣。早在60年代,以杨国枢为代表的台湾心理学学者就开始尝试研究"中国人的传统性与现代性"问题,杨国枢对这个问题的分析是其"现代心理学中有关中国国民性的

---

① 陶东风:《审美现代性:西方与中国》,《文艺研究》,2000年第2期。
② 朱双一:《台湾文学"现代性"研究的提出及回顾》,《华侨大学学报》,2000年第3期。

研究"和"中国国民性与现代生活的适应"课题的一部分。70 至 80 年代,杨国枢、黄光国和瞿海源等人的心理学论述中大量使用了"现代性"和"个人现代性"这一术语,如《个人现代化程度与社会取向强弱》(黄光国、杨国枢,1972 年)、《中国"人"的现代化——有关个人现代性的研究》(杨国枢、瞿海源,1974 年)、《个人现代性与相对作业量对报酬分配行为的影响》(朱真茹、杨国枢,1976 年)、《现代性员工与传统性员工的环境知觉、工作满足及工作士气》(杨国枢,1984 年)、《传统价值观、个人现代性及组织行为:后儒家假说的一项微观验证》(杨国枢、郑伯埙,1988 年)、《中国人的个人传统性与现代性:概念与测量》(杨国枢、余安邦、叶明华,1991 年)……这些文章大多发表于《民族学研究所集刊》。杨国枢等人试图以个人"传统性"和"现代性"概念阐释社会现代化演变中中国国民性的变迁,并建构一种可量化分析的"个人现代性"研究模型。

在《中国"人"的现代化——有关个人现代性的研究》一文中,杨国枢、瞿海源如是说:"现代化历程所带来的后果,可以笼统地分为社会的、与个人的两方面。就一个社会或国家而言,现代化所带来的后果,主要有都市化、工业化、民主政治、高教育水准、高科学水准、高国民所得、高社会流动率及有效率的大众传播网等。一个社会或国家如果具有这些特征,便可以称为一个现代的社会或国家,或者说这个社会或国家具有现代性。各个社会或国家的现代化历史不同,因而会造成深浅不一的现代化后果,亦即会有不同程度的现代性。另一方面,就单一的个人而言,现代化所带来的后果,往往是一套有利于在现代社会中生活的态度意见、价值观念及行为模式。任何一个人,如果具有这些心理与行为的特征,便可以称为一个现代人,或者说这个人具有现代性。人们受到现代化的影响深浅不一,因而便具有不同程度的现代性。于是,笼统说来,现代化的历程可以使不同的社会或国家具有不同的现代性,同时也可以使不同的个人具有不同的现代性。"①这段阐述

---

① 杨国枢、瞿海源:《中国"人"的现代化——有关个人现代性的研究》,《"中央研究院"民族学研究所集刊》,1974 年第 37 期。

代表了 70 年代台湾心理学界对"现代性"概念的基本理解和认识。概而言之,这种认识包括如下方面内容:第一,"现代性"是相对于"传统性"的概念,"现代性"是"现代化"所产生的后果,是现代化的表征。第二,现代化的后果可以分为社会的和个人的两个层面,因而现代性也就包括"社会现代性"和"个人现代性"两个层面。第三,因现代化的历史性差异和程度上的不同,也就产生了不同的"社会现代性"和"个人现代性"。第四,"个人现代性"程度是可以量化分析的。从中,我们可以看到,这一时期,台湾知识界显然把"现代性"视为"现代化"的产物,"现代性"和"现代化"的含义基本上是相同的,并没有从中发展出反思现代化的批判的现代性观念。而所谓"不同的现代性"只是程度上的不同而非性质上的差异,这显然还是一种普遍主义式的理解,与现今"多元现代性"的观念相距甚远。

90 年代中期至 21 世纪初为第二阶段。这一时期,台湾知识界对"现代性"概念的使用发生了重大的变化,亦即转向阐释"现代性"概念所蕴含的批判性和反思性之维。这一转折可谓意味深长,导致这一转折的原因包括四个方面:

其一,后现代主义的出场引发了人们对"现代性"命题的重新思考。80 年代中后期至 90 年代初,后现代主义的引入,既引起了台湾知识界关于后现代与后殖民的理论论争,也引起了理论界深度思考这样的问题:后现代究竟标示出什么大不同于现代性的新远景? 提出什么新的生活方式与伦理原则?① 如此,"现代性"为何就必然成为人们进一步追问的课题。

其二,西方"现代性"及其批判论述开始进入台湾思想界的视阈,如海德格尔的批判现代性思想;哈伯玛斯的"未完成的现代性"说;米尔士的"社会学想象";吉登斯和乌尔利希·贝克的现代性的风险论述……西方思想资源的大量引入打开了台湾思想界反思"现代性"的思想空间。

---

① 沈清松:《在批判、质疑与否定之后——后现代的正面价值与视野》,《哲学与文化》,2000 年 8 月,27 卷第 8 期。

其三,海峡两岸批判知识界之间的互动激荡了人们对现代性问题的重新思考。2000年,汪晖的《当代中国的思想状况与现代性问题》在《台湾社会研究季刊》的发表,引发了台湾思想界的回应,"现代性"概念的批判性意义得到了进一步的阐发与强调。

其四,从根本上看,批判的现代性或反思的现代性论述在台湾之兴起,出于台湾知识界在摆脱了现代化意识形态笼罩之后重新阐释当代台湾史乃至20世纪台湾史的深层次需要。如果说杨国枢等人的"现代性"还是现代化大叙事的构成部分,那么,90年代后的"现代性"论述则迈向了反思现代化和批判社会学的现代性论述的新阶段。

在这一转折过程中,"台社"知识分子群体和《台湾社会研究季刊》扮演了十分重要的角色。某种程度上看,从《中央研究院民族学研究所集刊》的"个人现代性"论述到《台湾社会研究季刊》的批判社会学"现代性"论述的转变,反映出台湾地区学术思想典范的巨大转移。90年代中后期至2000年,《台湾社会研究季刊》发表了一系列涉及反思现代性的重要文章,包括:爱德华·索雅的《后现代地理学和历史主义批判》(1995)、赵刚的《新的民族主义,还是旧的?》酒井直树的《现代性与其批判:普遍主义与特殊主义的问题》(1998)、赵刚的《跳出妒恨的认同政治,进入解放的培力政治——串联尼采和工运(或社运)的尝试思考》(1998)、宁应斌的《威而钢论述的分析——现代用药与身体管理》、萧百兴的《来自彼岸的"新"声——战后初期"省立工学院(省立成大)"建筑设计的论述形构(1940中—1960初)》(1999)、赵彦宁的《国族想象的权力逻辑——试论50年代流亡主体、公共领域与现代性之间的可能关系》(1999)、汪晖的《当代中国的思想状况与现代性问题》(2000)、钱永祥的《现代性业已耗尽了批判意义吗?——汪晖论现代性读后有感》(2000)、赵刚的《如今,批判还可能吗?——与汪晖商榷一个批判的现代主义计划及其问题》(2000)、赵刚的《社会学要如何才能和激进民主挂钩?——重访米尔士的"社会学想象"》(2000)、夏铸九的《殖民的现代性营造——重写日本殖民时期台湾建筑与城市的历史》(2000)……这些论文提出了一系列重要观点,深刻地触及了反思现代性主题。钱永祥指出:"现代性不仅不同于单纯的现代化,并且由于文化现代具有反思与自我正当化的基本特色,现代性内部其实蕴涵着丰富的批判能量。"①而赵刚则认为汪晖对当代中国的思想状况与现代性问题的分析和把握缺乏对"社会性"的"规范性关怀",这可能导致自身的批判性危机。因为"批判的社会理论不可能在无法维系社会性的可能视野下,仍然保存它批判的民主潜力。"②赵刚对批判的现代性计划和民主之间的关联性思考委实意味深长,这一思考路径显然是大陆的现代性论述以及现代性批判所未曾深刻触及的。

2000 年至今为第三阶段。这一时期,台湾知识界开始大面积使用"现代性"概念,全面实施系统的"现代性"研究计划,并且确立了"复数现代性"和"台湾现代性"的观念。所谓"复数现代性",首先是指"现代性"在全球地理空间上是多元的,这一观念是对西方"单一现代性"理念的反动;其次是指"现代性"自身尤其是"台湾现代性"内部本身也是错综复杂的。有趣的是,这一时期,台湾知识界开始给"现代性"概念附加上五花八门的限定语词,诸如"布尔乔亚现代性""党国现代性""市场现代性""离散现代性""殖民现代性""反殖民现代性""庶民现代性""本土现代性""早期现代性""土著现代性""左翼现代性""波希米亚现代性""创伤现代性""医疗现代性""另类的现代性""超文化的现代性""第二现代性""现代化现代性""依赖的现代性""重层现代性""翻译的现代性""移植现代性""压抑的现代性""亚洲现代性""亚太现代性""台湾现代性""中国的现代性""韩国现代性""第三世界现代性""在地化的现代性""都会现代性""奢华的现代性""颓废的现代性""空间现代性""液态现代性""变态现代性""旅行现代性"……这一现象的出现,一方面表明"现代性"概念的使用在台湾学界日渐广泛,以至于有些泛化了;另一方面却也表明台湾知识界已

---

① 钱永祥:《现代性业已耗尽了批判意义吗?——汪晖论现代性读后有感》,《台湾社会研究季刊》第 37 期。

② 赵刚:《如今,批判还可能吗?——与汪晖商榷一个批判的现代主义计划及其问题》,《台湾社会研究季刊》第 37 期。

经认识到"现代性"概念的复杂性和暧昧性，人们意识到，对"现代性为何"问题的回答必须转换为对"谁的现代性"以及"怎样的现代性"的追问。作为社会发展的方案与设计，"现代性"无疑会嵌入地理空间、性别、种族、阶级、族群，以及市场、资本与美学意识形态等历史的与现实的种种因素。多元的、异质的、相互重叠乃至冲突的"现代性"状况也就诞生了。我们以为，对"现代性"概念的不同界定或限定，表征着台湾知识界在理论立场和对历史的理解上存在着诸多微妙的分歧。

2000 年以来，在当代台湾的文学研究场域，"现代性"概念已成为不可或缺的理论工具。这一阐释概念的引入和阐发已经产生了一系列富有价值的成果：陈昭瑛的《台湾儒学的当代课题：本土性与现代性》、廖炳惠的《另类现代性》、陈芳明的《殖民地摩登：现代性与台湾史观》、刘纪蕙的《心的变异：现代性的精神形式》、黄美娥的《重层现代性镜像》，陈建忠的《日据时期台湾作家论：现代性、本土性、殖民性》、廖淑芳的《国家想象、现代主义文学与文学现代性——以七等生现象为核心》、朱芳玲的《被压抑的台湾现代性：60 年代台湾现代主义小说对现代性的追求与反思》、高嘉谦的《汉诗的越界与现代性：朝向一个离散诗学（1895—1945）》、崔末顺的《现代性与台湾文学的发展（1920—1949）》，著名的学院派刊物《中外文学》则相继推出《离散美学与现代性：李永平和蔡明亮的个案》（2002）、《波特莱尔以降——现代性的法兰西观点》（2002）以及《台湾多重现代性》（2006）等专辑，《文化研究月报》组织了《现代性经验》（第 40 期）、《现代性与文化翻译》（第 45 期）等专辑，《当代》不甘落后，第 221 期也推出"台湾文学、医疗现代性与文化视阈"的主题策划，内容包括廖炳惠的《台湾文学中的四种现代性》、傅大为的《对"亚细亚的新身体"的一种诠释——从底层与边缘来看台湾的医疗近代性》和黄美娥的《从诗歌到小说——日治初期台湾文学知识新秩序的生成》等。简而言之，"现代性"的引入打开了台湾文学论述和文化研究的空间，某种程度上改变了当代台湾文论的范式，甚至重构了阐释台湾文学的理论框架。在"现代性"的话语平台上和论述框架下，有关台湾思想史和文学史的一系列课题都获得了重新思考与阐释的契机。

比较而言,两岸的"现代性"论述同中有异:两者都是在中国现代化历史进程中展开的对现代化的深度反思;但台湾理论界的现代性论述有其独特的面向和着力点。诸如现代性与民主、"马学"与现代性、"省籍情结"与现代性,现代主义与现代性、现代性与民族主义、现代性与自由主义、现代性与离散族裔的美学政治,"现代性的精神形式"与"心的变异",现代性与文化翻译等问题的关联性思考,对现代性、本土性与殖民性的复杂纠葛之分析,对"现代性"概念的越来越繁多的界定,对传统汉文学与现代性关系的辩证,对医疗现代性、旅行现代性的关注,以及对"原住民文学"现代性问题的复杂思考等许多方面,都体现出台湾地区的现代性论述自身的特点。

第一,殖民现代性与台湾文学研究。现今,"殖民现代性"已经构成了台湾后殖民论述无法规避的重要课题。从 2000 年夏铸九的《殖民的现代性营造——重写日本殖民时期台湾建筑与城市的历史》,到 2004 年张隆志的《殖民现代性分析与台湾近代史研究》;从日本右翼文人小林善纪的《台湾论》引发的种种论战,到马英九提出必须"特别深刻省思'殖民现代性'神话"及其态度的微妙调整;从陈芳明"母亲的昭和史",到郑鸿声的"水龙头隐喻"……"殖民现代性"越来越成为台湾知识界关注的焦点,也已经成为阐释台湾问题的重要理论架构之一。有必要梳理台湾思想界对"殖民现代性"问题的讨论,辨析隐含在其中的种种分歧,并探讨"殖民现代性"问题是如何深刻地嵌入当代台湾理论思潮的脉动,又是如何曲折地渗入当代文化认同的形塑过程。

第二,重层现代性与台湾文学史的建构。在台湾特殊的历史和政治语境下,其现代性以殖民母国日本为中介,同时又受到固有中华文化与本土文化的影响,呈现出传统与现代、本土与世界、同化与反殖的重层纠葛镜像,各种势力的纠缠使得台湾文学史呈现多样的面貌和结构。台湾学者黄美娥的重要著作《重层现代性镜像——"日治时代"台湾传统文人的文化视域与文学想象》以"重层现代性"为关照点切入台湾文学研究,打破以往"历时性"的文学史研究中新旧文学对立、断裂的格局,以"共时性"的视角重新阐释传统文人与现代性遭遇的复杂面向,为台湾文学史的重写打开了思想空间。

第三,现代性与"原住民论述"的兴起。现代性范式对"原住民文学"论述的深刻影响,可以从以下方面观察到:一是现代性洪流与"原住民论述"的缘起;二是"原住民运动"中的现代性反思;三是语言现代性与文化身份的重构;四是重构历史的努力——不可剥夺的自我阐释权;五是反现代的现代性——回归部落;六是现代性与重构民族想象的可能;七是走向多元敞开的"原住民论述"。

第四,台湾文学论述中的医疗主题与现代性。台湾的医疗论述在这里并不局限于医生创作的文学,而是包括了疾病的感受以及对疾病隐喻的使用,即以"隐喻"的疾病来找寻其源头,揭示疾病来源于病态社会,从而达到批判、反抗权力压制下的社会;或者是反对疾病的隐喻,即通过书写自身或者他人的疾病,表现疾病背后所隐藏的误解、偏见,从而揭示出这些偏见里所附带着的权力生产关系。我们将从跨入到现代性浪潮里的殖民时期开始,通过对不同时间医疗与文学的关系考察,触摸到台湾文论中医疗论述的多元呈现。

第五,性别论述的现代性维度。对人的自由本体的发现是现代性的核心要素之一,而性别作为个体自我确证的一个最重要条件,理所当然地被纳入现代性议题中。台湾90年代以来的性别论述,以其女性主义研究的持续深入、男性文化研究的重审和边缘性别的挺进等多方面发展,深刻体现了强调主体价值、重视差异多元的现代性特征,为台湾现代性发展开启了新的维度。

第六,现代性与通俗的位置。在近期台湾文论中,"通俗现代性"是一个重要概念。它涉及一系列有趣的问题:通俗文学与现代性的移植;文学秩序的调整与通俗现代性;古典小说与"西洋"现代性想象;通俗小说与新女性想象;东亚汉文与通俗现代性;后现代与台湾战后通俗文学的现代性;等等。这一系列问题的凸现显示出台湾当代文论对文学现代性问题的另一种思考。

此外,现代性与台湾旅行文学论述的关系,乡土修辞与现代性的纠葛,现代主义、本土话语、都市论述、空间生产、"左翼"理论与现代性的深刻关联等,都必须给予相应的关注。从中我们可以观察到台湾文学现代性论述的一些独特面向。

　　只有全面描述与深入讨论以上问题，才有可能认识现代性概念对当代台湾文学论述所产生的深刻影响，从而有效地理解台湾文学现代性问题的复杂性和特殊性，为海峡两岸文学现代性问题的讨论和互动交流提供某种参照。

# 台湾重写文学史思潮：背景、路径与分歧

　　如果说"一切历史都是当代史"，那么，文学史的重写就是常常发生、极其自然的学术行为。在一个学术思想越来越自由、多元的时代，人们或许难以想象陈思和与王晓明当初提出"重写文学史"主张时所引起的强烈震动。这个今天看起来十分平常的学术主张当时却深深触及了文化政治和审美意识形态长期形成的"隐蔽的成规"。因此，"重写文学史"自然被许多人认定为当代文学与其批评史的一个关键词。的确，文学史的重写常常发生在历史剧烈变动和巨大跨越的时期，它本身也是文化思想变动的重要表征。在五四新文学运动中，胡适的《白话文学史》就是中国文学史的一次意义深远的重写，它建构了现实主义的文学典律。

　　新时期文学无疑是继五四新文学之后又一场声势浩大的思想启蒙运动，在这一语境中产生的"重写文学史"本身也是思想解放运动的重要组成部分。这种重写既是现代文学研究发展合乎逻辑的结果，在某种意义上也受到了海外学者夏志清的《中国现代小说史》等迥异于传统的文学史写作范式的刺激和启发。沈从文、张爱玲等作家的重新"出土"已经意味着文学史重写的开始。钱理群、黄子平和陈平原的"20世纪中国文学"和陈思和的"新文学整体观"把这种重写上升到理论和学理的层面，前者打通了以往那种以政治史为依据的现代和当代的区隔，企图使文学史从"政治史"的附庸和注释中解放出来，回到文学本身；后者意在改变过去那种"左翼"尤其是"左倾"文学史的片面性，企图恢复现代文学史的完整性。这种整体观后来扩展到大陆和台

港澳地区文学的整合，刘登翰的两岸文学的"分流与整合"说被越来越多的人所认识，成为 1990 年代文学史重写的一个重要部分。一些重写的文学史开始把台、港文学纳入了自己的视野，这种整体观有可能使许多诸如自由主义文学、现代主义以及文学与政治的关系等问题得到了更完整的观照。

　　谈论 20 世纪 80 年代的"重写文学史"，不能遗忘 1988 年初李劼发表在《黄河》杂志第一期的《中国现代文学史（1917—1984）论略》。在这篇与李泽厚《20 世纪中国文艺一瞥》商榷的文章中，李劼已经提出文学史具有无限阐释的可能性："阐释主体的自主性使得我们现在面对的这段文学史不可能以一种面目被最终确定下来，同时也使得人们对它作出阐释之前不得不正视阐释主体的现实基点，即阐释者的那种主观性、当代性和那种在个体把握历史整体时难以避免的个性化和片面性。"他认为历史的不同面目不过是由于不同的观察角度、编码方式、描述语言所造成的差异。李劼反对李泽厚把文学史当作思想史的观念，主张返回文学本体重构 20 世纪中国文学史："它是文学的本体性不断失落又不断被寻求的审美精神和语言能力的消长史。"① 在整个 80 年代，这种从文学本身出发"重写文学史"的观念是新潮文论努力追寻的学术目标。这也是韦勒克和沃伦在其影响极其广泛的《文学理论》中提出的内部研究的文学史观——一种描述作为艺术的文学的进化过程的文学史。无疑，对文学本体的追寻同样是陈思和与王晓明"重写文学史"的一个基本出发点。《上海文论》从 1988 年第 4 期开始开辟了由陈思和与王晓明共同主持"重写文学史"专栏，旨在"重新研究、评估中国新文学重要作家、作品和文学思潮、现象"，"刺激文学批评气氛的活跃，冲击那些似乎已成定论的文学史结论，并且在这个过程中激起人们重新思考昨天的兴趣和热情"。②

　　"重写文学史"这一概念正式粉墨登场，成为人们长时间谈论的话题。陈思和在《关于"重写文学史"》一文中进一步阐明了"重写文学

---

① 李劼：《中国现代文学史（1917—1984）论略》，《黄河》，1988 年第 1 期。
② 陈思和、王晓明：《主持人的话》，《上海文论》，1988 年第 4 期。

史"的意图:旨在改变现代文学史这门学科的原有性质,"使之从从属于整个革命史传统教育的状态下摆脱出来,成为一门独立的、审美的文学史学科"。"它包含着我们对过去那种统一的文学史模式的不满和企图更新的意思"。① 所谓文学史的重写,按陈思和的阐释,包括两个层面含义:一是把以往政治的文学史重写为审美的文学史;二是把统一的文学史改变为多元的个人性的文学史。这种观点显然与李劼较早前所表达的文学史观念几乎一致,这表明"重写文学史"代表了一代人文知识分子的共同诉求。在强调"重写文学史"的个人性、主观性和多元化时,人们必然迎面遭遇历史学的客观性问题即当代性和历史性的关系难题。许多人质疑"重写文学史"对"历史主义"的忽视。在"重写文学史"的最后一辑专栏中,陈思和与王晓明对这个疑问做出了回答:"人们对历史的认识,总是在发展变化的,人们总是用批判的眼光去看待历史,这本来就符合历史主义的,关键是在于人们在时间上离历史事件的距离愈远,往往对于历史的真实面目看得更客观、更全面……在这个意义上,当代性于历史性是不矛盾的。""那些我们以为是客观历史的东西,实际上都只是前人对历史的主观理解,那些我们以为是与这'客观历史'相符合的'历史主义意识',实际上也只是前人的'当代意识'而已。"②这个回答显然含有为"重写文学史"寻找合法性的意图。

90 年代中后期,从陈芳明与陈映真的文学史论战到"重写台湾文学史/反思女性小说史国际研讨会"的举办,从台湾文学史性别视阈的开启到地方知识的重构,从《台湾小说史论》的出版到《重写台湾文学史》的编撰……台湾地区也兴起了颇具规模的"重写文学史"思潮。迄今,这一重写思潮仍方兴未艾,"重写文学史"也已经构成了近 20 年来台湾文艺思潮史的重要组成部分。本文将探讨台湾地区"重写文学史"思潮兴起的语境与背景、重写文学史的路径及其存在的诸种观念分歧。

---

① 陈思和:《关于"重写文学史"》,《笔走龙蛇》,山东友谊出版社,1997 年,第 107 - 109 页。
② 王晓明、陈思和:《主持人的话》,《上海文论》,1989 年第 6 期。

## 一、台湾地区重写文学史思潮的兴起:语境或背景

台湾地区重写文学史思潮的兴起显然受到了大陆文艺思潮的深刻影响,但也有其特殊的历史背景。我们认为,以下因素共同构成了台湾重写文学史思潮的产生语境:一是意识形态的分歧与冲突;二是理论资源的更新与文学史书写范式的变革;三是文学史料的新发现;四是多元文化主义思潮的影响;五是大陆和美国重写文学史运动的启发;六是台湾文学研究建制化的推动。

其一,意识形态的分歧与冲突。"解严"以后,台湾各种社会力量纷纷崛起,长期被压抑的声音开始浮出地表。台湾社会进入多元化的历史时期,台湾文学思潮也呈现出纷杂错综的面貌。威权统治时期的单一意识形态格局彻底瓦解,这既释放了积聚已久的意识形态和社会心理能量,台湾社会朝向多元、开放、民主转型迈开了至关重要的一步,但奇理斯玛结构的瓦解也产生了台湾地区意识形态的种种分歧、冲突乃至分裂。"中国意识"与"台湾意识"被人为地割裂成对立的两极,所谓"台湾民族论""台湾文学独立论""台湾文学主体论"甚嚣尘上。文学史书写因此被赋予了突出的文化政治意义,成为意识形态论争的重要文化战场之一。这是导致台湾文学史重写思潮兴起的重要历史因素。因此,台湾文学史阐释权的争夺也形成了近20年台湾文艺思潮的一个鲜明特征。与大陆八九十年代重写文学史运动的去意识形态化或去政治化刚好相反,台湾地区的重写文学史思潮一开始就是一种意识形态运动,带有鲜明的文化政治色彩。

其二,理论资源的更新与文学史书写范式的变革。新理论和新知识的引入带来了文学史研究的方法论变革,这是台湾地区重写文学史思潮兴起的关键动力之一。概而言之,后结构主义、后殖民批评和现代性理论构成了台湾文学史重写思潮的知识语境。20世纪80年代至90年代是后现代主义和后结构主义在台湾产生深刻影响的历史时期,包括新批评和结构主义在内的传统文学研究范式遭到了后现代主义和后结构主义的全面挑战,许多现象表明,这种后结构转向对文学学科的影响可谓既深又广。这种影响最为重要的层面在于文学观念和

文学史观念的重构。如同台湾学者周庆华所分析的,在德里达所代表的解构主义那里,语言只是一连串符号的延异,并没有所谓的"终极意指"或"中心意义",这样"各种文学本体论的'存废',最终就不得不由论说者的权力意志来'决定'"。新批评和结构主义那种固定的文学观念就被彻底瓦解了,所谓的文学本体变成了某种自我言说的权宜性概念,它与"言说本身的意义结构和言说背后的权力意志"关系更为密切。在这个知识框架中,文学史书写与话语权力结构紧密相关。后结构主义和后现代主义对台湾文学史重写思潮的影响包含了积极与消极的正负两面。一方面,后结构和后现代的转移消解了传统的僵化的美学成规,打开了文学史研究的多元化发展空间;另一方面,也产生了历史与知识的虚无主义倾向和相对主义。无论如何,反本质主义和反中心主义的后结构主义和后现代主义给予了知识的独断论和绝对论以最致命的一击。文学史学科在知识体系上变得开放了,更具包容性了。因此,后现代主义和后结构主义的洗礼,使台湾文学史重写成为既是可能的也是必须的文化行动,它敞开了文学史研究的思想空间。

90年代中后期,后殖民理论在台湾的强势出场,引发了关于后现代主义的另一场论争,即后现代主义与后殖民批评之间的论争。这场论争的结果早已产生,它直接导致了台湾文论及思想论述领域的主流话语的转变,即从"后现代"转向了"后殖民"。由于现代台湾经历了半个世纪的日本殖民统治,日据时期的台湾文学书写了复杂而痛苦的殖民地经验,台湾文学研究界对后殖民批评情有独钟。后殖民理论一经引入,就在文学研究领域持续发酵,引发了知识界对台湾文学史乃至整个台湾史的重新阐释,打开了日据台湾文学史的阐释空间。但同时,后殖民批评泛化并与极端本土主义结盟,成为"去中国化"意识形态的工具,对当代台湾文学史的阐释产生了负面的影响。

引发台湾文学史重写思潮的另一个重要思想根源是现代性理论。从根本上看,批判的现代性或反思的现代性论述在台湾之兴起,是出于台湾知识界在摆脱现代化意识形态笼罩之后重新阐释当代台湾史乃至20世纪台湾史的深层次需要。如果说90年代初期台湾心理学和文化社会学界的"现代性"概念还是现代化大叙事的构成部分,那么,90年代后的"现代性"论述则迈向了反思现代化和批判社会学的现代性论述的新阶段。进入21世纪,台湾知识界开始大量使用"现代性"概念,全面实施系统的"现代性"研究计划,并且确立了"复数现代性"和"台湾现代性"的观念。所谓"复数现代性",首先是指"现代性"在全球地理空间上是多元的,这一观念是对西方"单一现代性"理念的反动;其次是指"现代性"自身尤其是"台湾现代性"内部本身也是错综复杂的。"现代性"的引入打开了台湾文学论述和文化研究的空间,某种程度上改变了当代台湾文论的范式,甚至重构了阐释台湾文学史的理论框架。在"现代性"的话语平台和论述框架上,有关台湾思想史和文学史的一系列课题都获得了重新思考与阐释的契机。

其三,文学史料的新发现。如果说知识资源和理论观念的更新推动了重写台湾文学史运动的兴起,那么,文学史料的挖掘与发现则为重写台湾文学史思潮奠定了重要基础。很多时候,一则重要的文学史料的挖掘出土本身即是一次重写文学史的行动或事件。早在1981年,东方文化书局出版了《新文学杂志丛刊》,收录了日据时期的一系列重要的文学刊物,如《人人》《福尔摩沙》《先发部队》《第一线》《南音》《台湾文艺》《台湾新文学》《华丽岛》《文艺台湾》《台湾文学》《台湾文艺》等。《新文学杂志丛刊》对90年代台湾文学研究的兴盛影响深远。近20年来,台湾文学研究界一直十分重视史料的挖掘与整理工作,《文学台湾》杂志挖掘出土了赖和、郭水潭、杨逵、叶陶等作家的作品,还编辑了《风车诗志》特辑。《文讯月刊》对文学史料的发掘与保护始终不渝,刊载了大量台湾文学史料,并且发表了学者关于文学史料整理和研究的心得文章。"吴三连台湾史料基金会"出版《台湾史料研究》,推出了"台湾文学史"和"台湾诗歌史"等专辑。台湾文学馆出版《台湾文学史料集刊》,刊登台湾文学之"史料研究""文献新刊""文坛人物""文学琐忆""书海纵横"等史料内容。史料的挖掘与整理为台湾文学史重写运动奠定了基础,同时产生了重大影响。近20年来台湾学界对于台湾文学史料的开掘成就主要体现在以下几个层面:第一,日据时期台湾新文学史料的挖掘工作,包括作家全集或文集的汇集出版,报刊的整理和展示。第二,台湾古典文学资料的汇编工

作，如《全台诗》《全台文》的搜集、整理、编辑、出版。第三，地方文学
史料的整理出版工作。第四，光复初期台湾文学史料的发掘与整理工
作，如陈映真、曾健民编的《台湾文学问题论议集(1947—1949)》。正
如台湾学者黄美娥教授在《建构中的文学史：新竹地区传统文学史料
的采集、整理与研究》一文中所指出的：文学史是不断地在"重写"及
"改写"的过程中继续，而之所以能重写或改写，正是由于新史料的不
断出土，故文学史的书写是一直持续进行的，而文学史料的搜罗与发
掘也是不断进行的。一方面，史料的出土丰富甚至改变了文学史的既
有论述；另一方面，文学史的观念也微妙地影响着研究者对于史料的
认识和运用。史料的发掘为重写文学史注入了不可或缺的历史能量，
近20年来，台湾文学史重写运动正是在史料的不断出土与再认识中
持续地得以展开的。

其四，多元文化主义思潮的影响。多元文化主义是"解严"以后台
湾地区影响深远的社会文化思潮，这一思潮对台湾文学史重写运动的
推动意义不可忽视。某种意义上看，近20年来台湾人文学界的重写
文学史行动甚至可以视为多元文化主义在文学研究领域的具体实践。
关于文化多元主义，台湾学者萧高彦以 John Horton 的论述为中心给出
了如下阐述："当代多元文化论一词蕴含了两个不同层次的意涵：在经
验的层次上它描述社会中实存的文化或种族群体，并在政策层面上探
讨群体间之冲突如何解决。另一方面多元文化论也是一个规范性的
概念，将一社会中多元群体以及其认同歧异同时并存的现象视为是一
种可欲的情境。"①多元文化主义萌生于20世纪80年代兴起的少数民
族运动、客家运动，形成于90年代中后期。1996年至1997年间，多元
文化主义已经成为台湾地区的主导文化政策之一，台湾完成了从"同
化主义"到"多元文化主义"的文化政策转型。尽管如台湾学者赵刚
所指出：许多时候多元文化主义的宣称只是某种政治修辞，"目前流行
在台湾的这个多元文化还大致是一个意识形态修辞，在形式地提倡多

① 萧高彦、苏文流：《多元主义》，"中央研究院"人文社会科学研究所，1998年，
第489页。

样性的同时,压缩社会平等、包容性的公民身份以及两岸和平的进步论述空间,自我矛盾地成为统合内部对抗他者的一元文化动员话语,所以必须要严厉批评"。① 但作为政治正确的多元文化主义对台湾文学史重写运动确实扮演着重要的推手角色,这种推动作用十分明显,它开启了文学史书写的族群视阈和"承认政治"的文化视野。可以说,多元文化主义已成为近 20 年来台湾重写文学史思潮的重要语境。

其五,大陆和美国重写文学史运动的启发。20 世纪 80 年代的大陆重写文学史思潮构成了对传统政治化文学史的有效反动,基本完成了审美的独立的文学史观的建构,以去政治化的方式建构了一种审美的文化政治。它对美学的高度信赖乃至对美的某种偏执,实际上是对传统文学史的僵化秩序和过度政治化的一种富有历史和启蒙意义的反拨。迄今,大陆的重写文学史运动还远未终结。20 世纪 90 年代后期,文学史研究界开始思考审美的文学史可能存在着解放和压抑的双重性,审美的独立的文学史对另一些重要的历史因素重新构成了某种压抑。大陆充满活力的持续发展的重写文学史运动对台湾地区的文学史研究产生了不可忽视的触发作用。自 1987 年出版第一部《现代台湾文学史》(白少帆等主编,辽宁大学出版社)以来,大陆学界对编撰台湾文学史一直充满热情,不断出版各种类型的台湾文学史著作,这对台湾学界也产生了某种刺激。当然,相形之下,美国文学史重写思潮对于台湾学界的影响要更为直接和深远。长期以来,台湾地区的英美文学研究成果丰富,及时地评介英美文学研究的动态与趋势,对台湾文学创作与研究起着重要的引领作用。90 年代的《中外文学》杂志发表了大量关于美国"原住民文学"和非裔美国文学的文章,进入新世纪,《中外文学》《英美文学评论》和《欧美研究》等学术刊物致力于研究亚裔美国文学的历史命运与当代发展。单德兴、李有成、张锦忠等学者对美国重写文学史思潮的研究贡献良多。他们详细评介和研究了艾理特(Emory Elliot)主编的《哥伦比亚版美国文学史》、劳特

---

① 赵刚:《"多元文化"的修辞、政治和理论》,《台湾社会研究季刊》,2006 年 6 月第 62 期。

（Paul Lauter）主编的《希斯美国文学选集》等,此外,单德兴出版了《越界与创新:亚美文学与文化研究》和《反动与重演:美国文学史与文化批评》等,李有成出版了《在理论的年代》和《逾越:非裔美国文学与文化研究》⋯⋯这一系列研究成果成为台湾重写文学史运动的重要学术参考和借鉴对象。他们揭示出弱势文学和少数族裔文学如何进入美国文学史的实践与经验,对台湾文学史重写运动的推动与展开尤其具有启发意义。

其六,台湾文学研究建制化的推动。在大陆人文学术领域,文学史构成中文系最为大宗的学术产品。文学史书写既是出于文学教学的需要,也是出于文学学科建设的需要。因此,文学史被不断重写,甚至被批量地生产出来,成为文学学科评鉴、课题申报、学术评奖等最重要的成果形式之一,从根本上看,文学史著作的大批量生产是学术资源分配的产物。台湾文学史重写思潮的兴盛也与台湾文学研究建制化发展有着极为密切的关系。自从1997年真理大学最早创办台湾文学系以来,成功大学、静宜大学、台湾大学、中正大学、政治大学、"清华大学"、中兴大学、台北师范学院、台北教育大学、台湾师范大学等高等院校先后设立台湾文学系、所,招收本科学生、硕士和博士研究生。此外,高雄师范大学的台湾文化及语言研究所、台北教育大学的台湾文化研究所、台南大学的台湾文化研究所、东华大学的台湾文化学系、"交通大学"的外国文学与语言学研究所、中正大学的外国文学所、中山医科大学的台湾语文系、东吴大学的日本文化研究所、金门大学的闽南文化研究所、辅仁大学的跨文化研究所和比较文学研究所、台湾海洋大学的海洋文化研究所、"交通大学"的社会与文化研究所、屏东教育大学的客家文化研究所、高雄师范大学的客家文化研究所、台南师范学院的乡土文化研究所、花莲师范学院的乡土文化研究所、暨南国际大学的外国语文学系、"交通大学"的外国文学与语言学研究所等也纷纷开设台湾文学的相关课程,不少学生以台湾文学为选题完成学位论文。台湾文学史重写满足了这些系所专业发展和教学的需求,台湾文学教学和科研的建制化进一步推动了台湾文学史重写运动的蓬勃展开。

## 二、重写台湾文学史:路径与方法

显然,所谓重写文学史是相对于之前的文学史书写范式及形态而言的。台湾学界一般认为,台湾文学史写作最早可以上溯至黄得时发表于 1943 年的《台湾文学史序说》,该作被视为系统书写台湾文学史的开始。到 1986 年,叶石涛出版《台湾文学史纲》,台湾文学史的成熟和完整形态才真正出现。与大陆相比,90 年代以前台湾地区并未形成台湾文学史写作的僵化秩序或稳固格局。那么,何谓"重写"? 所谓"重写台湾文学史"究竟意味着什么? 我们认为,台湾文学史的"重写"首先是相对于威权统治时期形成的人文知识体系而言,也是相对于威权美学政体秩序而言;其次,所谓"重写"也是相对于大陆的台湾文学史书写形态而言;再次,"重写"更是台湾地区文学研究领域多元学术立场的实践与表征形式。如果说一切历史都是当代史,一切历史叙事都是心灵史,都带有叙事者的主观性和主体性,那么,在一个思想日益多元化的时代,台湾文学史就有可能、也有必要被不断重写或改写,并且发展成为一种人文思潮。

那么,台湾学界是如何"重写"台湾文学史的? 他们重写台湾文学史有哪些路径、方法、形态或范式呢?

1. 福柯路径

上文已经提及,后结构主义在台湾文学史重写运动中扮演了举足轻重的角色,其中,福柯的影响尤其深刻。著名学者孙隆基在评论冯克(Frank Dikotter)的中国史研究著作时曾经提出一个富有深意的命题——"中国史的福柯化",①其意在于批评冯克将福柯的所有命题都搬到中国史领域这种去语境化的研究模式。毋庸置疑,90 年代以来,海峡两岸的文学史研究不同程度也受到了福柯方法论的影响和启发。虽然我们不能由此简单地得出"台湾文学史福柯化"的判断,但是台湾文学史重写运动的确深受福柯的影响,这也是不争的事实,不少学者

---

① 孙隆基:《论中国史之福柯化——评冯克》,《近代史研究集刊》,2004 年 6 月第 44 期。

自觉地选择了"福柯路径"来重读或重写台湾文学史。

致力于台湾诗歌史重构的年轻学者杨宗翰对福柯思想情有独钟，2002 年发表的《傅柯与台湾文学史编写问题》直接论述了福柯的系谱学对台湾文学史研究的启发意义："系谱学的部分目标就是要使那些过去在传统历史中被扭曲、排斥、消音的'异质'重现，让它们可以不受干扰地维持在适当的散布上，并且将原先被遮掩或刻意忽略的各个断裂处变得更为清晰可见。这些'异质'，如同局部的、不连续性的、被取消资格的或被视为非法的知识一般，既是系谱学家的关注焦点所在，也是他用来对抗整体性、统一性理论与独断的等级划分之凭借。如果福柯的这些思考可以转移到诗史或文学史的编写工作上，借此所呈现出的文学史着实将另有一番新貌。或许只有如此，那些既不见有多少'台湾意识''台湾精神'，也未曾显露过反帝、反封建色彩的作家作品，才有机会堂堂正正地登上'台湾文学史'的舞台，继而重组台湾文学星空的秩序。"① 杨宗翰的专著《台湾现代诗史：批判的阅读》即引入福柯的思想与方法来分析台湾文学史书写与统治权力的隐秘关系，解构各种大叙事对文学史异质性元素的遮蔽和压抑，从而探讨重构台湾诗史的可能性。2004 年，陈俊荣在《中外文学》杂志上发表《新历史主义与台湾文学史观》，将学术史上出现的诸种台湾文学史观念分为两大类型：旧历史主义和新历史主义。他引入海登·怀特的新历史主义以批判和检视旧历史观念，叶石涛、彭瑞金、吕正惠、陈映真、陈芳明、王晋民、赵遐秋等台海两岸学者的台湾文学史书写都被划入旧历史主义范畴。他认为旧历史主义将历史书写视为一种客观再现，这种"旧历史主义眼中的历史时期，都被当做是一种统合的实体，所以历史的进展是连续的，没有缝隙的，也是单一的，换言之，历史只有一个正宗的版本"。② 陈俊荣所认同的新历史主义采用的显然也是福柯路径：历史叙事是一种话语建构方式。在文学史叙事中，选择与排除机制始终在起作用。福柯的知识考古学即是要揭示出历史叙事中的选择与

---

① 杨宗翰：《傅柯与台湾文学史编写问题》，《文化研究月报》，2002 年 6 月 15 日。

② 陈俊荣：《新历史主义与台湾文学史观》，《中外文学》，2004 年第 32 卷第 8 期。

排除及压抑机制,揭示出连续性和总体性叙事对矛盾、冲突及历史缝隙的"溶解"与消除。对于重写台湾文学史运动而言,"福柯路径"的意义在于解构各种宏大叙事的本质主义,揭示出文学史宏大叙事对异质性元素和弱势声音的遮蔽、排除与压抑。因此,"福柯路径"的重写文学史论述显然具有保护异质性、为弱势发声的意味。顾敏耀的《台湾文学史的反思与论述缝隙的填补》反思了战后的台湾文学史论述,揭示出一个被"溶解"或消除掉的"缝隙",即女性诗人的古典诗歌创作:"台湾战后古典诗研究在当前台湾文学史论述当中,仍属于容易被忽略的边疆地区,若又加上'女性'这项条件,则成为边疆中的边疆。"①力图打捞出那些被正统文学史所忽视、遮蔽和排除掉的战后女性汉诗人、女性俳句等,重建台湾文学史的复数而多元的面貌。

2. 后殖民路径

后殖民理论的导入为台湾文学史重写运动注入了巨大的能量,因此产生了一系列的文学史产品。其中最典型的成果有陈芳明的《后殖民台湾:文学史论及其周边》和《台湾新文学史》,刘亮雅的《后现代与后殖民:解严以来台湾小说专论》,邱贵芬的《后殖民及其外》等。陈芳明的《后殖民台湾:文学史论及其周边》从后殖民立场出发,辨析解严后台湾社会的性质究竟属于后殖民或后现代,从而进一步观察文学史书写所面临的一系列关键问题。《台湾新文学史》则以后殖民理论为核心重构台湾文学史的分期与框架。陈芳明提出的战后台湾"再殖民论"引发了一场规模不小的论战,这场论战始于 90 年代,迄今还远未完结。随着 2011 年《台湾新文学史》的出版,这场论战又进入了一个新的阶段。刘亮雅坚持认定解严后的台湾文学性质不是后现代而是后殖民,认为同样是理论舶来品,后殖民批评更"贴近本土经验"②并且以后殖民理论重新阐释解严后的台湾文学与文化思潮。刘氏将

---

① 顾敏耀:《台湾文学史的反思与论述缝隙的填补》,第五届台湾文学与语言国际学术研讨会,2008 年。

② 刘亮雅:《后现代与后殖民:解严以来台湾小说专论》,台湾麦田出版社,2006 年,第48 页。

威权统治时期的文学体制定位为殖民体制,呼应了陈芳明的"再殖民论"。陈芳明、刘亮雅和邱贵芬试图将女性、"左翼""同志"等一系列被压抑元素从大叙事中解放出来的意图十分明显,这种解构行动的意义也显而易见;但是,将阶级矛盾和省籍问题演绎为殖民与被殖民的冲突,则不能不说是对后殖民理论的误读和工具化使用。由于后殖民理论在台湾演绎过程中出现了工具化和泛化等问题,后殖民路径的台湾文学史重写也必然带来一系列争议和分歧。

3. 现代性反思路径

20 世纪 90 年代中后期以来,台湾的人文知识界开始对现代性理论产生浓厚兴趣,1997 年以来,《台湾社会研究季刊》陆续刊登了一批两岸及日本知识界关于现代性问题的对话与讨论,从思想的层面打开了阐释的空间。这对重写台湾文学史思潮起到了推波助澜的作用,文学现代性问题构成了重写文学史的核心命题之一,人们在现代性反思的论域中重新认识台湾文学的历史发展与变迁,重新认识台湾文学的性质与价值。一方面,现代性概念的引入触发了台湾文学史重写的热潮,为重写台湾文学史建立了一个具有宽广论域和思想深度的话语平台,文学史书写的一系列命题都在这个话语平台上获得聚焦和重释;另一方面,重写文学史思潮本身即是现代性反思在文学与文化领域的实践运动。崔末顺的博士论文以现代性为视阈展开 1920 年至 1949 年台湾文学如何发展演变的讨论,其目的是:"以现代性为媒介,考察台湾现代文学的发展经过及其动因。现代性是以资本主义生产方式和社会经济发展过程,以及人的自我发展为核心内容。因此,本文试图透过过去台湾文学所指向的内容,来预期正在进行和将来也会持续进行的资本主义的现代,对文学如何的影响,以及文学又应如何的因应等问题。另外,透过这样的考察,期望能化解现今台湾文学研究所面临的现代主义和现实主义的分歧现象,以及因意识形态的不同,在整体台湾文学的理解上所造成的障碍和过度的主观性问题。"①尽管

① 崔末顺:《现代性与台湾文学的发展(1920—1949)》,台湾政治大学中国文学系博士论文,2004 年。

作者把现代性界定为资本主义的现代性限制了论述空间的展开,但作者同时也指出:日据时期台湾的文化启蒙运动、新文学运动、社会主义文艺思潮的意义在于抵抗资本主义的现代性并寻找替代方案,具有解放的现代性的历史意蕴。

现代性反思路径的台湾文学史重写产生了以下几项重要成果:

第一,"台湾现代性"命题的提出翻转了西方现代性的普遍主义话语逻辑,从而建构出台湾文学史自身的现代性发展脉络。在《落后的时间与台湾历史叙述》一文中,邱贵芬提出:"在西方所定义的'现代性'想象架构之下,所谓的'现代'必然是欧洲先而第三世界国家落后,第三世界国家充其量也只能追寻在全球现代化叙述当中'先进'西方国家的脚印之后,复制他们已拥有的'现代性'。这样的第三世界历史叙述难逃'不足''缺陷''落后'等联想。'落后的时间性'是把台湾文学和历史叙述放在全球版图来观照时必须面对的课题。本文探讨如何翻转这个台湾文学和历史'时间上落后'的位置,认为一个可能的对策就是颠覆西方'进展叙述'的时间观,透过召唤台湾历史记忆所架构出来的多重时间并置,找寻台湾文学和历史叙述的救赎。"[①]如此,台湾文学史书写就有可能摆脱模仿与复制西方现代性的焦虑,从而返回本土语境。这一阐释对重写台湾现代主义文学史无疑具有重要的参考价值。在这一论述的基础上,朱芳玲的博士学位论文《被压抑的台湾现代性:60年代台湾现代主义小说对现代性的追求与反思》借用王德威的"被压抑的现代性"概念,"对台湾现代主义文学的崛起与发展进行再认识、再理解与再诠释的研究";"回归文本与社会脉络,借着'被压抑的台湾现代性'之挖掘,重建台湾文学现代性的播散过程。"[②]从而改写了传统论述对台湾现代主义的历史定位。

第二,"重层现代性"概念的提出,为阐释日据时期台湾文学现代性的复杂结构提供了可能。在台湾特殊的历史和政治语境下,其现代

---

① 邱贵芬:《落后的时间与台湾历史叙述》,《文化研究月报》,2003年6月15日。

② 朱芳玲:《被压抑的台湾现代性:60年代台湾现代主义小说对现代性的追求与反思》,台湾师范大学博士学位论文,2006年。

性以殖民宗主国日本为中介,同时又受到固有中华文化与本土文化的影响,呈现出传统与现代、本土与世界、同化与反殖的重层纠葛镜像,各种势力的纠缠也使得台湾文学史表现出复杂多样的面貌。黄美娥的著作《重层现代性镜像——"日治时代"台湾传统文人的文化视域与文学想象》以"重层现代性"为观照点切入台湾文学史研究,打破以往"历时性"的文学史研究中新旧文学对立、断裂的格局,以"共时性"的视角考察传统文人遭遇异文明书写现代性的面向。

第三,殖民性与现代性的矛盾纠葛与冲突贯穿了日据台湾文学史,型塑了日据时期台湾文学的感觉结构。吕正惠的《殖民地的伤痕》、游胜冠的《殖民进步主义与日据时代台湾文学的文化抗争》、陈建忠的《日据时期台湾作家论——现代性、本土性、殖民性》、陈芳明的《殖民地摩登:现代性与台湾史观》等一系列成果都涉及了日据台湾文学史中殖民性与现代性的矛盾与冲突问题,"殖民现代性"观念的导入为重写日据时期台湾文学史建立了一个有效的阐释框架。

第四,"东亚现代性"的提出为重写台湾文学史建构了更为开阔的知识视野。从陈映真提出"冷战—后冷战"阐释框架到《台湾社会研究季刊》对东亚现代性问题的关注,从"台湾文学艺术与东亚现代性国际学术研讨会"的召开到台湾交通大学社会与文化研究所设立"东亚现代性"重点研究领域……"东亚现代性"论域的开启已经成为台湾文学研究的新动向之一。这表明台湾文学史在东亚问题域中的重要性日益凸显,"东亚视域"的跨学科性历史意识和跨区域性整合观照视野,对于重写台湾文学史的深度展开和整合研究有着值得关注的理论价值和实践意义。

4. 世代与叙事认同路径

"世代"是台湾人文社会科学领域常用的概念,在社会学和文化研究中尤其常见。"世代"划分与对不同"世代"社会价值观与文化观念的比较研究已经成为描述与分析社会文化转型的一个重要路径。台湾人文社会学界常用的"世代"概念包括:"传统世代"(1949 年以前出生)、"婴儿潮世代"(1950 年至 1965 年出生)、"X 世代""Y 世代"(1966 年至 1976 年出生)均称为新世代,后又出现"草莓族""N 世代"

"E 世代"等概念,指称 1976 年以后出生世代。台湾文学史研究中以及艺术界也常常使用"世代"概念,如黄凡、林耀德主编的"新世代小说大系"(1989)、简政珍、林耀德主编的"台湾新世代诗人大系"(1990)以及"E 世代的台湾奇幻文学""X 世代台湾美术馆数字艺术典藏展"等名称的出现都印证了这一点……在我们看来,导入"世代"范畴重写当代台湾文学史最重要的成果当属萧阿勤的《回归现实:台湾1970 年代的战后世代与文化政治变迁》。该书虽然不能算是纯粹的文学史写作,而是一部叙事社会学著作,但是作者将"世代研究"与"叙事认同"理论相结合,重新阐释了 20 世纪 70 年代台湾文学的发展与演变及其文化叙事意义,对当代台湾乡土文学史的阐释尤其富有深度,值得参考。当然,必须指出的是,萧氏所运用的"台湾民族主义"概念显然有问题,需要进行反思与批判。

5. 本土主义路径

解严后的 20 年来,本土主义声势强大,构成了台湾当代十分重要的人文思潮之一。重写文学史运动不能不受到本土主义思潮的影响与浸染,显然,重写台湾文学史已经构成本土主义历史阐释工程至关重要的组成部分。叶石涛的《台湾文学史纲》(1987)、彭瑞金的《台湾新文学运动四十年》(1991)是台湾老一代学者从本土主义立场出发书写台湾文学史的代表性著作,推崇所谓"台湾意识"和乡土美学,高度肯定"回归写实与本土化运动",否定现代主义文学,把现代主义定位为"无根与放逐"。新世代以本土主义为路径重写台湾文学史的代表性学者当属游胜冠,其代表性著作《台湾文学本土论的兴起与发展》(1996)在台湾文学史研究领域产生了重要影响。作者以本土论的兴起、发展与演变为脉络,重读台湾文学观念史。他把本土论的发展划分为三个阶段:日据时期为本土论的兴起阶段,50 至 60 年代为本土论的式微时期,70 至 80 年代为本土论的再兴起时期。该著具有突出的文学本土论理论史的建构色彩,在结论部分作者给出了如下总结:"文学的本土化运动,是反动脱离本土社会、丧失民族立场的创作而提出的。台湾文学的本土论,除了对抗西方、日本等随着帝国主义入侵的强势文学的支配性影响,也在打开长期受制于'中国',因为'中国意

识'作祟使得台湾文学不能落实本土社会现实的僵局。"①作者把本土
与中国人为地对立起来,甚至提出"台湾立场与中国立场的对抗,一直
贯穿台湾文学的发展史"②这种观点显然是错误的,也与台湾文学发
展的历史事实相悖。介于叶石涛、彭瑞金和游胜冠的中生代学者以陈
芳明为代表,其《台湾新文学史》也取本土论路径,但他对台湾现代主
义文学的态度明显宽容。

6. 地方知识路径

1993 年至 2000 年间,台湾当局提出并实施"社区总体营造"的政
策,"文建会"也制定了相应的文化发展十二项计划。这十二项计划包
括三大方面:加强县市文化活动与设施建设;加强乡镇及社区文化发
展;传统与现代化文化艺术资源之保存与发展。地方文化建设受到当
局的重视,地方史、地方文学与地方知识开始进入文学史书写的视阈。
最明显的表征即是一大批地方文学史或"区域文学史"著作的生产,这
个现象也成为台湾重写文学史运动的一个突出特征。施懿琳、许俊
雅、杨翠的《台中县文学发展史》,施懿琳、杨翠的《彰化县文学发展
史》,江宝钗的《嘉义地区古典文学发展史》,李瑞腾、林淑贞、顾敏耀、
罗秀美、陈政彦的《南投县文学发展史》,莫渝、王幼华的《苗栗县文学
史》,龚显宗的《台南县文学史》,彭瑞金的《高雄市文学史》……这些
地方文学史的生产既丰富了台湾文学史的书写形态,也对地方知识的
保护、地方文化认同的塑造有所帮助,同时还推动了文学史书写与文
化地理学的互动与交汇。

7. 阶级、族群与性别路径

自由主义文艺在海峡两岸文学史上都显得十分脆弱,相反,"左
翼"文学运动却有着坚韧的生命力,"左翼"的阶级分析观点也长期深
刻地影响着文学史写作,这种影响在近期两岸的文学史重写运动中都
表现得十分突出。近 20 年来,20 世纪台湾"左翼"文艺思潮已经成为
台湾地区文学研究的重要课题之一,在史料钩沉、代表性作家作品研

---

① 游胜冠:《台湾文学本土论的兴起与发展》,台湾前卫出版社,1996,第 445 页。
② 同①,第 437 页。

究、重要理论问题的阐释以及"左翼"文学史观建构等方面都有所突破。台湾地区这一领域的研究状况有四点值得注意:第一,逐渐形成了三种知识立场和阐释框架:一是传统"左翼"路线,代表学者有陈映真、曾健民、林载爵、王墨林、詹澈、钟乔、蓝博洲、吕正惠、杨翠、施淑、汪立峡、杨渡、杜继平、钟俊升、李文吉等;二是本土派"左翼"立场,这一脉学者包括叶石涛、林瑞明、陈芳明、邱贵芬、吴叡人等;三是"民主'左翼'"或"新左翼"路线,以《台湾社会研究季刊》学者群为主体。第二,关于"左翼"文艺思潮研究的一系列论争及其思想分歧,表明20世纪台湾"左翼"文艺思潮的研究已经成为台湾人文知识界阐释台湾和重构历史意识的重要意识形态场域,也意味着台湾人文知识界的严重分化。第三,一批具有学院知识背景的中青年学者崛起,如郭纪舟、游胜冠、陈建忠、柳书琴、徐秀慧、陈筱茵、崔末顺等人,他们的研究成果及其知识立场值得我们关注。第四,文化研究兴盛,"左翼"思潮研究的东亚视野逐渐浮出水面。

"族群"同样是台湾文学史重写运动的重要维度之一。"原住民文学"进入文学史已经成为现实,文学史研究界对台湾文学史建构与"原住民文学"关系的认识也越来越清晰。巴苏亚·博伊哲努(浦忠成)的《台湾原住民族文学史纲》"将不同族群的口传文学及作家作品的脉络,以时间的顺序呈现",被视为第一部完整的"原住民文学史"。作为《台湾文学史长编》丛书的第一集,刘秀美、蔡可欣的《山海的召唤:台湾原住民口传文学》于2011年由台湾文学馆出版。客家和客语文学同样得到了充分的关注,黄恒秋的《台湾客家文学史概论》于1999年出版,客籍作家和客语文学以及客家文化在台湾文学史重写中也占有一定的位置。此外,闽南族群和闽南语文学开始进入自觉的文学史书写时期,而作为少数写作的旅台马华文学也在台湾文学史重写运动中扮演了不可忽视的角色。总之,族群视阈的展开无疑丰富了台湾文学史的重写运动。

"性别"维度对台湾文学史重写同样深具影响,毫无疑问,性别政治理论的引入打开了台湾文学史重写的空间。当性别介入文学史,被遮蔽的女性声音就逐渐浮出了历史地表,并且瓦解着男性所建构的文学史典律。张碧渊的《罗曼史》(1934)、叶陶的《爱的结晶》(1936)、黄宝桃的《感情》(1936)、杨千鹤的《花开时节》(1942)等一大批被过往文学史所忽略的女性文本乃至女性古典诗文开始进入台湾文学史叙事之中。2005年暨南国际大学中文系和清华大学台湾文学研究所联合举办"重写台湾文学史/反思女性小说史国际研讨会",将"重写台湾文学史"和"反思女性小说史"相连接,这一现象意味深长。当代台湾一大批女性批评家(当然也包括一些具有性别平等意识的男性学者)持续努力,发掘女性文本,深入阐释女性文本的美学价值与文学史意义,从而打开了台湾文学史的性别论述空间,不断改写着台湾文学史叙事,这构成了重写台湾文学史运动最富活力的因素和动力之一。邱贵芬、刘亮雅、梅家玲、杨翠、刘纪蕙、何寄澎、陈芳明、张小虹、许俊雅、范铭如、江宝钗、钟慧玲、徐秀慧等学者致力于台湾女性文学史研究。一方面,以女性主义为方法建构文学史的性别论述,如邱贵芬的《从战后女作家的创作谈台湾文学史的叙述》和《台湾(女性)小说史学方法初探》、徐秀慧的《浮出历史地表——建构"台湾女性文学史"》、何寄澎的《女性散文创作现象与台湾文学史的考察》、范铭如的《台湾新故乡:50年代女性小说》和《众里寻她:台湾女性小说纵论》等,编撰女性文学选集,借此展现台湾女作家创作的风貌,并且"提出一套有别于当前台湾文学史通常采用的叙述方式和隐藏于那样叙述当中的史观"(邱贵芬),如邱贵芬主编了《日据以来台湾女作家小说选读》,江宝钗、范铭如主编了《岛屿妏声:台湾女性小说读本》等;另一方面,在学院开设女性主义和女性文学史课程,组织召开女性文学史学术会议,持续推动女性文学研究的建制化和性别研究的主流化。这一系列的阐释实践对台湾文学史的框架和结构的重构产生了深远的影响。

### 8. 两岸统合路径

所谓"两岸统合路径",包括两种方式:第一种是把重写台湾文学史放置于两岸关系的框架和视阈之中展开。一方面,两岸文学同根同源、一脉相承,重写台湾文学史,就是以史料的发掘和研究为基础,系统分析两岸文学关系的发生与发展,理清历史演变脉络;另一方面,

"内战与冷战"所形成的两岸"分断体制"①对两岸文学发展史的影响十分深远,台湾文学史无疑也深刻地嵌入在这种结构之中。《台湾社会研究季刊》的陈光兴、赵刚等学者力图从这个层面打开台湾人文思想和社会学想象的空间,而《人间》派的陈映真、吕正惠、曾健民等学者则以两岸统合为路径重构台湾文学史。"两岸统合路径"的第二种方式,指的就是两岸学者合作编撰台湾文学史,如吕正惠、赵遐秋主编了《台湾新文学思潮史纲》,这部文学史著作同时在两岸出版,有力地反击和批判了文学"台独"史观。

### 三、重写台湾文学史:论争与分歧

没有论争与分歧就没有所谓的思潮。近20年来,在重写台湾文学史的过程中,发生了各种论战,也出现了一系列重大的思想分歧和立场冲突,正是这些论战与分歧构成了充满活力的重写台湾文学史思潮。我们认为以下分歧特别值得研究者关注:

(一)论争与分歧之一:关于台湾新文学的起源和性质问题

重写台湾文学史思潮中,关于台湾新文学的起源的认识,出现了两种不同甚至对立的观点。一种观点坚持认为台湾新文学缘起于五四新文化运动,台湾新文学运动毫无疑问是五四新文化运动的一环,是受到五四运动的刺激而孕育、发生和发展的,所以一开始就有强烈的中华民族性格和精神,这一民族精神贯穿台湾文学史的始终。陈映真、吕正惠等一批学者始终坚持这一立场不动摇。陈映真在为吕正惠、赵遐秋主编的《台湾新文学思潮史纲》撰写的序言中再次明确重申了这一立场:"台湾新文学,在文学语言、文学理论和创作范式上受到中国新文学深刻影响而诞生。"陈映真强调指出:"回顾历史,20年代台湾新文学发轫时期,30年代的'左翼'文学运动期间,40年代后半关于重建战后台湾新文学的论议,以及70年代(第二次)乡土文学论战,

---

① "分段体制"源于韩国学者白乐晴的创造,是他用来描述和阐释南北韩历史状况的一个概念,近年来开始引起两岸学者的重视。在此借用此概念来形容海峡两岸在"内战与冷战"历史中形成的结构关系。

海峡两岸和台湾内部的省内外作家、理论家和思想家,莫不为台湾新文学的健全发展、为建设台湾新文学成为中国新文学的结构部分而热情团结,批判反民族和反民主倾向,克服权力和逆流的抑压而协同斗争,热诚团结,取得了不同阶段中的胜利。"①

　　但另一些重写文学史的学者则意图人为地割裂两岸新文学的历史关系,强调台湾文学所谓的"自主性"或"独立性"。他们采取了以下三种论述策略:第一种策略是重新解释两岸新文学作家的影响关系,一再申明台湾新文学受到五四新文学运动的影响微乎其微,同时把这一影响"去中国化",主观认定台湾新文学作家是在"世界文学"的意义上才接受鲁迅等五四新文学作家的影响。如此就把鲁迅等作家的民族文学身份与世界文学意义人为地切割开来。第二种策略是无限放大台湾新文学中"本土性"因素和"台湾意识",并且把"本土性"与"中华性"、"台湾意识"与"中国意识"演绎成为对立的两极,从而确立所谓的台湾文学主体性。第三种策略是把台湾新文学的起源时间推离五四新文化运动,借此表明两者之间没有内在历史关联。蒋为文等人认为台湾白话文运动早在 1885 年即以"台语罗马字"的方式出现,所以台湾新文学的起源要早于五四运动。因此,巴克礼(Thomas Barclay,1849—1935)牧师 1885 年创办的《台湾府城教会报》,由于最早推行"台语白话字书写"而被委以重任,备受重视——《台湾府城教会报》对台湾新文学和台湾文学现代性的起源意义似乎已经超过了《台湾青年》。"《府城教会报》e 发行乎白话字 e 文学基础 thau-thau a 建立,ma 直接或者是间接 e 影响台湾文学史 e 流变,更加有可能 e-sai 重新解说台湾文学史。"②《府城教会报》对推广闽南语白话字书写以及传播近代文明知识的作用不可否认,其对闽南语文学史的影响也不可忽视,但借此重写台湾新文学史则显然是靠不住的,而据此论证两岸新文学没有内在的历史关联则是荒谬的。第一,所谓"台语白话字"

---

① 陈映真:《〈台湾新文学思潮史纲〉序》,《世界华文文学论坛》,2002 年第 1 期。
② 梁君慈、蒋为文:《台湾府城教会报所翻译刊载ê西方囡a古ê研究》,"台语文学学术研讨会",中山医大台湾语文学系、台湾罗马字协会主办,2007 年 10 月 6 日—7 日。

或"台语罗马字",即"闽南语白话文(罗马字)",是美国归正教约翰牧师于 1847 年至 1892 年在厦门传道办学期间创作的。而推行闽南语罗马字书写的教会报也非台湾地区所独有,而是同时在两岸闽南语地区都有出版发行;第二,把汉语和汉语方言对立起来无疑是违背了语言学的基本常识;第三,《府城教会报》并没有提出系统的新文学论述,也不是对台湾新文学史构成实质影响的文学性媒体。

(二)论争与分歧之二:关于皇民文学的历史评价问题

从战后台湾文化重建运动到 20 世纪六七十年代的"中国文化复兴运动",台湾文化学术界对日据后期认同皇民化统治和颂扬"大东亚圣战"的"皇民文学"一直都持批判和否定的立场,批判和否定"皇民文学"是文化领域清除日本殖民统治影响工程的一项重要工作。20世纪 70 年代末到 80 年代,文学批评界曾零星发生过关于皇民文学评价的论争。钟肇政发表《日据时期台湾文学的盲点——对"皇民文学"的一个考察》(1979),认为应该同情与理解皇民化作家,"皇民文学"是一种"受害者文学"。张良泽则先后撰写《战前的在台湾的日本文学——以西川满为例》(1979)和《西川满先生著作书志》(1983),肯定殖民作家西川满对台湾文学的贡献。这引起了陈映真、王晓波等学者的反击,陈映真在《文星》上发表《谈西川满与台湾文学》一文(1984)尖锐地批评张良泽等人美化依恋日本殖民统治的立场。1998年,张良泽重新提出"皇民文学"议题,在《联合报》上发表《正视台湾文学史上的难题:关于台湾"皇民文学"作品拾遗》一文,引发了一场具有相当规模的论战。这场论争产生了以下五种观点:

第一种以张良泽、叶石涛、彭瑞金等人为代表,主张用"爱和同情"的方式去理解皇民作家的历史处境,给予"皇民文学"重新评价和历史定位。张良泽等人"重写""皇民文学"的策略首先是主观地为"皇民文学"队伍扩编:"人人都是皇民化作家"、"谁没有写过皇民文学",把日据时期台湾作家的殖民地意识或经验和"皇民"意识相混淆;其次是同情策略,即把"皇民文学"所书写的难以成为"皇民"的痛苦改写为殖民地的悲情,如此则"没有'皇民文学',全是'抗议文学'"。①

第二种观点坚持批判和否定"皇民文学",以陈映真、曾健民、刘孝春、陈鹏仁、马森等为代表。陈映真尖锐地指出:张良泽"对皇民文学无分析、无区别地全面免罪和正常化的本身,正是日本对台殖民统治深层加害的一个表现"。②

第三种观点主张把"皇民文学"与"皇民化文学"相区隔,以陈芳明为代表,认为"皇民文学"是台湾作家主动配合日本国策而从事的文学创作;而"皇民化文学"则是台湾作家在日本殖民强权的统治和压迫下不得不进行的文学创作。

第四种观点主张跳出批判与辩护的二元对立,超脱意识形态的囿限,以客观的分析重审"皇民文学"。黄美娥如是指出:"二元对立的敌对论述无法通盘掌握殖民与被殖民者复杂的政治/文化关系,及其纠缠暧昧的精神状态。"③刘纪蕙的《从"不同"到"同一"——台湾皇民主体之"心"的改造》、黄美娥的《差异/交混、对话/对译》、荆子馨的《成为"日本人"殖民地台湾与认同政治》等都是重要的成果。

第五种观点以陈建忠和游胜冠为代表,主张从台湾本土意识和主体性出发重审"皇民文学"问题。

如何评价皇民文学是重写台湾文学史充满争议的焦点之一,它关涉到如何认识日本殖民统治对台湾的影响,也涉及如何理解日据台湾文学的殖民地经验问题。关于皇民文学历史评价的争论意味着台湾人文知识界文化认同上的重大分歧。

(三)论争与分歧之三:关于当代台湾文学的性质问题

上文我们已经指出,后殖民理论的介入深刻地影响了台湾文学史叙事方式的选择、问题的设定乃至阐释框架的建构。后殖民理论的引入导致了一场关于当代台湾文学的性质定位的重大论争。这场论争

---

① 叶石涛:《"抗议文学"乎?"皇民文学"乎?》,《台湾文学的悲情》,台湾派色文化出版社,1990年,第112页。

② 陈映真:《精神的荒芜:张良泽的皇民文学论》,《联合报》副刊,1998年4月2日。

③ 黄美娥:《差异/交混、对话/对译》,《中国文哲研究集刊》,2006年第28期。

由陈芳明于 90 年代末在《联合文学》发表重写台湾新文学的系列文章而引发。陈芳明在《台湾新文学史的建构与分期》一文中以所谓"后殖民史观"来重写 20 世纪台湾文学史,把台湾文学的历史发展划分为"殖民""再殖民""后殖民"三个历史时期,即日据殖民时期、战后再殖民时期与解严后殖民时期。这一文学史观及历史叙事方式引起了学界关于当代台湾文学史性质问题的重大争论。这场论战分为两个阶段:

第一阶段以"双陈大战"(陈芳明、陈映真)为中心展开。针对陈芳明对台湾文学史的"后殖民"重写,陈映真在《联合文学》上发表《以意识形态代替科学知识的灾难:批评陈芳明先生的"台湾新文学史的建构与分期"》《关于台湾"社会性质"的进一步讨论:答陈芳明先生》《陈芳明历史三阶段论和台湾新文学史论可以休矣!》等文章予以批判性反击。从马克思主义的历史唯物主义出发,陈映真审视和批判了陈芳明据以为台湾新文学"分期"之基础的"台湾社会性质论"。陈映真与陈芳明关于战后台湾文学史性质定位问题的激烈论战显示出统、独立场的重大分歧,也显示出"重写台湾文学史"不是纯粹的文学史学科建设的问题,而已经成为政治意识形态和文化立场斗争的重要场域。

第二阶段以陈芳明的《台湾新文学史》出版为契机展开。经过 12 年的写作,2011 年,陈芳明的《台湾新文学史》终于出版,并再次引起学界的争论。在该书序言《新台湾·新文学·新历史》中,陈氏谈到了自己理想的幻灭与历史反省,表明从政治重新回返文学的转变,阐述了一种朝向开放与包容的文学史观念:"在文学盛放的地方,正是受伤心灵获得治疗之处。台湾岛上所有的文学成就,不可为一时的政治信仰服务,更不可沦为一个庸俗的当权者的工具。对狭隘本土回敬的最佳方式,便是重新挺起史笔,以漂亮的文学反击污秽的政治。""本土不应该是神圣的人格,也不应该是崇高的信仰。它其实是一个开放的观念,所有在历史之河漂流的族群,所有在现实之镜映照出的移民,选择在海岛停泊时,他们的情感与美学也都汇入了本土。"①但陈氏自己也

---

① 陈芳明:《台湾新文学史》,台湾联经出版公司,2011 年,第 8—9 页。

坦承，作为一个本土派论者，《台湾新文学史》并没有摆脱意识形态幽灵的纠缠，他并未放弃"殖民""再殖民""后殖民"的文学史重写模式。围绕《台湾新文学史》的论争显然不可避免，一方面，《人间》派学者再次质疑与批判陈芳明的"战后'再殖民'文学论"，曾健民立场鲜明地指出："陈芳明的'再殖民论'，就是蒙骗事实，想把中国民族内部的矛盾扭曲为异民族间矛盾和对立，虚构他的'战后再殖民论'，建构他的台独史观。"①曾健民进一步强调指出："陈芳明的分离主义文学论，其核心是以排除台湾文学中的中国文学要素，来'建构'他的台湾文学'主体性'。但是，客观地、历史地来看，构成台湾文学'主体性'的基础，正是台湾文学里面普遍存在的'中国性'；排除了'中国性'的台湾文学，其实只是一个空虚主体，或虚假主体，不得不靠'虚构'来维持。"②另一方面，陈芳明文学史观念的调整却由此引起了本土论者的不满与批评，"当作者在《台湾新文学史》当中一再反省'本土'，并试图检视其可能存在的狭隘危机之际，无法掩饰的是其辈同人一定程度上亦是本土化浪潮的最大受益者；或者说，作者不应该忘记的是，过去几十年来其与其著作、举措等等的一切，不管是无心忽略或者是刻意地遮掩（例如史明再殖民论述与《台湾新文学史》之间的系谱关系），其实都早已经是组构所谓'本土'文化论述的一部分。"③蓝士博、郑清鸿等一些新生代的本土论者对《台湾新文学史》遗忘所谓的"台语文学"尤其不满，他们认为："一部台湾华语文学史论已诞生，但台湾（新）文学史，离我们仍旧遥远。"④

"解严"以来，台湾文学史研究领域可谓众声喧哗，争讼不断。一方面，正是这些论战与分歧构成了充满活力的重写台湾文学史思潮；另一方面，引入话语理论，潘多拉的魔盒已经被打开，一切知识都变成

---

① 曾健民：《可悲的战后"再殖民"文学论》，《海峡评论》，2012 年 1 月第 254 期。
② 同①。
③ 蓝士博：《谁的盛世/事？——陈芳明《台湾新文学史》的几个侧面观察（四）》，《极光电子报》，2012 年 5 月 15 日第 301 期。
④ 郑清鸿：《失语的后殖民史观：遗忘母语文学的〈台湾新文学史〉》，《极光电子报》，2012 年 2 月 28 日第 290 期。

了"话语",历史叙事只是某种话语生产,如此,"重写文学史"又难免要遇到"相对主义"幽灵的纠缠。正如南帆所言:"'重写文学史'仍然存有某种令人不安的阴影——这个口号指向了历史学科之中一个致命的穴位:是否存在历史的真相? 历史真的是任人打扮的姑娘吗?"①南帆的这一追问同样适用于台湾地区的重写文学史运动。

---

① 南帆:《隐蔽的成规》,福建教育出版社,1999 年,第 16 页。

# 近20年台湾文艺思潮导论

## 一

1987年"解严"至今,台湾地区的社会文化思潮风起云涌、变化多端,在意识形态领域产生了巨大的断裂与冲突。理论思潮在其中起着"先锋"作用,人文知识分子对政治场域的介入已经产生了深远的影响——其复杂、多元的理论叙事和话语阐释实践无疑是形塑当代台湾社会文化思潮的重要力量之一。许多事实表明,人文知识分子已经成为意识形态的重要生产者与阐释者。尤其是90年代以后,大批人文知识分子卷入各种政治意识形态话语的生产、传播与论争之中,理论思潮构成了一个重要的文化场域。如何认识台湾、阐释台湾已经成为台岛知识界的一个至关重要的课题,各种"台湾论"竞相登场,相互角逐,交锋辩证。这意味着"台湾"已经成为一个充满歧义的符号,意味着台岛知识界产生了"阐释台湾"的分歧、冲突与焦虑,也意味着70年代乡土文学运动中隐含着的分歧扩大为人文知识分子的进一步分裂。"阐释台湾"的种种分歧、冲突与焦虑的产生既是台湾历史的一次次巨幅断裂累积而成的结果,也是"解严"后长期被压抑的各种社会能量彻底释放的精神产物。统与独、左与右、蓝与绿、本土化与全球化、民主与市场、资本与政治、现代性与殖民性、"中国性"与"台湾性"、解构与建构、"国族"与性别……一系列的分歧与纠葛纷至沓来,或截然对立,或隐晦微妙,或折中调和。历史的断裂和社会的剧烈转折导致了理论的紧张与思想的焦虑。何谓台湾?这个问题深刻地纠缠和困扰着当代台湾的人文知识分子。于是，就产生了"后现代台湾""后殖民台湾""本土台湾""左翼台湾""民主台湾"，以及"后殖民本土台湾""本土左翼台湾""布尔乔亚的台湾""新殖民地·依附性独占资本主义的台湾""左眼失明的台湾"和"多元文化主义的台湾"等一系列的充满歧义的话语。

如果没有进入种种"台湾论述"产生的内在历史脉络和思想场域，我们就很难理解台湾知识界为什么对"后殖民还是后现代"这样的问题争论不休，也很难理解从"后现代"到"后殖民"的话语转换对于台湾思想界而言竟会如此意味深长，很难理解"书斋里的言谈"或"学院话语"生产与当代台湾政治之间的复杂关联，也难以理解政治因素对文学和理论的介入或文学与学术对政治的介入究竟有多深。多年来，我们的台湾文学研究获得了丰硕的成果，包括文学理论史在内的文学史研究是其中最为大宗的产品，迄今还在不断地生产，而对理论问题尤其是"解严"后风云变幻的理论思潮的研究并不足以让人满足。这是我选择这一课题的重要原因之一。近年来的一些研究成果涉及或部分涉及了我们将要展开讨论的课题，它们构成了我们展开讨论和分析的基础。这些成果包括黎湘萍的《台湾的忧郁》《文学台湾》，朱双一的《近二十年台湾文学流脉》《海峡两岸新文学思潮的渊源和比较》，朱立立的《知识人的精神私史》，古远清的《当今台湾文学风貌》《分裂的台湾文学》《世纪末台湾文学地图》，赵遐秋、曾庆瑞的《文学台独面面观》，吕正惠、赵遐秋主编的《台湾新文学思潮史纲》，赵遐秋主编的《文学台独论批判》。这一系列成果还包括如下重要文章：王岳川的《台湾后现代后殖民文化研究格局》，赵稀方的《一种主义，三种命运——后殖民主义在两岸三地的理论旅行》，朱双一的《真假本土化之争》《当代台湾文化思潮与文学》，黎湘萍的《另类的台湾"左翼"》，等等。这一系列成果对"解严"以后的台湾文学和理论思潮都有所涉及和讨论，包括语言美学、理论想象与文化救赎（黎湘萍），后现代主义和都市化思潮（朱双一），后殖民理论在台湾的发展与误读（王岳川、赵稀方），文学台独论的整体批判（赵遐秋、曾庆瑞），台湾文学的南北和蓝绿分裂（古远清）……在诸多层面都提出了一些富有启发性的意

见。这些成果帮助我们厘清了一些问题,同时也给我们带来了另一些问题和困惑:

第一,如何认识台湾的后现代和后殖民理论思潮对社会思想的影响? 王岳川如是而言:"台湾地区的后学研究还有一些不尽如人意的地方,主要问题在于,首先,同大陆的后学研究相比,台湾对后学的研究基本上是在学术圈内,没有引起公共领域的关注,因而关于现代性和后现代性问题的讨论,关于女性主义的问题、台湾的文化身份问题等,仅仅是知识分子的一种知识话语论争问题;其次,台湾仅仅将"后学"问题看做是一种西方的新思潮,而没有将其看做新的思维方法和价值转型的方法。因而对后学的讨论没有对整个社会的思想形成直接的作用,而基本上是处于社会的边缘和学界的边缘,因而后学思想的正负面效应影响,都比大陆后学的要小,相比较而言,大陆的后现代后殖民研究在广度和深度方面当更为突出。"①这一基本估计或判断是否准确? 事实上,"后学"在台湾的状况可能比这一判断远为复杂。

第二,如何认识台湾的本土化思潮? 关于 1995 年台湾文坛的"本土化"论战,朱双一的分析和描述颇为细致,揭示出独派本土论的种种谬误。但"真假本土化"的提问方式和分辨是否能够真正有效地阐释"本土论"是如何变成一种"新意识形态"这个更为重要的问题呢?

第三,如何认识台湾的"左翼"理论思潮? 如何理解 90 年代后台湾"左翼"的新动向? 黎湘萍在《另类的台湾"左翼"》一文中曾经敏锐地指出:90 年代以后至今,台湾的"左翼"似乎出现了重组的迹象和复苏的契机。台湾"左翼"如何另类? 又如何"重组"? 这的确是一个饶有趣味而又十分重要的问题。可惜的是,黎湘萍对 90 年代以后至今台湾"左翼"思潮的描述十分简略,他倾向于这样的估计:"与西方的"左翼"运动(尤其是 60 年代的"新左翼"运动)相比,作为社会的'另类'思想运动,台湾'左翼'的纯粹理论和学术建设相对要薄弱一些,但是'左翼'人士所从事的社会运动,却以相当坚韧的态度,一直在民间进行。他们的理论思想建设,也是依靠这些社会运动来凸显的:这

---

① 王岳川:《台湾后现代后殖民文化研究格局》,《文学评论》,2001 年第 4 期。

恐怕是它们与体制化后的'左翼'思想的差异所在吧。"①两岸"左翼"的不同命运和发展形态的比较的确具有启发性,两者之间的相互参照与比较意味深长,这显然是一个值得深入研究的课题。而黎湘萍把60年代的"新左翼"运动作为重要参照的观察,则可能遗漏了90年代后台湾的"左翼"理论思潮的更为重要的面向和思想线索。90年代的"左翼"思考面对的处境已经不同于60年代,如何应对世界社会主义运动的巨大挫折和经济全球化以及"新自由主义"意识形态的全球扩张,如何在理论上回应和阐释"新社会运动"? 这构成了"左翼"理论新的思考方向。90年代后台湾"左翼"理论同样面对这种状况,更要应对"解严"后台湾社会的巨幅转型。90年代后台湾"左翼"知识分子提出了哪些新的理论策略? 如何应对变化了现实? 只有在这个语境中,我们才能充分地理解台湾"左翼"理论的调整和重构。这种调整与重构既表现为传统"左翼"的复苏与重建,更体现为"新左翼""后现代左翼""民主左翼"理论的纷纷出场。

90年代以来,两岸思想界都出现了"新左翼"思潮,由于语境的某种相似性,而产生了一些相同或相近的思想方式和问题,但也由于历史语境的种种差异,两岸的"新左翼"也有所分别。两者之间已经展开的对话和潜在的构成的对话关系更为意味深长。两岸同属于一个中国,当代尤其是90年代以来台湾的理论思潮应该成为我们认识和阐释复杂的"中国问题"以及我们时代的思想状况的一部分。两岸文艺思潮既有深层次的历史文化关联,也存在互为镜像的可能性。

## 二

"解严"前后至今是当代台湾社会和政治转型的历史时期,也是当代台湾思想转折的年代。如何理解和描述当代台湾思想史的这一重大转折的脉络,无疑是一个重要的理论课题。我们的观察试图在纷纭复杂的思想变迁之中寻找出一些演变的主要线索。如果把近20年来台湾理论思潮的变迁放在当代"反对运动"的起承与转换之历史框架

---

① 黎湘萍:《另类的台湾"左翼"》,《中国现代文学研究丛刊》,2002年第1期。

中予以理解的话，那么，我们可以把理论思潮的演变轨迹描述为一个从"反对运动论述"到"新反对运动论述"的转折过程。所谓"反对运动"，简而言之即是反支配的抗争运动。在20世纪50年代至90年代初的台湾社会和文化场域中，"反对运动"就是反抗国民党"威权统治"的运动，包括社会运动和思想运动两个层面。从"自由中国运动"到"乡土文学运动"，从"解严"前的"党外政治运动"到80年代多元化和后现代主义思潮，这些社会和文化思潮尽管存在不同的诉求和理念，但却有着共同的抵抗对象，其反抗和批判的对象都指向威权体制和维护威权统治的意识形态。但90年代以后，旧有的威权体制逐渐解体，曾经占据主流位置的权威意识形态也逐渐分崩离析。以国民党"威权统治"为抗争对象的"反对运动"已经进入终结的历史时期，这导致了思想的转折和人文思想界的分化。一方面以"本土论"和"台湾民族论"以及"国族"话语为核心的"新意识形态"浮出历史地表，并且形成强大的话语力量，逐步获得文化霸权的位置，一种大叙事被另一种大叙事所取代；另一方面反抗"新意识形态"的声音也浮出水面。一些参与"反对运动"的人文知识分子转变为"新意识形态"话语的生产者、阐释者和传播者；另一些人文知识分子则对权力结构的翻转所形成的新的压迫始终保持着警惕和批判的立场，他们试图重构"反对运动"和"反对论述"，试图发展出一种反抗"新意识形态"霸权的"新反对运动"的文化论述。

在《岛屿边缘》知识分子重构了的知识图景中，我们可以看到，90年代初在台湾前卫知识分子那里，关于"新反对运动"的最初论述已经萌生，卡维波主编的《台湾新反对运动》1991年的出版意味着一种后现代主义和后马克思主义版本的关于新反对运动的论述已经出场亮相。那么，为什么是后现代主义和后马克思主义的版本？这显然与吴永毅、陈光兴、卡维波、丘延亮等"边缘"知识分子对90年代初政治状况和新社会运动的基本认识与估计有关，也与世界社会主义运动遭到巨大挫折之后国际"左翼"知识分子的战略转变相关。在拉克劳和墨菲的《文化霸权与社会主义战略》、塞缪尔·鲍尔斯和赫伯特·金蒂斯的《民主与资本主义》以及霍尔的"后现代主义与接合理论"的论述中,我们看到了相似的思考。在他们看来,社会的多元化或社会力量的多元化,已经是不可改变的事实。这一事实形成了"新社会运动"的多元诉求和多元抗争的新格局。一个阶级反抗另一个阶级的实践模式以及阐释实践的模式已经难以有效应对变化了社会现实。所以,"新反对运动"必须在多元诉求和充满分歧的理念之中寻找到可以接合的"节点"和"枢纽"。而这个策略的有效性显然必须建立在中产阶级数量日渐庞大这一社会基础之上。

但是,后现代主义和后马克思主义显然不是唯一的可选择的路径。在"新自由主义"的肆虐下,社会的两级化趋势隐然浮现,并且已经出现了进一步恶化的迹象。日本趋势学家大前研一提出的"M型社会"概念,代表着人们对这一趋势的深刻忧虑。大前研一曾经断言:日本已经进入了"M型社会",台湾也已经产生了日本曾经出现的种种征兆,逐渐演变为"M型社会"。在这个语境中,传统"左翼"的复苏或许已经出现了新的历史契机。种种迹象表明,"新反对运动"存在着另一种选择或另一种道路。在《人间》知识分子重新焕发的理论活力和田野实践中,在素朴的《左翼》杂志中,在詹澈的诗歌写作与农民运动的接合中,在钟乔的"民众剧场"运动中,在"劳工阵线"和"劳动人权协会"等大大小小的劳工团体的斗争中,我们看到了传统"左翼"思想复苏与再造的可能前景。当然,"新反对运动"的建构还存在第三种或更多种的选择。在90年代台湾的理论场域,《台湾社会研究季刊》则代表着批判地接合后现代主义、自由主义、后马克思主义和传统马克思主义以及第三世界理论等多元思想的思考方向和话语实践方式。

当我们把近20年来台湾理论思潮的变迁描述为从"反对运动论述"到"新反对运动论述"的转折时,一系列的理论分歧、对抗与辩证——本质主义与反本质主义、本土论与反本土论、建构主义与解构主义、"国族"论与反"国族"论等——一定程度都可能获得脉络化或历史化的解释。在"新意识形态"的形构与解构的矛盾运动中,我们也就容易理解以下种种现象:为什么安德森的《想象的共同体》对一些人文知识分子而言显得如此重要,而拉克劳的"后马克思主义"战略对另外一些知识分子有如此大的吸引力?为什么"新左翼"对"接合理论"

如此心仪,而本土论者又对"策略的本质主义"和齐泽克的"主体空白"概念如此倚重?为什么思想界要为后现代主义和后殖民批评究竟哪一种理论更适合台湾社会和思想转型而争议不休?正是在这个脉络里,我们认为,后殖民批评、本土论和"左翼"论述构成了当代台湾理论思潮的三大重要流脉。

但是,这只是理解当代台湾理论思潮嬗变的重要线索之一,绝对不是唯一的脉络。我们在如此理解当代思想状况时,显然要特别警惕化约主义和某种绝对化倾向的出现。对"解严"后台湾思潮史的充分理解需要一种对思想细节的不断质询的精神。我们认为,在当代台湾的文化政治的光谱上,还存在形形色色的论述立场。在本质主义与反本质主义之间、在本土论与反本土论之间、在建构主义与解构主义之间、在"国族"论与反"国族"论之间,还存在着许许多多有着微妙差异的论述立场。对"何谓台湾"这个命题的回答,对当代台湾的社会性质和思想状况的理解,对"台湾性"的定义,对台湾文学属性的认识,都可能由于发言位置和理论视阈的不同而形成种种不同的或充满差异的阐释。由于性别、族群、阶级、统独、环境主义乃至动物伦理主义等等因素的深刻嵌入,90 年代后台湾的理论思潮显得更为复杂和多元,甚至滑动多变。这种多元喧哗、歧义横生的思想格局,一方面呈现出社会对歧义的一定程度的容忍和宽容,另一方面也可能削弱或抵消批判性思想的力度。饶有趣味的是,在建构某种论述时,人们发现其所倚重的理论资源——典型如后现代主义和后殖民理论以及"想象的共同体"理论等等——往往会产生双刃剑的效果。这个现象的不断出现某种程度上强化了"阐释台湾"的紧张与焦虑。这或许表明,在理论和历史之间存在着一个难以逾越的沟壑。台湾知识界如果不能回返到历史、文化、政治以及普适的人文价值的基本面,这种理论的紧张和焦虑就将持续存在。

三

以上简要表述了笔者对"解严"前后至今台湾理论思潮的演变格局的基本认识。笔者认为,对这个课题的讨论或应努力建立在这一基本认识的基础之上,以话语分析的方法具体地阐释台湾文化场域中各种"论述"的生产与意识形态的复杂关系,阐述活跃在台湾当代文化场域诸种"论述"的解构与形构策略及其演变轨迹,才有可能深入理解当代台湾文艺思潮的复杂性和历史变迁。以下问题需要我们认真梳理和思考:

第一,后现代与后殖民的话语转换。20 世纪 90 年代初至中期,台湾理论界产生了一场关于后现代与后殖民的论争,这场论战导致了后现代与后殖民的理论话语转换。现今,我们要进一步思考的是:后现代主义是如何被引入台湾的? 它对台湾的文学理论产生了怎样的影响? 台湾理论界如何理解后现代与后殖民的关系? 为什么后现代主义会快速被后殖民理论所取代? 后现代主义在台湾真的销声匿迹了吗? 我们认为:在 90 年代台湾"本土主义"甚嚣尘上的历史时期,"本土化"或"本土论"已经演变为"政治正确"的意识形态。后殖民理论往往被本土化为"本土主义"意识形态的一种好用的理论工具,承担着"发现台湾"甚至建构所谓"台湾民族主义"的重大政治使命。这样,经过特殊处理后的"后殖民"话语在台湾也就享有了无比重要的理论地位,乃至一时成为人文学科中的显学和强势的理论话语,至今还有些高烧不退。而主张"去中心""解主体"的后现代主义因为明显的"不合时宜"演变成为一种被压抑的边缘话语。在这一时代语境中,的确,如同廖炳惠所提醒的那样,后现代批评谱系有存在和重建之必要,因为它或许可以成为新的权力中心的一种制衡和批判的思想力量。我们认为:"后现代主义"的存在或许可以成为已经疾病缠身的"台湾后殖民"的一帖有效的解毒剂,至少后现代主义可以提醒人文知识分子警惕新的霸权结构对异质性所产生的压抑和排斥。正是由于这一点,后现代主义在台湾的使命并没有终结,而是汇入了"新左翼"的理论思潮之中。

第二,台湾后殖民理论思潮。后现代主义和后殖民批评都广泛地卷入了"解严"后尤其是 90 年代以来台湾文学与知识生产乃至政治意识形态生产的复杂场域之中,深刻地介入台湾当代政治和文化的转型过程之中,并且微妙地影响着人文学界对台湾的历史、政治、文学和身份问题的理解、阐释与重构。从根本上看,后现代主义和后殖民论述在台湾的兴起与演变关涉到人文知识分子如何思考台湾和如何"阐释台湾"这个至关重要的当代命题。本文将讨论与此相关的一系列问题:后殖民理论在台湾如何兴起? 怎样"在地化"? 在当代台湾的意识形态生产和论争中,后殖民理论又扮演了何种角色? 台湾人文学界对后殖民理论的认识与阐发究竟存在哪些矛盾和分歧? 这些矛盾和分歧与"解严"后台湾社会的认同分裂之间存在何种关联? 在台湾,后殖民理论与性别、族群、阶级、本土、跨国文化政治以及所谓的"国族"想象和认同建构究竟存在何种关系? 在文学理论领域——包括文学史书写、文学批评、文学经典与文学教育以及"文化研究"等广泛层面——后殖民论述又产生了哪些具体而深刻的影响? 我们应如何理解和认识后殖民理论在台湾演变过程中出现的根本歧义与种种变异乃至异化现象?

第三,"殖民现代性"的幽灵。台湾后殖民理论思潮的一个重要面向即是重新阐释日据时期台湾的殖民地经验,迄今,殖民地经验对当代台湾的精神生活仍然存在着种种复杂而微妙的影响。如何评价日本殖民统治对台湾社会的影响? 如何理解殖民地经验的复杂性? 如何阐释日据时期台湾知识分子的抵抗策略? 如何评价"皇民化文学"? 殖民地经验与文化认同之间究竟存在何种关联? 这种关联是否对当代的认同政治仍然产生某种潜在的影响? 今天应如何阐释台湾近代性或现代性的起源与变迁? 又怎样反思台湾的现代性问题? 对这一系列问题的理解同样充满分歧,分歧的焦点在于如何阐释"殖民性"与"现代性"之间错综复杂的历史纠葛和情感悖论。现今,"殖民现代性"已经构成了台湾后殖民论述无法规避的重要课题。研究近 20 年来台湾文艺思潮的变迁,有必要认真梳理台湾思想界对"殖民现代性"问题的讨论,辨析隐含在其中的种种分歧,并探讨"殖民现代性"问题是如何深刻地嵌入当代台湾理论思潮的脉动,又是如何曲折地渗入当代文化认同的形塑过程。

第四,本土论思潮的形成与演变。"本土论"或"本土化"是 90 年代以来台湾重要的文化思潮之一。从 80 年代初浮出历史地表到 90

年代取得某种"政治正确"的地位,"本土论"或"本土化"概念常常与台湾的政治意识形态勾连在一起,有时甚至变成政治意识形态的工具。因而,关于"本土"和"本土化"的定义,迄今,台湾思想界仍然争讼纷纭。何谓"本土"? 台湾需要什么样的"本土化"?"本土"原本就是一个充满歧义的概念,"本土化"也是一个充满张力和矛盾的文化政治场域。由于理论立场和论述位置以及参照系统的不同,人们对"本土"和"本土化"的界定和阐释也有着显著的差异:或开放,或封闭,或多元。但在当代台湾社会思潮脉络中,"本土"和"本土化"逐渐演变为一种内涵单一的话语,甚至异化为一种封闭的、排他的和民粹化的政治意识形态。在一段时间中,所谓"本土论"已经成为新的文化与政治权力结构合法化的一种论述策略。在"本土与外来"二元对立的社会和历史分析框架中,"本土论"扮演着十分重要的角色。这一演变显然也引起了一些知识分子的反思和批判,把"本土"和"本土化"概念从政治意识形态的绑架中解放出来也就成了批判的知识分子的一项重要课题。我们有必要重新梳理"本土论"的形成与演变,讨论"本土化"论争中台湾知识界的分歧,阐释本土主义思潮极端化发展与"台湾文学论"话语霸权建构的关系,并分析台湾知识界对"本土论"的诸种反思、批判与解构。

第五,"传统左翼"的再出发。"传统左翼"是一个相对于"后现代左翼""自由左翼"或"新左翼"的概念。与"新左翼"放弃阶级优先论或"阶级的退却"立场根本不同之处在于,"传统左翼"坚持"阶级政治"的理念和阶级分析的方法。在台湾当代理论史的脉络中,我们把乡土文学运动中发展出来的"左翼"称为"传统左翼"。由于"统独"问题的深刻嵌入,80年代以后,在政治和文化光谱上,"传统左翼"知识分子阵营产生了明显的分裂,其中"统派左翼"和"独派左翼"代表着分裂的两个极端,这一分裂显然削弱了"传统左翼"的批判力量。一部分"左翼"知识分子在史明的影响下转向"本土论""台湾意识"论乃至虚幻的"台湾民族主义","阶级政治"和阶级分析方法逐渐被"本土主义"和"族群民族主义"意识形态所替代。以陈映真为代表的另一部分"左翼"知识分子则始终坚守"阶级政治"的观点、阶级分析的方法等传统马克思主义的立场,以介入重大的理论论战和展开具体的社会文化艺术实践的方式再出发,在"解严"以后的台湾社会和思想领域继续产生特殊而重要的影响,其代表人物包括陈映真、曾健民、林载爵、王墨林、詹澈、钟乔、蓝博洲、吕正惠、汪立峡、杨渡、杜继平等。理解当代台湾"左翼"思潮的嬗变,必须研究他们参与的一系列理论论战和具体的社会文化实践,进而探讨阶级观点在当代台湾思想和理论场域中的角色、意义与问题,探讨"传统左翼"如何应对台湾社会急剧变化了的现实。

第六,后现代与"新左翼"思潮。这个问题可以分三个部分来讨论:其一,《南方》与"新左翼"思想的萌芽;其二,《岛屿边缘》:后现代主义与"左翼"思想的结合;其三,《台社》与"民主左翼"思潮的形成。关于台湾地区后现代主义与"新左翼"思潮的接合,以下几类问题值得关注:第一,"民间社会"概念是如何出场的?"民间社会"如何被赋予了反抗威权统治争取社会民主的政治功能?"民间社会"理论存在哪些问题?第二,"民间社会"理论如何转向"人民民主"?《岛屿边缘》在什么背景下展开其独具特色的后现代"左翼"论述与实践?第三,《台湾研究季刊》如何重构"民主左翼"论述?"民主左翼"、后现代主义与台湾地区文化研究的关系如何?在当代台湾思想史尤其是"左翼"思想史上,《台湾社会研究季刊》是一份重要的刊物。其重要性主要体现在如下方面:一是重新确立了"台湾研究"的问题意识。《台湾社会研究季刊》的出场意味着"台湾研究"问题意识的重建,即从"何谓台湾"的历史论证到当代台湾社会和文化状况为何的转移;二是"台湾研究"知识范式和批判立场的重构。《台湾社会研究季刊》"接合"了"传统左翼"、自由主义、后现代主义、后马克思主义、女性主义以及文化研究等论述资源,试图恢复政治经济学批判和意识形态分析的历史关联,重建"台湾研究"的知识范式,进而确立"民主左翼"的知识立场;三是"台湾研究"思想视阈的重建,即把台湾问题放到东亚视阈和全球化语境中予以考察;四是重构台湾批判知识分子社群和东亚的"批判圈";五是以论述实践的方式介入当代台湾的新社会运动和理论思潮。

第七,宽容论述如何可能。在全球各地常常发生的冲突引发了人文知识分子对"自我"与"他者"关系问题的思考。"自我"与"他者"如何进行对话?我们如何在一起共同生活?需要重新启用人类思想史中哪些理论资源来理解、阐释当今这一愈发显得迫切的问题?哪些思想有助于解决这种"自我"与"他者"的紧张和冲突关系?于是,人们找到了德里达的"友爱的政治学"和列维纳斯的"他者哲学",以及孕育出"友爱的政治学"和"他者哲学"更源远流长的精神脉络,即其背后深远的人类思想史中的爱与宽容传统。台湾知识界对"悦纳异己"思想的热情还有其深层原因,一个与当代台湾精神生活的内在普遍困境和焦虑的关系更密切的深层原因。在笔者看来,"悦纳异己"思想的引入如果与多年来台湾进步知识界所一再讨论的"和解"说产生某种有机的结合,或许可以为"和解"论述提供伦理学上的支持。尽管这一结合迄今仍未发生,但"悦纳异己"论述的引入与传播已经深刻而隐蔽地表达出了人文知识分子欲求冲破精神困境和"阐释台湾"焦虑的内在心灵需要。

需要补充说明的是:近20年来台湾文艺思潮发展十分复杂,"后殖民批评""本土论"和"左翼论述"三大理论思潮是相互纠缠的,各自并不具有独立的演变脉络。"后殖民批评""本土论"和"左翼论述"三者之间的复杂纠葛是当代台湾文艺理论思潮的突出特征。而在"后殖民批评""本土论"和"左翼论述"三大理论思潮之外,我们认为有必要讨论台湾理论界近期兴起的"悦纳异己"话语,因为"悦纳异己"论述的出场或意味着台湾知识界逐渐产生了一种意欲超越意识形态对立和"阐释台湾"的焦虑与分歧的精神需求。但对于政治现实而言,"悦纳异己"只是一种善良的愿望。最后需要指出的是,随着红衫军新公民运动的兴起和二次政党轮替的顺利完成以及两岸政经文化关系的改善,台湾地区的文化政策和文艺思潮也产生了一系列重大变化,"开放"和"进步"逐渐成为文艺理论界一种富有影响力的声音,在所谓"开放的本土论述""进步的本土主义"、重认"五四"新文化传统以及"台湾鲁迅学"等议题中,人们可以清晰地听到这种声音。

# 台湾现代主义文学的历史位置辨析

## 前　言

施蛰存诗歌遥寄林耀德——有关中国现代派的忘年对话

### 白　马

施蛰存

【小引】　1990年,庚午元旦,林耀德来访,定忘年交。既返台湾,撰访问记,记录是日一席谈,发表于《联合文学》。此间有人见之,曰:"此八十年代台湾现代派来大陆寻根也",因作此诗遥寄耀德。

辛未寒食　施蛰存

1990年1月27日,/马年元旦,阴寒。/80年代的现代派/从香港云游而来/访问30年代的现代派/在没有苔痕,也无草色的陋室。/28岁的青年,人小,心不小,/86岁的老人,年老,心未老。/一杯铁观音,消解了一个甲子。

"我来接受你的衣钵。"/"迟了,我的衣钵已在牛棚里——/化为腐蛆。"/"我在海外开山,/得向大陆寻根,继承佛统。"/……"/"怎么办？难道我是无花之果？"/"没关系,岂不闻芒草无根？"

"前不见古人,后不见来者,/我如何耐得百年孤独？"/"现代派没有古人,亦无来者。""难道是时代的孤儿？"/"不,是孤儿的时代。/正如我们俩,今天在一起。/你是我的未来派,/我是你的古典派,/谁都不是现代派。"

"那么,请问谁是现代派?"/"过隙的白马。" ①

1990 年初,林燿德在前往上海拜访著名作家施蛰存后,发表了访问记:《中国现代主义的曙光——与新感觉派大师施蛰存先生对谈》,施先生则以《白马》一诗作为回应,这是文坛前辈为纪念两岸老少两代"现代派"结下忘年之交所作的一首诗。多年以后,诗中的"未来派",那个"人小,志不小"的台湾现代主义寻根者不幸早逝,此岸的现代派元老也在近百岁之高寿离世。这段令人回味的现代主义文坛轶事,似乎为 20 世纪现代主义文学的中国命运留下了一声既令人欣慰又让人惆怅的感喟。台湾新生代现代主义者林燿德(按照朱双一教授的说法,林所代表的新世代的文学精神是"站在后现代对现代的乡愁")的文学寻根不难看出文化溯源的历史文化内涵,而中国现代派的潜行者施蛰存对现代派诡异孤绝的命运所发出的慨叹却不无悲剧意味。20世纪 30 年代,施先生与同道刘呐鸥、穆时英等人共同创办《现代》与《无轨列车》,他本人早年亦创作过想象奇诡的精神分析小说,而后则与现代派创作渐行渐远,个中的历史、时代及个人的纠葛磨合值得细究。进入改革开放后,施蛰存成为中国现代主义文学历史寻踪的上佳对象,同样值得品味。有趣的是,80 年代以来,曾经的台大外文系学子、之后的海外著名学者李欧梵也多次赴上海,寻访施蛰存,购买流落于旧书市的施蛰存藏书,从中窥探施蛰存与西方现代主义文学资源的微妙联系,同时李欧梵还企图接通海峡两岸现代主义文学的精神血脉。在大陆,刘登翰、陈思和及其他一些学者也致力于文学史中现代主义脉络的学术梳理与整合,或许这些努力可以部分地告慰施先生。

本文把台湾现代主义文学放在 20 世纪中国现代主义文学史和世界汉语文学的整体框架中,探讨其历史位置。

---

① 杨宗翰:《"现代派"的隔代相遇——施蛰存与林燿德》,《幼狮文艺》,2001 年 6 月第 579 期。

## 一、台湾现代主义文学是中国文学经验的重要部分，也是中国文学现代性的一个重要环节

台湾现代主义文学的历史位置一直不甚分明。我们认为，台湾现代主义文学是中国现代主义文学经验的重要组成部分，是台湾文学史的重要发展阶段，也是世界汉语文学现代性经验的一个环节。台湾"现代派文学的功过，恐怕一直到现在还是一团未完全解清的谜"，[①]如果考虑现代派迄今所受到的完全不同甚至对立的评价，那么彭瑞金的断言是成立的。对这团谜的重新解读就有了某种学理价值。

晚清至整个 20 世纪，中国文学一直跋涉在现代化的漫漫长途。现代性及其间蕴涵的自我批判与调整在中国仍是一个并未完成的课题。在欧美现代主义正值黄金岁月之时（20 世纪 20 年代），中国刚刚经历了一场富有革命性的思想文化运动，它标志了世界性现代化浪潮的东方传播和重新诠释。"五四"从此成为一面悲壮激昂的旗帜，一个新时代精神的神圣象征。"五四"新文化运动影响深远，而其最大的影响还在于："儒教的无上权威和传统的伦理观念遭受到基本致命的打击，而输入的西方思想则大受推崇。"[②]向西方世界寻求新知以期激活悠远而古老的文明，成为众多五四时期文化先锋们别无选择的选择。

近代中国已经孕育了于民族危机中取法于泰西的足够能量，在取经以自强的心态主宰下摄取西潮。严复、梁启超、王国维等人的译介为思想界知识界注入了大量西学资源，到了五四时期，达尔文的进化论、人文主义思潮、尼采的超人哲学、柏格森的直觉主义等全面涌入，激荡着焦虑中求索的中国知识界，而"德先生"和"赛先生"所象征的现代启蒙意识更是得到时人的普遍认同。就文学而言，中国现代文学的发生演进与西潮的吸纳存在着密不可分的关系，西方现代主义的鼎盛几乎与五四同步，自然也受到一定的关注。早在《文化偏执论》等文中鲁迅就表现出对尼采超人哲学的浓厚兴趣，陈独秀 1915 年在《青年

---

[①] 彭瑞金：《台湾新文学运动 40 年》，台北自立晚报社，1991 年，第 110 页。

[②] 周策纵：《五四运动史》，岳麓书社，1999 年，第 2 页。

杂志》发刊辞《敬告青年》的第一条里引用了尼采关于奴隶道德和贵族道德的论述,沈雁冰则翻译过《查拉图斯特拉如是说》的片段并撰文评述尼采,肯定其价值重估的思想;1920 年冯友兰在《柏格森的哲学方法》和《心力》两篇文章中介绍了柏格森及其直觉主义,《新青年》《少年中国》《新潮》《民铎》等文化刊物都发表了介绍柏格森的文章;而弗洛伊德主义更是文化界熟悉的思潮,朱光潜的长文《福鲁德的隐意识与心理分析》较全面地介绍了弗氏的潜意识学说,鲁迅于 1924 年翻译了对中国新文学影响甚深的日本学者厨川白村的《苦闷的象征》。现代主义文学虽未得到全面、系统、深入的研究,且不乏误读之处,如将批判现实主义、浪漫主义的作品纳入现代主义范畴,像沈雁冰在 1920 年 9 月《改造》第 3 卷第 1 号上刊出的《为新文学研究者进一解》一文,就把罗曼·罗兰归入新浪漫主义派。但在国家民族危在旦夕的现实情境中,面对文艺复兴以来的西潮纷纷涌入,新文化人能立足于本国的文化改革和启蒙救亡需要,有的放矢地引介异质文化为我所用,已是难能可贵,显示了五四文化先锋、开放、多元的视野和自由恢弘的气度。至于这种视野和气度未能在以后的年代得到有效保持,反而受到过于功利主义的制约而变得单一狭隘,阻滞了现代文化的多维发展空间,则与近现代"涕泪飘零"的历史境遇息息相关。当生存(个体和民族国家两个层面)的危机远远覆盖了存在的焦虑,民族化、大众化话语成为中国文学的主流似乎是理所当然。此前提下,充满精英主义色彩和知识分子独异审美趣味的现代主义精神理念和感知方式始终未能形成文学价值选择的中心也就不难理解了。然而,新文学自五四确立的自由开放传统并没有断送,现代主义依然在某些特定时空跃跃欲试,释放出其独有的魅力。

五四时期新文学界对现代主义的命名是"新浪漫主义"或"新罗曼主义",在这一概念名下汇集了象征主义、唯美主义、未来主义和表现主义等思潮。五四时的"文学研究会"和"创造社",都从西方自文艺复兴以来的各种文艺思潮中各取所需,前者更多地青睐现实主义与自然主义,后者则对浪漫主义和个人主义情有独钟,将唯美主义纳入所谓"新浪漫主义"或多或少带上了些现代主义色彩。尽管写实主义、唯美主义、象征主义、表现主义与精神分析学说对五四新文学的契合渗透将在日后得到更深远的延展。李金发、田汉、陶晶孙、郁达夫、穆木天、郭沫若等都以各种方式参与了中国现代主义的初期写作，而鲁迅身上的存在主义思想和现代意识之强烈足以震撼今天的我们，他抉心自食的灵魂剖析、"超人"式的寂寞愤激和一颗大悲悯的心之间无情的撕扯、在隐喻与超现实中对心灵残破真相的书写，他笔下狂人们"觉醒了无路可走"的苦痛与挣扎，以及其小说简凝峻峭的文字、多变而精致的结构，其散文诗《野草》冰火相激的酷烈、死亡与生命真精神的拥抱、爱与恨的战栗，他的给人震惊之感的"苦闷的象征"，使得整体的新文学尚在初运白话蹒跚学步之际就产生了相对成熟的中国现代主义文学，鲁迅也因之成为中国现代主义之父。我们不难从 20 世纪 80 至 90 年代的现代主义叙事里读到鲁迅的影迹，余华、韩少功、张承志等优秀作家的汉语写作隔代承续了鲁迅的现代意识和人文精神。值得一提的是，当文学革命转换为革命文学之际，仍有张永淇这样的作家坚持关注个体存在问题，他的《阿门独语》"可说是鲁迅《野草》中的某些思路的延续和发挥"。①

如果说鲁迅的现代主义质地偏向于对乡土中国和知识分子个体存在双向度的深切关怀，那么，20 世纪 30 年代上海一脉的现代主义作家群则更强调都市新感性。马尔科姆·布雷德伯里在《现代主义的城市》一文里说："现代主义是大城市的艺术"，②十里洋场的上海孳生了新感觉派五光十色的欲望放纵与心理表演，也是颓废病态的温床，穆时英、施蛰存、刘呐鸥等人把都市现代感觉融进心理主义，为世界末盛行文坛的都市身体写作和欲望狂欢演出开了先河，只是商业主义的欲望逻辑取代了华洋杂处的殖民都市"恶之花"。40 年代汪曾祺的早期习作热衷于表达洛根丁式的存在体验；钱锺书写出了存在主义意味浓厚的《围城》，充满反省复反讽的现代知识分子趣味；张爱玲以她杰出的感性表现了社会文化转型期中国人尤其是女人存在的困境和焦虑，

---

① 解志熙：《生的执著》，人民文学出版社，1999 年，第 117 页。
② ［英］马·布雷德伯里：《现代主义》，上海外语教育出版社，1992 年，第 81 页。

又不无批判性地融进了现代都市市民文化。徐訏、无名氏融浪漫主义与现代主义于一炉,把中国心理分析小说推向新的高度。冯至、"九叶"诗人为新诗的现代化做出了有深度的尝试。

在我们看来,20世纪中国的现代主义写作可大致分为三大路向:第一种是鲁迅开辟的本土化现代主义,充满深挚的乡土关怀,用个体的灵魂之深去体察民族的苦难;第二种是鲁迅所开创的知识分子心灵自剖式的现代主义,以《野草》为代表,借梦境的超现实暗喻存在的荒谬与窘困,于酒神精神的奔突中流泻自由的快意与沉重,在生命痛楚的挣扎里得大欢喜;第三种是"象征诗派"及"新感觉派"得风气之先的都市性现代主义,从波西米亚式的浪荡放逐到唯美主义的颓靡败德,从直觉主义的主观感性到弗洛伊德主义的精神诊断,细摩现代都市游牧族面对诱惑的身心冲动,游荡在原欲的压抑与放纵之间,尽展都市妖惑邪恶的魅影,揭示都市人异化的孤独无根的存在状态。以上的勾勒意图表明,现代主义在中国20世纪文学史中虽几乎一直处于支流位置和边缘状态,在现实主义雄踞天下的宏大叙事的挤迫下,浪漫主义只能偶露峥嵘,而声名即便不能说是狼藉也终显灰暗赢弱的现代主义却始终是弱势话语,始终难以享有充分的荣耀。但这并不意味着现代主义在中国就注定无所作为。现代主义虽然多半未曾构成主流话语,但是经过一个世纪潜流、分流与旋涡式的存在发展,现代主义已然以其持久的边缘叙事成为中国文学经验的组成部分。这一事实已得到一些学者的肯认,如陈旭光、朱寿桐、陈思和、张新颖等人都已经把现代主义纳入中国现代文学传统。

不必讳言,现代主义作为一种非原生性叙事,它在后发展地区的中国的命运并不平坦,与现实主义的幸运受宠遭际相比,它所遭到的冷眼和非议多到令人沮丧,每每让人感到它无法在这片东方的土地落地生根而只能做个流浪的过客;而它的每一度重新出现却也总是伴随着特别的兴奋,它不妥协地冲击着怠惰呆板的艺术感知方式和审美惯习,向着现实主义所忽略的维度掘进,但在中国特定的现实语境和现实主义的话语霸权下它又往往难以获得深度展开,虽然可以说现代主义早已有意无意融入主流话语或者以其边缘的坚持改变着现实主义的质地。中国大陆这一脉的现代主义要到 20 世纪 80 年代才获得相对自由的成长。在这样的历史框架中考察台湾的现代主义文学潮流及创作会发现,五四至 40 年代或隐或显的现代主义文学到 50 年代之后即告一段落,从此烟消云散于疯狂时代的巨影下,直至"文革"结束后才再续前缘,中国大陆现代主义文学整整断裂了 30 年。而偏于一隅的台湾在 50 年代至 70 年代恰好从时间上接上了这条线索。而且据称现代主义成为台湾战后文学的"主流话语",这不能不说是中国文学史上的一个耐人寻味的特例了。彼岸学者吕正惠把 50 年代中期到 70 年代初的近 20 年称为"台湾现代主义文学霸权期",①此岸的《台湾新文学史稿》《中国现代主义文学史》的台湾部分著述者异口同声地这样叙述其时盛况:现代主义文学几乎将文坛精英一网打尽,而且占据主导地位达 10 年之久,此现象在中国文学史上前所未有。论者的态度和动机并不相同,相同的是他们都认为当时的主流话语乃现代主义。"主导"和"霸权"之说法不过提示人们那个时期现代主义的兴盛情形,而我首先关注的是它的文学史意义,它意味着中国现代主义文学通过分流的方式在一个特异的空间得到绍续和拓展,不至于彻底断流。事实上它不仅"成为深刻影响台湾文学进程的一股重要文学思潮",②这一点将在下文专门探讨,而且它发生在 20 世纪中国现代主义文学衰退之际,这种分流的意义就显得格外重大。它为中国现代主义积累了宝贵的文学经验,新文学开创的却未能发展充分的几种现代主义路向在此得到了纵深、丰富和拓展,而独特的地理人文和政治经济背景赋予台湾的现代主义全新的文学感性,提供了精英趣味的审美性现代主义、与传统相融合的中国化现代主义、富于本土特色的乡土性现代主义等多维度的现代主义写作范式,尤其在深化知识分子话语体系、探索知识分子话语形式方面做出了有益的尝试。台湾现代主义文学对民族、个人、历史、伦理道德、生与死、宗教、爱欲、存在的荒谬与

---

① 吕正惠:《现代主义在台湾》,《战后台湾文学经验》,台北新地文学出版社,1992 年,第 3 页。

② 刘登翰、庄明萱,等:《台湾文学史》,海峡文艺出版社,1991 年,第 42 页。

意义等命题进行了西西弗斯式的探究和陀思妥耶夫斯基式的灵魂拷问,以隐喻、象征、超现实、精神分析、反讽等内省化书写方式深入挖掘台湾知识分子的精神苦闷,折射了台湾以至中国近现代以来充满苦难曲折的历史;同时台湾现代主义文学在形式创新、语言实验等方面所作的探索达到了一种从未有过的深度,虽然它有时付出的代价甚大,如失去读者,被批评、非议、嘲讽等。但是正是由于现代主义作家持之以恒地"与语言搏斗",与叙述和美学趣味的平庸低俗不共戴天,他们才得以通过形式这个审美中介达到突破成规、超越经验生活之压抑的精神自由,而且他们的努力也开发了汉语语言表现的新的可能性。

## 二、现代主义文学是台湾文学发展的重要阶段

从发生学的角度看,作为中国新文学运动的一个支流,台湾新文学的发生有着世界性的民族解放运动背景。受五四运动的影响和刺激,留日、求学大陆的青年学生逐渐发起具有民族自决色彩的文化运动。1920年《台湾青年》在东京刊行,1922年改名《台湾》在台湾地区发行。一方面积极唤醒民众的民族意识和现代意识,另一方面也以可能的方式宣传抗日,"本质上带有文化的、政治的反抗意义,心理上始终有着对殖民帝国的反感。"①它也力主白话文,其思想倾向和文化精神与五四运动如出一辙,可称是台湾的《新青年》。以张我军为首的求学大陆的学生更是热情地介绍大陆文学革命的理论和内容,《民报》上转载了鲁迅、胡适、郭沫若、冰心等人的作品,台湾本土作家赖和、杨云萍开始创作出白话作品。同时日本当时流行的西方近现代文化思潮也起了一定的启蒙作用,如1922年《台湾》杂志刊出了林南阳的长文《近代文学的主潮》,此文主要受厨川白村的《近代文学十讲》的启发,探讨了浪漫主义、自然主义、新浪漫主义以后的潮流和"一战"后的世界文艺主潮。上述诸方面为台湾新文学理论的建构和创作的萌生提供了可参照与借鉴的对象。

日据时期诞生的台湾新文学追随大陆五四大潮,开展言文一致的

---

① 林瑞明:《台湾文学的历史考察》,台湾允晨文化出版公司,1996年,第22页。

白话文运动,直至 30 年代日本殖民者禁止使用汉语写作。在艰难的
日子里,无论是占据绝对主导地位的现实主义文学,还是与之相关的
本土化运动(如倡导台湾话),或者是潜隐着的细流现代主义,台湾文
学"所反映的,仍是被压迫的台湾民众悲惨的生活现实"。① 这个时期
的现代主义文学发展并不充分,表现出一种受殖民统治压抑的现代
性。台湾社会被殖民化和被强迫的工业化,民众饱尝被榨取、被奴役
的屈辱和痛苦,新文学的写实主义传统在表现此种屈辱和痛苦的真实
以及反抗殖民统治的精神时,常常也只能采取隐晦的手法。现代主义
所崇尚的个人性和主观性则以感伤脆弱的方式显示出来,不可能具有
尼采那种超人激情、鲁迅式的深广忧愤、加缪式的反抗命定的荒谬激
情,更不可能具备诸种充分发展了的现代主义对异化的强烈批判意
识。台湾新文学萌生期,杨云萍等作家在现代特质的作品里还洋溢着
锐利的批判锋芒,《秋菊的半生》中童养媳秋菊梦见一具具女体被青鬼
炸食,"吃人"的骇人意象浸透着自我意识觉醒的震惊与愤怒;而当日
帝侵华战争爆发和台湾殖民者实行军事统治,推行皇民化运动后,台
湾具有现代主义特质的文学往往显现出一种颓废、哀伤、灰色的色调,
吕赫若、龙瑛宗的小说就具有这种被压抑的现代主义气质。这两位小
说家的作品缺少赖和、杨逵和吴浊流写实文学的批判力度,按叶石涛
的说法:他们更重视现代技巧。实际上更本质的因素在于:主体意识
遭到泯灭,个体无以承载民族苦难又无力抗争,因此体现于作品中往
往是隐晦曲折的心理挣扎和相应的内倾化隐喻化的艺术表现形式。
龙瑛宗 1943 年发表的《孤独的蠹鱼》虽然也提到鲁迅狂人的呐喊与愤
怒以及小说揭出病苦的治疗作用,但他谈到自己的气质和小说时则
说:"幻想与读书,我所获得的仅有这个,日后这些都是无用的,我是个
无用的男人。"②无用感在当时具有现代主义色彩的作家身上表现得
很明显。这种无用感、无力感所隐含的难以言说的悲情让人不禁想起

① 叶石涛:《台湾文学史纲》,台湾春晖出版社,1987 年,第 3 页。
② 龙瑛宗:《孤独的蠹鱼》,参见"台湾客家文学馆"网站(http://cls.hs.yzu.edu.tw/
hakka/author/long_ying_zong/default_online.htm)。

20 年代郁达夫的灰色系列作品,然而,郁达夫可以在作品中直接宣泄其与民族国家危亡息息相通的个体悲情,龙瑛宗等台湾作家却连这种屈辱悲情的表达也遭压抑。台湾文学中的主体缺失的无力感(精神矮化)、无能感,几乎贯穿了台湾新文学的每一时段(在现实主义的作品中同样常见),延续至当代,尤其在富有现代主义特色的作品里更为普遍。白先勇充满家国意识的悲剧视阈中的个体命运,七等生笔下孤独、愤世、孱弱的灰色知识分子,王文兴笔下在逃亡中幻想天堂、在绝境里挣扎最终湮没于深渊的"爷",以及马森、丛甦、平路等人弥漫着文化身份危机意识和现代孤绝感的众多文本,东年、王幼华、黄凡、吴锦发、林耀德、朱天文等五六十年代出生的作家关注现代人精神体验的作品……从中我们都能看到与多种形态的危机意识相纠缠着的无用感不同方式的复现和强化。

当然,这里提到的"无用感"只是考察台湾文学经验的一个细微角度,因为日据时期微弱的现代主义突现了殖民压抑下主体精神向内面蜷缩的无用感,它对于同时期现实主义文本的民族反抗主题而言并不构成反题,而是一种必要的补充,沉重的心灵压抑与无畏的抗争并不绝对地相互抵触,相反倒是不乏相通,且潜藏着相互转化的契机。无用感实为主体缺损遭受凌辱和践踏后的一种极为真实的痛苦的心理现实。之所以这种"无用感"在当代台湾文学中仍得以延续,与二战后中国两岸分离的现实及其国际冷战格局、美日经济文化新殖民所造成的主体危机意识息息相关。

光复后的台湾现代主义文学不仅是本土文学血脉的承续(对于现代诗来说更明显),而且是台湾地区文学经验的重新开掘与拓展。现代主义文学并不像有些人想当然地以为的那样仅仅是在台湾的外省人寄托异乡人失落情怀的过客文学,只是一种与本土文学相对立的"流亡文学"。林亨泰的"两个球根"说也许能部分有效地阐释这个问题,他追溯台湾现代主义之源:一个源头是由纪弦从中国大陆带来的现代派根系,另一个则是 20 世纪 30 年代杨炽昌等发起的超现实主义的"风车诗社"。"风车诗社"追求诗的"超越时间、空间",却不能以此为据推断其非本土或反本土属性,实际情况或许正相反,正如杨炽昌自述,他们引进法国超现实主义,主要基于两点:一是不满当时写实文艺的"思想陈腐、思考通俗","扭转形势,为台湾文学注入新血";①二是想通过现代主义隐喻化写作方式以为对抗殖民统治的权宜之策。从这两点看来,日据期间台湾现代主义的移植之动机恰恰有其坚实的本土根基。

  20世纪五六十年代的台湾现代主义文学兴盛与政治的高压、经济的转型、西方思潮的影响以及文学的中庸自限等状况有直接的关系,自现代诗始,波及小说、戏剧等文类,通过取他山之石以为我用的尝试探索为台湾文学史创造了弥足珍贵的文学经验。遗憾的是,在一些对现代主义持有偏见的论者看来,台湾现代派文学只是西方现代主义的支流或末流,在一些本土意识强烈的论者那里,现代主义不过是"插在花瓶里的一束鲜花",意谓之没有生存土壤,终会枯萎。这类指责具有某种普遍性。果真如此吗?确实,现代主义作为一种盛行的文学思潮已然过去,但是我们无法否认广义的现代派文学为台湾文学贡献了众多经典文本,如《台北人》《家变》《我爱黑眼珠》《孤绝》《1947,高砂百合》《红鼻子》《边界望乡》等。即便是其中部分作家的部分作品流于模仿,但却不能因此指斥现代派文学全然是"亚流的亚流"。以小说文类而言,台湾现代派小说在将西方现代主义融入传统、以西方现代主义为镜丰富本土文学表现力等方面作出了有目共睹的成就。一定要以现实主义的尺度强求现代派文学必须具备前者的基本素质,从文学的角度看,这种要求不仅并不合理,甚至可以说是荒唐的。我以为之所以存在诸多对现代派的非难,既跟陈旧保守的审美成规之强大有关,也与意识形态的偏见有关。不管出于何种因素,将一种非原生性但已在本土试验且已取得可观成绩的文学完全拒绝在本土文学之外,显然并不明智也不公平。拒绝现代主义所给予台湾文学的现代意识和复杂细致精巧的文学感性,除了会把本该是开放多元的本土文学狭窄化、粗糙化,还易滑入文学世界以外的分离陷阱。因为在那粗暴的拒绝里人们不难感受到文学之外的狭隘而狂热的激情。实际上,现代

---

① 刘登翰、庄明萱,等:《台湾文学史》,海峡文艺出版社,1991年,第538-539页。

派文学已成为台湾文学经验的重要组成部分,也成为 70 年代以后台湾文学所无法规避的传统。传统源自于一种积淀,而台湾的现代主义文学已然深深扎下了文学之根系,包括乡土文学在内的后续台湾文学都从现代主义吸取过滋养,陈映真、黄春明、王祯和等台湾乡土派作家的创作即起步于现代主义,而王祯和所探索的本土化现代主义路向值得重点关注;80 年代出道的"新生代"作家与现代主义的渊源关系同样密切,也许时过境迁,新生代身上不再保持着现代派文学所特有的沉重、孤绝心态,台湾社会资讯文明时代的来临,使文学的功能与角色发生了很大变化,现代主义的那种哲学化、抽象化、严肃的危机意识等特点或许已不适宜于新的时代,但是现代主义勇于求新求变的美学律己品质、它所探索出的反叛成规的艺术感知方式和表达技巧却影响了无数年轻作家,如在林耀德等新生代作家的作品里就不难辨识出现代主义的深刻印记。

### 三、台湾现代主义文学的辐射播迁与 现代汉语文学的异域发展

以上我们讨论了台湾现代主义文学在 20 世纪中国文学史中的文学位置及其在台湾地域文学思潮中的意义,旨在说明加强台湾现代主义文学研究的必要性,因为台湾现代主义文学已构成中国新文学传统的有机组成部分,也已成为台湾区域文学现代性建构的一个关键环节。不仅如此,台湾现代主义文学还推进了世界汉语文学的现代性转折。这次转折的文化意义迄今仍未得到充分的分析研究和评估。在70 年代末至 80 年代初大陆新时期文学初露端倪之际,海峡彼岸的现代主义文学作品的陆续引入曾对大陆 80 年代文学的现代主义转向起到某种启迪作用,产生了隐蔽的影响。这种影响可能很微弱,没有乡愁、言情及武侠文学对大众影响之深广。因此几乎被忽略不计的,白先勇小说、陈若曦作品、於梨华小说等对 80 年代大陆文学具有某些启示功能却也是不争的事实,在 1999 年的北美华文作家作品研讨会上,有大陆作家回忆起当年读到於梨华的《又见棕榈又见棕榈》时的惊奇与触动。由于学界和出版界过多地关注流行的台湾作品和乡愁文学

作品,后又在现代与保守的审美趣味的冲突中抵拒了台湾的现代主义,而更多地关心台湾的乡土派写实主义。直至大陆文学的现代性追求获得全面胜利,我们仍然没有或无暇更耐心、更系统地考察一下50年代以降海峡彼岸的现代主义运动。其至连80年代初形成的刻板印象(台湾文学是一种乡愁文学)至今仍残留在一些作家和学者的身上。其实我们如果更诚实地看问题,很容易就能看到台湾现代主义对世界汉语文学的影响是不应忽略不计的,而这种明显的文学史事实反过来提醒我们应给予海峡彼岸现代主义文学更充分的或与其贡献较相当的研究与评价。

在东南亚文学发展史上,中国台湾地区的现代主义文学起到了人们无法忽略不计的作用。至今新马的一些比较前卫的作家和批评家还把台湾称为他们的"文学特区"。新马新文学以写实主义为主潮,这已是汉语文学界普遍认同的事实。杰出的文学史家方修先生的《马华文学大系》和《新马文学史论》就持此见。而新马汉语文学的现代主义转折的发生与旅台作家对台湾现代主义的接受有着直接的关系,或者说台湾的现代主义思潮引发了东南亚汉语文学的现代性重构运动。从时间维度上看,此种重构有两个阶段:一是20世纪50年代至70年代,陈瑞献、王润华、陈慧桦、温瑞安、方娥真、温任平、商晚筠等著名作家都受台湾现代派的深刻影响,他们的文学实践打开了东南亚汉语文学现代主义的一页。这一页的重要性在被长期的否定过程中悄悄地显示出来,至80年代这种现代主义的文学感性已不知不觉地被占据主流的现实主义传统所吸收,原本粗糙的文学感性被改良成较为精致的现代感性;二是80年代末至今,我们把这个时期称为新马汉语文学的再现代化时期。当50年代至70年代的现代主义被悄悄地吸纳而悄悄地结束后,又一批年轻而前卫的作者从台湾的现代、后现代文学思潮中获得启示。林幸谦、钟怡雯、陈大为、黄锦树、张锦忠、林建国、陈强华等一群60年代至70年代出生的作家在台湾的学院里接受文学教育,从80年代以降的现代、后现代的文学思潮中汲取营养。他们的创作与批评实践不仅在台湾的文坛占据一席之地,而且再次引发了马华文学思潮的嬗变。这次的影响比50年代至70年代要深刻得多。

如果说第一次的现代主义是中国性现代主义即现代感性的中国文化血脉相接(陈瑞献的追求例外),那么这一回的"再现代化"则更偏重于建构"本土性现代主义",由于他们频繁使用后设技术播散延异手段,而被视为一群后现代主义者,但黄锦树、林建国等仍把自己的写作定位为"现代主义",林建国直接称黄锦树为现代主义者(况且现代和后现代本身就存在千丝万缕、纠缠不清的关系)。我们因此也仍然视之为台湾地区现代主义文学的辐射播迁。在此不作具体的讨论,只以此为个案证实台湾现代主义文学对世界汉语文学现代性建设的意义,借此说明系统地讨论台湾现代主义文学的必要性和学术价值。

20世纪80年代以来,随着中国的改革开放,掀起了一波又一波留学和移民的热潮,随之留学生文学和新移民文学成为海外汉语文学的热点。实际上此前的华人留学生文学曾经有过一次影响甚大的潮流,即60年代至70年代台湾地区的留学生旅外文学,以於梨华、聂华苓、白先勇、丛甦、马森、张系国、郭松棻、李瑜、叶维廉、杨牧等台湾旅外作家为代表。由于这个旅外文学群体中的不少成员属于台湾现代派文学圈,一些出身台大外文系,其中部分作家原本就是《现代文学》的中坚力量,他们在其创作起步期即深受西方现代主义文学的浸润,信奉现代主义的思想观念和创作技巧,旅外以后的作品这方面特色仍很明显,如白先勇就自述他到美国后深受现代主义小说理论家卢伯克的启示,以后的创作在叙事上有了明显的进步。60年代他们创作了大量表现海外华人飘萍生活和放逐心态的作品,其中生存的困惑、文化认同的危机以及人格的矛盾分裂等深层主题受到特别关注;到70年代之后伴随着民族意识的觉醒,台湾旅外文学对民族的关切日深,同时对资本主义的弊病、对现代人普遍性的异化处境有了深切的体验和批判,他们的作品关怀面更宽,现实的维度得到了加强。但是早期的现代主义思维方式和创作训练对他们成熟期作品的渗透和影响却无法抹去,使他们即便是表现保钓运动这样现实主义题材的作品也不至于失却现代主义的感知和审美方式,既偏向于个体主观体验、对人的存在本体论的思辨以及形式的现代感,又带有强烈现代主义意味的伤口常具抽象化哲学化的特点。

黑格尔曾逻辑演绎地预言艺术的终结,这个预言却被黑氏身后150年的艺术史彻底推翻,黑氏还说艺术将不再是人类表达最高精神存在的方式,艺术最终会被哲学所取代。而弗雷德里克·杰姆逊的见解恰好相反,他认为对20世纪的人类精神史而言,不是哲学取代了艺术,而是现代主义盗取了哲学的王位,成为表达人类精神存在的最高方式。从这个意义上看,现代主义亦是20世纪海外汉语文学表达旅外华人精神史的一种重要方式。因其主观史诗性和形而上的哲学意味而成为汉语文学在异域生长的坚实基础。因此我们认为台湾的现代主义文学在欧美的迁移为欧美的汉语文学的现代性建构打开了新的一页。也正是在这个意义上,台湾的现代主义文学具有特殊的始源价值。它不仅打开了海外汉语文学的表现空间,而且提升了海外汉语文学的现代感性品质。

以上分别从三个方面辨析论述了台湾现代主义文学的审美价值和文学史意义,结论是:台湾的现代主义文学不仅是台湾本土文学经验的重要组成部分,而且也是中国现代主义文学传统的一个不可忽视的环节,同时它还在现代汉语文学的海外播迁和繁殖过程中起到了不可替代的作用。

## 结　语

八九十年代以后从台湾移居海外的台湾作家中,当年活跃的现代派作家现今并未沉寂,曾经在台湾诗坛倡导超现实主义的著名诗人洛夫出版了三千行现代主义长诗《漂木》,在此引用此诗中的部分诗行,借以向走过艰辛探索历程的台湾现代主义文学及其创作者们致敬。

向痴人之泪致敬,也向
暴风雨中心一颗微温的胚胎
和寒夜油灯最后的一滴泪致敬

向雪人之泪致敬
正因为它毫无理由流泪而把自己哭得一无所有

去年的雪
移交给今年依然一无所有
向无泪的,悬于枯枝
拒绝被秋风逼入火炉的叶子　致敬


我来
主要是向时间致敬
它使我自觉地存在自觉地消亡
我很满意我井里滴水不剩的现状
即使沦为废墟
也不会颠覆我那温驯的梦。

# 台湾现代派小说研究再出发

## ——一种精神现象学的阐释

　　台湾现代派小说孕育在战后台湾复杂而特殊的现代历史中,书写了中国现代主义文学史上的重要一页。台湾现代派小说曾经以其心理表现的敏锐新颖及艺术上的锐意创新引人注目,也因其偏于内倾化、精英化的表述方式以及先锋出格的美学实验而屡遭指责。作为在台湾文学史上产生过较大成就和持久影响的一种小说流脉,作为世界性现代主义文学家族中有着特殊生命形态和价值的一支,台湾现代派小说的精神内涵和艺术探求,仍然存在深入研究的必要性。

　　在讨论台湾现代派作家王文兴的长篇小说《背海的人》的过程中,我逐渐形成了一种认识作为台湾知识人叙事方式的现代主义文本具有"精神私史"的意味,其着力处理的核心问题是战后台湾知识人自我认同的危机与构建的命题。① 在以下讨论中,我将从精神现象分析的层面对作为一种知识人精神私史的台湾现代派小说做进一步的整体论证和具体阐释。

一

　　结束了50年被殖民的屈辱历史的台湾,二战后又陷入新的困窘。现代派小说就是战后台湾文化危机的产物,这种危机是一种被迫从传统社会中抽离所造成的精神上的流离失所,也源于一种文化价值的迷

---

　　① 参见朱立立:《台湾知识人的精神私史——王文兴现代主义力作〈背海的人〉中的"爷"》,《中外文学》,第30卷(6)。

失和自我身份的认同焦虑。战后台湾文化思潮几经流变，50年代，政治保守主义主宰一切，五四以来的"左翼"进步人文传统被人为割断，本土声音受到严厉打压，主流文化价值取向带有高压政治的意识形态色彩。60年代，西化派纷纷崛起，现代派文学"一方面是伴随西方政治经济涌入台湾的文化产物，另一方面又是台湾社会经济变迁对文学发展的一种现代意识的呼唤"。① 现代派叙事一定程度上暴露了西方和东洋文化殖民语境里的自我价值困惑，后发展现代化区域普遍产生的传统与现代、本土与西化的矛盾冲突，不可避免地投射在其中；另一层面上看，现代派文学激烈而真实地显现了台湾的中国人因国族分离带来的漂泊无根感。思想学术以及文学艺术领域的现代主义思潮，带来了开放的叙述风尚和陌生化的形式元素，也传达出自身文化传统失范时向外寻求突围的强烈意向。台湾战后文学经历了政治化时期虚妄、狂热的战斗文学，50年代感伤、怀旧的怀乡文学，以及部分军中作家的历史小说和民间性的灵异小说，写作界内在地需要一种具有文学自律意识也更贴近生存现实和心灵真实的叙事，现代派小说的兴起正是这种语境下新一代作者小说革新意识的反映。对于根基并不深厚的台湾新文学而言，现代派的小说观念与书写方式显得新异而陌生，富于挑战性；这种革命性或挑战性不限于形式，也不限于文学的内部。战后混乱、迷惘、压抑的时代情绪需要沉淀和宣泄，现代主义文学艺术与存在主义等思潮相互交错汇聚，并与浪漫精神合流，真实而曲折地显现了五六十年代抵御官方专制话语的叛逆性亚文化思想情绪。

从严格意义上说，现代主义等外来文化资源进入台湾，尤其是进入以知识分子为主流的小说创作之后，已不再是纯粹意义上的外来文化，而是经由多年的现代化潮流而逐渐融进了本土文化之中。现代派小说家创造了一批已经被典律化的汉语文学文本，《台北人》《家变》《我爱黑眼珠》等已经成为20世纪台湾文学乃至中国文学的经典作品。现代主义风潮过后，出现了规模更大或更成熟的现代派文本，如长篇小说《背海的人》《孽子》《海冬青》等。五六十年代以来，现代派

---

① 刘登翰、庄明萱，等：《台湾文学史》上卷，海峡文艺出版社，1991年，第37页。

群落产生了为汉语读者广为接受的温和现代派作家白先勇,也出现了受到海内外学院派好评却难以被大众接受的激烈现代派作家王文兴,以及女作家欧阳子、陈若曦、施叔青等。战后不同时代的不少台湾作家都沉迷过现代派小说叙述,如被文学史遗忘的兼具现代意识与浪漫气质的外省作家王尚义,生于台湾的零余者,"隐遁的小角色"七等生,"流浪的中国人"聂华苓、丛甦生和马森,受惠于现代主义而后又从中脱身并反戈一击的杰出小说家陈映真,未曾受到汉语文学界应有关注的偏执现代主义者李永平,一直锐意创新并与现代主义藕断丝连的乡土作家王祯和、宋泽莱……正是这些个性迥异的作家用他们各自的方式,选择了现代主义这种发源自西方的艺术形式为参照物,构筑出特殊历史文化语境中动态的台湾现代主义精神。

我把台湾的现代主义文学理解为一种动态的、开放的精神现象,也理解为个体认同危机与文化认同焦虑的一种复杂呈现方式,一种战后台湾知识者精神私史的文学叙事。在我看来,现代派小说的涌现说明了这样一个事实:一部分现代知识分子企图在传统文化解体的情况下,吸收西方现代文化资源,取他山之石再造自己的艺术殿堂,并且通过小说世界的营造,来寻求精神突围,建构自我认同。我选择精神史这个研究视角,意图借助现代派小说的文本解读,探析历史与现实暧昧纠缠中的台湾现代派小说的精神世界,一窥战后台湾社会体制和知识场域中知识人独特的精神形态和存在价值。

## 二

黑格尔的《精神现象学》是一部人类寻求自我精神本质的历史,对于人类寻求自我精神根源的冲动有着深刻的论述。在这种精神哲学看来,人的自我意识包含了苦恼意识与分裂意识:"苦恼意识……自在自为地存在着的自身确信的悲剧的命运。在它的这种确信中,他是丧失了一切本质性(一切价值和意义),甚至是丧失了自己关于本执行的这种自身知识的意识,换言之,它是丧失了实体和自我(主体)的意识;苦恼意识是痛苦,这痛苦可以用这样一句冷酷的话来表达,即上帝已经死了。"①苦恼意识是人类精神生活中的一种悲剧意识,它表明异化世界潜在着,使人与其本质之间发生了抽象的偏离,它的一个主要特征就是个体性的失败。而到了分裂意识那里,"异化世界则是直接的现实存在,人与赤裸裸的对象世界相对抗。这是一个人与其本质现实分裂的世界,人直接感受到现实社会的陌生、僵硬与冷酷……分裂意识是一种喜剧意识,它对世界嬉笑怒骂,对它自己嬉笑怒骂的态度本身亦嬉笑怒骂,它用卑鄙下流来对抗罪恶肮脏……通过对世界和自己的讽刺和批判,它的个体意识不但没有失去,反而更加明显了"。② 分裂意识是一种喜剧意识,在它的冲击下,现实世界的一切道德良心、政治体制、世俗伦常都土崩瓦解了,在否定性活动中,可以体验到嘲弄世界和自我嘲弄的快感。它通过对教化世界的扬弃达到一个新世界,但喜剧意识与苦恼意识相通,也是本质丧失的异化形式的意识形态,好比消极的漫画,以丑恶反抗丑恶,其底蕴仍是悲哀的。拉摩的侄儿正是这种分裂意识的代表。

黑格尔言说的是人类普遍的精神史,台湾现代派小说则演绎着具体真实的精神悲喜剧,既充满深重的苦恼意识即自我精神的悲剧意识,也不乏强烈的自我分裂意识即喜剧意识。现代派创作总体上保持了阴郁、破碎的悲剧风格,自我的迷失、异化与超越是现代派苦恼意识的重心所在;现代派存在主义式的现代悲剧认同,现代派与浪漫性之间的复杂关系,存在主义的接受与存在焦虑主题的不断浮现,表现内在精神困境的诡异出格的语言文体探索,以及与自我认同危机息息相关的身体叙述和宗教追寻,都在言说了现代派作家悲剧意识的复杂性。现代派小说的悲剧性要远远高于喜剧性,这在客观上赓续了"现代中国文学感时忧国的精神",③也是由战后台湾知识人对历史、文化与个人命运的痛苦认知所决定了的。相对而言,现代派小说自我分裂

---

① [德]黑格尔:《精神现象学》下卷,商务印书馆,1979 年,第 230 - 231 页。

② 高全喜:《自我意识论——〈精神现象学〉主体思想研究》,学林出版社,1990 年,第 153 页。

③ [美]夏志清:《中国现代小说史》,台湾传记文学出版社,1985 年,第 533 页。

意识即喜剧意识的表现层面,较少有人留意。但喜剧意识的自觉渗透,使台湾现代派小说哀感晦暗的精神世界增加了反讽和批判的力度,这在王文兴、王祯和等人的小说中表现得特别鲜明。在这些黑色喜剧性较强的作品里,我们甚至感受到后现代主义气息的嘲谑与自我解构。不过,即便是这些作品,仍然可以感受到其浓浓的悲剧底蕴。现代派小说总体上的悲剧性倾向,真实流露了台湾知识人情感、人性、文化与历史的迷失感与混乱,也就是认同的多重危机。

认同危机是战后成长的一代台湾人共有的问题,现代派小说家敏感体验并在叙述中显现了这种内在危机。这里说的认同,既有爱里克森心理学意义上的自我认同内涵,也与查尔斯·泰勒意义上对主体性的理解相关:"就是内在感、自由、个性和被嵌入本性的存在","就是在家的感觉。"①即一种自我的根源感。从现代派小说家笔端,可以感觉到他们在多重认同危机中的自我有多么艰难。拔根之苦、失根之痛和寻根之难,根源的真实与虚幻、根源感的本真与自欺,总是现代派作家此生拂之不去的生命难题,也是我在阅读和思考现代派作品时反复为其感到痛苦不安的地方。对于那些突然被弃置于故土之外永难回归的外省籍作家,我以为,怎样的沉痛与颓丧都是可以想象的。那样的无所归属的感觉最终聚长成一种命运,一种永恒的怀想与渴念。而台湾"本省籍"作家,虽精神体验与前者并不全然相同,他们在生存上面临的艰难也许更为直接,他们同样也面临认同的困境和自我根源缺失之迷茫。黎湘萍对"本省籍"作家陈映真的读解,就颇为深切地揭示了这种具有典型性的"台湾的忧郁"。

另一方面,台湾现代派小说面临的自我根源问题,也与台湾以至世界性的现代转型密切相关。在安东尼·吉登斯看来,"现代性以前所未有的方式,把我们抛离了所有类型的社会秩序的轨道",②泰勒则认为,在去魅的现代社会里,"明显可理解的宇宙意义秩序已经成为不

---

① [加拿大]查尔斯·泰勒:《自我的根源:现代认同的形成》,译林出版社,2000年,第1页。

② [英]安东尼·吉登斯:《现代性的后果》,译林出版社,2000年,第4页。

可能。"舍勒也指出:现代社会的转型,"不仅是人的实际生存的转变,更是人的生存标尺的转变。"①现代人已经意识到,现代性的断裂使人对生存处境和自我本源充满困惑,陷入价值的迷失,也就特别需要重建一种可靠的根源感。台湾现代派作家身处在传统与现代、本土与西化、个体与民族等多重矛盾中,自然也深刻感受到这种断裂,他们的小说实践也随之呈现出矛盾而复杂的精神形态。需要强调的是,虽然体悟到寻根和建构现代认同的艰难,但他们仍然努力经由艺术理想的追求来实现自我价值,来寻找精神栖居之地。这方面,泰勒对于现代人"自我感和道德视界之间、认同与善之间的联系"的考察,以及对于浪漫和现代主义认同构成的讨论,对本论题的讨论有所启发,比如他认为现代主义从两个方面继承了浪漫的表现主义,"既反抗分解的工具性的思考与行为方式,又寻求可以恢复生活的深度、丰富性和意义的根源。"②台湾现代派小说家中,白先勇、马森、王尚义、七等生等人都兼具浪漫气质与现代主义精神,就颇能体现泰勒所谓的现代认同的根本特征,即反抗世俗化工具化和对自我根源的不懈追寻。

以文学来纾解认同危机,建构自我认同,在作品中呈现作家以及时代的精神现象,这并非现代派文学的专利,从某种程度看,甚至是所有文学共有的特征。只不过现代派作品更突出人的主观性和内省性,更强调表现人的内面世界,因此也更适合运用精神史的方法进行研究。同时,它也是我比较感兴趣的观察视角。

## 三

文艺复兴以来,个人经验取代了集体的传统成为现实的仲裁者,小说不再对神话、历史、传说倾注热情,而是从神与英雄的世界回到了人世生活。与史诗那种共享经验和民族记忆的集体性书写相比,个体已从集体的完整性里脱颖而出,小说无法再持续人类童年时期的言说

① 刘小枫:《现代性社会理论绪论》,上海三联书店,1998 年,第 19 页。
② [加拿大]查尔斯·泰勒:《自我的根源:现代认同的形成》,译林出版社,2000 年,第 780 页。

方式,开始表达个人的知觉和个体的经验。在本雅明看来,小说注定是孤独的艺术。但是在卢卡契的眼中,这种个体性书写依然必须保持一种形式的完整性和思想的总体性,小说应该具有建构现代乌托邦的伦理功能。在这个意义上,卢卡契称小说为史诗的替代,是现代社会的史诗。19 世纪伟大的现实主义为卢卡契的这种论述提供了依据。然而,19、20 世纪之交涌现的现代主义潮流,卢卡契却无法归拢于他所谓的总体性名下。卢卡契认为,现代主义文学过于关心孤寂的人心灵深处的意识活动,"把孤寂视为普遍的人类处境,是现代主义的理论与实践所独具的。"①因此他批评现代派文学中的人物"是一种非历史的动物"。他指责现代主义思想的颓废、虚无,更批评现代主义形式的破碎,在这一点上他与阿多诺之间形成了对立。卢卡契认为,社会的不完整性不能成为小说结构破碎语言破碎的理由,小说应当承担社会价值整合与人类精神救赎的功能;而阿多诺则指出,假如这个社会和人心本身就已经破碎不堪,那么小说所表现出的总体性岂不是一种虚妄?

正是从这里出发,阿多诺肯定了现代主义的正当性与批判性力量。在他看来,现代主义光怪陆离的衰败、阴暗无序的苦难背后,是常人无法洞察到的忧伤的乌托邦,这种乌托邦深深地隐藏在灾难和绝望的密码里。阿多诺对现代主义最有力的辩护是:现代派小说残损破碎的形式本身,正与难以整合的现代社会与现代人心灵世界同构,在此意义上,阿多诺赋予了现代派小说形式实验一种哲学的意义。现实主义是大众的艺术,以充分反映社会真相与民间疾苦为己任,它拥有一种建立在文学镜像本质预设基础上的自信:现实主义能够客观地总体地把握现实世界;而现代主义则是小众的艺术,是典型的知识分子话语形式,是 20 世纪社会悲剧与文化危机在现代人主观心灵世界的投影。它不再拥有现实主义那种完整客观地把握现实的总体化自信,相反,它的哲学是建立在相对主义和主观主义基础上的现代怀疑论。如

① [匈]卢卡契:《现代主义的意识形态》,袁可嘉《现代主义文学研究》上卷,中国社会科学出版社,1989 年,第 136 页。

果说现实主义的最大功能在于有效地整合时代的征象,揭示社会现实,自信地形塑历史;那么现代派文学则绘影出失落信仰后现代人心灵的虚弱和恐惧,它不再对总体化的社会观照保持信心,而是如阿多诺所言,以破碎化、主观化的感性方式表现个体主观的精神世界,以此折射一个失去了整合视界的现代社会。对资本主义的价值观和技术理性的现代化,现代派文学表示了极大的质疑和批判,它因此扬弃了19 世纪现实主义的叙述成规,将聚焦点对准个体孤独寒冷而昏暗无序的内心。这样的内心聚焦,既可能因更细微地洞悉了一种主观化的真实,因而被广义的现实主义主动收编;也可能因对外在真实的不再信任,而被指责为"把世界看成一团不可知的神秘的混乱"。①

台湾现代派小说也基本属于这种主观内向型的现代知识分子话语形式,它同样体现了现代主义反思批判的特有方式和艺术效果。它以破碎化语言、扭曲文体、杂化文字、意识流等炫目的叙述形式,再现缺乏价值统合力而人心涣散的战后台湾社会,形塑知识分子破碎流离的精神世界。不同的传统与历史生长出并不全然相同的现代主义内涵,而相近的是传统价值失范后人心的普遍荒芜:西方基督教没落背景下的整合视界崩溃,是西方现代主义怀疑论的基础;而台湾现代派小说是两岸分离、儒教伦理失范背景下战后台湾人心灵碎片的投影。蔡源煌就曾准确地道出台湾五六十年代青年的普遍心态:"事实上,'自我'概念的摸索也显示出当时年轻人的主要关切。"②自我的迷惘与追寻,也正是台湾现代派小说最为常见的主题。现代派小说较多书写个人的孤寂,个体生命的脆弱无助,部分作品也有将个人悲剧普遍化、人类化的倾向,流露出怀疑、绝望和虚无的心态。但不能因此断定台湾现代派文学必然脱离具体的历史时空,塑造的必然是卢卡契所谓"非历史的人"。白先勇的小说人物与主题充分显示了家

---

① ［前苏联］雅·艾里斯别格:《现实主义和现代主义》,袁可嘉《现代主义文学研究》上卷,中国社会科学出版社,1989 年,第 254 页。

② 蔡源煌:《〈异乡人〉的人我观》,《从〈蓝与黑〉到〈暗夜〉》,台湾久大文化出版社,1987 年,第 129 页。

国兴亡的历史感,王文兴的《家变》被认为"是中国传统文化日渐崩溃的象征,礼运大同理想的破灭"。① 台湾现代派小说家其实是在困难地表达着战后台湾知识人认识世界与追寻自我的忧郁心声,他们通过文学形式的革命,转移和化解内心的迷惘、困顿,并且以此探索精神突围的可能。不能否认,台湾现代派小说文本往往潜流着晦暗的精神苦闷和驱之不去的感伤彷徨。反观这些如困兽之斗的精神苦闷,人们可以更为深切地反观他们置身的时代和处境。他们的艺术追求,也含有群体性的对战争苦难的怨愤与对命运的不甘。显然,他们希望艺术能够帮助他们摆脱存在的困境,并获得个人自我的以及民族文化的精神救赎。从这样的精神形态,我们可以认为,台湾现代派小说学习并借鉴了他人的艺术形式,却是在言说和表达自己切身的生命经验。

我相信,现代派小说的精神世界以及战后台湾知识分子的认同建构与自我追寻,会是一个有意义的命题。所谓精神世界,并不意味着封闭的主观自我。真正的个体精神体验是深遂的也是开放的,与历史、与社会现实、与其他文本之间,都存在着复杂的交错与互动关系。对思潮脉动以及历史语境的适当关注和理解,就成了在观照现代派精神现象时无法回避的内容。战后两岸政治的分离,给两岸知识分子带来了不同的生存体验和命运遭际,本论题的深入探讨,可以从文学这一视角为认识战后台湾知识分子的精神现象打开一扇小小的窗口,也为思考 20 世纪中国知识分子精神史提供一方不应遗忘的视阈。与同时期大陆中国知识分子经受的身心炼狱隔海相对,台湾现代派作家群也经历了另一种形态的精神炼狱。这群作家中既有"外省"籍战后第二代,也有"本省"籍作家,既有学院派知识精英,也有贫民阶层的小知识分子,是一个富有包容力的知识群落。在戒严体制下的压抑时代里,在寄身之所妾身未明的飘摇动荡岁月里,在农业社会向现代工业

---

① 刘绍铭:《十年来的台湾小说(1965—1975)——兼论王文兴的〈家变〉》,《中外文学》,1976 年第 12 期。

化商业化社会转型过程中,在旧的价值观念崩溃,奇里斯玛权威①丧失的颓废虚无氛围里⋯⋯特殊的历史遭遇和生命体验使现代派作家群成了一群困难的人:认同的焦虑与表征的困难是他们无法回避的两大困局。他们的精神世界充满自我认同危机,他们把精神突围的可能性寄托在相对清洁、纯粹的文学理想之中,文学成为他们消解痛苦的心灵栖居之地,创作也就形成了他们与虚无抗战的一种方式,成为他们找寻自我和建构身份认同的重要路径,也成为建立新的文化价值观的一种形式。在这一过程中,"'五四运动'给予我们创新求变的激励,而台湾历史的特殊发展也迫使我们着手建立一套合乎台湾现实的新价值观。"②他们以隐喻和晦涩的形式,书写了一群特殊的中国知识人苦闷挣扎的精神世界,一个具有世纪末情结的文学世界,一个以艺术形式表达反叛意识和革命性的语言世界。人们较多地关注了现代派新异技法的运用或对褊狭题材的偏执兴趣,而对现代派作家如何经由艺术探险来建构自我认同的精神课题则少有深入的追问。实际上,现代派的小说创作具有醒目的精神特征,认同建构的困难和自我追寻的艰苦持久,使他们的创作成了一条曲折艰险的寻道之路。他们以艺术上的世界主义理想和僧侣主义意志,建构了一种充满矛盾和张力的台湾知识者的精神私史。

## 四

以台湾现代派小说的代表作家白先勇为例,我们可以清晰地看到这群现代主义者的精神历程。个体化原欲生命悲剧的早期创作结束后,25 岁的白先勇来到美国,他强烈意识到:自己这一代人陷入了失

---

① "奇里斯玛"(Chrisma)是韦伯社会学的一个重要概念。台湾学者常译为"奇魅",形容一种统治类型:"它显示个人或群体对某种特定价值的皈依",这就形成了一种服从于奇魅人格的统治形态。因此奇魅型领袖的魅力成为维系这种统治的关键,也被视为一种具有社会整合功能的核心价值体系。参见陈晓林《学术巨人与理性困境——韦伯、巴伯、哈伯玛斯》,台湾时报文化出版事业有限公司,1987 年。

② 白先勇:《〈现代文学〉创立的时代背景及其精神风貌》,《第六只手指》,文汇出版社,1999 年,第 177 页。

去存在精神根基的巨大焦虑之中,于是"产生了所谓认同危机,对本身的价值观与信仰都得重新估计",开始了"自我的发现与追寻"。① 外来文化的冲击激起的文化认同危机,促使他蓦然回首凝眸中国传统,他感觉患了"文化饥饿症","狼吞虎咽"地捧读起中国的历史与文学来,包括在台湾很难看到的五四以来的现代文学,"对自己国家的文化乡愁日深"。在主观化的作风逐渐转向客观化的叙述训练的过程中,同时"被一种'历史感'所占有,"②在这样浓郁的文化乡愁里,历史感油然而生。从此,脆弱的个体寻到了历史的归属,孤独的自我也终于有了文化的栖身之地。在白先勇的描述里,那种顿悟的发生是令人感动的一个瞬间:

> 有一天黄昏,我走到湖边,天上飘着雪,上下苍茫,湖上一片浩瀚,沿岸摩天大楼万家灯火,四周响着耶诞福音,到处都是残年急景。我立在堤岸上,心理突然起了一阵奇异的感动,那种感觉,似悲似喜,是一种天地悠悠之念,顷刻间,混沌的心景,竟澄明清澈起来,蓦然回首,二十五岁的那个自己,变成了一团模糊逐渐消隐。我感到脱胎换骨,骤然间,心里增添了许多岁月。黄庭坚的词:"去国十年,老尽十年心。"不必十年,一年已足,尤其在芝加哥那种地方。回到爱荷华,我又开始写作了,第一篇就是《芝加哥之死》。③

这种"天地悠悠之念"和文化归属感的确证,对白先勇的意义是重大的,可以说是他人格成熟的标尺。从此,他的小说不仅关注人性本能与抽象命运的悲剧,又有意识融进了民族历史与文化的忧患,《芝加哥之死》是这种转折的一个开始。强烈的中国文化认同意识,与在美国社会感受到的物化现实之间,产生了大的距离,心中的不平衡和焦虑加深了。体现在作品中,就是那种渗透历史文化忧患感的个体生命

---

① 白先勇:《蓦然回首》,台湾尔雅出版社,1978 年,第 77 页。
② [美]夏志清:《白先勇早期的短篇小说——〈寂寞的十七岁〉代序》,《寂寞的十七岁》,上海文艺出版社,1999 年,第 9 页。
③ 同①,第 77－78 页。

焦虑,成为小说的主要心灵症结。郁达夫、鲁迅那一代中国知识分子精神中的创伤体验,也烙印在了白先勇的身上。吴汉魂、李彤之死,与《沉沦》主人公的蹈海自沉,有着同样深的悲恸。追溯白先勇身上文化历史悲情的产生,无意中我们看到了惊人相似的一幕:也是在《蓦然回首》一文中,他叙述在美国留学时的一件事,作者那时正贪婪地阅读大量中国古典文学以及五四以降的现代文学。

> 暑假,有一天在纽约,我在 Little Carnegie Hall 看到一个外国人摄辑的中国历史片,从慈禧驾崩、辛亥革命、北伐、抗日、到战乱,大半个世纪的中国,一一呈现眼前。南京屠杀、重庆爆炸,不再是历史名词,而是一具具中国人被蹂躏、被凌辱、被分割、被焚烧的肉体,横陈在那片给苦难的血泪灌溉的发了黑的中国土地上。我坐在电影院的黑暗的一角,一阵阵毛骨悚然的激动不能自已。走出外面,时报广场仍然车水马龙,红尘万丈,霓虹灯刺得人的眼睛直发疼,我蹭蹬纽约街头,一时不知身在何方。那是我到美国后,第一次深深感到国破家亡的彷徨。①

这段自述,不禁让人联想起鲁迅所说的那个著名的幻灯片事件,如今它已人尽皆知,原本不应再引述在此。但将两者并置,更能昭示中国近现代屈辱历史在国人心中烙下的伤痕之深切、之久远,两个画面的相似,也显示 20 世纪中国知识分子忧患意识传统的精神薪传。幻灯片事件,如李欧梵所说,"既是一次具体动人的经历,同时也是一个充满意义的隐喻。"②

> 其时正当日俄战争的时候,关于战时的画片自然也就比较的多了……有一回,我竟在画片上忽然会见我久违的许多中国人了,一个绑在中间,许多站在左右,一样是强壮的体格,而显出麻木的神情。据解说,则绑着的是替俄国做了军

---

① 白先勇:《蓦然回首》,台湾尔雅出版社,1978 年,第 77 - 78 页。
② [美]李欧梵:《铁屋中的呐喊》,岳麓书社,1999 年,第 17 页。

事上的侦探,正要被日军砍下头颅示众,而围着的便是来赏鉴这示众的盛举的人们。

这一学年没有完毕,我已经到了东京了,因为从那以后,我便觉得医学并非一件紧要事,凡是愚弱的国民,即使体格如何健全,如何茁壮,也只能做毫无意义的示众的材料和看客……①

时光相距半个世纪,可是,白先勇的彷徨与鲁迅的呐喊之间何其相似!日本幻灯片事件中的鲁迅,与美国影院里悲愤激动的白先勇,都置身于异域,在某个似乎偶然的时间,被一种似乎偶然的视觉影像所震撼,他们遭受的却是必然的痛楚与伤害,内心涌动的是同样的民族屈辱感和家国忧患感。从此,鲁迅开始立志于文学启蒙的呐喊;白先勇也告别了早期唯美颓废的浪漫书写,掀开了小说创作的新一页。在《纽约客》与《台北人》里,白先勇有意识将个体生命的困境整合进民族和文化的忧患反思之中。

综上所言,个体成长过程中的认同危机,战后台湾政治文化生态中的文化与价值认同危机,是现代派小说作者为代表的一代台湾知识人深陷的精神困境。对于他们而言,无论是某种极端化的文体修行(如王文兴),还是认同文化中国的乡愁叙事(如白先勇),抑或是孤独隐遁的自言自语(如七等生),浪迹天涯的精神漫游(如马森),身体和心灵的离散书写(如聂华苓、李永平)……都是经由各自艰辛的艺术追寻来实现精神突围和建构自我的途径。

---

① 鲁迅:《〈呐喊〉自序》,《鲁迅全集》,人民文学出版社,1998年,第416-417页。

# 台湾现代派小说的语言实践与身份表征

## ——以李永平与王祯和为观照中心

对于台湾现代派小说而言,语言文字的创新求变意识,具体地体现为两种有些极端的语言实践:一方面是中文的纯化(纯洁化、纯粹化)倾向,如李永平的中文乌托邦追求,如王文兴沉溺于淬炼个人文体的语言信仰;另一方面则是语言的杂化实践,如王祯和在《玫瑰玫瑰我爱你》(以下简称《玫瑰》)和《美人图》等作品里表现出来的语言杂化现象,[①]而在王文兴的长篇力作《背海的人》中,语言的狂欢表演同时也呈现出有意为之的杂化意识。上述两种极端的语言实践,都可能导致一般汉语读者望而却步,但这种精英化的个人语言实验并非纯形式主义的语言游戏,实际上其间蕴藏着耐人寻味的丰富内涵。在此,笔者试图以李永平和王祯和这两个作家的作品为典型个案,管窥台湾现代派小说的两种语言策略,辨析其语言实践中的文化政治内涵。

## 一、语言的纯化:想象中国的一种方法

近些年,不少华人学者"开始重新思考中国及中国人的主体性的问题,并提出建构'文化中国'"。[②] 对于台湾文学乃至海外华文写作而言,中国都是一个有着特殊意义的符号,而中文的书写形态与中国

---

① 文学史叙事中,王祯和一般被列为乡土文学的代表作家之一。但也有学者将他放在现代派的脉络中论析,如张诵圣就认为包括王祯和的《玫瑰玫瑰我爱你》在内的一些作品应该是"讨论现代派总成果的重心所在"。本文认可并采纳了这一观点。参见张诵圣:《文学场域的变迁》,台湾联合文学出版社,2001年,第20页。

② 王德威:《想象中国的方法》,生活·读书·新知三联书店,1998年,第360页。

想象之间也有着多元的建构方式。阅读李永平于 20 世纪 90 年代出版的长篇小说《海东青》,可以充分认识这位来自婆罗洲的华文作家对汉语言文字别具匠心的理解和运用。

> 海东起大雾。海峡渔火一片空蒙,午夜时分,飞机漂荡在纷纷霏霏漫城兜眨的水霓虹中,盘旋了二十分钟,终于降落机场,一翾,凄厉地,滑进那一片水稻田悄没声溟芒的烟雨里。停机坪上,白潇潇飘旋起一窝窝雨气缥缈着一架架寄泊的客机。①

> 天,霁了。万家灯火零落,满京凛冽,峦峦红晶灯一盏滢亮一盏,闪烁着……雾中的京观里百来间门子,矮檐下荡漾出满屋娇喘声,邦邦声声木鱼,窈窕人影迷离。②

正是在这不乏经营痕迹却充满复古味和梦幻感的文字里,精灵般的小女孩朱鸰(作者最钟爱的主人公)似乎是从中国古典诗词歌赋话本传奇里飘然而出,流落在鲲京市(隐喻台北)的市井街巷;而生于南洋的华人后裔靳五教授,也仿若游魂般地游荡在城市的大街小巷(烟花柳巷),满脸的混沌茫然,异乡人惘然漂泊的沉重心事呼之欲出。寻寻觅觅,冷冷清清,凄凄惨惨戚戚,却又有些莫名艳异诡谲的氛围。与人物的精神状态相吻合,小说的语言文字总是显得有些朦胧恍惚,处处可见作者恋物癖式的刻意经营。上述所引短短一小段文字,就颇能管窥全篇作品的语言风格。作者钟情于密集地运用汉语修辞手法,如叠字(盘旋、峦峦、白潇潇、声声、一窝窝、一架架、纷纷霏霏),双声(凛冽、零落、溟芒、纷纷霏霏),叠韵(空蒙、迷离、空蒙、缥缈、凄厉、纷纷霏霏、窈窕、人影、荡漾),象声词(邦邦),文言化(霁了)和自创词(兜眨)。高密度的双声叠韵等修辞手法的运用,尽管有些刻意,却造成了作者想要的回环往复连绵不绝的氤氲效果,强化了语言的音乐性,也营造出现代汉语小说中罕见的古典诗化浪漫意境。

---

① 李永平:《海东青》,台湾联合文学出版社,1992 年,第 1 页。
② 同①,第 37 页。

然而，毕竟这是一部 20 世纪末诞生的中文现代小说，小说故事（如果称得上是故事的话）的地理人文背景也已经明确是在现代都市。就像小说的开头，主人公靳五所乘坐的是飞机（而非骑着毛驴）来到台北的机场（而非某个驿站）。《海东青》的秾丽仿古文字，似乎让那些书香墨迹里遥远的古中国文化记忆，又活灵活现地嫁接于现代都会台北的街头，成为汉语言展演的奇观。在现代化的鲲京都市，人物迷失于遍布中国大陆地名的街巷迷宫之中，叙述者放任如梦如幻的汉语言——那或许就是作者想象中的正宗、纯洁、诗化的汉语，丰美妖娆的文字里生长着浪游华人梦想的原乡中国：

> 海东大学敲起了古铜钟，一声一苍凉，摇荡起天际那轮水红月……靳五眺望了半天，心中一动，城东，天北，一颗星星独自个闪烁着，软红十里茫茫黑天中皎洁皎洁一星失落的幽光，深澄迢遥。奉节路金光灿烂，波波小轿车辗过热熔熔的柏油，飘向城心红霓深处。燥风中冷气车窗里俪影朦胧……

整个一部厚厚的《海东青》，就是一贯的这样古雅温文、飘逸缠绵又清峻凛冽，还夹带着诡异的古色古香，生僻字词不时闪入眼帘，而作家自己苦心组合的自造词也屡屡可见，作家的妻子景小佩曾感慨：偌大的汉语世界，竟由一个海外华人在作这样艰辛的语言跋涉！

那么，李永平为什么会致力于创造这样的文体呢？他本人这样陈述："我不能忍受'恶性西化'的中文。"他把这种倾向斥责为文化及语言上的"买办"，与此相对应，国文课感受到的"中国语文的简洁、刚健"？给予他"极大的惊喜和震撼"，以至于此后的写作"断断续续，苦心经营，为的是要冶炼出一种清纯的中国文体"。① 对台湾文学语言文字"恶性西化"倾向的拒斥，以及保卫中文的纯净和尊严的民族意识，驱使李永平开始了他的文化寻根行程。准确地说，文化寻根正是他语言追求的重要目的。对于这样一个庄严的理想，作者曾经表露出

---

① 《李永平答编者五问》，《文讯》，1987 年第 29 期。

近乎浪漫的愿望:"希望我能在五十岁以前到大陆,在山西附近找个顶点,然后在黄河流域流浪个十年,亲眼看,亲耳听,把中国的丰富语言吸收个够,然后写一本《创世纪》,就是中国的创、世、纪三个字。"①《海东青》这部长篇巨著似乎只是李永平文学朝圣行程中的一个驿站,他说:"写《海东青》是在找中国,可是我真正要写的是'创世纪',那就是要找根了,找中国人的根。"

长篇小说《海东青》里,文字不仅以建构一个形式化的桃花源而自足,文字的苦修也是为了建构一个企图心极大的乌托邦。与其说作者是通过语言的炼金术来逃避现实,不如说他在借助神奇的语言魔镜洞穿诡异的历史和错谬的政治,为本土外漂泊的近现代华人诉说失根之痛,也为自己的生命选择寻找根源。主人公靳五与作者一样,作为漂流海外却不改中国认同的华人,选择了回归母土(这里指台湾),然而这种回归并不能全然消解身份焦虑,因此,李永平才会自我调侃:"说老实话,我又是中国人又是台湾人又是马来西亚人,我和他们讲这个,他们不懂得,最好幽默一点,我是广东人最好了。"②

作者寻找自我认同的同时,也是在借"再造语言"来再造中国文化的幻象。文字的大观园里移步换景美不胜收却又处处隐含玄机,在红楼大梦式的演绎铺陈里,台北都会(小说中的"鲲京")繁华靡丽的现实与古中国幽暗久远的历史文化得到了真亦假来假亦真的浪漫解读。小说的前言以激越而显得夸张的浪漫语调讲述了摩西出埃及的圣经故事,也是一则反讽性的中国现代政治寓言。悲凉情怀是全篇的基调,小说呈现了一种放逐与回归共在的出神状态:痛苦与快感浸透苍老的方块文字。小说不同凡响的语言文字风格,为作者锻造了一座藏身并朝圣的通天塔。然而,无论是对中国古典文化的景仰感怀,还是对基督精神的心有戚戚,作者必也明白,想象中的乌托邦终归不能解决台湾的现实问题。败德淫靡的台湾当代社会现实,祖根国土的分裂

---

① 李永平:《我得把自己五花大绑之后才来写政治》,《新新闻》,1992 年 4 月 12 日。

② 伍燕翎、施慧敏:《人生浪游找到了目的地——李永平访谈录》,《星洲日报·文艺春秋》,2009 年 3 月 22 日。

流离、祖国古老文化的没落崩解与个人的离散流浪命运紧紧纠缠,身份焦虑是不可触又无法抑制的隐痛,每每令作者陷入对中文的极度迷恋中,远离中原,远离历史并不妨碍他聚精会神、如痴如醉地酿造中文语言,令作者为自己的创造物而沉醉。作者以语言的自我创造来消解文化颓废意识,但又因文字拜物教式的恋字癖而堕入更本质的颓废。有意无意间,这一颓废唯美的巨著成为台湾 90 年代意蕴深长的世纪末颓废主义潮流的先声。

很难说,在台湾喧嚣的后现代语境里,再没有人如李永平那么痴心、悲怆,沉浸在政治、文化、历史与个人生命的多重悲情与迷失里不能自拔——从吴浊流到白先勇,从三三社团、天狼诗社到李永平,台湾这个历史纠葛错乱的岛屿似乎已经习惯了迷失与悲情;然而,李永平以后殖民批判支撑起的私语策略却让人有理由认为,这篇小说也许是个"孤本",是一种绝唱。所谓"纯粹的中文"作为《海东青》的语言理想,是一种不可能活现于现实中的私体汉语,然而它却在纸上有声有色地上演着一出注定寂寞无主的浪漫剧。它的乌托邦色彩借由艰难营造的个人化语言及其笨拙的政治隐喻而一往情深地抵达文化乡愁的深渊。难言的颓废心事与渺茫的文化乌托邦,似乎只能运用一种不可能的语言来诉说。所谓汉语的纯粹,在假定的梦幻情境里自由生枝长叶,一介情痴兼游荡者的靳五,任魂魄附着在想象中出淤泥而不染的汉语的双翅,自乡愁的深渊飞升;然而,注定飞不出宿命的浪子的悲伤。好比张爱玲笔下那只绣在屏风上的鸟,怎样飞也飞不出那扇屏风。作品结尾,一直身为旁观者的主人公靳五与七岁的女孩朱鸰告别,这个高大的男人突然间陷入了无能的伤感。

> 靳五心一酸撂下行囊,落了跪,把朱鸰搂进怀里:"丫头,不要那么快长大!"朱鸰放声大哭。①

这是小说的最后一句话。满纸荒唐言顿时化作了一把伤心泪。泪水缤纷,从此,可爱的小女孩将失去一位保护神,而独自面对险恶的世道人心。旁观者客观镜头式的叙述语调彻底破产,人物与他所旁观

---

① 李永平:《海东青》,台湾联合文学出版社,1992 年,第 941 页。

的对象已经无法分离,就像作者和他钟爱的复古语言。语言不再是盲目絮叨的独语,语言就是一个自我完成、自我祭奠的王国。哪怕这个王国只不过是荒原上生长出的美的幻象。不仅如此,朱鸰作为靳五心目中的纯真天使,和作者竭力营造的纯化语言一样幼嫩脆弱,需要悉心培植呵护,而小说里的七岁小女孩却失去了最基本的保护:她年轻的"本省"籍母亲为换取出国机会和物质利益可以出卖女儿,她苍老的外省父亲终日沉湎酒精和少棒比赛录像中混沌度日。小说以日本老兵邪恶、淫亵的手爪越伸越近隐喻女孩的纯真存在的巨大威胁,而日本老兵教朱鸰唱日本国歌就不是隐喻,而是明示了。作者唯一抵抗外来经济和文化殖民势力的武器是语言,一个作家用自己内心的母语孤独地向周遭没落、荒淫的世界发出了狮子吼,尽管这吼声也终究是无能为力的呐喊。

在阅读过程中,我常常联想起大陆的一部著名小说《废都》,不仅世纪末的颓废情调与文化怀旧感如出一辙,旧时代市井气息的传达也有些相类,就连语言文字的复古韵味也似乎在遥相致意,这两部同出于 90 年代初期的汉语长篇小说看上去有着众多的相似点,然而两者的消费命运却判然有别,《废都》迅速被市场青睐,《海东青》则被市场拒绝,前者的流行天下与后者的门可罗雀构成有趣的对比。若是细心分辨,就会发现两者的精神指向完全相反,《废都》的颓废弥漫着 90 年代初知识分子失败主义的集体氛围,也充分暴露出作者士大夫旧文人情结彻底破产的幻灭感,精细古朴的文字中透着凄惶的肉感浮艳,如一抔冷灰中自我哀悼的艳丽绢花,无奈与绝望感一览无遗,其间穿插着作秀式天窗,则让一种自渎自虐的文字纵欲倾向欲盖弥彰;反观彼岸的《海东青》,极端仿古又越古的文字承载着儒生式救世与自我救赎的理想,颓废与耽美的感官情调链接的是现代知识分子的旁观与批判意识,精致古雅得有些凄冷的文字里跳动着一颗热烈不羁的浪漫灵魂。正如作品中教授靳五的一段关于文学的言说:"艺术遏制人生,人生冲击艺术,形式内涵剑拔弩张共同建构一个古典浪漫的文学世界。"①古典浪漫的语言形式暗含着剑拔弩张的内在张力,凄冷与热

---

① 李永平:《海东青》,台湾联合文学出版社,1992 年,第 428 页。

烈、沉陷与超脱看似对立,却浑然一体,颓废的深处是与中国古典文学乃至现代文学史一脉相通的忧患意识。

值得一提的是,在作品中靳五讲授文学的场面仅出现过一次,不妨将它看成人物自我表白的仪式。整部小说中处于看视、倾听和漫游状态的靳五,唯有这次的讲课借演说文学来表白他清醒理性又激情热忱的自我,叙述者沉迷和失落的感伤情怀并没有销蚀人物生存和寻求的内在动力。叙述者的言说风格在此突然中止,人物告别缄默失语的"呆了呆"的被动状态,滔滔话语之流呈现出一个健全的人格世界,一扫游阅中的迷离恍惚、混混沌沌。言说形式的突兀转变,暴露了人物与叙述者之间的微妙分界,或者说让有心人一窥作者内心的身份龃龉与喧哗:一个目睹祖根文化衰败的现代知识分子与纯正中国儒生间的对话必然是一场自我纠缠、自我颠覆的灵魂暴动。

《海东青》最纠结诡异也最特殊之处在于主人公的身份困境,这同样是作者切身的痛。人物复杂的身份与存在主义观物方式一再申述着边缘化在场,南洋唯一的亲人——母亲的离世宣告了故乡的诞生,但靳五奔丧完毕仍然回到台湾,对于南洋故土而言,他只能算是个客人;而对于台湾乃至大陆——对于地理意义和文化意义上的中国,人物既始终笼罩在山河破碎的阴影下,又无法改变自己的文化孺慕,"比中国人更中国人"。地理的分割政治的分野令人物的中国身份陷入乱真而疑真的尴尬。此情境下,语言成了一面模糊不清的困难的镜子。它映照出的可能是一介文人暧昧不清、朦胧一片的文化梦魇:径直走向心底的坚持与虚无。再者,语言的唯美意味和纯化倾向与儒生式的使命意识连在了一处,欲说还休的民族主义情结强烈要求一种文化同质的纯洁,然而"只要明白所有的文化陈述和系统都在这种矛盾对立的发布空间里得到构建,就能明白坚持文化的固有原创性或'纯洁性'的等级观念为什么站不住脚",①从这

---

① [英]艾勒克·博埃默:《殖民与后殖民文学》,盛宁、韩敏中译,辽宁教育出版社,1998年,第3页。文中说:后殖民文学是"指对于殖民关系作批判性的考察的文学。它是以这样或那样的方式抵制殖民主义视角的文字"。

个角度看，李永平的文字乌托邦无异于一场文化身份焦虑症的语言大发作。这种焦虑，指向个体、民族和国家，也指向了语言审美世界的终极。

## 二、语言之杂化：嘲弄、戏谑与狂欢

与李永平纯化中文的语言实践相反，王祯和走的是语言杂化的道路，然而二人殊途同归地都患上了文化身份的沉重焦虑症，他们的作品同样带有浓厚的后殖民文学色彩。应该指出：王祯和的杂化语言（尤其是后期作品）直接通向的是非杂化和反杂化的意识形态立场，戏谑、嘲弄与狂欢的语言形式积淀着作者强烈的后殖民批判倾向。如果说《海东青》的后殖民主义抗拒是一场可歌可叹的自我纯洁化语言建设，那么《玫瑰玫瑰我爱你》和《美人图》的文化抵抗则是通过语言的漫画化、喜剧化来戏谑嘲弄后殖民情境中失落民族尊严的杂化群体：一群拜倒在西方脚下摇尾谄媚的滑稽角色，一群为洗却自身民族身份而丑态百出、自我奴化的他者，在杂语喧哗的丑剧情景里不断自我消解、自我矮化。

这里所说的杂化与霍米·巴巴宣称的杂化主体有所不同，巴巴认为处于后殖民社会中的纯化主体是不可能的，他倡导一种将异质文化杂糅一体的杂化主体，借以消解和反抗文化与政治中的不平等权力关系；王祯和不是将杂化语言视为具有积极性的语言主体，而是把它看做消极性的噪音杂声，语言的杂化成为一种杂语纷纭的丑剧表演。《玫瑰玫瑰我爱你》《美人图》将民国国语的陈腔滥调、台湾地方性俗言俚语、阴阳怪气的洋泾浜英语和杂碎日语混合为一体，而语言之大俗特俗或可让正襟危坐的文人雅士坐立不安，如以"踢屁股"指称"T. P. 顾"，以"倒过来拉屎"称谓"道格拉斯"，经营出一种姓名变译的奇景。这类语言策略制造了一种极不和谐的杂烩丑剧场景，洋文与土语随唾沫星齐飞，丑态和洋相伴奴颜媚态百出，然而众声喧哗的狂欢场面背后却是作者内心的澄澈和愤激。后殖民经济文化格局中台湾社会的各色洋奴成为小说讽刺嘲弄的对象。杂语，在此语境里无疑成为文化殖民下杂种畸形的丑陋语言形态：它非驴非马、非东非西，它什么也不是，只是一些自我贬损的降格的语音语义。但另一方面，作为小说叙述的一种手段,这种四不像的杂种言语形态正好体现了作者的民族文化身份焦虑,一个有着半个世纪日本殖民历史、战后深受美国西洋经济文化影响的后发现代化地区的本土知识人的焦虑。与那些依附于外资企业的中产阶层的那种喧闹混乱的杂种语言相比,作者留了一点不大的空间给他一直关注并同情的本土下层庶民,他们(小林、老张等)从事着相对低等的粗重的工作,大多贫穷、卑微、文化程度低、受人歧视,在杂语喧天的情境里,他们的声音显得那么微弱,但是他们的声音却真实、自然、清新,紧贴着脚下的土地,充满抗争意识和尊严感。言语方式的博弈和较量寓示着阶级、文化和生命形态的对峙。从这一视角看,王祯和的杂化语体如同哈哈镜,以扭曲夸张的修辞折射出社会病体的真相。貌似喜剧闹剧,其实却是悲剧。正是在戏仿与杂化的嬉笑怒骂中,我们感受到作者深切的文化受挫感与维护民族尊严的坚定志愿。

王祯和的杂化语言途径由何而来? 如他本人的叙述,那种杂化语言首先得益于敏锐的听觉,他将听觉一方面有意识地伸向杂语喧哗的民间语声,另一方面则伸向前贤作品里的书面语。为了偷听邻人讲闽南话,他不惜"像只猫那样竖起耳朵",日常方言裹挟着文化习俗的民间趣味和满溢着人性原生态的丰富语调给他带来灵感,尤其是双关语的生动谐趣,那是书斋里难以想象的也是他格外钟情的。不过他不满足于只做民间谚语的记录者,他还喜欢在文字语言上做更大幅度的实验。这里所说的实验,包括把方言、文言、国语掺杂一起来写,把成语颠倒运用,把主词摆在后面,大量运用方言,不是为了标新立异,而是为了更加真实、尖锐、有力,并富于嘲弄讽刺性。早期王祯和就非常在意叙事形式的创新如何把握好一篇小说的语调,有时会为了一篇小说的语调而寻思数月。"我这样变来变去,目的是在找一种真实的声音,来呈现故事。我非常不喜欢约定俗成的文字,总认为它过于像目前电影的配音。"①

以笔者的理解,真实在王祯和这里的意涵是双重的:既指涉写实

---

① 王祯和:《永恒的寻求》,《中国时报·人间副刊》,1983 年 8 月 18 日。

意义上的模仿客观现实,也可以会意为现象所寓含的存在真实。在后一种意义上看,真实可以变形、夸张地得到揭示,事实上王祯和作品里的语言和叙述更靠近后者。在名作《嫁妆一牛车》的创作过程中,为了表达一种自己预想中"怪诞、荒谬、悲凉又好笑"的意思,不惜细心琢磨,"试着把动词、虚词调换位置,把句子扭过来倒过去,七歪八扭的"。① 这篇小说已经显示出较为稳定、成熟的叙述技巧,而其中运用的"多重声音叙述"加强了对人性嘲弄的戏剧效果。

与此相关,王祯和语言实验的灵感源泉虽然很大一部分来自民间,真切的民间趣味使他的叙述姿态与多数现代派作家划开了一条明显的界限,也成为他一向被史家认定为乡土小说家的重要原因,台湾民间语言的粗、俗、辣、鲜活和俏皮形成了他的语言实验的一种醒目色调;但他始终又保持了一个现代知识分子的观照角度,早年的他亲近现代主义,热衷于挖掘人的内心世界,从某种程度上疏离了民间的浅表和粗糙。在王祯和尊敬的文学前辈的作品里,曹禺的剧本尤其令他着迷,曹禺的剧作深受美国剧作家尤金·奥尼尔的影响,追求表现主义的戏剧效果和对欲望命运等主题的表现力度,这种鲜明的现代主义艺术风格无碍反有助于对民间真实声音的表现,从中"能听到北平居民的嗓音,北平居民表达意念感情的真实声音……"这也是王祯和特别向往的境界(参见《永恒的寻求》)。从无声的文字里倾听和想象出声音的质感和剧场化场景,磨砺出一种现场感很强的听觉效果,这是王祯和长期的有意的追求。

王祯和后期小说语言浓厚的讽刺性和嘲谑性不无吸引读者的娱乐搞笑功能,尤其是《玫瑰玫瑰我爱你》一篇,这是作者一贯钟情的荒谬无稽叙述风格的极端化发展。喜剧力量的发掘使他在台湾文坛上显得有些另类。后期的他把民间语言糅合搓弄成为有机的整体,消泯了民间言辞的片断性和盲目性,民间性文化认同倾向里隐含着强烈的民族意识,民族身份的文化焦虑感贯穿了他的夸张搞笑修辞,这使得他和他的不少优秀同道(如黄春明、陈映真)一样,以叙事担当起底层

---

① 王祯和:《永恒的寻求》,《中国时报·人间副刊》,1983 年 8 月 18 日。

平民代言人和民族身份护卫者的双重角色。他的特殊之处在于,他同时致力于将语言本身创化为抗拒外来文化侵袭的有意味的形式,使语言形式自觉承担起维护民族文化尊严的历史使命。对此,郑恒雄也有相近的看法:"《美人图》的文体呈现出一个很复杂的社会语言学现象:来自不同地域、不同阶层的人,混杂在一起,各自用自己本位的语言和文化来诠释共同经历的事件。由于语言文化背景不同,自然有许多冲突,因而制造不少笑料,如洋名之中译。但是也有和谐之处,王祯和把国语、闽南话和广东话结合得很成功,形成本土语言文化的共同立场,对抗外来语言文化的立场,如国语的'钱博士',变成闽南语的'博士博',广东话的'浅薄兮'……糅合了五种语言,创造一种新的文体,颇符合巴赫金(M. M. Bakhtin)的'众声并陈'(heterglossia)的理论。众声并陈当然也造成不同文化混杂对抗的现象,而在《美人图》中,外来语言和文化明显的处于优势地位。"①所谓语言文化的优势不过是民族和阶层强弱主次关系的一种很直观的表露。所以,这本书看上去笑料百出,但实际上却让人感到深深的文化焦虑情结,这种焦虑早在他的《小林来台北》《美人图》里就已经明确表达过,所以,语言的这种杂化表面看确实近于巴赫金意义上的杂语喧哗,但细细琢磨却又能在这滑稽丑剧纷陈的喧哗与骚动背后触摸到纯正的民族文化忧患。

王祯和文体风格的杂化变奏让一些评者为之击掌喝彩,如评论家王德威就肯定了这种混乱修辞策略,称道其百音嘈杂(cacophony)的陈述不仅嘲弄了台湾文化杂乱无章的本质,"也加强了小说本身反抗'正统小说'所依持之'单音'(monophonic)系统的力量"。② 这个肯定着重于强调该小说反正统单音叙述的文类突破行为,也看到了小说语言修辞策略的嘲弄功能。同时这种杂化也招致另一些人的不安与批评,龙应台就批评《玫瑰玫瑰我爱你》是走错了路,虽然她也肯定了"将台语、国语、杂种化的英语、日语炒在一起;下流的脏话和正经的口

① 郑恒雄:《外来语言/文化"逼死"(VS.,对抗)本土语言/文化》,张京媛《后殖民理论与文化认同》,台湾麦田出版有限公司,第306-307页。
② 王德威:《想象中国的方法》,生活·读书·新知三联书店,1998年,第199页。

语互不避嫌"的做法是一种开放语言的尝试,但她无法容忍小说在语言上"走火入魔",①吕正惠则指责《玫瑰玫瑰我爱你》一书是"粗俗的自然主义",②语言自然也不足观。客观地看,王祯和后期语言和文体的试验所暴露的弱点也是明显的:过于愤激的情绪化作了过于夸张的嘲讽,戏剧性的杂语展览使小说场景喧闹滑稽、颇具反讽性,但却有些一览无余,失去了让人回味的空间。早期作品《嫁妆一牛车》那种对人性的悉心体会,以及对悲剧性中的喜剧性和闹剧性元素的把持有度倒格外令人怀念了。

---

① 龙应台:《王祯和走错了路》,原载 1984 年 10 月 25 日《中央日报·晨钟》,后收入《龙应台评小说》,上海文艺出版社,1996 年。

② 吕正惠:《小说与社会》,台湾联经出版事业公司,1988 年,第 89 页。

# 论笠诗社的美学追求

　　笠诗社是在台湾20世纪60年代形成并臻于成熟的一个颇具特色和影响的现实主义诗歌流派。30多年来笠诗社以其丰硕的创作成果、多种多样的文学活动、深入的诗学研讨、成熟而独特的艺术手法，在台湾诗坛占据了极重要的位置。

　　笠诗人在诗学理论和诗歌创作等方面都进行了不懈的探索和有益的实践。尽管他们的作品风格各异、色彩纷呈，但作为一个诗歌流派，他们对诗与现实的关系、诗歌艺术的表现手法等许多方面都有相当一致的看法。笠诗社的中坚人物赵天仪在《现代诗的创造》一文中很明确地概括了笠诗社的美学追求："我以为中国现代诗的方向，正是笠所追求的方向。而笠开拓的脚印，正是笠立了中国现代诗的里程碑。我以为现代诗的创造在方法上，是以中国现代语言为表现的工具，以清新而明确的语言来表现诗的感情、音响、意象和意义。而在精神论上，则以乡土情怀、民族精神与现实意识为融会的表现。"①笠诗人自觉地执着追求诗歌与现实的结合，精神论和方法论的平衡发展，成为笠诗社诗歌理论的核心，也是笠诗人创作的显著特色。这种诗美追求适应了台湾新诗发展的需要，对现代诗的发展具有积极的意义。

　　20世纪50年代的台湾诗坛鼎足而立的是"现代""蓝星"和"创世纪"，纪弦领导的现代诗社提倡"横的移植"，全面引进西方的现代主义，"创世纪"诗社早期主张建设"新民族诗型"追求"中国风"和"东方

---

　　① 赵天仪:《现代诗的创造》,《民众日报》,1980年12月13日。

味",最终演变为洛夫的超现实主义,而以余光中为代表的蓝星诗人则追求古典的抒情风格。客观地说,这三大诗社对台湾新诗的建设和发展都起过积极的作用,但在对诗歌艺术的现实关系的看法上均有些偏颇。台湾诗人和评论家杜国清曾指出他们"在创作态度上,由于脱离现实,表现出逃避现实的所谓超现实和纯粹经验"的倾向。笠诗人群以诗的自觉意识,推进了台湾现代诗的转型,在诗与现实的结合上获得了新的进展。笠诗人执着追求诗与现实的平衡发展,既是对台湾新诗流派创作经验和教训的总结,也是他们对现代诗学意识的自觉。李魁贤曾把笠诗社的这种诗与现实平衡发展的美学追求概括为"现实经验论的艺术功用导向"以区别于"纯粹经验论的艺术功用导向"和"现实经验论的社会功用导向"。"纯粹经验论的艺术功用导向"追求的是超现实的个人的生命体验和诗歌表现形式的至上性,由于脱离现实,容易产生虚无主义。而"现实经验论的社会功用导向"则注重诗歌为现实服务却贬低诗艺的独立品格,而使诗成为现实的附庸和婢女。笠诗社所选取的"现实经验论的艺术功用导向"则追求诗歌的现实性和艺术性的结合,既坚持诗作为艺术的自足性与独立品格,又不拒绝对现实生活的介入,如赵天仪所强调的诗歌精神论和方法论二者并重。

笠诗人特别注重诗的社会性(即乡土情怀)、民族精神和现实意识。非马把"社会性"看做成功的现代诗应具备的第一个特征,他说:诗人"必须到太阳底下去同大家一起流血流汗、他必须成为社会有用的一员,然后才可能写出有血有肉的作品,才有可能对他所生活的社会及时代作忠实批判和纪录";①许达然则认为:"诗发源民间、民间咏唱生活,社会生活构成最丰饶的诗土",②只有现代、民族、社会的诗才会辉煌;拾虹的诗观更直接明了:"诗,除了像洪通作画那样令人感到爽快之外,它的价值就在于它投影在人间现实的深度吧! 如果不能感

---

① 非马:《略谈现代诗》,《笠》,1977 年第 80 期。
② 陈千武:《美丽岛诗集》,笠诗社,1979 年,第 223 页。

动,不能与当世代的脉搏一同悸动,诗是不可能流传下来的。"①郑炯明则说:"我写诗,因为我关心这个社会","诗人的责任就是写出他那个时代的心声"。② 从以上这些诗人的诗观中,我们可以看出笠诗社对诗的社会性的重视。他们认为诗不能离开社会现实,诗是现实经验的艺术传达而非单纯的自我表现或个人的情感宣泄。笠诗人强调诗的现实性,但不赞同机械地反映现实,而是主张把生活现实转化为诗性现实。从现实经验到诗,是一种质的飞跃,笠诗人十分强调现实与诗之间的艺术转换的环节。可以说"诗性现实"概念的提出和深入研讨是笠诗社对台湾现代诗学的一大贡献。

笠诗人指出从生活现实到诗性现实的转换不仅仅在于诗歌艺术的表现方式,更重要的在于诗人的主体精神的功能。巫永福说:"写诗,要有诗的精神。"他认为现实经验只有通过诗人主观的燃烧才能转化为客观化的纯粹的诗的感受。周伯阳说:"诗是主观的态度所认识的宇宙一切的存在,主观的是诗,客观的不是诗。"③赵天仪则指出:现实经验"只有通过诗人的感动与表现,才能成为一种精神的实在"。笠诗人已准确地认识到艺术仅仅是作为人的主体精神而达到经验现实的。正如德国美学家黑格尔指出的:"诗要表现的不是事物的实在面貌,而是事物的实际情况对主体心情的影响,即内心的经历和对所观照的内心感想,这样就使内心生活的内容和活动成为可以描述的对象……这种观照和情感虽是诗人个人所特有的而且作为他自己的东西表现出来的,却仍然有普遍意义。"④笠诗人所强调的诗人的主体精神在生活现实转化为诗性现实过程中的关键作用指的就是诗人的内心感情特征对外部生活特征的同化和渗透。因此笠诗人所提倡的现实性就不是纯粹并完全属于实在性的东西,笠诗社所追求的现实主义更不是纯客观的写实主义。

---

① 李魁贤:《台湾诗人作品论》,台湾名流出版社,1987 年,第 178 页。
② 同①,第 229 页。
③ 同①,第 42 页。
④ 黑格尔:《美学》第 3 卷下册,商务印书馆,1981 年,第 188 页。

诗歌的精神性是笠诗人美学思考中论述较多的重要方面,他们认为诗只有通过把感性要素转化为某种精神载体才会成功,所以诗人必须首先把客观现实转化为感性存在,然后使这些感性存在充溢着诗人的主体精神即突破它的感性存在。笠诗人提倡诗要反映现实又不拘泥于现实,要用主观拥抱客观。笠诗人所倡导的诗的精神是一种主观战斗精神,具有批判现实性和理想主义的双重色彩。

笠诗人认为:"现代是批评的时代,现代文学是批评的文学,现代诗也是以批评精神为其精神的诗……现代诗的世界也可以说是批评精神的世界。"(吴瀛涛语)诗人一方面要面对现代的极其复杂的现实世界,同时也要面对极深邃的心灵内面世界,批判精神是笠诗人认识和把握这两个世界的依据和出发点。吴瀛涛在《现代诗的批判性》一文中明确指出:"作为一个对时代负责的现代诗人,写诗是艰难的途径,诗人对苦难的人类环境的挣扎,他所唤起对人类生存的批评,对现代生活的自省,他都难能可贵。"①对现实的批判性和反抗性的追求是笠诗人诗美追求的一个重要特征。陈千武曾把自己的诗观概括为:"认清现实的丑恶变为一种压力,感受并自觉对其反逆的精神,意图拯救善良的意志与美。探求人存在的意义,不惑溺于日常普遍性的感情,追求高度的精神结晶。"②笠诗社年青一代诗人陈鸿森认为,把生活现实转化为诗性现实不是美和知性的单纯发挥,不是靠一时的情绪及技术完成的,而是依靠诗人的批判精神来成就的,他说:"唯有深入于俗的腐化里,始有菇状的贞洁之价值可言。"笠诗人的这种批判精神既指向现实世界中的丑恶,也指向诗人的内心自我。陈千武等笠诗人始终把对现实和自我的批判作为诗创作的表现内容,陈千武的代表作《信鸽》通过对死亡的复杂感受的抒写,既表达诗人对日本侵略者的反抗和批判,也体现了诗人对自我的反省。陈鸿森把这种批判性概括为笠诗人的反叛性格,他说:"体认了现代文明的阴晴,爱的隔离感以及死的荒漠,在我们内部,郁积着生的败北的破灭感或原罪性的人类命

---

① 吴瀛涛:《现代诗的批判性》,《笠》,1966 年 2 月第 11 期。
② 陈千武:《美丽岛诗集》,笠诗社,1979 年,第 223 页。

运的苦闷;另一方面我们却又不甘的挣扎或觉醒地作不间歇的冲刺,唯立于这种反逆的性格和不屈的决心上,始有精神发挥和诗的真实的可能。"①笠诗人特别强调诗歌的这种批判功能,认为诗歌艺术正是在这种对现实和自我的丑恶和阴暗的否定中才达到了艺术的真实。拒绝诗的社会批判功能是台湾现代派和新古典主义的一个传统,笠诗人的创作态度,对台湾现代诗的发展是一次强有力的匡正。

西方的法兰克福学派也特别提倡艺术的社会批判功能,阿多诺指出现代艺术通过其所追求的尚未存在的东西批判既存社会,这种文化批判创造出新的社会主体。具有批判功能的艺术能"中介性"地起到"拯救绝望"的作用。笠诗人对诗歌批判精神的阐述与阿多诺的美学观有较为相似的地方。他们都认为艺术批判现实是一种认识批判和精神批判,但笠诗人的文学观更具理想主义色彩。陈千武把写诗看做一种救赎的方式,对自由的梦幻和理想乡的憧憬和维护善良的意志与美,是陈千武等笠诗人共同的精神追求。他们都把广泛的同情心与爱心作为理想中好诗的要件。笠诗社年轻诗人陈明台在《根源的回归与寻觅》一文中深入地阐述了笠诗社的这种艺术思想,他说:"诗人总有两个故乡,一个是他所归属的,一个是他真正生存的……"②一个是诗人所生活于其中的现实的故乡,另一个是诗人所憧憬的理想之乡,乡愁和憧憬的张力构成了笠诗人的诗歌世界。李敏勇对笠诗人的理想追求阐述得最明确,他说:"只有诗能够带给人们现实中的安慰,诗能提供人们追求善美的力量,我们的诗才会有价值,诗人才会成为一个真正有用的人。"③笠诗人以各自不同的方式把诗人的内面世界与故乡憧憬、历史意识结合为一体,把理想主义和批判现实精神融合在一起,形成笠诗人诗歌创作的显著特色。也是笠诗社诗歌理论的重要内容。

生活现实转化为诗性现实,现实经验转化为诗性经验,诗人的主体精神在其中起着重要的作用。笠诗人强调通过诗人的精神追求来

① 陈鸿森:《评管管诗集〈荒芜之脸〉》,《笠》,1973 年 6 月 55 期。
② 陈明台:《根源的回归与寻觅》,《笠》,1982 年 10 月第 111 期。
③ 同②。

深切体验现实和反映社会生活。他们主张把诗人的情感、意志、人生经验通过选择、联想转化、升华为诗性经验。对于笠诗人来讲,诗既是现象学,也是冥想录,是经验和想象力融合的结晶。笠诗社的诗学可以说是基于现实的素材,通过思考,将经验和想象加以组合而提供的一项憧憬,他们提出诗人要从捕捉现实的显像而深入现实的隐象,不能仅仅停留在表达显的、单纯的表象世界。

黑格尔和别林斯基在论述诗的本质时都强调诗人主体精神的重要性,别林斯基认为诗歌表现的是诗人内在生活同化了客观外在生活,诗人的这种内在生活把一切外部事物都化成了自己。黑格尔则指出诗人的主观精神是通过由外而内和由内而外的两种方式而得到表现的。笠诗人走的是由外而内的道路。笠诗人认为"内向观点"即由内而外的方式,是"囿于非现实经验的追求,直接进入现实的隐象,偏执于诗性现实的冥思",没有经过现实的显像(外在的社会现实)到现实的隐象(诗性现实)的转化过程,就有沦为文字游戏的危险。而由外而内的方式即李敏勇所提出的"外向观点"是以现实经验为基础,从"捕捉现实的显像而深入现实的隐像",用李魁贤的话来说,就是从社会现实的异化到诗性现实的同化,通过"现象与冥想的合致,迈进现实经验论的艺术功用导向"。这也是笠诗人所追求的诗歌的"即物性"的真正含义。这种新即物主义既不同于现代派的自我表现,也不同于新古典主义的滥情。李魁贤指出笠诗社的"新即物主义"特质是:"着重现实意义,排斥不着边际和逃避时代的自虐及自恋,批判社会上一些偏差,但以知性的分析而不作滥情的申诉和诘难。新即物主义采取明晰的语言,准确地传达作者的意念,表达手法上力求纯朴自然。"①这种诗歌的新即物主义不是纯客观的自然主义,也不是纯主观的表现主义,而是把现实生活特征、诗人的主观情思和意象符号特征三者统一成艺术的整体。他们认为诗是主观和客观的统一,是表现和再现的结合,纯客观的不是诗,纯主观的也不是诗,如李魁贤所说:"现实是一

---

① 李魁贤:《新浪漫主义到新即物主义》,《光复彩色百科大典》十,台湾光复书局,1982 年,第 198 页。

种素材的事物,但是诗所追求的,是要在素材中,经过一种心象、意象的转化以后,才会产生艺术性的诗。所以说,诗不是现实的直接事物。"①笠诗人把完全的超现实的诗,看做是一种精神堕落,而把完全写实的诗当作艺术的堕落。笠诗社所追求的即物主义实际上是现实经验、主观情思和意象符号三者的有机结合。他们诗歌所写的社会现实,是生活经验的提纯、升华、综合和结晶。笠诗人准确地认识到诗歌艺术的特性即以意象思维来把握现实。

笠诗社的现实主义诗学既不同于现代主义,也不同于传统的写实主义。在他们看来,现代主义追求的是所谓的"内在真实",以诗人的纯粹主观经验为基础,脱离现实生活。而传统的写实主义要追求的则是外在真实,以记叙的方式来描写外在现实,这两种倾向都不能恰当地把握诗歌艺术的本质。笠诗社走的是二者结合的道路,非马曾说其诗"比写实更写实,比现代更现代",指的就是这二者的结合。李魁贤则借用陈明台的诗论集《心境与风景》的名称具体地阐述此种诗学观。他认为传统写实主义主要依靠记述的方法来摹写现实,呈现的是风景的面貌,而现代主义则依靠想象来"塑造心境的情愫"。笠诗人追求的是风景和心境的组合,亦即再现和表现的综合。笠诗人常论及的"诗性现实"指的就是这二者的结合,正如笠诗人陈鸿森所说:"所谓诗性现实,那并非意指纯粹生活的投映,而是生活的外部现象和我们内部的心象之一种均衡。"②

上文已指出笠诗社特别强调诗歌的精神性。这种精神性是情感和思想的复合体,而非单纯的情绪或纯粹的理性。他们认为单纯抒发情感的诗歌缺乏坚实、力度和实质性内涵,有的甚于滥情。而纯粹的主知主义诗歌又会导致"抒情的自然景观遭到破坏",笠诗人主张知性的抒情,知性和感性的融汇与平衡是笠诗社诗学的一大特征。杜国清在《诗与情》一诗中明确地表述笠诗社的这种诗美追求:"美/知性与感性的均衡/融化出 优雅的趣味 知性时时闪耀/对生死往来 大

---

① 李魁贤:《台湾诗人作品论》,台湾名流出版社,1987 年,第 179 页。
② 陈鸿森:《炯明论》,《笠》,1973 年 4 月第 54 期。

空三昧/觉而不悟的智慧　感性频频触发/沧海纵浪　不断烦恼的/冲动与欲情。"可以说笠诗人并不反对抒情,甚至如郭成义所言,笠诗人对于抒情诗倾向的选择和经营保有较新的创造性和浓厚的浪漫气质,护住了诗歌抒情的重要命脉。但笠诗人所追求的诗的抒情是一种客观化的抒情或知性的抒情,首先,要对抒情进行控制,更准确地说将直接的抒情转化为间接抒发亦即将情绪锤炼成意象,简洁来讲就是情感的意象化。笠诗人的抒情是由外向内,由物向诗人主体投射,以内在心象的造型完成表达的。其次,所抒发的情感要蕴含思想与经验,拥有内在密度和强度,知性的渗透使诗歌的情感变得坚实而有力度。这种知性即指诗人对社会现实的批判及自我的反省。笠诗社的这种诗学主张是台湾诗学观念现代化的产物也是笠诗人对诗歌本质的一种科学的界定。

　　笠诗社的中坚诗人李魁贤把笠诗人的现实主义诗歌美学归纳为"现实经验论的艺术功用导向"。这种导向是生活、乡土、社会和艺术的结合,既重视诗歌的现实精神,也强调诗歌的艺术性和诗人的创造性。此种独创性从诗与时代的关联性意义层面来看,就是诗人对现实的独特的感受和发现,用笠诗人的话来说就是发现事物的新关系。杜国清提出"惊讶、讥讽、哀愁"的诗学的"三昧",其中讥讽是指诗对现实的批判精神,哀愁是指诗人基于现实所表达的一种人类普遍情感,而"惊讶"指的就是诗人对现实的独特感受和发现。诗人凭借想象力,知性和感性结合运作,把现实和自然的日常关系加以切断,重新组合,换句话说,即把不相关的甚至是互相矛盾的事物嫁接、组合在一起产生"惊讶"或"陌生化"的效果。笠诗人的这种诗歌主张是对波德莱尔和日本的西胁顺三郎的诗歌美学的继承。西胁顺三郎在其《诗学》中指出:"发现新的关系是诗作的目的。诗便是发现新关系时的喜悦之情。这种喜悦的感情向来称为快感,或称为美,称为神秘,称为惊讶……也叫做机智的喜悦。"①郭成义极为推崇西胁氏的此种诗学,他甚至认为只有具备发现新关系的想象力的诗,才是笠诗人所需要的。与西胁氏所不同的是,笠诗人并不把建立新关系作为终极目的,而是透过"新关

---

① ［日］西胁顺三郎:《诗学》,杜国清译,台湾田园出版社,1969年,第6页。

系"的建立来使生活现实转化为诗性现实,使日常经验升华为诗性经验,达到对生存本真的把握。

海德格尔曾指出,此在生存具有非本真的生存和本真的生存两种现实样式。非本真生存指的是日常俗世生活中自我的异化和沉沦,本真生存是一种诗性生存,是在日常生存中重又发现自己。诗歌是一种去遮蔽重见阳光即发现真实的主要方式。笠诗人追求的"新关系"的建立,其目的就在于领会生存的真谛,如郑炯明所说,诗要挖掘现实生活里那些外表平凡的、不受重视的、被遗忘的事物本身所蕴含的存在精神,使它们在诗中重新获得估价,唤起注意,以增进人类对悲惨根源的了解。陈千武对这一点表述得更为明确:"探求人存在的意义,不惑溺于日常普遍性的感情,追求高度的精神结晶。"①从诗与自我的关系层面看,写诗是诗人对日常俗世生存沉沦的一种超越和救赎;而从诗人和现实的关系层面看,优秀的诗作必须是穿透现实华丽的表象,以揭示人类生存的真实状态。所以笠诗人认为,诗首先求真,次求善,最后求美。从此种意义上看,笠诗人所追求的新关系的发现和建立就不仅仅是西胁氏所言的诗歌艺术的单纯美感效果了。笠诗人就是从这种意义来看诗人的创新的,这种创新并不是标新立异,而是从"平凡的日常事物里找出不平凡的意义,从明明不可能的情况里推出可能"。②换句话说是,揭示事物被蒙蔽的意义,将人从深蔽不明和迷失中提升到澄明和敞开之境,达成对自我和世界本质的发现,从而产生"惊讶"或"机智的喜悦"。

综上所述,诗与现实的关系是笠诗社诗歌美学思考的出发点和理论核心。执着追求诗歌与现实的结合,精神论和方法论的并重是笠诗社的诗美特色。笠诗人主张现代诗必须具备现实性,而且强调原生的生活现实须经诗人的知性和感性的综合运作转化为诗性现实。同时他们坚持诗歌的艺术的创造性即诗人对现实的独特感受和发现。笠诗社的诗学对台湾现代诗的转型具有较为重要的指导意义。

---

① 陈千武:《美丽岛诗集》,笠诗社,1979 年,第 226 页。
② 非马:《略谈现代诗》,《笠》,1977 年第 80 期。

# 评《前卫高歌:〈中外文学〉与台湾文学批评浪潮之推动》①

20 世纪 80 年代中期以来,文化研究对各学科领域的渗透日盛,文化传播的重要性日渐凸现。报纸、杂志作为文化生产、传播与接受的重要平台,也随之成为两岸学术研究的关注热点之一。近年台湾各机构举办了多届文化传播方面的学术研讨会②、杂志开设相关专栏③、高校硕博论文不断出现相关选题……这些都说明台湾的期刊越来越受到人们的重视。由于资料缺乏等因素,大陆的台湾文学期刊研究还不是很深入和充分,但也出现了一些产生良好影响的相关论述,如朱双一的《〈自由中国〉与台湾自由人文主义文学脉流》、刘俊的《白先勇与〈现代文学〉研究》、张新颖的《论台湾〈文学杂志〉对西方现代主义的介绍》,以及较早些的如应红的《从〈现代文学〉看台湾的现代派小说》等文章;博士论文近年则有杨学民的《现代性与台湾〈现代文学〉杂志小说》等。"解严"之后的台岛,台湾文学研究受到前所未有的重视。

---

① 此文为朱立立 2007 年在台北召开的"两岸青年文学会议"上的论文讲评稿,讲评对象为台湾青年学者张俐璇的论文——《前卫高歌:〈中外文学〉与台湾文学批评浪潮之推动》。

② 东华大学分别于 2003 年与 2006 年两次举办"文学传播与接受国际学术研讨会",中正大学 2003 年举办"文学传媒与文化视界"国际学术研讨会,中兴大学主办"台湾文学传播全国学术研讨会"等,这些会议集中展示了近年来学者们包括台湾文艺报纸杂志研究在内的文化传媒研究成果。

③ 如 2003 年 7 月号《文讯》杂志所开设的"台湾文学杂志专号"刊发了李瑞腾、封德屏等学者的文学杂志研究论述。

相对于海峡西岸,这里的期刊研究也更为充分,仅以与台湾文学(文化)期刊紧密相关的研究来说,就出现了堪称丰富的期刊研究论述,如郑明娳的《文学杂志扮演的理论角色》、应凤凰的《〈自由中国〉〈文友通讯〉作家群与50年代台湾文学史》《50年代的文艺杂志与台湾文学风潮》、陈芳明的《〈现代诗〉与〈创世纪〉引进的西方诗学》、柯庆明的《学院的坚持与局限——试论与台大文学院相关的三个文学杂志》、江宝钗的《论〈现代文学〉女性小说家:从一个女性主题出发》、梅家玲的《夏济安、〈文学杂志〉与台湾大学——兼论台湾"学院派"文学杂志及其与"文化场域"和"教育空间"的互涉》、林淇瀁的《文学传播与社会变迁之关联性研究:以70年代台湾报纸副刊的媒介运作为例》和《意识形态、媒介与权力:〈自由中国〉与50年代台湾政治变迁之研究》、游胜冠的《在阶级还是国族的两难局面挣扎的台湾左派论述:以解严后发行的〈台湾新文化〉〈南方〉为考察对象》、李瑞腾的《文艺杂志学导论》、封德屏的《穆中南与〈文坛〉杂志》等文;也出现了若干相关的硕士论文,如陈筱茵的《〈岛屿边缘〉:20世纪80、90年代之交台湾左翼的新实践论述》、颜安秀的《〈自由中国〉的文学性:以"文艺栏"小说为探讨对象》等,表明杂志研究对学院体制中的年青一代也具有相当的吸引力。在此,我们很高兴地阅读到台湾年轻学人张俐璇的论文《前卫高歌:〈中外文学〉与台湾文学批评浪潮之推动》,并乐于从中分享她对《中外文学》的阐释与辨析。

《中外文学》是台湾大学外文系主办的一份文学研究类的专业学术期刊,20世纪70年代初期创刊,迄今(指2007年此文发表时)已有35年历史,总计418期(截至2007年9月号),历任总编达20人。《中外文学》薪传了五六十年代台大外文系的《文学杂志》《现代文学》之人文学术传统与脉络,而又有所拓展、创新和变异。经过几十年的不懈坚持,从"发刊辞"对杂志的期许与定位到此后长期保持着的前卫性与学术性,《中外文学》建立了其重量级学术期刊的地位和学院化风格。从初期的新批评等精耕细作的文学批评发展至"解严"以来关怀面日益拓宽的文化研究,《中外文学》已形成一种成熟的学院精英化文化实践与知识生产范式,同时亦不乏以迅捷的理论译介与积极的争鸣交锋等话语形式引领或介入当代台湾文化思潮的建构,而近20年间更经历了由文学批评向文化研究的转型,发生了"本土的转向"。《中外文学》的编者、作者群与读者应大多集中于学院,学院体制内的文化生产、传播与接受是其主要的运作方式,但其影响力一定程度突破了纯粹的学院范畴。作为一份严肃的学术杂志,《中外文学》兼具先锋前沿性与开放包容性的知识理念,刊载过大量精细深入的文学评论与新锐、多元的理论阐释论文(含译介),刊载过富有创意的华文原创作品,如现代派小说家王文兴的力作《背海的人》等,对当代台湾的文学创作、文学批评与文化理论建设所产生的引导作用和影响力堪称巨大而深远。张俐璇同学的论文,就以这份寿命长、水准高、影响大的跨世纪学术杂志作为观察和探讨对象,选题本身之意义和价值当不容置疑;当然这一选题也存在可以预料的挑战性。挑战之一:400多期《中外文学》数量丰硕、内容繁复的学术论文(以及早期的创作)意味着巨大的阅读量和可能并不轻快的阅读过程,对于作者的毅力和知识结构都是一个考验;挑战之二:《中外文学》的时间跨度达30多年,从20世纪70年代至今,台湾政治经历了从威权统治到政党轮替的民主转型,台湾经济快速起飞资讯日益发达,社会文化从儒家思想、三民主义占主导变为80年代后的多元化……《中外文学》的发展脉络也烙上了时代变迁的迹象,其间历经20任主编/总编辑,更有无数优秀学人参予撰稿,一篇容量有限的论文究竟应该如何选择适当的切入点和突破口,谈什么,不谈什么,怎么谈,都是考量作者观察、分析、辩证能力之所在。

我们看到,在这篇16000余字的论文中,作者以《前卫高歌:〈中外文学〉与台湾文学批评浪潮之推动》为题,试图梳理《中外文学》文学批评发展的历史脉络,分析《中外文学》在文学批评实践上一以贯之的前卫风格和对台湾文学批评的推动作用。论文分别从"现代文学诠释权的'中''外'之争"和"为艺术而艺术"两点来论析《中外文学》"前卫"品格的建立和意义,指出这种前卫性与70年代以来的台湾学院体制及台湾文化场域的关联,既肯定了《中外文学》文学批评先锋性的价值,同时也从《中外文学》早先倡导并践行的新批评导向来推断其体制内文化实践的性质,字里行间隐含着对那种专注于文本分析而疏离社会政治的倾向的质疑和批评。继而以"中外"之间的台湾作为讨论的重心,依照《中外文学》的意识形态变迁划分为前后两个阶段:一为70年代以来"卫中国之道"的"古典中国"化,一为90年代之后的"当代台湾"性。文末指出《中外文学》由文学批评向文化研究转型的整体趋势。附录部分,作者以表格形式列出了《中外文学》历任主编/总编辑和大事记,罗列了每任主编任期内的重要专刊和事件之名目。从论文的整体脉络看,作者以自己的方式绘描出《中外文学》既自成风格又与时俱动的发展轨迹。

构思方面,文章围绕着"中""外"之名和"前""卫"之意来创意布局。首先从中文系与外文系或土洋、中西之争的视角分析《中外文学》创刊时期推行新批评的意义,认为70年代学院中文系具有"复兴中华文化"的功能,《中外文学》的外文系作者不断引介并实践新批评和结构主义等批评方法,使中文系学者所一向习惯并擅长的以小学为基础的修辞学方法、点悟式批评、印象批评等传统方法受到冲击,经由一些争议和调整,实际上新的理论和方法刺激并最终促动了学院文学批评的方法论转换以及中外文系学者的知识融合。新批评不仅为外文系学者所力推并践行,也一时成为中文系"炙手可热的批评方式"。当《中外文学》推动新批评理论与方法全面渗透台湾当代文学批评实践与古典文学研究中时,也就意味着"《中外文学》的知识分子除了可以说是取得了现代文学的诠释权,同时诠释的面向也往古典文学辐射延伸"。这样的解释有其一定道理,一些论者更明确地指出《中外文学》实际上是外文系对中文系的"收编"。① 实际上,《中外文学》作者群主要由中文系和外文系学者组成,从70年代以来《中外文学》刊载的文章看,外文系教授长于引进西方的新理论、观念和方法,同时不少人有意识将这些文学观念和方法带进具体的文本研究包括中国古典文学

---

① 参见张汉良教授2004年4月2日在北京师范大学的演讲——《台湾比较文学学科发展的历史与现状》,演讲中他认为:"台湾的比较文学首先在外文系开始,而不像大陆是从中文系开始的。中文系与外文系是对立的,后来外文系'收编'了中文系,合编《中外文学》这份比较文学刊物。"

的评论之中,给中国古典文学研究带来勃勃生机。如倡导"新批评"的颜元叔、高友工和梅祖麟,擅长于比较文学的叶维廉和郑树森,推崇结构主义的周英雄和杨牧,致力于神话原型批评的侯健、张汉良等人;中文系学者如台静农、郑骞、王梦鸥、张敬、叶嘉莹、廖蔚卿、林文月、曾永义、乐蘅军、张健、黄启方、柯庆明等皆曾应邀为《中外文学》撰稿,他们着力化用欧美新学以为己用,发表了大量优秀的论文。中文系林文月教授翻译的日本古典名著《源氏物语》以五年半之时分66期连载于《中外文学》,她翻译的《枕草子》也在《中外文学》上连载了22期。中外文系学者在批评观念和方法上发生过争论,如叶嘉莹和颜元叔围绕着新批评所作的相关论争影响深远,"它不但引发了一部分学者对传统研究方法的重新审视,也引起了更多的学者尤其是年轻学者对多种研究方法的尝试,甚至促使一些更为激进的学者开始古典文学研究观念和研究手段的重新建构。"①学术分歧和争议实际上促进了学术的繁荣。总体而论,《中外文学》格局的形成离不开外文系与中文系学者的合作、相融与互补。论文不止一次提及《中外文学》刊发王文兴教授《背海的人》和相关争议的个案,这是很有意义的。王文兴先生作为台湾现代派代表性作家之一,也曾是《现代文学》的核心人物之一,其创作精耕细作而别具风格,在语言形式和思想观念上对台湾学院(中外文系)和文坛(创作与批评)皆产生了不容忽视的冲击,同时他又是主办《中外文学》的台大外文系的教授,他的文学教学给予一代代学子深远而美好的影响,②而教学与创作实践的相辅相成也让人联想起此前《文学杂志》的撰稿学者将教学与评论撰述相结合的好传统。③ 70年代的《中外文学》对创作的注重应可视为对《文学杂志》《现代文学》两

---

① 参见陈友冰文《台湾五十年来古代文学研究观念的演进及思考》,《人大报刊复印资料·中国古代、近代文学研究》2002年第2期。

② 参看《中外文学》2001年"王文兴专号"中的一些文章,从那些文字看来,王文兴教授的教学风范令人敬佩;台湾不少优秀的文学研究者,如吕正惠、林秀玲、康来新和张诵圣等人都曾师从王文兴先生,并深受其文学理念和批评阐释方法的影响。

③ 参见梅家玲:《夏济安、〈文学杂志〉与台湾大学——兼论台湾"学院派"文学杂志及其与"文化场域"和"教育空间"的互涉》,《当代作家评论》,2007年第1期。

杂志遗风的自觉承袭,也表明《中外文学》有意进一步推动和深化台湾60年代发起的现代主义文学潮流。颜元叔主编《中外文学》时期,还曾刊登过当时十分年轻的马来西亚侨生温瑞安的武侠作品,这显示出当时的《中外文学》依然保持了《文学杂志》《现代文学》那种发掘和提携文学新人的做法。

论文第三部分主要将《中外文学》放置于70年代党国威权体制的历史脉络之中,认为"为艺术而艺术"的新批评风格所倾向的"内部研究"亦即纯文学的唯美研究意味着《中外文学》的前卫性限于对文学体制与批评陈规的碰触和突破,却并没有试图向威权政治体制发声,作者在此更引用安斯加·希拉赫《文化作为法西斯统治的帮凶:本雅明对法西斯主义症候的诊断》一文的相关论述如"一些知识分子无意识地充当了法西斯意识形态的供货商",实际上对《中外文学》规避政治的倾向提出了比较严厉的批评。这里作者对于审美的意识形态性的敏感值得肯定,显示出文化研究盛行氛围中的年轻学人富于批判性的文化政治思考倾向,其来有自。特里·伊格尔顿等学者就主张,不存在纯粹的非功利超越性审美活动,作为理论话语的美学与特定时代的社会生产方式及其意识形态紧密相连,直接参与了社会压迫机制的生成与维护。作为学院体制内的一份学术杂志,90年代以前《中外文学》的论题大多远离政治,企图保持文学/文化的相对封闭自足的美学诠释。这种自足自律的美学意识是否具有为某种意识形态护航的意味?这一点值得讨论,论文作者的判断自有一定道理。不过假如换个角度看,《中外文学》淡化政治和执念纯粹美学的倾向不是也可以被解释成隐含着对威权的漠视甚至抵触吗?不同的意识形态视角带来的是含义不同的解读与阐释,而论文中也有《中外文学》知识分子"不完全服膺于当时党国体制的意识形态"一说,说明作者对于《中外文学》知识分子的思想倾向有着并非单向度的感受。在谈论一份学术期刊的文化政治性时,有可能放大一个层面而忽略另外的层面。与其化约地作出某种认定,不如从更多层面放在立体的网络中去斟酌考量,这样的辩证或许更有利于接近对象的真实与丰富,论述也会更加丰满。这一部分里,还存在一点相关的小矛盾。文章谈及《中外文学》因刊发王文兴《背海的人》受到台湾当局党工系统的"关切"而遭"腰斩"，遭"腰斩"恐不只是极端的艺术实验性所致，可能更与作品强烈的政治讽刺批判内涵有直接关联。事实上《背海的人》中对"近整处"的绘描和讽刺以及其中"爷"的流亡等内涵深刻表现了作者对台湾社会政治的现实批判精神，这一现代主义作品并非只关艺术不问政治。这样的个案也表明《中外文学》知识分子与无意识的"帮凶""合谋"之间可能存在较大距离。在我看来，论文这部分触及《中外文学》知识分子与意识形态的关联，其敏感意识值得肯定，但论述稍显浮泛、片面，不够立体和深入。

论文第四部分里，作者删繁就简，对《中外文学》的文学批评潮流进行了历史化、脉络化的归纳：将70年代的《中外文学》概括为有"卫中国之道"的倾向，90年代以来则是众声喧哗中的本土化。作者引用刘纪惠教授《〈中外文学〉的本土转向》一文中的观察，认为"从廖咸浩到吴全成主编的两个时期，编辑体制有显著的差异转变，可以概括简述为是一个从'古典中国'到'当代台湾'的转向"。这一基本定位自然是对的。作者引证90年代中期影响较大的"双廖论战"说明《中外文学》自觉卷入本土文化建构的倾向，也借黄维梁的文章对《中外文学》的"艰难文论"等文化研究中的时髦媚俗现象提出了批评。在一些人看来，《中外文学》中的部分文章可能存在着一定程度的理论依赖和食洋不化倾向。理论的正面价值不言而喻，《中外文学》对西方新潮理论的迅捷介绍、翻译以及带来的丰富而多元的视野，正是《中外文学》存在的主要意义之一。但是我们在《中外文学》中确实也能看到一些理论繁琐冗长而具体文本分析平庸无奇的文字，令人疑惑那些理论征引的必要性何在。西化而难以化西其实也是两岸学术界长期共有的一种现象，反映了后殖民语境里普遍的知识传播与接受的整体状况；不过，《中外文学》由早先的引进西洋文学批评方法介入中国古典文学批评，到90年代之后译介后殖民等理论方法介入当代台湾文化建构/解构，①其主流一直试图以自己的问题意识来消化外来理论。只是《中外文学》的现实意识和介入方式大多间接、曲折而富有艰深的理论色彩，如 2006 年《中外文学》推出的"论悦纳异己"专辑，收入李有成《外邦女子路得》、单德兴《谁是外邦人：析论萨义德的〈弗洛伊德与非欧裔〉》、傅士珍《德希达与"悦纳异己"》等系列文章，从《圣经》中的路得事迹到中古时期的慈善收容制度，从弗洛伊德到德勒兹，从列维纳斯到德里达（又译作"德希达"）……广泛触及和讨论了"悦纳异己"的缘起和在当代西方思想中的历史回响，以及在文学文本（包括华人文本）中的体现。表现出台湾学界对德里达"世界公民的胸怀"及其后期思想中"友爱的政治学"的浓厚兴趣，其实在关注德里达思想发展的同时也曲折地言说了台湾知识界某种深层内在的需求。《中外文学》如何在先锋新潮的理论和具体的现实诉求、文化阐释之间达成一种良性的融合，又暴露了一些怎样的不足和问题，值得深入探讨。

论文的主要优点在于对文化权力和意识形态的敏锐意识，比较注意历史脉络和台湾政治文化场域中《中外文学》的位置和发展变迁，力图对刊物作一整体性的把握，用心可嘉。缺点和不足在于文中的意识形态分析尚显得有些单薄和空泛，不够立体和饱满，如果加强对《中外》的众多专刊内容及数量巨大的论述文本的具体而扎实的研读和总结归纳，可能会有助于更有成效而富有弹性地把握对象。"历任主编大事记"能清晰地突出历任主编在任时杂志的主要特色，显现出一个杂志总体风格的一致性和连贯性，也提示不同主编各自的主要关涉内容，列表描述是清晰简要的方式，不过全文并没有对众主编进行整体性而又有所区分的辨析，仅引用刘纪蕙的观察谈及 90 年代廖咸浩、吴全成时期杂志的重大转向，显得线条稍稍粗疏了一点。文章对 80 年代的《中外文学》缺乏必要关注。也未顾及对于参与专辑专刊组织策划的主持人以及重要撰稿人的具体分析，实际上他们的专业知识背

① 参见邱贵芬《"后殖民"的台湾演绎》一文对后殖民理论在台湾发展脉络的梳理和分析，"学术中国网"（http://www.xschina.org/auth_list.php? author = % C7% F1% B9% F3% B7% D2）。

景、价值倾向等对于《中外文学》的面貌也同样影响甚巨,这样文中有关《中外文学》知识人的讨论不免容易流于空疏。此外,题目强调《中外文学》对台湾文学批评浪潮的推动作用。《中外文学》究竟如何影响和推动了台湾的文学批评? 对此作者虽也给出了一些面上的回答,但不够充分和具体,可以补充的内容和可发挥的空间很大,比方说可从台湾文学批评论述的注释和参考文献对《中外文学》的引用等角度,言之有据地分析《中外文学》对台湾文学批评的具体影响。当然,挑剔和批评总是容易的。针对《中外文学》这样有难度的研究对象来说,这篇论文已经达到了一定的水准,相信以作者的学术敏感和才华,未来的学术道路当会越走越宽广。

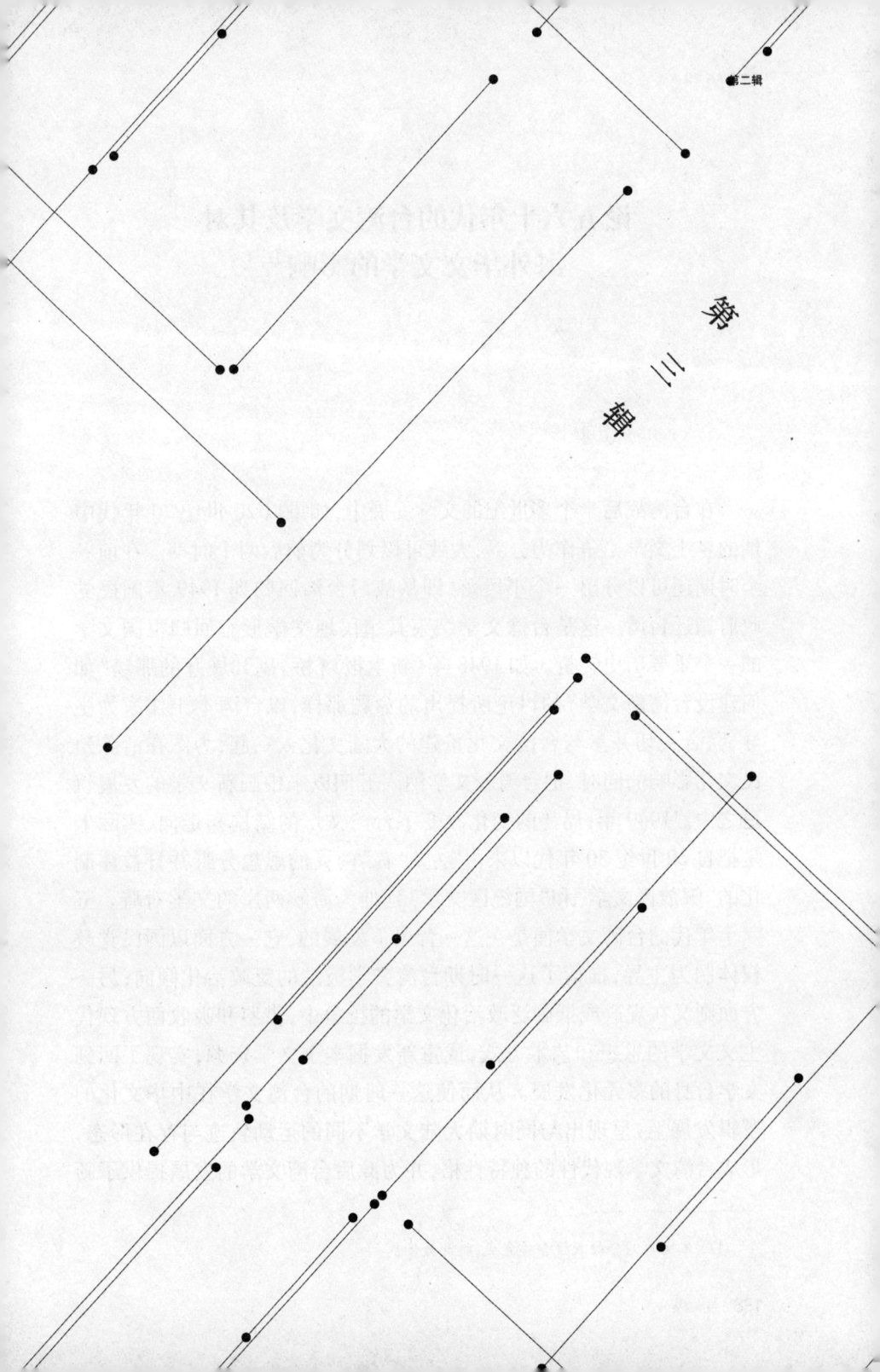

第三辑

# 论五六十年代的台湾文学及其对
# 海外华文文学的影响①

在台湾战后半个多世纪的文学发展中,如果以 20 世纪 70 年代中期的乡土文学论争作为分界,大致可以划分为前后两个时期。在前一个时期还可以分出一个小段落,即从战后台湾回归到 1949 年国民党政府撤迁台湾。这是台湾文学结束其殖民地文学形态回归祖国文学的一个重要历史转折。如 1948 年《新生报》《桥》副刊展开的那场"如何建设台湾新文学"的讨论所提出的命题那样,以台湾本土作家为主导,联合关切并参与台湾文化重建的大陆文化人一起,力图在清除殖民文化影响的同时,把台湾新文学纳入五四以来中国新文学的发展轨道之中。1949 年,局势的变化改变了台湾文坛的结构和走向,实际上是把自 20 世纪 30 年代以来由"左""右"两翼的思想分野并日益体制化的"解放区文学"和"国统区文学"延伸为海峡两岸的文学对峙。五六十年代的台湾文学便是在这一背景下发展的,它一方面以国民党政权体制为主导,推行了这一时期台湾文学极端的泛政治化倾向;另一方面则又在规避或抵御泛政治化文学的抗争中,借鉴和吸收西方现代主义文学的思想和艺术方式,或重新发掘本土文学资源,实现了回到文学自身的多元化发展。从而使这一时期的台湾文学在中华文化的逻辑发展上,呈现出与同时期大陆文学不同的运动轨迹与存在形态,形成台湾文学现代性的独特性格,并为此后台湾文学的发展提供了新

---

① 本文与刘登翰教授合作完成,特此致谢!

的基础和范式。这样,五六十年代的台湾文学便以其复杂的社会政治文化背景,充满张力的多元文学呈现,殊异于祖国大陆文学的特殊进程和形态,奠立了自身的发展模式,受到了研究者的关注和重视。这是我们把"五六十年代的台湾文学"作为一个单独的命题提出来讨论的原因之一。

重视五六十年代台湾文学的另一个原因是,这一时期的台湾文学对海外华文文学的发展产生了重要影响。随同中国海外移民的播迁而萌生于 20 世纪初叶的海外华文文学(新文学),其文化背景和文学资源主要来自于自己的母国。因此,五四以来的中国新文学,与这一时期常常被视为"侨民文学"的海外华文文学最初的生成和发展,有着极为密切的关系。20 世纪中叶以后,由于中国政治形势的变化,在冷战格局中受到包围的新中国政权,基本停止了海外移民,被迫相对削弱或松弛了与海外华侨华人社区及其文学发展的联系。相对而言,这一时期搬迁台湾的国民党政权,利用其冷战格局中的区位优势和传统联系,在大量移民海外的同时,大力加强与海外华侨华人社区的联系。客观上使这一时期的台湾成为中国海外移民的主要移出地和中国文化与文学的海外辐射中心。五六十年代台湾文学对海外华文文学发展的影响,便是这一特定历史环境所造成的。

当然,五六十年代的台湾文学之所以能够对海外华文文学发生重要影响,与这一时期台湾文学自身的发展密不可分。这是台湾文学之所以能够对海外产生影响的基础和前提。一方面是通过知识移民和经验传播而实现的"文学输出",另一方面是带有鲜明台湾背景的海外华文文学常被纳入在台湾文学框架中讨论(如留学生文学),从而丰富了台湾文学自身。二者相辅相成的密切关系,也是使我们把这两个问题放在一起讨论的根本原因。

## 一、五六十年代的台湾文学

1949 年新中国成立和国民党政权从大陆退迁台湾并形成此后半个多世纪的两岸对峙,使 20 世纪 50 年代以后的台湾成为中国的一个特殊政治地域,它也赋予了台湾文学发展一个特殊的文化空间。如果说战后初期的台湾文学,主要表现为汇入祖国大陆文学的整合走向,那么,五六十年代的台湾文学则在中国文化发展逻辑上表现出更多迥异于大陆文学的分流状态。正是在这个意义上,台湾文学才呈现出它特殊的价值。

造成五六十年代台湾文学分流的原因是多方面的。国民党政权退迁台湾所形成的两岸对峙,是造成文学分流的根本原因。入台初期的国民党政权,吸收其在大陆失权的教训,力图把文学纳入反共的政治体制之中,企望以体制的力量主导台湾文学的发展。其最典型且集中的表现就是从 50 年代初开始倡导的"反共抗俄"的战斗文学。这种过度政治化和意识形态化的工具性文学观念和路线,消解了文学的审美性,导致文学异化,使文学变成非文学。但是战后台湾无论国际环境还是社会环境所出现的多元化取向,又成为抵御和消解政权当局单向度主导文学的政治化倾向的强大力量,使五六十年代的台湾文学发展充满了对抗性的张力。主要表现在以下三个方面:

第一,作家构成的多元化格局。战后在不同时间、以不同背景和原因进入台湾的大批大陆文化人,改变了台湾文坛以往以"本省"籍作家为主体的格局。但入台的大陆文化人中,除了随同国民党政权撤迁台湾的御用文化人外,还包含了多种文化成分。如战后初期渡海参加台湾文化重建的大陆文化人台静农、黎烈文等,他们在 50 年代后虽然大部分沉入教育界和学术界,但他们的存在成为沟通台湾文学与五四文化精神的桥梁。又如以胡适、雷震、殷海光以及稍后的李敖等为代表的自由主义作家群,他们绍续了五四以来现代中国的自由主义文学观念。尽管雷震主编的《自由中国》和以李敖为主将的《文星》受到当局的压制并最终停刊,自由主义文学并未得到充分发展,但其文学观念却有力地挑战了国民党的文艺政策和非文学化的"战斗文艺"。1958 年 5 月 4 日,胡适在"中国文艺协会第八届会员大会"上的演说中指出:"我们希望要有自由的文学。文学这东西不能由政府来辅导,更不能由政府来指导。"①可以看做是自由主义作家对体制化的政治文学反叛的宣言。在抵抗和规避文学的政治化中,女性作家是一股不可忽视的力量,张秀亚、谢冰莹、林海音、孟瑶、郭良蕙等的创作使文学的情感本质、感性特征和柔韧的人性表现得以凸现,她们那种情绪化的乡愁书写显然构成文学性抵抗工具化的一块飞地。而被裹挟在政治浪潮之中随国民党政权涌入台湾的一个年青的文学世代,则更多地从西方现代主义文学中吸取营养,在不无"西化"弊端中,推动文学回到自身的美学运动,从而消解了工具论文学观念。以台湾大学外文系为中心的学院派作家群,从《文学杂志》到《现代文学》,广泛翻译介绍了西方现代主义文学,并且进行了多种多样的小说艺术实验;纪弦赓续了 30 年代中国新诗的"现代"精神,把现代主义诗歌艺术引入台湾,开了现代主义诗歌的风气之先;以覃子豪、余光中为代表的"蓝星"诗人和以洛夫、痖弦为首的"创世纪"诗人,尽管在具体的诗歌观念上各有差异,但却共同推动了台湾诗坛的现代主义诗潮。创作主体的多元构成是台湾五六十年代文学在极端政治化的客观环境中仍然能取得突出成就的一个重要因素。

第二,多元的文化背景和开放的文学视野。五六十年代的台湾社会处于一个文化的现代转型期,其复杂而多元的背景和动力必然带来这一时期文化思潮的复杂性和多元化。一方面工业化加速了台湾社会普遍的都市化进程,"农村文化"开始向"都市文化"转换,市场意识形态和消费主义深刻地影响了作家的创作心态,造成文学的雅俗分野和都市新感性的生成,以及乡土和现代的价值冲突;另一方面,台湾当局的文化政策存在封闭和开放的两重性,对内严厉控制的文化禁锢,既切断台湾文学与五四以来新文学尤其是"左翼"文学传统的关系,又压制日据时代以来具有抗争精神和"左翼"思想的本土作家的创作,客观上造成现代文学传统的中断。对外则取完全开放的态度,导致西方文化挟持政治和经济的力量大面积涌入。这种对西方文化的不设防

① 胡适:《中国文艺复兴·人的文学·自由的文学》,《文坛季刊》复刊第 2 期,1958 年 6 月 1 日。

状态产生了双重影响。其一是恶性西化,其二是使一向较为封闭的传统文化观念在西方文化的冲击下,逐渐走向吸纳外来文化、更新传统观念的开放状态。英美各种现代主义流派、儒家文化、自由主义、白璧德的新古典主义、存在主义等互相混杂,为五六十年代台湾文学的发展提供了开放的视野和充满张力与矛盾的文化气候。

第三,历史的坎坷、跌宕所带来的丰富人生体验。活跃在五六十年代的台湾作家大多具有交错在坎坷、跌宕的历史经验中的丰富人生体验和感悟。战争、国家分裂与国民党政治的重大失败,裹挟在政治放逐之中的羁旅的漂泊,殖民地的历史伤痕、回归祖国的巨大喜悦以及对快速到来的国民党专制统治的重大失望,台湾社会的工业化及其带来的都市文化与乡土文化的矛盾冲突,西化与传统、政治与审美、个人主义与社会关怀、儒家教化与自由主义,多元文化的冲突与文化认同的困惑等等,历史的跌宕和社会巨大转型所产生的复杂多元的、既互相冲突又犬牙交错的文化思潮和人生体悟,为文学创作提供了丰富的素材和资源。

这些复杂因素造成了这一时期的台湾文学良莠混杂,也赋予了台湾文学超越台湾本岛的巨大思想文化历史背景和发展空间。其中尤为值得重视的是现代主义文学在台湾的经验。在 20 世纪中国文学史上,现代主义文学思潮并不是此时才第一次在中国出现,但却是第一次在台湾形成规模最大、发展最充分并最具文学实绩的一次运动,它以现代主义的中国化实践对推动汉语文学的美学革命起了重要的作用。

19 世纪末 20 世纪初在西方流行并逐渐成为西方社会精神象征的现代主义,对以摆脱传统思想束缚和古典语言局限为主要任务的五四新文学运动曾经产生了深刻的影响。各种现代哲学和艺术思潮都可能汇成冲击封建主义的力量,因而现代主义和现实主义、浪漫主义一道被引入中国,成为"走向现代"的文学革命的思想和艺术资源之一。鲁迅的《野草》具有象征主义意蕴,郭沫若自称为"表现主义者",茅盾早期心仪于"新浪漫主义"。20 年代出现了李金发的法国式"象征派",30 年代又出现了戴望舒的"现代诗"和施蛰存、穆时英的"心理分析派"。但五四文学的现代取向显然不同于西方现代主义文学纯粹从人的精神价值出发,而首先是从社会救亡图存的需要出发,努力将艺术的独创意识和美学革命服膺于社会使命的需要。缘发于西方资本主义社会文化危机意识的现代主义,与负有沉重社会使命的中国文学与中国社会的发展难以完全契合。因此,这股在中国新文学发展中曾经存在着的现代主义思潮,始终未能酿成堪与现实主义或浪漫主义相抗衡或分踞天下的大气候。相反,随着民族战争和社会革命的深入,现代主义越来越为居于主导的政治意识形态排斥而逐渐式微。在中国现代文学史上,现代主义的发展无疑是不充分的,其形式实验精神、艺术独创意识以及个人主义主观化的美学表现都没有得到充分全面的表现。另一方面,现代主义是从西方引入的艺术样式和文学思潮,它在中国的存在和发展显然要经过漫长的中国化历程,才能真正融入民族文学之中。40年代的"九叶诗派"的诗歌创作以及张爱玲的小说创作等,已经显示出现代主义中国化的倾向。然而,这种尝试刚刚开始就中断了。50年代以后,这种有益的探索完全停止了,现代派被视为"资产阶级颓废主义"而遭到了排斥和批判,人们普遍把现代主义视为资产阶级的洪水猛兽。茅盾的《夜读偶记》不仅确立了现实主义的绝对权威,而且把现代主义彻底打入冷宫。在他看来,现代主义的形式是"抽象的形式主义",其哲学基础则是非理性的"主观唯心主义",而且是19世纪末以来"主观唯心主义"中最反动的流派。许多事实表明,在中国现代文学史上,现代主义的命运是极其坎坷的。正是在这个意义上,台湾五六十年代的现代主义文学运动,便有着十分重要的意义。

现代主义在五六十年代的台湾发展成为一个几乎涵盖整个文学艺术领域的完备的运动,有其特殊的历史原因。首先,五六十年代台湾文化和精神生活上的西方化,是这一时期台湾社会依附性畸形发展的反映。台湾对美国为首的西方政治、经济的仰赖,带来西方文化的长驱直入。也使台湾作家广泛接触到西方现代文学艺术的各种成果,为现代主义在台湾的发展提供了外部条件;其次,战争体验和与母体文化的断裂使文学青年逃入纯粹主观的内面世界,而已成八股的"战斗文学"也促使一部分作家因不满现实却无法直言而走向规避现实的隐喻世界,这成为现代主义在台湾发展的精神土壤;再次,台湾社会的现代转型为现代主义的后续发展提供了现实背景。这些因素使在中国新文学史上一直未能占据要津的现代主义文学意外地获得一次充分发展的机会。这种充分性具体表现在:第一,现代主义大面积占领所有重要的文学分类,它以现代诗为滥觞,推衍到小说、戏剧等其他文类,甚至有效地侵入新文学史上最难以现代主义化的散文领域。第二,这一时期的台湾文学具有一种彻底的现代主义艺术取向,纪弦提出了现代主义的"六大信条",宣称:"我们是有所扬弃并发扬光大地包含了自波德莱尔以降一切新兴诗派之精神与要素的现代派之一群。"[1]强调"横的移植",反对"纵的继承",把反叛传统作为现代诗的一个重要标志。这种彻底的姿态在新文学史上从未出现过。《现代文学》则有系统地翻译介绍西方近代艺术学派和潮流,并尽可能选择其代表作品,推出了卡夫卡、汤玛斯、劳伦斯、福克纳、卡缪、吴尔芙、乔哀思等一系列专辑,并"依据'他山之石'的进步原则","试验、摸索和创造新的艺术形式和风格",以表现"作为现代人的艺术感情"。白先勇、王文兴推进了中文小说的现代主义进程,前者延续了张爱玲古典与现代结合的传统,后者是一个艺术的世界主义者,甚至把现代主义的实验精神推向某种极端,创造了中文小说极端现代主义类型。台湾五六十年代的现代主义文学实践和理论论争在台湾汇成了中国新文学史上未曾出现过的现代主义文学大潮。

现代主义作为一种外来的文化影响,在台湾社会经济的发展中,找到其存在和发展的现实土壤,成为台湾社会转型后的某种精神文化象征,并且在不断与传统文化的碰撞中,经过批评、论争和省思,逐渐寻求与传统的沟通,使借鉴自西方文学中的这一现代文化思潮,获得它的民族化体现,又推动着传统文学进入现代化的更新。这一全面输入西方现代主义从而革新传统终又融入传统的文学实验,完成了40年代中国文学刚刚开始的现代主义中国化尝试,创造出一种"中国性

---

[1]　纪弦:《现代派宣言》,《现代诗》,1956 年 2 月第 13 期。

现代主义",一种东方现代主义。

五六十年代,台湾文学在三个方面完成了从"翻译的现代主义"到"中国化的现代主义"的建构这种转换:一是经验、想象与美学表现的合一。现代主义在台湾存在着一个从自发的生涩模仿到自觉的艺术创造的过程,存在着一个从形式、技巧和经验、想象分离到经验、想象与美学表现合一的过程,存在一种形式与意识形态的剥离到建立"形式的意识形态"的过程,并且最终创作出一批以中国经验为素材的现代主义作品。这是白先勇所谓的"我们自己的现代主义"的根本含义;二是中西艺术精神的锻接和融会。痖弦说:"从未产生过一个没有脐带的作家。任何人都有着他的血系。"①台湾的现代派作家一直寻找现代艺术与传统美学的内在关系。白先勇的作品绍续了从《离骚》到《红楼梦》的苍凉美学,把民间佛教的无常感与存在主义巧妙地结合起来。他认为:"中国文学的一大特色,是对历代兴亡感时伤怀的追悼,从屈原的《离骚》到杜甫的《秋兴八首》,其表现的人世沧桑的一种苍凉感,正是中国文学的最高境界,也就是《三国演义》中'青山依旧在,几度夕阳红'的历史感以及《红楼梦》'好了歌'中'古今将相今何方,荒冢一堆草没了'的无常感。"洛夫的诗歌融会超现实主义和佛禅美学为一体,"我发现唐宋诗词中,也早有超现实主义手法的运用,西方的超现实主义,正如宋朝严羽所言'无理而妙',还如苏东坡所说的'反常合道'。"②文学语言古典与现代的锻接,发展出一种成熟的富有表现力的白话文。五四以来文学语言的革命一直是新文学革命的一项重要任务:冰心主张"白话文言化""中文西文化";周作人提出以口语为基本,再加上欧化语、古文、方言等分子,杂糅调和,用知识与趣味的两重统制,创造出雅致的俗语文。台湾的现代主义文学尽管仍然存在一些生涩的欧化语言和一些极端个人化的语言实践,但许多现代派作家发展完善了五四文学的白话文传统。白先勇"糅合文言白话或化文

① 痖弦:《中国新诗研究》,台湾洪范书店,1992年,第96页。
② 白先勇:《社会意识与小说艺术》,《白先勇文集》第4卷,花城出版社,2000年,第254—255页。

言为白话",他说:"开始我受的训练是中国古典唐诗宋词,但接触了西方现代主义之后,就像开了一扇门,念了一些现代文学的经典,受它的影响很大。但我在写作时,有意无意间会做融合。到今天为止我还是很不喜欢西方式的中文句子。我一向不喜欢西化句子,像巴金、鲁迅也有一些西化句子。所以我在文字上会非常的中国。但现代主义对个人的存在、内心的世界、对文字小说形式上的创新,对我的启发很大,所以说是融进去了。"①这段叙述表现出台湾现代主义作家语言民族化、中国化的追求。

## 二、五六十年代的台湾文学与欧美华文文学

五六十年代台湾的海外知识移民(二度流放的台湾留学生文学)形成了这一时期最有影响力的一个海外华文文学作家群。他们身上的中华文化传统、从大陆到台湾的人生经验、海外的文化际遇,共同形成了这一时期海外华文文学的重要特点,成为这一时期海外华文文学的重要收获和代表,深远地影响了欧美华文文学的发展。

中国自有留学生开始,就有留学生文学。五四前后是青年知识分子留学域外最活跃的时期,留学欧美和日本的文学青年后来成为五四新文学运动最重要的推动力量。但现代文学史上并未出现"留学生文学"的概念。这一特定概念是在五六十年代台湾留学热中形成的。50年代中期开始,台湾兴起了留学美国的热潮。赵淑侠在《从留学生文艺到海外知识分子》中说:"50年代的知识青年,已把出国留学当成人生的最大目标,一年比一年有更多的留学生到海外深造,目的地是美国。"②留学生文学是这股留学热潮的产物。它对世界华文文学的意义至少有如下几个方面:

1. 台湾留学生文学形成了世界华文文学的一个特殊的文学现象和范畴,既丰富了华文文学的文化形态和美学样式,也提供了一个考察和阐释20世纪汉语文学与西方文学互动关系的独特视角和重要概

---

① 曾秀平:《白先勇谈创作与生活》,《中外文学》,2001年第30卷(2)。
② 赵淑侠:在《从留学生文艺到海外知识分子》,《文讯》,第13期。

念。从五四前后开始,此后从未断流的留学域外的中国青年知识分子的创作,其对中国文学发展的影响,首先是由于他们融汇西方文化思潮的文学主张和艺术创造所给予文学新的美学理念和艺术方式,而非仅仅因其作品所反映的域外人生经验。五六十年代台湾"留学生文学"使这一现象特殊的文学与文化意义进一步凸现出来,在某种意义上启发了人们对20世纪中国文学域外经验以及中国文学与海外华文文学互动关系进行研究。90年代以后,这一概念越来越引起学术界的关注和重视。"20世纪中国留学生文学大系"已经出版,"20世纪中国留学生文学史"正在成为现当代文学研究的一个重要领域。留学生文学的越界书写、文化想象、民族国家论述、身份焦虑以及对世界华文文学现代性建构的意义逐渐成为文学研究的热点。毫无疑问,在这一新的研究热点的深入中,台湾旅外作家从留学生期间开始的创作,提供了重要经验和典型个案。

2. 台湾以留学生身份移居海外的作家,构成这一时期美华作家的主干,他们丰富的创作成果是这一时期海外华文文学最重要的收获和代表。五六十年代美华文学有三个作家群存在:一是以林语堂为中心的作家群。1952年,林语堂、林太乙和黎明创办《天风》月刊,延续其在中国创办的《论语》和《宇宙风》的风格,提倡"幽默和性灵",但只办几期就停刊了,实际影响不大;二是以胡适为中心的"白马文艺社",成员有周策纵、林振述(艾山)、唐德刚、黄伯飞、黄克孙、吴纳孙(鹿桥)、王方宇和杨浦丽琳(心笛)等。他们自称为"中国文化第三中心"。他们的文学创作具有明显的学院派色彩和自由主义意识形态。这一群体的文学创作除了后来走向学术的周策纵和转向口述历史的唐德刚,以及少数如《未央歌》(鹿桥)这样的长篇外,至今还没有引起华文文学界足够的注意和重视;三是以留学生身份移居美国的台湾作家群。由于战后中国新政权与美国的意识形态对峙,使得台湾成为这一时期中美文化交流的最重要的通道。这一时期移居美国的华人主要来自台湾,因此所谓台湾留学生作家群便成为人数最多的一个美华作家群。其作品大量书写交错在中国历史跌宕之中的大陆—台湾—美国的现实人生经验,形塑了美华文学新的人物形象、美学范式和艺术高潮。较之前两个作家群体,无论从作家数量、创作质量和社会影响,都成为这一时期主导美华文学发展的代表。当战后一度活跃的东南亚华文文学创作,在60年代前后普遍出现的"民族化"和"本土化"浪潮中,随着华文教育和华文传媒的受到遏制,华文文学也遭受严重的挫折。而美华文学在这一时期的异军突起,使台湾旅美作家也成为这一时期海外华文文学无可替代的代表和最重要的收获。

3. 这一时期的留学生文学创造了一种"无根一代"的文学范式和漂泊离散的美学形态。相对于父辈由于政治的原因从大陆流寓台湾,他们是真正漂洋过海的"流浪的中国人",是一种相对于父辈"被迫放逐"的"自愿的放逐",离乡去国,在中西文化的巨大差异和冲突中,成为一群充满了飘零感和失落感的"边际人"。以於梨华为代表的早期留学生文学就成为"无根一代"的文学代言。放逐文学所形成的离散美学和文化乡愁,与传统的更深层次的民族情感和寻根意识息息相通。从"无根的情结"到存在主义的"孤绝",从失根到寻根,从个人本位到民族本性,从文化认同的焦虑到自我认同的建构,这一时期的留学生文学细腻地再现和铭刻了一代旅美华人文化心态的复杂性和历史流变。

於梨华是留学生文学最早也最典型的代表作家,在《又见棕榈,又见棕榈》中,於梨华成功塑造了牟天磊这个"无根的一代人"的典型形象。这一形象不仅传达出一代台湾留学生普遍命运的典型情绪,由陌生感、寂寞感、幻灭感、飘零感等构成的失落情结,而且传达出20世纪中国特殊的历史所造成的时代情绪。这无疑超出了留学生的范畴,而其在中国历史跌宕的落差中由大陆—台北—美国的叙述,构成了放逐诗学空间形态的雏形。白先勇的《纽约客》和《台北人》把於梨华的情绪书写上升到历史、文化和人性的更深层面。"今昔之比"、"灵肉之争"和"生死之谜"构成了白先勇小说叙事互相缠绕的三个维度,历史的巨大转折,"来自中国传统文化的沧桑感"渗入"纽约客"和"台北人"的生命体验和人性内面,形塑了放逐文学的生命悲剧情调和历史文化维度。而聂华苓的《桑青与桃红》,以身体叙事、精神分裂的描绘与历史、文化和政治的合一,提供了华裔"离散美学"更内在更本能的女性形态。如果说白先勇的放逐书写更接近于中国古典文学的放逐感伤传统和佛教的人生观念,那么,丛甦和马森则从存在主义的角度把放逐书写抽象化和哲学化。丛甦也写人物自杀,但不同于白先勇笔下的吴汉魂和李彤之死——他们的死具有历史和现实的具体性,而丛甦的《在乐园外》《想飞》中的人物之死,更多出自对生存的本体意义上的绝望,是加缪那种存在主义之死。马森的《孤绝》《夜游》《海鸥》等深受萨特、加缪、贝克特、尤涅斯科的影响,着力描写"现代人"孤绝和疏离的心境。丛甦和马森提供了存在主义版本的"离散美学"。放逐书写的抽象化和哲学化也意味着美华放逐文学范式和漂泊离散的美学形态的终结。它逐渐被多元的身份观念和"流动的现代性"所取代。

4. 正如赵淑侠所描述的那样,从留学生文艺到海外知识分子的身份转换,五六十年代的留学热演变成为一种知识移民。许多留学生作家加入了外籍,他们的文学创作逐渐扩展了题材领域,更多地关注海外华人融入美国社会的生活经验和新的社会矛盾。"留学生作家"概念也逐渐被"台湾旅外作家"或"美华作家"所替代,在海外华文文学史上形成一个规模浩大、影响深远的华人知识分子作家群。粗略地看,当代美华文学由三个群体构成:"草根"作家群、台湾作家群和大陆新移民作家群。作家格局和构成的多元化无疑丰富了美华文学的多元化面貌和声音。归宗于唐人街的"草根"作家执着于书写文化守成的底层人生经验、追求现实主义美学;大陆新移民作家把大陆当代史背景、当代文学经验以及改革开放以后的"西方想象"/"美国想象"带入当代美华文学,使美华文学产生了一种新的美学元素和艺术经验;而从留学到移居美国的台湾作家群则构成当代美华文学的美学规范和创作中坚力量。旅美台湾诗人非马曾经提出一个文学的"中产阶级"概念,他在《我们需要诗的中产阶级》中认为:"在一个社会里,如果中产阶级人口占大多数,这个社会通常比较稳定。我想我们的诗坛也需要这样一个中层阶级。这个处在两极之间的诗人群,将遵循中庸之道,用扎实的创作成果构成诗坛的主流。主流之外,当然也需要勇于冒险敢做试验的前卫诗人群。但前卫诗人群只是也只能是少数,而且他们必须出身诗的中产阶级。"①有学者从中获得启发,把台湾旅美作家群称为"中产阶级"作家群:"'诗'的'中产阶级'不只指优裕宽松的生活环境孕成的自由洒脱的创作心灵,也是指平衡协调于相异的文化走向间自信自立的创作姿态。美华文学中的'中产阶级'正是这样一种文学实体。"②的确,台湾旅美作家已经形成了一种平衡、稳健、自由的艺术风格和创作心态。这与来自美国底层社会的"草根"作家群、大陆新移民作家群构成了某种差异。然而,中产阶级是一个社会学依据收入标准的分层概念。美学意识形态上的"中产阶级趣味"往往是一个批判性概念,他们"专注于技术完善、个人升迁和业余消遣,以此补偿精神懈怠与政治消极……这个最先进入现代社会的阶级还得浑浑噩噩地当一阵'政治后卫'"(C·赖特·米瓦斯语)。所以,与其把台湾作家群定位为美华文学中的"中产阶级",不如把他们称为知识分子学院派作家群。他们的创作仍然保有知识分子的人文精神和社会关怀意识,又具有学院派从容的艺术探索和自觉的美学实验精神以及中西文化融会的底蕴。这一飘离中国社会动荡历史而逐渐融入美国主流社会的稳定的人生转换和文化立场的逐步转移,形成了他们创作的鲜明特色和在美华文学中所占据的重要地位。

## 三、五六十年代的台湾文学与东南亚华文文学

五六十年代台湾与海外华人华侨社区有着密切的文化联系和文学互动。这一情况以东南亚最为突出。一方面是数量众多的东南亚华裔青年学生到台湾留学,在台湾接受文学教育,并参与了五六十年代台湾的文学运动;另一方面是这一时期台湾作家、学者不断应邀到东南亚华人社会进行访问、讲学、参与讲习班、文学营等活动;再一方面是文学出版物的传播,东南亚一直是台湾文学出版物在海外最重要的市场,形成了一个相当广泛的东南亚的台湾文学读者群。三者分别

---

① 非马:《诗的中产阶级》,《西南师范大学学报》2005 年第 1 期。
② 黄万华:《文化转换中的世界华文文学》,中国社会科学出版社,1999 年,第 127 - 138 页。

从文学人才的培养、文学经验的传播、文学市场的拓展三个方面,扩大了台湾文学对东南亚的影响,形成了东南亚华文文学发展中的台湾文学因素。

"侨生文学"是五六十年代以来台湾文学对东南亚华文文学产生影响的最重要渠道。

海外侨生赴台升学始于1950年代初。战后初期东南亚各国中小学华文教育蓬勃发展,华人创办的南洋大学难以满足华裔子弟的求学需求。因此,侨生纷纷到中国台湾留学深造。1950年台湾当局出台了《华侨学生申请保送来台升学办法》,凡志愿来台升学的海外侨生均可申请保送。自1951年起,每年在香港设档招收,按成绩和志愿颁发大专院校肄业证书。1954年,在美国的支持下,台湾"中美华侨教育委员会"制定了更具吸引力的教育援助方案:规定每招收1名华侨学生,可获得美国华侨教育专款2万元新台币。1954年至1963年间,台湾各大学共得到美援经费3.2亿余万元新台币。1958年,台湾"教育部"和"侨委会"又颁布《侨生回国就学及辅导办法》。这些措施极大地促进了台湾海外华文教育的发展。海外侨生人数逐年上升,1954年在校侨生达1289人,到1960年则上升至8218人。资料显示,1951年至1960年10年间赴台留学的侨生累计达15621人。

海外侨生赴台就读的专业涉及文、理、工、商各科,但文学始终是他们无论专业还是业余最乐于参与的活动之一。五六十年代是台湾文学最为蓬勃活跃的时期,缤纷林立的民间文学社团,前仆后继的同仁文学刊物,追逐新潮的文学作品和此起彼伏的文学论争,都深深吸引和影响了这些海外来台的青年学子以及东南亚的华文作家,他们或者参与到竞逐激烈的文学社团和流派,如来自菲律宾的云鹤和蓝菱,都曾经作为创世纪的同仁而在台发表作品;或者自己成立文学社团,创办刊物,最典型的是1964年创办的"星座诗社",以留学台湾的新马侨生王润华、淡莹、林绿、陈慧桦(陈翔鹏)为核心,吸引了同为侨生的翱翱、黄德伟、许定铭、陌上桑、林方、洪流文等,该诗社持续五年出版《星座诗刊》计13期;稍后还有以温瑞安、黄昏星等新马侨生为核心成立的"天狼星诗社"和"神州诗社"。这些留学台湾的海外侨生,返回所在国之后,活跃于当地华文文坛。他们留学台湾期间所获取的知识背景和文学经验,以及和台湾文坛的密切联系,都成为当地华文文学发展的重要资源。新马学者柳舞曾经指出:"新马文艺界断了中国大陆的'母奶'。从60年代到70年代末期,年轻的文艺青年主要依赖西方的'牛奶'。不谙英文的文艺爱好者,由于'母奶'难得,就从台湾、香港的'炼奶'中寻取养料。"①陈慧桦在《写实兼写意——马新留台华文作家初论》中,提及从台湾文坛走上创作道路并成为重要作家的新马留台学生,计有毕洛、张寒、孟仲季、林绿、潘雨桐、王润华、李有成、冷燕秋、陌上桑、淡莹、郑百年、钟夏田、李永平、周唤、赖敬文、方娥真、陈强华、张贵兴、商晚筠、黄昏星、温瑞安、陈慧桦等20余人。陈慧桦未曾提及的留学台湾的新马作家还有黄怀云、洪而亮、赖观福、赖瑞和、林凌、杨升桥、张逸萍等。仅从这份并不完全的名单上,便可看出留学台湾的侨生所构成的新马华文作家队伍之壮观。他们大都毕业于台湾的高等院校和研究所,或者毕业后再度赴欧美攻读硕士、博士学位,具有中西兼具的较高学历和文化底蕴;大都均参与台湾的文学社团、刊物(或自己创办社团、刊物),成为台湾文学运动的直接参与者,并都有作品——诗、小说、散文、论著在台湾发表和出版。他们以亲历者的身份对五六十年代台湾的文学经验有着切身的感受,在返回所居国之后,自然成为沟通当地华文文学与台湾文学关系的重要桥梁和中介角色,使台湾文学风气和经验成为促进当地华文文学发展的重要因素之一。

旅台侨生文学现象是战后台湾文学在东南亚的影响的一个重要体现。仍以新马为例,旅台作家的文学书写、论述和活动已经深远地影响了当地华文文学的进程。这一影响体现在三个方面:

首先,旅台侨生文学深受五六十年代台湾现代主义文学思潮的影响,这种影响迅速在新马等地大面积扩散,促使新马华文文学思潮的转换。战前新马华文文学以"左翼"现实主义为主潮,与中国新文学的

---

① 柳舞:《寄厚望于中国作家》,《东南亚华文文学研究集刊》第1集上册,厦门大学出版社,1995年,第45页。

现实主义思潮遥相呼应、同步同构。60 年代至 70 年代,新马华文文学出现了第一次现代主义思潮。这次思潮由两股力量共同推动:一股是以陈瑞献为核心的新马作家,通过翻译从西方引入了现代派文学。据梁明广回忆:"60 年代,我主编《南洋商报》的副刊《文艺》时,发表的第一首诗,是巴斯特纳克的《星在疾行》,是陈瑞献的译品,也是《文艺》花园中的第一粒现代诗种子。……他译的《星的疾行》一诗,可以说是为《文艺》宣扬现代文学创作开了山。"①从陈瑞献个人的创作看,他的现代主义是"翻译体"的现代主义,带有西化色彩。另一股力量是以毕洛、王润华、淡莹、温瑞安、林绿等为核心的旅台侨生作家,从台湾文坛输入了现代主义。他们的现代主义文学实践本身构成新马华文文学现代主义的主体,是促使新马华文文学思潮转换的重要力量。

其次,台湾文学从"翻译的现代性"到"中国性现代主义"建构的美学转换也对旅台侨生文学产生了不可忽视的影响,造成旅台文学的艺术和文化取向与陈瑞献的"西化"有所区别,而与白先勇、洛夫、余光中、杨牧等的中国性现代主义息息相通一脉相承,和中国古典美学有着一种自然而亲密的血缘关系。就像温任平曾说的那样,现代诗的传统其实可以追溯到《楚辞》中去,屈原在河的上游,马华现代主义在河的下游,这种源流关系深深地影响了当代马华文学的现代主义运动;这种对现代主义的民族化体现、融现代于民族美学传统的艺术追求,在王润华、温瑞安等作家的创作中都有着突出的表现。

再次,南洋性的再发现。当代台湾是一个喜欢另类文化消费的社会,旅台作家的南洋情调往往成为打入台湾文化市场的最佳卖点。潘雨桐、张贵兴、李永平等人一再描绘渲染南洋热带雨林的神奇和异国情调,以"他者"身份和"另类"美学成功介入台湾文学场。台湾文学场域的结构张力促使旅台文学发掘南洋想象资源,也把马华新文学史的马华文学独特性和南洋色彩论述往前推进一步,从而走向一种"地方知识"的建构。如同马华学者张光达所说,台湾文学影响下的旅台

---

① 张锦忠:《陈瑞献、翻译与马华现代主义文学》,《中外文学》,2001 年第 29 卷(8)76—87 页。

侨生文学,"在地理位置的双重边缘/弱势化可以衍生为特殊的发言位置与论述实践,丰富了马华文学的多元化面貌和声音,也为本地学者提供并拓展马华文学/文化研究的范围"。①

---

① 张光达:《马华旅台文学的意义》,《南洋文艺》,2002 年 11 月 1 日。

# 关于华文文学批评学术化的思考①

华文文学这一学科概念的提出和形成,是 20 世纪后 20 年文学研究的一个隐含着深远意义的重要收获。

这样的说法并非是华文文学研究者自己夸大其词的王婆卖瓜。站在 21 世纪的台阶上,回望以前 20 余年的文学历程,可以确信,20 世纪 80 年代是中国思想史上又一个"人的自觉和文的自觉"的时代。文学研究成为这一时期人文科学最具吸引力的学科之一,尤其是现当代文学研究,在很大程度上扮演了思想启蒙和解放感性的主要角色。体现在文学研究自身,一方面,诸如"重写文学史"等一系列重大命题的提出,具有解放传统意识形态成规,使文学研究回归自身即走向学术化的功能和表征;另一方面,在追求整体观照的知识视阈中,作为 20 世纪中国文学重要而特殊部分的台港澳文学的重新"发现"和纳入视野,改变了以往现当代文学以大陆文学为唯一模式的研究定势,形成了描述 20 世纪中国文学发展多元同构的观点和整体性图景。由台港澳进而将视野延伸到中国本土以外更广阔的汉语书写空间——散居世界各地华侨华人文化群落的文学创作,从而形成一个更具文化战略意图的华文文学概念。二者共同反映了这一时期中国社会开放的意识形态和全球性视野,其对文学研究所带来的结构性变化的潜在意义不容低估。

---

① 本文原题为《关于华文文学研究"学术升级"的思考》,与刘登翰先生合作完成,特此致谢!

当然,概念的提出并非学术研究的完成,问题的紧迫性也正在这里。华文文学研究者强烈的学科意识,是一种可贵的学术自觉。但这种自觉必须转化为大量深刻而丰富的学术成果,才能使学科意识得到实际的学术支持而获得社会认同。否则所谓的学科意识只是一句空话,或者说是一种盲目的学术幻想。目前我们尚处于这种达而未达的尴尬状态。即如对华文文学这一命名和内涵的不断深化,便反映我们努力从未臻成熟寻求走向成熟的过程。如果说由台港澳文学到海外华文文学再到世界华文文学这一命名的变化,是随着我们对研究对象的不断拓展,而从地域上对这一文学现象的认定,那么近年来较多讨论的从语种的华文文学到族性的华文文学再到文化的华文文学,则更富于历史感地触及了华文文学的精神和本质。① 遗憾的是,这类具有广阔学术空间的讨论并不太多,也未及深入。从世界范围看,一方面是华文创作的普遍兴起和备受关注,另一方面是创作水准的有待提高和研究学养的相对不足。它构成了一种热点和冷眼交织的复杂状态。对于研究者而言,幼稚虽然可笑,但幼稚也提供了一个广阔的成长空间,却又是可幸的。我们必须正视存在的问题,改变华文文学研究的现实状况。这就把一个紧迫的任务提到我们面前:华文文学研究的"学术升级"问题,即如何通过有效的学术研究,营造学术语境,把华文文学的学科意识变成一种学术现实。

一般而言,一个学科的形成需要具备三个基本条件:第一是研究对象,即这一对象是否具有独立的研究价值;第二是学科的理论和方法,即能否建构具有与这一学科对象特征相洽的理论和方法;第三是学术平台,即形成学术体制和学院教学体系,包括机构、刊物、学术会议等,从而形成一个能够进行多元对话的学术空间。这里拟就这三个问题谈一点初步的思考。

---

① 汕头大学几位学者提出的"文化的华文文学"(见 2002 年 2 月 26 日《文艺报》)是一个有价值的学术命题。本文与其争论的焦点在于对"文化的华文文学"这一命题的不同诠释,以及对"语种的华文文学"命题意义的不同认知,而非对"文化的华文文学"命题的否定。

# 一、研究对象:从依附到独立

对象是学科形成的基本要素。华文文学的学科形成,首先有赖于对华文文学这一对象独立学术内涵的确立和认定。

不必讳言,时至今日,华文文学研究尚未完全摆脱对于中国现当代文学研究的依附性。正如一位研究者曾经形象地比喻过的那样,华文文学研究目前还是蹲在中国现当代文学门口等待收容的不明身份者。这一点从权威部门颁布的学科分类,如中国社科规划研究基金的申报指南里就可以看得很清楚,华文文学是作为中国文学的二级学科中国现当代文学的一个子项目被纳入其中的。这种"妾身未明"自然有碍于华文文学学科的建立与发展。一方面,历史地看,这一现象的存在有其历史的必然性和一定的合理性。中国的海外移民以及由此形成的海外华人文化聚落,是海外华文文学生成和发展的温床。无论1909 年的《大清国籍条例》、1914 年北洋军阀政府的《修正国籍法》,还是 1929 年国民政府的《国籍法》,都把海外华侨视为中国子民,即使他们"数世不归"仍为他们保留着中国国籍,使他们作为中国侨民而在海外生活。政治认同的中国归属,使他们创作的文化—文学认同,也被视为中国文学在海外延伸的一部分而存在着。另一方面,海外华文文学的发生和早期发展,不仅建立在中国文化的背景上,更与中国现代文学有着极为密切的关系。一方面是海外华文文学的早期发展受到五四新文学的启悟、激发和推动,甚至许多海外华文文学的早期拓荒者,是在各种背景下因各种原因移居海外的中国现代作家,他们将在国内接受的新文学影响,直接带到海外,从而形成早期海外华文文学与中国现代文学在主题、话语和艺术模式上都有许多相同或相似之处。另一方面是海外华文文学,特别是早期的留学生作家在海外的文学活动,又反过来对中国现代文学的发展产生重要影响。二者常常有着共同的命题、话语和主题,从而构成了中国现代文学与海外华文文学呼应、互动甚至同构和同步的现象。如果说东南亚华文文学的早期发展,较多地表现出前一方面情况,那么 20 世纪初期在欧美和日本的留学生文学,则更多地体现出后一种特点。胡适和梅光迪在美国留学时期的文学论争,可以视为新文化论战在异域的一次小规模的预演;而鲁迅和郭沫若等人在日本留学时期的文学活动,则是他们后来成为中国现代文学史上重要作家的重要准备和最初出发。早期的华文文学或者接受中国现代文学的影响和推动,或者就直接作为中国现代文学的最初部分,使它们一定程度地呼应,甚至叠印在中国现代文学的发展轨迹之中。正是这些原因,在海外华文文学尚未经历比较充分的本土化进程时,人们把它纳入中国现代文学的范畴中进行考察,便有其历史的必然性和合理性。

但这种合理性是有限度的。二战以后,世界格局的重大变化深刻地影响了海外华人社会的生存状态和文化状态。一方面,1955 年的万隆会议上,中国政府与有关国家签订了解决华侨双重国籍问题的条约。1980 年颁布的《中华人民共和国国籍法》进一步明确规定"中华人民共和国不承认中国公民具有双重国籍","定居外国的中国公民,自愿加入或取得外国国籍的,即自动丧失中国国籍"。双重国籍的解除,使华侨社会向华人社会转换。海外华人的政治身份明确之后,文化身份便有所改变。他们是作为所在国的华族居民,以中华文化融入并参与到所在国的文化共建之中,成为所在国多元文化世界的一元。另一方面,战后兴起的民族解放运动和民族主义思潮,使许多国家摆脱了历史上的殖民主义桎梏,走向独立。政治的独立推动了文化主体的觉醒。特别在华人聚居较多的东南亚国家,普遍出现了一个文化的本土化运动。曾经被视为是中国文化"飞地"的华人聚居群落(以唐人街最典型),也经历着与所在国主体文化逐步融合的"本土化"过程。华文文学创作主体政治身份和文化身份的二元性或多重性,使海外华文文学从以往与中国现代文学发展互相纠葛甚至叠印的状态中走出来,获得了自己独立的身份、性质和形态。特别是战后成长起来的新一代华裔作家,他们对所在国的政治认同和文化认同,使他们更加强烈地意识到自己文学的独特性:它既是族裔的——华族的,又是本土的——所在地区或国家的文学。它赋予战后发展的海外华文文学许多新的特点。在这一新的历史发展背景下,再把海外华文文学视为中国现当代文学的延伸,依附在中国现当代文学的研究之中,不仅是不恰当的,而且是错误的。

这是一个历史的进程。海外华文文学从战前到战后,经历了从华侨文学到华人文学再到华裔文学的三度转换。研究华文文学不能没有这种历史眼光或历史主义的维度。新一代的海外华人学者,从他们切身经历的体验出发,敏锐地感受到这种变化。马来西亚华人学者黄锦树在讨论马华文学时,就将其划分为前后两个时期:前期(现代时期)是马华文学的酝酿期;后期才是马华文学的真正发展期。[①] 尽管他认为前期不是真正的马华文学似还可商榷,但他尖锐地提出马华文学的本土化和身份转化问题却有着重要意义。比较而言,大陆的研究者在这一问题上相对迟钝。对战后海外华人社会和华文文学性质的改变和特征的变化缺乏深入的认识,是造成华文文学研究对中国现当代文学依附性的主要原因。当然还有其他一些原因。如大陆的华文文学研究队伍,主要来自中国现当代文学研究领域,其知识背景和学术积累,主要也在这里。因此,华文文学研究的理论、方法、话语和命题也大多来自中国现当代文学研究领域。这些理论、方法、话语、命题虽然一定程度上可与海外华文文学研究相通,但不能完全代替海外华文文学研究,全盘搬用难免遮蔽或淹没对海外华文文学特性的认知和讨论。其实,摆脱了依附走向独立的华文文学研究,在全球化的语境和文化视野下,有着更加广阔的空间。其日益凸现的全球化、本土化、族裔化的复杂境遇,固有文化身份的消失和再度强调,传统文学母题的演进和更新,多元文化对撞融合的文学呈现等等,无不触及研究对象自身的特殊性。而寻求华文文学自身独立的文化内涵和文学特质,是华文文学学科形成的命脉所在。华文文学研究的"学术升级",应从这里启动。

## 二、理论与方法:走向华人文化诗学

理想而且具有阐释效能的文学理论是预设与后设的统一,是先验

---

① 黄锦树:《马华文学:内在中国、语言与文学史》,马来西亚华社研究中心,1996 年,第 42 页。

和经验两个维度的统一。一种文学理论能否有效地阐释文学经验取决于理论、方法与对象的契合程度。在明确了华文文学学科研究对象的独立性和特殊的学术价值之后，我们还需要建构能够真正有效地阐释这一独特对象的理论与方法。

诚然，文学有着共同的规律。从文本出发进行审美的解读，是文学研究的一个基本的和基础的层面。华文文学研究亦不例外。然而，仅有审美解读并不能充分揭示华文文学独特的文化内涵和性质。因此，那种以为一个"情采通变"便"足以处理—应付—研究任何语种—地域—时代的文学"的说法，①似乎尚有可以商榷之处。20 年来华文文学研究的成果不可谓不多，它体现了这一新垦地拓荒者的艰辛努力。但从整体的研究状况看，并不能令人乐观。其原因种种，包括圈外人对这一领域知之甚少所产生的误解，等等。但躬身自省，却不能不看到我们自身存在的问题。其中一个重要的方面就是，我们往往止于对作品进行表层次的审美分析（事实上，有些作品是经不起审美分析的，这就很容易变成一种受人诟病的"虚美"。即便是经得起审美分析的作品，如果只是唯美的研究，也只能是一种脱离生存论语境的惨白的审美主义），而难于或较少对研究对象的特殊本质和内涵进行深层次的揭示和探询。我们往往感慨华文文学研究的理论深度不足，我们所缺少的并不是（或不只是）西方的或者传统的文论，这些理论都可以，也正在被我们吸收和使用。我们更缺乏的是从对象中升华出来的足以剖析研究对象本身特殊性的理论与方法。这才是问题的关键。

面对华文文学这一特殊对象，有着太多的问题和广阔的理论空间值得我们去探究。粗略地考虑一下，以下一些问题都是值得我们关注并加以理论总结的。

第一，海外华文文学的发生学和流变史问题。华文文学作为海外华人移民经验的铭刻与再现，是海外华人精神史的重要呈现方式。海外华人的生存状态与精神状态及其流变，直接关系着海外华文文学的

---

① 黄维梁：《世界华文文学的研究如何突破——从这个学科的方法学说起》，第十二届世界华文文学国际研讨会论文（上海），2002 年。

生成和变化,这是我们进入华文文学研究之门的一把钥匙。

第二,海外华文文学的空间格局和美学差异问题。空间格局不仅描绘出海外华文文学的文学地图,而且透视出地域不同的文化因素,从而形成地缘诗学的视域,用以分析网状结构中不同区域华文文学间的相互关系,相同与差异。

第三,海外华文文学与中华文化的关系问题。中华人文精神是海外华文文学的精神主体和丰富的文学表现与书写的资源;汉语言文字的思维特质也赋予了海外华文文学的美学特征。这一切都具体化为华文文学特殊的文化母题和与故国不解的精神联系。即使在后来华裔作家以别种语种的文字叙述所造成的误读中,也未曾减弱中华文化对华文文学的巨大影响与审美魅力。

第四,海外华人文化认同的建构与变迁以及华文文学的文化转型问题。华文文学作为海外华人族群记忆的重要方式,对海外华人的族群建构产生了巨大作用。随着战后局势的变化,在双重国籍解除后,海外华人逐渐融入所在国的"本土化"潮流中,海外的多重文化认同同时也带来了华文文学的文化转型。全球化语境中华文文学的文化属性问题;全球化、本土化、族裔化的复杂关系,不仅影响着华文文学的走向,也成为当前华文文学创作最具特征的敏感主题。

第五,华文文学的文学母题及其演进和更新问题。原型与母题是分析文学特质、属性和变迁的重要手段。华文文学的文学母题许多直接来自中国文学的传统母题,体现着海外华人与故国母土骨肉血缘与文化亲缘的深切关系。文学母题的流变,也反映着当代海外华人生存境况的变迁。对文学主题的分析历来是海外华文文学研究关注的焦点之一。我们需要的不仅是对具体作品进行单一的分析,而是通过对文学母题的概括,探讨其背后的文化内涵,从母题的流变中,发现历史的演进。

第六,海外华文文学的研究范式问题。历史与审美的批评,是海外华文文学最常见的一种研究范式。近年来,比较文学的研究范式被引入华文文学研究中来,并取得了显著的研究成果。西方文化研究的理论与方法,诸如文化人类学、民俗社会学、后殖民理论、女性主义、新历史主义等,作为一种文化发现的研究范式,在海外华文文学的研究中,都有所尝试,并逐渐引起研究者的重视。通过台港澳文学史的写作,"分流与整合"的观念在被广泛的接受中,正进一步扩大视野,成为华文文学研究的一种普遍的总体框架,用来阐释与建构离散统一、多元一体的世界华文文学图景。而近年来由海外华文作家提出并得到广泛认同的离散美学,也正成为深入海外华文文学文本进而透视作家精神漂泊的一个重要观念。所有这些正在使用的自觉或不自觉的研究范式和理论,彼此间不是孤立和对立的关系,而应当是互通和互补,在更高的理论层次上形成华文文学研究开放的理论体系和研究范式,以提高我们的研究的理论层次。

整合各种理论资源,从而形成独特的理论与方法是华文文学研究"学术升级"的主要途径。正如饶芃子先生所言,华文文学界应当加强华文文学的诗学研究。① "诗学研究"无疑是华文文学研究改变印象式批评,并迈向科学化、学术化和整合的一个重要途径。依我们理解,"诗学研究"包含两个层面:其一是形式诗学分析,即对华文文学美学形式的科学抽象,偏重于类型学的研究;其二是文化诗学分析,即把华文文学作品的美学形式抽象研究放到其发生、发展的历史脉络中展开。脉络化与语境化是今天的华文文学研究必须特别予以强调的,历史主义和语境主义批评有可能改变以往研究中所普遍存在的普泛的"审美主义"倾向与弊端。我们不反对所谓以《文心雕龙》或者其他的普遍的文学理论构筑某种华文文学的"共同诗学",这种一部"文心雕龙"打天下的研究范式或许可以抵达华文文学不可或缺的"文学性"层面,但往往不能真正抵达华文文学独特的内面世界。唯有把形式诗学分析和文化诗学研究结合起来,从而建构一种独特的华人文化诗学,才能把握华文文学"形式的意识形态"世界。

## 三、学术平台:重要的是形成话语空间

华文文学作为一个独立的学科,除了其他一些方面的条件外,还

---

① 饶芃子:《拓展华文文学的诗学研究》,《文学评论》,2003 年第 1 期。

需要有一套学术机制予以保证。这套学术机制包括:有一定规模的相对稳定的研究队伍;有相应的学术组织和研究机构,定期举办学术会议,出版专业研究刊物,能够进入大学课堂……从而形成一个学术平台,以使这一领域的研究能够不断推进、深入。

应当说,经过 20 多年的努力,华文文学这一学术平台已经初步建成(虽然还远未完善)。从事华文文学研究的学术方阵正在逐步扩大;全国性和一些省的学会组织已经成立,两年一届的大型国际学术会议,已开了 12 届。每年还有各种中型、小型的学术研讨以及境外的各种国际学术会议;专业类的学术刊物也已出版;不少社会科学机构和大学中文系都有专门的研究和教学人员,并开始培养这一研究领域的硕士、博士研究生……这一切都呈现出华文文学研究可以期待的繁荣图景。但可以期待并非已经实现。如果说学术平台的建立是一种"硬件",那么,理论的深入则是一种"软件";只有"硬件"和"软件"的结合,才能形成具有高素质的学术话语空间。目前我们所缺乏的正是具有高素质的学术话语空间。学术平台的建立应当为话语空间的形成服务。

关于话语空间的形成,应当具备两个要素:一是话题,二是多元的对话机制。

长期以来,华文文学研究缺少富于启发性的、具有自身研究特征并能激发理论研究深入和再生的学术话题。这可能与华文文学研究缺乏对自身特征的认识和过多耽于单一文本的审美解读等方面的原因有关。它同时还呈现出我们学术敏感性的不足和理论的迟钝。即如不久前在理论界成为热点的全球化问题(全球化与本土化、世界性与民族性),恰恰是华文文学面临的最为迫切的现实命题,但却很少看到华文文学研究者参与讨论或将这一论题引入华文文学研究中。没有话题,也就没有话说;不能对话,便只有自言自语。这是我们长久以来遗憾于华文文学研究没有理论热点的原因之一。话题当然不是凭空而来,话题是深入研究的升华,是理论透视的焦点。一个有意味的话题可以带动一次学术的深入。作为一片学术的处女地,华文文学无疑有着丰富的话题资源,值得我们去发现和开掘。

由于缺乏对学术话题的开掘,华文文学研究界自然也就缺乏对话和呼应。这也是华文文学研究的学术话语空间难以形成的重要原因。建立多元的对话机制,是改变我们学术话语空间相对逼仄的重要途径。这里所谓的"多元"包括三个方面的内容:其一是华文文学界自身的学术对话。表面看来,华文文学研究是最众说纷纭的,但大多自说自话,极少出现真正学术意义上的争论,这就很不正常。争论是一种对话,呼应也是一种对话。连呼应也很少,这就使学术成了真正的"空"间。改变这一现状首先应从我们自身做起。其二是与相关学科之间的对话,特别是与中国现当代文学研究以及比较文学学科的对话。海外华文文学与中国现当代文学和比较文学存在着许多共同的或者互有交叉的话题,可以引起彼此的兴趣,转换不同的角度和视野,呼应和吸收各自的研究成果。当然这种对话应是平等的,而华文文学研究者的学术自信和主体性意识是学科之间平等对话的前提。其三是与海外的华文文学研究者的对话。华文文学作为一种世界性的文学现象、一种跨国的文学共同体(至少在想象意义上它是一个文学共同体,有人称之为"文学联邦"),已经引起世界各国和地区,包括台、港、澳地区学者的广泛关注,华文文学研究日益成为世界性的学术思潮。不过,由于国内学者和海外学者学术文化背景和具体生活处境的差异,理论视野和美学观念也有所不同,面对共同的对象却常常出现不同的观察、阐释和结论。例如马来西亚学者张光达以潘雨桐小说研究为个案,比较中国学者和马来西亚学者研究的差异,指出中国学者"受到传统印象式分析法和西方的新批评方法学的局限",偏重于讨论潘雨桐小说对传统意境的营造,而身历其境的马来西亚学者则更关注潘雨桐小说营造古典意境的美学选择背后的历史语境与意识形态。[1]对这类差异的对话、呼应和反省,有助于扩大华文文学研究的学术话语空间的国际化。研究跨国的华文文学理应具有国际化的话语空间。

对话机制的建立,是推动华文文学研究"学术升级"的重要途径。

---

[1] 张光达:《小说文体/男性政体/女性身体:书写/误写 VS 解读/误读——潘雨桐小说评论的评论》,《人文杂志》,2002 年 1 月第 13 期。

目前我们的尴尬正在这里：假如我们的研究者未能达到真正学术化的层次，便难以提出能够深刻向前推进的话题与对话；而缺乏层层推进的话题与对话，又是华文文学难以迈向真正学术化的重要原因。颠覆这一悖论，便是华文文学研究取得学术性突破的关键。

更为重要的是，话语和话语空间的生产本身就是学科的一项重要功能。对这一重要功能的忽视无疑削弱了华文文学学科的知识生产能力，它使华文文学研究变成其他主导学科的知识/理论的消费者和打工者，在当代人文学术的生产体系和文化场域中将始终处于边缘状态。而依附性以及话语和话语空间生产的孱弱有可能使华文文学学科在整体的人文学科资源配置中长期处于某种不利位置。在既有的学院体制与学术政治格局中，这种不利局面深远地制约着作为新学科的华文文学研究的发展。但在经济与文化的全球化状态下，文学生产的跨国性和身份的流动性日益显现，这为世界性的华文文学现象的研究提供了许多话语资源。对这些话语资源的发现、开掘和加工生产也就成为华文文学研究的一项重要任务。这也是我们把"话语空间"建构视为华文文学研究"学术升级"的重要方面的根本原因之一。

# 美华文学理论与批评述略

概括而言,美华文论涉及的领域包括中国古代文论、中国现当代文论、西方文论、比较文学和华美文学及华文文学。

一是中国古代文论。美国汉学传统注重中国古典文学研究,在这一学术传统的影响下,中国古代文学研究长期占据着美华文论的主体地位。陈世骧(1912—1971)著有《陆机的〈文赋〉》(1953)和《烛幽洞微的文学:陆机〈文赋〉研究》(1948);陈绶颐著有《中国文学史述》(1961);高友工与梅祖麟合著《唐诗的隐喻、意象与典故》,并提出"中国抒情美学"的概念;柳无忌(Liu Wuchi, 1907—)著有《中国文学导论》(1966)和《中国文学新论》(1993);林振述著有《老子道德经暨王弼注》;林顺夫著有《中国诗歌传统的转变:姜夔和南宋词》(1978),与宇文所安合编《抒情之音的重要性:晚汉至唐的史诗》;刘若愚著有《中国诗歌艺术》(1962)《李商隐的诗:中国九世纪的巴洛克诗人》(1969)《北宋词大家》(1974)和《中国文学理论》(1975);刘绍铭编有《中国传统故事:主题与变奏》和《中国古典文学译文选》;罗锦堂著有《佛说阿弥伦经注解》《文心雕龙明诗篇商榷》(1995)和《元人小令分类选注》(1989);骆雪伦著有《历史与传说:明代历史小说中的思想与形象》(1990)和《中国十七世纪的危机与改革:李渔世界中的社会、文化与现代性》(1992);马幼垣著有《韩愈的散文与传奇》(1969);梅仪慈著有《中国小说》(1959);缪文杰著有《中世早期的中国诗:王粲生平和诗歌》(1982);施友忠著有《〈论语〉的文学与艺术》(1977);时钟雯著有《中国戏剧的黄金时代》(1977);余英时著有《红楼梦的两个世界》(1978);孙康宜著有《晚唐迄北宋词体演进与词人风格》(1980)《六朝诗研究》(1986)和《陈子龙柳如是诗词情缘》(1991);王靖宇著有《金圣叹》(1972)《早期中国叙事学:以〈左传〉为例》(1977)和《〈左传〉与传统小说论集》(1989);王靖献有《陆机文赋校释》(1985);余国藩有《余国藩〈西游记〉论集》(1989)和《再读〈石头记〉:〈红楼梦〉中的理想与小说创作》(1997);周质平有《袁宏道与晚明文学自我表现的倾向》(1982);陈幼石有《韩柳欧苏古文论》(1983)《公安派的文学批评及其发展》(1986)《袁宏道与公安派》(1988)和《Narrative》;鲁晓鹏著有《从历史性到虚构性:中国叙事诗学》(1994);杜国清著有《李贺之诗》(1974)和《李贺》(1979);简小斌著有《〈史记〉的空间化》(1987);李田意著有《中国文学史:精选书目》(1968)《中国小说:中英文书目及论文》(1968)和《中国历史文学》(1977);刘子健著有《十一世纪的新儒家欧阳修》(1967)。

二是中国现当代文论。早在 1959 年,许芥昱就完成了博士论文《闻一多评传》,并主编《Literature of People's Republic of China》。迄今,美国华文文学界已经出版了一系列中国现当代文学批评的重要著作,如:柳存仁的《现代中国小说的社会和道德意义》(1969);夏志清的《中国现代小说史》(1971)《人的文学》(1977)和《文学的前途》;周策纵的《五四运动史》和《胡适与近代中国》;李欧梵的《浪漫的一代》《铁屋子的声音:鲁迅研究》《中西文学的徊想》《徘徊在现代和后现代之间》《现代性的追求》和《摩登上海》;余英时的《中国近代思想史上的胡适》;周蕾的《妇女与中国现代性》(1991);刘绍铭的《曹禺论》《十年来的台湾小说(1965—1975)——兼论王文兴的〈家变〉》《七等生"小儿麻痹"的文体》(1977);唐德刚的《胡适口述自传》《胡适杂记》;张旭东的《改革时代的中国现代主义》(1997)《小品文与中国新文化的危机》(1995);张颂圣的《文学场域的变迁》(2001)和《现代主义与本土抵抗》;史书美的《"现代"的诱惑:半殖民地中国的现代主义写作》;叶维廉的《中国现代小说的风貌》(1977);林毓生的《中国意识的危机》(1979);水晶的《张爱玲的小说艺术》(1973);奚密的《Anthology of Modern Chinese Poetry》(编译)《No Trace of the Gardener: Poems of

Yang Mu》（合译）《现当代诗文录》《从边缘出发：现代汉诗的另类传统》《Frontier Taiwan：An Anthology of Modern Chinese Poetry》（合编）《二十世纪台湾诗选》（合编）《边缘，前卫，超现实：对台湾五六十年代现代主义的反思》《中国式的后现代？——现代汉诗的文化政治》《现代中国诗歌：1917 年以来的理论与实践》（《Modern Chiense Poetry：Theory and Practice Since 1917》（1991）；王德威的《从刘鹗到王祯和：中国现代写实主义散论》（1986）《众声喧哗：30 与 80 年代的中国小说》（1988）《阅读当代小说：台湾、大陆、香港、海外》（1993）《小说中国》（1993）《翻译台湾》（《Translating Taiwan：A Study of Four English Anthologies of Taiwan Fiction》）《如何现代，怎样文学》（1998）《想象中国的方法》（1998）《被压抑的现代性：晚清小说新论》等；刘禾的《语际书写》《跨语际实践：文学，民族文化与被评介的现代性（中国 1900—1937）》；张错的《批评的约会》（1999）；李又宁的《近代中华妇女自叙诗文选》《胡适与民主人士》《胡适与他的朋友》；少君的《漂泊的奥义》；等等。

三是西方文论、比较文学与文化研究。海外华人学者专门从事西学研究的并不多见，赵毅衡在《中国留学生该不该写中国题目》一文中谈到这一问题，认为做西学留学生没有优势，需要更高的天分。"中国人聪明，出过几个这样的人才。例如 50 年代留学生中有卢飞白（经之）先生，据说以艾略特为论文题，留在西方任教，不幸短寿，不然前程远大。"①的确，"白马文艺社"的卢飞白是其中十分突出的一位，其西方文论专著《T·S·艾略特诗歌理论的辩证结构》（《T. S. Eliot：The Dialectical Structure of His Theory of Poetry》，1966）至今仍是艾略特研究的重要参考文献。但从事中西比较文学研究的学者则人数众多，或者说美华文论大多具有中西比较文学的批评视阈与方法。刘若愚的《中国文学理论》和马幼垣《孔子与中国古代文学批评：与古希腊的比较》（1970）等都可以视为比较文艺学的论著。其中叶维廉的比较文学研究成就最为突出，他的《秩序的生长》《解读现代后现代》《比较诗

---

① 赵毅衡：《对岸的诱惑》，知识出版社，2003 年，第 285 页。

学》《中国诗学》《寻求跨中西文化的共同文学规律》和《道家美学与西方文化——北大学术讲演丛书》(2003)等一系列著作为中西比较诗学研究奠定了深厚的基础。与刘若愚不加怀疑地用西方文论的概念与范畴阐释中国古典文论的路径相仿,从《东西比较文学模子的运用》(1974)到《比较诗学》(1993),叶维廉深入分析了西方文学理论应用到中国文学研究上的可能性及其限度。

值得注意的是,90年代以来,美华文论的发展出现了文化研究与文化批评的新倾向。如康正果的《身体和情欲》(文艺出版社,2001)和《耶鲁:性别与文化》(2000);周蕾的《写在家国以外》和《原始的感情:视觉性、性欲、民俗学与当代中国电影》;徐贲的《文化批评往何处去——1989年后的中国文化讨论》和《走向后现代和后殖民》;孟悦的《后革命流民与后资本"孤儿"》;刘康的《全球化/民族化》(2002);鲁晓鹏的《文化·镜像·诗学》(2002)和《中国电影史中的社会性别、现代性、国家主义》;张旭东的《批评的踪迹——文化理论与文化批评》(2003);张英进的《影像中国:当代中国电影的批评性介入、电影重构和跨国想象》(2002);等等。他们的文论吸收了"西方马克思主义"、"文化研究"、"后殖民批评"与"后现代主义"等各种西方新潮文学理论,呈现出一种新的理论风貌,对中国现当代文学研究的文化转向产生了重要影响。

四是"华美文学"及世界各区域华文文学批评。60年代至70年代,作为美国少数话语运动一部分的亚美/华美文化运动激发了美华文论对"亚美文学"/"华美文学"的强烈兴趣:赵健秀等人编的《哎呀!——亚美作家选集》(1974)和续编《大唉咦!——华裔与日裔美国文学选》中,赵健秀的长文《真真假假华裔作家一起来吧!》批评汤亭亭、谭恩美和黄哲伦等人是"伪"华裔作家,引发了一场华裔美国文学的论争。1972年唐德刚出任纽约市立大学亚洲学系主任,并聘请Betty Lee Sung即《金山》的作者宋李瑞芳为"华美文学"讲师。学界一般认为刘绍铭是"华美文学"批评的重要学者,他出版于80年代初的《渺渺唐山》被公认为一部系统研究"华美文学"的代表著作。90年代以后,华美文学批评已经成为美国学院批评的一个重要领域,出现了大量的研究成果:黄爱玲的《性别的种族化:论中国移民文学中的性符号》(1992);林雪莉和林英敏合编的《华裔美国文学导读》(1992);黄秀玲的《亚裔美国文学导读:从需要到过多》(1993);张敬珏的《尽在不言中:山本久枝、汤亭亭、小川乐》(1993);尹晓煌的《19世纪50年代以来的华美文学》(1990);林英敏的《在两个世界之间:华裔女作家》(1990)和《黄色的亮光:繁荣的亚裔美国艺术》(1999);史书美的《视觉与认同:跨太平洋的华语表达》(2007)等。华人族裔属性认同问题、历史记忆、性别政治以及华美文学对中国文化传统的再创造成为华美文学批评的核心内容。同时,世界各地区的华文文学与华人文学批评也越来越受到美华文论界的关注。在新加坡召开的第二届华文文学大同世界国际会议上,周策纵教授在他的《总结辞》中提出"双重传统"的观念和"多元文学中心"的观念。所谓双重传统是指"中国文学传统"和"本土文学传统"。这一观点曾经在世界华文文学界产生了很大反响。加州大学成立了由杜国清主持的"世华研究中心",杜国清提出一个具有很大包容性的"世华文学"概念:"世华文学"不单是"世界华文"的缩写,它的涵盖面应该包括世界上任何民族、语言和文化上与"华"有关的事物及其属性。它是"华文文学""华人文学""华侨文学""华裔文学""华族文学"等与"华"有关的任何文学。美华学界的华美文学研究对海峡两岸文学研究都有着深刻的影响,不仅打开了两岸华语文学研究的学术空间和全球化视阈,而且对两岸外国文学研究界也有启发意义,激发了海峡两岸亚裔英语文学研究思潮的兴起。

从以上的简要概述看,美华文论的发展有五个特点值得人们关注:其一,以中国古典文学研究为中心的传统汉学占据主流的学术格局已经彻底改变。"美国人对汉学的态度是在夏志清先生出现前根本瞧不起现代文学,有的说中国文学到了《红楼梦》就没有了。"①六七十年代这种状况开始改变,早在1976年,戈茨(Michael Gotz)在《中国现

---

① 刘绍铭:《美华文学与本土的认同》,《第二届国际华文文艺营纪念册》,1986年,第125页。

代文学研究在西方的发展》一文中就指出："在过去 20 年左右,西方学者对中国现代文学严肃认真的研究已大大地发展起来,可以名副其实到了称为'学科'(field)的阶段。中国现代文学研究已不再是附属于汉学的一部分,它已经从语言、历史、考古、文学研究及其他与中国有关的学术研究中脱离,自成一门独立的学科。"①80 年代以后尤其是近 10 多年来,美华文论的关注中心开始转向中国现当代文学和华人华裔文学。因此美华文论逐渐摆脱了西方传统汉学的学术模式的影响,获得了更强的当代性。其二,在 50 年代至 80 年代的很长一段时期中,来自中国台湾的学者在美华文论界占据多数,因而台湾文学研究受到关注的程度远远超过对大陆当代文学的研究。但近十多年来,随着大陆旅美学者人数的增加,这一状况有了很大变化,大陆当代文学批评也逐渐成为美华文论的一个热点。其三,与西方文论的语言学转向相一致,80 年代以来的美华文论开始从结构主义新批评向后现代、后殖民、文化批评与文化研究转移。其四,美华文论与中国当代文论的互动越来越密切,一些学者的批评甚至直接介入中国当代文学场域,介入当代人文知识的生产与传播。其五,美华文论的发展不仅形成了王润华所说的一种"贯通中国古今文学的诠释模式",而且形成了打通文史哲及其他人文社会科学的学科分野,一种整合研究的欲望与趋势从早期胡适的文论到近期的文化批评与文化研究中时隐时现。

从 20 世纪初留美学生的"文化盗火"到近 10 多年来中国当代文学批评话语的生产和传播,都留下了美华文论影响的清晰轨迹。今天的确应该对这种过去已经产生、现在正在产生,将来还会产生的积极和消极影响作出必要的思考与反省。这种反省与思考显然有益于中国文论与美华文论之间的健康互动与交流,有益于中美文学文化的交流与传播,也有益于当代中国文论的自主性与主体性建设。

第一,与中国当代文论相比,美华文论具有不尽相同的甚至差异很大的思想资源、学术背景、批评视角与研究方法,因此其对中国现当

① 参见王润华:《一轮明月照古今:贯通中国古今文学的诠释模式》,《复旦大学学报(社会科学版)》,2002 年第 1 期。

代文学的研究也就有可能产生不同的观点,这种新颖性与差异性正是引起中国当代文论广泛兴趣的根本性因素。如夏志清的《中国现代小说史》对文学感性的肯认,李欧梵对"颓废现代性"的阐释,叶维廉对中西美感经验的比较,王德威对晚清文学现代性与新文学关系脉络的梳理,刘禾对"跨语际实践"所产生的翻译的现代性问题的揭示,周蕾的后殖民批评实践,徐贲对 1989 年后的中国文化讨论的反思……都为当代中国文论提供了一些新的问题与思路,为开辟批评新领域提供了有益的参照。近 20 多年来,大量引进美华文论所具有拓展批评空间的积极意义显然不能一笔勾销。可以预计,美华文论与当代中国文论之间的互动与交流还将产生富有建设性意义的积极成果。

第二,因其不同的知识背景与批评视阈,美华文论对中国现当代文学的研究在产生洞见的同时,也可能产生某种盲视乃至偏见。我们对美华文论中的诸种盲视与偏见当然不能视而不见或忽略不计。夏志清的现代文学论述建立在以"感性"强弱为唯一标准的"纯文学"观念基础上,在 20 世纪 80 年代文学解放运动中的确具有深刻的意义。但这种非历史的纯文学观显然也影响了他对"左翼"革命文学的客观评价。夏氏的视阈受到西方理论的局限是十分明显的,比如他认为"现代中国文学的肤浅,归根到底说来,实由于对其'原罪'之说,或者阐释罪恶的其他宗教论说,不感兴趣,无意认识造成的"。[1] 这一判断显然建立在西方文化为中心文学观念的基础之上,而不是从中国现代文学自身的生成背景和发展脉络出发。基督教的"原罪"问题在中国现代文学问题中占据多大的分量是可以进一步讨论的命题,但它肯定不是现代中国的根本问题。所以,夏志清的这一判断并没有真正切中现代文学的核心。正如叶维廉所言,夏志清这种"戴上西方作家的滤色镜来阅读作品"的阐释难以有效地认识现代中国文学复杂的生产过程。王德威同样以文学性与非文学性二元对立的阐释构架来评价中国现代作家,他的《从'头'谈起:鲁迅、沈从文和砍头》贬鲁迅与扬沈从文的做法就是这种以所谓"文学性"为唯一批评准绳的一个突出个

---

① 夏志清:《中国现代小说史》,复旦大学出版社,2005 年,第 322 页。

案,而且,他走得比夏志清还要远。这里,王德威的分析同样是非历史的,其纯文学的观念也是抽象的。如果说,以往的文学史书写压抑了自由主义文学,那么夏志清和王德威的论述则使"审美"压抑"启蒙",对现代中国文学的阐释同样存在某种片面倾向。清峻的《昧于历史与过度诠释——近十年海外现代文学研究的一种倾向》一文对王德威的这种倾向进行了颇为尖锐的批评:王德威的"'过度诠释'并不仅仅是硬语盘空,逞才使气的问题,其间所暗含的意识形态锋芒,话语争夺用心,'嘉年华式的反叛冲动',可谓意蕴幽远,寄托遥深"。①

海外现代文学研究,可能由于其学术视阈、发言位置的差异,尤其是受到美国那种求新求异学术风尚的影响,在产生洞见的同时也出现某些偏见或盲视。刘禾对萧红《生死场》的新阐释就是一个小小的例子。刘禾曾经断言:"五四以来被称之为'现代文学'的东西其实是一种民族国家文学。"这里的"现代文学"其实是由现代文学批评和文学史写作所建构的"现代文学"知识和观念,"而不是第三世界的文本所固有的本质。"②刘禾其实并不赞同詹明信的民族寓言说,她以萧红《生死场》的接受史为例,说明现代文学的解释与评价"一直受着民族国家话语的宰制"。这种阅读成规产生了一些盲点,在《生死场》的批评个案中,至少忽略了小说空间与民族国家话语的交锋,忽略了女性经验的特定含义。刘禾的思考要复杂一些,的确,并非所有的文学都能纳入"民族国家文学"的框架,许多文学作品还存在其它意义层面,诸如个人、性别、阶级等。但刘禾从《生死场》的后七章中得出的一个结论:"国家与民族的归属感很大程度上是男性的。"却过于性别化而难以令人信服。而刘禾对"国民性理论质疑"同样是颇为新颖的:"国民性,一个挥之不去的话题。从晚清到今天,中国人的集体想象被这个话题断断续续地纠缠了近一个世纪。无论理论家之间的分歧有多

① 清峻:《昧于历史与过度诠释——近十年海外现代文学研究的一种倾向》,《海南师范学院学报》,2004 年第 5 期。
② 刘禾:《语际书写——现代思想史写作批判纲要》,上海三联书店,1999 年,第 192 - 193 页。

么尖锐,争论多么激烈,其中的大多数人都有一个共识:相信国民性是某种'本质'的客观存在,更相信语言和文字在其中仅仅是用来再现'本质'的透明材料。这种认识上的'本质论'事实上模糊了国民性神话的知识构成,使人们看不到'现代性'的话语在这个神话的生产中扮演了什么角色……"①这里,刘禾显然动用了反本质主义和后殖民批评的武器,把近代以来启蒙思想中的"国民性批判"视为一种"本质论"和"殖民话语"加以解构。但"国民性批判"论的"国民性"是一种"本质论"吗?"国民性理论"是西方的东方主义在中国的殖民化产物,抑或是一种更多地基于近代历史而产生的判断?又如何理解"国民性"是可以改造的观点?在刘禾求新求异的阐释中,以反抗殖民主义追求民族解放为目的的"国民性批判"被颠倒成为被西方殖民的话语,这一思想逻辑的确让人费解。这种对后殖民理论的误用同样存在于周蕾的《写在家国以外》中。看来,美华文论对现代中国文学的阐释显然存在这样或那样的缺陷,在美华文论与当代中国文论日益频繁的互动中,无疑需要一种理性的分析与反省。

第三,我们在肯定美华文论传播中国文学的意义以及对中国文论的启发作用时,还必须认识到美华文论实际上是美国学术生产的一部分。有学者运用沃勒斯坦(Wallerstein)的世界体系理论及布迪厄(Bourdieu)的场域理论,研究"知识的世界体系"的形构,认为"知识生产的世界如同 Wallerstein 的世界体系理论,业已形成或逐渐形成核心、半边陲及边陲地带的阶层结构,以及不平等的交换关系"。"在文化、知识的译介过程中,核心国家依然是最大获利者,知识内容与价值的选择、决定权力,又再一次落入核心国家的手中。经由符号转换而得到经济利润,再累积符号资本,正是知识世界体系运作的要素之一。"②这种世界文化生产体系所蕴含的知识与权力的不平等关系,的确值得第三世界人文学界的警惕与反思。一些迹象表明,当代中国文

---

① 刘禾:《语际书写——现代思想史写作批判纲要》,上海三联书店,1999 年,第 67 页。
② 陈明莉:《台湾学术场域的知识生产、传播与消费:人文社会科学的学术出版分析》,《教育与社会研究》,2003 年第 5 期。

论受到包括美华文论以及各种学术翻译的影响极其深远,当代中国的学术思潮、话语生产、问题提出、引用文献、教学参考往往尾随理论翻译、学术引进的风向而变化。

近些年来,美华文论尤其是美华的中国现代文学批评在中国文论界领学术时尚之风潮,一些学人趋之若鹜,亦步亦趋,缺乏学术的自主性。这对当代中国文论的发展显然是不利的。

# 白马社的小说与散文创作

## 一、鹿桥和唐德刚的小说创作

鹿桥本名吴讷孙,祖籍福州。1919 年出生于北京,1942 年从西南联大毕业,1949 年在耶鲁大学获美术史硕士学位,1954 年获博士学位。曾在耶鲁大学、旧金山州立学院、日本京都大学任教,1965 年到圣路易华盛顿大学美术史系教书,担任系主任,1971 年发起成立亚洲艺术协会,成为海外推动亚洲艺术的重要人物之一。鹿桥的作品有长篇小说《未央歌》和短篇小说集《人子》,数量虽不多,但却在港、台地区与海外华人世界中有着广泛的影响。《未央歌》完稿于 1945 年,但原稿遗失,鹿桥旅美后重写并于 1959 年出版第一版,目前该书已经成为中国现代文学和华文文学的经典。但长期以来却没有受到文学史家的充分重视,除了周锦的《中国现代文学作品书名大辞典》提到外,只有司马长风的《中国新文学史》对其给予了较高的评价:"在战时战后时期,长篇小说有四大巨峰:一是巴金的《人间三部曲》,二是沈从文的《长河》,三是无名氏的《无名书》,四便是鹿桥的《未央歌》了。《未央歌》尤使人神往。"①大陆研究鹿桥的成果并不多见。1990 年孔繁今主编《中国现代文学补遗书系》收入鹿桥的《未央歌》。近年来,这部书写西南联大生活的小说逐渐引起一些学者的研究兴趣。人们在"中国现代文学与宗教文化的关系""抗战文化格局中的中国文学""新小说

---

① 司马长风:《中国新文学史》下册,香港昭明出版社,1978 年,第 113 页。

与旧文化情结""现代教育题材小说""人格完善的理想追求"等阐释框架中涉及对鹿桥《未央歌》的讨论。

这些讨论是现代文学批评界对 20 世纪 40 年代文学兴趣的一部分,"文化精神"则成为共同关注的核心。有趣的是,人们对《未央歌》文化意蕴的阐释有着比较突出的差异,其中有三种观点值得我们注意:

第一种观点认为,《未央歌》贯穿着一种基督精神,"加强宗教文化与现代文学之关系的研究,对于现代文学历史的重构是有深远意义的。一方面,这种研究可以开拓领域,把那些无法归纳到意识形态领域但又确实属于精神产品的文学创作纳入文学史的研究视野。如鹿桥的《未央歌》、苏雪林的《棘心》等长篇小说,里面贯穿着的是一种基督精神,所运用的是一种地道的基督教话语,无论是在内容的深厚性还是在艺术表达的成熟性方面,都可以称得上是现代文学史的上乘之作,但历来的现代文学史几乎不加评论。这实在是因为作品的宗教观念太显著的缘故。"①这种判断存在两个疑问:一是基督教话语在《未央歌》中并没有占据主导地位,二是宗教观念的显著导致文学史忽视的判断缺乏论证,只能说是某种臆测。

第二种观点认为《未央歌》反映着新儒学的影响:抗战爆发以后,民族文化传统成为有助于民族复兴、抗战建国的重要精神资源。这在国统区和解放区的文化建设、文学创作中都有所反映。在国统区,新儒学的崛起引人注目。而鹿桥写于 20 世纪 40 年代、出版于 50 年代的长篇小说《未央歌》,在对战时西南联大学生精神成长的描绘中,以赞赏的笔触表现了儒、释、道等传统文化在年青一代的人格塑造上仍有积极的价值。这种态度显然反映着新儒学的影响。"②

第三种观点认为《未央歌》体现了 40 年代文学宗教浪漫的特点:

---

① 谭桂林:《宗教文化与二十世纪中国文学研究》,《中国现代文学研究丛刊》,1999 年第 1 期。

② 解志熙:《"别有一番滋味在心头"——新小说中的旧文化情结片论》,《鲁迅研究月刊》,2002 年第 10 期。

"到了40年代,时代环境的更趋严峻,导致宗教对文学的渗透方式和宗教与文学关系的格局进一步趋于现实化,同时也为作家关于宗教的书写注入某些新的质素。当大多数作家对宗教采取实用功利的态度,而在40年代文坛上红极一时的作家徐訏、无名氏等,却在作品中恣肆谈论有关宗教的义理,并借以敞露自己的浪漫意趣……这里有必要提到40年代名不见经传的年轻作者鹿桥及其长篇代表作《未央歌》,在这部'以情调风格来谈人生理想的书'里,作者杂糅了儒、禅、道的理念及基督教的情调,通过塑造几个具有浓烈宗教情怀的人物,来探讨人生的理想和生命的真谛。值得注意的是,《未央歌》里大段哲理性议论和心理铺叙,以及徐訏、无名氏作品中关于宗教的抽象谈论,表明宗教在现代文学中的渗透已经逐步趋于'理念化'。这正是40年代文学宗教浪漫的一个特点。"①

这些观点为鹿桥研究打开了空间,可惜都没有依据具体的文本阐释而展开。而观点之间的差异则十分明显。《未央歌》书写的究竟是地道的基督教话语,还是新儒学文化精神? 抑或儒、禅、道与基督教的杂糅? 这无疑是值得我们进一步讨论的课题。我们赞同十分关注鹿桥创作的学者宋遂良的意见,理解《未央歌》的思想须从小说人物入手。的确,鹿桥"集中探讨了一个人在成长的道路上追求人格的完备和完善的问题"。② 小说所呈现出的文化精神是与"人的成长"主题密切相关的。在《再版致〈未央歌〉读者》中,鹿桥说:《未央歌》的"主角"是由"四个人合起来"的一个"我":"书中这个'我'小的时候就是'小童',长大了就是'大余'。伍宝笙是'吾',蔺燕梅是'另外'一个我。"③童孝贤、余孟勤、伍宝笙和蔺燕梅是《未央歌》的四个中心人物,有着各自不同的气质特征。小童具有自然的天性,率性、真挚,绝不矫揉造作,对世界充满好奇,对人充满善意,作家把小童塑造成一个具有

---

① 张桃洲:《宗教与中国现代文学的浪漫品格》,《江海学刊》,2003年第5期。
② 宋遂良:《追求人格的完备与完善——读长篇小说〈未央歌〉》,《岱宗学刊》,1997年第1期。
③ 鹿桥:《未央歌》,台湾商务印书馆,2002年,第18页。

一颗赤子之心的"光明之子"和"自然之子";余孟勤以学业为中心,孜孜以求,勤奋刻苦,而在情感生活上却少些情调,显得有些迂;伍宝笙有着母性的慈爱、宽容、包容的品格,总是那么细致入微地理解和关怀他人;蔺燕梅充满青春气息与艺术气质,光彩迷人,是一个理想化的人物。她最后逃离学院生活"苦修苦炼"的压抑而去做了修女,可见鹿桥还是把人的"自然心性"即合乎健康人性的性情放在更高的位置。四者合而为一,共同构成一种西南联大的青年文化精神即鹿桥所说的"情调":"那些年里特有的一种又活泼、又自信、又企望、又矜持的乐观情调。"①也构成鹿桥的一种具有乌托邦色彩的人性理想。

蔺燕梅在《未央歌》中占据着非常重的分量。表面上看来,她最后逃离学院生活"苦修苦炼"而遁入天主教似乎意味着对余孟勤入世精神乃至整个学院生活的否定和对基督教精神的肯定,这就是有学者得出《未央歌》贯穿着的是一种基督精神的判断的主要原因。但这一判断与《未央歌》的总体思想并不完全吻合。事实上,鹿桥是用小说的形式阐释一种中西合流、古今合璧的"人学"思想,一种文化大同的哲学理念,一种事功与超越、朝气与成熟、个体与社会、诗意与智能、情感与理性、宽容与操守、自然放任与节制矜持、自由与规约协调统一平衡发展的人性理想。

这就是鹿桥所谓"四个人合起来"的一个"我"的真正含义。在《再版致〈未央歌〉读者》中,作家已经把小说的这一文化主题清晰地阐释出来:"中国人在天圆地方的结构之下在自然的大圈子里面划出人的方的世界,一规一矩,给幻想、神奇与理智仪节以互不妨碍而互相激励的发展生生无尽。人在中央,以恻隐之心、忠恕之道调节他的世界。'不语怪力乱神'也不受'原罪'的迫害。他在家族与社会里找感情的坐标点,在历史上追求他的评价,在他人的心目中照着自己的一举一动的影子。在这种情形下演化而出的大同思想会是狭义的一个中国的么?谁都可以到这个世界中来,面南正坐、想人生个体的崇高理想与群体的永恒协调?这种观念里的'人',正是与未央歌里面抽象

---

① 鹿桥:《未央歌》,台湾商务印书馆,2002年,第17页。

的'我'是一样:是'人人',不但是今日各国各地的人,而且是近人、古人,及将来的人。这个大同世界理想中的国度,是宇宙的'中国'。"①所以,《未央歌》的文化问题,与其说是一种基督教文化精神,不如说更接近于新儒学的文化中国理念。鹿桥所建构的"人学"当然具有浓厚的乌托邦色彩,也是抽象的超越语言、民族和国界,作家显然赋予它一种人类普世性的价值含意。如同鹿桥自己所言:"每次提到'人',都是泛指人类每一分子。这与如今纷争的国际情势及野心的国际政客头脑中分辨敌友的'人',有基本观念上的区别。所以用的虽是自家人谈话的中文,而关照的是文化上国际趋势及我们的理想,其对象是不分国界的。"②

《人子》不同于《未央歌》的抒情、诗意与青春浪漫的情调,而是简练、魅丽、意味丰富的寓言和童话式的短篇集子,"是写给从9岁到99岁的孩子们看的故事。"③但它的文化主题与《未央歌》有相似之处,所关切的同样是普遍的"人性"命题。《人子》"……描写的风光、情境,又都尽力避免文化同时代的狭窄范围,好让我们越过国界,打通时间的隔膜来向人性直接打招呼"。④ 这个集子包括《汪洋》《幽谷》《忘情》《人子》《灵妻》《花豹》《宫堡》《皮貌》《鹞鹰》《兽言》《明还》《浑沌》和《不成人子》13 则小故事。《人子》的结构是"依了人生经历的过程来排列:从降生、而启智、而成长,然后经过种种体验,才认识逝亡。最后境界则是在有限人生中祇可仿真、冥想而不可捉摸的永恒"。⑤《人子》以寓言的形式书写的是普遍的"人"的故事,是一部关于抽象"人生"的戏剧。开篇《汪洋》可视为整部《人子》的浓缩,它引出了一系列的故事,而接下来的一系列的故事都是对《汪洋》更具体的再诠释。终篇《浑沌》是大结局,"人"的故事在曲折展开之后最终复归于自然的"浑沌"。鹿桥是乐观的,他不希望人们把《人子》读成一

---

① 鹿桥:《未央歌》,台湾商务印书馆,2002 年,第 22 页。
② 同①,第 4 页。
③ 鹿桥:《人子·前言》,台湾远景出版事业公司,2001 年,第 1 页。
④ 同③,第 2 页。
⑤ 同③,第 4—5 页。

个灰色的故事而得出颓废的结论。在"人子"戏剧谢幕后,鹿桥加上了
一则"人子"故事的"补遗"——很温暖的《不成人子》。生而为"人子"
是幸福的,许多自然生命都企望经历长久的修行而"成人",但却只具
人形。所以尽管人的故事终归于浑沌,但人生还是要好好珍惜。在
《汪洋》中,年轻的航海手胸怀大志,企望凭借科学知识战胜汪洋大海
抵达港口。但他最终获得了自然的启悟,在放弃港口、航海图、罗盘和
帆之后与"汪洋"合为一体。这个故事与福克纳《去吧,摩西》中的
《熊》有些相似,《熊》中的白人少年麦卡斯林在自然与老印第安人的
启迪下,放弃了罗盘与枪,从而真正认识了自然的奥义与白人历史的
罪恶。不同的是,支撑福克纳《熊》的价值核心是基督教精神,而鹿桥
的《人子》的价值世界更多建基于东方文化,也更注重中西文化精神的
汇通与融合。

有论者曾经认为:"人子"原是《新约》中耶稣的自称用语,依《新
约》的观点,耶稣启发人类求"生"的真谛,是人类新生的开拓者;鹿桥
书命名《人子》或承新约原义,含有人类新生、体悟人生之意。① 但《人
子》的底色主要是东方的:儒家的积极入世精神,道家的自然放达与佛
教的出世智能。正如胡兰成所言:"鹿桥的文学根底是儒与浑沌,浑沌
通于究极的自然。"②但胡兰成把鹿桥的"浑沌"归于婆罗门,"与中国
民族乃有一疏隔。"却难以令人信服。在我看来,鹿桥的"浑沌"更近
于《易经》与庄禅。当然与《未央歌》相比,《人子》的文化色调要驳杂
得多。《汪洋》颇有道家"反智主义"和人与自然合一的意味;《幽谷》
中的一棵小草受累于至美的期望,在选择自己花朵的颜色时因犹豫不
决而错过了开花的时辰。在千千万万应时盛开的丛花里,这棵有着美
好枝梗的小草,"擎着一个没有颜色、没有开放,可是就已经枯萎了的
小蓓蕾。"这里有着很平凡的人生智能与生命的悲剧感;《忘情》写人
的诞生,人的智能、健康、理智与美,唯独没有"感情";直接以"人子"

---

① 参见廖上信:《人子之谜》,台湾永望文化事业有限公司,1984 年;国立中山大学中
国文学研究所常秀珍的硕士论文《鹿桥〈人子〉研究》。
② 胡兰成:《中国文学史话》,上海社会科学院出版社,2004 年,第 223 页。

为题的故事的确有些胡兰成所说的"婆罗门"色彩,故事中出现一个"婆罗门"法师,但这则故事所写的善与恶的分辨问题,不只是"婆罗门"的,也有庄子的"齐物论";《灵妻》则很有些原始主义的色彩与楚文化的瑰奇,其原始宗教意味让人想起英国作家 D·H·劳伦斯的短篇小说《骑马出走的女人》;《花豹》写的是长大成人;《宫堡》写"王子"一生的追寻与幻灭;《皮貌》包括《美貌》与《皮相》二则。前者讲述月光下的美少女充满幻想与热情却又寂寞,月光在她睡着时退去了她美艳的容颜,生活从此变得实在,充满了慈爱;而《皮相》的想象有些怪异,老法师从自己刮胡子的小口子揭开自己的脸皮,从镜子里看见自己出了壳的老精魂;《鹞鹰》写鹰师与鹞鹰之间的故事,写鹞鹰飞翔的自由;《兽言》写人类文明与自然的关系,对文明的批判意味十分明显;《明还》是十分有趣又很美的童话;《浑沌》可视为"人子"故事的"总结陈词",写一种"亘古稀有的正大绝顶智能","在这极顶光明里,上无天空,下无大海,中间也没有了自己"。显然是以《易经》和老庄的智能收尾。而《不成人子》中的"民胞物予"则显然是一种儒家情怀,同样是志异故事,却显出人间的气息,表明鹿桥最终从"浑沌"的超拔境界返回人间。

鹿桥关于"人"的理念是超越民族语言与空间地理的,他的小说呈现出一种以东方/亚洲艺术精神为底蕴的世界大同的文化情怀。

唐德刚,1920 年出生,安徽合肥人。华裔美国人,历史学家、传记文学家、红学家。其史学论著包括《中美外交史百年史(1784—1911)》《晚清七十年》《袁氏当国》《美国民权运动》《中国之惑》等;口述回忆录与传记有《李宗仁回忆录》《顾维钧回忆录》《胡适口述自传》《梅兰芳传稿》等;文学作品有口述小说《战争与爱情》和传记散文《胡适杂忆》等。

与鹿桥小说的诗意与哲理不同,唐德刚的小说《战争与爱情》是口述史小说,具有历史记述的朴素性和写实性。如果说鹿桥的小说致力于打造一种意味隽永的"新文言",那么,唐德刚的语言则是一种明白晓畅的口语风格。唐德刚的小说代表了"白马社"小说创作的另一种追求。唐德刚是著名的历史学家,他把历史与文学的关系概括为"六经皆史、诸史皆文、文史不分、史以文传"16 个字。① 这种观念当然不是唐氏的独创,而是对中国文史合一传统的绍续与发扬。在这种小说观念的影响下,唐德刚的《战争与爱情》实际上是一部历史纪实作品,用他自己的话说也是一种"口述历史"。的确,唐德刚是把这部 60 万字的作品当做一部从民国初年直到 20 世纪 80 年代普通中国人的苦难而沧桑的历史来创作的。它构成了唐氏中国近现代史研究的一部分。与一般史书不同的是,它所记述的都是一些普通的小人物。但正如作者自己所言:"'史书'但写舞台上的英雄人物,舞台下的小人物则'不见经传';但是真正的历史,毕竟是不见经传之人有意无意之中集体制造出来的,他们的故事,历史家亦有记录下来的责任。"其目的在于"为多难的近代中国,那些历尽沧桑、受尽苦难的小人物们底噩梦,做点见证;为失去的社会、永不再来的事事物物,和惨烈的'抗战',留点痕迹罢了。"②

中美关系正常化以后,大陆开放海外华人回国探亲,自海外归来的"唏嘘客"中,有一位是唐德刚的"总角之交",日夜向他唏嘘地谈着个人的见闻故事。这些故事曲折、惨烈,充满苦难与沧桑,唐德刚将此"口述"故事记录下来。在这部作品里,出场人物有 400 多人,时间上从民国初年直到 20 世纪 80 年代,空间上更横越了美国与中国。小说故事从中美关系正常化以后旅美著名教授林文孙离乡去国 30 年后回乡探亲开始,以林文孙 30 年前的情人、朋友、同乡故旧的口述回忆的倒叙方式展开。小说的主线是乡村地主三公子林文孙与叶维莹的爱情故事,中心情节是抗日战争。日本侵略者在中国乡村进行了惨无人道的奸房虐杀。叶维莹与林文孙离散后,与共产党'政宣大队'的一群年轻'娘子军'一起协助难民的医疗与粮食工作,参加了共产党;而林则参加了军队到缅甸与英美盟军共同抗击日本侵略者,在中缅边境展开的一场激烈的战斗中身负重伤,被送往印度救治。抗战胜利后到南京应征"空军翻译员",后赴美留学。从此与故友、亲人、故乡和祖国离

---

① 唐德刚:《史学与文学》,华东师范大学出版社,1999 年,第 9 页。
② 唐德刚:《也是口述历史》,《战争与爱情》,华东师范大学出版社,1999 年,第 3 页。

别,林文孙与叶维莹 30 多年生死两茫茫。

在白马社的文学世界中,《战争与爱情》无疑是一部重要的作品。第一,白马社成员大多是出生背景良好的知识分子,具有自由主义的思想倾向。他们较少关注普通大众的社会生活与历史经验。而唐德刚的《战争与爱情》则把关注的目光深切地投向中国现代史中普通大众的历史命运,并同情、悲悯他们的苦难。这种情怀在海外自由主义知识分子社群中弥足珍贵。第二,《战争与爱情》成功塑造了一批性格丰满的人物形象。叶维莹、林文孙、张叔伦、阿宝、小和尚、刘绩之、张得标、李连发、张三延等都是血肉丰满、个性突出的文学形象。这些人物的性格发展和命运与其阶级出身、人生经历、教育背景尤其是历史的巨大震动和转折息息相关。作为一部口述历史小说,《战争与爱情》对人物性格命运与历史的关系的理解与分析是颇为深刻的。第三,小说具有"宏观的格局与微观的细致"结合,"沉重悲伤中,夹带黑色幽默"的艺术特征。第四,《战争与爱情》既是小说,也是一部历史著作。唐德刚在这部关于普通人的口述历史中,阐述了其对中国近现代史的许多观点,比如:中国的大地主与欧美的大地主差异问题;传统中国没有传统欧洲的"长子继承制"是"资本"和"土地"不能过分集中的主要原因之一,也是"资本主义"在中国迟迟发展不起来的原因之一;等等。这些历史观点不一定正确,但却使小说获得了一种历史深度。

总之,鹿桥和唐德刚分别代表了白马文艺社小说创作的两种倾向,前者追求的是诗意的哲学的文化小说,后者走打通文学与历史关系的路径,追求的是历史的文学性与文学的历史意味的结合。

## 二、白马社的散文创作

白马社在散文创作方面也有不俗的表现,他们的学术评论、旅游杂记、序跋录、随笔、时政议论、知识小品以及文化历史人物传记等都是情感真挚、趣味横生、知识丰富的散文作品。大体而言,白马社的散文可以分为三种:其一是情感型的抒情散文;其二是人生感悟型的散文;其三是诙谐幽默型的人物传记散文。

情感型的抒情散文以心笛的作品为代表。心笛的散文感触细致、描述细腻,有论者曾经这样赞誉心笛的散文创作:"这散文只能来自女性的笔尖。她的情操有传统的尊严,她的感触是忧愁的,如同秋天的落叶,她悲怀,又有轻声的呼唤。她写得'轻声'极了,柔弱的笔调,如秋水潺潺流去。"①的确,心笛的散文与其诗歌作品相同有着突出的女性敏感气质和多愁善感的调子。她的散文与其诗歌作品书写的是相同的情绪与主题,即对自然的感受与尊敬,对人与自然和谐生活的企望。《高速公路》书写现代文明生活方式所产生的对自然的忽视和冷漠,是对自然、对更符合人的性情却不得不消逝的慢节奏生活方式的感伤与哀愁:"谁有时间去看路边的树?看野草欺侮着梧桐?谁能停下凝视晨曦的光彩在喜碎的叶页下迸散交错?远处的山在发光的朝云中透出轮廓,页染着一丝阳光的闪耀,我有时从窗口望望天,却没法突然停下,把这公路上的景物看个痛快。这是高速公路,匆匆地来,匆匆地去,是不容许悠闲的心看四周的景。"(《高速公路》)而在《树干,像中年人》中,心笛看着树干皮肤的破裂,斑落的伤痕,被锯去树枝后留下的疤痕,虫蚁咬嚼出的孔,却始终向上支撑着,"心中有着说不出的怜惜和敬意"。心笛的散文在写法上没有特别之处,但其散文所书写的情绪与思想纯正而真挚。她的近期作品《白花雨中哀巨笛》是一篇怀人散文,细述了诗人之间的交往。心笛的追忆充满真挚的情感:"我曾称辛笛先生为黄浦江头的'巨笛',我是海外的'小笛'。如今'巨笛'离去了,上海市似乎变成一座不复温馨'空空'的城市了。但巨笛的隽永诗句,将在海内外永远地奏起。我呆呆地看着南加大校园东亚图书馆旁落得满地的白花瓣,想着上海'空'了的城市,我心沉沉。"在心笛善感的追忆中,上海因有诗人王辛笛而美丽温暖起来,上海也因为辛笛的去世而不复温馨。怀念之情溢于言表,而表达情感的方式也与众不同。

白马社的另一才女何灵琰对人物的描绘细腻、准确、生动,《我的义父母:徐志摩和陆小曼》一文描写陆小曼的形象颇为传神:"干娘是我这半生中见过的女人中最美的一个……人不够高,身材瘦弱……但

---

① 木令耆:《海外华人作家散文选》,香港三联书店,1983年,第216页。

她却别具一种林下风致，淡雅灵秀，若以花草拟之，便是空谷幽兰，正是一位绝世诗人心目中的绝世佳人。她是一张瓜子脸，秀秀气气的五官中，以一双眼睛最美，并不大，但是笑起来弯弯的……一口清脆的北平话略带一点南方话的温柔。她从不刻意修饰，更不搔首弄姿。平日家居衣饰固然淡雅，便是出门也是十分随便。她的头发……只是短短的、直直的，像女学生一样，随意梳在耳后……衣服总是素色为多，一双平底便鞋。一件毛背心，这便是名著一时，多少人倾倒的陆小曼。她一举一动，一颦一笑，都别具风韵。"

人文意蕴丰富的人生感悟散文以鹿桥的《市廛居》为代表。鹿桥的散文集《市廛居》延续了《未央歌》《人子》的风格和人文情怀。这部散文集包括三部分：第一部分"市廛居"，写于1978年10月至1979年5月，以在美生活为素材，记述了自己动手建设"延陵乙园"的历史；第二部分"利涉大川"，写于1992年1月至6月，表达客居他乡的心情；第三部分"人物忆往"，是对西南联大故友李达海和作家张爱玲的悼亡与忆旧之作。《市廛居》"采取一种慢而竭力不散漫的笔调，当做打坐静思似的自修"。写的多数是生活中的细微小事，却散发出鹿桥特有的亲切自然、温厚恬淡的人文气息。如同作家自己所言："小事里才是日积月累，思索人生、养人性情的地方。"（《市隐记情》）在《市廛居》中，飞机头等舱乘客未吃完的牛扒，就成了伦理生活中的一个命题。有意志上的勇气，才敢"小气"，而达到"大方"。《圆饼小店》写的即是关于食物的一件小事，鹿桥在一家名叫"圆饼匣子"的小店，新来的店员因误会把他还未吃完的早餐收走了，鹿桥失口叫出一句："不得了！"吓坏了新来的店员。为了赔偿鹿桥的损失，小店自作主张免费送一整份早餐，这违背了鹿桥的本意，他在心上跟自己说："这可是真、真的不得了了！可怜的这一切，可怜的我们大家哟！"鹿桥从很细微处看环境、生活素质以及物资的浪费等问题，"终了发现牺牲的是自己。也许在那一刹那窥见了'情'。怜惜自己的一点情。因此也怜惜别的生命、人的生命、灾难中无告的老弱的生命。因为心中有情，眼睛也看见了是非。本来只看见他人的错误，现在也看见了自己的罪过。然后，对于'物'也有情了。"（《市廛居》出版前言）评家张素贞称之为"君子儒的灵修内省",的确十分准确。《论语》言"内省不疚,夫何忧何惧?"可闲老人说"渊明君子儒,心事甚夷旷",《市廛居》那种着重对事物的体认与身心的修养的人文情怀确是赓续从孔子到陶渊明的传统。

对客居异乡的游牧生活鹿桥的感悟情愫也迥异于常见的"花果飘零"或"望乡肠断":"利涉大川十四篇未竟稿,以平易入笔。据近身经历,论中国文化之种种观念。安土重迁,原四海为家。乃左右二足,自黄河流域,涉淮江以南,自本土而南洋,而更涉大洋。已遍全球各大洲矣。不是桃李花果飘零,更非望乡肠断。其中种种情愫,实越出礼闻来学,不闻往教古规之外。依人类学之经验判之,亦是往教也。其中深意,不一而足。"鹿桥把"客居"理解为"天地者万物之逆旅",是心智上蕴藏着中国文化及生活习惯的逆旅。但人们没有资格长期袖手作客,必须超越狭小之"乡愁"而以"万物逆旅"的视角去"保护山泽、海洋"。当然,鹿桥并不否定思乡之情,所以在《市廛居》多次提到自己的祖籍闽侯吴寓:"福建乡村之美,我至今难忘。那山色之青葱,溪水之明净,田庄、人家,无一不让我喜爱。"他一直记得那只"福建漆的小箱子"和"福建的红牛皮箱"。只是这种情绪表达十分平淡。以平淡之笔书写人生情愫是《市廛居》的特点。《市隐记情》中写哈佛广场买《纽约时报》:"《纽约时报》星期版就像哈佛广场一样:读一读,逛一逛,是不能免俗的事。然而也不是必做不可的事。"议论平淡自然,一点儿也不造作矫情。但《市廛居》决不是一味的朴素平淡甚至枯寂,而是情感深厚纯真自然意味丰富隽永的:"夏夜仰望天空,容易让心思走到很远很远的地方,就像放起一个好风筝,又有无尽的长线;风筝已远得看不见了,只凭手中那轻微的拉力,可以知道风筝还在天上。若是那线竟断掉了,人与风筝就断了通消息的管道,慢慢收回那弛松的风筝线时,心上就想:不知这个好风筝,飞得这幺高,放得这么远,此时轻易落到甚幺样的地方去了?"(《利涉大川》)

鹿桥把《市廛居》视为"自省的一份记录",也当作"与读者朋友的私语",是给读者的"公开的书信",因此,《市廛居》写得十分自然亲切。叙述慢而有致,语调诚恳、亲切、温暖,风格温厚恬淡,从最细微之处进入生活与生命的最深处。鹿桥说《市廛居》是左右手合一写成的,即学术与创作合一而成。这样,《市廛居》就具有智能与情愫合为一体的艺术魅力。

诙谐幽默型的人物纪传体散文主要以唐德刚为代表。据传记文学研究者考据,胡适是我国最早使用"传记文学"概念并且是"提倡最力与影响最大"的人。胡适倡导一种能够"纪实传信"的白话传记文学。他认为,"史料的发表与保存"是"第一重要事","几千年的传记文章,不失于谀颂,便失于诋诬,同为忌讳,同是不能纪实传信"。① 作为胡适的关门弟子,唐德刚继承了老师开创的现代传记文学传统。在散文文体上,唐德刚也继承了"胡适体"明白晓畅的白话风格。但师徒之间还是存在许多差异的,唐德刚自己就曾经说过:"胡先生认为写传记一定要像他写《丁文江的传记》那种写法才是正轨。后来我细读丁传,我仍嫌它有'传记'而无'文学'。"②胡适的《丁文江的传记》采用的是最严格的"科学方法",而唐德刚是主张文史不分的,许多时候,唐德刚的学术研究与文学创作是难以明显区分的。正如胡菊人所说,读唐德刚的文章,"感到像是读历史一样,然而又不像是读历史,却像是观剧一样";"由于唐德刚的文笔有文学笔底,写得灵活,因而让读者不忍停下来,这就是文学笔法的功劳。"③

《胡适杂忆》是唐德刚人物纪传体散文的代表作。这部脍炙人口的人物传记的产生就是一则有趣的佳话。在《胡适口述自传》写在书前的译后感里谈到其由来:"在动手翻译这本小书之前,我曾遵刘绍唐先生之嘱,先写一篇《导言》或《序文》。谁知一写就阴差阳错,糊里糊涂地写了十余万言:结果自成一部小书,取名《胡适杂忆》,反要请周策纵、夏志清两先生来为我作序了。"④唐德刚写作的自觉文类意识是构成《胡适杂忆》的前提,在"杂忆"的结尾,作家自己声明:"事出偶然,原非治史。笔者不学,只是试掘心头旧事,意到笔随;既无篇章,更

① 《胡适传记作品全编》第4卷,东方出版中心,1999年,第203页。
② 唐德刚:《胡适杂忆》,华东师范大学出版社,1999年,第106页。
③ 参见曾慧燕:《"历史迷"唐德刚老骥伏枥志在千里》,《世界周刊》,2004年第11期。
④ 《胡适口述自传》,华东师范大学出版社,1993年,第1页。

未剪裁。似此信手拈来之杂文，古人名之曰'随笔'；鲁迅称之曰'杂感'。那只是有关胡适之先生的一堆杂乱的回忆罢了。"①的确，意到笔随并涉笔成趣是构成《胡适口述自传》《胡适杂忆》等历史学著作的"文学性"的一个重要方面。"唐德刚体"散文幽默诙谐，明白晓畅，自然率性，情理相依，融知识性与趣味性于一体，形成了在华人读者圈中颇为流行的独特风格。在唐德刚的笔下，胡适是复杂的矛盾体，也是生动的、丰满的、独特的"这一个"。即使是谈论胡适的学术与政治思想，唐德刚也写得十分形象而传神。

一次在背后看他打麻将，我忽有所悟。胡氏抓了一手杂牌，连呼"不成气候，不成气候！"，可是"好张子"却不断地来，他东拼西凑，手忙脚乱，结果还是和不了牌。原来胡适之这位启蒙大师就是这样东拼西凑，手忙脚乱。再看他下家，那位女士慢条斯理，运筹帷幄，指挥若定。她正在摸"清一色"，所以不管"好张子，坏张子"，只要颜色不同，就打掉再说！其实"只要颜色不同，就打掉再说"，又岂只胡家这位女客。在胡氏有生之年里，各党派、各学派、各宗师……哪一个不是只要颜色不同，就打掉再说呢?！胸有成竹，取舍分明，所以他们没有胡适之那样博学多才，他们也就没有胡适之那样手忙脚乱了！

胡适学术思想渊源的复杂性及其整合的困难在唐德刚的笔下变得如此诙谐幽默却又准确到位。

---

① 唐德刚:《胡适杂忆》，华东师范大学出版社，1999 年，第 223 页。

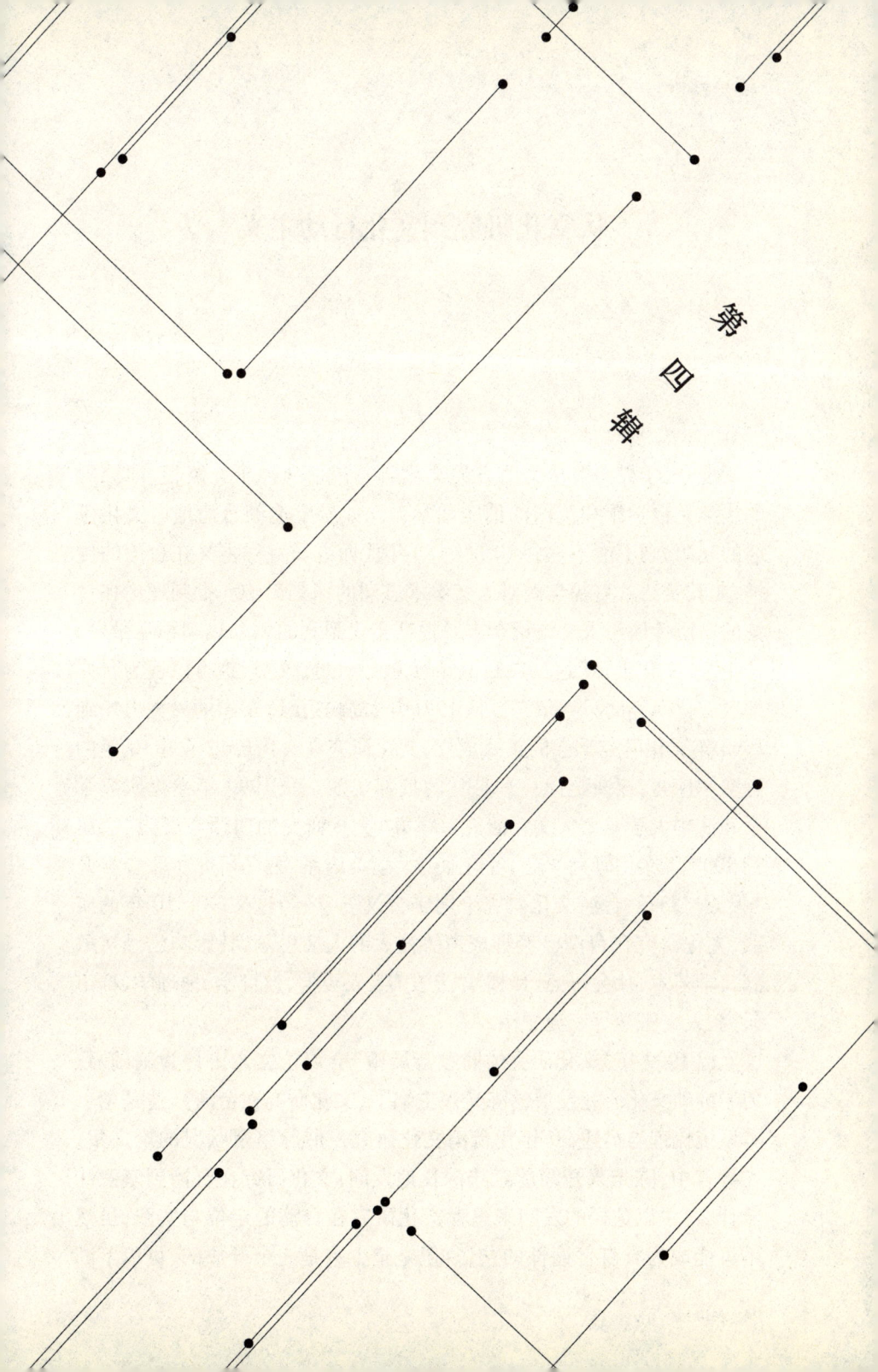

第四章

# 从文化研究到文化行动主义

    现今,学界一般认为西方的文化研究包括两种研究路径,即德国的法兰克福学派和英国的伯明翰学派。如果要追溯台湾地区文化研究的起源,则不能不提到 20 世纪 80 年代西方马克思主义在台湾的传播,尤其是法兰克福学派对人文学术思潮的深刻影响。批判理论在台湾的广泛传播与人文评论杂志及报纸文化副刊的创办热潮相互激发,产生了"文化批评"这一在知识界颇为流行的新文类,这可以视为台湾地区文化研究的早期形态。从 1991 年《岛屿边缘》杂志的另类出场到 1998 年文化研究学会的正式成立,文化研究在台湾经过了近 10 年的酝酿和探索,逐渐走向一种自觉的批判实践。从 1999 年文化研究学会和清华大学亚太 / 文化研究室举办"文化研究的回顾与展望"会议到 2009 年文化研究学会、台湾师范大学英语系、翻译研究所联合召开"根源与路径:台湾文化研究十周年会议"⋯⋯经过又一个 10 年的实践,文化研究在台湾已经形成声势浩大的人文思潮,其影响已经扩散到文学艺术、社会研究、传播学、历史学、人类学、教育学、地理学、都市研究、人文医学等广泛领域。

    以 1999 年"文化研究的回顾与展望"会议论文与讲评为基础,致力于推动文化研究发展的陈光兴主编了《文化研究在台湾》,这是第一本系统梳理与描述 90 年代台湾文化研究发展脉络及状况的论文集。在导言中,陈光兴开篇就意味深长地发问:文化研究在台湾到底意味着什么?"以这样的发问来思考文化研究在台湾的定位与实践,虽然不可能成为具有普遍性的共识,但是至少它是一个开放的、可以不断被重新思索的问题。或许,只有不断地提出这样的问题才能让文化研究保持它该有的批判性活力以及敏锐地面对新的情势。"①在文章的结尾,作者以自我期许的方式回答了这个发问:"文化研究在台湾会是意味着一种进步、开放、有生命力、创造力、批判力、历史解释力、具有国际主义精神的学术场域,但是文化研究在台湾到底意味着什么? 其实取决于与这个符号相关连多元主体的欲望与其具体实践。"②回顾10 多年来的发展历程,作为影响广泛的人文思潮,文化研究在台湾的兴起与发展,与欧美学术思潮的变迁无疑存在深刻的关系,但陈光兴们显然没有把台湾的文化研究做成西方理论的又一次愉快旅行的注脚,而是把它视为阐释"台湾经验"的一种话语实践。文化研究在台湾意味着人文知识界重新介入变化了的社会文化现实的一次努力和尝试,是企图重新介入当代文化场域重获阐释现实能力的一种方式。借助"文化研究",人文知识界有可能再次获得一种介入式和批判性的知识位置。许多事实表明,文化研究在台湾已经成为人文知识分子重新返回社会文化现场的一个重要入口。

现今,文化研究在台湾已经形成影响广泛且深刻的人文思潮,呈现出多元、开放、充满思想活力的态势。

第一,文化研究社群已经形成。作为新兴的学术场域、思想论坛或话语平台,"文化研究"吸引了台湾人文知识分子的广泛参与。一大批跨领域、跨学科的人文社会科学学者在"文化研究"的名下聚集起来,文化研究的队伍不断发展壮大,越来越多的青年学者选择文化研究的学术之路,以文化研究为论题或路径的学术论文和学位论文数量不断攀升。陈光兴、冯建三、廖咸浩、陈儒修、何春蕤、张小虹、赵彦宁、赵刚、邱贵芬、刘纪蕙、刘亮雅、郭力昕、李振亚、郑文良、林文淇、宋文里、毕恒达、周慧玲、张汉良、夏铸九、唐维敏、陈儒修、丁乃非、赵彦宁、刘人鹏、朱元鸿、单德兴、刘纪雯、蔡笃坚、朱伟诚、柯裕棻、宁应斌、方孝鼎、王志弘、李丁赞、李尚仁、黄宗仪、陈惠敏、李明璁、黄宗仪、范云、

---

① 陈光兴:《文化研究在台湾》,台湾巨流图书公司,2001 年,第 7 页。
② 同①,第 22 页。

汪宏伦、戴伯芬、蔡如音、杨祖珺、李根芳、王智明、戴伯芬、何东洪、蔡如音、魏玓、苏硕斌、林纯德、杨芳枝、郭秀铃、殷宝宁、林纯德、纪大伟、王君琦、胡绮珍、古明君、邓芝珊等一大批不同学术背景和专业的学者加盟台湾文化研究学会（简称 CSA），致力于推动文化研究的兴起与发展。以 CSA 为中心，以相关系所为基础，台湾文化研究社群已经形成。与大陆的文化研究以中文专业为主体的格局相比，台湾文化研究社群的专业构成更加多元而丰富，其中外文系、社会研究和传播学领域的学者占据多数，中文专业（包括台湾文学系所）的学者参与文化研究的数量则呈现出逐渐上升的趋势。

第二，文化研究的学院建制已经完成。清华大学的"亚太/文化研究室"成立于 1992 年，是亚洲区域中历史最久的文化研究学术机构之一。中央大学的"性/别研究室"、交通大学的"社会与文化研究所"和"新兴文化研究中心"、辅仁大学的"跨文化研究所"、政治大学的"跨文化研究中心"、中央大学的"视觉文化研究中心"、阳明大学的"视觉文化研究所"、中央大学的"电影文化研究室"、台湾联合大学的"系统文化研究国际中心"、中兴大学的"台湾文学与跨国文化研究所"等相继成立，建立文化研究团队，开设文化研究课程，规划各具特色的文化研究课题与项目，招收硕士博士研究生。传统的中文、外文、社会学、传播学、建筑学、历史学、人类学、教育学、地理学与都市研究乃至人文医疗等研究系所也不甘落后，纷纷开设文化研究课程，将文化研究与专业教学及科研相结合。各大学院所开设文化研究课程情况列举如下：台湾联合大学的系统跨校"文化研究学程"，交通大学社会与文化研究所的文化研究概论（刘纪蕙）、认同理论与研究方法专题研究（许维德），东海大学社会学系的全球化与文化研究课程（赵彦宁），世新大学的"媒体批判与文化行动学程"，阳明大学的近代视觉文化（刘瑞琪）和文化研究与当代社会（杨弘任），南华大学的文化研究课程（林昱瑄），世新大学的视觉文化研讨（王志弘），台湾师范大学社会教育学系的文化研究导论课程（黄靖惠），清华大学社会学研究所的土地的文化政治（陈瑞桦），台湾大学建筑与城乡研究所的文化研究课程文化研究专题（王志弘），台湾大学新闻研究所的传播批判理论课程（张锦华),成功大学台文系的文化研究与台湾文学专题(游胜冠)和文化研究导论(杨芳枝),东海大学社会学系的文化理论课程(郑斐文),中正大学电信传播所的文化研究与批判理论课程(简妙如),辅仁大学大众传播学研究所的传播批判理论与文化研究(林应嘉),台湾海洋大学的通识课程电影诠释与文化研究(黄骏),台湾大学外文系的视觉文化导论(张小虹)和电影与文化研究(廖咸浩),政治大学的大众文学与文化研究(陈音颐)以及文化研究专题:性别、认同、论述(伍轩宏)和大众文化研究(柯裕棻),台湾艺术大学的流行与消费文化研究(杨祖珺),台湾师范大学的消费与文化研究(蔡如音),清华大学的文化研究导论(宋文里)……其中以联合大学系统开设的跨校"文化研究学程"最为系统,也最具影响。

第三,学术活动活跃,文化研究充满活力。台湾文化研究学会组织的"文化批判论坛"和"文化研究年会"是台湾文化研究领域最重要的学术活动。"文化批判论坛"每月一场,在紫藤庐举行,"除了响应当前文化与社会议题,结合理论与运动的视野,带动更为积极的文化关注与社会介入,实践文化研究之批判功能之外,并且邀请资深或是新进学者提出阶段性研究成果,以便刺激跨领域对话,深化理论性建构。"[1]截至 2012 年 5 月,"文化批判论坛"已经举办了 95 场。近两年来论坛涉及的主题十分广泛,如:"华光小区的经验对话和影像力量""观看之道:影像的叙事技法和公共介入""鲍伯·迪伦在亚洲Bob Dylan in Asia""穷忙族:劳工经济与社会分配""社会议题影片的生产之道""我们需要什么样的高等教育工会?""'思想文学':社会、文化与时代""妈的,就是要家园!——家园/政治、政治/家园第二次圆桌论坛""'同志'(LGBTQ)社群如何剖析与回应宗教右派的恐同/忌性言行""《赛德克·巴莱》所说及没说的台湾原住民:原住民观点""师大商圈存废争议:台湾街区文化何去何从?""台铁公共性事件:从不当安置到媒体造法/罚""反身/返深:郭昱沂《女书回生》纪录片座谈""灾难的新闻 VS. 新闻的灾难:日台震灾报导的批判性对话与省

---

① 《文化研究月报》,http://www.ncu.edu.tw/~eng/csa/journal/forum_7.htm。

思"……从议题的设定及展开的讨论看,"文化批判论坛"直接介入台湾文化与社会问题的特点十分明显,及时回应当下发生的文化和社会事件,给出文化研究学者的批判性思考和反思性意见。从中我们可以看出文化研究在台湾扮演了重构人文知识公共性的重要角色。

而每年一次的文化研究年会则是精心策划和组织的规模盛大的学术活动,在台湾人文社会科学界产生了深远的影响。从 1999 年第一届年会至今,台湾文化研究会已经举办了 13 届年会。历届会议主题如下:"文化研究的回顾与展望研讨会"(1999),"科技、美学、权力:跨世纪文化转折"(2000),"人文社会学术的'文化转向'"(2002 年 1月),"重访东亚:全球、区域、国家、公民"(2002 年 12 月),"靠文化(By Culture)"(2004),"去国、汶化、华文"(2005),"众生/众身(Multitude Lives/Bodies)"(2006),"城流乡动(Urban Flows-Rural Moves)"(2007),"乐·生·怒·活:风格运动、生活政治与私众社会"(2008),"根源与路径:台湾文化研究十周年"(2009),"文化生意:重探符号、资本、权力的新关系"(2010),"嘿山寨! 虑消费:生态、科技与文化政治"(2011),"芜土吾民"(2012),2013 年年会的主题则确定为"公共性危机"。历届年会涉及的问题有:文化研究的自我反思和路径思考;人文学术体制位置的反省与专业主义批判;科技和美学的依存、对立的关系及与社会权力结构的镶嵌;从全球、区域、国家、公民的多维角度重新思考东亚问题;性别、阶级、国族与文化的关系或文化、经济、政治、社会之间的共存连结;文化离散与身份政治;"人民"的终结与对抗的、不确定复数的"众生/众身"之诞生;全球都会区域之间连结的网络之下生产关系、阶级关系、权力关系和文化体系的重新界定问题;日常生活、风格运动与文化政治;文化创意产业的批判性思考;山寨文化的意义与局限;"吾土吾民""无土无民""芜土吾民"的文化再现及其政治经济学阐释;如何应对风险社会的公共性危机? 这是最新一届年会(2013)设定的议题。从历届年会的议题规划和参与学者的学术背景及提交的论文看,台湾文化研究的跨领域、跨学科性越来越突出。一方面,文化研究在台湾的面目显得有些模糊不清,什么都是文化研究,那么文化研究究竟是什么? 文化研究是否只是一个名? 但另一方面,

"年会"使台湾的文化研究真正发展成为一个开放的对话的思想与学术场域,开创了多元思考的批判空间。在总体论业已瓦解的年代,如何系统地理解和阐释我们时代的处境?又如何重构批判性、想象性和整体性的知识图景?文化研究学会年会建构了一个跨领域、跨学科的对话与潜对话的平台,建立了多学科多维度地讨论当代问题的公共空间,它或许隐含着生成某种认识与阐释当代社会问题整体性知识视阈的可能性。

第四,学术刊物的创办与出版。《中外文学》和《台湾社会研究季刊》是两种在当代台湾人文学术史上具有举足轻重地位的刊物,前者在推动文学批评与研究新思潮的兴起与发展中扮演了先锋的角色,后者一贯秉持批判知识分子的立场,是台湾批判社会研究和激进思想的重要刊物。这两个刊物对文化研究在台湾的兴起与发展都起着关键的作用。20世纪90年代,《中外文学》推行本土转向,台湾文学和本土问题开始受到前所未有的关注,文化研究也被正式引入《中外文学》,开启了文学的文化研究新方向。进入21世纪,《中外文学》推出"视觉理论与文化研究"专辑(刘纪蕙主编),进一步强化了文化研究方向。早在1992年,《台湾社会研究季刊》就发表了陈光兴的《在"后现代主义"与"文化研究"之间》;1994年,《台湾社会研究季刊》又推出了"文化研究专题",收入何春蕤的《台湾的麦当劳化——跨国服务业资本的文化逻辑》、夏铸九的《(重)建构公共空间—理论的反省》、林芳玫的《雅俗之分与象征性权力斗争——由文学生产与消费结构的改变谈知识分子的定位》、冯建三的《"开放"电视频道的政治经济学》、张淑玫的《休闲的政治——KTV的快感与权力关系》、王志弘的《速度的性政治——穿越移动能力的性别界分》等重要论文。此后,《台湾社会研究季刊》还编辑了"集体记忆与意识形态专题""解构东亚:区域意识与民族认同专题""现代性及其批判专题""'大和解?'专题""底层反抗主体与论述专题""媒体研究""新自由主义全球化之下的学术生产""流移与抵抗专题""2006年文化研究教学营"专辑、"东亚批判刊物连带"专辑"陈映真:思想与文学"专辑"左异声响""文化研究的人类学 人类学的文化研究"等等,意图建构文化研究与政治经济学及社会批判视阈的对话与融合的知识范式。

　　台湾文化研究学会创办了两份刊物:一份是《文化研究》(学刊),另一份是《文化研究月报》(电子报)。《文化研究》2005 年 9 月起发行,至 2011 年秋已出版 13 期,"目标在成为华文世界在当代理论思潮、思想史、社会与文化史、艺术研究、科技研究、媒介研究、城乡研究、性别研究、族群研究、台湾研究、亚洲研究以及其他相关领域之集结与交流的新刊物。"①第一期从本质主义、反本质主义和策略的本质主义层面集中讨论"台湾文学的本土化典范",同时还评介了阿冈本的"例外统治"理论和"老上海的怀旧论述"等问题。第二期继续探讨台湾文学史写作问题,并策划了"观看"专辑,属于视觉文化研究范畴。第三期推出"精神分析与文化理论"专题,由刘纪蕙主编,同时介绍了香港的文化研究状况。第四期以上海和台办为例,探讨全球都会区域的弹性身份想象,批判黑格尔式的拼音偏见。第五期发表汪晖关于《现代中国思想的起源》的再思考及台湾学者的回应文章,还刊登了王智明的《叙述七十年代:离乡、祭国、资本化》,从影像、口述历史及文化论述中探讨关于 20 世纪 70 年代的集体记忆与历史意识,"寻找一条'进入'七十年代的路径。"第六期的主体是"影像的迷宫",属于视觉文化研究领域,包括人道主义摄影、兰屿纪实摄影经典、视听档案以及拉康与巴特的影像理论。第六期增刊专门制作了"子安宣邦专辑",探讨其"作为方法的亚洲"的内涵与意义。第七期包括《萧红文本性别与国族意识之关涉》、李永平的《漫游与欲望城市》《鲁迅"幻灯片事件"的后(半)殖民解读》等文章。第八期策划编辑了"想象中国崛起"专辑,内容包括对"中国崛起"论述之检视及跨文化批判与中国现代性之哲学反思等。第九期包括以下四篇重点论文:张君玫的《"阴性情境"与"空缺主体":重探台湾后殖民论述的几个面向》、林克明的《档案梦:从〈最好的时光〉之〈恋爱梦〉中的一个音乐错置论德希达的档案热》、张历君的《从诗语革命到电影诗学:论俄国未来主义与形式主义的视

---

　　① 编委会:《发刊征稿启事》http://www. srcs. nctu. tw/chst/router/pro/Router1/Router_01. htm。

觉性》和李明璁的《去/再领域化的西门町："拟东京"消费地景的想象与建构》。第十期可以说是伦理学专辑，包括子安宣邦对伦理意涵的当代追问以及台湾学者对子安宣邦思想的回应。第十一期从生命政治、伦理与主体化角度重探现代性问题，包括对福柯生命政治思想及其内在矛盾的反思。第十二期策划了两个专题："情感的亚洲"和"运动文化"，探讨"感知亚洲的可能与方法"。《文化研究月报》每月在线出版一期，是台湾文化研究学会另一重要发表平台。该报设有"三角公园"、"文化批判论坛"、"文化评论"、"文化实践"、"文化时事联机"、"路边摊（博士生专栏）"等栏目。与《文化研究》的学术性和理论化相比，《文化研究月报》更具灵活性，也更富活力，现场感更突出。

　　文化研究专门性刊物还有：政治大学外国语文学院跨文化研究中心发行的《文化越界》期刊、台湾师范大学英语系主办的《同心圆：文学与文化研究》（Concentric：Literary and Cultural Studies）等。此外，钱永祥主编的《思想》是当代思想评论和文化研究的重要杂志，迄今已经编辑出版了以下专题："思想的求索""历史与现实""天下、东亚、台湾""台湾的七十年代""转型正义与记忆政治""乡土、本土、在地""解严以来：二十年目睹之台湾""后解严的台湾文学""中国哲学：危机与出路""社会主义的想象""民主社会如何可能？""族群平等与言论自由""一九四九：交替与再生""台湾的日本症候群""文化研究：游与疑""台湾史：焦虑与自信""死刑：伦理与法理""中国：革命到崛起""香港：解殖与回归""儒家与现代政治""必须读'四书'？"等。2012年还诞生了一本新刊物《人间思想》，由陈光兴、赵刚、郑鸿生主编，人间出版社发行。该刊发刊词如是而言："此刻，我们怀着戒慎警惕的心情，企图承继这一个从鲁迅到陈映真以来的极重要但却又被高度压抑的在地'左翼'传统。《人间思想》的自我期许是一个中文的国际刊物，在深耕在地的同时，把自身更紧密地镶嵌在亚洲与第三世界的内在。我们要重新联系上并挖掘出区域中具有批判性的思想资源，开拓出更广阔的人间视野，对这个危机满布的世界提出更贴近历史的解释，并寻找介入现实与开创历史的新契机。《人间思想》呼吁包括台湾在内的中国知识分子，以及东亚区域的知识分子，共同为一个历史的、现实的、人间的思想事业共同努力。"①《人间思想》将对台湾人文思想和文化研究产生重要影响,值得我们期待。

第五,东亚区域批判知识分子的文化与思想论坛逐渐形成。文化研究在台湾的意义或许在于它所坚持的开放性、批判性和国际性品格。经过十多年的实践,文化研究在台湾已经发展成为一个开放的场域,一个两岸批判知识分子的对话与交流的学术空间,一个东亚批判知识分子互动、连带共同推动区域文化研究事业发展的思想场域,"加速亚洲批判知识圈的整合"②继 2006 年韩国《创作与批评》以成立 40 周年为契机在首尔召开了东亚批判性杂志的会议,2008 年,《台湾社会研究季刊》又召开了东亚批判刊物会议,共同探讨东亚和解所面临的困境与问题。韩国的《创作与批评》、冲绳的《反风》、日本的《现代思想》、台湾的《思想》以及台湾文化研究学会的《Inter-Asia Cultural Studies》等刊物参加了会议。白永瑞、冈本由纪子、叶彤、宁二、池上善彦、富山一郎、钱永祥、陈光兴等与会学者讨论了白乐晴的"分断体制"理论。白乐晴发表《东亚和解的路障:两韩的情况及其区域性意涵》,白永瑞发表《东亚论述与"近代适应和近代克服"的双重课题》等,与会学者就"分断体制"、东亚和解路障以及亚洲的现代性病理等问题展开对话和交流。

2010 年,以"冷战的历史文化"为题,在金门再次召开东亚批判刊物会议,进一步探讨"作为连带的东亚"问题。"二战""冷战"形成的政治和文化格局还深刻地制约着"后冷战"时期东亚现代性的发展,也制约着东亚的思想与文化。因此,内部问题的思考与诠释需要以更大的东亚区域视野为参照。台湾文化研究界致力于推动批判知识分子的"东亚连带",其意图显然在于:"充分理解各地认知上的差异,打开以自我为中心在理解上所造成的局限,从差异中寻求整体区域性的视

---

① 《人间思想》第 1 期《发刊词》,人间出版社,2012 年夏季号。
② 陈光兴:《相知相习:记 2008 东亚批判刊物会议》,《台湾社会研究季刊》,2008 年 12 月第 72 期。

250 ·海峡文丛

野。"①《文化研究》编辑的"子安宣邦专辑"同样表述了文化研究界对"作为方法的亚洲"问题的持续兴趣和关注。2011 年,台湾"清华大学"亚太/文化研究中心、台湾联大文化研究国际中心、台湾联大文化研究跨校学程合作召开"东亚脉络下的钓鱼台"会议,白永瑞、浅井基文、陈光兴、夏晓鹃、若林千代、王智明、池上善彦、郑鸿生、何春蕤、刘大任等学者以"保钓运动"40 年为契机,重新思索"保钓"的政治与可能,"钓鱼台争议所反映的不只是民族的历史记忆与情感,而是更大的东亚安全与战争责任的问题。"这次会议的重要成果之一是提出了如何清理"战后正义"命题。而台湾文化研究学会年会也常常把"东亚问题"纳入会议的议题,如 2007 年就规划了分论题"作为'命运共同体'的东亚:情感记忆的横向探索"。"东亚连带"意识及其论述实践构成了台湾地区文化研究的鲜明特色,东亚批判知识分子的交流、对话与合作持续展开,台湾文化研究界起着越来越重要的联结作用。

　　一方面,文化研究在台湾的兴盛发展,开创了人文思想的新空间;另一方面台湾的文化研究也同时面临一系列问题和困境,知识界业已认识到这些问题并且力图寻找到超克的可能路径。

　　第一个问题是建制化与跨学科的矛盾与悖论。文化研究的最大特点即是跨学科和跨领域性,其意义正在于突破学科边界的限制和专业主义的围限,达成对社会和文化问题的一种全新的开放性、批判性阐释。如果文化研究学科化、体制化,那么,其批判性活力也就被消解了。台湾文化研究界一开始就已意识到这个问题和困境,但正如上文所描述,台湾文化研究仍然朝建制化方向演变。这既表明学术生产体制的力量无比强大,也意味着文化研究具有某种脆弱的体质。生产于学院体系的文化研究难以彻底摆脱学院体制的规训,这正是台湾文化研究界努力推动文化研究建制化的根本原因。如此,在建制化的语境下如何始终保持文化研究的批判性活力和能量至关重要。

　　第二个问题是文化研究与政治经济学对话问题。《台湾社会研究

————————
　　① 《冷战的历史文化——东亚批判刊物会议》,http://apcs.nctu.edu.tw/page1.aspx?no=252917&step=1&newsno=22829。

季刊》学者群历来强调文化研究与政治经济学的对话与融合,认为文化研究必须兼具意识形态分析与政治经济学批判的双重视阈。他们对台湾社会麦当劳化发展的分析,对全球资本主义体系与文化劳动分工关系的揭示,对新自由主义与学术生产关系的剖析,等等,都是文化研究与政治经济学的对话与融合的具体成果。但多数文化研究学者并没有经济学的学术背景和政治经济学的训练,要做到这一点殊非易事。从总体状况看,台湾的文化研究在文化领域开辟了批判的战场,着力揭示文化背后隐藏的意识形态与权力关系,发展了意识形态批判理论,但并没有真正建立政治经济学批判视野和实践唯物主义与总体范畴,而常常是以"文化政治"分析取代政治经济学批判。如何重读马克思经典理论并且将政治经济学批判之维引入文化研究场域之中,迄今还是一个需要进一步思考的课题。

第三个问题是形式分析与意识形态批判结合的问题。在大陆,文学研究学者对文化研究的兴起存在种种非议和怀疑,认为文化研究放逐了审美形式的研究,瓦解了对经典的信仰,有一种庸俗社会学的倾向。这种怀疑或非议在台湾人文学术界虽然没有产生太大的影响,但文化研究在台湾的发展过程中尤其是在文学的文化研究领域的确也出现了一些庸俗社会学现象,文学成为某种政治和社会观点的注脚,时常产生任意曲解文本的现象。这个现象值得文化研究学者反省与警惕。

第四个问题是理论与实践的关系问题。思想史上,如何处理知与行的关系始终是人文知识分子必须面对的难题。许多学者都把"知行合一"视为一种人文理想,但达成这一理论并非易事。文化研究显然难以回避这个问题,文化研究是否只是一种学院的话语政治?如何处理理论与实践的关系始终是一个摆在台湾文化研究者面前的重要命题。应对理论与实践关系问题的挑战,台湾文化研究界有以下三种策略:

第一种策略是借用福柯的理论从论述实践的层面重新认识文化研究的意义。论述(话语)可以对实践构成某种直接或间接的影响作用,而且论述本身即是一种实践,或者说理论即是实践。这一解释对文化研究的发展是有积极意义的,但过度放大话语的实践意义也有可能削弱文化研究建立话语实践与社会实践之间紧密联系的努力。

第二种策略是强化文化研究对文化政策的关注与介入,将文化政策和文化治理问题纳入文化研究。廖咸浩曾经如是表述:"文化政策是更激进的文化研究。"2010 年文化研究年会已经提出文化政策研究是文化研究亟须开发的课题,并且把"文化政策批判:记忆、生意、正义"设为年会重要议题。"2011 文化的轨迹:文化治理的挑战与创新"国际学术研讨会于 2011 年 11 月 10—11 日在台湾艺术大学召开,意图明显在于:针对目前文化政策发展的动力和面临的挑战进行响应,并提出新的思维与发展策略。

第三种策略是把文化研究发展为文化行动主义。台湾地区的文化研究一开始就没有把自身定位为一种纯粹的学术运动,而是人文知识界寻求与社会文化运动紧密结合的一种方式。近几年来,一些文化研究者进一步提出"文化行动"的主张,力图将文化研究发展为直接介入社会政治与文化场域的文化行动主义。这个趋势值得我们关注与研究。

许多迹象表明,文化行动主义在台湾逐渐兴起,至少已经成为文化研究界的一个重要呼声。一方面,越来越多的人文知识分子直接参与文化行动,推动文化行动的展开。以"乐生保留运动"为例,如同学者管中祥所描述:"参与的团体包括人权、文化、性别、学生、媒体改革、司法、文史、环保、医疗、社区等各种类型的公民组织……透过音乐、戏剧、行动剧、博物馆、讲堂、纪录片、照片自拍、文学营、儿童营等各种文化形式进行社会沟通及维持动能。其中最具代表性的便是社会运动者与处于社会弱势的当事者,共同合作创作的《乐生那卡西——被遗忘的国宝专辑》,以及衍生出来的文化行动。"[1]另一方面,文化研究学者开始开设各种文化行动课程和讲座,举办关于文化行动的研讨会,介绍和研究文化行动的发展历史、思想资源及其典型案例,努力推动

---

① 管中祥:《弱势发声,告别污名:台湾另类"媒体"与文化行动》,《传播研究与实践》,2011 年 1 月第 1 卷第 1 期。

文化行动主义的兴起与发展。

从黄孙权主讲的文化行动研究课程内容中,大致可以看出台湾"文化行动主义"的基本内涵与面貌:文化行动(cultural activism)乃为全球化特殊下的社会实践,从 60 年代后即成为反文化以及社会实践的另翼之途。文化行动研究课程以两种方向进行:一是对于'行动主义'理论的探索,包含了文化行动,市民不服从、非暴力抗争、次文化与反文化、艺术行动(art as activism)的介绍与反思;第二个方向,则是介绍各国实际案例。学生们可以透过各种议题的演讲、研究与讨论,思考并学习如何以艺术/文化介入社会,其必须的工具、伦理与视野。课程分为两大部分:第一部分为理论与历史,内容包括行动者社会学、60 年代反文化、国际情境主义与达达运动等;第二部分为当代实践,内容包括全球化及其不满、生态政治运动、媒体行动者与全球独立媒体中心、空间自主斗争、Party and Protest、监督不良企业、文化反堵、重建人民权力等。

看来,文化行动主义的核心要义即直接介入新社会运动,亦即"以文化的形式进行社会改造的行动"(张铁志语)。文化行动主义的确具有改变台湾知识分子坐而论道状况的作用,其积极意义值得肯定。但文化行动主义仍然是以文化政治为核心关切,其对资本主义政治经济结构的抵抗能量是有限的。文化行动主义在台湾也才刚刚兴起,对文化研究的未来将产生何种影响?显然还需要做进一步的观察与研究。

# 从存在主义思潮的引进看五六十年代台湾文化场域

存在主义构成当代台湾文化思潮的重要部分。20 世纪 50 至 60 年代台湾知识界对存在主义的引进和研究存在三种取向：情感化认同、学理化辨析和意识形态化的改造。在 60 年代台湾文化场域中，存在主义进入台湾后与本土青年的"世纪末"情绪相结合，形成了影响深远的亚文化思潮，与主流思想构成疏离甚至对峙的关系。存在主义与台湾现代派的生命体验和境遇认识相契合，为 60 年代台湾青年提供了一种理解历史境遇、建构自我认同的书写方式。

## 一

台湾引进存在主义思潮始自 50 年代。60 年代，"存在主义（又称实存主义）曾在台湾学术文化界掀起一番热潮"。① 从哲学研究领域看，对存在主义的引进和研究大致存在两种路径：一是比较热情地介绍和认同，一是比较冷静地批评和反省。细致一点看，前者往往由对台湾主流文化政治的不满而生发出对存在主义的认同，颇能窥出时代风云的踪影，而这类情绪性认同随着研究的深化逐渐转为比较理性的认知，其中一些人则走向将存在主义与中国传统哲学思想相融合的道路；后者则多为针对台湾存在主义流行现象的误区所做的学理批评，但其中也有一些批评带有为官方儒学思想张目的色彩。

---

① 傅伟勋：《沙特的存在主义思想论评》，原刊载于台湾《中国论坛》，1983 年 12 月第 198 期、1984 年 1 月第 199 期。

50 年代中期就读于台大哲学系的傅伟勋是较早研究存在主义的学者之一,1957 年他的大学毕业论文以雅斯贝斯《哲学的世界定位》为论题,之后又写了硕士论文《雅斯贝斯的哲学研究》,1960 年底赴夏威夷大学哲学系留学,研读沙特和海德格尔的著作。1964 年,回台的傅伟勋在台湾大学哲学系开设"实存主义与现代欧洲文学""现象学的存在论"等课程,"'实存主义与现代欧洲文学'在第一堂就吸引了100 多位学生,多半来自外文系、历史系及其他科系。"①陀思妥耶夫斯基的《卡拉马佐夫兄弟们》等欧洲文学名著被当作教学参考书。由此可见 50 年代人们对存在主义的学术热情之高,也可看出时人已经意识到存在主义哲学与文学间的密切关系。而"现象的存在论"则是一门哲学分量较重的课程,以海德格尔的存在主义哲学名著《存在与时间》为主要教材。值得注意的是,傅伟勋的存在主义旨趣逐渐驱使他回归中国的禅佛传统。这样的轨迹似乎在现代派作家白先勇身上也有所体现。

与傅伟勋的研究进路异曲同工的是台湾大学的陈鼓应的存在主义研究。他的研究路线从尼采到存在主义,然后进入庄子世界。从陈鼓应的思想历程人们可以清楚地看到台湾接受和流行存在主义思潮的时代背景:"我从中学开始,在台湾就经历着五十年代的'白色恐怖':残余的权势集团在岛内展开地毯式的捕杀活动;在文化上,独尊儒术——孔儒的忠君观念及其上下隶属关系的'奴性道德',为官方刻意宣扬者,袁世凯的祭孔仪式在台北孔庙里重演着。另一方面,30 年代以来的文学作品几乎全在严禁之列,五四以来的新文化传统被拦腰切断,保守主义的空气达到令人窒息的地步。因而,尼采宣称'上帝之死'及其'一切价值转换'的呼声,深深地激荡着我的思绪。"②可见,选择尼采与存在主义为研究对象,对陈鼓应这样的学者而言,既是思想学术的一个命题,也是纾解时代苦闷、反抗思想专制的一种手段。"在经历传统哲学唯理的独断观念重压之后,尼采的精神不只是一种觉醒

---

① 傅伟勋:《从西方哲学到禅佛教》,生活·读书·新知三联书店,1989 年,第 21 页。
② 陈鼓应:《悲剧哲学家尼采》,生活·读书·新知三联书店,1987 年,第 5 页。

的讯号,尤其是在集体主义猖獗、生存意识纠结的今天,对于尼采的思想,我们有重新认识的必要。"①尼采思想给予他"以艰苦卓绝的精神,来开拓生命之路"的信念,以及"在饱尝人世苦痛之中,积健为雄,且持雄奇悲壮的气概,驰骋人世"的意志。他和孟祥森、刘崎翻译的考夫曼的《存在主义》一书于1972年出版,这并非系统论述存在主义哲学的严谨专著,而是一本存在主义作品和论述汇编,它集合了从陀思妥耶夫斯基到萨特等九位作家和哲学家的文学作品和哲学论述,以陀氏《地下室手记》作为序曲,包括节选的齐克果的《最终的非科学性的随笔》(《Concluding Unscientific Postscript》)和《那个个人》(《That Indivdual》)、尼采的《扎拉图斯特拉如是说》《冲创意志》《愉快的智慧》、里尔克的《马尔特札记》,卡夫卡的三个寓言,雅斯培的《关于我的哲学》,海德格尔的论文《何为形而上学?》,以及萨特的小说《墙》《存在与虚无》中的《自欺》部分、《反犹太者的画像》的节译、《存在主义是一种人文主义》的全文和卡缪的《薛西弗斯的神话》。② 陈鼓应等人对存在主义思潮的推介主观上有意乖离和反抗体制,客观上则推动了存在主义在青年群体中的迅速传播与流行。

与陈鼓应等人对存在主义的热情引介相对应,另一些台湾学者对存在主义则采取了批判反省性的辨析。在研究存在主义哲学的重镇台湾大学哲学系,邬昆如写了大量意在澄清存在主义真相的文章,其中最有影响力的文章即题为《存在主义真相》。他的《存在主义真相》③《存在主义论文集》④等专著也先后出版。邬昆如的著述比较关注存在主义自丹麦到德国再到法国以及美日台湾的流变过程,显示出知识辨析的专业特征,以他为代表的论述和批评也表现出对台湾存在主义流行现象的不满和校正企图,以及还原存在主义真相的努力。他们认为流行的存在主义是浅薄、片面和扭曲的混乱情绪,充满误读误

① 陈鼓应:《悲剧哲学家尼采·写在前面》,台湾商务印书馆,1967年,第2页。

② 这本书20世纪80年代登陆此岸,是大陆新时期存在主义热潮中的热门读物。陈鼓应于80年代在北京大学讲授"尼采哲学与老庄哲学"。

③ 邬昆如:《存在主义真相》,台湾幼狮文化事业公司,1975年。

④ 邬昆如:《存在主义论文集》,台湾黎明文化有限公司,1981年。

解,并不符合原生的西方存在主义,吸取的仅仅是存在主义阴郁、悲观的消极因素。但他们对萨特的抨击却多少暴露出另一种主观,萨特后期正是努力将行动哲学付诸行动,这种转向在这些批评者眼中却又成了最不可谅解的罪恶。此外,批评者还认为存在主义是西方的产物,不适合台湾现实。如胡秋原在《实存哲学与今日中国青年》一文中就指出,存在主义只是西方社会危机的产物,我们"以实存哲学为哲学,可谓东施捧心……何至于我们哭也要学西洋人的哭相和哭声呢?"①这种带有中华文化本位色彩的朴素质询具有一定代表性。

因此,对存在主义进行废弃处理或以我为本的改造,也就是一种理所当然的选择了。如《论存在主义及其与中国哲学中人生观之比较》一文②,就认定存在主义是"非理性主义",是反对黑格尔极端理性主义的激烈思想,其形态为个人主义,行动上强调个人自由,生活观为忧苦不安,趋向虚无主义,是一种危机的哲学。文章意图将存在主义与中国哲学之儒家人生观进行对比,认为这是两种差异极大的思想,前者是一种"时代病"之产物,虽有益于促进个人思想之自由,却于社会组织法则无补;而后者哀而不怨,乐而不淫,中正和平,积极进取,"为天地立心,为生民立命,为往圣继绝学,为万世开太平"的正统儒家哲学才是台湾青年应该选择的人生哲学。从正统立场看,这种论述有一定的合理性;但当时的情境下,台湾当局出于特定的意识形态需要而独尊儒术,强调儒家思想并以此立场批评存在主义,难免会遮蔽存在主义思潮的反主流性质和社会批判含义。

在文学批评领域,也有相似的否定观点,如尹雪曼的《现代文学与新存在主义》一书提出了"新存在主义"概念,作者认为这是一种不同于现代主义也不同于存在主义的新的文学道路。"新存在主义不重视个人存在的'无奈''痛苦''荒谬'和更多的'空无'! 新存在主义是一

---

① 参见胡秋原文集《西方文化危机与二十世纪思潮》,台湾学术出版社,1981 年,第539 页。

② 吴康:《论存在主义及其与中国哲学中人生观之比较》,中国哲学会主编《哲学论文集》第二辑(《中国哲学会哲学年刊第五期》),台湾商务印书馆,1968 年。

种以群体存在为主的思想。"①它的核心就是具有东方文化特点的人文主义和中庸主义,它对所谓狂放极端、虚无幻灭的思想抱着强烈的敌意,它自称是一种"力的蕴蓄"的文化,一种中正平和、"泛爱众,而亲仁"的哲学。这本书对存在主义的理解基本借助于赵雅博等哲学界学者的观点,显然,哲学界将存在主义儒家化的倾向直接影响了尹雪曼。在这种视阈里,存在主义是一种已经对台湾思想文化发生较大影响的思潮,完全排斥不是智举,必须做的是分辨这种外来思潮并将它改造融入本土文化。此外,当时台湾主流文化圈无法容忍后期萨特的"左翼"倾向,对萨特"变节"的批判格外卖力,尹雪曼也以文艺家的身份参与了这种性质的声讨,并提出用心良苦却有些粗疏、空洞的"新存在主义"。

二

事实上,20 世纪五六十年代风行于台湾知识界的存在主义并不算是系统而全面的哲学引进,如萨特的《存在与虚无》、海德格尔的《存在与时间》这样一些存在哲学的代表作均无完整的翻译版本。

相对而言,文学界与出版界的翻译传播更偏重于感性接受,这种情况近似于大陆 40 年代文学界对存在主义表现出的"敏感与热忱"②。萨特、加缪、卡夫卡、海明威、里尔克、陀思妥耶夫斯基等渗透存在主义哲学思想的文学作品受到当时台湾文学界相当的重视,存在主义的荒谬英雄以及反英雄以种种面目出现在台湾现代派小说中。对于台湾大多数风靡者而言,哲学体系对他们缺少诱惑,存在主义是透过文学气氛被接受的,而最能反映出存在主义进入台湾经验的动态的,是台湾大学外文系的白先勇、王文兴等人创办的《现代文学》杂志。《现代文学》代表了存在主义真正进入台湾人的心灵,新生代的作家们

① 尹雪曼:《现代文学与新存在主义》,台湾正中书局,1983 年,第 109 页。
② 解志熙:《生的执著——存在主义与中国现代文学》,人民出版社,1999 年,第 57 页。

在文学内容与表达手法上吸取了大量存在主义的要素。① 实际上,更早些的《文学杂志》就已经零星介绍了与存在主义思想有关的西方文学艺术,如《文学杂志》第 1 卷第 2 期和第 4 期(1956 年 10 月、12 月)分别刊登了存在主义色彩浓厚的里尔克诗作多首,第 6 卷第 3 期(1959 年 5 月)上刊载了 William Barrett 著、朱南度译的《现代艺术与存在主义》一文,第 4 卷第 3 期则登载了 Norman Podhoretz 著、朱乃长译的《评卡缪的一部短篇小说集》一文,第 8 卷第 2 期(1960 年 4 月)上又做了一个卡缪专辑,收录了高格的《卡缪的荒谬论》、Chales Rolo 的《卡缪论》、Germaine Brée 的《论卡缪的小说》等论文,刊载了由南度翻译的卡缪的小说《叛教者》和由朱乃长翻译的《薛西弗斯的神话》(节译)。这一年,47 岁的卡缪因车祸而亡,"卡缪专辑"表达了台湾学院精英对存在主义"异乡人"的一种悼念和敬意,也暗示了台湾知识分子在五六十年代文艺体制下的思想与书写困境。《文学杂志》对存在主义的介绍还属于零碎的引进介绍,渠道基本限于美国,比如唯一一篇标明"存在主义"的文章作者巴雷特是美国最早研究存在主义的学者,"卡缪专辑"的诸篇论文也多是美国学者所作。从文章看,当时美国学者对加缪的关注主要集中在其小说《异乡人》上,哲学著作《西西弗斯神话》、小说《鼠疫》和《叛教者》也受到一定重视。经由美国转手,当时台湾文化人对存在主义这种新生事物的理解带上了美国式的明快简易与通俗化的色彩。

《现代文学》对存在主义文学的介绍和翻译更加频繁和丰富,第一期就刊出在台湾文学史论述中影响颇大的"卡夫卡专辑",收入 Philip Rahf 的《论卡夫卡及其短篇小说》、Idarry Slochower 的《卡夫卡和汤姆斯曼的运动神话》等论文,刊载了张先绪翻译的《判决》、欧阳子翻译的《乡村医生》、石明翻译的《绝食的艺术家》三篇卡夫卡的小说,紧随其后发表了丛甦的小说《盲猎》。白先勇认为:"从甦的《盲猎》,无疑的,是台湾中国作家受西方存在主义影响,产生的第一篇探讨人类基

① 蒋年丰:《战后台湾的存在主义思潮——以萨特为中心》,载宋光宇编《台湾经验二:社会文化篇》,台湾东大图书公司,1994 年。

本困境的小说。"①第 9 期刊出《沙特专辑》，登载了郑恒雄翻译的萨特论文《存在主义是人文主义》，以及萨特的剧本《无路可通》，并刊出郭松棻的长篇评文《沙特存在主义的自我毁灭》。今天看来，郭文对萨特存在主义思想的辩证认识仍堪称精当到位。文中清醒地指出："沙特的存在主义和尼采的超人哲学一样，是上帝死后，人类的悲鸣。"并宣称："存在主义不是哲学，而是 20 世纪的浪漫运动……挟其'主观之真理'之确信正面向历史挑激，这便是存在主义的原始意义，其赋个体以无上的自由与珍宝，与 19 世纪初叶英国文学上的浪漫运动无异。"②这一看法建立在对存在主义的一种历史认知基础上。作者认为萨特的"呕"（即恶心，Nausea）是一种发现，是言"上帝不仁以万物为刍狗的现象"让人陷入"恶心"；作者理解萨特的自由是一种"处境里的自由"，是一种反抗行为，"在反抗里体认个人的价值"，按萨特的话说就是："上帝不存在，人自己抉择自己，塑造自己，负责自己，人注定是自由的。"不过他不赞成萨特的"以偏概全"，视"极端处境"（Extreme Situation，耶士培语）为人的普遍处境，认为萨特所谓"完全孤独里的完全责任"的"自由"必须置放在特定语境中（如纳粹当道时期）来理解才有效，而不能普遍化。作者认为："文学创作是沙特藉以行动的主要形式与处所……以疯狂的行动来强治他虚无的绝症，这是沙特唯一的生路。"这实际上就是说，文学创作既是一种行动或"介入"的方式，也是存在主义者以语言来疗治虚无的自我救赎之路。③ 因此，不难理解萨特的存在主义文学和哲学常给人悲观虚无的印象，甚至有"自我毁灭"的倾向。这篇文章最有价值之处还在于，作者较早意识到萨特"自我毁灭思想"的部分真实性，他设身处地进入萨特置身的极端处境，理解萨特哲学的矛盾性与矛盾中凸现出的现代人精神挣扎的真实性。文

① 白先勇：《〈现代文学〉的回顾与前瞻》，见欧阳子编《现代文学小说选集》第 1 册，台湾尔雅出版社，1979 年，第 15 页。
② 郭松棻：《沙特存在主义的自我毁灭》，《现代文学》，1961 年第 9 期。
③ 萨特自传名为《文字生涯》或《词语》，海德格尔从格奥尔格、荷尔德林等诗人的诗歌中倾听人与神的对话。无论是有神论者，还是无神论者，存在哲学的确蕴含着从语言、诗性中寻求救赎的意念。

章这样总结:沙特的"挣扎的伤痕亦即是我们普遍的伤痕"。① 这表明当时尚在台湾大学外文系读书的作者已敏感地意识到:存在主义诉说的正是现代人心灵的普遍焦虑和困境。这里的"我们"当特别包含当时的台湾青年。它不仅提示我们必须注意到台湾接受萨特及其存在主义影响的历史语境,也告诉今人不能想当然地判断存在主义这种外来思潮的异己性。存在主义虽不是通常意义上的乐观的哲学,但它的悲观和矛盾却很体己贴身地抒发了台湾一代人放逐离散的痛苦情感,它力图从个体角度反抗荒谬存在的精神特征也真实传达出战后台湾知识分子的生存经验和心理状态。在王文兴对存在主义的理解里,在王尚义广为流传的《从异乡人到失落的一代》中,在白先勇对"流浪的中国人"的描述里,在从甦、马森、七等生、张系国等人的小说里,在痖弦、洛夫、罗门等诗人的诗作里,人们都会反复感受到这一点。对于追逐时尚的一般青年而言,存在主义只是外来的知识舶来品,部分不成熟的文学作品也有模仿及食洋不化的弊端,但在严肃思考和创作的现代派小说家那里,存在主义思想与他们的生命体验和对存在境遇的认识大多能相契合,而存在主义文学也为他们提供了一种表现自我的思想与书写方式。

　　存在主义的风行无形地凝聚起了青年人虚无与叛逆并在的时代情绪和悲观迷惘的颓废心态,他们禁闭于小岛、震慑于专制,在恐惧和孤独中找到了某种共鸣,而反抗荒谬的激情多少给予了他们某种安慰和力量,暗合了他们苦闷与反叛的欲望。以延续了北京大学自由主义风气的台湾大学为核心,寻找精神出路的年轻人在存在主义那里感受到了一种青春的叛逆力量,"那时,文学院里正弥漫着一股'存在主义'的焦虑,西方'存在主义'哲学的来龙去脉我们当初未必搞得清楚,但'存在主义'一些文学作品中对既有建制现行道德全盘否定的叛逆精神,以及作品中渗出来的丝丝缕缕的虚无情绪却正对了我们的胃口。加缪的《局外人》是我们必读的课本,里面那个'反英雄'麦索,正是我们的荒谬英雄。……我们不谈政治,但心里是不

---

① 郭松棻:《沙特存在主义的自我毁灭》,《现代文学》,1961 年 7 月第 9 期。

满的。虚无其实也是一种抗议的姿态,就像魏晋乱世竹林七贤的诗酒佯狂一般。"①从某种程度上说,存在主义已经构成一种战后台湾青年亚文化思潮,它成为青年人宣泄对体制不满和抗拒情绪的载体。在这股蔓延流行于青年知识群落的思潮中,我想有必要重点谈谈王尚义的相关著作。

王尚义是个不幸因病早逝的医科学生,同时也是非常热爱哲学思考的年轻人,对存在主义思潮的流行传播发挥过重要作用,他的影响力不仅局限于校园,而且广泛体现在善感而有些迷惘的青少年亚文化群体中。王尚义生前对文学艺术投入了很大热情,死后由李敖等人在文星出版了他的作品,大林出版社、水牛出版社也出版过他的作品,深受青年读者的欢迎。以《从异乡人到失落的一代》为例,1963年初版,5年内发行了6版。在1969年大林版前言里,大林出版社编辑部这样评断:"尚义的出现正反映了这个时代的动乱和不幸……他从不游离现实,他努力要表现的,仍是他所处的这个社会的不平和不幸。"这本60年代流行的著作每篇文章的标题都是那个时代青年的常用语,可见王著实际上起到了配合或引领六十年代台湾青年流行文化思潮的作用。书中所收的文章充满理想主义热情和浪漫主义色彩,他的论述涉及达达主义、海明威的"迷惘的一代"、斯坦贝克的《令人失望的冬天》、陀思妥耶夫斯基、加缪和萨特……论题大多有关现代文学与现代人的精神状况,显而易见的是,存在主义是他有力的思想资源。在王尚义看来,存在主义就是20世纪的浪漫主义,只是"表现得更极端、更猛烈、更富于现代的气息"。② 他对存在主义充满一种理解的同情,谈到萨特时,他指出:"沙特的思想是集体价值破碎后的杂乱、分歧、无所依从的思想象征,因此充满了挣扎、矛盾、苦痛;他因压迫而感到自由,因孤独而感到责任,因死亡而感到抉择,沙特所代表的人生,是一种反

① 白先勇:《不信青春唤不回》,《第六只手指》,文汇出版社,1999年,第190-191页。
② 王尚义:《从"异乡人"到"失落的一代"——卡缪、海明威与我们》,台湾大林出版社,1969年,第93页。

抗、一种病痛、一种理性的麻痹和感觉的逃避。"①而对卡缪他更是理解之余欣赏不已："卡缪的作品不像沙特那样充满着放纵、雕琢,他从不用浮夸的字句,他沉默、委婉、文辞优美而富于象征的气息,他以平淡的声音说出人生的荒谬,却能渗透穿刺我们的内心。"②王尚义敏锐地察觉到萨特思想是一种集体价值破碎后的产物,而集体价值即整合视界的丧失岂不也是五六十年代台湾的精神症候? 他对加缪的理解近乎一种自我认同焦虑而产生的镜像意识。在这类文字里,我们充分感知到存在主义思想和当时部分台湾知识分子之间有着密切的经验关联。

自我认同包括性别认同、社会认同、文化认同与价值认同多种层面,认同的焦虑不可避免,而像王尚义这样生在大陆长在战争阴影下流落到台湾的青年,远离故土,生活在一个失败政权专制统治下,内心充满被父辈罪孽所伤害的冤屈和不平,认同危机格外剧烈。白先勇也曾经从历史际遇层面分析过战后"外省"青年的认同危机:"外省子弟的困境在于:大陆上的历史功过,我们不负任何责任,因为我们都尚在童年,而大陆失败后的后果,我们却必须与我们的父兄辈共同担当。事实上我们父兄辈在大陆建立的那个旧世界早已瓦解崩溃了,我们跟那个早已消失只存在记忆与传说中的旧世界已经无法认同,我们一方面在父兄的庇荫下得以成长,但另一面我们又必得挣脱父兄加在我们身上的那一套旧世界带过来的价值观以求人格与思想的独立。艾力克(Erik Erickson)所谓的'认同危机'(identity crisis)我们那时是相当严重的。"不过,认同危机并非"外省"青年所独有,而是战后台湾社会历史转折关头所有在台生活者都必然遭遇到的。"本省同学亦有相同的问题,他们父兄的那个日据时代也早已一去不返,他们所受的中文教育与他们父兄所受的日式教育截然不同,他们也在挣扎着建立一个

① 王尚义:《从"异乡人"到"失落的一代"——卡缪、海明威与我们》,台湾大林出版社,1969年,第95页。

② 同①,第96页。

政治与文化的新认同。"①

白先勇对西方存在主义兴起的背景与台湾战后历史情境的相似相通性有着深切认识,正是这种理性认知使他对这种西方的学说产生兴趣。他说:"存在主义兴起于第二次大战后,传统瓦解的欧洲,而顾福生这一代的中国人,所经历的战乱灾祸,传统社会的彻底崩溃,比起欧洲人,有过之而无不及。60 年代,台湾一些敏感前卫的中国艺术家,对人的存在价值,及社会习俗,开始反省怀疑,也是最自然不过的现象了。"白先勇接受并认同存在主义不是出于理论兴趣,他肯定的是存在主义文学中的"对既有建制道德全盘否定的叛逆精神",和很对他胃口的"丝丝缕缕的虚无情绪",认为加缪的莫尔索式的荒谬英雄具有很强的颠覆性。而他与身边的一群同道虽不谈政治,但是他们也借存在主义的"虚无"宣泄不满。认为虚无其实也是一种抗议的姿态,就像魏晋乱世的诗酒佯狂一般。所以,存在主义在白先勇的理解下,虚无荒谬的内里具有可贵的反抗性;②因此,白先勇坚持肯定存在主义是一种有积极性意义的哲学,是勇敢的人生哲学:"其实存在主义的最后信息,是肯定人在传统价值及宗教信仰破灭后,仍能勇敢孤独地活下去,自然有其积极意义。"③而在关于马森小说《夜游》的评论中,他同样明确认为:"存在主义不是悲观哲学,更不鼓励颓废,存在主义是探讨现代人失去宗教信仰传统价值后,如何勇敢面对赤裸孤独的自我,在一个荒谬的世界中,对自己所做的抉择,应负的责任。"④白先勇还认为存在主义能直面人的生存现实并揭示人的存在困境,立足于人的悲剧境遇,存在主义文学中的人物是孤绝的人,有着悲剧的尊严。这显示出他对存在主义悲剧观的认同,他自己的小说在悲剧美学与人物塑造上也有类似倾向。白先勇思想中有很强的宿命观成分,但他不认为这是悲观,因为"我觉得人最后的挣扎是差不多的,其实人一生下来就开

---

① 白先勇:《〈现代文学〉创立的时代背景及其精神风貌》,《第六只手指》,文汇出版社,1999 年,第 176-177 页。
② 白先勇:《第六只手指》,文汇出版社,1999 年,第 190-191 页。
③ 白先勇:《人的变奏》,《蓦然回首》,文汇出版社,1999 年,第 46 页。
④ 白先勇:《秉烛夜游》,《第六只手指》,文汇出版社,1999 年,第 120 页。

始漂泊,到宇宙来就开始飘荡了,在娘胎里大概是最安全的,我从小就满能感受到这东西,所以我的小说里没有很容易乐观的东西。"①这种拒绝乐观、拥抱悲剧的精神,与存在主义于被抛中求超越、在死亡中认识生、身处绝境却体悟绝对自由的生命哲学,可谓心有灵犀。此外,白先勇与存在主义的默契或相通还表现在历史意识上,萨特认为存在主义者是从纳粹的极端恐怖统治下发现自己的历史性,②而白先勇也深感战后台湾白色恐怖的压抑气氛,而寻求精神突围,在离散与放逐境遇里,觉悟自己的历史位置和使命。

可以说,从生命认知与人生态度上,存在主义为白先勇提供了反抗荒谬存在、反抗虚无的信念,增强了从个体命运出发揭示存在焦虑和存在境遇的勇气。无论他笔下的世界多么颓败、悲凉、腐朽、不堪,多么特殊、另类,但是将它们血淋淋、赤裸裸地展现出来,正是一种存在的勇气。这勇气使他不拘囿于世俗道德,敢于正视人性的复杂性和命运的悲剧性。从白先勇作品看,存在主义的此在体验美学和境遇中的自由抉择观都影响了他的道德眼光,他的作品从来没有忽视过个人的存在体验,而他的选材大胆、率性、前卫,展现另类情欲,叛逆传统道德,蔑视世俗约束/不过得补充一句,他的这种自由观念并未变成笔下人物的思想,在作品里通常体现为对人物自欺性沉沦的彻底揭橥。存在主义孤绝的悲剧人生观与他悲悯善感的性情并无冲突,他始终以悲剧的眼光看待世人眼中的越界另类分子,赋予失败者、落魄者以及孤绝者悲剧的尊严,这与存在主义悲剧观念颇为一致。雅斯贝尔斯相信通过失败人们才能获得存在,③而且认为"悲剧能够惊人地透视所有实际存在和发生的人情事物;在他沉默的顶点,悲剧暗示了人类的最高可能性。"④与之相关,存在主义的境遇伦理也与白先勇小说的精神世界颇为契合,白先勇关注那些被时代与社会抛离正常轨道的落魄

---

① 《白先勇谈创作与生活》,《中外文学》,第 30 卷第 2 期。
② 《萨特文论选》,人民文学出版社,1991 年,第 10 页。
③ [法]让·华尔:《存在哲学》,翁绍军译,生活·读书·新知三联书店,1987 年,第 115 页。
④ [德]雅斯贝尔斯:《悲剧的超越》,工人出版社,1986 年,第 6 页。

者,以及那些不被传统道德价值和社会规范所认可的边缘人——过海迁台的贵妇军官、仆从老兵,置身异乡的知识分子,流浪在夜晚的青春鸟,灯红酒绿中的卖笑舞女。白先勇的小说人物其出身与阶层纵有差别,但都是迷失的放逐者,是心灵痛楚而无法表达的人。这些位处社会边缘与夹缝的畸形人往往有着特殊的命运遭际。

在20世纪60至70年代,从"儒、释、道"出发接纳、理解与阐释存在主义,是台湾知识界比较常见的方式,显示出台湾知识分子汇通融合中西思想文化的企图。而在白先勇那里,来自本土的"儒、佛、道"情怀,与外来的存在主义之间原本就不对立,相反存在内在关联。存在主义促动了他那种东方式直观朴素的人生感悟,使其得到哲学提升。

白先勇的创作和王尚义的青春躁动与嘶喊,无疑都记录下真实的心灵历史。他们的声音让人有理由相信:存在主义曾经深刻地切入台湾这片土地。

## 三

从以上梳理可看出,存在主义在台湾最早萌生于傅伟勋、陈鼓应等学院知识分子的哲学研究兴趣,但他们的兴趣也带有强烈的主观认同意味和感性接受成分。存在主义获得较为广泛的传播起始于文学界,尤其是《现代文学》对存在主义作家的专辑性介绍,以及王尚义风靡一时的《从异乡人到失落的一代》的评论,在台湾知识界产生了广泛影响。现代派小说对存在主义的热诚并非纠缠于哲学思想的来龙去脉,而更多以存在主义文学为一面镜子,反观自我,借以找寻精神出路。人们对存在主义的兴趣和体认是基于理解自身际遇的需要,"异乡人""失落的一代"成为60年代的流行话语,也有说服力地表明了这一点。藉存在主义境遇哲学的思想提升,现实而具体的时间之伤痕与空间之哀愁上升为一种普遍的形而上的命运。人本质上有着"植根"的心理需求,失根必然产生精神焦虑或神经症人格。在50至60年代的台湾文学中,"放逐"与"怀乡"是一体的两面,它是政治变局导致的空间隔绝事实的必然心理反映。对这种悲剧性历史际遇,存在主义给出了完全不同于传统乡愁文学所能昭示的意义,具有重建自我根源的作用。卡夫卡、沙特、加缪书写的存在异化以及焦虑与勇气也正是台湾青年知识分子所欲表达的情怀,所以,存在主义作品的翻译和评论本身即成为自我意识的表达方式,其意趣迥异于哲学界的清理。实际上,哲学界也存在两种泾渭分明的趋向:一方面是以陈鼓应、傅伟勋等为代表的一批学者,他们从对存在主义产生自发的兴趣到热情的求索,转入中国哲学传统尤其是佛学与庄禅哲学,逐渐追求存在主义与中国传统文化的对话互涉;另一些学者则从理性秩序角度批判存在主义的虚无悲观倾向,把它看做一种西方社会的时代病,并以儒学改造或废弃存在主义。其中一些学者如邬昆如、尹雪曼则表现出官方意识形态。对于存在主义的理解与判断,官方哲学界的看法与现代派亚文化圈的感受认识大相径庭。明显的一点是对萨特的认识,文学界和青年文化对于萨特哲学持一种理解的同情与辩证态度,而哲学主流观点则毫不掩饰对萨特的厌恶。两者的这一分别,从一侧面显示出 60 年代现代派文学一翼与主导意识形态之间的龃龉。官方哲学指控萨特晚年向"左"转的革命性倾向,主要是维护官方意识形态的需要,并非针对台湾文学界的存在主义热。因为从台湾文学对存在主义的兴趣点看,加缪、卡夫卡、陀思妥耶夫斯基、海明威、劳伦斯等具有存在主义色彩的作家受到人们的喜爱,萨特所谓境遇中的自由选择的理论虽也得到一定程度的同情,但是现代派并不认同萨特后期行动哲学的付诸行动。和西方现代派多数艺术家相似,台湾现代派小说家也基本服膺于纯艺术论,不赞成文学对社会和政治的"介入"。现代派作家在艺术形式上的激进前卫与表现主题的边缘颓废,实际上构成了对当时体制的冷漠抵拒。在晚近极端化的本土论述里,现代派被划入"外来政权"体制阵营而横遭指责。因此,今天这一分辨有着特别的意义。而撇开非学术因素,哲学领域的参与无疑有利于认识存在主义的渊源和历史,并理性思考外来文化与本土现实之间的错综关系。无论身处体制内外,哲学界的努力都蕴含着共同的旨归,即日趋理性地取舍并将存在主义合理地融摄进本土与传统之中。因此,部分学者推崇雅斯贝尔斯的"超越"(transcendence)与"交流意志"(the will to communication),并有意于用儒家传统融摄存在主义,不能不说是一种积极取向;

另一些学者从庄禅哲学里找到了与存在主义相通之处,他们的文化解读与哲学建构显示出开放而灵活的观照视阈。

在 60 年代台湾文化场域中,存在主义这种战后欧美流行性哲学文化思潮,进入台湾后与本土青年的世纪末情绪相结合,形成了一股蔓延甚广的亚文化思潮,与主流思想形成某种疏离甚至对峙关系。现代派文学大量吸取了存在主义的某些思想理念,受到存在主义文学的熏陶。现代派文学创作本身也介入了台湾存在主义亚文化思潮的构成。从甦发表在《现代文学》创刊号上的小说《盲猎》直接源于阅读卡夫卡小说的共鸣与冲动,他在《后记》中写道:"读完 Kafka 的一些故事后,我很感到一阵子不平静,一种我不知道是什么的焦急和困惑,于是在夜晚,Kafka 常走进我的梦里,伴着我的焦急和困惑。于是,在今天晚上,以一个坐姿的时间,我匆匆忙忙地写完了这个故事。"①这样感性至上的非理性的创作动机自陈,形象地演示了台湾现代派与存在主义文学最初相逢的激动情境,一种遭遇知音的感受。正是这种发生在个人身上的不平常的相逢,预言了文化融合的一种巨大可能性。这种可能性被此后的历史所进一步证实。

---

① 从甦:《盲猎·后记》,《现代文学》,1960 年创刊号。

# 文化研究的偏执：以周蕾的论述为中心

一

生长于香港、现任教于美国学院的周蕾，主要从事中国现代文学、电影、女性主义和后殖民批评等研究，她的《妇女与中国现代性》《写在家国以外》等论著对大陆和台港澳地区的文化研究产生了瞩目的影响，其论述观点和分析视角常被人们征引参照。周蕾还被视为"在西方学院最为人熟悉的'香港'批评家"以及"香港文化在北美学院的代言人。"①这里将要讨论的就是周蕾论述香港文化的一本代表性著作：《写在家国以外》（以下简称《家国》）。该书试图从后殖民视角解析当代香港文化，从香港电影、流行音乐和文学创作中抽取具体个案，召唤一种颠覆主导文化的崛起文化，来想象、自创②一个边缘另类的"第三空间"。该书锋芒毕露的问题意识和理论锐气确实耀人眼目，文本解读也常常大胆而富有想象力，尤其是书中的香港夹缝想象论述和对殖民者与被殖民者关系的阐释，在香港文化研究领域引起了较大反响。

但遗憾的是，周蕾的《家国》并非一部阐释当代香港文化的最佳读本。它虽有着先锋时尚的理论表象和尖锐强硬的批判姿态，提供的却多是片面偏激的观点和陈旧过时的思路，滑动枝蔓的叙述策略不能掩盖其先入为主的主观偏见。该书的问题还在于：其香港文化想象局限

---

① 参见香港学者朱耀伟的《阐释中国性：90年代两岸三地的后殖民研究》一文。
② "自创"是周蕾原英文著述中一个词语的汉译，英文为 self-writing。

于线形现代化迷思,忽略了对香港文化内部复杂结构的把握,对中华性的分析批判缺乏学理性,主观情绪时而妨碍理性思考。因此,本文旨在针对该书中存在的主要问题提出商榷。

## 二

《家国》收入五篇论文:《写在家国以外》《爱情信物》《另类聆听·迷你音乐——关于革命的另一种问题》(以下简称《另类》)《殖民者与殖民者之间——九十年代香港的后殖民自创》(以下简称《自创》)和《香港及香港作家梁秉钧》。五篇文章涉及的知识领域和理论背景复杂,大致有精神分析学、女性主义、后殖民理论、西方汉学等,取样的香港文化个案却并不多,主要是一部影片、一名歌手和一位作家。书中比较关键而具冲击性的观点大致如下:一是香港文化自创的主要症结在于"中国性"与"香港性"的矛盾对立,前者对后者构成了"殖民"压迫,必须解构"中国性"以及民族主义,才能建构自主的香港身份认同;二是香港文化身份的"自创"存在于中英夹缝之中的"第三空间",而这一身份建构必须依靠香港文化工作者创造出对主导文化具有颠覆批判功能的文化产品。问题也主要集中于此。

具体讨论问题之前,有必要先了解周蕾本人身份认同的有关信息,以及作者的叙述动机和目的,利于对书中存在的问题进行更准确的辨析。

### 1."不懂中文"和周蕾的身份认同

从序言说起。冠名为"不懂中文"的序文读来饶有意味,可以看成周蕾本人身份认同变迁的自述。殖民地社会总会在暧昧之中改写着人们的身份认同。作者认为,父祖对祖国"不忘本"的认同,"到了我这一代,文化身份问题会变得如此复杂甚至残酷,再不是靠认同某一种文化价值可以稳定下去。"(序)周蕾对自己身份认同的描述犹疑滑动也不乏矛盾,她自称"始终是中国人"却又自嘲"有点阿Q精神",(序)因为"活在'祖国'与'大英帝国'的政治矛盾之间,一直犹豫在'回归'及'西化'的尴尬身份之中"。(序)对身份的民族根源产生了质疑和摇摆:"对于香港人来说,语言,特别是'中文',包含着意味深长的文化身份意义和价值意义。但是对于在香港生长的人，'本'究竟是什么？是大不列颠的帝国主义文化吗？是黄土高坡的中原文化吗？"（代序）可见，殖民地社会的文化身份改写已经使周蕾对民族之根不再有明确的认同。而今，侨居美国的周蕾更有理由拒绝当"如假包换的中国人"而自认为"文化杂种"（38 页）。西化已成为她真正的身份归属，但她同时并不愿放弃香港身份，而是以侨居者的身份焦虑地关心着香港文化的自我建构。

执着于香港身份的周蕾对语言非常敏感，这并不奇怪。但有趣的是，她的敏感是有选择性和针对性的。比如面对殖民地现实生存秩序造成中文劣势的命题，她就不太敏感，根本无意深究更缺乏深入反省，只是一笔带过。对于同样的语言命题，海外华人学者叶维廉的后殖民批评倒是显示了比周蕾敏感的批判态度："英语所代表的强势，除了实际上给予使用者一种社会上生存的优势之外，也造成了原住民对本源文化和语言的自卑，而知识分子在这种强势的感染下无意中与殖民者的文化认同，亦即是在求存中把殖民思想内在化，用康士坦丁奴（Renato Constahtino）的话来说，便是'文化原质的失真'。"①与对香港中文弱势状态的无动于衷相比，周蕾对语言问题的敏感似乎更集中地体现在不愉快的个人经验中，其书中不止一次提及她被大陆学者批评为"不懂中文"而深受刺激的经历，对"她是香港人"这句话她似乎表现出了异乎寻常的敏感和愤怒，推断被批评的主要原因就是自己来自香港的西化女性的身份，因而猛烈批评对方是"固执而恶性的中心主义"，是"文化暴力"，（参见代序"不懂中文"，以及第 37 – 38 页相关内容）并顺带指责那种将香港文化归为"殖民地遗产"的"定型意识"是一种"歧视和藐视"。其实她也承认自己论文的汉译英版本确实出现了一个错误，这自然不是什么大事，但来自中国内地学者的指责显然损害了她的自尊心，同时又刺激了她对于中原意识的联想和反感。从她堪称愤怒的反映看，可以感受到一个游走于中英文之间的双语精英

---

① 叶维廉:《殖民主义·文化工业与消费欲望》，张京媛主编《后殖民理论与文化批评》，北京大学出版社，1999 年，第 365 页。

内心脆弱、游移的一面。对于至今仍存在于某些人身上的"中原意识",批判和解构肯定是必要的,但"中原意识"在当今社会并没有周蕾想象的那么强大,在西方现代性和全球化进程中,第三世界的边缘性和弱势一目了然,在这种世界格局中把所谓"中原意识"想象得过于强大显然不够真实。由于周蕾序言里的个人情绪也不时出现在其他章节,让人不得不意识到这种夹杂着怨艾和愤懑的情绪对于该书写作的特殊意义。周蕾是否将私人事件普泛化了,升级为一种过敏而且戏剧化的霸权反抗? 或者说周蕾所宣称的"公道"的香港论述是否会因此而打些折扣? 而周蕾面对与香港身份意识有关的两种语言现象/事件截然不同的反应,是否也提示人们,阅读周蕾不能不考量她本人的身份认同意识和发言位置?

2. 周蕾对中国性或中华性认识的偏执

周蕾认为香港是后殖民的反常体,"处于英国与中国之间,香港的后殖民境况具有双重的不可能性——香港将不可能屈服于中国民族主义/本土主义的再度均临,正如它过去不可能屈服于英国殖民主义一样。"(94 页) 她引用 Chakrabarty 在拆解欧洲的同时也应质疑印度这个概念性的看法,说明香港"于拆解'英国'的同时,也要质询'中国'这个观念。尽管香港与印度同是面对英国统治的困局,但香港却不能光透过中国民族/中国本土文化去维护本身的自主性,而不损害或放弃香港特有的历史。同时,香港文化一直以来被中国内地贬为"过分西化",乃至"不是真正的中国文化"。香港要自我建构身份,要书写本身的历史,除了必须要摆脱英国外,也要摆脱中国历史观的成规,超越'本土人士对抗外国殖民者'这个过分简化的对立典范。"(98 页) 书中多处论述表明,周蕾在后殖民解构过程中将英国与中国看成同样的殖民者,这显然是后殖民的滥用误读,香港的所谓特殊性并不能用来掩盖它的后殖民普遍性境况,解构宗主国殖民性的问题与中国内部的地区自治问题性质不同,二者不能同日而语;周蕾在引用查格帕蒂的说法阐释香港处境时还出现了不对称的挪用比较,按照后者的思路,正确的推理应该是:拆解英国的同时也要质询"香港"这个概念,而非中国。事实上,周蕾虽然提及拆解英国,但书中并未真正讨论这个后殖民解构最应该正视的命题,令人困惑她如何能让自己的香港论述做到"公道"。

周蕾坚持认为,"中华性"是后殖民香港论述最迫切需要解构的对象,她将中国性或中华性看成香港文化建构必须反抗的他者。这就牵涉到对"中国性"或"中华性"(chineseness)的理解。"中华性"的内涵相当丰富,是一个以传统为根基、以现代性为指归,中华多民族文化融合的大文化概念。它既是漫长历史的文化积淀,也是朝向未来的不断变化发展的精神建构。因此,它并非一个本质主义的单一固化概念,而是包含多重文化要素的历史的概念,兼有本土性(或德里克所说的地域性)和开放性。在全球化语境中,中华性为西方现代性的反思提供了另类思想空间。而周蕾对中华性概念的复杂性显然缺乏认识,她一意偏执地将中华性化约处理成一个面目可憎的他者。

> 不论香港人怎样牺牲一切去热爱"祖国",在必要时,他们仍然可以被批为"不爱国",不是"十足"的"中国人"……"中华性"的泉源,正是一种根深蒂固的"血盟"(bonding)情感造成的暴力。这是一种即使冒着被社会疏离的风险,漂泊离散的知识分子仍必须集体抵制的暴力。因而,《写在家国以外》其中的目的,就是放弃(unlearn)那种作为终极所指的,对诸如"中华性"这种种族性的绝对服从。(36页)

在此,周蕾显然不是在批评中原意识,而是对中华性进行了全盘否定,中国性/中华性在周蕾的论述中完全被同质化、化约化、污名化了,民族认同意识一律被视为"血盟"。这种本质主义的思维路线出自一向自如操控后殖民话语的周蕾笔下着实让人疑惑,她实际上是把中华性视为一种僵化顽固却具有霸权性的可怕的他者,而且这个他者永远不具有变化和流动的可能性,她的视野中,中国/西方、香港/西方殖民者这样的问题域完全成了静默的盲区。在把中华性叙述成傲慢霸权的"他者"和"暴力"的同时,作者又刻意把香港扮成弱小的受害者,痴情重义却屡遭嫌弃,以反衬中华性的可憎。书中另外章节更用"杂种"和"孤儿"来强化香港的弱者描述,好像完全忘记了这杂化边缘其实也具有众多优势。她偏激地断定：

> 香港的现代史从一开始，就被写成为一部对中国身份追寻的不可能的历史。尤其因为香港本身不可抹掉的殖民地污点，这种追寻注定胎死腹中。香港对中国的追寻，只会是徒劳的；香港愈努力去尝试，就愈显出本身'中国特性'的缺乏，亦愈偏离中国民族的常规。这段历史紧随着香港，像一道挥之不去的咒语，令香港无法摆脱"自卑感"。（109 页）

这与其说上文中"一部对中国身份追寻的不可能的历史"是尊重事实的客观描述，不如说是一种动机可疑的宿命论。而她言之凿凿的所谓"不可能"在"九七"之后其实已经变成现实，证明了其论述的破产。即使仅仅作为历史描述，这判断也与事实相距甚远。周蕾的论述常常出现斩钉截铁的论断，充斥着"注定"、"只会是"、"咒语"之类没有商量和解释余地的判定，其实这种叙述倒是有点像是耸人听闻的警告和"咒语"。她对中华性的不公平抨击，让人质疑她的言说方式是否更带有她本人表示深恶痛绝的话语暴力倾向。

关于香港的"自卑"，我们还可以参照周蕾的另一个断言：

> 作为一个殖民地，香港不就是中国的未来都市生活的范例吗？……香港在过去一百五十年间，其实已经走在"中国"意识里的"中国"现代化最前线了……香港一直扮演着后殖民意识醒觉及其暧昧性的模范。（102 页）

周蕾笔下的香港，转眼由一个边缘的"自卑者"变成了傲视大陆的自傲者。这表明，周蕾并非不懂香港的边缘其实也是优势；得意于香港现代化优势，是为了强调香港"独立社会观念"的重要性。而她时而把香港刻意描写成可怜的被弃孤儿，只能反映她本人强烈意识形态操纵下的抵抗中华性的主观意愿，却并不能看成关于香港后殖民境况的学理性论述。此外，对于香港而言，与民族国家认同相关的种种情感十分复杂，周蕾的理解至少简单化了。那种根深蒂固的民族国家认同和情感果真都来源于强权的压迫？周蕾一面说自己不会为香港人代言,但她又怎能一概将港人的民族意识理解为霸权下对"血盟"的盲目服从? 如果说中原意识有贬抑香港的因素应该解构,那么周蕾的看法岂不是对香港更大的贬抑。她自己完全缺乏民族意识,因此才贬损港人的民族意识,才会感慨香港的"'中华性'的力量却令人不可置信的强大"(35 页)。这一感慨充分说明周蕾并不理解香港,又谈何公道地叙述香港文化?

对香港性与中国性二者的关系,周蕾借用斯皮瓦克的一句话:要想寻根还不如种树。我们可以反问周蕾:种树是否需要土壤? 周蕾试图为香港文化发声无可厚非,但如此执念于否定中华性,却令人遗憾。细究,一方面反映了作者个人缺乏民族认同、对历史理解片面,另一面也可看出周蕾对于香港话语权急切而焦虑的争夺意识。

> 香港所呈现的其实是一个非常要紧的问题,这就是在一个所谓"本土"文化之中出现的主导与次主导之间的斗争……在香港问题上,于拆解"英国"的同时,也要质询"中国"这个观念。……香港文化一直以来被中国大陆贬为过分西化,以至不是真正的中国文化。香港要自我建构身份,要书写本身的历史除了必须摆脱中国历史观的成规,超越"本土人士对抗外国殖民者"这个过分简化的对立典范。香港第一要从"本土文化"内部对抗的,是绝对全面化的中国民族主义观点。(99 页)

> 从香港的观点来看,中国的自创却肯定不是香港的自创;中国重获拥有香港的权利,并不等于香港重获本身的文化自主权。(97 页)

事实上,殖民地社会并不一定会完全消解民族根源意识,殖民者为了更好地统治,允许殖民地人保存一定的民族文化意识,这已是后殖民研究的共识。香港地区同样如此。殖民历史即将结束之时,周蕾这个殖民地双语精英比殖民者更强烈地要拒斥祖国的文化根源,让人不能不提出质疑:周蕾也许正是一个殖民性内化的"模范"? 而对自身的殖民意识缺乏反省的主体又怎能写出"公道"的香港形象?

以周蕾的学识,她不会不知道,民族国家仍是当今世界最为普遍而有效的共同体形式,民族意识在任何国家都不可或缺,如安东尼·吉登斯所言:"现代'社会'是立存于民族—国家体系之中的民族—国家(nation-states)",今天的社会"是与民族—国家相伴随的独特社会整合形式的产物"。① 而她关于香港身份建构须先解构中华性的观点却违背了现代社会学关于民族国家的基本常识。可以想象,周蕾提供的民族本土意识虚无化主张带给香港文化的绝不可能是什么福音。

从《家国》的多处相关论述和整个批判思路看,周蕾把解决香港文化身份问题的主要症结归为"中国性"和"香港性"的殖民与被殖民的关系,急切呼吁建构香港身份必须首先否定"中国性"。因此,周蕾的香港后殖民论述从一开始就陷入了消极、僵硬的香港性与中国性的本质主义二元论。原本可以更多维度、更灵活有力的后殖民反省,受激烈的主观情绪和偏颇单一的针对性影响而丧失了建设性的思考空间。无法否定香港与中国之间的政治关系,却执意建构去除中华性的香港本土性,这是作为后殖民症候的周蕾所难以解决的逻辑悖论。

3. 质疑周蕾的香港本土主义及其第三空间叙事

后殖民"混杂说"(hybridity)认为,文化是杂质的累积,文化发展史本身就是一部杂质吸纳史。香港在 150 年的殖民历史中逐渐成为一个国际型现代都市,同时也塑造出中西混杂的香港意识。关于香港的身份认同问题,香港作家也斯(梁秉钧)曾有一段常被引用的表述:"香港的身份比其他地方的身份都要复杂。……香港人相对于外国人当然是中国人,但相对于来自内地或台湾的中国人,又好像带一点外国的影响。"②叶维廉也曾这样分析:"香港经验是中国文化的一部分吗? 是又不是。是,因为是中国人的城市;不是,因为文化的方式不尽

---

① [英]安东尼·吉登斯:《民族·国家·暴力》,生活·读书·新知三联书店,1998年,第 2 页。

② 梁秉钧:《都市文化与香港文学》,张京媛编《后殖民理论与文化认同》,台湾麦田出版有限公司,1995 年,第 157 页。

是,香港人的历史意识、历史参与感不尽是。"①其实,引发争议之处并不在于意识到香港文化的杂化特征,而在于如何阐释这种特性。

周蕾这样阐释:"香港最独特的,正是一种处于夹缝的特性,以及对不纯粹的根源或对根源本身不纯粹性的一种自觉。……这个后殖民城市知道自己是个杂种和孤儿。"(101页)这种"夹缝想象论"将香港定位成"杂种和孤儿",强调香港受两个"殖民者"挤压的尴尬境况,认为唯有拆解英帝国殖民性的同时也要质询中国性,周蕾在具体叙述中更是提示,要根除民族意识,才可能建构出香港自我的边缘另类空间,即"第三空间"。从上文分析可知,周蕾的论述暗示或明示了两个时而重叠、时而矛盾甚至对立的范畴:香港地域本土和中国国家本土,她执着维护的本土是香港本土,与中国民族国家叙事中的本土则区隔分明甚至相互抵触;同时,周蕾的叙述还常把中国和英国作为同等的殖民者看待,显示了在意识形态主导下的后殖民误读偏见。对香港历史独特性的狭隘理解,成为周蕾建构"独特的"香港后殖民论述的基本理由。而这种"夹缝想象论"忽略了真正的殖民历史而去虚构或夸张中国性他者。"夹缝想象论"把香港文化本土性看成身处挤压中的弱者,对西方殖民者和中华性都表示拒绝,香港的独特性被抽空内涵而成为苍白虚幻的构想。周蕾过于执着于香港本土性,排拒文化交融过程对身份的影响,也忽略了身份是流动的建构这一后殖民批评常识,斯图亚特·霍尔在《文化身份与族裔散居》中指出,文化身份"决不是永恒地固定在某一本质化的过去,而是屈从于历史、文化和权力的不断'嬉戏'"。② 周蕾盲视香港在中西文化之间左右逢源的优越性,将香港本土性本质主义化,香港文化在她这里似乎被想象成了一块能够抵御双面侵袭的非英非中的文化飞地。这就难免将香港本土文化这个本可以兼"混杂性""边缘性"(marginality)和"中间性"(in-betweeness)为一体的丰富内涵本质化、抽空化了,反倒失去了腾挪翻转的发

---

① 叶维廉:《殖民主义·文化工业与消费欲望》,张京媛主编《后殖民理论与文化批评》,北京大学出版社,1999年,第362页。

② 罗钢、刘象愚主编:《文化研究读本》,中国社会科学出版社,2000年,第211页。

挥空间。

叶荫聪的研究表明,"在五六十年代之际,民族主义及殖民主义的转变,刺激起有关香港身份及社群的论述,除此以外,社群想象亦要从民族主义、殖民主义中借取叙事技巧、措词技巧来炮制。本土意识并没有完全被中国民族主义贬抑,或受到殖民主义的压制,相反,本土意识在民族及殖民论述本身及相关的框架中运作,形成一个文化的混杂化过程(cultural hybridization)。"①香港性作为"想象的社群",本身也是历史的建构和诸种力量辩证的场域,这种本土意识并非独立生成,更不可能是既摒除民族文化又拒绝外来文化的文化飞地。随着香港回归祖国成为现实,香港性与中国性的关系只会越来越紧密相连,周蕾的香港本土想象即所谓另类香港本土行的虚幻也愈加明显。

周蕾提供的为数不多的个案,也难以支撑起她的第三空间构想。"爱情信物"一文以电影《胭脂扣》为个案,讨论了香港八九十年代的怀旧潮。周蕾认为如花的痴情构造了一种社会"民俗",成为稀世的文物。电影将这种"民俗"细节化、具体化,"在构筑另一个时代的过程中,这些细节成了本土文化的有力佐证,令今日的观众目为之眩,也令他们深信这种本土民俗文化的存在。"(51页)周蕾还从港片集体性的怀旧,解读出其意义在于"提供了一种另类时间,来虚构幻想一个'新社会',以解决今日香港的身份危机"。(41页)这些分析有其合理性,但同时《胭脂扣》里的怀旧也是一种普遍性的后现代情绪,而如花的重情重义也是中国文化传统中最受推崇的品质,妓女从良以及其与恩客的爱情故事是中国古代文学以及晚清文学的常见题材。而李碧华的通俗小说最擅长于从中国文化传统中撷取资源,只是她并不泥古而时见翻新,让古旧文物在香港都市文化中别开生面。这一个案显然与内在中国性关系深远。周蕾对这部言情影片的过度阐释,在于企图让它承担构想某种团体和社会的使命。其实作者也意识到:"假如在后殖民时代的无数破碎中,怀旧可以被视为另一种构想'团体'与'社会'

---

① 叶荫聪:《"本地人"从哪里来?》,罗永生编《谁的城市:战后香港的公民文化与政治论述》,香港牛津大学出版社,1997年,第14页。

的方法,那么这个被构想的团体与社会也是神话式的。"(60页)影片确乎传达了特定历史时期港人的矛盾观望心态,但这怀旧的意涵却并不至于导引出颠覆未来的社会力量。

霍米·芭芭曾有"第三空间"之说,①周蕾的"第三空间"究竟指涉什么? 从该书看主要指香港文化工作者对香港独特经验的自创,但又非一般意义的表现。她呼吁的香港后殖民本土自创应"建基在文化工作与社会责任之上,而不是一味依靠血脉、种族、土地这些强权政治的逼压"(115页)。其实主要是倡导一种抵抗民族精神和主导文化的香港自我叙述。"我以香港作为讨论后殖民城市的目的,是要说明在殖民者与主导的民族文化之间,存在着一个第三空间。尽管对抗殖民者仍然是当务之急,这个空间也不会沦为纯粹民族主义的基地。"(102页)带着这种单向度的批判动机,她所诠释的罗大佑音乐和理念也仅突出其激进、反叛的一面,对于罗大佑在大陆和台港澳地区华人社会的整体音乐形象并未作辩证分析,因而在有色眼镜的观照下,周蕾把《东方之珠》这首具有明确中华性认同的歌曲解释成了她的香港另类叙事标本,在"请别忘记我永远不变黄色的脸"的深情表述里解读出了民族意识虚无的所谓香港另类空间特征,这不仅是误读,而且还很荒诞。

该书的另一个案是也斯的文学创作。周蕾一再强调也斯诗歌中的物质性、都市性,并将这些当做香港的一种另类建构。其实后现代都市的自我叙述具有相通的特性,物质主义和都市性正是现代乃至后现代过程中必然的现象,并不能证明香港身份的排他性。周蕾最感兴趣的或许是也斯的一些说法。也斯曾说:"很讽刺地,作为一个殖民地,香港给予了中国人和中国文化一个存在的另类空间,一个让人反思'纯正'和'原本'状态的问题的混合体。"(144页)这里涉及对殖民性和殖民现代性问题的理解。也是肯定香港对于中国内地的现代性优越位置和参照价值,但他并非对殖民性和香港身份没有反省,他提

---

① [美]阿里夫·德里克《后殖民还是后革命? ——后殖民批评中历史的回顾》,阿里夫·德里克《后革命氛围》,中国社会科学出版社,1999 年,第 92 页。

醒,"我们不应该把自己视为受害者,顾影自怜,而应该留意受害者成为暴君的可能,就像某些香港人对待越南船民、菲律宾女佣或是大陆新移民的态度。"(146页)周蕾在香港问题上却没有反省地认同殖民性,"殖民性并不是世界上强势对弱势所作的历史性暴力,它亦是一个基本的经济状况,一个对很多人而言是唯一的价值状况,唯一的生活、思想、寻求变更的空间。"(144页)这对于一个后殖民批评家而言有点反讽意味。身份是流动与开放的建构过程,自我封闭或执念于往昔的殖民性并不是香港的出路。香港无论是与西方文化、与非西方的其他文化,还是与中国内地各地区文化之间,需要的都是开放、对话、互动与博弈,而非简单地拒斥。也斯的另一种论述就显示了这种流动的观照方式:"从岛眺望大陆,又从大陆眺望岛。换了一个角度,至少会看到站在原地看不到的东西,会想到去体会别人为什么那样看事情。……当我们不断移换观察的角度,我们就会发觉:其实是有许多许多的岛,也有许多许多的大陆,大陆里面有岛的属性,岛里面也有大陆的属性,也许正是那些复杂变幻的属性,令我们想从不同的角度去了解人,令我们继续想通过写小说去了解人的。"①也斯的都市言说与对香港身份的矛盾反省显然不同于周蕾缺乏沟通意愿的封闭的香港身份观。

三

周蕾在开篇便自陈写作《家国》一书的目的是"希望为香港文化作出一些较公道的分析"(序言),从上文分析看来,她并没有做到这一点。

笔者以为,周蕾香港后殖民叙事的误区首先在于对霸权的目标定位有所偏颇,如朱耀伟所言:"以后殖民的反霸权向度而言,香港的身份一直显得相当尴尬。香港一方面享受全球(西方)资本主义所带来的经济利益,另一方面又抗拒西方殖民,所以一方面急切认同自己的中国人身份,另一方面又担心'九七'之后失去自主。如是之故,香港

---

① 也斯:《古怪的大榕树:〈岛与大陆〉代序》,《寻找空间》,中国人民大学出版社,1994年,第300页。

的后殖民反霸权矛头一直无法认清目标。"①周蕾的论述就有代表性
地反映了这种香港后殖民批评的盲目性,对霸权的误认和冷战式恐
"左"想象。不可否认,后殖民时期民族国家内部权力结构的反省也很
必要,但对于香港后殖民批判而言,毕竟对帝国殖民历史中的不公义
性、权力秩序构成运作等问题的揭示才是题中应有之义,也更为迫切。
我们没有看到周蕾对殖民时期香港社会体制运作的任何反思。这与
海外华人学者叶维廉对香港殖民主义、文化工业和消费欲望以及香港
文化情结的深刻剖析形成了对比。殖民主义对殖民地民族意识的消
解、殖民者如何让殖民文化内化于殖民地、殖民和后殖民时期社会结
构中的不平等、香港底层民众的境遇和声音等,都被周蕾忽略不计。
即便是在香港性/中国性、香港本土/中国民族主义二元关系的思辨
中,她也只注意到中国性的"侵占压逼"(102 页),而完全漠视了香港
与大陆之间的复杂互动。20 世纪 80 年代以来香港经济文化对大陆的
冲击和影响巨大,以文化而言,从金庸到周星驰,从成龙电影到达明一
派和 Beyond,从亦舒、梁凤仪到李碧华……香港流行文化对大陆年轻
受众的影响力之大人所共知。在北进想象小组成员眼里,香港经济文
化的北进殖民性已构成一种事实,②而这也完全不在周蕾的视野中。
再者,对民族文化的反省不能取代和转移对香港社会内部复杂权力结
构关系的观察。90 年代以来香港的不少文化研究者从阶级、弱势人群
等层面揭示香港社会结构和文化结构的复杂性,并解构残留的殖民
性;与周蕾的理论想象相比,他们的香港文化勘探更贴近香港本土,也
更关注香港文化的历史形塑过程。

　　周蕾的论调还暴露了殖民文化内化的自内殖民性,即一种高高在
上、自以为是的优越感。作者表现出对香港社会殖民现代性毫无反省
和批判的自傲,以及对大陆被乡土和民族压抑的刻板印象,完全无视

---

　　① 朱耀伟:《阐释"中国性":九十年代两岸三地的后殖民研究》,"九十年代两岸三地
文学现象国际学术研讨会"会议论文,2000 年 6 月。
　　② 叶荫聪:《边缘与混杂的幽灵——谈文化评论中的香港身份》,《香港文化研究》,
1995 年第 3 期。

80 年代以来中国的发展与变化(102 页)。其实,无论是民族国家理论还是殖民现代性问题,都远比周蕾的描述要复杂。

一种建设性的香港后殖民叙事更应注重民族意识与现代精神的统一和协调,警醒和批判一切殖民霸权话语(包括自身),在对中国本土文化和外来文化多元灵活吸纳的基础上形成开放而包容的地方性身份建构。具有反讽意味的是,致力于解构殖民霸权话语的周蕾,她本身的话语方式就构成了另一种殖民话语霸权,即殖民现代性和后殖民现代性的话语霸权,这是否与她来自当今知识生产中心的美国学院有关呢?

# 视觉现代性与第五代电影的民族志阐释

## ——以周蕾的《原初的激情》为中心

曾经辉煌的第五代电影早已落下帷幕,近年来第五代导演们改弦易辙,沉溺于好莱坞式商业大片的生产营销。如何面对 20 世纪八九十年代蔚为大观的第五代电影这一有意味的文化现象?与国内众多论者相比,海外华人学者周蕾的《原初的激情——视觉、性欲、民族志与中国当代电影》(《Primitive passions:Visualizing、sexuality、Columbia、University》)提供了较为广阔的理论视野和另类的阐释途径,其论述中有关视觉现代性和民族志影像书写的角度相当富有启发性,当然,作者的发言位置、身份意识以及主观理论趣味也每每造成其洞见同时的偏见,近年来引发了华人学界和海外汉学界广泛的关注和不断争议,值得国内电影研究者借鉴与探讨。本文拟以之为对象进行辨析。

《原初的激情》是一部由出生于香港的美籍华人学者周蕾撰述的有关中国当代电影的学术论著,1995 年由加利福尼亚大学出版印行,作者因此书获美国现代语文学会(Modern Language Association)的"James Russel Lowell"奖。2001 年台湾远流出版公司出版了该书中文版。周蕾毕业于香港大学,后获斯坦福大学博士学位,现任布朗大学教授,被认为是美国华人文化研究界的代表性人物,其著述在台港和海内外华人文化研究界颇具影响,她擅长以精神分析、后殖民批评以及女性主义等理论方法,从事女性主义批评、文学与现代性反思、香港流行文化分析、中国电影阐释等跨界文化研究,中文著作包括《妇女与中国现代性》《写在家国以外》等。

周蕾著作一向有着强悍的风格和敏锐的感悟,其理论话语的跨界挪用,叙述姿态的高屋建瓴,以及立论的别出心裁和观点的尖锐犀利,每每给人以强烈的思辨冲击,《原初的激情》亦然。台湾"远流版"的介绍可以视为行文艰涩的《原初的激情》一书精华内涵的浓缩和导读:在《原初的激情》中,作者以视觉性为切入点,重新解读了 20 世纪中国的一些重要事件;而当代中国导演们的作品组成了周蕾所称的"新民族志",填补了本土与大都会市场之间的沟壑;周蕾还将中国当代电影视为后殖民世界文化翻译这一普遍议题中的某一事件。作者将电影、文学、后殖民史、文化研究、女性研究以及民族志中的问题杂陈一体,超越单一学科的界限,提供了跨学科的视野。因此"本书不仅吸引对当代电影的理论问题感兴趣的人,而且能引起任何试图理解中国文化之复杂性的人的兴趣"。① 台湾"远流版"著作封底宣称:"本书除了提供给读者以从未尝试过的对当代中国影片的分析之外,还对当代某些最紧迫争论有积极的响应,这些争论包括跨文化研究、性别关系、民族性、身份认同、真确性以及商品拜物主义等。理论性地徜徉在文学与视觉呈述之间、精英与大众文化之间以及'第一'和'第三'世界之间,作者勾画、批判了目前文化政治中各种流行的阐释类型根深蒂固的偏见和歧视,以及它们的实际用途。"此外,在一些书评和视觉文化评论中,亦可见到不少推崇或欣赏性的看法,如朱耀伟称周蕾对中国电影的解读"是一种成功的'转化式阅读'"。而中文译者孙绍谊认为《原初的激情》一书"理论色彩浓厚、行文艰涩但却睿智四射"。

客观地说,周蕾的著作在富有启发性的论析过程中也存在不少难以说服人的立论和牵强附会的论证。《原初的激情》与周蕾此前的两本中文著作之间存在着延续性和一致性,如后殖民批评路径,女性主义、精神分析、消费社会流行文化分析等理论方法的自由运用,对中国性、中国中心主义(民族主义)的高度敏感与关注,等等。同时,该书也引发了针锋相对的争论,如韩国的全炯俊在两篇论文中专门针对该书

---

① 周蕾:《原初的激情》,台湾远流出版公司,2001 年,封底介绍。

的理论、方法和观点进行了尖锐批评与商榷；①而李欧梵、张君历等学者也对周蕾的视觉性论题发表过不同看法。

《原初的激情》主要考察了20世纪80年代后期以来屡获国际盛誉的当代中国电影，其主要论析对象是以吴天明、张艺谋、陈凯歌等为代表的第五代导演及其代表作品。以中国电影为论述契机和观察焦点，涉及相当广阔的理论领域，而且对于当代中国知识分子的文化心理和中国现代性等问题不乏尖锐的解剖，可以视为理论旅行中的症候式分析。

该书的第一部分"视觉性、现代性以及原初的激情"，从视觉性的角度追溯中国现代文学起源以及技术视觉的出现对于前者的重大意义，企图心甚大，朱耀伟称其试图"以视象性为重写现代中国文化史的轴心"。② 一开篇，周蕾就对众所周知的鲁迅"幻灯片"事件作出了与众不同的解释，认为鲁迅对幻灯片的激烈反应，更重要的原因是对视觉性与权力关系感到震惊。正是视觉媒体将暴力行刑场景强加给看者，才得以达到"猛击"的效果，并构成威胁，而"这一威胁将促成鲁迅写作生涯的'开始'"（27页）。在此，周蕾从现代主义的"震惊"角度重述"幻灯片"寓言，企图揭示出后殖民第三世界里"自我意识"的诞生不仅在于国族意识的觉醒，更在于视觉刺激带来的文字保卫意识和书写自觉，论述角度看上去颇有新意，用心良苦，得出以下结论："只有通过对电影的召唤鲁迅才得以讨论其文学写作的'起源'，因此，文学写作的自足性和有效性被现代性中初现的姿态所否决——这正是鲁迅故事的基本矛盾。……鲁迅故事的另一种转变是重新归依传统，重新确认文化是以书写和阅读为中心的文学文化，而非包括电影及医学的技术。"（30、33页）在周蕾眼里，鲁迅等现代作家的文学成了"躲避视觉震惊的一种方式"，现代文学成为"精英阶级在技术化视知觉出现

---

① 全炯俊：《文字文化和视觉文化：文化研究的鲁迅观——考察》，《鲁迅研究月刊》，2005年第4期；全炯俊：《文化间一小考》，《中外文学》，2006年第34卷第4期。

② 朱耀伟：《原始情欲：视象、性、人种与当代中国电影》，《人文中国学报》（香港浸会大学），1996年第3期。

时试图回到文学文化作为拯救方式的一种运动",而代表现代化的技术视觉性则被压制了,却重新浮现并从内部改变关于写作和阅读的观念。周蕾试图以视觉性为脉络书写中国现代文化人类学,刻意强调视觉性视野对于解读现代中国历史与文化的重要性和优越性,为此她指责中国现代文学以精英主义贬抑技术性视觉(包括电影)。不免有视觉优越论和过度阐释的嫌疑,在张扬视觉性的同时对于现代文学并不公平。公平地说,技术视觉作为一种传播媒介在现代文学发生之初尚未表现出如此巨大的挑战性,而经过清末民初乃至五四新文化运动,小说等文字书写方从街谈巷议之流得以上升至承载现代民族国家建构之功能,电影等视觉文化形式对文字书写产生了越来越不可低估的影响是事实,但五四时期的写作不一定意味着视觉性出现之际的退守文学。此外,文学写作并不一定意味着精英主义,电影文化也不绝对地体现为大众化,两种载体同样可以用于对原初的探索以及现代性的追寻。韩国学者全炯俊就曾撰文指出周蕾对"幻灯片事件"以及视觉冲击的解读有些"言过其实",认为对于鲁迅而言,"视觉科技的冲击是如何融入其文学内部的而又如何表现的等问题,要比周蕾所立足的视觉文化优越论并在此基础上非难鲁迅文学选择问题更具建设性。"①

　　对鲁迅典故含义的另类解读是全书以视觉性为中心的跨界论述得以展开的引子。随之,周蕾提出该书的核心概念——"原初激情",这是该书的关键词之一,值得关注。实际上,原始主义是浪漫主义和现代主义思潮中早已出现过的思想和感觉方式,体现于文学、绘画、音乐等先锋艺术领域。而周蕾认为自己与之有别,她关注的是电影这种视觉性大众文化中的原初性;再者,早先的原始主义大多是第一世界将第三世界视为原初性的想象场所,而在周蕾那里,原初性则主要指非西方人对自身文化根源的想象。所谓的原初激情,意味着在文化危机状况下传统文化面临失落时的一种有关起源的幻想,它经常与动

---

　　① 全炯俊:《文字文化和视觉文化:文化研究的鲁迅观考察》,《鲁迅研究月刊》,2005年第 4 期。

物、野性、乡村、本土、女性等相对原始或弱势的意象相关,在该书中具体指涉中国知识分子对于自身文化根基的一种想象、迷恋和确信。周蕾同时认为:视中国为受害者同时又是帝国的原初主义悖论正是中国知识分子迷恋中国的原因。通过这一"感觉结构",作者将 20 世纪 30年代无声电影《神女》、60 年代疯狂激进的领袖崇拜场景和八九十年代之交的中国电影有些粗陋但意味深长地串联为一体,并主张将中国电影视为非西方国家自我呈述的民族志。周蕾质疑了反东方主义批评将"看"视为权力形式、"被看"视为无力的看法,认为这种二元论简化了原来复杂的问题,应将非西方人同时视为"看者"与"被看者",而作为西方人的"我们",需要考察非西方文化如何运作视觉性,以因应非西方人同样是注视者、窥视者以及观看者(32 页)。这里自然流露出一个西方学者自觉的身份意识和学术立场。纵观全书则不难看出,通过对视觉文化(在此主要指电影也兼指涉某些现实视觉图景)的考察将现代中国文化史读解为一种自我呈述的民族志或文化人类学,阐释并解构全球流动性商业化语境下这种非西方民族志自我"呈述"的形态和奥秘,以利于西方人进行因应非西方人跨界文化运作的理论探索,正是该书的重要目的。

在第二部分"几部当代中国电影"中,周蕾自如地穿行在弗洛伊德、詹明信、齐泽克、斯皮瓦克、丘静美、阿达利、本雅明、凯普兰、海德格尔、李浩昌、王跃进、波德里亚等不同族裔不同类型学者们的论述之间,在一种开放的论述空间里对陈凯歌、张艺谋等人的代表性电影文本展开了充满张力的美学与意识形态解读。周蕾认为在 80 至 90 年代的中国电影中,中国知识分子在抗拒西方的同时更凸现其对原初中国的迷恋,形成自恋性文化生产结构,这种自恋性价值—写作结构通过国际电影机制和跨文化阐释机制被(误)译成了"中国作为抗争西方的变体"的范型。实际上中国电影试图回到原初"中国"的意愿正是民族主义叙述的"内倾化",暴露出"中国"乃是"非自身"(other than itself),其抗争性导向"中国""中国遗产""中国传统"等或它们的变体。在自恋主义的景观中,中国电影进行着原初的再建、"力比多经济"的缩减以及想象的再投入,这是"第三世界"文化在"第一"和"第三"世界之间所进行的一种"劳动"(110页)。在这里,周蕾将中国电影中的原初激情视为一种文化危机之后民族价值的焦虑和自我意识的追寻,而"原初"意味着自我中心的内在需要,但同时又具有虚幻性。这正是中国这个"第三世界"面向"第一世界"时文化生产的基本特征。

周蕾这一症候式解读有其精神分析以及后殖民批评的理论依据,但她的表述存在一些模棱两可或晦涩玄奥之处。从周蕾的论述可以延伸出这样的思考:中国电影里的"原初自我"亦真亦幻,它发自"文革"结束后文化空洞中的内在根源渴求,是民族复兴的真实精神需要。但"原初的激情"兼具乌托邦和反乌托邦的暧昧特征,既寄托了中国知识分子有关民族力量与自尊的理想主义溯源意识,同时是民族国家现代性过程需要超克的愚昧落后的历史暗影。在这一意义上,周蕾的观点与20世纪八九十年代不少中国学者对文化寻根思潮的反思有些相近。实际上,《老井》《红高粱》《黄土地》《菊豆》等影片及其小说原作本身就属于80年代文化寻根思潮的重要组成部分。周蕾认为,第五代影片里的"原初激情"即"中国性"显然存在着负面性,具体体现在《老井》中社群幸福与个体爱情的冲突里,"除非我们了解最大规模上的集体幻想的巨大性——'文化大革命'——以及它的崩溃"(124页),才能理解《老井》这部"歌颂和奖励社群、集体努力的影片具有如此强烈的吸引力",提示了一种中国当代政治文化史反省意义上的潜文本解读方式,也一定程度上道出西方社会对"文革"后中国电影的某种解读视野。

在《黄土地》里,"原初激情"的暧昧性,还表现在现实批判的意图与民族情感维护的矛盾之中。静默空寂的高原所隐喻的"道家"美学,老汉与求雨村民的愚昧奇观,翠巧哀婉无助的优美歌声……都是"原初激情"的构成。虚假和谐而盲目无知的社群戕害了翠巧幸福的可能,社群既是受害者也扮演施害者的角色。周蕾认为,《黄土地》里翠巧难以琢磨的歌声值得回味,表明乡村女性不可能融入新国家的幸福叙述中,在蛮荒、寂寥的黄土高坡,"公家人"顾青是远水解不了近渴的启蒙者,他没能拯救乡村姑娘翠巧的命运,腰鼓队和求雨队伍震撼视听的狂欢和拜天仪式既是有意味的对照,也是一种讽刺,因而《黄土地》对于"党的起源"神话是一种勇敢的挑战。这一解读固然犀利,但显得有些阐释过度。

周蕾另一个有意思的发现是:当代中国电影普遍拥有沉重的主题,即那些"压迫、污染、乡村落后以及封建价值的顽固"等,另一方面则有着富于诱惑力的视觉形式。第五代导演们总是能够将沉重的主题与华丽宜人的视觉感性巧妙地结合,这种内涵与形式的组合正是这些中国电影的引人入胜之处(102页)。她对那些指责中国电影以流行技艺包装关于压迫的故事的说法不以为然,认为最可憎的故事也需要被最精美地摄制,这正是全球化社会第三世界文化生产必要的内在部分。像《菊豆》这样的影片转化了"我们"关于"第三世界"文化生产的观念,刘恒小说中没有的染坊背景得到了浓墨重彩的渲染,就是众所周知的个案。一些人将《菊豆》中浓烈的视觉性(图画性)视为民族传统的回归和民族身份认同的一部分,即通过画面建立"第三世界差异"。而周蕾不愿意重复这种国族寓言或异国情调式的他者化解读,在她看来,《菊豆》《黄土地》《红高粱》等影片的图画层面显示了第三世界文化生产真实的历史条件,而人们热衷于谈论的张艺谋影片中的"民族性"、"中国性",其实已经成为跨文化商品拜物主义的符号。这样的讨论看上去与一般的东方主义式批判似乎并无本质差异,同样显示了一个西方学者观照中国文化的人类学眼光;只是她更侧重强调后现代社会里跨界文化生产与市场营销的问题层面。银幕上是有关"中国"的故事,背后则是这些故事寻找西方市场的现实。在这一情势下中国电影扮演了"第三世界"文化生产的"异化"角色,所谓"异化"的第一症候表现在对民族本质如"中国本质"的情感坚持,它意味着一种自觉的跨国劳动,在文化劳动中生产出美学的和经济的价值。90年代前后张艺谋影片曾遭受"本土主义者"的种种质疑和批评,这些批评主要指责张艺谋影片制造出虚假、丑陋的中国习俗以及表层化的形式主义来取悦于"洋鬼子的眼睛",言重者更指斥其是一种奴化行径。周蕾则猛烈批驳了"本土主义"话语,认为张艺谋电影精明地以女性特质为"新土著性"的关注中心,其影片构成了一种新的民族志,是一种壮观且可接近的想象性写作（216 页）。

第三部分"作为民族志的电影，或后殖民世界中的文化互译"，采用本雅明等人的翻译理论，提出可从文化翻译的层面看待中国电影。这部分在一些评者看来颇富新意，由于"翻译"这一语汇内涵的被泛化和被抽象化，使得该部分除却时尚理论概念的游戏玩弄意味以外，并无太多实质性意义，尽管其间也有作者值得尊重的力图跨界而不辞辛苦的文化"劳作"。

综合考察不难看出，周蕾致力于探讨西方人应该如何看视非西方文化自我呈述的运作策略、商业效果及其对原初性迷恋的本质。《原初的激情》一书中布满艰涩驳杂的前沿理论话语，带有浓厚的文化政治色彩。在丰富得令人眼花缭乱的理论观点和晦涩缠绕的字里行间，呈述了周蕾对 20 世纪 80 至 90 年代初享誉国际影坛的中国内地当代电影的文化人类学或民族志式的宏观解读。实际上，这不仅是一本有关电影的纯理论和专业批评著作，在对当代中国电影文化发表种种富于想象力的洞察和批判性意见的同时，作者力图传达的思想已超越了电影论述本身。虽然作者的观点和论证决非无可非议，实际上也不乏争议；如全炯俊针对周蕾书中第三部分涉及文化翻译的有关论述，逐个指出其中存在的概念误用、滥用以及隐含着变形的西方主义等问题。对于一些愿意更多维看问题的读者而言，将全炯俊等人的商榷文章与周蕾的著述一起阅读也许会有更有趣的收获。

# "哈日"文化研究在台湾述要

在亚洲的文化研究和传媒批评的术语家族中,"哈日"已经成为一个十分流行而且重要的概念。在经济与文化全球化的语境中,"哈日"是一个有趣而复杂的流行文化现象,也构成了台湾文化研究的一个重要议题。"哈"原是闽南语,其意为"热爱与渴望","哈日风潮"指的就是台湾青少年对日本流行文化的崇拜与模仿之风,是消费主义时代"迷"文化现象的一种典型表征。现今,如果一个人对日本某些领域或者某些物品很着迷,就会被称为"很哈日",而被归入"哈日一族"或"追日一族"。

"哈日"一词的流行始于 20 世纪 90 年代中期。这个概念的发明权应归属于台湾流行文化作家陈桂杏。1993 年,笔名哈日杏子的陈桂杏出版了处女作漫画《早安,日本》,第一次使用了闽南语"哈得要死"的典故,用来表述对日本流行文化的喜爱,却出乎意料地创出"哈日族"这个现今被广泛使用的流行语词。哈日杏子因此也被戏称为哈日一族的"教祖"。作为一种流行文化症状,"哈日"在台湾的表现几乎是全方位的。日本偶像剧、卡通、漫画、动漫、音乐、服饰、发型、杂志、玩具乃至食物等都成为"哈日族"疯狂着迷的对象而全面进入他们的日常生活。台北的西门町甚至成为"哈日之城"。日本流行文化无疑对台湾青少年的感性生活产生了巨大的规训影响,"日本感性"的长驱直入改变了他们感知世界的方式和感觉结构,形成台湾"哈日一族"特殊的恋物心理情结,甚至连食物结构和胃口都产生了微妙的变化:吃,一定要吃日本料理;看,一定要看日剧、日本电影、日本漫画;听,一定要听日本歌;用的东西一定要日本制,无时无刻都要让自己沉浸在一个完全日本化的世界里,否则会非常难受! 从食、衣、住、行、育、乐等台湾青少年日常生活层面看,几乎都有日本流行文化的影子。这对台湾青少年的文化认同无疑将产生不可忽视的影响。

面对日本流行文化风潮,从 90 年代开始,随着"文化研究"的兴起,台湾人文学界就进行了深入而广泛的研究。从内容上看,这些研究大体包括两大方面:第一是探讨日本文化在台湾流行的原因;第二是深入分析日本流行文化对台湾青少年文化认同产生的影响,并对"哈日"文化的性质作出批判或辩护性的阐释。

为什么日本流行文化在台湾乃至整个亚洲会产生如此广泛的影响,以至于形成所谓台湾哈日族比日本人还日本化的状况? 这几乎是所有对"哈日"现象感兴趣的学人都首先会提出的问题。对此,台湾人文学界提供了一系列富有启发意义的分析。首先,从日本流行文化本身看,它具有十分接近乃至迎合青少年文化心理的特征,能够满足他们的审美需要和好奇心。这无疑是其获得青少年广泛接受的基础。以日本流行文化先锋的日剧为例,能够在青少年群体中风靡的大多具有青年亚文化的内涵。如《麻辣教师》中的"反町隆史"对传统教育理念的反叛,《魔女的条件》对叛逆/问题少年的包容与接受,《将太的寿司》对个人主义的张扬等,都迎合了一代青少年"做自己"的文化消费需求。人们一般认为日本偶像剧"以纯爱、浪漫、流行、梦想及贴近现实为偶像剧的几个元素,并在制作方面充满感人的剧情与精致的拍摄手法"。这些文本特征显然是日剧流行的基础。其次是消费文化空间的形塑与立体的行销策略。日本流行文化的推广采用了"媒介、消费与认同"三位一体的行销方式,如同学者李丁赞、陈兆勇所言,日剧"由小众而变成一种大众化商品"是大众媒体造成的,"日剧经由卫星空降地面,成功地在台湾建立桥头堡,而拥有它专属的频道和观众群。也就是说,日剧已经创造了自己的消费文化空间"。① 从根本上看,"哈

① 李丁赞、陈兆勇:《卫星电视与国族想象——以卫视中文台的日剧为观察对象》,《新闻学研究》,1998 年 1 月第 56 期。

日"是全球化时代跨国资本与跨国媒体以及各种政治权力对人们的感性领域规训的结果。这种文化规训采用的是"总体的套装文化"形式，其文化产品横跨印刷、音乐、电视、电影、网络种种类型。这种套装文化涵盖从新闻到肥皂剧、从服饰到饮食、从旅行到玩偶、从日式发廊到成人影像等日常生活中的文化元素。这种全方位、整体性的行销策略，加上日本文化对感官性的推崇和精致化，及其"可爱"的美学包装，是"哈日"风潮形成的一个重要因素。

但为什么"哈日"之风在台湾尤其盛行？这肯定是一个更为重要的问题。台湾学界对这一问题的思考产生了不少深刻的成果。许多学人都认识到"哈日"现象的出现和风行与台湾特殊的际遇及其由此形成隐蔽的文化心理结构有着复杂的历史关联。台湾经历了 50 年的日本殖民统治和"皇民化"教育，日本文化在台湾留下了很难抹去的历史印记。在《"亲日"的情感结构与"哈日"的主体》一文中，李明璁深入地分析了在后殖民语境中，日本文化如何借跨国文化传播重新回到台湾当代文化现场："1945 年，日本殖民者走了，但象征的'日本'却仍深植台湾。岛屿上不同世代的亲日或反日/仇日乃至哈日倾向，不只反映出'日本'在台湾文化政治光谱中的核心地位，也映照出台湾人历时与共时的认同渴望和焦虑。"①这种情感结构和认同的迷思的确是"哈日"文化形成的内在因素。但李明璁把"哈日"文化视为"日本对亚洲在后殖民乃至全球/区域化时期的欲望，吊诡地被台湾人结合、挪用、转化为追求自身认同的文化动力"的看法，却委实难以让人认同。因为"哈日"本质上是文化主体迷失的产物，是文化自性丧失的表征，也是跨国资本和政治权力对消费主体形塑和规训的结果，如何能够转化成为追求自我认同的动力？看来李明璁的"吊诡转化论"本身就是一个无法令人信服的"吊诡"。

另一位学者廖炳惠也从历史的纬度进入"哈日"问题："我们对'哈日'的风尚及其解读方式背后的社会、历史因素，可能得透过'长

① 李明璁：《"亲日"的情感结构与"哈日"的主体》，台湾社会学会 2004 年会暨研讨会论文。

时'的、特殊地区文化构成因素的角度去切入,才能更清楚看出其中多元决定,彼此牵连而又政治错综的种种层面。"①但廖氏的分析显然要更复杂深刻一些,因为他考虑到了"哈日"现象背后有更多复杂的因素在起作用:政经的共谋结构;跨国资本市场;媒体的推波助澜;本土认同的错乱。的确,这四大因素在90年代以后特殊的语境中相互勾连结合,共同形塑了"哈日"文化风潮。而廖氏对90年代中期以来台湾特殊的文化政治场域的分析尤其深刻,在他看来,"哈日"事实上是由文化认同的撕裂、困扰和焦虑而产生的"逃逸"、"遗忘"、"替换"文化的一种表征形式。廖氏的一个观点对人们研究台湾的"哈日"文化现象应颇有启发性:"政治哈日族"和"流行哈日族"分享了某种共通的情感结构,前者是对日本政治文化面的缅怀,后者则认为日本新殖民文化更能精致而细微地表现出台湾"新新人类"的文化无意识。这也是我们强调政治权力与资本以及传媒的结合是真正形成"哈日"文化风潮的动力的重要原因。

透过"哈日"现象分析日本流行文化对台湾青少年文化认同产生的复杂影响,这是台湾学界对"哈日"文化研究的另一个重点。其中赵培华的《台湾青少年对日本偶像剧的观看、解读与消费》,李丁赞、陈兆勇的《卫星电视与国族想象——以卫视中文台的日剧为观察对象》,林逸睿的《越界的日本流行文化现象:"哈日族"十五人的生活风格实例研究》,何慧雯的《时间与空间的双重变奏:日本流行文化与文化认同实践》,孙立群的《日本卡通对青少年消费文化影响之研究》,苏蘅、陈雪云的《全球化下青少年收看本国及外国电视节目之现况及相关影响研究》,林瑞端的《媒介、消费与认同:台湾青少年收看日本偶像剧之效果研究》,苏宇玲的《虚构的叙事/想象的真实:日本偶像剧的流行文化解读》,迟恒昌的《"哈日之城":台北西门町青少年的空间与消费文化》以及邱雯的《文化想象:日本偶像剧在台湾》等,都是相当深入并具实证性的研究成果。

---

① 廖炳惠:《台湾流行文化批判》,《另类现代情》,台湾允晨文化出版社,2001年,第83—109页。

这些研究涉及以下重要问题：① 台湾青少年已出现的"混杂"或"亲日本"的收视形态，究竟带来何种"文化挪移"的想象？② 台湾青少年购买卡通商品时，最主要的意义是"新奇流行"，可知台湾青少年受到消费主义相当的影响，能否发展出具有真实性、抗拒性的青少年文化？③ "哈日族"或因消费仿同而认同于日本国家与文化，能否在日本流行文化场域中透过战术进行转化，配合自我所处的情境进行意义的建构与解读？④ 台湾民众在接受来自外国的卫星文化信息时，其国族想象的内容和范围是否会开始转移，甚至转变成以卫星文化母国为文化认同的对象呢？⑤ 在后殖民时代，青少年消费文化的动能，如何形构和牵动都市的空间形式与文化的转变？⑥ 日本偶像剧在台湾是一项"社会装置"，日本与台湾是如何透过这个装置建构对于他者的文化想象的？

关于"哈日"文化现象的性质，台湾人文学界存在两种分歧的看法。第一种是批判性的观点，把"哈日"视为一种"文化殖民"现象，是后殖民时期"文化帝国主义"入侵的产物，再现了全球霸权秩序：美国/日本/台湾的文化依附关系。"哈日"意味着"突显台湾于世界体系中依附日本发展的现况与位置，并突显了其刻意藉由对日本文化模仿以摆脱他者形象的意图"（许如婷）。徐佳馨在《图框中的东亚共荣世界：日本漫画中的后殖民论述》中，以日本漫画为例，直接指陈日本流行文化是文化殖民的尖兵，她认为日本漫画透过时空的错置、大量运用同构型的符码、唯美、非日化的漫画人物的摹写，巧妙地剥去令被殖民者反感的殖民外衣，在文化工业的运作机制下操作，成了一个新的殖民方式，它不贩卖一个"日本"的形象与概念，而宣称自己贩卖的是梦想；使用柔和的色彩和线条去勾勒出一个个美善而温和的漫画人物，使之成为"入境"的文化殖民尖兵。邱淑雯则指出："隐藏在哈日族朝圣的病态心理后面的是一厢情愿的媚日，这种媚日是不断加深日本鄙视亚洲歧视亚洲的元凶之一，也是一种透过消费而生产的愉悦的共犯关系。"①在台湾文化研究界，这种以后殖民理论为武器对"哈日"

---

① 邱淑雯：《文化想象：日本偶像剧在台湾》，李天铎主编《日本流行文化在台湾与亚洲Ⅰ》，台湾远流出版社，2002年，第50－67页。

文化现象进行尖锐批判的研究取向占据着重要的位置。但值得注意的是,近年来出现了为"哈日"文化辩护的另一种声音,曾维瑜批评后殖民理论"忽视了流行文本的丰富性与使用者的自主性",他认为:"日本流行文化在台湾这样存在久远,惟日本偶像剧真有本事才能刮起超级旋风,况且,当前文化研究的焦点都已转向全球化的概念,探寻政治、经济、文化等项目在跨越物理疆域之后肆意流动所产生的现象,在此之下,若仍固守殖民关系与历史结构的框架,硬要日本偶像剧背上'媚日'的罪名,那真是不可承受之重啊!"①林逸睿则直接呼吁要去除对"哈日族"的污名化想象;有人甚至认为"哈日"能够成为台湾文化建设的动力,是多元文化的构成元素之一;等等。这些辩护的理论资源大多来自费斯克的大众文化理论和流行的多元文化主义以及审美民主主义。但这些观念对全球化时代快感政治的本质缺乏真正深入的思考与反省,没有看到"哈日"文化是市场与政治意识形态以及跨国资本逻辑对人们的感性领域进行规训与控制的实质,没有看到长驱直入的"日本感性"背后裹挟着的意识形态以及帝国文化工业对第三世界的侵略性。

① 曾维瑜:《日本偶像剧不可承受之重》,http://wbbs.cc.ncku.edu.tw/ccns/index.php/9/111/323533。

# 台湾视阈中的美学经济与创意产业

　　"文化产业"这个概念在台湾文化场域中的出现,是比较晚近的事件。1994 年,台湾当局提出"社区总体营造政策"以应对工业化转型所产生的城乡失衡,如何振兴地方产业成为当时的焦点。台湾当局文化主管部门"文建会"适时提出"社区总体营造"的文化思考,并在1995 年召开的"文化产业研讨会"中,提出了发展文化产业的理念和"文化产业化、产业文化化"的政策。在台湾的文化场域中,"文化产业"概念正式登场亮相,一度成为"社区总体营造政策"的核心。

　　"文化产业"概念突破西方马克思主义尤其是霍克海默和阿多诺的观念模式,进入台湾的文化政策体系,并逐渐形成一种具有深远影响的人文思潮,其中台湾社会文化学者陈其南扮演了举足轻重的角色。时任"文建会"副主委的陈其南,在 90 年代中期至 21 世纪早期,持续倡导"文化产业"的理念:在 1995 年 5 月的"'文化·产业'研讨会暨社区总体营造中日交流展"中,陈其南发表了《社区总体营造的意义》①;1996 年发表《地方文化与区域发展》②;1997 年发表《社区总体营造与生活学习》③……这一时期,台湾地区"文化产业"理念的形塑过程有两点值得人们注意。

---

　　① 陈其南:《社区总体营造的意义》,台北"文建会"编,《"文化·产业"研讨会暨社区总体营造中日交流展论文集》,1995 年。
　　② 陈其南:《地方文化与区域发展》,台北"文建会"编,《地方文化与区域发展研讨会论文集》,1996 年。
　　③ 台湾仰山基金会编,《社区总体营造与生活学习》,1997 年。

第一,在知识界普遍拒绝"文化工业"的人文语境中,陈其南等人试图对"文化产业"和"文化工业"两个术语作出某种切割,赋予"文化产业"话语以合法性。在《地方文化与区域发展》一文中,陈其南指出:"文化工业"是标准化的、同质化的、庸俗化的、大众化的、流行品味的大批量生产,个人是被操纵、被主导的。这显然是法兰克福学派文化工业批判的观念;而"文化产业"正好相反,它突出的是文化的创意性、个别性,文化产品的个性、地方传统性和人文精神价值。"文化产业"不是大规模的机械复制,而是小规模的手工艺生产。这一切割代表着90年代中后期台湾人文学界对"文化产业"的基本认识,也是透过对"文化产业"的重新定义,把文化生产力从法兰克福文化批判模式的束缚中解放出来。但陈其南等人的阐释却同时把"文化产业"概念的外延缩小了,也限制了其内涵。在这个理论模型中,"文化产业"仅仅是指手工生产的工艺产业和地方民俗产业,流行文化产业则被排除在外。这与现今的文化产业概念还是有着不小的距离。

第二,陈其南等人的"文化产业"理念是在"社区总体营造"的文化政策框架中提出的,明显赋予了"文化产业"在地方重新建构中的重要意义。"文化产业"这个概念把地方或社区的文化建设和经济发展相勾连,试图在地方性重构中找到文化和经济协调发展相互促进的新路径。这一思路明显受到日本造町运动即社区营造运动的影响和启发。日本的社区营造学者宫崎清曾经概括了社区营造的五个层面:人、文、地、产、景,即包括"人的营造";社区共同历史文化的保护与经营;地理特色的维护与发扬;地方特色产业的研究和发展;社区景观和生活环境之永续经营。所以,陈其南等人的"文化产业"理念显然具有地方文化经济振兴的内蕴,是一个地方性重建的概念。这也可以从《"文化·产业"研讨会暨社区总体营造中日交流展论文集》所提供的论文议题分布中看出来。这次会议的焦点集中在地方工艺型产业、地方观光、地方聚落古迹保存、媒体、生活艺术与农渔业发展等方面。都会文化产业并未得到人们的关注,也未形成台湾整体的文化产业发展的理念框架。

那么,如何看待90年代诞生的这一有着鲜明的地方性向度的"文化产业"理念? 我们认为,这个理念的产生具有三个方面的历史文化因素:其一,是对台湾社会工业化、现代化和都市化片面发展的回应和调整。台湾社会工业化、现代化和都市化的发展彻底破坏了传统社区的地方文化和社会结构,这个发展模式已经产生了许多不良的后果,对文化与产业的勾连、文化产业与地方发展的勾连式思考隐含着一种对"现代性"的反思和重构,是在新语境下对 70 年代以来台湾乡土文化运动的重新表述。其二,90 年代的"文化产业"概念的提出是对经济和文化全球化的一种积极回应。到了 2000 年,陈其南把"文化产业"概念所蕴含的这个维度阐释得更为清晰和明确。"全球化"和"在地化"被视为当代社会、经济和文化演变的两个方向,"在地化"成为应对"全球化"的一种策略。"全球化"压抑甚至摧毁了"地域性"和地方社群的价值,"在地化"即重构本土地域的人文价值和经济发展空间以及地方的认同感。其三,在当代台湾政治和文化意识形态场域中,基于地方性重构的"文化产业"理念还具有"去中心主义"的意味,是当代台湾本土化思潮的一部分。有趣的是,关于"社区总体营造"政策的阐释,台湾人文知识界还有另一种声音。在一些持批判社会学和"左翼"文化研究立场的知识分子如夏铸九和郭至刚等人看来,"地方社区空间营造所面临的历史是全球经济的流动空间对地方社区空间的侵蚀"。①"这是阶级的,更是空间的,流动空间凝结着资产阶级精英的文化意识形态,草根化(grassrooting)流动空间其实也可说是草根空间被流动空间同化,这并非是出自任一方的单向过程;然而,在发展主义的大帽下,其结果往往是不利于草根空间的——因为资本主义社会的系统修正,使得吸引流动资本与资产阶级停驻成为地方空间的发展取向。"②这一阐释呈现出空间的文化研究和政治经济学批判两种典范接合的特点。陈其南和夏铸九的观点显然构成了"社区总体营造"文化政策的阐释学冲突。

---

① 夏铸九:《全球经济中的台湾城市与社会》,《台湾社会研究季刊》,1995 年第 20 期。
② 郭至刚:《全球化脉络下的社区营造与缙绅化》,台湾大学建筑与城乡研究所硕士论文,2005 年。

在陈其南等人的"文化产业"理念建构运动之外,我们还必须关注另一种思考路径和观察模式。我们从2000年台北远流公司出版的由张苙云主编的《文化产业:文化生产的结构分析》中,或许可以看到台湾知识界另一种文化产业理念的模型。

第一,《文化产业:文化生产的结构分析》收入了朱元鸿的《文化工业:因繁荣而即将作废的类概念》、侯东成的《广告业的自我组织逻辑:代理制度建立与产业生态形成》、林丽云的《台湾威权政治体制下"侍从报业"的矛盾与转型:1949—1999》,何东洪、张钊维的《战后台湾"国语唱片工业"与音乐文化的发展轨迹:一个征兆性的考察》,郑陆霖的《是谁惹毛了沉睡的猫?——台湾有线电视市场场域中的权力竞争》和张苙云的《资讯社会中的文化产业》。从该书收集的文章看,所关注的问题和焦点明显不同于陈其南等人。这些作者的思考聚焦于流行文化、大众文化、资讯文化和媒体产业,而非地方文化和手工艺产业。

第二,朱元鸿撰写的导论《文化工业:因繁荣而即将作废的类概念》颇具意味。如果说陈其南的论述策略是把"文化产业"从"文化工业"中切割出来,从而使"文化产业"观念获得人文科学的合法性,那么,朱元鸿的论述策略则是直接面对霍克海默和阿多诺的"文化工业"理论,对这个概念的普遍性和当代性提出质疑,甚至作出这样的判词:霍克海默和阿多诺的"文化工业"概念是即将作废的类概念。朱元鸿作出这一判断基于以下几个理由:

其一,霍克海默和阿多诺的"文化工业"概念并非是唯一的正确界定,即使是西方马克思主义学派内部,对文化产业的看法也存在着巨大的分歧。本雅明就有相反的判断:新传播媒介如电影具有某种解放和民主化的潜力。之后更多的理论家也观察到电子媒介大众文化有可能带来平等、民主和自由。"文化工业"具有双重向度:一方面是资本主义和统治机器操纵大众的工具,另一方面也可能构成对资产阶级文化的反叛和颠覆。朱元鸿用"模棱"这个语词描述文化工业的复杂性。

其二,文化工业与民族国家的关系比霍克海默和阿多诺的分析要复杂得多。以印刷出版业为中心的早期文化工业在民族国家现代性建构和文化整合中曾经扮演了重要的角色。这是霍克海默和阿多诺没有观察到的。而专制体制则无需通过商品化提供幻觉和麻痹,文化事业与传播媒介是"直接的政治宣传工具"。①

其三,霍克海默和阿多诺的"文化工业"概念"保留马克思将交换价值对立于使用价值的脉络",因而不能有效阐释消费社会的符号生产、传播与接受现象。他们的分析对象"仅属于客体化形势的大众文化产品,而且是象征性阶序中较低阶的产品"。朱元鸿如是而言:"当我们将不同的文化资本形式放于晚近资本主义全球市场的脉络中,可以看出特别以城市为单位而竞争的文化工业,不限于爵士乐、摇滚乐、电影、购物中心、主题公园以及种种通俗文化场所,更包括博物馆、美术馆、历史建筑与艺术资产的保存——所谓'资产工业'。"②文化工业甚至已经渗透到了日常生活的所有层面,这样,霍克海默和阿多诺的"文化工业"概念就可能成为"因繁荣而即将作废的类概念"。

朱元鸿将"文化产业"放到"地方""国族""全球""次文化"的多重关系以及网络化语境中,尤其是晚近资本主义全球市场的脉络中予以分析,打开了构建文化产业新理念的论述空间。这一分析隐含着台湾人文知识分子"文化工业"论述立场的微妙转移。观察这一转移,《文化工业:因繁荣而即将作废的类概念》一文中所提到的"晚近资本主义全球市场的脉络"或许十分重要。"文化产业"置身于资本主义全球市场或"全球资本主义文化生产体系"之中,"符号的角逐"日趋激烈。"文化产业"作为一个国家或地区的文化软实力的表征,无疑已经构成全球文化竞争和经济竞争的重要力量和关键领域。人文知识分子有必要重新认识文化产业的意义,重建文化产业的定义,换一种视角和理念重新认识本土的文化工业。人文知识分子或许还有另一种责任,那就是为本土的文化产业的发展出谋献策、摇旗呐喊。在这

---

① 朱元鸿:《文化工业:因繁荣而即将作废的类概念》,张笠云主编《文化产业——文化生产的结构分析》,台湾远流传播公司,2000 年,第 23 页。

② 同①,第 28 页。

一历史语境中,美学与文化研究或许也可以充分发挥其潜在的"文化修辞"功能。

2002 年,一个新的概念——"文化创意产业"登场亮相了:"陈其南顺着台湾传统产业转型的需求与全球化的趋势,提出'文化创意产业'政策,以跨部会的整合,文化纳于经济、经济也着力于文化结合,为传统产业提出振兴方案,继续拉抬地方、文化与艺术的能量,如同社区总体营造的目标,近一步将'美学'与'创意'概念渗入市民大众的日常生活中。"[①]可以看出,陈其南显然延续了 90 年代"社区主义"的理念和思路,但"文化创意产业"概念的内涵已经扩大了,流行文化产业被纳入其中。这意味着台湾地区文化产业理念的真正形成。

自从 2002 年"文化创意产业"概念诞生以来,台湾地区文化产业观念有了进一步的发展,文化产业概念内涵获得了进一步的拓展。这主要体现在两大方面:第一是"文化创意产业"理念进入台湾地区经济社会文化发展的总体规划之中,成为文化和经济社会政策的重要部分,甚至成为当年台湾社会和经济转型的方向。第二是一大批人文学者——如詹伟雄、李仁芳、刘大和、陈文龙、刘维公、黄振铭、孙瑞穗、萧新煌、徐莉玲、赵雅丽、裴元领、黄颖捷等——深度介入文化创意产业研究和实践领域,"文化产业"理念的内涵和外延都获得了进一步拓展。

如果说《文化产业:文化生产的结构分析》采用的是文化研究与政治经济学批判相结合的研究方法,重新思考文化产业在台湾的历史和结构性变迁,并把文化产业放到当代台湾政治结构形态的历史转型之中予以具体的考察,努力摆脱阿多诺等人"文化工业"概念模式的统治,那么,詹伟雄、李仁芳、刘大和、陈文龙、刘维公、黄振铭、孙瑞穗等学者对文化产业理念的重构则转向了"文化经济"这个崭新的方向,试图将"美学"的维度引入当代经济和社会文化生活的分析之中,"美学"已经成为他们认识和理解台湾经济模式转型的关键概念。这样,

---

① 陈琳:《台湾文化创意产业政策人文理念初探》,财团法人"国家文化艺术基金会"网站(http://www.ncafroc.org.tw/news/index_news.asp? ser_no = 358)。

在"美学经济"和"意义经济"的理论高度,这个知识社群重新赋予了"文化创意产业"概念更为重要的意义。在这个阐释体系中,霍克海默和阿多诺的"文化工业"概念看起来已经被彻底"废功"了。正如孙瑞穗所指出:一般理解中的"法兰克福学派"对"文化工业"(或"文化产业")的批评(criticism)只是对一系列提问的某种响应方式而已(尤其是关于人性与机器文明的关系,以及处理商品化所带来的异化问题)。"但是,你不能很生硬地直接站在半个世纪以前的法兰克福学派的立场来看今日的文化产业发展,批评文化生产被规格化与标准化所带来的文化异化(或疏离)问题而已,这样会太教条了,而且根本无助于去看清当代资本主义与文化消费市场的复杂性,遑论分析人们大量消费了文化商品之后,所产生的更复杂的人性、文化或文化社会/空间性。"孙瑞穗强调了文化创意产业研究应该进行概念重构和重新问题化:"关键的问题在于'创意'(creativity)如何被重新定义……'创意'到底意味着什么? 背后的(资本主义)生产体制变成什么样了?"这显然是一个富有启发性的建议。孙瑞穗提出了将"文化创意产业"重新问题化的两个思路:第一是"文化创意产业"以及"创意经济"概念中的"创意"与法兰克福学派人文主义所强调的"独创性"有何本质上的不同?第二"是哪些个人或制度性力量甚至哪种文化霸权,在介入和定义'文化创意'的内容"? 这一论述可能还隐含着"模棱",即文化产业理念重构的经济学转向与文化批判典范双重取向之间的矛盾和暧昧。①当然,需要补充说明的是,霍克海默和阿多诺的思想在台湾地区逐渐兴起的"批判的文化研究"思潮中仍然扮演着不可忽视的角色。

简而言之,詹伟雄、李仁芳、刘大和、陈文龙、刘维公、黄振铭、孙瑞穗等人偏向于第一种选择,即将文化创意产业纳入创意经济的范畴与框架之中,并从经济体制的历史变迁重新定义"文化创意"理念。他们对"文化创意"理念的论述建立在对发达资本主义经济尤其是台湾地区经济形态历史转型的判断或预设的基础之上,认为"美感经济时代

---

① 孙瑞穗:《文化创意产业的问题意识:概念之厘清》,http://blog. sina. com. tw/sabinasun/article. php? pbgid = 20402&entryid = 170059。

已经来临"。在詹伟雄、李仁芳等人的论述中,还出现了一系列的表述语词:如"美学经济""美感经济""意义经济""文化经济""创意经济""象征经济""体验经济"……用以描述或界定经济体制和经济形态转型的新趋势。

"美学经济"意味着什么?"中国生产力中心"农业经营管理顾问黄颖捷从世界经济形态史的演变中予以定位。黄颖捷提出了颇具影响力的"世界经济发展演进七个阶段新论述":第一阶段为"初级产业",即"农业经济时代",其特点是"供应原始生鲜的农渔业产品,附加价值有限"。第二阶段为"二级产业",即"工业经济时代",其特点是"供应加工制造产品,附加价值升高"。第三阶段为"三级产业",即"服务经济时代",其特点是"供应最终产品,附加价值更高"。第四阶段为"四级产业",即"体验知识经济时代",其特点是"创造体验式知识并设计舒适、高雅消费空间,附加价值最高"。第五阶段为"五级产业",即"美学、娱乐知识经济时代",这个阶段"精致设计的感官消费正在流行,产品只是道具,情境才是主角。所有的消费行为里,都有美感渗透其中,只是层次有所不同。只要层次够高,其附加价值甚至无价"。第六阶段为"六级产业",即"心灵改造经济时代",这个时期的特点在于"以心灵改造经济,带领全人类,迈入一种高品位的'士绅风格'时代,即类似古欧洲士绅特质,将再经改造而复苏流行全球,届时世界社会秩序与崭新游戏规则将全球化、统一化、国际 SOP 化,因此而将影响全世界总体经济发展结构与重组、变迁"。第七阶段为"七级产业",即"世界整合行政经济时代",这个时期"联合国和平解体,成立世界整合行政政府运作体系,世界经济共同迈向'公平正义的均富'发展之道"。这显然是一种托夫勒《大趋势》中的未来学式的思考方式。①

詹伟雄、李仁芳、刘大和、陈文龙、刘维公、黄振铭、孙瑞穗等人是否认同黄颖捷如此大胆的预测和想象不得而知。但台湾已经进入"美

---

① 黄颖捷:《经济发展十阶段演进新论》,http://www.atj.org.tw/newscon1.asp? num-ber = 2724 – 48k。

学经济"时代,则已成为他们的一项重要"共识"。在"美学经济"的框架中,文化创意产业就不仅仅是某一新崛起的产业类型,而是意味着经济形态的历史性转型。符号和意义的生产与竞争逐渐成为新经济形态的至关重要之表征。正是在这个意义上,我们有必要重新认识文化创意的意义,重新界定文化产业概念。以下以几位代表性学者的论述为例来说明这一点:

(1)刘维公,德国特里尔大学社会学博士,台湾东吴大学社会学系教授。主要研究领域为消费文化、文化经济学、生活风格与生活美学,著有《风格社会》《风格竞争力》等。刘维公关于文化创意产业的阐释建立在文化经济学、符号经济学和消费社会学的基础之上,其基本观点包括:第一,"文化不是经济生产中的一支产业,文化其实是新形态资本主义经济发展的整体动力来源……文化活动与经济生产的界线在现代社会越来越是模糊。不是'文化必须是商品',而是'商品必须是文化'。"第二,"生活风格与生活美学二者所建构的消费文化生活世界,是与文化经济相符应的。"在他看来,生活风格即是消费文化的生活形式,而生活美学则是消费文化的生活理念。① 第三,台湾已经进入"风格社会"。"风格"这个概念在当代社会生活中占据了越来越重要的位置,刘维公如是而言:"个人的风格,提升其生活技能;产品的风格,创造其市场利基;公众人物的风格,决定其受欢迎程度;社群的风格,建立其认同基础;城市的风格,打造其国际竞争力;社会的风格,保障人民的生活质量。"现今,人们已经置身于一个新时期,"市场竞争的利基"不再是价格和速度,而是"生活风格与美感体验。"刘维公发明了"风格竞争力"这个概念来阐释文化创意、生活主张和美感创新的重要性。第四,在刘维公的阐释中,"风格竞争力"也可以表述为"美感竞争力","美学"和"美感"无疑是所谓"风格社会"和"风格竞争力"的核心概念,刘维公还发明了"美感占有率""高阶美感资产"和"美感的平价化"等一系列概念来描述创意经济和文化创意产业的特征。

---

① 参见刘维公:《当代消费文化社会理论的分析架构:文化经济学、生活风格、与生活美学》,《东吴社会学报》,2001 年 12 月第 11 期。

(2) 詹伟雄,台湾大学图书馆学系毕业,台湾大学新闻研究所硕士,"学学文创志业"副董事长,《数位时代》总编辑。主要研究领域为经济史、科技史、设计史、城市身世、运动史和文化创意产业,著有《迫力的东京》《球手之美学:运动的 52 个文学视角》《e 呼吸:46 个数字经济观察》《美学的经济:台湾社会变迁的 60 个微型观察》《风格的技术——台湾 13 个创意老板的生意实践》等。詹伟雄的主要观点包括:第一,"'美学'在台湾现阶段社会中盛行,多少反映了台湾由 OEM 纯制造业经济体,转向 ODM 设计代工制造经济体的一种转型焦虑。"第二,现今,人们的需求已经从商品的使用功能转向商品的象征符号功能,即从"功能消费"转向"符号消费"。第三,消费是一种"更好的自由",现今大多数发达国家的资本主义"社会运作的主旋律"已经从"生产的效率"转向"消费的自由"。第四,"消费世界这种无穷尽的再生和扩大"构成了"大众消费社会","由于消费者对商品符号的永恒迷恋和沉醉,'大众消费社会'因而必定也是一个'美学的经济',在其中穿针引线的枢纽不再是理性化的推敲和计较,而是消费者和生产者相互捉迷藏的'美学能力'。"[1]第五,"日常生活美学化"是理解美感在消费活动中运作机制的关键。第六,"符号的组合、符号的排序以及符号的历史感"是构成商品美学的三大要素。第七,当今世界的经济体可以分为两种:"美学经济体"和"劳力经济体","和谐(harmonic)的日本美学经济体"或"原创(original)的欧洲经济体"才是台湾应该学习和发展的方向。第八,"风格的技术"是美学经济时代个人与自我所需面对和学习的课题。在《美学社会的微型观察——从美学经济到意义经济》的访谈中,詹伟雄强调了美学已经成为主导当今经济生产的最大因素,背后有一个"社会集体性"的转变,即从一个"集体制约的时代"转向"个体式的社会",美学经济本质上是个人主义的、感性的。"美学经济背后是个人主义的一种激进化的趋势。"[2]

---

① 詹伟雄:《美学的经济》,《数位时代》,http://www.bnext.com.tw/LocalityView_2250。
② 詹伟雄:《美学社会的微型观察——从美学经济到意义经济》,《淡江人文社会学刊》55 周年校庆特刊,2005 年 10 月。

（3）李仁芳,商学博士,台湾政治大学科技管理研究所教授。主要研究方向为组织理论与管理、研发与创新管理、企业与环境—创新管理观点、创新管理,著有《创意心灵》《美学心灵》《管理辞典》(创新管理部分)《统一超商纵横台湾管理心灵》等。对于台湾经济形态转型的认识,李仁芳和詹伟雄颇为一致。台湾要走"美学的经济路线",这已经成为他们的基本共识。早在1999年,李仁芳就提出了这样的问题:"2000年的产业台湾,首要议题是什么呢?"在他看来,这个问题的答案只有一个,即"从'制造优势'的台湾,如何迅敏、精悍地转进'数字创新'的台湾,从'沙,用力拧也会挤出水来'、'追根究底合理化',仰赖纪律、勤奋劳动力作竞争条件的'苦力经济体',朝向靠创造力与创新等智慧资本取胜的'智价经济体'"。① 简而言之,即从"苦力经济"向"欢愉经济"转型。李仁芳用"欢愉的智慧"和"智慧的欢愉"来表述其对创意产业、美学经济或体验经济的基本认识,认为"欢愉的智慧"是"体验经济的核心竞争力"。如果说詹伟雄偏重于消费社会的美学社会观察,那么,李仁芳则偏重于创意主体的探索,更注重创意心灵的构建,用他自己的话说,即创意心灵是美学与创意经济的起手式:"对创意心灵而言,欢愉也属于一种生命的智慧,一种非常有益于体验型创新的智慧。美学与知识,欢愉的体验与智慧的追寻,在孕育体验型创新的组织平台与文化中,可以说正是源自同一个母亲的两个孪生儿女。"②

4. 刘大和,法国巴黎政治学院政治学博士,台湾"交通大学"客家文化学院教授。主要研究领域为文化经济、文化创意产业、知识经济、劳动政策,著有《台湾历史哲学大纲》《Apec议题研究精选系列:创新与科技》《APEC议题研究精选系列:观光、文化节庆》《Apec议题研究精选系列:知识经济、人力资源发展》《知识经济:引领知识新潮,推动台湾进步》和《文化与文化创意产业》等。在刘大和看来,台湾知识界存在两种"文化产业"理念:"一是从文化工业对大众文化的批判,这

---

① 李仁芳:《欢愉的智慧》,《EMBA世界经理文摘》,2000年元月号。
② 李仁芳:《创意心灵——美学与创意经济的起手式》,台湾先觉出版,2008年。

影响了许多人文社会领域的教授者与学习者,另一种则是从对文化产业的参与观察,其态度显然在批判与接受两者之间摆荡。"刘大和显然倾向于第二种立场,态度甚至更为积极,认为使用机械化的文化工业概念来讨论现今社会,最大的缺点恐怕是过度简化的论述。① 当代人文知识界应该在现有的研究基础上"发展出更丰富的文化产业理论",其路径取向则是"政治经济学"和"文化经济学",这一研究路径倾向于摆脱法兰克福学派"文化工业操控理论"的操控,而偏向于"细腻探讨文化经济的种种"。② 刘大和的文化产业理论研究包括了如下内容:第一是文化经济政治经济学:文化经济、文化产业的政治经济学、文化产业的运作逻辑,文化政策和文化产业政策。第二是文化与文化经济:文化风格与文化象征、叙事与文化表现、空间意识与文化产业。第三是研究方法:理论与方法;符号学与文化产业研究等。在刘大和看来,"美感"、"价值"和"故事"构成了文化产业的三大关键要素。他同样把"体验经济"视为一种发展趋势,强调增加一种感性的或人性化经验服务的重要性。

(5)陈文龙,台湾成功大学工业设计系、大同工学院机械研究所毕业。Nova Design(浩汉产品设计公司)董事长兼总经理,担任过 IF 国际工业设计奖评审,目前是 Icsid 的执行理事,他也是亚洲首位提出"将设计知识系统化"的设计管理者。著有《设计、品——浩汉设计与陈文龙的美学人生》等。陈文龙关注的核心主题也是美学经济潮流与创新竞争力的关系,他同样认为美学经济是经济形态发展的大趋势和新潮流。在首届中国(深圳)国际工业设计节的主题演讲中,陈文龙正是从这一判断出发,阐述其对中国经济的认识。在他看来,现阶段中国经济形态是"农业市场、经济市场和美感时代"同时并存,涵盖"劳力密集、知识密集和技术密集"三大层次。知识密集层次强调的是"产品的品牌的部分和美感经济的部分"。关于如何迈向"美学经济",陈

---

① 刘大和:《文化产业中文化如何展开》,《民俗曲艺》2007 年 9 月第 157 期。

② 刘大和:《文化经济的分析与批判》,http://ocw. nctu. edu. tw/course/riki. php? id = Cultural%20Economics_syllabus&CID = 1。

文龙认为需要思考三个问题:"第一就是设计创新,商品差异化方面。第二是创造美感风格,提供体验营销的经验。第三是怎么整合你的专业资源,来产生知识的价值。"①

概而言之,以上学者的阐释代表了台湾知识界对文化产业的一种新认识。这一新观念已经逐渐渗透到台湾当局的文化产业政策之中,主管文化建设事务的"文建会"提倡发展"四级产业"。所谓"四级产业",就是文化和审美的消费产业或"象征性的符号消费"产业。看来,文化产业新理念已经基本形成。许多迹象表明,这种以美学经济为框架的文化产业理念将对台湾地区的文化产业发展产生深远的影响。那么,我们如何评价这一理念呢?

首先,这一理念突破了霍克海默和阿多诺的"文化工业"概念的限制,为文化产业研究打开了空间,代表了文化产业论述从意识形态批判向经济学分析转向的发展趋势,至少调和了"文化工业"和"文化产业"之间的观念对立,为人文科学如何参与和研究文化产业提供了思路。

其次,这一理念从世界经济形态转型的历史高度重新阐释"文化产业"的意义。在这个阐释框架中,"文化产业"的出现不只是一个新行业的诞生,而且意味着经济形态的整体转型,即转向"美学经济"和"意义经济",突出了美学和创意在当今经济文化和社会生活中的重要作用。

再次,这一理念为台湾地区的文化产业学科理论建立了基础,寻找到了阐释文化产业的一些重要的知识资源。如价值与交换价值理论,符号和意义的生产理论、竞争理论,风格社会和风格生活理论,消费社会学,文化经济学等。

复次,这一理念企图调和乃至综合批判社会理论和创意理论之间的分歧和冲突,但这一调和并没有获得真正有效的成果。在詹伟雄、李仁芳、刘大和、陈文龙、刘维公等人的文化产业和美学经济的论述中,"批判理论"已经全面退场,不再扮演意识形态批判和大众文化批

---

① 陈文龙:《美学经济潮流与创新竞争力》,http://sunbala.cn,2008 年 12 月 5 日。

判的角色。在他们的论述中，"美学"获得了全面的复兴，"美学时代"看起来就要到来。这一论述一方面突出了经济生活的人文维度和美学在经济生活中的作用，另一方面也可能导致"美学"的根本蜕变——从启蒙和批判的美学蜕变为某种"文化修辞学"，"美学"有时甚至成为中产阶级消费主义意识形态的文化修辞，政治经济学批判的维度也消失不见了。詹伟雄的所谓"人因为消费而自由"就是最典型的表征之一。当然，要处理好二者原本就有些水火不容的关系确是一项困难的任务。

最后，过度强调文化和商品消费中符号的意义和美感的意义，甚至产生了符号和美感崇拜的倾向，商品的功能性价值多少被忽视了，这个观念显然是偏颇的。台湾一位网友的文章尖锐地指出了这一点，詹伟雄"对商品美学的着眼点只放在'符号'上，以 benq 为例，外形不错，但功能性很有待加强，如果没有功能性而只想藉由造形设计来在市场上竞争，大概只能骗冲动性的消费者而已"。① 另一网友的文章也指出了这一点："重视美感的'设计就是经济'的思维进入台湾企业，造成许多企业认定设计的'美感资产'是唯一可以让产品杀出重围的利器，于是近几年'设计至上'成为台湾企业的重要标杆。"这种只推崇产品的"美感"而忽视产品的"品质"的文化创意理念和政策已经走了"偏锋"，被扭曲了。② 这一批评提醒"美学经济"的信仰者和宣扬者有必要重新认识美感竞争力的基础和限度，所谓"美感竞争力"无论如何都必须建立在"品质竞争力"的基础之上。在考察当代商品消费之时，轻易就断言"符号性消费"已经彻底取代"功能性消费"或过度扩大美学的力量无疑是有些危险的。

---

① Maximum Possibility：《驳詹伟雄〈美学的经济〉》，http：//daliet. blogspot. com/2008/08/blog – post_29. html。

② 蓝色狂想曲：《有美感，没有经济——走偏锋的文创政策》，http：//blog. xuite. net/shinwin52234/shinwin/19776049-75k。

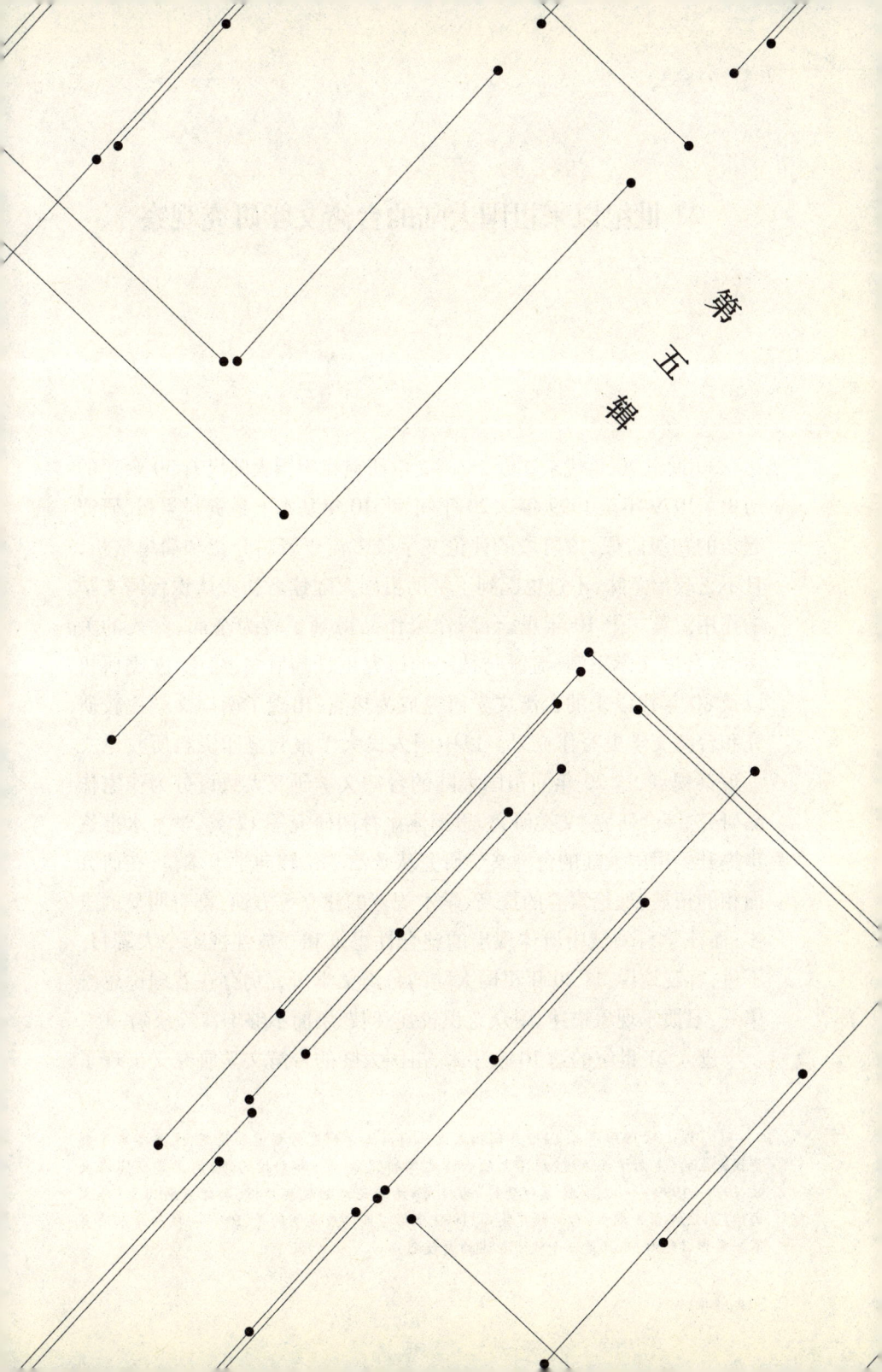

# 21 世纪以来祖国大陆的台湾文学研究观察

　　20 世纪 70 年代末迄今,台湾文学研究在祖国大陆已有 30 余年的历史。1979 年至 1999 年这 20 年间,头 10 年基本上是资料累积、研究起步的初级阶段,该阶段的评论文字较多流于资料介绍和简单赏析,且不乏政治意味,不过也起到了帮助祖国大陆读者初步认识台湾文学的作用。第二个 10 年里,台湾作家作品得到了较为全面、深入的关注,对台湾文学思潮、流派与社团的研究也日趋增多;综论、文类研析以及 80 年代以来的台湾文学研究成为热点;出现了两岸文学比较研究和台湾文学史写作成果。以中国人民大学报刊复印资料所收论文为观察视点,这 20 年间祖国大陆的台湾文学研究大致可分为作家作品研究、综合研究、文类研究、思潮流派社团研究等 12 类,学术水准逐步提升。祖国大陆的台湾文学研究从政治本位转向学术本位,在研究面相的拓展、理论素养的提高、学术规范的建立等方面,都有明显的进步;而该学科领域中所体现出的整合性思维和开放性视野令人瞩目。不过,客观地说,这 20 年祖国大陆的台湾文学研究仍存在着理论思维单一、习惯于现象描述、附众意识较强、问题层面不够丰富等缺陷。①

　　进入 21 世纪的这 10 余年来,祖国大陆的台湾文学研究又出现了

---

　　①　以上对 1979 年至 1999 年间祖国大陆台湾文学研究的描述和论断,主要参考了刘登翰先生的《走向学术语境:祖国大陆台湾文学研究 20 年》和刘俊的《台湾文学研究在大陆:1979—1999——以"人大复印资料"为视角》两篇论文的观察分析,两文分别刊于《华文文学》2002 年第 5 期和《台湾研究集刊》1999 年第 4 期。应说明的是,10 年一段的分期法并不一定那么绝对,而只是一个便于表述的大致划分。

一些新的变化,如宏观综论的文学史书写被较为系统而深入的思潮、史论、文类等研究所取代,学院中的学科建制带来的规范化学术化研究特色日益显明,世代更替与批评范式的转变渐成趋势……在诸多变化中,多元化阐释视阈和研究理路的初步呈现尤其值得注意。

## 一、区域研究与跨区域的审视

(一)闽台区域文化视野中的台湾文学研究是近些年来祖国大陆台湾文学研究的一个新动向

从宏观的《台湾文学史》到《中华文化与闽台社会》,福建省社会科学院的刘登翰先生开始从文学研究迈入区域历史文化研究领域,试图"为文学研究另寻一条文化的路径",一种区域文化研究的视阈与路径。① 这种学术意图在他所主编的"闽台文化关系研究丛书"当中得到了多层面的体现。其中,厦门大学朱双一的《闽台文学的文化亲缘》②可以视为闽台区域文化视野中的台湾文学研究最为重要的成果。这部著作深入考察了闽台文学关系的历史流程:从"明郑前后闽台文学的初步遇合",到"清代中叶闽台文学的深层对接";从"割台前后闽台文学的交流互动"到"现当代闽台作家的双向环流"以及"闽台新文学中的历史、宗教、民俗和语言",系统地勾勒出台湾文学的区域性文化特征,对闽台文学之间密不可分的地缘、史缘、亲缘和语缘进行了脉络清晰的历史钩沉。作者从实证性的历史和现实文化语境出发,依托于历史学和社会学的研究方法,去考证台湾文学生成和发展的区域性因素与历史文化渊源。在 2008 年出版的《台湾文学与中华地域文化》③一书中,朱双一教授进一步从地域文化的视角探寻台湾文学的源流与构成。该书上篇以台湾少数民族和闽粤移民族群为观照视点,讨论台湾文学的本土化地域特色;下篇则主要观察光复后祖国大陆赴台作家的原乡书写,展示了台湾文学源于祖国大陆南疆北土的多

① 刘登翰:《中华文化与闽台社会》,福建人民出版社,2002 年。

② 朱双一:《闽台文学的文化亲缘》,福建人民出版社,2003 年。

③ 朱双一:《台湾文学与中华地域文化》,鹭江出版社,2008 年。

重区域色彩。对于一般的汉语读者而言,本地区域特色与外省多重区域色彩的交汇、对话与融通,正是长期以来台湾文学独具魅力的重要文化因素之一。朱双一持之以恒的撰述为台湾文学研究走向规范化和学术化提供了良好范例。黄乃江的专著《台湾诗钟研究》和《东南论坛第一家——菽庄吟社研究》也是闽台区域文学与文化研究的重要成果,通过个案分析和历史考据,具体地论证了闽台文化与文学的亲缘关系。

(二) 与区域研究不同,跨区域的整体审视是近10年来另一种值得重视的路向

南京大学的刘俊提出了以"跨区域华文文学"概念来取代目前学界通行的"台港暨海外华文文学"概念,他认为,"台港澳"和"海外"地区的华文文学存在着内在整体性、相似性、跨界性和互动性。① 他的两本专著——《从台港到海外——跨区域华文文学的多元审视》和《跨界整合:世界华文文学综论》一定程度上也可以看做这一理念的有意识的批评实践。② 从论域层面看,他逐步将关注议题从台港地区延伸至海外,又进一步拓展为以汉语共同体为基础的华文文学世界,这样一来,中国现当代文学也自然被纳入其论述范畴。刘俊跨区域审视的观点也得到陈思和的呼应与阐发。③ 山东大学黄万华在分析20世纪50年代后祖国大陆、台港、海外华文文学的关系时指出:五六十年代是世界华文文学格局雏形开始呈现的时期,这一时期祖国大陆、台湾、香港、海外华文文学之间存在着潜性互动的基本关系,既血脉相通又各行其是。而且"各地区华文文学间的多向辐射、双向互动关系开

---

① 刘俊:《"跨区域华文文学"论——界定"台港暨海外华文文学"的新思路》,《江苏社会科学》,2004 年第 4 期。

② 刘俊:《从台港到海外——跨区域华文文学的多元审视》,花城出版社,2004 年;《跨界整合:世界华文文学综论》,新星出版社,2005 年。

③ 陈思和认为,"跨区域华文文学"应该是一个大学科概念,应由"中国现当代文学"和"比较文学及世界文学"两个学科组成。中国现当代文学下面含祖国大陆文学和台湾地区文学等;比较文学下面含跨区域华人文学研究,其研究对象是中国地区以外的华人文学创作。参见陈思和:《学科命名的方式与意义——关于"跨区域华文文学"之我见》,《江苏社会科学》,2004 年第 4 期。

始形成,从而提供了民族新文学的一种新的整体性。梳理清这种关系,有可能获得构建五六十年代中华文学史的新视角"。① 刘登翰在《华文文学:跨域的建构》一文中指出:华文文学是一个发展着的概念,这个概念的提出本身就意味着一种整合性的视野,"是面对'离散'的一种想象的建构。"可以看出,从两岸文学的整合研究到全球华语文学的跨区域整体性审视,民族文化中国意义上或汉语美学意义上的台湾文学研究仍具有吸引力和新的诠释空间。

苏州大学的曹惠民教授在 21 世纪初提出了"地缘诗学"理念,将人地关系作为地缘诗学理论的核心,既关注不同地域华文文学的比较,也注重"华文文学创作与地域背景、创作主体与地域、创作文体与地域空间、创作风格与地域文化、创作文本中虚拟场域的空间考察以及文学传播与地域空间的关系等"层面,②不失为一种富有启发性的思路;他还借鉴陈寅恪的"空间离合"概念,认为不同区域的汉语文学存在着多元互文的离合关系。③ 虽限于初步构想,但对于不乏流动性与异质性又充满家族相似性的华文文学现象而言,这类的思考越是趋向多元、丰沛,一个深入、博弈的阐释空间的形成才越有可能性。无论是区域研究、跨区域的整体审视,抑或是介于其间力图以丰富的问题意识进入论述的种种尝试,都表明包括台湾文学在内的华文文学研究非常需要更新其相对简单陈旧的阐释模式。

值得一提的是,"东亚视阈"近些年来日益引起祖国大陆的台湾文学研究者的重视,日、韩、中国台港地区的东亚研究成果,以及大陆学者孙歌、汪晖等人的东亚问题意识受到关注并开始被纳入该领域的知识架构与阐释视野。2005 年 8 月中国社会科学院文学所主办的"东亚现代文学中的战争与历史记忆国际学术研讨会"显示出这一趋向。这次会上,祖国大陆和台港地区,以及日、韩等国的 70 余位学者提交了

---

① 黄万华:《潜性互动:50 年代后大陆、台湾、香港、海外华文文学的关系》,《世界华文文学论坛》,2001 年第 4 期。

② 曹惠民:《地缘诗学与华文文学研究》,《华文文学》,2002 年第 1 期。

③ 曹惠民:《空间离合》,《文艺争鸣》,2006 年第 6 期。

50余篇研讨论文,讨论东亚各地区现代文学中的战争记忆与历史认同的复杂性等命题。会议期间,黎湘萍、朱双一、黄万华、计璧瑞等祖国大陆学者与台湾地区和日本的陈映真、施淑、松永正义、柳书琴等人的论述大多聚焦于殖民性与现代性的复杂纠缠,以及殖民体制如何规约和塑造日据时期台湾人的精神性格等问题。相关论文或涉及文学书写和口述史中的"台籍志愿兵"问题,或从语言和教育视角探讨日据期间殖民者对台湾人国家认同的重构作用,或将视线投向以往较少被关注的日据时期在台日人作家创作。无疑,"东亚视阈"的跨学科性历史意识和跨区域性整合观照视野,对于台湾文学研究的深度展开有着不容忽视的理论价值和实践意义。2006年秋,中国社会科学院在庐山举办的"身份与书写:战后台湾文学学术研讨会"再次显示出台湾文学研究界对"东亚"思想视阈与"文化研究"方法的高度重视。刘登翰、曹惠民、朱双一、孙歌、赵京华、赵稀方、计璧瑞、贺照田、郑国庆、陶庆梅、李娜、朱立立等祖国大陆学者与施淑、吕正惠、张诵圣、廖朝阳、邱贵芬、萧阿勤、柳书琴、李昂等台湾学者,在"视野与方法""史料与史论""原住民文学的身份书写""眷村文学的家国想象""身份书写的伦理问题"等论域展开了激烈交锋和深入讨论,会议论文集《事件与翻译:东亚视野中的台湾文学》(黎湘萍、李娜主编)已经出版。

在闽台区域文化研究和跨区域的多元审视之外,"东亚视阈"的开启已经构成近10年来台湾文学研究新动向之一。这表明台湾文学在东亚问题域中的重要性日益凸显,也预示着祖国大陆的台湾文学研究正在开创一个新的整合空间。

## 二、语言的转换与文学的进程

论及台湾新文学发展历程,语言问题是不能回避的根本问题之一。近10年来,祖国大陆的台湾文学研究界不约而同地对语言问题产生了浓厚的兴趣。汪毅夫的《语言的转换与文学的进程——关于台湾文学的一种解说》从语言的转换层面重构现代台湾文学史的脉络,"从语言与文学的关系来考量台湾现代文学的分野、台湾现代文学史的分期、台湾现代文学作品的分类,以及台湾现代作家创、译用语问题的分析。"①文章认为,台湾现代作家经历了各不相同的语言转换形态:从用方言写作到兼用国语(白话)写作,如赖和、陈虚谷和杨守愚;从用文言起草到用国语(白话)和方言定稿,如赖和;从用文言写作到兼用日语写作,如吴浊流;从用文言写作到兼用日语和国语(白话)写作,如叶荣钟;从方言俚语到文言词语,如许丙丁的《小封神》即用闽南方言写作而成;从用日语写作到用国语(白话)写作,如吕赫若早先用日语写作《牛车》,光复后则用国语写作《冬夜》;从用方言思考到用日语和国语(白话)写作,如吕赫若用日语和国语创作的作品中留下了用方言思考的痕迹;从日语作品到国语(白话)译文,如光复初期《桥》刊载的一些由日语原作翻译成国语的作品……凡此种种,足见台湾文学进程中语言转换的多层次性和复杂性,而这一点在大陆以往的台湾文学研究中并未得到充分的关注。

在黎湘萍的视野中,语言问题同样是认知台湾文学历史脉络的一个重要纬度。黎湘萍十分重视台湾文学中多元语言形态所具有的意识形态含义,致力于阐释文学语言形态与文学现代性的关系。早在20世纪90年代出版的《台湾的忧郁》一书中他就敏锐指出日据时期台湾文学表现平民话语的三种语言形态:"其一是台湾土语方言",如赖和、陈虚谷、杨守愚、郭秋生等所常用的叙述形式;"其二是知识分子化的白话文",如杨华、张文环、吴浊流、钟理和、叶石涛等人的作品;"其三是借用日文来表现台湾平民知识分子之话语",如杨逵、龙瑛宗等人的写作。他还进一步分析了这几种语言形态的文化和意识形态的隐喻性,尤其是前两种语言形态在台湾文学史的不同阶段所表现出的不同文化政治意涵。② 在他出版于2003年的另一本专著《文学台湾》中,同样可以看到语言这一要素得到了充分的关注。如果说汪毅夫先生更偏向于历史学的研究路径,黎湘萍对台湾文学"语言美学"的阐释则

---

① 汪毅夫:《语言的转换与文学的进程:关于台湾文学的一种解说》,《中国现代文学研究丛刊》,2004年第1期。

② 黎湘萍:《台湾的忧郁:陈映真的写作与台湾的文学精神》,生活·读书·新知三联书店,1994年,第28-29页。

属于"形式的意识形态"的研究方法。

北京大学的计璧瑞对日据时期台湾的语言殖民和语言运动也有深入细致的观察和分析。在她看来,半个世纪的日本殖民统治,深刻影响甚至决定了从日据到光复后相当长一段时期内台湾文学语言的特殊性和复杂性,这并非纯粹的语言问题,更是伴随着殖民统治和解殖斗争的社会政治问题,"文学语言经由殖民者文化教育和语言同化的强制实施而发生改变——从中文转换为日文;又因殖民统治的结束而再次发生改变——由日文复归为中文。这种本体意义上的大转换对生存于此时的台湾作家产生了重大的、许多情况下是致命的影响。这一过程中文学的损失是难以估量、又是可以想见的……如果说殖民统治对被殖民者造成的伤害是全面而深重的,那么台湾文学的上述特质可以称作殖民统治所导致的'语言的创伤'。对这一现象的清理和认识关系到对台湾文学特质的把握。"①将语言形态与民族精神创伤相联系,触动了殖民历史与台湾文化精神的内在隐痛。

朱立立对战后台湾现代派小说的研究著述中,语言和文体形式问题也得到了比较充分的关注。洪特堡的语言哲学给予她理论启发,她试图从台湾文学复杂的历史文化境遇中探索台湾现代派小说家语言追求的文化内涵和个性创造意义。在这种前提下,台湾现代派小说语言被阐释为一种"困难的存在形式",即一种"精神私史的美学表述与文字呈现"。② 李诠林的著作《台湾现代文学史稿》同样关注台湾文学的语言转换问题,他的文学史书写继承了汪毅夫"语言转换"和"文学周边"的研究方法,以"转换生成""边缘书写"与"文化隐喻"为中心阐释台湾现代文学的历史进程。

语言问题与台湾文学的关系错综复杂,它与台湾文学史的转折密切相关,与台湾文学的美学形态相关联,文学的语言选择和语言策略

---

① 计璧瑞:《日据台湾的语言殖民和语言运动》,《中国现代文学研究丛刊》,2004 年第1 期。

② 朱立立:《知识人的精神私史:台湾现代派小说的一种解读》,上海三联书店,2004 年。

也构成当代台湾认同政治的重要表征。对文学语言问题的关注显示出大陆地区的台湾文学研究已逐渐转入深水区域。

## 三、文学叙事、理论想象与精神测绘

诚如刘俊的《台湾文学:语言·精神·历史》一文中的分析,在黎湘萍的专著《文学台湾》里,台湾的"语言美学"背后,有着一种决定这一语言特质的台湾文学的"精神"。在黎湘萍的论述中,台湾的文学语言与"语言美学"不仅是文学形式问题,更是台湾知识者精神世界的一种特殊存在形式。从20世纪90年代的《台湾的忧郁:论陈映真的写作与台湾文学的精神》到新世纪出版的《文学台湾——台湾知识者的文学叙事与理论想象》,一脉相承的是作者始终关注着特殊际遇下"台湾心态和想象的复杂性",对日据乃至解严后台湾文学作品和理论想象的解读,都是作者接近和抵达台湾知识者内心世界和精神生活的有效途径。

我们认为,《文学台湾》①是近10年祖国大陆台湾文学研究最具深度和启迪性的研究成果之一,这部台湾文学的记忆之书提出了诸多重要观点或有意义的发现,如试图通过回溯"文学的记忆"来想象"文学台湾"的面貌和意涵,而记忆从来都不是单义的,也不应该是被化约和被遮蔽的,因此作者认为:"面对保留在不同作家作品中的各种纷繁多义的记忆,每一种解释都可能有助于逼近某种历史的、现实的或情感的真实状态,但任何一种单一的诠释也都有可能是不完整的。"②要厘清文学文本内外那些或许是零散、破碎、杂乱、多义而难以整合的情感记忆,研究者必须摒除褊狭的偏见,以包容之心去接纳、梳理和辨析,也必须有足够敏锐的判断力和洞察力。如在清理日据时期文学的复杂性时,黎湘萍指出:"所谓的'台湾意识',实际上并非附庸于日本的'资本主义现代性',相反,它是对这一外来的亚洲式'现代性'的消

---

① 黎湘萍:《文学台湾:台湾知识者的文学叙事与理论想象》,人民文学出版社,2003年。
② 同①,第5页。

解和抵抗。"①这是对日据时期"台湾意识"的一个明确判定,而这种见识建之于对文本及文本生成的历史文化语境悉心感知的基础上。在这一点上,黎湘萍的研究与前行代的刘登翰先生在《台湾文学史》导论中提出的"特殊境遇"论与"分流"说有其相通之处,他们对台湾文学所呈现出来的特殊形态与精神差异都有着一种感同身受的理解。在论及日据殖民体制下台湾文学的认同问题时,黎湘萍饶有意味地并举了两种针对同一对象却完全对立的事实认定:前者是日据时期重要作家张文环在1943年的断言:"台湾没有非皇民文学。假如有任何人写出非皇民文学,一律枪杀。"后者则是同样在日据时期就曾取得过创作实绩的叶石涛1980年的表态:台湾没有"皇民文学",只有"抗议文学"。对此,著者指出:"这两种截然不同的说法,来自不同的语境,面对不同的听者。是战时日本统治下的作家对同一种文学现象的不同表述,这种不同表述的意义似乎不能离开当时的语境去理解。"②无疑,这种"文本语境化"的体察与辨析意在力图超越意识形态分歧,穿越纷纭变幻的话语丛林,追索历史、文学和人性的真实复杂面相。李娜的博士论文《舞鹤创作与现代台湾》和近年刊发的论文《在记忆的寂灭与复燃之间:关于台湾的"二二八"文学》③等成果也可视为这一脉络值得留意的书写实践。

勃兰兑斯曾说过:"文学史,就其最深刻的意义来说,是一种心理学,研究人的灵魂,是灵魂的历史。"④其言说对象是19世纪的文学研究,但这种思路和眼光在今天依然有其启发性。作为文学记忆的一种探询实践,《文学台湾》有意识地悬置那些僵化刻板的宏大叙述(悬置并不一定意味着逃避),而更愿意在对文学文本的细致品读中进入岛屿的历史文化现场,去体味台湾知识者的生存境遇和心灵真实。这是

① 黎湘萍:《文学台湾:台湾知识者的文学叙事与理论想象》,人民文学出版社,2003年,第79页。
② 同①,第164页。
③ 李娜:《在记忆的寂灭与复燃之间:关于台湾的"二二八"文学》,《文学评论》,2005年第5期。
④ [丹麦]勃兰兑斯:《十九世纪文学主流》,人民文学出版社,1982年,前言。

一种精神史的书写。不可避免地,其间也融入了作者鲜明的主体情怀和历史感性。从《台湾的忧郁》到《文学台湾》,其间贯穿着一个共同的重要特征,即主体意识的投射和人文情感的渗透。无论是对两岸文学历史的宏观比较或微观细读,还是对岛屿复杂文化现象的纵向追溯或横向辨析,都不难感受到作者独特的精神个性:敏感、敏锐、真挚、理性,不乏文人气质和理想情怀。在论述日据台湾文学时,黎湘萍感慨:"我们面对尘封已久的日据时代的文学材料,仿佛听到了那个扭曲的时代的无数悲愤的呐喊,看到了那些用异族语言创作,内心却又无法摆脱民族生存的危机与焦虑的台湾作家们心底的隐痛。这些残存在文学作品语言里的殖民地人民的精神的伤痕,至今仍然得忍受愚蠢的历史和现实政治的迟钝的手术刀,迟迟不能愈合,真令人产生莫名的怅惘。"①在我们看来,文学精神的测绘不必也不该是机械冷漠的技术化操作。那些优秀的精神史探寻者们总是会在与对象世界的深度交流互动中返身触及自我的内在情感与灵性。

## 四、文学制度、理论、思潮史与报纸杂志研究

文学制度与思潮是以往台湾文学研究相对欠缺的部分。近些年来,这方面的研究有所发展。如古远清的《90年代的台湾文学制度》,讨论1949年台湾与祖国大陆分离后,逐步形成不同于祖国大陆的文学体制以及这一体制对文学生产的规约;汪毅夫的《文学的周边文化关系——谈台湾文学史研究的几个问题》从台湾学者王崧兴教授之"周边文化关系"论出发,提出:"文学边缘的文体、文学外部的制度、文学圈外的事件等因素同文学发生关联而构成的文学的周边文化关系,不是文学的身外之物,也不是文学史研究可以忽略的部分。"都是有意义的尝试。而思潮史的研究则出现了《台湾新文学思潮史纲》《台湾文学创作思潮简史》《阐释的焦虑:当代台湾理论思潮解读(1987—2007)》《海峡两岸新文学思潮的渊源和比较》等重要著作,从

---

① 黎湘萍:《文学台湾:台湾知识者的文学叙事与理论想象》,人民文学出版社,2003年,第114页。

某种意义上看,这几部著作都是对"解严"后纷纭的台湾文学论战的回应,但又各有其理路。两岸学者吕正惠、赵遐秋合著的《台湾新文学思潮史纲》①的思潮论述建立在传统"左翼"文学观念的基础上;朱双一的《台湾文学创作思潮简史》②将台湾文学创作思潮与理论思潮结合一体,以翔实的资料呈现台湾文学发展演变历程,该著保持了作者的一贯风格,重视史料的开掘、整理,在此基础上提出命题并加以论证,如在讨论两岸文学关联这一问题时就发掘了大量资料,言之有据,论之合理,对于台湾部分论者企图建构的"两岸文学无关论"无疑是有力的反驳。他与张羽合著的《海峡两岸新文学思潮的渊源和比较》③系统考察了两岸文学思潮的关系,上自清末民初两岸文学"现代性"的发生,下至21世纪初"后学"语境下的两岸文学新潮,该著进行了历史性的描述与比较。刘小新的《阐释的焦虑:当代台湾理论思潮解读(1987—2007)》④则是以1987年至2007年间的台湾理论思潮为观照对象的专著。"解严"后台湾地区的社会文化思潮风起云涌、变化多端,在意识形态领域产生了巨大的断裂与冲突,理论思潮于其间起着"先锋"作用,复杂多元的理论叙事和话语阐释实践无疑是形塑当代台湾社会文化思潮的重要力量之一,大批人文知识分子卷入意识形态话语的生产、传播与论争。刘著试图深入这一复杂多变的重要文化场域,梳理并探究台湾当代理论思潮的错综脉络、内蕴价值及问题症结,该书对台湾的后现代论争与后殖民转向、"殖民现代性"的幽灵、本土论思潮的形成与演变、后现代与新左翼思潮等前沿命题都有较深入的剖析。赵稀方的《后殖民理论》⑤探讨了后殖民理论在台湾文化场域中的"旅行",运用"理论旅行"和"翻译研究"的方法,梳理西方后殖民理论在台湾的不同演绎脉络,指出"台湾场域对于后殖民理论的接受、

① 吕正惠、赵遐秋:《台湾新文学思潮史纲》,昆仑出版社,2002年。
② 朱双一:《台湾文学创作思潮简史》,九州出版社,2010年。
③ 朱双一、张羽:《海峡两岸新文学思潮的渊源和比较》,厦门大学出版社,2006年。
④ 刘小新:《阐释的焦虑:当代台湾理论思潮解读(1987—2007)》,福建人民出版社,2010年。
⑤ 赵稀方:《后殖民理论》,北京大学出版社,2010年。

解读和运用,取决于各自不同的文化立场"。这一分析对认识台湾当代文论思潮显然具有重要的参考意义。

由于原始资料的限制,文学报刊研究历来是一个薄弱的领域。近些年来,这方面的研究也出现了一些有价值的成果,如朱双一的《日据末期〈风月报〉新旧文学论争述评》、古远清的《20世纪90年代的台湾文学报刊》、肖伟的《文学精神与时代性格——论台湾〈联合报〉副刊的"文艺性"模式》、张羽的《试论〈自由中国〉的文艺栏目》等。杨学民的《现代性与台湾〈现代文学〉杂志小说》、廖斌的《〈文讯〉杂志与台湾当代文学互动关系研究》则是近年来祖国大陆以台湾文学杂志为论题的博士论文,两文在学界都获得了良好评价。其中杨学民的论文颇具理论深度,"通过《现代文学》杂志上的作品对台湾文学的五种思潮及其与中外叙事传统的对话性关系所呈现的四种互文性方式的分析,使长期以来笼而统之的现代主义论述走进了更清晰更具学理性的境地"。①

## 五、文学史和概观的退隐与史论和文类研究的深化

袁勇麟近年的一篇重要论文《言说的疆域——浅谈大陆学者所撰台湾文学史的理论视野》,在学术史反思的意义上探讨了祖国大陆学者台湾文学史理论视野的位移及其背后意识形态的变动。确实,文学史书写是八九十年代祖国大陆的学术生产的一个重要产品,在台湾文学研究领域也同样产生了不少文学史著作。但近些年来情况似乎发生了一些变化,集体性的"文学史"和"概观"逐渐被个人性的"史论"所替代,这是一个有趣的变化。这是否意味着人们对宏大构架的文学史叙述已经感到力不从心?而"史论"既能够保有历史的脉络,又不必面面俱到,这样有可能为个案研究的深入留下空间。樊洛平的《当代台湾女性文学史论》和方忠的《20世纪台湾文学史论》就是这种转换的案例。前者依据台湾女性小说发生、成长、发展、高潮、分流的创作

---

① 曹惠民:《求深务新,锐意精进——大陆的台湾文学博硕士论文写作漫议》,《出走的夏娃:一位大陆学人的台湾文学观》,台湾秀威资讯科技股份有限公司,2010年。

史实和演变脉络展开分析,从两岸视阈、社会历史背景、文学环境演化、男性的价值体系的反观以及女性文本世界五个维度历史地考察了当代台湾女性文学的风貌与形态;后者突出了台湾文学在汉语文学现代性建构方面的意义,并对台湾通俗文学给予了充分的关注。可以预想,这种"史论"形态的学术写作还将持续下去。

文类研究的深化是祖国大陆地区近10年来台湾文学研究另一重要收获,如诗论方面,赵小琪的博士学位论文《台湾现代诗与西方现代主义》和王金城的博士学位论文《台湾新世代诗歌研究》都是近年来较为成熟系统的诗歌文类研究成果。前者探讨了以"现代""蓝星""创世纪"三大诗社为核心的台湾现代诗与西方现代主义文学思潮的关系,其比较文学的宏观视野值得关注;后者则致力于探讨20世纪后20年台湾新世代诗歌的思想成就、诗学建构和运动轨迹及其在台湾乃至中国当代文学史/诗史上的重要意义。

21世纪以来,两岸关系进入了和平发展的重要历史时期,文化大交流大发展格局已经形成。人文学术领域的交流与合作也因此打开了更大的空间。这对两岸的台湾文学研究都产生了十分积极的影响,如长期局限着大陆学界的资料瓶颈日渐获得有效解决,意识形态限制也有所突破。两岸台湾文学研究界的深度对话正在全面展开,学界的世代交替逐渐完成,一批新锐学人脱颖而出。这一切都表明台湾文学研究进入了一个崭新的历史时期。与此同时,随着人文学术交流的逐渐深入,两岸台湾文学研究界的相互影响日益加深和扩展,两岸台湾文学研究在从中受益的同时,是否也会产生学术趋同的问题?这种学术趋同现象的出现对两岸台湾文学研究又将会产生何种影响?这一系列问题值得人们追踪和关注。

# 1992—2005 年福建省台港澳暨
# 海外华文文学研究述略

## 一、学科建设与研究

### （一）学科建设

福建省"台港澳暨海外华文文学"研究队伍主要力量集中在福建社会科学院、厦门大学、福建师范大学、福建省文联、华侨大学等单位。20 世纪 90 年代初，福建师范大学、厦门大学和华侨大学等高校率先开始在各校汉语言文学本科教育中开设"台港澳暨海外华文文学"相关选修课程。之后，闽江学院、集美大学、泉州师范学院、漳州师范学院等也相继配备了专业师资，先后开设了该门课程。1997 年，福建师范大学中文系的中国现当代文学硕士研究生专业首次将"台港澳暨海外华文文学"列为主要研究方向之一。厦门大学中文系的中国现当代文学硕士研究生专业增设了"中国现当代文学与海外华文文学关系研究方向"，该校台湾研究院招收"台湾文学"研究方向的硕士研究生。2000 年，华侨大学招收"台港澳暨海外华文文学"研究方向的硕士研究生。1999 年，福建师范大学中国现当代文学博士点首次招收"台港澳暨世界华文文学"方向的博士研究生。"福建省台港澳暨海外华文文学文学研究会"、"厦门市东南亚华文文学研究会"和《台港文学选刊》杂志社等在推动"台港澳暨海外华文文学"研究中发挥了各自的积极作用。

（二）学术研究

福建省的"台港澳暨海外华文文学"研究具有突出的区域优势和鲜明的区域特色。20世纪90年代以来,在学科理论建设、文学史书写、思潮流派研究、文类研究、作家作品评论以及史料建设等方面,出版专著23部,在核心期刊发表论文100多篇。1992年至2005年,福建省"台港澳暨海外华文文学"研究者获得了4项国家社科基金项目:"两岸文学艺术的文化亲缘研究——以闽台为中心"（福建社会科学院刘登翰,1999）,"作为世界性语种文学的华文文学之研究"（厦门大学朱二,2000）,"20世纪美华文学文化主题的变迁及与中国文学的互动关系研究"（刘登翰,2002）,"东南亚华语戏剧史"（厦门大学周宁,2003）。获得教育部人文社科研究规划项目5项:"中国现代化历史进程中台湾文学的'现代性'研究"（周宁,2005）,"半个世纪以来海峡两岸文学思潮发展比较研究"（朱二,1996）,"世界华文文学史料学研究"（福建师范大学袁勇麟,2004）,"近20年以来的台湾文学创作及文艺思想潮研究"（福建师范大学朱立立,2005）,"世界华文文学研究"（袁勇麟,2001）。同时获得福建省社科规划项目6项。

1992年至2005年,本学科科研成果获得福建省社会科学优秀成果奖8项:《台湾文学史（上、下）》（第二届一等奖,刘登翰、庄明萱、黄重添、林承璜主编）,《台湾长篇小说论》（第二届二等奖,福建省文联黄重添）,《香港文学史》（第三届三等奖,刘登翰）,《近二十年来台湾文学流脉——"战后新世纪"文学论》（第四届三等奖,朱二）,《当代汉语散文流变论》（第五届三等奖,袁勇麟）,《闽台文学的文化亲缘》（第六届二等奖,厦门大学朱双一）,《关于华文文学几个基础性概念的学术清理》等系列论文8篇（第六届二等奖,刘登翰、刘小新）,《知识人的精神私史——台湾现代派小说的一种解读》（第六届三等奖,朱立立）;同时还获得中国文联理论批评奖1项:《华人文化诗学:华文文学研究的范式转移》（第五届二等奖,刘登翰、刘小新）

（三）学术会议

1994年8月,厦门市东南亚华文文学研究会、厦门大学东南亚华文文学研究中心在厦门大学主办了"第二届东南亚华文文学研讨会"

（即"东南亚当代华文文学暨周颖南创作研讨会"），会议的主要研讨对象是东南亚当代华文文学与新加坡华文作家周颖南的创作。出席会议的代表共 80 余人，包括来自上海、浙江、广东、内蒙古、福建各地的学者以及东南亚国家的华文文艺团体负责人和作家。会后出版了论文集《周颖南创作探寻》。

1997 年 4 月，"世纪之交的台港澳暨海外华文文学青年学者研讨会"在福州召开，会议由福建省台港澳暨海外华文文学研究会、台湾民主自治同盟福建省委员会、福建台湾文化研究中心和《台港文学选刊》杂志社联合主办。中国社会科学院、广东社会科学院、福建社会科学院、暨南师范大学、福建师范大学、华侨大学等以及港澳的专家学者和作家参加了会议。会议讨论了学科建设的相关问题以及史料建设的重要性。

1997 年 12 月，"第三届东南亚华文文学研讨会"在厦门大学召开，由厦门市东南亚华文文学研究会、厦门大学东南亚华文文学研究中心、厦门大学海外教育学院联合举办。出席研讨会的代表包括东南亚华人作家和中国大陆各院校学者近百人，会议除了对东南亚各国华文文学发展状况、趋势等进行总体探讨外，还重点讨论了东南亚五位资深作家及其作品。

1998 年 9 月，"北美华文作家作品研讨会"在华侨大学召开，由中国作家协会、华侨大学、泉州市对外文化交流协会及泉州市文联联合举办。参加研讨会的有：於梨华、萧逸、宗鹰、黄河浪、刘御州、钱建军、林婷婷等 25 位来自美国、加拿大、菲律宾的知名华文作家，王蒙、铁凝、舒婷、叶辛、陈忠实、刘醒龙、白舒荣等 26 位中国大陆著名作家、编辑及数十位华文文学研究专家。会议讨论了北美华文作家创作的现状与前景、海外华人文学与中国文化传统的关系、华文写作经验等问题。

1999 年 10 月，"第十届世界华文文学国际学术研讨会"在华侨大学举行。来自美国、加拿大、澳大利亚、菲律宾、泰国、印度尼西亚、新加坡、马来西亚、文莱九个国家和中国（包括香港、澳门、台湾地区）的102 名华文文学作家、诗人、专家、学者参加了会议。会议的主题为

"华文文学:世纪的总结和前瞻",主要探讨了以下命题:华文文学创作与研究论、华文文学的文化属性(身份认同)、新移民文学景观。

1999年12月,由厦门市东南亚华文文学研究会、新加坡文艺协会、厦门大学东南亚华文文学研究中心、海外教育学院联合举办的"第四届东南亚华文文学研讨会"在厦门大学召开。来自北京、上海、河北、广东、山西、内蒙古、江西、辽宁、湖北、浙江、澳门以及福建各地的专家学者和东南亚华文作家学者约100人参加了会议,集中从宏观角度探讨东南亚华文文学在世界华文文学格局中的地位和新加坡华文文学的21世纪发展趋势。

2001年5月,由菲律宾华文作家协会和福建省台港澳暨海外华文文学研究会联合主办的"首届菲律宾华文文学研讨会"在福州市举行,菲律宾、新加坡、马来西亚、泰国、文莱等国华文作家与中国学者作家共70多位代表出席了研讨会。大会总共提交了50多篇论文,围绕着"菲华文学的历史、现状和未来走向"展开了热烈讨论,涉及以下议题:菲华文学与中华文化以及中国文学的关系,菲华文学与本土文化以及西方文化的关系,菲华文学中的闽南文化因素及其表现,菲华文学的发展过程与历史分期,菲华文学的现实困境,抗战时期的菲华文学,等等。

2001年10月,暨南大学中文系和福建师范大学文学院联袂在福建省武夷山市主办了"第二届世界华文文学中青年学者论坛"。与会代表30余人分别来自北京、上海、江苏、山东、广东、福建、海南、湖北、香港地区,以及美国、澳大利亚、马来西亚。会议围绕"世界华文文学研究的视野和格局""世界华文文学研究中的文化问题""世界华文文学研究的回顾和前瞻"三个主要议题展开讨论。

2002年4月,"第五届东南亚华文文学研讨会"在厦门大学举行,主要探讨了东南亚华文文学及其研究、菲华文学的历程及特点,对东南亚华文文学及其研究进行回顾与展望,充分认识东南亚华文文学的当代使命,以推动东南亚华文文学的发展。

2003年,"闽南文化与东南亚华文文学国际研讨会"在泉州召开,由福建省台港澳暨海外华文文学研究会和泉州师范学院联合举办,会议讨论了闽南文化的内涵与特点、"唐人街"的建构与结构、华文文学学科的建设等问题。

2005年10月,由厦门大学台湾研究中心主办的"海峡两岸台湾文学史研讨会"在厦门大学召开,来自中国内地与台湾的40多名学者围绕"台湾文学史书写的理论视界""日据时期的台湾文学"与"当代台湾诗学"等问题展开了讨论。

2005年4月,由厦门市东南亚华文文学研究会主办,文莱华文作家协会及厦门大学(东南亚华文文学研究中心、中文系、海外教育学院)等单位联办的"第六届东南亚华文文学研讨会"在厦门大学举办。会议着重讨论了文莱华文文学的创作特色和东南亚华文文学及其研究的新进展。

## 二、主要学术成果

### (一)学科基础理论研究

1.《分流与整合:二十世纪中国文学的整体视野》(刘登翰,《文学评论》2001年第4期)。该文提出了阐释台港澳文学的整体框架,认为在一定的历史时期,中国局部地区的分割和疏离,使共同的文学传统在这些地区出现分流,形成特殊的文学形态——台湾、香港、澳门文学。研究、分析母体文学与分流文学之间的异同,旨在走向新的整合,建立20世纪中国文学的整体视野和架构。

2.《命名、依据和学科定位》(刘登翰,《福建论坛》2002年第5期)。论文分为四个部分:肯定和质疑,命名的意义和尴尬,学科的背景和依据,文化研究和学科定位。提出了两个观点:第一,从文化身份的自我建构,到以自己的身份文化对所在国的积极参与,是当下海外华人生存状态正在发生的重大变化之一,也是海外华文文学一个新的文化主题。借鉴华人学的研究,运用华人学研究实证的社会学和文化人类学的方法,重视田野调查,重视考察海外华人社会和华人生存境况的变化,考察海外华人多重认同对华文文学的影响,考察海外华文文学的族性文化想象与族群建构的功能及其变化,等等,这一切都将极大地丰富海外华文文学研究的文化内涵,使华文文学研究取得新的突破。第二，打破陈旧、单一的研究模式，寻求新的理论资源，建构符合华文文学自身特质的理论体系，便成为突破华文文学研究困境的强烈呼唤。正是在这一背景下，文化研究从理论到方法，重新成为华文文学研究界关注的热点。

3.《关于华文文学几个基础性概念的学术清理》（刘登翰、刘小新，《文学评论》2004 年第 4 期）。该文清理并阐释了华文文学研究的几个基础性概念的含义。无论"语种的华文文学""文化的华文文学"，还是"族性的华文文学"，抑或是"个人化的华文文学"，都是认识华文文学的维度。它们之间不存在所谓的对立和对抗关系，而是共存互补的，它们共同构成华文文学研究的多维视野。

4.《对华文文学诗学建构的一种思考》（泉州师范学院戴冠青，《文艺争鸣》2004 年第 6 期）。该文认为，必须加快建构华文文学研究的文论（诗学）体系，从文艺学的角度，对华文文学这一创作现象的内涵界定、学科归属、研究对象、研究任务、美学品格、基本属性、表现形态、活动特点、价值取向、审美特征、文体类型、文学风格、传播形式、接受对象、接受过程以及文学批评等方面给予充分的梳理和阐发，真正确立华文文学研究的学科地位。

5.《言说的疆域》（袁勇麟，《台湾研究集刊》2005 年第 4 期）。文章认为，历史叙事实则体现了写作主体的精神动态，通过历史叙事呈现，我们可以洞察主体意识形态走向。鉴于台湾文学史的特性以及两岸相隔的现实，大陆的台湾文学史写作更突出了距离对视中包含的种种政治文化想象。通过考察历史叙事提供的言说疆域版图，一方面可以探掘这一想象空间的多面维度，另一方面也可以完善学科的发展建设。该文选择刘登翰、杨匡汉、黎湘萍、朱立立等所撰写的台湾文学史著作为样本，试析大陆学者台湾文学史理论视野的位移及其背后意识形态的变动。

## 6. 其他成果：

| 成果名称 | 作　者 | 发表刊物(出版社)及时间 |
|---|---|---|
| 《走向学术语境——祖国大陆台湾文学研究二十年》 | 刘登翰 | 《台湾研究集刊》2000 年第 3 期 |
| 《文化人类学与世界华文文学研究一体化的可能性》 | 肖　成 | 《汕头大学学报》2001 年第 1 期 |
| 《台港澳文学与文学史写作——再谈 20 世纪中国文学的整体视野》 | 刘登翰 | 《复旦学报》2001 年第 6 期 |
| 《都是"语种"惹的祸?》 | 刘登翰 刘小新 | 《文艺报》2002 年 2 月 26 日 |
| 《华人学的知识视野与华文文学研究》 | 朱立立 | 《福建论坛》2002 年第 5 期，《新华文摘》2003 年第 1 期 |
| 《民族主义与华文文学研究》 | 郑国庆 | 《福建论坛》2002 年第 5 期 |
| 《世界华文文学史料学的回顾与展望》 | 袁勇麟 | 《甘肃社会科学》2003 年第 1 期 |
| 《对象·理论·学术平台——关于华文文学研究"学术升级"的思考》 | 刘登翰 刘小新 | 《广东社会科学》2004 年第 1 期 |
| 《文学的周边文化关系——谈台湾文学史研究的几个问题》 | 汪毅夫 | 《福建师范大学学报》2004 年第 1 期 |
| 《走向一体化的世界华文文学》 | 周　宁 | 《东南学术》2004 年第 2 期 |
| 《大同诗学想象与地方知识的建构——华文文学研究的两种路径及其整合》 | 刘小新 | 《东南学术》2004 年第 3 期 |
| 《世界华文文学的存在形态与运动方式:关于"一体化"和"多中心"的辨识》 | 刘登翰 | 《东南学术》2004 年第 3 期 |
| 《华人文化诗学:华文文学研究的范式转移》 | 刘登翰 刘小新 | 《东南学术》2004 年第 6 期 |
| 《华文文学研究的瓶颈与多元理论的建构》 | 刘登翰 | 《福建论坛》2004 年第 11 期 |
| 《华文文学后殖民批评的可能性及限度》 | 朱立立 | 《福建论坛》2004 年第 11 期 |
| 《比较文学对华文文学研究的启示与作用》 | 高　鸿 | 《福建论坛》2004 年第 11 期 |

（二）台湾文学研究

1.《台湾文学史》（上下卷，刘登翰、庄明萱、黄重添、林承璜主编，海峡文艺出版社，1993）。该书以台湾文学为中国文学的一个分支，同时又具有其特殊性为基本观念，叙述台湾文学上自远古、下至20世纪90年代的发展变迁。按照台湾文学的历史分期，该书共分四编：第一编为古代文学时期，描述远古到1840年台湾文学的发展；第二编为近代文学时期，描述1840年至20世纪20年代初期，台湾文学在传统文化、本土文化和"日据"等多种矛盾下的复杂内涵；第三编为现代文学时期，描述20世纪20年代初至1945年台湾回归祖国的文学发展状况，重点介绍台湾新文学的发展与繁盛；第四编为当代文学，描述1945年至20世纪90年代台湾文学日渐多元化的发展趋向。四编之外，另有总论，重点介绍台湾文学发展中的一些普遍性问题。

2.《闽台文学的文化亲缘》（朱双一，福建人民出版社，2003）。该书论述了福建和台湾两地的文化之间的亲缘关系。该书共分六章，分别探讨了台湾和福建两地的种族、环境、时代要素与区域文学特征，明郑前后闽台文学的初步遇合，清代中叶闽台文学的深层对接等。从文献资料和田野调查的实证历史和现实文化语境出发，去探寻文学生成和发展的潜在因素和价值，研究方法是历史学和社会学的。

3.《语言的转换与文学的进程——关于台湾文学的一种解说》（福建省台盟汪毅夫，《中国现代文学研究丛刊》2004年第1期）该文从语言与文学的关系来考量台湾现代文学的分野、分期、分类以及台湾现代作家创、译用语问题。从用方言写作到兼用国语（白话）写作；从用文言起草到用国语（白话）和方言定稿；从用文言写作到兼用日语写作；从用文言写作到兼用日语和国语（白话）写作；从用方言俚语到用文言词语；从用日语写作到用国语（白话）写作；从用方言思考到用日语和国语（白话）写作……这种对语言转换的多层次复杂性及其对文学进程的影响的深入探讨，是以往的台湾文学史书写比较缺乏的。

## 4. 其他成果:

| 成果名称 | 作者 | 发表刊物(出版社)及时间 |
| --- | --- | --- |
| 《80年代以来的台湾文学理论批评》 | 朱双一 | 《台湾研究集刊》1993年第4期 |
| 《文化解构与诗的重建——两岸诗坛后现代主义倾向比较》 | 余禺 | 《当代作家评论》1993年第4期 |
| 《文学薪火的传承与变异:台湾文学论集》 | 刘登翰 | 海峡文艺出版社,1994年 |
| 《台湾当代散文综论》 | 徐学 | 海峡文艺出版社,1994年 |
| 《台湾当代散文中的意象与寓言》 | 徐学 | 《当代作家评论》1994年第2期 |
| 《台湾当代散文中的色彩与节奏》 | 徐学 | 《厦门大学学报》1994年第2期 |
| 《〈台湾诗史〉辨误举隅》 | 汪毅夫 | 《福建论坛》1994年第4期 |
| 《90年代以来高山族"山地文学"的发展》 | 朱双一 | 《台湾研究》1995年第1期 |
| 《当代台湾散文中的生命体验》 | 徐学 | 《台湾研究集刊》1995年第1期 |
| 《"劫后文章民族恨,皮里春秋爱国情"——略谈日据前期台湾文学抗日爱国的民族精神》 | 汪毅夫 | 《台湾研究》1995年第3期 |
| 《彼岸的缪斯——台湾诗歌论》 | 刘登翰 朱二 | 百花洲文艺出版社,1996年 |
| 《80年代台湾政治文化与台湾散文》 | 徐学 | 《台湾研究》1996年第1期 |
| 《在恒常中追寻新的可能:关于简媜散文》 | 蔡江珍 | 《当代作家评论》1996年第2期 |
| 《80年代以来台湾诗坛的三大流脉及其艺术视角》 | 朱双一 | 《厦门大学学报》1997年第2期 |
| 《从投射到拼贴:台湾诗歌艺术六十种》 | 陈仲义 | 漓江出版社,1997年 |
| 《台湾近代诗人在福建》 | 汪毅夫 | (台北)幼狮文化事业公司,1997年 |
| 《方杞散文艺术论》 | 倪金华 | 《文史哲》1998年第5期 |
| 《近二十年台湾文学流脉:"战后新世代"文学论》 | 朱双一 | 厦门大学出版社,1999年 |
| 《吕赫若小说创作的中国性》 | 朱双一 | 《台湾研究集刊》1999年第1期 |

续表

| 成果名称 | 作　者 | 发表刊物(出版社)及时间 |
|---|---|---|
| 《台湾游记里的台湾社会旧影——读日据时期的三种台湾游记》 | 汪毅夫 | 《台湾研究集刊》2000 年第2 期 |
| 《台湾微型小说创作的历史与现状》 | 徐　学 | 《台湾研究》2000 年第2 期 |
| 《台湾作家的香港关注——以余光中、施叔青为中心的考察》 | 刘登翰 | 《福建论坛》2001 年第2 期 |
| 《白先勇小说句法与现代性的汉文学语言》 | 徐　学 | 《台湾研究集刊》2001 年第2 期 |
| 《从政治抗争到文化扎根——台湾"原住民文学"的创作演变》 | 朱双一 | 《厦门大学学报》2001 年第2 期 |
| 《从新殖民主义的批判到后殖民论述的崛起——1970 年代以来台湾社会文化思潮发展的一条脉络》 | 朱双一 | 《台湾研究集刊》2001 年第4 期 |
| 《台湾都市文学研究理路辨析》 | 朱立立 | 《东南学术》2001 年第5 期 |
| 《当代汉语散文流变论》 | 袁勇麟 | 上海三联书店,2002 年 |
| 《火中龙吟:余光中评传》 | 徐　学 | 花城出版社,2002 年 |
| 《台湾散文新观察》 | 倪金华 | 海峡文艺出版社,2002 年 |
| 《浪漫主义与 60 年代台湾文学思潮》 | 朱立立 | 《台湾研究集刊》2002 年第3 期 |
| 《日本、中国大陆与台湾的台湾文学研究比较观》 | 倪金华 | 《台湾研究集刊》2002 年第4 期 |
| 《论五六十年代的台湾文学及其对海外华文文学的影响》 | 刘登翰 刘小新 | 《台湾研究集刊》2003 年第3 期 |
| 《日据前期台湾的文化民族主义——以连雅堂、洪弃生、丘逢甲等为例》 | 朱双一 | 《台湾研究集刊》2003 年第3 期 |
| 《日据下台湾"现代化"的文学证伪》 | 朱双一 | 《南京大学学报》2003 年第5 期 |
| 《守望家园:大陆与台湾文学论》 | 王金城 | 吉林人民出版社,2003 年 |
| 《知识人的精神私史:台湾现代派小说的一种解读》 | 朱立立 | 上海三联书店,2004 年 |
| 《从存在主义思潮的引进看五六十年代台湾文化场域》 | 刘小新 朱立立 | 《台湾研究集刊》2004 年第2 期 |

| 成果名称 | 作　者 | 发表刊物（出版社）及时间 |
|---|---|---|
| 《日据时期台湾社会图谱（1920—1945）：台湾小说研究》 | 肖　成 | 九州出版社，2004 年 |
| 《漫游·时间寓言·语言乌托邦——解读〈海东青〉的多重方法》 | 朱立立 | 《文学评论》2005 年第 3 期 |
| 《论杨逵日据时期的文学书写》 | 朱立立 刘登翰 | 《中国现代文学研究丛刊》2005 年第 3 期 |
| 《吕赫若小说文本的文化隐喻功能》 | 李诠林 | 《福建师范大学学报》2005 年第 3 期 |
| 《试论日据时期台湾文坛的"幻影之人"翁闹——与郁达夫比较》 | 张　羽 | 《台湾研究集刊》2005 年第 3 期 |
| 《余光中"适度散文化"的诗歌理论与实践》 | 徐　学 | 《厦门大学学报》2005 年第 5 期 |
| 《与"本土八股"的对抗和超越——蓝博洲作品的另一种意义》 | 朱双一 | 《文艺争鸣》2005 年第 6 期 |
| 《"国粹"与"种姓"：章太炎与连雅堂"语文"思想之比较》 | 蒋小波 | 《台湾研究集刊》2005 年第 3 期 |

（三）港澳文学研究

1.《从金庸作品看文化语境中的武侠小说》（周宁，《中国社会科学》1995 年第 5 期）。该文发现金庸武侠小说一个普遍性的意义模式，即几乎所有故事的出发点都是主人公的"身世之谜"；这种意义模式与现代华人文化的内在精神是一致的，侠客的身世是民族文化命运的隐喻。该文认为，这种深层意义上的契合为理解武侠小说的结构与功能提供了独特的启示，即武侠小说的文化意义胜于文学意义，因此对其批评必须承认其幻想的合理性与意义深度，包容其因袭与规范化重复等叙述模式；而武侠小说使华人在幻想中完成文化认同的仪式，也对维持文化传统的延续性和个体获得归属感有重要的意义。

2.《香港文学的起点和新文学的兴起》（福建省社科联杨建民，《文学评论》1997 年第 3 期）。该文认为，应该视 1874 年王韬创办《循环日报》副刊为香港文学的起点。香港的旧文学主要由消遣的、趣味主义的和鸳鸯蝴蝶派的作品所构成。移居香港的一些晚清遗老和香港原有的旧文化势力,相当程度上阻碍了新文化在香港的传播和发展。

3.《论香港文学的发展道路》(刘登翰,《文学评论》1997年第3期)。该文提出,香港文学的发生、发展有其独特的文化背景,即以岭南文化为主要形态的中华母体文化与港英当局引入的西方文化冲撞、交融的格局。香港文学与内地文学存在着复杂的分合关系,即内地新文学的发展轨迹与香港文学自身的发展道路的前期重合与后期分途(以新中国成立为界)。国际冷战格局的结束,中国内地实行改革开放,以一国两制的构想回归祖国的前景,使香港文学得以发挥自己的文化优势,逐渐确立自己的价值,即以开放的现代的国际性都市生活为基础的现代都市文学。这使香港文学在整个当代中国文学中有不可替代的价值和意义。

4.《香港文学史》(刘登翰主编,人民文学出版社,1999)。该书全面介绍香港自开埠以来至1997年回归祖国这一时期的文学概貌,反映香港文学发生、发展的历史文化背景,评介各个阶段的主要作家和作品,阐述香港文学与中国内地文学的分合关系,以及香港文学的价值与特色:既不是西方文化的照搬,也不是母体文化的守成,而是在东西两种文化的交会、融合基础上的超越,体现了其开放性、兼容性和多元化的特征。

5.《文化视野中的澳门文学》(刘登翰,《文学评论》1999年第6期)。该文认为,澳门文化空间具有多元性特征。在政治文化上的边缘地位,使早期澳门文学主要是"植入"而非"根生";既在文化精神和文体典范上源于中华文化传统,又在某些文学题材和语言形态上迥异于传统文学,而丰富了中华文学宝库。20世纪50年代以后,一批本土文学青年成为澳门新文学的最初拓垦者;80年代中期以后,在内地改革开放对澳门影响下,澳门文学有了真正的崛起。作为澳门文学特殊部分的土生文学,反映了澳门社会多元复杂的生活层面。

6.《沙田学者与中国现代文学研究》(厦门大学徐学,《厦门大学学报》2001年第3期)。该文认为,20世纪70年代至80年代中期,香港沙田学者群在中国现代文学研究中成果卓著。他们以开阔融会的中西学术视野为背景的细读方法、以严谨细致的史料考订和活泼清新的文风，自成一种学术流派。沙田学者群在中国现代文学研究史上有着承前启后的历史意义。

7. 其他成果：

| 成果名称 | 作　者 | 发表刊物（出版社）及时间 |
|---|---|---|
| 《论台港和大陆散文中之软幽默和硬幽默》 | 孙绍振 | 《文艺理论研究》1996 年第 6 期 |
| 《香港小说发展的三重迭合格局》 | 颜纯钧 | 《小说评论》1997 年第 2 期 |
| 《香港的新生代小说家》 | 颜纯钧 | 《福建论坛》1997 年第 3 期 |
| 《香港作家的文学批评》 | 王光明 | 《文学评论》1997 年第 4 期 |
| 《二元构合中的诗心与诗艺——论香港新诗的特质》 | 俞兆平 | 《文学评论》1997 年第 4 期 |
| 《香港的"客居"批评家》 | 王光明 | 《天津社会科学》1997 年第 6 期 |
| 《澳门文学的文化观照》 | 管 宁 | 《东南学术》1999 年第 3 期 |
| 《澳门文学概观》 | 刘登翰主编 | 鹭江出版社,1999 年 |
| 《香港文学的文化身份——关于香港文学的"本土性"及其相关话题》 | 刘登翰 | 《福建论坛》2000 年第 3 期 |
| 《从"悖论"谈及澳门文学》 | 刘登翰 | 《江苏社会科学》2000 年第 1 期 |
| 《"房子"：精神的居所——香港女性写作的一种景观》 | 颜纯钧 | 《东南学术》2000 年第 4 期 |
| 《20 世纪香港小说与外国文学关系浅探——以刘以鬯、也斯、西西为例》 | 袁勇麟 | 《华文文学》2003 年第 3 期 |
| 《意识形态与文化研究的偏执——评周蕾〈写在家国以外〉》 | 朱立立 | 《文艺研究》2005 年第 9 期 |

（四）海外华文文学研究

1. 东南亚华文文学丛书的编撰出版。1992 年至 2005 年间，厦门大学东南亚华文文学研究中心和厦门市东南亚华文文学研究会系统地出版了三套东南亚华文文学创作与研究丛书：庄钟庆等主编的"东南亚华文文学研究丛书"和"东南亚华文文学研究集刊"；庄钟庆、陈育伦、周宁等主编的"东南亚华文文学丛书",总计30余种。其中包括《东南亚华文文学研究集刊第1集上册:当代东南亚华文文学多面观》《东南亚华文文学研究集刊第1集下册:周颖南创作探寻》(庄钟庆主编,厦门大学出版社,1995)《世纪之交的东南亚华文文学探视》(上、下卷,庄钟庆、陈育伦主编,厦门大学出版社,1999)《面向21世纪的东南亚华文文学:新华文学历程及走向》(上下卷,庄钟庆、陈育伦、周宁主编,厦门大学出版社,2001)《面向21世纪的东南亚华文文学:东南亚华文文学语言研究》(上下卷,庄钟庆、陈育伦、周宁主编,厦门大学出版社,2002)等。以上丛书旨在以资料积累和整理为重点,联合海内外华文作家和学者共同开展东南亚华文文学研究,为东南亚华文文学整体研究和学科建设奠定基础。

2.《新马华文文学的现代与当代》(厦门大学郭惠芬,厦门大学出版社,1999)。该书讨论多元文化撞击下新马华文文学的起源与历史变迁。全书分为四编:第一编为马华新文学的诞生,主要探讨马华新文学先驱的文学拓荒和马华新文学起点的重新界定问题;第二编集中讨论马华早期现代新诗和欧风美雨影响下的戏剧创作;第三编为马华现代作家作品论,以潘受和姚紫为中心展开论述;第四编为新马华当代新诗论。

3.《华文微型小说的叙事自觉与阅读期待》(厦门大学林丹娅,《厦门大学学报》2001年第3期)。该文指出,微型小说因其制小篇微的体式,易于诱使写作者趋向"滥作",尽管它在本质上更要求写作者的"精耕细作"。华文微型小说通过它得天独厚的现代生存条件,摆脱此种"先天"不足带给它的艺术地位的弱化,而发挥出文学独特的精神功用。因而它必须具备叙事自觉:既要满足读者的阅读期待,又要提升这种阅读期待。从整体上考察华文微型小说写作的叙事自觉与作品中叙事艺术的缺失部分的关系,可为它所应具有的诗学品质,提供一份有益的思考与经验。

4. 其他成果:

| 成果名称 | 作　者 | 发表刊物(出版社)及时间 |
|---|---|---|
| 《郑明娳散文批评初探》 | 徐　学 | 《台湾研究集刊》1993 年第1 期 |
| 《世纪旅外华人散文百家》 | 杨际岚选编 | 福建教育出版社,1993 年 |
| 《赴台马来西亚侨生文学的中华情结和南洋色泽》 | 朱双一 | 《台湾研究集刊》1995 年第1 期 |
| 《司马攻与近十年的泰华文坛》 | 徐　学 | 《厦门大学学报》1996 年第2 期 |
| 《新加坡华文文学的认同:创造与传统》 | 周　宁 | 《华侨华人历史研究》1997 年第2 期 |
| 《试论新加坡华文文学的文化语境》 | 周　宁 | 《文艺理论与批评》1997 年第6 期 |
| 《第三只眼看华文文学》 | 袁勇麟 | 《东南学术》1998 年第 1 期 |
| 《中国南来作者与新马华文文学》 | 郭惠芬 | 厦门大学出版社,1999 年 |
| 《从困惑中走向新世纪——世纪末国际华文诗歌思考》 | 庄伟杰 | 《南方文坛》1999 年第 1 期 |
| 《华文文学:世纪的回眸》 | 刘登翰 | 《东南学术》1999 年第 6 期 |
| 《走向世界华文文学》 | 刘登翰 | 《福建论坛》2000 年第 3 期 |
| 《侨民文学·马华文学·新华文学——试论新加坡华文文学发展的三个阶段》 | 周　宁 | 《文艺理论与批评》2001 年第1 期 |
| 《华文微型小说的叙事自觉与阅读期待》 | 林丹娅 | 《厦门大学学报》2001 年第3 期 |
| 《菲华文学:文化承传与现实走向》 | 刘登翰 | 《福建论坛》2001 年第 4 期 |
| 《东南亚华文文学语言研究》 | 李国正等 | 厦门大学出版社,2002 年 |
| 《网络华文文学刍议》 | 黄鸣奋 | 《华侨华人历史研究》2002 年第 1 期 |
| 《文化冲撞中的文化认同与困境——从林语堂看海外华文文学研究中的有关问题》 | 高　鸿 | 《华文文学》2002 年第 3 期 |
| 《福建与东南亚的文学渊源》 | 杨　怡 | 《文艺理论与批评》2002 年第4 期 |

续表

| 成果名称 | 作　者 | 发表刊物(出版社)及时间 |
| --- | --- | --- |
| 《印尼华文文学语言特色》 | 杨　怡 | 《厦门大学学报》2002 年第 6 期 |
| 《从新华文坛论及印华文学》 | 杨　怡 | 新加坡文艺协会,2003 年 |
| 《新加坡等华文文学在前进中:兼谈中国新文学与东南亚华文文学之交》 | 庄钟庆 | 新加坡文艺协会,2003 年 |
| 《东南亚华文生态中的女性写作》 | 林丹娅 | 《厦门大学学报》2003 年第 3 期 |
| 《重整马华文学独特性》 | 周　宁 | 《华侨华人历史研究》2004 年第 1 期 |
| 《刘半农与东南亚华文文学关系谈片》 | 郭惠芬 | 《新文学史料》2004 年第 4 期 |
| 《新世纪初的东南亚华文文学上卷)》《菲华文学在茁长中)》 | 庄钟庆 | 厦门大学出版社,2005 年 |
| 《海外华文文学的后殖民批评实践——以马来西亚、新加坡为中心的初步观察与思考》 | 刘小新 朱立立 | 《文艺理论研究》2005 年第 1 期 |

# 1992—2005 年福建省文艺理论研究述略

## 一、学科建设与研究

（一）学科建设

1990 年,福建师范大学中文系获得文艺学硕士学位授予权。1993 年,厦门大学中文系也取得文艺学硕士学位授予权。2003 年,经国务院学位委员会批准,厦门大学和福建师范大学同时获文艺学博士学位授予权。至此,福建文艺学学科教育和科研体系趋于完善。本学科主要研究力量集中在厦门大学、福建师范大学、福建社会科学院、漳州师范学院、集美大学、华侨大学、福建省文联和福建艺术研究院等单位。福建省美学学会、福建省文学学会文艺理论研究会在此期间组织开展了一些学术研究和学术交流活动。

（二）学术研究

1992—2005 年,福建省的文艺理论研究主要在以下五个方面取得进展:第一,"新时期文论"的拓展与深化;第二,文艺理论研究新领域的开创;第三,文艺理论基础问题研究与教材建设;第四,文学史理论的建构;第五,古代文论、西方文论与比较文艺学研究。

此期间,本学科获得国家社会科学基金项目 9 项:《文学创作、文学理论与中国文化研究——当代中国文学与汉语形式》(福建社会科学院南帆,1997)《中国现代作家论研究》(福建省社会科学联合会杨健民,1999)《五四文学思潮中的科学主义脉理》(厦门大学俞兆平,2001)《文学基础理论中的重大问题研究》(南帆,2001)《文化诗学的中国化及其实践》(漳州师范学院林继中,2001)《超文本之兴:信息科技与文学变革》(厦门大学黄鸣奋,2002)《〈四库全书总目〉中的文学批评》(福建师范大学郭丹,2003)《现代性与 20 世纪中国文学思潮》(厦门大学杨春时,2004)《宗白华朱光潜美学比较研究》(厦门大学肖湛,2005);获得教育部立项的有 4 项:《主体间性与文学理论现代性问题》(杨春时,2001)《网络媒体与艺术发展》(黄鸣奋,2001)《互联网与艺术产业》(黄鸣奋,2005)《浪漫主义思潮在中国的接受与分化》(俞兆平,2005);此外还获得福建省社会科学规划项目 12 项。

此期间,本学科研究取得较多较好的成果,获得福建省社会科学优秀成果奖 35 项:《中国近代美学思想史》(第二届二等奖,厦门大学卢善庆)《毛泽东与美学》(第二届二等奖,福建师范大学郑松生)《文心雕龙研究》(第二届二等奖,福建师范大学穆克宏)《美的结构》(第二届二等奖,福建师范大学孙绍振)《艺术人类学》(第二届二等奖,厦门大学易中天)《艺术感觉论》(第二届三等奖,杨健民)《文艺象征论》(第二届三等奖,厦门大学林兴宅)《闻一多美学思想论稿》(第二届三等奖,俞兆平)《文学兴衰初探》(第二届三等奖,厦门大学赖干坚)"西方文论系列论文"(第二届三等奖,漳州师范学院刘庆璋)《欧美文学理论史》(第三届二等奖,刘庆璋)《象征论文艺学导论》(第三届二等奖,林兴宅)《个案与历史氛围——真、现实主义、所指》(第三届三等奖,张帆)《文艺修辞学导论》(第三届三等奖,福建师范大学郑颐寿)《文学的维度》(第四届一等奖,南帆)《中国梦文化史》(第四届二等奖,杨健民)《电脑艺术学》(第四届二等奖,黄鸣奋)《中国现代写作教育史》(第四届二等奖,福建师范大学潘新和)《论幽默逻辑》(第四届三等奖,孙绍振)《中国现代文学史研究史论》(第四届三等奖,福建省文学艺术联合会许怀中)"比较诗学系列论文"(第四届三等奖,刘庆璋)《从西方文论的独白到中西文论对话》(第五届一等奖,孙绍振)《超文本诗学》(第五届一等奖,黄鸣奋)《写实与浪漫——科学主义视野中的"五四"文学思潮》(第五届二等奖,俞兆平)《文学理论新读本》(第五届二等奖,南帆)《文学理论:从主体性到主体间性》(第五届三等奖,杨春时)《文本·语言·主题——寻找批评的途径》(第五届三等奖,厦门大学冯寿农)《诗歌文体学导论》(第五届三等奖,福建师范大学王珂)《理论的紧张》(第六届一等奖,南帆)《批评的批评——中国现代作家论研究》(第六届二等奖,杨健民)《美学的浪漫主义与政治学的浪漫主义》(第六届二等奖,俞兆平)《语文:表现与存在》(第六届二等奖,潘新和)《文学与仪式——文学人类学的一个文化视野》(第六届三等奖,厦门大学彭兆荣)《魏晋南北朝文论全编》(第六届三等奖,穆克宏、郭丹)《文艺传播论》(第六届三等奖,福建师范大学谭华孚)等。

(三) 学术会议

1994 年 4 月,由中国社会科学院文学研究所、江苏社会科学院《江海学刊》、上海社会科学院文学研究所、西北大学文化研究中心联合举办,漳州师范学院承办的"文学史观与文学史学研讨会"在福建漳州举行,会议讨论了如何建立科学的文学史观和文学史研究的方法论等理论问题。

1997 年 12 月,由中国社会科学院文学所、江苏社会科学院《江海学刊》、上海社会科学院文学所、福建师范大学、漳州师范学院联合举办的"全国文学史学研讨会"在福建莆田举行,会议讨论了文学史的学科性质和理论建构问题。

2000 年 11 月,《文艺理论研究》编辑部、山东大学《文史哲》编辑部和漳州师范学院联合发起在漳州师院召开我国第一届"文化诗学学术研讨会",北京、上海、山东、福建等省(市)高校及科研机构的近 40多位学者出席了会议。会议中心议题是:文化诗学的理论特色、学术空间和研究方法。

2004 年 12 月,全国首届叙事学学术研讨会在福建漳州召开,会议由漳州师范学院、《文艺报》社、《文艺理论与批评》杂志社联合主办。会议就叙事学理论现状与前景、文学叙事与文化诗学视阈、叙事学的中国化及实践、经典与后经典叙事等问题进行了广泛的研讨。

2005 年 5 月,由厦门大学中文系、福建省文联文艺理论研究室、福建省当代文学研究会、福建省文艺理论研究会主办的"2005 年福建省文艺理论研讨会"在福州举行,与会学者就文艺理论研究状况展开讨论,总结了福建省文艺理论研究取得的成就,分析了存在的问题,提出今后的研究方向。

## 二、主要学术成果

### (一)"新时期文论"的拓展与深化

1.《象征论文艺学导论》(林兴宅,人民文学出版社,1993)。提出了象征论文艺学的逻辑构架。该书认为文艺的本质特性不是"认识"而是"象征",文艺即是人的生存境况及理想追求的一种象征,因此应把"象征"作为文艺学的核心范畴;从这一观点立论,构筑象征论文艺学的逻辑构架,由此展开对文艺的基本问题、尤其是文艺的本质与价值问题的探讨。

2.《大探索:文艺哲学的现代转型》(林兴宅,福建人民出版社,2000)。反思旧文艺学体系,用新概念和方法重新阐释文艺活动的本质、规律、特性。该书内容包括三个部分:上篇文艺哲学的反思与重构,批判文艺反映论,提出文艺学范式转换的关键是超越认识论模式;中篇换一种角度思考艺术之谜,认为艺术审美的真正秘密在于艺术作品内在的象征机制;下编文艺学新概念,阐释艺术作品是一个具有层次结构的系统,艺术的生命力是审美系统的功能现象。

3.《审美价值结构与情感逻辑》(孙绍振,华中师范大学出版社,2000)。该书从多个角度探讨美学原则,诗的想象,小说的横向与纵向结构,形象的三维结构与作家的内在自由,审美价值结构及其升值贬值运动等内容,提出了"情感逻辑"和"幽默情感逻辑"等重要概念。该书还讨论了西方文论的引进和我国文学经典解读问题,并对绝句的结构、古典诗歌节奏的稳态和动态结构、宋江形象的悲剧性质、赤壁之战的魅力等进行了分析和解读。

4.《文学理论新读本》(南帆主编,浙江文艺出版社,2002)。该书作为高校文科试验教材,主要阐述了以下问题:一些虚构的语言为什么具有如此的魅力?谁组织了这种特殊的语言?这种语言具有哪些类型?历史上出现过哪些文学类型?现今,文学与其他文化门类具有哪些联系?进而探讨文学批评与文学阐释问题。该书内容分五部分:

导言"文学理论:开放的研究";第一编"文学的构成";第二编"历史与理论";第三编"文学与文化";第四编"批评与阐释"。

5.《文学概论》(杨春时、俞兆平、黄鸣奋,人民文学出版社,2003)。该书从原型层面、现实层面和审美层面阐释文学的三重结构,提出文学的多重本质观,借此解决文学本质问题上的意识形态论与审美论的争执,进而更合理地阐释了各种文学形态的性质。该书内容具体分为:第一编"总体论",阐述文学的性质、起源、历史发展、社会作用等基本问题;第二编"文本论",论述文本的结构和意义、文学语言的性质和构成等问题;第三编"创作论",讨论文学创作的主体与客体等;第四编"接受论",阐述文学的接受问题。

6. 其他成果:

| 成果名称 | 作　者 | 发表刊物(出版社)及时间 |
|---|---|---|
| 《文艺象征论:关于艺术本质的一种理解》 | 林兴宅 | 福建人民出版社,1992 年 |
| 《个案与历史氛围——真、现实主义、所指》 | 南　帆 | 《上海文学》1995 年第 11 期 |
| 《审美形象的创造:文学创作论》 | 孙绍振 | 海峡文艺出版社,2000 年 |
| 《超越旧模式》 | 林兴宅 | 广西师范大学出版社,2003 年 |
| 《从工具论到目的论》 | 孙绍振 | 《文艺理论研究》1997 年第 6 期 |
| 《文学本质新论》 | 杨春时 | 《学术月刊》1999 年第 4 期 |
| 《文艺美学构想论》 | 戴冠青 | 作家出版社,2000 年 |
| 《人的确证——人类学艺术原理》 | 易中天 | 上海文艺出版社,2001 年 |
| 《"文学基础理论的重大问题研究"述要》 | 南　帆 刘小新 | 《文艺研究》2003 年第 4 期 |
| 《美学的问题与历史》 | 易中天 | 复旦大学出版社,2004 年 |
| 《"中间人物"论的美学背景及其人物类型》 | 余岱宗 | 《福建师范大学学报(哲学社会科学版)》2004 年第 1 期 |
| 《写作情感论》 | 刘新华 | 海潮摄影艺术出版社,2004 年 |
| 《试论审美想象的艺术功能》 | 游小波 | 《福州大学学报(哲学社会科学版)》2004 年第 2 期 |

（二）古代文论、西方文论与比较文艺学研究

1. 古代文论研究

①《中国诗学体系论》（福建师范大学陈良运，中国社会科学出版社，1992）。该书立足于中国诗学理论发展的实际过程，抓取志、情、象、意、神五个根本范畴，追索其发展演变和相互关系，建构传统诗歌美学的基本框架。具体分为以下五篇："言志篇""缘情篇""立象篇""创境篇""入神篇"，认为"言志""缘情""立象""创境""入神"五大审美观念是一个相互联系的有机整体，共同构成了中国的诗学体系。

②《魏晋南北朝文论全编》（穆克宏、郭丹，江苏教育出版社，1996）。该书汇编魏晋南北朝的文论，反映中国古代文学理论批评史这一重要时期文学理论的全貌。全书按入选作品作者卒年排列，入选的每篇文论作品，皆分为说明、原文、注释三部分。辑录了阮瑀、陈琳、应玚、杨修、曹丕、曹植、桓范、成公绥、傅玄、皇甫谧、杜预、荀蜀、陆机、陆云、左思、卫权、刘逵、张辅、挚虞、干宝、李充、郭璞、葛洪、王嘉、范宁、陶渊明、谢灵运、刘义庆、范晔、颜延之、刘勰、檀道鸾、张融、陆厥、江淹、任昉、沈约、钟嵘等家文论。

③《情志·兴象·境界——传统文论之重组》（林继中，《文学评论》2001 年第 2 期）。近百年来的实践表明，参照、引进产生于西方文化系统背景下的文学观念与批评模式，即以彼种文化系统所决定的运思方式来阐释此种文化系统所决定的文学现象，势必有隔膜。该文作者认为，中西文化应该互相认同，新文化之构建首先应做好自身的清理工作。以中国传统文论为例，其中有许多认知是可以与西方相沟通的。而这些文论又有自成体系的话语，适于表述中国文学史与文学实践的特殊现象，如情志、兴象、境界等范畴，既体现中国诗学独特的思维方式，又与西方现代文论思潮有所交叉，可以相互发明。

④ 其他成果：

| 成果名称 | 作　者 | 发表刊物(出版社)及时间 |
| --- | --- | --- |
| 《文与质、艺与道》 | 陈良运 | 中国人民大学出版社,1992年 |
| 《兴象发挥——盛唐文评管窥之二》 | 林继中 | 《文艺理论研究》1992年第3期 |
| 《研究古代文论的几点心得》 | 陈良运 | 《文艺理论研究》1993年第6期 |
| 《中国诗学批评史》 | 陈良运 | 江西人民出版社,1995年 |
| 《司空图〈诗品〉之美学构架》 | 陈良运 | 《文艺研究》1996年第1期 |
| 《论理学文化观念与宋代诗学》 | 许　总 | 《学术月刊》2000年第6期 |
| 《文质彬彬》 | 陈良运 | 百花洲文艺出版社,2001年 |
| 《当代文论建设中的古代文论》 | 陈良运 | 《文学评论》2002年第2期 |
| 《直寻、现量与诗性直觉》 | 林继中 | 《文艺理论研究》2002年第4期 |
| 《诗可以兴——古文论范畴的动态结构例说》 | 林继中 | 《文艺理论研究》2003年第3期 |
| 《"物色"别解与"审美心理"试说》 | 陈良运 | 《文艺理论研究》2004年第2期 |
| 《〈周易〉与〈文心雕龙〉研究的回顾与展望》 | 黄高宪 | 《周易研究》2004年第2期 |

2. 西方文论研究

①《欧美文学理论史》(刘庆璋,福建教育出版社,1995)。该书认为欧美文论自古希腊开始,经过漫长时期的柏拉图理论传统(柏拉图文论是文艺"表现说"的源头,及至华兹华斯的《序言》标志"表现论"正式问世)和亚里士多德理论传统("摹仿说")或交叉或平行的发展,直到康德,提出了迥然不同于前两者的文艺本质论——文艺"审美说"。研究文学的视角从主要注意于文学与外部世界的关系——"摹仿说"和文学与作者的关系——"表现说",进展为集中注意于文学自身特具的审美价值。

②《另一种东方主义:超越后殖民主义文化批判》[周宁,《厦门大学学报(哲学社会科学版)》2004年第6期]。该文认为后殖民主义文化批判遮蔽了另一种东方主义。西方文化传统中,有两种"东方主义",另一种是否定的、意识形态性的东方主义,另一种是肯定的、乌托邦式的东方主义。前者构筑低劣、被动、堕落、邪恶的东方形象,成为

西方帝国主义意识形态的一种"精心谋划";后者却将东方理想化为幸福与智慧的乐园,成为超越与批判不同时代西方社会意识形态的乌托邦。后殖民主义文化批判只关注否定的、意识形态性的东方主义,但是肯定的、乌托邦式的东方主义,在西方文化中历史更悠久、影响更深远,涉及的地域也更为广泛。它所表现的西方世界观念中特有的开放与包容性、正义与超越、自我怀疑与自我批判的精神,是西方文化创造性的生机所在,也是我们在现代化语境中真正值得反思、借鉴的内容。

③ 其他成果:

| 成果名称 | 作　者 | 发表刊物(出版社)及时间 |
| --- | --- | --- |
| 《文学的"本体性"与文学的"内在研究"——雷纳·威勒克批评思想的核心》 | 胡苏晓 王　诺 | 《外国文学评论》1992 年第 1 期 |
| 《精神分析与文艺理论——从文艺角度看弗洛伊德》 | 刘庆璋 | 《文艺理论研究》1993 年第 5 期 |
| 《简单化思维模式的谬误——从西方文论史的研究谈起》 | 刘庆璋 | 《江海学刊》1994 年第 5 期 |
| 《"反对释义"的理论与实践——桑塔格和她的〈我等之辈〉》 | 王予霞 | 《外国文学评论》1998 年第 4 期 |
| 《苏珊·桑塔格研究的新动向》 | 王予霞 | 《外国文学动态》2000 年第 1 期 |
| 《华兹华斯诗学》 | 苏文菁 | 社会科学文献出版社,2000 年 |
| 《20 世纪法国文学批评》 | 冯寿农 | 《厦门大学学报(哲学社会科学版)》2000 年第 4 期 |
| 《世纪西方文学批评的四种范式》 | 周　宁 | 《厦门大学学报(哲学社会科学版)》2001 年第 2 期 |
| 《生态批评:发展与渊源》 | 王　诺 | 《文艺研究》2002 年第 3 期 |
| 《语言学的转向给文学批评带来的革命》 | 冯寿农 | 《外国语言文学》2003 年第 1 期 |
| 《艺术自律与先锋派及介入》 | 郑国庆 | 《读书》2003 年第 10 期 |
| 《苏珊·桑塔格纵论》 | 王予霞 | 民族出版社,2004 年 |

3. 比较文艺学

①《西方文论的引进和我国文学经典的解读》(孙绍振,《文学评论》1999 年第 5 期)。该文对 20 世纪 30 年代引进的革命文学理论与

80 年代以来大量引进的西方文论进行了比较,论题包括:话语的硬性封闭和弹性派生,从一元延续到多元共生,追逐新潮,多元话语交织,中国当代文论话语和范畴的断裂和错位。作者认为,引进理论,解读经典文本,不应简单地求同,而应着力在求异之中达到突破和创造。

② 《从西方文论的独白到中西文论对话》(孙绍振,《文学评论》2001 年第 1 期)。该文认为,中国近百年的文论史,在很大程度上,是西方文论的独白史。全盘接受西方文论,导致了对民族独创性这一目标的遗忘。西方文论帮助了我们,但西方文论并非完美无缺。因此,要提倡真正的、平等的、深度的中西方文论的对话。通过对话,对西方文论进行补充、修正、改造、衍生甚至全部或部分地颠覆;对中国文学理论进行创造性的建构。

③ 《西方的中国形象研究——关于形象学学科领域与研究范型的对话》(周宁,《中国比较文学》2005 年第 2 期)。该文认为,形象学研究涉及比较文化与比较文学两个学科领域。在比较文学视野内,这方面的研究有时显得领域过宽,因为对异国形象的分析,总离不开社会历史与文化语境,研究观念与方法也不限于文学;在比较文化视野内,它的疆域往往又显得过窄,因为异国形象作为一种关于文化他者的集体想象,不同类型的文本是相互参照印证、共同生成的,又不能仅限于文学。文章阐释了形象学研究的学科归属、理论前提、研究对象、研究范型等问题。

④ 其他成果:

| 成果名称 | 作 者 | 发表刊物(出版社)及时间 |
| --- | --- | --- |
| 《从比较文学角度看李渔戏剧理论的价值》 | 李万钧 | 《文艺研究》1996 年第 1 期 |
| 《中西方诗本体论探微》 | 王 珂 | 《社会科学战线》1996 年第 2 期 |
| 《〈文心雕龙〉的价值及比较的误区》 | 李万钧 | 《中国比较文学》1996 年第 3 期 |
| 《金圣叹与黑格尔:叙事文学理论的两座高峰》 | 刘庆璋 | 《文艺理论研究》1997 年第 3 期 |
| 《迈向中西比较戏剧学的起点》 | 周 宁 | 《戏剧艺术》1997 年第 1 期 |
| 《跨文化比较:中国古代为什么缺少文体意义上的悲剧》 | 朱 玲 | 《华南师范大学学报》2001 年第 2 期 |

| 成果名称 | 作　者 | 发表刊物(出版社)及时间 |
|---|---|---|
| 《混融的思维——论京派批评家对中西文学批评范式的融合》 | 黄　键 | 《浙江学刊》2001 年第 1 期 |
| 《跨越话语的门槛——在〈文心雕龙〉与〈诗学〉之间》 | 王毓红 | 学苑出版社,2002 年 |
| 《审美直觉说在 20 世纪中国文论中的演化》 | 刘小新 | 《文艺理论研究》2002 年第 3 期 |
| 《中国形象:西方的学说与传说》 | 周　宁 | 学苑出版社,2004 年 |
| 《汉学或"汉学主义"》 | 周　宁 | 《厦门大学学报》(哲学社会科学版)2004 年第 1 期 |
| 《中西之辨:中国的现代性视界》 | 蔡江珍 | 《中国比较文学》2004 年第 2 期 |
| 《后殖民主义文化批判与中国形象研究》 | 周　宁 | 《东南学术》2005 年第 1 期 |

（三）文学史理论的建构

1.《中国现代文学史研究史论》（许怀中,厦门大学出版社,1997）。该书分为三大部分:上编"流程论",梳理中国现代文学史写作的历史脉络。作者把现代文学史研究分为四个阶段:从萌芽到雏形、从建立到奠定、从曲折到复苏、从复苏到发展。中编"史学论",包括重写文学史和文学史研究方法论两个部分,提出中国现代文学史研究的史学理论具有多种意义和内涵。下编"构成论",讨论文学史的构成要素。认为文学史研究的结构包括四个层次:一是作家作品,二是文学思潮流派,三是文学社团,四是理论主张、批评与文学论争。

2.《写实与浪漫:科学主义视野中的"五四"文学思潮》（俞兆平,上海三联书店,2001）。该书是系统探讨 20 世纪中国文化哲学思潮的专著。作者以 20 世纪西方文化哲学思潮的演变作为参照,总结和回顾了近百年来中国文化哲学思潮演进、发展的历程,梳理了中国文化哲学的基本流派及其分野,集中论述了唯物史观学派文化哲学、自由主义西化派文化哲学、保守主义派文化哲学相互对立、互动而发展的机制;对中国文化哲学论争的诸多核心问题作了详尽的描述和解析。

3.《批评的批评:中国现代作家论研究》（杨健民,海峡文艺出版社,2004)。该书从"五四"初期文学批评的两极进入问题的阐释,即胡适的唯"客观"批评论与周作人的唯"主观"批评论的两极,前者将批评视为"生物学"研究,后者则过于印象化。这两种观念显然都难以真正有效地阐释"五四"文学实践丰富的经验,也不可能真正深刻地介入日益活跃的新文学运动。正是在这一剧烈的历史脉动中,作为一种新文化文体的"现代作家论"应运而生。而茅盾则起到了批评观念与范式转换从而建构文学批评现代性的重要作用。

4. 其他成果:

| 成果名称 | 作　者 | 发表刊物(出版社)及时间 |
| --- | --- | --- |
| 《论五四时期文学主张与康德美学的关系》 | 俞兆平 | 《贵州社会科学》1993 年第 6 期 |
| 《文学史学探索》 | 姚　楠 | 中国文联出版社,1999 年 |
| 《文学史:核心概念的发现》 | 南　帆 | 《南方文坛》2000 年第 1 期 |
| 《"五四"文学批评背景与中国现代作家论的诞生》 | 杨健民 | 《福建论坛》2000 年第 6 期 |
| 《历史的潜流:清代学术、思想与"五四"》 | 郑家建 | 《文艺理论研究》2001 年第 1 期 |
| 《文学史的叙述问题——文学史学的基本话语研究》 | 郑家建 | 《东南学术》2001 年第 1 期 |
| 《文学史写作:个人话语与普遍话语》 | 南　帆 | 《文学评论》2001 年第 2 期 |
| 《80 年代以来京派批评研究综论》 | 黄　键 | 《福建师范大学学报(哲学社会科学版)》2001 年第 4 期 |
| 《茅盾前期文学批评观的转型与作家论的视角》 | 杨健民 | 《福建论坛》2001 年第 6 期 |
| 《20 世纪中国文学批评现象的反思》 | 景国劲 | 《文艺研究》2002 年第 4 期 |
| 《20 世纪中国文学批评形态的流变》 | 景国劲 | 《山西师范大学学报》2003 年第 3 期 |
| 《蔓状生长的文学史模式》 | 林继中 | 《文学评论》2004 年第 3 期 |
| 《美学的浪漫主义和政治学的浪漫主义》 | 俞兆平 | 《学术月刊》2004 年第 4 期 |

（四）文艺理论研究的新领域和新议题

1. 叙事、话语与修辞

①《文学的维度》（南帆,上海三联书店,1998）。该书以文学与语言之间的辩证关系为论述核心,从文学真实、修辞、叙事话语、文类等方面,对新时期以来的中国文学创作及其模式嬗变进行了精要的分析,并将文学的维度延伸到了文化层面。《文学的维度》对西方叙事理论的应用一改过去的介绍和简单挪用,而是将理论、作品、批评很好地结合起来,既有对文学维度的探讨,更有对文化意蕴的关注,被认为是中国运用西方叙事理论方面取得的突破性成果。

②《文学言语的多维空间》（祝敏青,福建人民出版社,2005）。该书包括文学语境的多维视界、文学言语的多维坐标、文学视野中的对话审美、解构中重新建构的文学语符四编内容。作者注重文学语境研究,阐释了文学语境的语符层面、认知层面和审美层面的含义,在此基础上探讨"文学语音的审美质感""文学视域中的修辞幻象""文学审美形态中的预设话语""文学语音的审美质感"等问题。

③ 其他成果:

| 成果名称 | 作 者 | 发表刊物（出版社）及时间 |
|---|---|---|
| 《离心接受和向心接受》 | 唐 跃 谭学纯 | 《文艺理论研究》1992 年第 4 期 |
| 《静态接受和动态接受》 | 唐 跃 谭学纯 | 《文艺研究》1992 年第 4 期 |
| 《叙事话语:影响与转换》 | 南 帆 | 《文艺理论研究》1994 年第 3 期 |
| 《抒情话语与抒情诗》 | 南 帆 | 《文艺研究》1996 年第 2 期 |
| 《修辞:话语系统与权力》 | 南 帆 | 《上海文学》1996 年第 12 期 |
| 《后现代叙事话语》 | 巫汉祥 | 《厦门大学学报（哲学社会科学版）》1999 年第 1 期 |
| 《叙事模式研究:结构主义与后结构主义》 | 余岱宗 | 《海南师范学院学报》2005 年第 2 期 |
| 《泛政治化文学叙事的文化检讨》 | 李晓宁 | 《文艺理论与批评》2005 年第 3 期 |

2. 文化研究的兴起

①《理论的紧张》(南帆,上海三联书店,2003)。该书包括四辑:文学批评与文化研究、理论的紧张、大概念迷信、电子时代的文学。着重探讨文化研究与文学批评的关系,认为文化研究和电子时代对文学理论构成了一系列的挑战,也为文学理论走向开放研究提供了契机。

②《后现代消费文化及其对文学的影响》(管宁、魏然,《文艺理论研究》2005 年第 5 期)。该文从消费文化语境角度,探讨 20 世纪 90 年代以来文学在表现方式和审美特征上所发生的重要变化。文章在阐述消费社会、后现代消费文化的基本特征及其与当代传媒之间关系的基础上,提出"传媒场域"的概念,阐明了中国消费文化的特点,并具体阐述了消费文化语境对文学的深刻影响,从而揭示了 90 年代以来文学审美形态所发生的变化及其动因。

③ 其他成果:

| 成果名称 | 作　者 | 发表刊物(出版社)及时间 |
|---|---|---|
| 《大众文化亟须"身份确认"》 | 王　珂 | 《文艺理论研究》2001 年第 3 期 |
| 《双重视野与文化研究》 | 南　帆 | 《读书》2001 年第 4 期 |
| 《空洞的理念——"纯文学"之辩》 | 南　帆 | 《上海文学》2001 年第 6 期 |
| 《文学批评的转移》 | 南　帆 | 《东南学术》2002 年第 1 期 |
| 《文化研究:开启新的视域》 | 南　帆 | 《南方文坛》2002 年第 3 期 |
| 《消费社会中学术视阈的转换与拓展》 | 管　宁 | 《福建论坛》2003 年第 6 期 |
| 《文化研究:现实背景与未来选择》 | 管　宁 | 《河北学刊》2004 年第 5 期 |
| 《文化研究:打开了什么?》 | 南　帆 | 《文艺报》2005 年 1 月 11 日 |
| 《不竭的挑战》 | 南　帆 | 《当代作家评论》2005 年第 3 期 |
| 《中国大众文化研究的理论根基与发展现状》 | 徐　辉 | 《厦门大学学报(哲学社会科学版)》2005 年第 4 期 |
| 《文化研究的激进与暧昧》 | 刘小新 | 《文艺研究》2005 年第 7 期 |

3. 现代性与文艺理论

①《中国文学理论的现代性问题》(杨春时,《学术研究》2000 年

第 11 期)。该文认为,文学作为一种审美活动,它的现代性属于超越的现代性层面。文学理论的现代性是对文学现代性的认同,本质上肯定文学的非理性和超越性。改革开放后,中国文论开始接续"五四"现代性传统,与现代西方文论交流接轨,但面临几重困境。突破困境的办法,归根结底就是在中国社会生活和文学发展中,清除理性主义残余,确立文学的超理性本质,同时处理好文论现代性建设与后现代理论借鉴之间的矛盾。

②《现代性、民族与文学理论》(南帆,《文学评论》2004 年第 1期)。该文认为,中国文学理论的现代转向是进入现代性话语的后果。知识范式的转换导致中国古代文学理论的衰竭。同时,阶级认同和民族认同的关系成为文学理论面临的复杂问题。20 世纪 90 年代之后,在全球化的语境之中,在后殖民理论的启迪之下,民族认同再度得到强调。文学理论卷入民族主义和现代性派生的多重关系时,该文提出了三个重要原则:现代性话语平台、何谓本土、中国经验的阐释。

③ 其他成果:

| 成果名称 | 作　者 | 发表刊物(出版社)及时间 |
|---|---|---|
| 《双重的解读》 | 南　帆 | 《文学评论》1998 年第 5 期 |
| 《"文学现代性"讨论没有意义吗?》 | 杨春时 | 《文艺争鸣》2001 年第 1 期 |
| 《现代性与传统文学规范——20 世纪文学的历史性对话》 | 包恒新 | 《福建论坛》2001 年第 3 期 |
| 《论审美现代性》 | 杨春时 | 《学术月刊》2001 年第 5 期 |
| 《文学性与现代性——〈一个非文学性命题〉引发的理论问题》 | 杨春时 | 《学术研究》2001 年第 11 期 |
| 《现代性视野中的文学与美学》 | 杨春时 | 黑龙江教育出版社,2002 年 |
| 《在西方现代性中发现中国历史》 | 周　宁 | 《厦门大学学报》2005 年第 5 期 |
| 《现代性与 20 世纪中国文学思潮的特性》 | 杨春时 | 《文艺研究》2005 年第 12 期 |

4. 新媒体文艺学的探索

①《双重视域:当代电子文化分析》(南帆,江苏人民出版社,

2001）。该书阐述了电子传播媒介正在深刻地改变我们周围的文化、政治和经济。电子传播媒介不仅形成了新型的民主和解放,同时也产生了新型的权力和控制,我们必须在双重视阈中重新勘测种种传统的文化坐标。全书包括"引言""转换""新的浮现"三个部分,讨论启蒙与操纵、真实的神话、影像时代、电影院的兴衰、声音社会的诞生、没有重量的空间、网络的话语、技术与机械制造的抒情形式、身体的叙事、广告与欲望修辞学、消费历史、游荡网络的文学等问题。

②《超文本诗学》(黄鸣奋,厦门大学出版社,2002)。该书从超文本产生的历史语境、超文本与信息科技、超文本与社会思潮、作为范畴的超文本、作为课件的超文本、超文本美学、超文本网络与文艺规范、超文本的未来等八个方面,介绍了超文本的发展历史,探讨了超文本与西方马克思主义及后现代主义的联系,并分析了超文本对教育建构化、集成化及远程化的影响,以及建立超文本美学的可能性,并对与其相适应的超写作、超阅读、超比喻,超文本的技术规范、版权规范、社会规范予以进一步探讨。

③《虚拟空间的美学现实:数字媒体审美文化》(谭华孚,海峡文艺出版社,2003)。该书针对 20 世纪 90 年代以来网络文学、电脑美术、电子音乐等构筑起的当代审美景观,对其蕴含的数字媒体审美文化进行探讨,梳理其门类,解析其典型文本,将其纳入文化研究与美学考察的范畴进行讨论。

④ 其他成果:

| 成果名称 | 作　者 | 发表刊物(出版社)及时间 |
| --- | --- | --- |
| 《电子艺术学》 | 黄鸣奋 | 科学出版社,1999 年 |
| 《没有重量的空间》 | 南　帆 | 《电影艺术》2000 年第 4 期 |
| 《网络的话语》 | 南　帆 | 《文艺研究》2000 年第 5 期 |
| 《女娲、维纳斯,抑或魔鬼终结者?——电脑、电脑文艺与电脑文艺学》 | 黄鸣奋 | 《文学评论》2000 年第 5 期 |
| 《超文本探秘》 | 黄鸣奋 | 《文艺理论研究》2000 年第 6 期 |

| 成果名称 | 作　者 | 发表刊物(出版社)及时间 |
|---|---|---|
| 《启蒙与操纵》 | 南　帆 | 《文学评论》2001 年第 1 期 |
| 《科学主义与人文主义：电脑艺术的取向》 | 黄鸣奋 | 《厦门大学学报(哲学社会科学版)》2002 年第 6 期 |
| 《网络媒体与艺术发展》 | 黄鸣奋 | 厦门大学出版社,2004 年 |
| 《数码艺术学》 | 黄鸣奋 | 学林出版社,2004 年 |
| 《文艺传播论：当代传媒技术革命中的艺术生态》 | 谭华孚 | 海峡文艺出版社,2004 年 |
| 《数码艺术 50 年：理念、技术与创新》 | 黄鸣奋 | 《文艺理论研究》2004 年第 6 期 |
| 《电子边疆艺术：想象与现实的会聚》 | 黄鸣奋 | 《文史哲》2005 年第 4 期 |

5. 文化诗学的提出

①《走向文化诗学》(刘庆璋、胡金定主编,福建教育出版社,2000)。该书包括《文化诗学的诗学新意》《文学的文化建构初论》《中国文化与日本文化的异同》《"象外之象"的现代阐释》《金圣叹与黑格尔》《以心统境与境通心》《论汉代恋情赋》《徐志摩诗歌艺术美探微》《王国维与康德：中西诗学对话》等 37 篇论文。

②《文化诗学刍议》(林继中,《文史哲》2001 年第 3 期)。该文作者提出整体性研究是文化诗学生命之所在,所谓整体性研究即以宏阔的文化视野对文学进行全方位的审视,采用跨学科的方法,从多学科的视角观照文学。作者认为,双向建构是文化诗学的基本方法,其要点是:一曰"内外",即阐释文学文本与外部世界的互动关系;二曰"中西",即关注不同文化间的沟通,寻找中西文化间的契合点与生长点;三曰"古今",即文史互动、今古互动,使文学文本具有历史的与当代的双重意义。

③ 其他成果：

| 成果名称 | 作　者 | 发表刊物(出版社)及时间 |
| --- | --- | --- |
| 《文化诗学的诗学新意》 | 刘庆璋 | 《文艺理论研究》2000 年第 2 期 |
| 《寻根与探路：朱光潜的文化诗学探索》 | 黄　键 | 《东北师大学报》2001 年第 2 期 |
| 《建构中国学人的文化诗学话语》 | 刘庆璋 | 《文艺理论研究》2001 年第 3 期 |
| 《文化诗学学理特色初探——兼及我国第一次文化诗学学术研讨会》 | 刘庆璋 | 《文史哲》2001 年第 3 期 |
| 《华人文化诗学：华文文学研究的范式转移》 | 刘登翰 刘小新 | 《东南学术》2004 年第 6 期 |
| 《从华文文学批评到华人文化诗学》 | 刘小新 | 《福建论坛》2004 年第 11 期 |

6. 主体间性文艺学与后实践美学

①《文学理论：从主体性到主体间性》(杨春时，《厦门大学学报（哲学社会科学版）》2002 年第 1 期)。该文认为，西方现代哲学、美学发生了由主体性到主体间性的转向，而中国古代哲学、美学本来就是主体间性的。在 20 世纪 80 年代确立了主体性后，21 世纪的中国文学理论应当开始主体间性的拓展。主体间性文学理论突破了认识论的局限，不是把文学活动看做主体对客体的认识和征服，而是看做主体间的共在，是自我主体与世界主体间的对话、交往，是对自我与他人的认同，因而是自由的生存方式和对生存意义的体验。

②《主客体关系与当代美学建构：从实践美学的主体性到后实践美学的主体间性》(杨春时，《学术月刊》2002 年第 9 期)。该文指出，当前，后实践美学的建设已经获得重要成果，而清理实践美学的主体性，实现主体间性的转向是后实践美学建设的新的重要任务。主体间性理论是后实践美学的理论基础，只有在主体间性的基础上，后实践美学才能成为成熟的现代美学。

③ 其他成果：

| 成果名称 | 作　者 | 发表刊物（出版社）及时间 |
|---|---|---|
| 《对〈"后实践美学"质疑〉的质疑》 | 杨春时 | 《哲学动态》2001 年第 1 期 |
| 《新实践美学不能走出实践美学的困境——答易中天先生》 | 杨春时 | 《学术月刊》2002 年第 1 期 |
| 《走向"后实践美学"，还是"新实践美学"——与杨春时先生商榷》 | 易中天 | 《学术月刊》2002 年第 1 期 |
| 《从实践美学的主体性到后实践美学的主体间性》 | 杨春时 | 《厦门大学学报（哲学社会科学版）》2002 年第 5 期 |
| 《论美学与文艺学的内在主体间性》 | 巫汉祥 | 《厦门大学学报（哲学社会科学版）》2003 年第 6 期 |
| 《主体性美学与主体间性美学》 | 杨春时 | 《东南学术》2004 年第 1 期 |
| 《论生态美学的主体间性》 | 杨春时 | 《贵州师范大学学报》2004 年第 1 期 |
| 《论文学语言的主体间性》 | 杨春时 | 《厦门大学学报》（哲学社会科学版）2004 年第 5 期 |

7. 微观文艺学与文学教育理论的构建

①《微观分析是宏观理论的基础》（孙绍振,《北京大学学报》2003 年第 5 期）。该文认为,缺乏微观分析作为根基,宏观的学术理论就必然要成为空洞的、虚弱的套话。文学教学基础的基础就是对文本直接的解读和体悟。从认知的规律来说,本来就是从个别到一般,再从一般到个别。没有对于文学文本的具体理解和感受能力,对文学的一般规律和历史规律的理解就失去了基础。

②《语文:表现与存在》（潘新和,福建人民出版社,2004）。该书从语文教育理论和语文教育实践两个方面对传统的语文学和写作学进行了深入的研究。全书分为上、下两卷:上卷阐释语文教育原理,包括"人的确证""主体论""语感中心说""言语生命动力学""师生关系论""表现论阅读视界"等内容;下卷为语文教育实践论,探讨"语文教师""教学目的""动力指向""言语教学法""养护言语个性和精神创造力""教学行为的辩证法"等问题。

③ 其他成果：

| 成果名称 | 作 者 | 发表刊物（出版社）及时间 |
| --- | --- | --- |
| 《中国现代写作教育史》 | 潘新和 | 福建人民出版社,1997 年 |
| 《鲁迅"不用之用"文学教育理论内涵探析》 | 赖瑞云 | 《福建师范大学学报（哲学社会科学)》2002 年第 4 期 |
| 《王国维"无用之用"文学教育理论三层内涵试析》 | 赖瑞云 | 《文艺理论研究》2003 年第 1 期 |
| 《微观分析、理论独创和教条主义》 | 孙绍振 | 《文艺理论研究》2003 年第 5 期 |
| 《还原分析和微观欣赏》 | 孙绍振 | 《名作欣赏》2004 年第 10 期 |
| 《对话语文》 | 钱理群孙绍振 | 福建人民出版社,2005 年 |

8. 文体研究

①《诗歌文体学导论》（王珂,北方文艺出版社,2001）。该书从文体学、文化学、诗歌学等角度全面研究了诗的文体,将诗体理论、诗潮研究、诗人研究和具体诗作的文体研究有机的融合。全书内容分为上、中、下三篇:上篇为"文体理论研究、文体进化与诗歌本体研究";中篇为"诗的体裁研究、诗的形体与诗的类型研究";下篇为"诗的风格研究、诗体创造与社会文化"。

②《中国 20 年代小说理论研究》（郑家建,《文艺理论研究》1996 年第 2 期）。该文从小说人物理论切入分析研究中国 20 世纪 20 年代小说理论,认为中国 20 年代小说理论是现代启蒙主义思想的一部分。其中小说人物论尤其具有理论深度和价值,小说人物论充分体现了中国 20 年代小说观念和审美意识上的现代性。

③ 其他成果：

| 成果名称 | 作 者 | 发表刊物（出版社）及时间 |
| --- | --- | --- |
| 《文类与散文》 | 南 帆 | 《文学评论》1994 年第 4 期 |
| 《小说类型与文学传统》 | 郑家建 | 《福建师范大学学报（哲学社会科学版)》2001 年第 1 期 |
| 《现代诗学视野中的刘勰诗体进化论》 | 王 珂 | 《湘潭大学社会科学学报》2002 年第 4 期 |

# 略论刘登翰的闽台文化关系研究

  台湾与祖国大陆的文化亲缘关系最近、最具体、最直接地体现为台湾与福建两省之间千丝万缕的关联。文化的整合研究有利于促进民族和国家的整合与统一。不言而喻,追寻和探究闽台文化同根同源的历史亲缘关系,有着不可忽视的历史与现实意义。刘登翰多年来致力于闽台文学以及闽台文化关系的研究,他所主编的"闽台文化关系研究丛书"(福建人民出版社出版)就是一套由闽籍学者撰述、以闽台为中心、以文化为重点,多层面论析两岸文化关系的系列著作。该丛书被列为"十五"国家重点图书出版规划项目,是新世纪闽台文化关系研究领域具有突破性的学术成果。这套丛书中有刘登翰的一本著作:《中华文化与闽台社会——闽台文化关系论纲》(以下简称《中华文化与闽台社会》)。该著在历史叙述的基础上,对闽台社会、文化、社会心理和人文心态进行了富有探索性的深入研究。

  作为台、港、澳暨海外华文文学和中国当代新诗研究领域的著名学者,刘登翰的《中国当代新诗史》(与洪子诚先生合作)《台湾文学史》《香港文学史》《澳门文学概观》等著作,在学界享有良好的声誉和广泛的影响。刘登翰擅长通过整体性的理性思辨和宏阔的观照视野来概括和提升琐碎而具体的文学现象,且以诗人情怀真诚地烛照艺术世界的幽微和深邃,其文学论述常蕴涵着浓郁的人文关怀和历史意识;同时他的文学论述也力图做到严密、谨慎,其判断与阐释力求建立在充分体认对象历史境遇的基础上。

  多年来,对台湾文学的研究逐渐引发了刘登翰对台湾文化以及闽台文化关系的关注,《中华文化与闽台社会》正是他这种"越界书写"与学术转型的成果。全书共分为9章,分别探讨了"文化地理学与闽台文化关系研究""闽台文化关系的历史渊源""移民与闽台社会的形成""移民与中华文化的闽台延播""闽台社会的文化景观""闽台文化的地域特征""闽台特殊的社会心理与文化心态""闽台社会同步发展的中断与台湾文化同质殊相的发展"以及"'台独'分裂主义文化理论批判"这9个相互密切关联的命题,循序渐进且全面系统地论证了闽台社会与文化同根同源的亲缘关系。这部著作具有几个十分突出的特征:第一,理论视阈丰富、开阔而新锐、有效;第二,实证精神贯穿始终;第三,认知方式辩证、客观。

　　我们知道,由于历史、地域与政治的多重复杂背景,对闽台文化关系的认识和论述存在着相当的难度,因而,闽台文化关系是个经常被谈起,但却缺少深入讨论的话题。刘登翰先生认为,区域文化和文化关系研究应该属于文化地理学、文化史学以及比较文化学相互交叉的一个研究范畴。以往的闽台文化研究,较多的是追寻中华文化在闽台传播、发展的进程以及由此形成的与母系文化不可分割的共同特征,这种文化史学的研究固然是透视闽台文化关系不可缺少的一个方面,但是刘登翰特别指出:"闽台文化作为一种地域文化,它同时还是一个文化地理学的课题。"①20世纪的文化地理学已经引进了历史学的方法,将空间与时间的文化同一起来,在文化分布中探究其中包含的文化起源、文化扩散和文化发展等多种信息,赋予文化的空间分布以时间的意义,而这实际上已经是文化地理学与文化史学相互交叉的综合视野,在刘先生看来,这样的视野,"对于区域文化研究的走向深入,无疑是条重要途径。"②他这本论析闽台文化关系的专著《中华文化与闽台社会》之所以令人耳目一新,与他敏锐的拓展意识和综合的理论视野有着不可分割的关系。这也就构成了本书的第一个重要特征:作者广泛运用了文化地理学的相关概念和理论,如"文化区""文化景观"

---

① 刘登翰:《闽台文化研究的文化地理学思考》,《台湾研究集刊》,2001年第2期。
② 同①。

"文化扩散理论""文化的综合作用",奠定了全书的基本理论视阈;同时作者还大量借鉴了历史哲学、文化人类学等学科的理论,吸收了闽越考古、闽台移植史、台湾史、闽台区域文化、闽方言等多种领域的知识,力图建构出论题所需要的空间与时间、地理与历史相交叉纵横的广阔理论平台。综合性理论视野的建立,帮助作者建构起一个富有创新意义的整体性论述框架,形成了一种开放性的论述空间,这对于今后的闽台文化研究势必会产生有益的启示和建设性的影响。

理论的有效运用,一方面要求论者拥有理论的敏感和知识的储备;另一方面也要求作者对论题本身有明晰确切的定位与把握。刘登翰对讨论对象有着冷静而清醒的认识,他认为,闽台文化关系研究"是在一个特定的共同文化空间中,对其文化源头、文化传播与扩散、文化存在心态与景观,以及在传播扩展过程中由于人地因素的某些不同而产生的差异与变化的探讨"。① 也正因为这种客观、冷静的认知,刘登翰始终将问题意识作为从事研究的出发点,他尊重理论却并不迷信理论,更不愿意让理论信条损害思考的独立性。我们看到,他所征引的理论资源对全书起到了提纲挈领的整合作用,又能够雪落无痕地化入各章节的具体论析之中。比如第四章中,作者首先从"文化区"的成因追溯泰勒的"文化传播"观念,这种理论认为,文化空间传播存在着两种不同类型:扩展扩散和迁移扩散,移民社会的文化传播属于后者,指的是随移民的迁徙而造成的文化在空间上的迁移扩散。接下来作者立刻回到自己的问题视阈,根据中华文化由中原向南延伸进入福建,再由福建越过海峡进入台湾的发展脉络,自然合理地推衍出,中华文化的这种南迁东移形态主要是迁移扩散的文化传播方式。该章的第二、第三两节,对中华文化如何由中原南渐至福建,又是如何从福建东延至台湾,作者进行了空间与时间双重意义上的整体而翔实的观照。在历史的回溯与地理的揽照之间,我们留下深刻印象的并不是泰勒或其他的国外理论,而是包括闽台文化在内的文化和历史丰厚多元的复

---

① 刘登翰:《中华文化与闽台社会——闽台文化关系论纲》,福建人民出版社,2002年,第4页。

杂内涵,以及漫长悠久的中华文化耐人寻味的演绎变迁和起落聚分。可以看到,文化传播理论的渗透,确实提升了论述的高度,但作者始终扣紧论题:中华文化的闽台播迁历史过程和生成形态,让抽象的理论融入具体鲜活的历史情境。

同样值得注意的是,理论视阈有时成为作者透视论述对象的一个触发点,促动了作者的主体精神和创造力。《中华文化与闽台社会》一书的第六章专论闽台文化的地域特征,作者刘登翰先生引述了黑格尔《历史哲学》中颇有影响的一种文明理论,即海洋文化与大陆文化比较论。黑格尔认为,地理的基础是民族精神滋生的一种可能性,他把地球上的地理划分为三种:第一种是高地,以蒙古等为代表;第二种是平原流域,以中国、印度等为代表;第三种则是欧罗巴所代表的海岸地区。不同的地理类型孕育出不同的民族精神,高地孕育出的游牧民族有着原始野蛮的本性,平原孕育出的农耕民族受制于地理的条件,呈现出闭关自守不思进取的文明特性,与这两种内陆文化比较,只有海洋文明才代表了人类文明的最高水准。① 刘登翰先生质疑和批判了黑格尔有关"海洋文化"与"内陆文化"的观点所暴露出的欧洲中心论思维偏见,强调文化研究应该避免价值评断式的主观性评价,但他并未否定黑格尔观点的合理内核,将它作为自己思考辨析闽台文化性质的触发点。他在把握住闽台地域的地理文化特征,同时也明确论证了闽台文化的中华文化归属性的基础上,将闽台区域文化命名为"海口型文化"。这是一个饶有新意的命名和界定,它把闽台区域文化看做一种特殊的文化现象,有利于更深入地考察闽台文化的多元复杂性,"闽台作为异质文化进入中国的海口,同时也造就了闽台文化多元交汇的存在形态。它正负值俱存地赋予了闽台文化的开放性和兼容性特征。特别在近代的发展中,闽台得风气之先地出现了一批'开眼看世界'的先进知识分子,在引进西方先进文化,推动中国社会鼎革中发挥了重要作用。但由于历史的特殊遭遇和迫于外来殖民力量所造成的毫无设防的开放性,也使闽台文化沾染了某种盲目的崇外色彩和不

---

① 黑格尔:《历史哲学》,王造时译,上海书店出版社,1999 年,第 85 - 118 页。

加分析地全盘吸收。"①

《中华文化与闽台社会》这部考察闽台文化关系的著作秉承了作者刘登翰一贯的整体性思维风格,但与他以往的文学研究路数毕竟又有着根本性的区别。诚如刘登翰所言:"文化问题,尤其是闽台文化的渊源关系,大量地涉及移民历史和移民文化的播迁,其实质是个历史问题。而历史研究和文学研究不同,任何结论都不是推理而来的,只能建立在大量翔实的史料基础上,这就迫使我从头去学习历史——主要是闽台史。"②作者深知,历史研究与文学研究有着不同的专业特点和学术要求,它固然需要理论的高屋建瓴,需要逻辑思辨的力量,也需要细腻的感性体验,但它尤其需要对历史事实和现实语境进行客观翔实的了解与辨析的实证精神。因此,作者参阅研究了大量闽台史的相关文献资料,尊重和吸收历史学的研究成果,借鉴了社会学田野调查的研究形式,从而形成自己的论述框架和实证分析理念。在具体论证过程中,作者基本采用了实证性历史研究方法,来观照闽台移民社会的历史脉络与现实境遇,辨析闽台文化的渊源、构成与地域特征。此外,值得一提的是,该书显示了作者谨慎、客观而辩证的思考认知方式。如在面对闽台是否同属于一个文化副区这个争议性问题时,作者的做法是:正视矛盾分歧的客观存在,分析分歧形成的主要原因,然后针对这些原因来澄清理论认识的偏差,作出符合历史事实的合理判断,即将闽台视为中国文化地理中的一个文化区。这种客观、审慎、辩证的认知方式也体现在其他各章节之中。作者正是以这样的方式对闽台文化的同一性与差异性进行了全面、细致的考量,其间既有历史考古的追根溯源,也有对闽台地区移民历史和文化的条分缕析,也不回避对日据以来闽台社会文化同质殊相现实的透彻认识。

文化永远是人类认识历史、把握现实不可或缺的一种眼光,闽台文化历史渊源关系的考证辨析,需要理论思维的勇气,需要科学求证

---

① 刘登翰:《中华文化与闽台社会——闽台文化关系论纲》,福建人民出版社,2002年,第201-202页。

② 同①,第335页。

的艰辛,当然,也需要发自学人心灵深处深邃的民族情感。《中华文化与闽台社会》一书,让我们感受到一个关注着两岸文化历史、现状和前途的中国人文工作者的坚定信念和深沉情感,诚如作者所言:"共同的文化,是一股潜在的、巨大的力量,无论过去、现在和将来,都是维系台湾和祖国密不可分的精神支柱。"①

① 刘登翰:《中华文化与闽台社会——闽台文化关系论纲》,福建人民出版社,2002年,第4页。

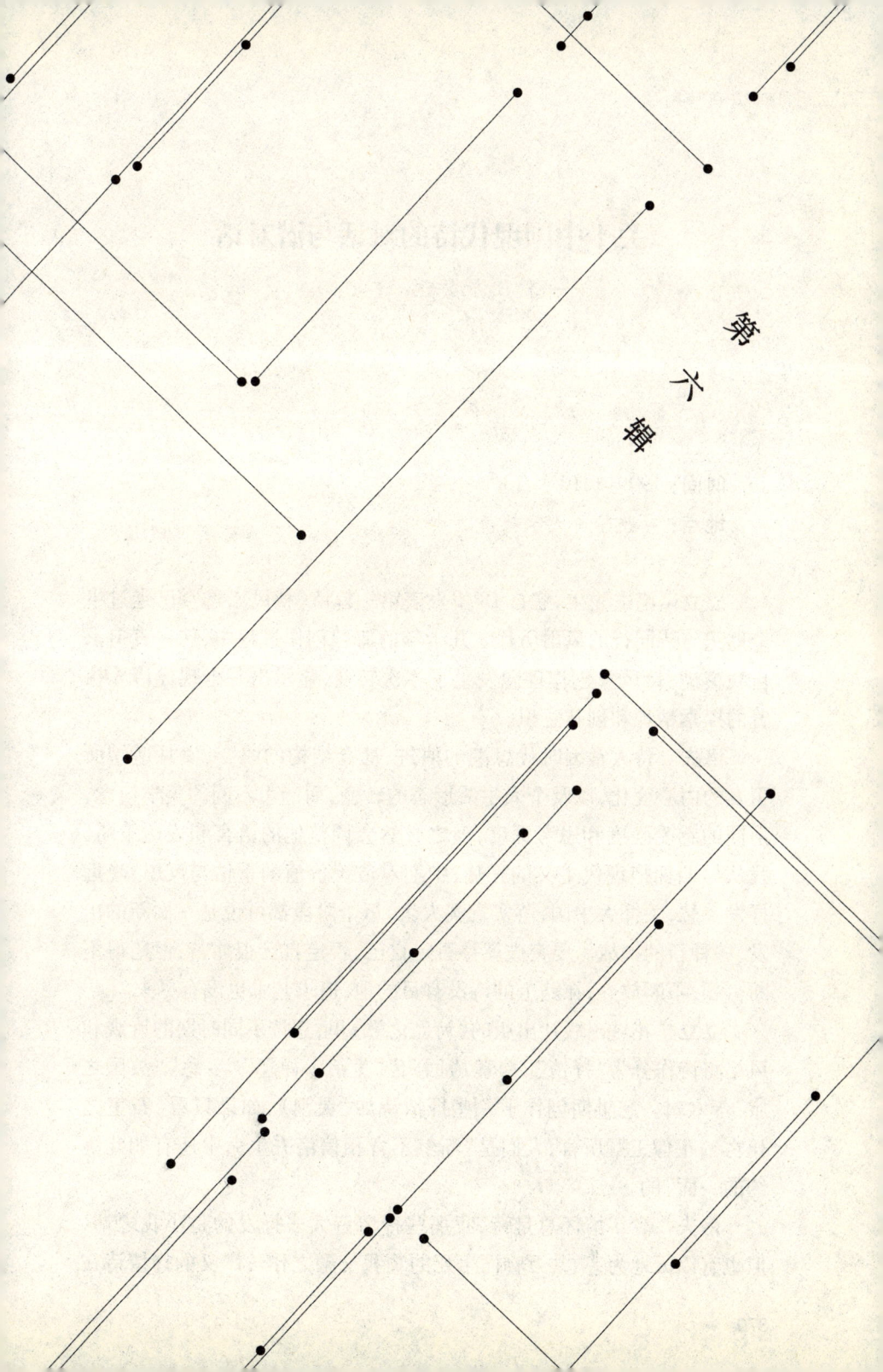

第六章

# 关于中国现代诗的对话与潜对话

## ——秋日访洛夫

**时间:** 1999 年 10 月 13 日午后

**地点:** 泉州华侨大学招待所

**立立** 洛夫先生,您自 18 岁发表第一首诗《秋风》,迄今已走过半个世纪与诗同行的风雨历程。几十年的诗歌创作过程中,您一直追求自我突破,诗风及创作理念发生了多次转变,显示出一个现代诗人执着的探索精神和创新意识。

**洛夫** 诗人常因时代思潮的演进、社会结构的改变、岁月递嬗所引发的内心变化,以及个人生活形态的转变,而产生不同的美学信念,不同的感受强度和思考深度,随之必然会调整他的语言和表达策略。我从早期拥抱现代主义的狂热,中期对传统价值的重估与反思,晚近抒发乡愁,关怀大中国,落实真实人生,每个阶段都可说是一次新的出发、一种新的挑战。要突破就得否定自己,否定自己很痛苦,但还得不断占领,不断放弃,在路上的诗没有目的地,追求艺术也没有尽头。

**立立** 花城出版社出版的《诗魔之歌》里,您按不同时期的诗观和风格将诗作分为"抒情""探索""回归""生活·禅趣""乡愁""故国之旅"等六辑。您早期创作了一些抒情诗如《灵河》,如果只看《石室之死亡》,正像王颢所言,人们是"断然不肯相信洛夫生命中还有如此婉约的一面"的。

**洛夫** 少年情怀总是诗,我那些抒情诗大多抒发的是小我之情,但也有以天地为庐、共万物而生死的物我交融之作。广义的抒情诗在我日后的创作中也有不少。

**立立**　您在出《众荷喧哗——洛夫抒情诗选》时，对早期的一些诗作做了修改和加工，以至于较原先的作品面目全非了。

**洛夫**　《灵河》时期的抒情诗虽然原创性强，但是表达策略不够自由，语言和意象也不够成熟，那时我还没有形成真正的美学观念。

**立立**　到了《众荷喧哗》时期就大大改观了，知性的渗透、物我关系的重新调整以及生命情采的充沛昂扬使您的诗日趋成熟。抒情诗也变得更加玲珑润泽，充满巧智和慧心。我尤喜欢那首《众荷喧哗》，以荷喻人，巧妙而自然，把一种清新、温柔、纯美、灵动的情愫写得令人如醉如痴，对意象的运用也灵活自如，同时显示出您特有的语言个性。

**洛夫**　有一句话说："诗人是诗的奴隶，是语言的主人。"写诗时常会着了魔，被迷住了，但化为语言时，又要变成主人。诗人既是创作者，又是批评者。"胸有成竹"的情况并不常发生，除非是命题诗。我写诗一般从一个意象或者一个句子开始，慢慢滚雪球似的，就成了一首诗。诗透过具体而鲜活的意象，表现一种纯粹的心灵感应，以及一种超越文意的观照式的境界。

**立立**　简政珍说："以意象的经营来说，洛夫是中国白话文学史上最有成就的诗人。"您诗中的意象常有种尖新陡峭、出人意料的质素，比如"月亮，一把雪亮的刀子"，"月亮"这一传统的柔性、宁静、恒远的意象变得锐利刺目，且具有伤害性——"割断/明日喉管的/刀子"，寒气凛然，直让人生出无端的紧张感；《时间之伤》同样出语惊人："月光的肌肉何其苍白/而我时间的皮肤逐渐变黑/在风中/一层层脱落。"苍茫混沌的宇宙时空在诗人敏锐、奇警的感触里化作我们身上的血肉，痛楚与伤怀，也便都是切肤的。

**洛夫**　应当说是用诗的意象来思想，把情感深刻地渗入物象中，透过鲜活、具体的景象表达出来，这种表达应是综合的、想象的、感性的、意在言外的。

**立立**　您的诗作，意象（及意象间关系的巧妙设置）常给人带来意外的惊喜，像《子夜读信》里，"子夜的灯/是一条未穿衣裳的小河"，而"你的信像一尾鱼游来"，日常生活中的普通场景即刻被纯美的诗性所照亮,洋溢着温暖的人情和活泼泼的生命力;同时,您的诗性语言具有独特的个性,一些评论家和读者认为是富有"魔性",而这种魔性往往指您诗中语言和意象的冲击力、震慑力以及所造成的惊奇效果。

**洛夫** 我早期、中期的诗特别重视"惊奇",诗就是要给人一个惊喜、一个发现。诗写一种未知的美,写作的过程形成一种挑战;诗也是生命经验的表现。有位诗评家叫沈奇,他认为我的诗早期注重惊奇,近期更接近日常生活,也就是所谓的由绚烂归于平淡吧。我一向以为,诗最重要的是它可以创造一个自由的想象空间,这又需要诗人心灵空间的自由宽广。

**立立** 心灵的自由无碍才可以开启灵视之窗。

**洛夫** 坏的诗是脑子想出来的,好的诗则往往由生命经验积累基础上的灵光一闪而促发的,有时可以说是可遇而不可求,像我那首《随雨声人山而不见雨》的结句:"伸手抓起/竟是一把鸟声",事先并未想好怎样写,但写着写着,这句诗就砰地一下跳了出来;还有像《金龙禅寺》《有鸟飞过》《独饮十五行》等也是未经苦思遽尔成篇,好像它们早就隐伏在一个不自觉的暗处,呼之即出。

**立立** 那么,您是如何看待诗的结构呢?

**洛夫** 诗的结构主要是一种"情感结构",是情、思融合产生的有秩序的流动,也是一种韵律或节奏结构;写诗不能拘泥于语言间的机械关系,而要追求气势的统一、节奏的和谐以及内在生命的完整,即有机结构。与其要一首结构上起承转合却缺乏兴味的诗,我宁取一首结构上稍欠圆整而有饱满情趣与深致的诗。我觉得一首好诗往往有多层次的想象空间,它是暗示的而不是直指的,是生长的而不是制作的,是感悟的而不是分析的,是呈现的而不是叙说的,我为自己建立了经验重于知识、意象重于结构、暗示重于陈述的诗观。

**立立** 谈到诗观,您和张默、痖弦在《创世纪》的"试验期"提倡过"新民族诗型"。

**洛夫** 那也是对那一时期过于倾斜的"横的移植"的一种反应,是对绝对西方化的批评,主要强调中国传统美学及东方美感的重要性。

**立立** 不过,改版后的《创世纪》又放弃了"新民族诗型"的主张,转而倡导"超现实主义",这种变化是如何发生的呢?

**洛夫** 好像是自然而然的,当时存在主义等西方各种思潮纷纷进入,只强调民族的东西就显得过于狭隘了。文学与绘画不同,绘画可以超越国界,但写作不一样,你用中文写作,这本身就带有强烈的民族性,所以不必特别强调民族性。

**立立** 您的《石室之死亡》被视为超现实主义的代表作,而您也被一些人称为超现实主义的"掌旗官"。

**洛夫** 也不是什么"掌旗官",我写《我的兽》时,金门正发生激烈炮战,写《石室之死亡》也开始于金门战地简陋的办公室,战争使我对生命有了深刻体认,对人性、神性、兽性及生与死等重大问题进行了广泛思考,我读了尼采、萨特、贝克莱、康德、瓦雷里、里尔克等人的著作,还有超现实主义诗人的诗作。就像我对存在主义所持的态度那样,我接受过超现实主义的影响,但一开始就不是全然赞同,比如对自动写作的方法,我始终认为不可行。

**立立** 比格斯贝认为,"超现实主义不只是惊人的意象,非理性的措词,或如梦如幻的肌质。从本质上说,它关心想象力的解放和现实定义的扩充。"而您在《诗人之镜》中也认为超现实"乃是破除我们对现实的执着而使我们的心灵完全得到自由,以恢复原性的独一的我"。龙彼德则指出超现实主义对《石室之死亡》最突出的两个方面的影响,一是"在技巧上肯定潜意识之富饶与真实",二是"在语言上,尽量摆脱逻辑与理性的约束"。可以看出,超现实主义从观念到方法对您的创作都有较大的冲击。

**洛夫** 潜意识是一个丰富的宝藏,从那里又多开了一扇通向"真我"的窗口,值得好好发掘。超现实更应被视为一种思维方式,一种非逻辑的、暗示的思维方式,它能扩展心像的范围和智境。

**立立** 是否意味着它有助于我们更有效地探触生命的本原和暧昧难辨的人性真相?

**洛夫** 对诗而言,超现实使意象变得奇异浓缩,令暗喻、象征、余弦、歧义等表现技巧有了较大的发挥空间。对探索人性的复杂与深度当然也有一定作用。

**立立** 读《石室之死亡》，心灵感到强烈的震撼，语言与意象如狂涛巨浪，久久不能平息。我听到"果壳迸裂时喊出的一声痛"，听到"成吨的钢铁假我们的骨肉咆哮"，听到飞蛾"将我们血里的钟声撞响"，听到"一颗麦子在磐石中哭泣"；我看到"蝙蝠将路灯吃了一层又一层"，看到"我的面容展开如一株树，树在火中成长"，看到一个"常试图从盲童的眼眶中/挣扎而出的太阳"。这首长诗实为生与死、爱与恨、得与失的残酷挤迫中的一声"孤绝的呐喊"，刘登翰先生认为它表现了一个生死同构的生命主题。

**洛夫** 生命与死亡是诗人无法绕开的主题，"战争、情欲"与"生命、死亡"的冷酷交织逼迫人去叩问、去冥思，最终指向一种宗教性的情怀。

**立立** 您诗中有"主哦，难道你未曾听见/园子里一棵树的凄厉呼喊"，"神哦，我们怎能吞食你的预示/怎能以施舍当晚餐"等诗句，这里的"主"和"神"有无具体指涉？

**洛夫** 我诗里的神既不是基督教里的耶稣，也不是佛教里的释迦牟尼，而是隐藏在各个意象中，却作用于我内心中，是内在的，也是超越的，有泛神的意味。到《外外集》，我已不再以玄想冥思的方式去处理战争与死亡，而是让事件本身去呈现、暗示，到了《魔歌》时期，我对超现实主义做了进一步修正，对其过于依赖无意识及"自我"进行了批评与反省，认为诗人欲探讨生命的奥义，不但要走向中心，同时也应关怀外界现实，求得主客体的融合。

**立立** 和不少台湾现代诗人一样，您也从反叛传统出发，而后又回归了传统。

**洛夫** 回归传统，同时拥抱现代，也并不因此就拒斥外国的东西，只是要喝外国的牛奶，变成自己的营养，总不能变成外国人。

**立立** 您(还有其他台湾诗人)的这种转变是否有什么契机？

**洛夫** 一开始对西方的东西是缺乏自觉的模仿，逐渐变成一种自觉的汲取。这个过程中出了问题，发生了关于现代诗的论战，这促使诗人反思自我，得出的结论是，纯粹西化不是个办法，于是重新回过头来看传统。最后走的是一条融合东西文化、沟通传统与现代的创新之路。

**立立** 这与"新古典主义"是否是一回事？

**洛夫** 我所说的回归传统，拥抱现代不是"新古典主义"，这个问题引起了不少人的误会。一些人认为我这是浪子回头；另一些人则觉得我没有坚持原则，晚年与传统妥协。实际上，我想，前进是一种迂回。

**立立** T. S.艾略特在《传统与个人才能》里认为，传统首先包括历史意识，"这种历史意识包括一种感觉，即不仅感觉到过去的过去性，而且也感觉到它的现在性"，而且他还有一句话说得好："传统并不能继承。假若你需要它，你必须通过艰苦劳动来获得它。"

**洛夫** 我在《诗的传承与创新》一文中专门谈过这个问题，对传统的传承，不在于守成与复旧，而在于创新。现代诗人应该重视对古典诗的学习和探索，古典诗在表现人与自然的和谐关系方面、在意象化方面以及超现实性方面都有许多值得借鉴之处。需要我们下许多功夫。不管是西方的还是中国传统的东西，都可以广纳博采，关键是要合乎诗的本质：从混沌中建立秩序，从矛盾中求取和谐，以特殊表现普遍，以有限暗示无限；要体现生命精神，就像艾略特所说的，"诗的创造过程是一种将血水化为墨水的过程"。所有的技巧、方法都必须与包含着个体命运反思、历史家国意识和人文关怀在内的生命精神圆融和谐。

**立立** 1988年，《创世纪》诗刊73、74期合刊号发表了您的《建立大中国诗观的沉思》，在两岸诗界产生了广泛影响，您缘何提出大中国诗观呢？

**洛夫** 我是在对两岸新诗发展进行深入反思之后正式提出这个观念的。80年代以来，两岸诗坛交流互动日增，在历史性变化与相互需求的趋势下，我以为有必要建立一种值得两岸诗人深思和接受的大中国诗观。一个中国现代诗人应该具有这样的意识和心态：一是要心怀阔大，有一种包容万有的宇宙情怀，二是要将个体命运的悲剧与民族历史的苦难紧密融合，我曾说过："唯有以民族为基础，进而参赞天地，怀抱宇宙的诗人才能成为一个大诗人，唯有产生几位大诗人，才能恢复我们民族的尊严,建立我们在世界文坛上的地位。"

**立立**　回顾这些年来您的诗歌创作,您觉得您的个人特色或独创之举体现在哪些方面?

**洛夫**　首先是历史题材的化用,我写得较早,《长恨歌》《与李贺共饮》是其中比较成功的;其次是隐题诗,算是我的创举吧。

**立立**　是什么因素触动您写隐题诗呢?

**洛夫**　说来有趣,有一天我在书店看《清史》,上面提到青帮、红帮用古诗暗藏反清复明的暗语,我灵机一动:这种带有工具性质或者游戏意味的藏头诗形式是否可以用来写现代诗呢? 于是我开始了试验。

**立立**　隐题诗有其特别的预设限制和形式趣味,您所创造的隐题诗与前人所创仅有实用或游戏功能的藏头诗显然旨趣不同。

**洛夫**　它是一种新诗型(对现代诗来说),结构形式上要有机自足,诗质要符合现代诗美的范畴,所以也不同于藏头诗。我写的隐题诗,标题本身就是一句诗,像"贩闯一节节丈量大地悲情""夕阳美如远方之死",标题的每个字都藏在诗内,或是句首,或是句末,若不经指点,读者还很难发现其中的玄机呢!

**立立**　我由此想到中国现代诗其实也需要一种游戏精神,我指的是从自由无羁的心灵里所自然流泻出的率真和趣味。现代诗的形态也应是丰富多元的。谈到趣味,我想起您和一些台湾现代诗人如余光中都擅长于在诗中表现一种禅趣。

**洛夫**　我诗中的禅味属于生活禅,禅是什么? 饿了便吃,困了便睡,是一种日常化的平常之心;禅宗公案里有一种明心见性的智慧和语言意趣;禅是对生命的提升,是对大自然和神秘宇宙的心灵直觉感应,从人生的生命经验出发,用暗示的非逻辑的方式达到以有限暗示无限的境界,诗所需要的不是那种纯粹宗教性的禅,首先应强调生命。超现实与禅宗都是非理性、反逻辑的,诗人汲取这些思维方式皆是出乎饱满的自信,源自生命的感悟。

**立立**　中国古代诗人对您影响较大的有哪些?

**洛夫**　对我影响较大的中国古代诗人有李白、杜甫、李贺、李商隐,晚年的我转而欣赏王维的恬淡。李白的儒侠精神、李贺反抗庸俗文化的气质是我早年很向往的;杜甫有浓郁的人间关怀,王维则具有超离人间性,我力图没有痕迹地将二者自然地融为一炉。对我影响最大的还是庄子,他对生命本质的认识深度,他的齐生死、生死同构的观念,他的潇洒文体都深深影响着我,他让我体会到诗像一棵树,在自然中逐渐成长。

**立立**　西方的诗人里谁对您有较大影响呢?

**洛夫**　里尔克。里尔克和庄子对我影响至大。从里尔克那里我学习到人与神的交往的方式。

**立立**　"五四"以来的中国现代诗人里,您有没有接受过谁的影响?您当年从衡阳赴台湾,行囊中除了艾青和冯至的两本诗集,以及一本发表过的作品的剪贴本外,什么也没带,那时一定是非常喜欢他们的诗的。

**洛夫**　是的,那一年我21岁,没想到从此就人在天涯。艾青的诗有很强烈的民族性,意象的经营也体现出这一点,只是缺少一点艺术上的现代性。冯至的十四行诗挺好。我不大喜欢徐志摩的东西。冰心的小诗还不错,但太单纯了些,表现力不够丰富。

**立立**　您如何看待台湾现代诗的成就?或者说,在中国新诗史上台湾现代诗的主要贡献是什么?

**洛夫**　第一个方面是意象的筑造和经营,第二个成就是对语言的锤炼,再一个就是努力将民族的传统与现代意识,将西方文化与东方文化相结合。

**立立**　张默、萧萧所编的《新诗三百首》选收了包括大陆、台、港、澳和海外华人的三百首新诗,引起了较大反响。古有《唐诗三百首》,而今有《新诗三百首》,是否带有经典化意味?

**洛夫**　编这么个集子,我早先也有这个想法,但一直没做,他们就先编了。所谓经典,是要经受时间和历史的考验的。现在将诗经典化,时间上还早了些,但有这种意识也是好的。

**立立**　您觉得大陆的朦胧诗及其后的现代诗成就如何?

**洛夫**　有关朦胧诗,我写了不少文章。有一个阶段,《创世纪》上刊发了不少大陆新诗,像海子,我们也出了专辑。两岸诗人无所谓中心与边陲,我们的诗在同样一个中华文化体系中孕育、生长,追求和发展多样而独特的风格,这样对中国现代诗的成长与繁荣是有益的。

**立立** 这些年来,诺贝尔文学奖困扰着两岸不少关心中国文学的人士,有人甚至认为中国人患上了诺贝尔文学奖症结。您怎么看这个问题?

**洛夫** 每年 11 月诺贝尔文学奖一公布,总会引起一阵讨论,尤其是近邻日本的川端康成、大江健三郎一得奖,更令我们中国人焦虑。就诗而言,我觉得中国有不少现代诗人都有很高的成就,翻译是个问题,诗本来就是不可译的艺术,尤其是中国诗更难译。

**立立** 有人将译成英文的唐诗又译为中文,与原诗已相差十万八千里。

**洛夫** 尤其是带有古典色彩的诗根本译不出什么味道,台湾诗人里,郑愁予最吃亏,他的诗很古典、婉约,但外国人不懂什么是"美丽的错误"。

**立立** 艾青和北岛曾被提名过。

**洛夫** 有一年,诺贝尔文学奖公布前,有记者打听到艾青入围,来我这儿找资料,我说:"资料是有,不过据我看可能性不大。"北岛的诗写得不错,但是少了些。不管怎么说,我们还是要写越来越好的中国现代诗,用作品来说话。最重要的是要写出好诗来。

**立立** 洛夫先生,您对诗艺的不懈追求令我们敬佩;据我所知,您还热心地举办过一些诗歌艺术活动,比如"诗的星期五"就很有意思。

**洛夫** 1992 年,我到欧洲,发现英国人、荷兰人很重视诗,吟诗休闲甚为风行,伦敦的周末都有小型的新诗朗诵会或讨论会在街头或室内举行。我回来后决定发起"诗的星期五"活动,希望为台湾青年读诗、品诗提供一个机会。每个月第一个星期五在台北诚品书店世贸店,由两位诗人主持,分成朗诵、讲解、讨论几个单元,这项活动有几个特色:一是长期性,搞了三年,从 1994 年到 1996 年我去温哥华;二是小众性,现代诗若变成大众化不大可能,也无必要,但小众化还是可以的,一开始有两三百人参加,以后一直维持在四五十人,有大学生,也有社会青年;三是精致化,选择好诗朗诵。

**立立**　虽然您提倡小众化,但是小众化的现代诗(广义地看还有现代艺术)实际上会潜移默化地影响大众文化、流行文化,比如广告语言、流行歌词就似乎能从现代诗受益,台湾更明显一些,或许与相对活跃的小众化诗歌活动有关吧?

**洛夫**　这种影响与渗透更多的时候是潜在的,台湾有一些现代诗的潜在读者,我也未料到,有一次一位普通家庭主妇告诉我,她一直爱读现代诗。好的诗里有一种先进的、精致的感受方式,能给人启示和联想。

**立立**　台湾年青一代的诗人现状怎么样?

**洛夫**　现在的现代诗主流是传达现代个人经验的抒情诗。年青一代诗人也有一些优秀的,他们一般追求诗的纯粹性、精致性。但也有困境,他们一直生活在台湾,过着一种被安排的生活,我们这些老一代诗人经历了战争与流亡,那种深刻的苦难意识和忧患意识是他们比较缺乏的,因而带来了诗的格局小的问题。

**立立**　您移居北美以后境况如何? 还写诗吗?

**洛夫**　当地的诗人、文学教授纷纷找我,我们常常聚谈诗歌、文学,诗是我的生命,当然会写;我在《民报》上有一个专栏,还出了本杂文小品集子。

**立立**　现在您成了一位海外诗人,您是如何看待自己的身份的?

**洛夫**　托马斯·曼说过,"我在哪里,祖国就在哪里。"我的老家在湖南,在台湾度过了几十年,现在温哥华,但我要说:我不是湖南诗人,不是台湾诗人,也不是温哥华诗人,我是中国诗人。我身上的文化基因是中国的,所谓人在天涯之外,心在六合之内。身在海外的华人有一种漂泊心态、天涯心态,同时也应有一种宇宙意识。

**立立**　我刚刚在这本《洛夫精品集》中读到您赴北美后的诗作《初雪》《大冰河》,其中依然洋溢着洛夫式的才情和充沛的活力,我们希望您一直保持旺盛的创作生命力,为中国现代诗提供更新、更多的丰美收获,也非常感谢您接受我们的访谈!

　　(注:一起参加访谈的还有时任《华侨大学学报》主编的鲁锦寰先生和同道刘小新先生,谨向他们致谢。)

# 与华文写作永远相守

## ——於梨华访谈录

**访谈时间**：1998 年秋

**访谈地点**：华侨大学

## 引　子

於梨华是早期留学生文学的代表作家，她的《又见棕榈，又见棕榈》曾风靡海内外，影响深远。几十年来，她虽身居美国，但一直执念于故土，与此情愫相关，她对华文写作痴情不改，创作了《梦回青河》《考验》《傅家的儿女们》《归》《白驹集》《寻》《相见欢》等大量作品，这些作品从华人的失落彷徨心态到觉醒的寻根意识，多不脱留学生文学范畴；80 年代以来，她的创作视阈更宽广，主要关怀的是海外华人女性问题、婚姻问题及下一代问题，其中也反映了海外华人从漂泊无根到落地生根的生存发展轨迹，及其所遭遇的种种冲突与调适、矛盾与挣扎。於梨华来泉州华侨大学参加"北美华文作家作品研讨会"之际，我受《台湾文学选刊》主编之嘱，对其进行了访谈。

### "写作是我的爱人"

**朱**　您是怎样走上创作道路的？

**於**　初中的时候，我在南平读书，语文老师姓赵，她曾布置过一篇作文，题目是《冬天里的太阳》。她看了我的作文，非常热情地鼓励我说："你将来可以成为一个优秀的作家。"可以说是这个启蒙老师指出了我一生的写作之路。到台湾考取了台大英文系，后被教师俞大采强迫转系。我很伤心,也不服气。留美后进了洛杉矶大学新闻系,仍念念不忘写作。一次参加米高梅公司的征文活动并得了英文创作首奖,我当时很受鼓舞。那篇小说现在看来很幼稚,内容我还记得,写一个女孩子四处寻找父亲的故事,是个悲剧,叫《扬子江头几多愁》。

**朱** 您后来的作品基本上是用华文创作的。

**於** 是的。但事实上我得了那个首奖后,一连写了六七部长篇英文小说,收到的却只有退稿信。1962年我写《梦回青河》起,至今我都是用华文写作。我用华文写作,我的读者也是华人,所以我觉得自己的作品应该算是中华文学,如果有人说我的作品不是中华文学,我会非常伤心的。

**朱** 您是如何处理写作与生活之间的关系的?

**於** 1968年至1993年,我一直在大学任教。我有一个"情人",教书就是我的"情人";我有一个"爱人",写作就是我的"爱人"。退休后我最终回到"爱人"身边,我想我会与这个"爱人"永远相守的。没有华文写作,我无法想象我的生活会是怎样的,我会坚持写下去。

**朱** 这次会议上有人提出网络写作的概念,并指出它可能代表着未来写作的一种方向,您怎么看这个问题呢?

**於** 对我而言,一卷在手是此生最愉快的阅读享受,我不能想象没有书和纸只能通过电脑来阅读和写作。直到现在,我的写作仍是手工操作,我喜欢笔与纸相触的感觉。

### "一个作家最要紧的就是要有悲天悯人的情怀"

**朱** 十几年前我读过您的《又见棕榈,又见棕榈》,仁爱路上高大笔直的棕榈树在脑海里留下了难忘的印象。这部被视为留学生文学经典之作的长篇小说生动表现了20世纪60年代台湾留学生迷茫失根的心态。主人公牟天磊在美国为生存和学位而打拼;同时承受着文化上的孤独感与情感的荒芜。回台后未曾寻回心灵的归依,反而更深地意识到自己失落的不仅仅是青春和爱情,他失落的是一种归属感。小说对牟天磊忧郁、深沉、矛盾、迷惘的心理进行了淋漓尽致的描绘,看得出,塑造这个人物,作者投入了很深的感情。记得您说过:"从某种程度上说,天磊就是我自己。"

**於** 是的。牟天磊这个形象在当时很有代表性,我也曾经有过他那样的迷茫。

**朱** 在这部作品里,您塑造了几个各具特色的女性形象,如眉立、佳利、意珊和天美,这些形象虽多少有些陪衬者的意味(这是由小说的叙述形式造成的),但她们都有着鲜明的个性。我发现,作为女性作家,您对女性的描写非常细腻,细到她们的口头语,如:眉立的"一点点",佳利的"真的吗"。此外,您特别敏感于时光对女性的残酷"改造",比如眉立,天磊的初恋情人,当初清逸秀气的少女在时光的魔术里变成了一个下巴厚重、口红浓涩的妇人。这种变化既是外形的,表层的,却也蕴含着一种对青春丧失的内在感伤。

**於** 这几个女性里面,我最喜爱的是天美。天美是一个在成长着的形象。

**朱** 天美也是作品中比较明亮的形象,相对于天磊的阴郁、沉闷,她则是开朗直爽的,又有着生活经验带给她的一份成熟与果决。佳利这个形象比较特别,她在天磊留美的孤寂生活里成为他"迷恋和依赖"的对象,她自己作为海外华人,同样承受着寂寞。为了逃避寂寞而结婚,为了安慰另一个寂寞的人而成了天磊的情人。在作品中她只是个匆匆过客,并未得到充分的刻画。其实海外华人女性的命运与心态亦是很值得海外华人作家格外关注的。

**於** 我的头20年是为留学生而写,此后(指80年代以后)主要为女性而写。实际上迄今为止,男女两性仍然是不平等的,无论在职业上还是婚姻上。有些女性的问题男性也许不会去写,比如因迁移而产生的婚姻破裂所导致的对女性不利的问题。我最关心那些人到中年的海外离婚女性,我要用笔把她们的生活遭遇描述出来。

**朱** 您在80年代后出版的短篇小说集《寻》和《相见欢》里就有不少涉及这类题材的作品。《汪晶晶》写海外华人女性生存与情感间的激烈冲突;《蝶恋花》从儿子的视角描绘了母亲的婚姻悲剧及离婚后的凄惨堪怜的处境;《姐妹吟》则令人联想起白先勇的《游园惊梦》,虽内涵上不尽相同,但神韵则有几分相似。文滢这个形象给人印象深刻,小说既从正面叙述她赴美后的艰辛生活和婚姻不和谐乃至离婚的境况,更注重通过他人的眼光来反映她的沧桑与失意,表现出浓郁的今昔之感。小说还成功地运用了对比衬托的艺术手法,如文滢的干瘪疲惫与文漪的丰满福态之间,文滢昔日的青春亮丽和今朝的枯涩老态之间,比较手法的运用更加强了人物的悲剧性,也传达了意韵绵远的伤逝之感。另外,小说中对文滢抽烟、饮酒的细节,以及对她唇边那粒媚痣的描画都很有表现力,那颗痣曾经流溢出的青春、自然的妩媚与如今在醉意中展露出的另一种媚态之间的比照应是描写女性时非常精致细意的笔触。

於　谢谢你这么仔细地读我的作品。身为女性我对女性尤其是海外女性关注更多一些。我就是要替女性说话,为女性打抱不平。我去年出了一本小说《小山子,回家吧》,后改名为《天使的沉沦》,写一个女孩子遭遇性骚扰的问题,这类题材还是禁区,较少人写。

朱　您的一些有关女性问题的作品里,也涉及由生存、婚姻及社会和文化的挤压带给女性的伤害,甚至也表现了女性的性压抑、性苦闷等较敏感的女性问题。但总体说来,您处理这类题材是比较温和、含蓄也比较传统的。

於　我不知你是否看过《撒了一地的玻璃球》(以下简称《撒》)这篇小说,《台湾文学选刊》今年(按:指1998年)第三期上有的。

朱　对了,这是一篇很典型的女性小说。不知为什么,我看《撒》老会想起张爱玲的《金锁记》,同样是表现女性的性压抑、性变态,同样是令人窒息的阴晦氛围。小说在结构、语言、人物塑造及意象等方面都很成功,"姐姐"因遭男人遗弃而将一切情感寄托在弟弟季平身上,天长日久,这种情感变异为一种疯狂而绝望的占有欲,她的"爱"成了一条蛇一样黏湿的绳索,捆缚着姐弟俩。小说通过人物的外形、表情、言行举止来透视人物的畸形心理和女性自囿的悲剧。小说呈现出作者自觉的女性意识和阴性书写姿态,"姐姐"的个人悲剧恰恰反映出处于父权意识统治下女性自我意识丧失的真相。《撒》中的"玻璃球"等意象也令我想起张爱玲笔下的女性象征物"玻璃球匣子里蝴蝶的标本""绣在屏风上的鸟"。

於　我很爱看张爱玲的东西,她的《金锁记》《沉香屑:第一炉香》《倾城之恋》写得都非常好,她的语言俏皮、生动、意象纷呈,十分精彩。她的小说我隔一阵就会再看一遍。

朱　您所写的女性问题小说与台湾新女性主义小说有何关系?您的女性观中包含西方女权主义思想的成分吗?

於　我的想法很简单,就是呼吁男女平权,希望女性能真正独立:经济独立、思想独立、人格独立。

朱　我发现您自 1975 年回大陆探亲之后,作品中也开始出现大陆女性形象,如《尹卓锷》里的王素蕙等人物。

於　我最关心的还是那些生活在中国农村最底层的妇女,她们的苦谁替她们诉? 怎样使她们站起来? 我替她们难过,如果可能的话,我要为她们写一些作品,可是我离她们是那么遥远……

朱　读您的不少作品,都能感受到您所投入的深沉而灼热的情感;而与您的交谈,更让我感到您是个不仅关注个人生活体验,而且也有着很强的社会关怀和悲悯意识的作家。

於　一个作家,最最要紧、最最基本的就是要有悲天悯人的情怀。一个人的感怀能写多少? 作家一定要关切他周遭的社会与人,作家不替人想,不替人说话,那是什么作家?!

## "海外华文文学是中国文学的延伸"

朱　木令耆在《在柏林的迷惑》一文中提出海外作家的认同问题,海外华文作家是否是中国作家? 他们的作品是否属于中国文学? 这些问题令她及许多海外作家困惑。著名的大陆新移民作家严歌苓也提出移民文学应被平等对待,而不应被视为主流之外的边缘。她说:"人在哪里,哪里就是文化和文学的主流。"这次与会的从台湾赴美的移民作家裴在美亦有相类见解,她认为"所谓海内海外作家的定义角色其实并无太大的分野"。

於　我的看法比较明确:海外华文文学是中国文学的延伸,是中华文学的一部分。用汉字书写,以中文出版,写华人生活,供中文读者(多为华人)阅读,这样的文学理当属于中华文学。

朱　与您背景相近的那批美华作家如白先勇,他们现在的创作情况如何?

於　作家是寂寞的,海外的华文作家就更加寂寞。在美的华人生存压力大,不可能靠写作维生。我所熟悉的一些作家像丛甦等人已基本停笔,白先勇在《孽子》之后也少有创作,他目前在写作父亲的传记《白崇禧传》,陈若曦、聂华苓、李黎等知名作家也较少创作了。

朱　80年代以来,海外留学生及新移民剧增,这一群体的大部分来自中国内地。随之出现了一批批留学生文学及新移民文学。在我看来,新移民文学经历了由浮躁、粗糙到沉潜、过滤的初级阶段,已逐渐从单纯地描绘个人沉沦、奋斗、发迹的传奇故事(恰好满足国内读者的期待心理),走向对一代人命运的反思,对中西文化夹缝里的新移民文化心态的表现。您怎么评价新移民文学呢?

於　前些年在中国内地影响很大的几部小说,如曹桂林的《北京人在纽约》、周励的《曼哈顿的中国女人》等,我以为不是好的文学。文学最基本的要有两点,一是要有动听的故事;二是要有编故事的技巧和文字的艺术加工。新移民文学也是一样。年轻一代的移民作家里,严歌苓、查建英的小说值得一看。严歌苓的《海那边》和《少女小渔》写得很精彩,驾驭文字的能力很强。

朱　她(严歌苓)近期的长篇《人寰》有着更加宏大的企图。我感觉与您作品那种较为单纯、明朗的艺术思维相比,她的小说似乎更加暧昧,充满歧义;此外,在叙述方面,您的情感投入较为明显,而严的叙述则相对冷漠、客观。

於　对的。年轻一代的有些经历、遭遇是我所没有的。比如"文革",那种巨大的灾难带给作家太多值得回味、反思和批判的东西。我这个人偏于感性,写小说时非常投入,为人物喜而喜,为人物悲而悲。这一点严歌苓超越了我,比如《少女小渔》故事本身很动人,但她用的是非常平静的手法,若是我就做不到。严的语言之灵动、俏皮、细致也是很突出的。

朱　我觉得您很注意语言的问题,其实在《又见棕榈,又见棕榈》的序中,杨振宁就指出您的语言特点是"清畅可读又相当严谨的一种白话文风格"。他认为这种风格与您引入西方语言的语法和句法有关。西方作家里对您影响最大的有哪几位呢？

**於** 海明威的文字精练、简洁,尤其是他的短篇,语言干净,对话富有表现力,我很喜欢读。此外还有福克纳对我也有较大影响,他对人性的悲悯与信念同样深刻。

**朱** 最后一个问题,请您说出您最喜爱的一个词。

**於** "毕竟"。

**朱** 谢谢您!

## 结 束 语

从访谈中可看出於梨华对华文写作的深情与挚爱,这份爱源自她心中炽热的故土情怀、素朴的悲悯意识,源自她对东西文化的反思、对女性命运的关切,也源自生命的需要。祝愿这位要与华文写作永远相守的令人敬重的作家写出更加丰美的华文作品。